全职高手

11

再见，嘉世！

蝴蝶蓝 著
猫树/绘

羊城晚报出版社
·广州·

CONTENTS

Chapter 001	死磕的道路	001
Chapter 002	新的阶段！新的赛制！	017
Chapter 003	对战诛仙	031
Chapter 004	拿下擂台赛	047
Chapter 005	挺进挑战赛决赛！	061
Chapter 006	挫败唐柔	077
Chapter 007	机械与忍法	091
Chapter 008	嘉世新人	107
Chapter 009	拼尽全力	121
Chapter 010	君莫笑VS一叶之秋	135
Chapter 011	杀死经典的0.03%	151
Chapter 012	到此为止了	165
Chapter 013	肖时钦，嘉世的弱点？	179
Chapter 014	全面开打	193
Chapter 015	BOX战术	207
Chapter 016	捉摸不透的战术之网	221
Chapter 017	荣耀不是一个人的游戏	235
Chapter 018	挂牌出售	249
Chapter 019	新队发布会	263
Chapter 020	再见，嘉世！	277

Chapter 001

死磕的道路

"咳咳咳咳……"

魏琛的问题,顿时让兴欣这边咳嗽声响成一片,所有人都用这种方法顾左右而言他,拒绝回答这一问题。但要说厉害,还是得数大神,叶修神情不变,很是镇定地回了一句:"字打得不错。"

"哈哈哈,我说的就是这个。"魏琛大笑。咳嗽声再度响成一片。

个人赛战罢,兴欣战队三战皆胜,全取3分。

接下来的擂台赛和团队赛,再无个人赛这样的散分,即便是玄奇,也非得在后面这两部分比赛中拿下一次胜利不可。至于兴欣,个人赛全取了3分之后,擂台赛其实倒是可以放松一下,对他们而言,起到决定性作用的,将是团队赛。

当然,对于必须要取8分才能出线的兴欣而言,团队赛不容有失是他们早就知道的事,所以这时候他们的心态也不会有什么变化。

个人赛连取3分,让兴欣士气如虹。而玄奇这边,正所谓物极必反,接连遭到个人赛头两场的失利,又在第三场被魏琛以这样的方式逼得弃权后,玄奇上上下下正怒火中烧,再由经验丰富的张益玮一番鼓动,士气终于重新点燃。只是可怜了第三阵的年轻选手,他无疑是张益玮这一士气战中的牺牲品。而此时此刻的张益玮,根本顾不上去安抚这位选手的情绪。

个人赛和擂台赛之间的休息时间较长,双方各做好准备后,重新上阵,比赛的火药味也变得愈发浓烈起来。

"好,玄奇对兴欣,第二部分的组队擂台赛,马上就要打响了。"电视转播方面,中间休息的时段当然是要插播一点广告的,此时擂台赛即将开始,转播果断切回比赛,解说员也重振精神,开始工作。

之前双方个人赛的第三场比赛,从开始到最后,解说员几乎是一言未发,这要按正常来说,简直可以当作是转播事故了,但是这一次,破天荒的,对于解说员在比赛转播过程中的哑火,转播方没有任何表示。看来魏琛超无下限的表现,让所有人都惊呆了,解说的这种反应,甚至都被视为在情理之中,可以原谅。

"擂台赛的双方选手已经开始入场,兴欣战队第一个出场的选手是包荣兴,这位选手是一个典型的新人,时常会出现一些十分低级的失误,不知道在今天这场很关键的较量中,他会有怎样的表现呢?玄奇战队这边,第一个出场的选手是汤兴,这个安排有点让人意外啊!作为玄奇战队的队长,汤兴应该可以说是目前队中最优秀的选手,依照惯例的话,这类选手在擂台赛的出场阵容中应该是第三顺位,玄奇战队这样安排,不知是出于何种考虑呢?我们都知道,玄奇这支战队,是有专门的教练在进行这方面的安排指导的,每次排兵布阵,都应该有其深意,这到底是何意图呢,那就只能在比赛里面见真章了。好,比赛现在正式开始了。"

个人赛最后一场里直接冷场的解说员,像是把话全留到了这一场似的,从一开始就滔滔不绝。

"双方角色都在直线向前,都没有采取战术走位,是准备直接展开较量吗?"

"哦,汤兴改变了路线,开始迂回,看来他是准备给予对手一个出其不意的进攻。"

"好,汤兴成功绕到了对手的侧翼,包荣兴还没有察觉。"

"汤兴进一步逼近了,这个距离,已经可以展开攻击了吧!但包荣兴似乎还没有意识到什么,他还在往前走,这实在有些不应该,这种时候还没有遇到对手,怎么也该意识到对手采用了战术走位了吧?"

"汤兴现在跟在了包子入侵的侧翼,他还没有展开攻击……呃,这个时候,我猜一定会有很多观众和我一样,想起了之前个人赛第二场的对决吧?汤兴是准备采用这样的方式以牙还牙吗?"

"哦,他没有!汤兴出手了,他率先发动了攻势!"随着解说一声呐喊,对战双方进行了初次交锋。

汤兴的角色职业是神枪手,正是玄奇教练张益玮当年所用的职业。对于这个队长,张益玮因此也有一些别样的寄托和期待。在他的指导下,汤兴这位选手的风格也多少带着他当年的影子。

枪体术!

这是张益玮当年最擅长的打法,在指导玄奇后,他对汤兴这位选手可谓是倾囊相授,这样的打法也可算是这支弱队中为数不多的亮点。

枪体术的打法,并不意味着神枪手就要贴身上去肉搏,但也绝不会拉开太远的距离。这个打法的关键,就在于"进退自如"四个字。具体多少距离能做到这点,就要看各人的掌握和操作水平了。

汤兴的枪体术,能保持约莫五个身位格的距离进退自如,这在精通此打法的神枪手选手中算是比较普遍的水准。距离周泽楷这种顶尖神枪手三个身位格的枪体术水准,还是生生差了一大截。

一个身位格,也就是角色没有任何操作,正常移动时的一步。枪体术通常就简单地以x步来划分水平高低。到底几步枪体术最具威力,这个主要还是要看操作者的运用。能运用三步枪体术的选手,想掌握五步的技术,肯定是轻而易举的。但只能达到五步枪体术的选手,想进一步实现三步枪体术,那可就难于登天了。距离每近一步,就需要选手有更快的反应和操作。

汤兴只是一个才华有限的选手,在接受张益玮的指导后,他索性专攻枪体术,只可惜在达到五步之后,他就无法再进一步了,这让张益玮也无可奈何。当年张益玮的枪体术也只是

达到四步枪体术，再近半步都没办法。他深知这种天赋限制的无奈，所以也不好去强求汤兴突破，只能让他继续加强五步枪体术的运用技巧。

五步枪体术，对付包荣兴这个新丁，足够了。

看到汤兴的神枪手冲上，飞快进入五步距离，娴熟流畅的枪体术攻击起手，张益玮满意地点了点头。

突遭袭击的包子看起来有些慌乱，似乎没有什么抵抗的思路，包子入侵在汤兴神枪手的攻势下跟跟跄跄，只顾狂跑。

张益玮看得哈哈大笑，这在他看来实在就是一个新丁的反应，被打得措手不及的时候，完全无法理智思考如何应对，又没有经验做出下意识的判断，想到的只能是跑。

"这样的选手，我真的有点搞不懂你为什么一而再，再而三地用他。"张益玮望着叶修说道。

"有什么问题？"叶修反问。

"有什么问题，还用我说吗？"张益玮一边看着比赛中包子入侵的狼狈，一边说。

"我看有问题的是你吧？一直跑，难道不是应对枪体术的正确方法吗？"叶修说。

笑容顿时在张益玮脸上僵住。

叶修说得是简单了一点，但他明白叶修话里的意思。一直跑，在这里用专业一点的术语来讲的话，指的就是不断移动，改变双方之间的距离。

枪体术打法的要点，就在这个距离上。距离由汤兴主导的话，那么枪体术进退自如的特点就将被发挥得淋漓尽致，但是一旦在这方面被动的话，那么枪体术的节奏就会被打乱，这样就有可能给对手反击之机。

包子入侵在汤兴神枪手的追打下跑得跟跄，再加上他是个明显的新人，所以张益玮干脆就没把这往战术应对上去想。此时听叶修这么一说，再一细看，包子入侵跑得是狼狈，却成功地闪避了汤兴一次又一次的攻击。汤兴枪体术对距离的控制，正在因为他不断地追杀对手，而渐渐变得不再由他主导掌控。

这是有意的战术走位吗？张益玮左看右看，却都觉得不像。有意识的话，何必要搞得这么难看？可是再转念一想，这种狼狈，也极有可能是让汤兴麻痹大意的手段。从个人赛的对决中就可以看出来，兴欣的选手，是完全不顾及场面的，他们似乎完全没有讨好观众的心思，只是用尽手段去取得胜利。

如此队伍中的选手，故意弄得自己狼狈出丑，以此麻痹对手，简直就是信手拈来的一件事啊！

汤兴，不要上当啊！快看清楚！！

张益玮开始着急了。他把汤兴安排在第一位，是为了建立心理优势，因为他料到兴欣方面守擂台的肯定是叶秋大神，如此一来，前边杀个两败俱伤，最终和叶秋大神决胜负，定擂台赛的输赢，就算是放他们玄奇最出色的选手汤兴守擂，那在叶秋面前恐怕也是一点心理优势都没有的。

如此一来，索性让出色的汤兴先上阵，尽可能多地击败兴欣的选手。这样一来，没准最后玄奇能留下两个人去对阵叶秋，二打一，这样一来，心理优势不就建立起来了吗？

结果现在，眼见汤兴有可能会坠入对方圈套，让他如何能不着急？

"糟糕！"

真是怕什么来什么，张益玮正在心里狂吼汤兴，希望他快些注意，结果汤兴枪体术的节奏就在此时因连续的被动露出了破绽，同样精通此道的张益玮一眼就看出来了。

紧跟着，就见板砖已经呼啸而至。

啪！板砖拍中脑门的声音那叫一个清脆。

这一砖，在叶修，在张益玮，在他们这些有水平的职业选手眼中，来得可谓顺理成章，正应该在这个时候出现。可在普通玩家眼中，这一砖就来得太意外了，他们所看到的，只是包子入侵被追得像条丧家犬一样到处乱奔。汤兴的节奏被动了，出破绽了，这种东西有点高端，并不是人人都能看出来的。

结果包子这个在张益玮眼中完全没资格出场的新丁，非但看出来了，而且还把握住了。只是他这砖拍出的姿势依旧难看，依旧狼狈，看起来就像是胡乱操作，恰巧撞着了一样。

是巧合还是……张益玮心中本来还有一丝疑惑的，但是这疑惑很快就消失了，因为板砖不过是开始，姿势狼狈的包子入侵在一砖之后就开始了反击。流氓的技能一个接着一个，瞬间就是一套连击。汤兴神枪手的生命一路下滑，先前靠枪体术抢攻占到的便宜，很快就被这一波反击给追平，甚至反超了。

稳住啊！张益玮悄悄捏了一把汗。

不过汤兴不愧是玄奇的队长，张益玮最为器重的选手，虽然包子入侵这一波反击他没能招架住，但之后他还是很快稳住了，一枚手雷丢出，跟着后跳飞枪，想拉开两人的距离。谁知对方这时却是得理不让了，避开手雷爆炸的冲击后，就顶着攻击硬冲了上来，扬手一把抛沙就撒了上来。

汤兴连忙转视角，抛沙的伤害可以吃，但致盲效果可不能中。结果就在角色的视角刚刚偏转过去的一瞬，就听啪的一声，板砖已和神枪手的后脑亲密接触了。

这么快！汤兴心下一惊。对方刚刚抛完沙，跟着这一砖就追到了，这等操作速度，连汤兴都只能自愧不如。这个看起来乱七八糟的新丁，似乎并不如他们想象的那么简单。

板砖拍在后脑，有背身攻击的判定，神枪手顿时进入眩晕状态。包子入侵的又一记攻击跟着就到，一记勾拳直接将神枪手挑上半空。

眩晕状态在吃到攻击后就立刻自动解除了，角色已在半空，汤兴倒不慌张，操纵角色转动身形，还想着继续抢攻。枪体术的空战能力也是相当出色的，尤其是与飞枪配合好的情况下，可以打得特别精彩好看。汤兴虽没那技术，不过来两下的实力还是有的。结果视角努力调整了一圈，愣是没有看到包子入侵的身影。

人呢？汤兴正诧异，就再度吃到了包子入侵的一击。

这一次可就不是挨两下板砖那么简单了。

人在，但是看不到，这种技巧……这是传说中的遮影步，即使在职业圈中也是极其高端的技巧，没多少人能掌握。但是眼前，一个新丁，一个经常犯下低级错误的新丁，居然能用出这么高端的技巧？

汤兴惊呆了，场外的张益玮也同样目瞪口呆。

遮影步这技术，作为旁观者有时候不一定能反应过来，但张益玮有经验，有眼光，而且对汤兴又极熟悉，方才他看到汤兴将神枪手的视角拧了一圈，心中还在暗赞汤兴的操作在这被动局面下依然很稳定，结果就见视角拧了一圈后，汤兴的神枪手却没有任何举动，丝毫没有要对包子入侵下手攻击的意思。

张益玮当时就猜到了，这不是汤兴错过了机会，而是他根本就没找到机会。在转了一圈的角色视野中，汤兴没有找到包子入侵。

那会是什么？当然就是遮影步了。

想到这一点的张益玮，张大的嘴巴都忘了合起来了。他下意识地看了一眼叶修，叶修脸上的笑容，让他觉得各种高深莫测。

兴欣这帮家伙，果然都是为了胜利完全不择手段的吗？能用出遮影步这样高端技巧的高手，居然在这装弱扮菜，还有什么是他们做不出来的事？

扮猪吃虎！张益玮此时满脑子都是这个词，包子入侵的形象在他心目中越来越高大，这人的实力，到底是什么样的？自己先前的研究、了解，看来都是错的，这该怎么办？

张益玮心下焦急万分，可是此时就算他想出应对的法子，又能怎么样？他是无法和场上正在比赛的汤兴交流的。比赛一经开打，就要完全靠选手自己来把握了。

汤兴显然也因为对手这一个遮影步懵掉了，被包子入侵一套连击揍翻在地，甚至还被追加了两个扫地攻击。汤兴已经连"受身"这么基本的操作都忘掉了。

张益玮的心情更加灰暗了。但是他也不好责怪汤兴，包荣兴这种完全超乎他们想象的实力，根本就是计划外的事。让汤兴去应对一个能掌握遮影步的高手，这对他来说太勉强了。

不过这一次，汤兴还是很快稳住了。他先前失神，主要还是因为意外，要说如何畏惧，汤兴却早已经习惯了。玄奇是一支弱队，而他也不过是一个能力有限的选手，在玄奇的两年，他就是在和各种比他实力强劲的职业选手的交锋中度过的。应对能力在自己之上的高手，这根本就是汤兴一直以来的荣耀职业竞技生涯在做的事情。

以弱打强，他很有经验，不过这种经验带来的主要是心态上的平稳，真要因此就能频频取胜，那他也就不是弱者了。

看到汤兴再次稳住，张益玮叹了口气，他知道这都是玄奇在联盟中的处境给汤兴造就出的心性。不过叹完了气，张益玮的眼睛忽地又是一亮。

汤兴面对高手心态平稳，这种情况下，时常也能把握到一些胜机，尤其是对战那些骄傲轻敌或是年轻经验不足的对手。

包荣兴骄傲轻敌？这点当然没有，他为了战胜对手，各种丑样都扮出来了，哪有半分骄傲？但要说经验不足，这么一个没混过职业比赛的新人，经验几乎就是零。在网游竞技场里打出来的PK经验，那跟职业比赛经验比，可完全不是一回事。

包荣兴，正是汤兴可以取胜的那种选手啊！看着汤兴静下来和对方周旋，张益玮突然又开始有所期待，死盯着比赛场上的双方。

破绽！张益玮眼前突然一亮。

结果汤兴却好像没有发觉，这一破绽，一晃眼已过。

张益玮摇了摇头，重新坐正了身子，结果才刚过了五秒，他就又胆颤了一回。

又有破绽！

结果这次汤兴依然没能把握住，更准确的说法是，他根本就没有去把握。

怎么回事？

张益玮有些不解。第一个破绽，闪得较快，汤兴的能力抓不住也算正常。但第二个破绽，漏洞极大，以他对汤兴的了解，没理由把握不住。

难道是……张益玮又偷偷看了兴欣那边的叶修一眼，那家伙，依旧挂着先前的那种笑容。

这两个破绽，是圈套！张益玮恍然大悟。职业比赛，就是这样虚虚实实，大家都在互相找破绽，但是也要小心对方露出的破绽会不会是什么陷阱。都明白了包荣兴并不是个简单的角色，那些发生在他身上的低级失误，会是什么？这不是不言而喻的事吗？

汤兴打得对，就要保持这份冷静。张益玮赞许地点了点头。

于是看冷静的汤兴继续和包子周旋着，不冒进，而是耐心地寻觅着更有把握的机会。

有首歌唱得好——寻寻觅觅，在无声无息中消逝。

汤兴神枪手的生命，就这样无声无息地消逝了。因为他始终找不到"更有把握"的机会，对手露出的破绽，在他看来都很不真实，都像是直接贴着"陷阱"的标签一般。而把自己摆在弱者角度的他，在场面上也放弃了直接对攻，他更多的是采取守势，尽可能地将自己先置身于安全的境地。防守反击，在哪都是以弱打强的常用手法。

奈何这次，他的战术实在有些不对路，对于包子，无论是他，还是张益玮，都存有很深的误会。这到底是个怎样的选手？他们总是有新的认识。

眼下汤兴以为包子是个大高手，摆出了防守的姿态。包子入侵顿时抢起板砖，撒开了猛拍，拍得得意忘形，自己漏洞都有些多了。结果汤兴这边却是一摇头，不，这不是破绽，这么粗俗的破绽，肯定是圈套。

他继续寻寻觅觅，生命无声无息地消逝了不说，最后自己也冷冷清清凄凄惨惨戚戚了。

张益玮到底比汤兴要老辣得多，在看得多了后，终于还是反应过来了——这包荣兴根本就还是那么一回事！

他没有什么伪装。被枪体术突袭，招架不住，于是他就跑；跑的过程中，发现有空当，他就反击；反击命中，跟着就补进连击，这是每个有点水平的荣耀玩家都该具备的能力；至于那个遮影步，真有可能是他一步走位，恰巧就走进了汤兴的视野死角。

那么现在他所露出的一切破绽，也就是真的破绽了？

于是再看到汤兴各种放过机会，张益玮便急得捶胸顿足，他希望汤兴快点反应过来，但是这一次，汤兴竟是一根筋到底了。终于，他没有找到他所需要的"机会"，就被包子入侵解决掉了。最后下场的时候，他还一脸的坦然，他觉得他就像以往面对每一个高手或是大神时那样，虽然输了，但也算做到了自己能做到的极致。

张益玮欲哭无泪，那哪是什么高手，那真的就只是个新人而已啊！

看着汤兴一脸坦然地站在自己面前，张益玮真不知该说什么好了，最后只能重重地叹息了一声。

"怎么？"汤兴到现在还没反应过来呢！

"你太多心了。"张益玮摇头说道，倒是没提他自己一开始也多心了，只不过后来他反应过来了。

"那家伙，确实是个新人，你太高看他了。"张益玮指一指台上说。

"啊？"汤兴诧异，"可是……"

张益玮苦笑着摇了摇头，汤兴要"可是"什么，他其实很清楚。

"坐下来看吧！"张益玮对汤兴说了一句后，随即把玄奇第二个要出场的选手叫过来，"抢攻，抓住他犯错的机会，狠狠地进攻。"

汤兴呆呆地坐在了一旁，看着他的队友走上赛场，而后和包荣兴对战，一开始便发动猛攻，最后，以一丝残血勉强获得了胜利。

汤兴茫然地看了一眼他们的教练，他不知道张益玮让他坐在这里看什么。

张益玮脸色铁青，奈何此时下台的不是他们的选手，否则的话，他真要上去狠骂一通。满血打人家半血，居然打到自己差点被废掉，这样的表现真是太垃圾了。至于怎么评价兴欣的选手包荣兴，张益玮现在也有点茫然了，这一次他居然又不像上一场那样漏洞百出了，在和玄奇选手的对攻中，有时他突如其来的一个操作，连自认经验老到的张益玮都完全看不懂。

难道这个包荣兴，水平已经高到连我都看不明白的地步了？张益玮留意到了一边的汤兴望向他的疑惑目光，但这时候他也实在无法对汤兴解释些什么，这个包荣兴把他也彻底搞糊涂了。

兴欣随后是唐柔出场，三下五除二就把玄奇那位残血的选手给料理了。这位垂头丧气地走下台来时，张益玮却已顾不得上去骂他的垃圾表现了。此时玄奇第三位要出阵的选手，正一脸惶恐站在他面前，等候他的指示呢！

此时此刻，能不惶恐吗？原本玄奇指望在面对叶秋大神时能造成以多打少的形势，以此建立心理优势，但现在完全反过来了。对方的大神叶秋还好整以暇地坐在那呢，而场上还留了个几乎满血的寒烟柔！

先别说之后的大神了，就眼下台上这位，就不是什么好惹的角色。

"叶秋身边"的"战斗法师",就这俩词往一处这么一凑,就已经透着一股子恐怖了。再说唐柔这位选手,操作强悍,斗志顽强,单就这两点,她就已经足够成为一个谁见谁头疼的选手了。这样的选手,还是一个超级大美女……不要以为这一点对比赛没有影响,因为对手是个美女,选手很有可能产生怜悯、炫耀、捉弄等等不应该在比赛中出现的心理,这都有可能导致比赛的天平倾斜。

而现在,玄奇打完一个这样的对手,还要面对叶秋大神,所以对于即将上场的这位选手,除了一句"加油",张益玮也实在没什么可交代的了。没听到兴欣那唐柔上场之前怎么说的吗?人家问叶修,需不需要热身……

叶修当时笑了笑,没有回答这问题,于是最后唐柔也就没有给他这机会,干脆利落地击败了一个残血选手后,又不费吹灰之力地将玄奇战队还没有建立起任何心理优势,反倒因为要面对两个强悍的对手而信心全无的三号选手给击败了。

擂台赛随即结束,兴欣战队只出场了两人就将玄奇战队彻底击败。前两部分赛事至此全部结束,兴欣战队全取5分,比赛也彻底走上了一条你死我活的道路。接下来的团队赛,决出的不只是胜负,还有最终的出线名额。打到这份上,兴欣和玄奇已经无法共同出线,团队赛输了的一方,线下赛的征程就到此为止了。

赛前的各种八卦中,"兴欣和玄奇会打一场默契赛,将操盘手送出局"的说法算是被彻底地打了耳光。但是话说回来,小组里五队竞争,每回合有一队轮空的赛制,确实容易留下空子。比如这一场比赛,兴欣和玄奇真要打一场默契赛的话,操盘手只有干瞪眼的份。

不过这种事到底没有发生,双方走上了一条死磕的道路。

可是走到这一步,兴欣战队的心理优势就已经相当明显了,团队赛,从一开始就是他们必然要拿下胜利的环节,这种心理准备他们已经做了好几天了。

但对玄奇战队来说,原本在前两部分比赛里就能完全解决对手,结果一拖再拖,最后到了需要团队赛一战定生死的地步。这种发展,他们不是没想到过,但总不如兴欣准备得那么充分,此时压力突然袭来,全队上下一片沉寂,就连张益玮想挤个笑容出来,也以失败告终了。

但张益玮清楚他才是这支队伍的主心骨,这个时候,他无论如何也不能倒下,哪怕是假装,也必须给全队百分百的信心。

张益玮的目光在玄奇的选手身上流转着,他一个一个看过去,每一个人的神情都被他看在眼里。他没有立即讲话。鼓动士气,也需要有的放矢,什么样的情况,说什么样的话。当了两年教练的张益玮,也算精通此道。

给了选手们一些时间,让他们自己消化了一会儿眼前的状况后,张益玮拍了拍手,让所有人的目光聚集过来,这才开始训话:"难道我们已经输了吗?我怎么记得还有5分在等着我们去争取?"

"前两部分,我们是发挥得不尽如人意,但还远不到气馁的时候吧?接下来该我们展示团队的力量了,我们拥有什么样的优势,我想不需要我一再强调了吧?我们玄奇,可一直都是在挑战比我们强大得多的对手,但是我们什么时候畏惧过?大家是因为挑战赛过得太轻松,忘记了我们一直以来的血性了吗?那么正好,现在这个时候,该是唤醒我们血性的时候了。兴欣很强吗?那么嘉世呢?有如此强大的对手在后面等着我们,现在就气馁的话,还怎么去挑战嘉世,怎么重返联盟?"

"我们可以输,但是没有任何一支队伍可以吓倒我们。我们为挑战嘉世而来,连嘉世都不怕,眼前的兴欣又算得了什么?忘掉之前的失利,真正的比赛现在才开始,集中注意力,走上场去,击败兴欣!"

"是!!"玄奇战队的选手听到张益玮的一番训话,果然都振奋了许多。即将出战团队赛的选手,在队长汤兴的率领下,蓄势待发。

"有关团队赛的部署,我希望你们都没忘记。"张益玮说道。

"当然。"团队赛的选手们点头,目光朝兴欣选手席那边望去,齐齐指向了兴欣的牧师选手——安文逸。这,正是玄奇所确定的团队战的突破口。老辣的张益玮看出了安文逸能力上的欠缺,所以坚决制定了以对方治疗职业为首要打击目标的方案。

"双方选手准备上场。"时间差不多到了,这时裁判过来招呼两队选手上场。

"上吧!击败他们!"张益玮率领玄奇其他不出场的选手给六人打气。兴欣这边,却是叶修亲自领军上场,听到张益玮在这边吆喝,还回过头来朝他笑了笑。

张益玮正想着怎么能有气势地回应一下,结果就见他们玄奇的六位选手此时竟齐齐扭过头来,望着他,一脸的难以置信。

怎么了?张益玮一时没反应过来,随后看到六人移动目光,他也跟着一转……

安文逸,此时依然稳坐在兴欣选手席?!

这……张益玮一怔,跟着连忙将目光转向兴欣的出场选手……一、二、三、四、五、六,六个人?是的,六个人,张益玮甚至又数了一遍,确认自己没有数错,团队赛,兴欣战队出战六人,居然不带治疗?!

团队赛还没开打,单看对手的排兵布阵,张益玮就已经懵掉了。直至身边的玄奇选手叫了他一声,张益玮才回过神来,看到自家队伍六人在裁判的催促下,磨磨蹭蹭地往台上去,一步三回头,犹疑不定地朝他脸上猛看。

安文逸居然没有上场,玄奇原本制定、练习的战术被全盘打乱了,玄奇的选手这个时候都希望他们的教练快点给予他们一点指示。

张益玮终于明白了,可是时间已经不允许他多说什么,他只能朝兴欣出场的六人中一指:"包子。"

玄奇六人听到,点了点头。包子……那当然就是说包子入侵了。

随后双方选手进入比赛席,刷卡载入游戏,而后进入比赛界面。玄奇六人一看对方的布阵,顿时哭了。他们计划将安文逸作为重点目标,结果安文逸没有出场;改包子为重点目标,结果包子是对方第六人!此时此刻,他们已经不可能再去找教练要指示了,六人一时间都有些手足无措。

场边的张益玮，在看到转播给出的画面后，顿时也石化了，他完全可以想象此时场上己方六人是什么状况，可是，他已经什么也做不了了。因为他，联盟有了教练这一职业，但还没有相关的规则制度。

遵照现有的规则，他这个教练在比赛中的作用变得极其有限，他只能在赛前研究对手，做出一些部署，一旦比赛开始，就只能依靠选手自己。教练临场指挥、改变战术安排，这在目前的荣耀比赛中是完全不存在的。所以当发生一些意料外的状况时，张益玮都会觉得特别无力。通常他都会做出一些预备方案，但是这一次，无论如何他也没有想到对方在团队赛中居然不带治疗。

"观众朋友们，大家好，现在我们回到比赛现场。兴欣对玄奇，决定两队谁能出线的决定性的一战即将开始。现在屏幕上出现的是兴欣的出场选手名单，看到这份名单，我想，关注兴欣战队的观众朋友，肯定已经发现什么了吧？"电视转播这边，从广告切回比赛现场后，转播解说立即就滔滔不绝地说起来了。

"没错，兴欣战队的团队赛阵容中，居然没有治疗职业。这可是极其大胆的布阵啊！敢在这样一场生死大战中使出，我们不得不承认兴欣的魄力。这样的安排，我想肯定会出乎玄奇的意料，希望他们的战术计划不要因此被打乱吧！"解说不好偏袒任何一方，所以在赞叹完兴欣后，又给玄奇一点祝福来找平衡。只可惜这一次解说是一语中的，玄奇战队，真的因为兴欣这出人意料的战术布置而乱了套了。

五秒倒计时后，比赛开始。

场边的张益玮已经有些不敢去看比赛画面了。兴欣出人意料的选手安排，完全打乱了他的部署，如此一来，这场团队赛，他这教练的价值就已经没有什么体现的空间了，一切都要靠场上的选手自己去解决。

而缺了他这教练的指示，对于玄奇战队而言，无异于失去了主心骨。比赛开始后，兴欣战队首发五人立刻如狼似虎般地朝玄奇这边冲来，玄奇的几位却还一动未动，原来竟是在他们的团队频道中商量着该如何应对。

没有安文逸的小手冰凉，也没有包子入侵，眼前的兴欣五人，有谁会是破绽呢？

叶修、孙哲平、魏琛？这种大神级别的选手，就算是昔日的，对于他们而言也是高山一般的人物。

乔一帆，微草冠军队出身，虽然好像没在微草取得什么成就，但单就他曾被微草吸纳入队这一点，就显得比他们强劲。他们这些混迹于玄奇的，其实就是职业圈的最底层，被微草这级别的战队看中，那是梦中才敢想的事。

除了这四位，场上似乎就只剩一个唐柔了。这超级好看的姑娘，在场下的时候玄奇选手其实没少多瞧她几眼。但是现在，事关战队生死，对美女的各种心态，都得放一放了。唐柔虽然也是一个不好惹的主，但是，比起那四位，貌似就数她最没来头了吧？要捏柿子，就得拣软的、唐柔，顿时被玄奇几人商议为他们的首要打击目标。

这之后，玄奇的选手终于也展开了阵形。在确定了目标以后，那么平时他们训练的种种也就不难施展出来了。

场边的张益玮看到自家的选手开始有所行动了，每个角色都是那么有条不紊，看来已经有了明确的意图。

他们准备怎么做？张益玮此时心中依然无法平静，他焦急地站起了身，盯着比赛画面。

双方的选手终于发生了第一次接触。兴欣战队这边，呈X型站位，孙哲平的再睡一夏和唐柔的寒烟柔顶在前，魏琛的迎风布阵和乔一帆的一灰寸拖在后，叶修的君莫笑居中，是一个很普通，并不出人意料的阵形。

玄奇这边，却是在看准了兴欣的来势和阵形后，飞快地做出了走位的调整，将他们的攻击点着重朝寒烟柔这一点偏移，跟着队长汤兴就在团队频道中飞快地下了指示："天雷地火！英勇跳跃切开他们的联系，捉云手抓人！"

玄奇首发五人组的职业是神枪手、元素法师、骑士、气功师、守护使者。算上他们的第六人，两个远距离攻击职业，一个中距离，近战是防守能力突出的骑士，治疗也是守强于攻的守护使者。

弱队的谨小慎微，在他们的职业配置上算是淋漓尽致地体现出来了，这种职业配备，几乎不具备贴身打硬仗的能力，显然是因为玄奇战队从来不敢和其他战队打对攻，他们必须采用合理的战术才能取得胜利。

眼下，在队长布置完毕后，玄奇五人便直朝兴欣冲去，攻势，由他们率先发动。

"太着急了！"场边的张益玮急得直跺脚。这队是他一手带出来的，此时一看五人这架势，他就已经读出他们的意图了。可是，如此强攻出手，实在不是他们玄奇战队所擅长的，更何况他们的职业配备，也并不具备打这种正面突袭的能力。

不得不说，玄奇战队的选手、实力本就有限，又因为有了张益玮这教练的存在，选手习惯了听命行事，在战术方面的能力也越发薄弱了。此时的安排，对形势的思考明显有所欠缺。这么粗糙的战术安排，能收拾得了兴欣？

人家这一阵可是有叶修在场上，这人可是荣耀四大战术大师中资历最深厚的一位，多少荣耀战术根本就是他一手开创的。就算是张益玮自己，都不敢说玩战术，他能比叶修玩得更顺溜。现在让这些已经习惯了听他做战术安排的玄奇选手去和叶修斗战术，张益玮的心情再一次灰暗、沉重起来。

可玄奇的选手们完全体会不到他们教练此时的心情，攻势已经发动。元素法师正在做出天雷地火的吟唱。骑士一个英勇跳跃，直切入寒烟柔和君莫笑之间，想从这里将寒烟柔从对方阵中撕扯出来。

砰！一声枪响。玄奇元素法师的意图被兴欣完全察觉，君莫笑甩枪一击，逼得他不得不放弃了天雷地火的吟唱。

英勇跳跃中的骑士此时已经英勇地俯冲向地面，结果，落到半空的时候，突然就被悬挂住了。寒烟柔的战矛高高地举起，将他捅了个正着，直接就这么把他晾在空中了，不过这也就是这么一瞬间的视觉印象。

圆舞棍这技能没有摆造型的效果，扎完人就甩，一点不耽搁。

结果这时玄奇气功师的捉云手已经发动成功，寒烟柔扎骑士去了，没理会这边，其他人也没上来掩护，这一抓，倒是抓了个正着，寒烟柔呼的一下就被扯过去了。连同她那战矛上挂着的骑士以及圆舞棍甩出的那道弧线，都被气功师一起扯了过去，然后……气功师就被圆舞棍甩下来的骑士给砸趴下了。

现场一片笑声，这场面，多少有些滑稽啊！这样看来，气功师用捉云手简直就是自作自受。

而这第一次接触，玄奇就已经被打翻了两个人，开场可谓极其不顺利。唐柔的寒烟柔倒是生猛，被捉云手一下子扯进敌阵中，非但不慌张，还顺势展开了攻击。两个趴在地上的家伙还没来得及起来呢，玄奇的神枪手和守护使者就被寒烟柔手中的战矛逼得步步后退。他们刚刚还想着把寒烟柔捉过来先行击杀，结果人捉来了，却是逼得他们不知所措，玄奇这一波攻势发动得，好不尴尬。

汤兴的神枪手接连退开五步，正是他最熟悉的距离，跟着就要施展他最擅长的枪体术。这时，咒术六星光牢的光芒突然从地上射出。汤兴一惊，连忙操纵角色避让。结果，迎风布阵的六星光牢他闪开了，君莫笑的反坦克炮却已经轰了过来。汤兴连忙想再闪，寒烟柔却已经走完几步，跨到他身边了。

他们捉来重点"照顾"的寒烟柔，非但没被他们集火击破，还反倒成了一把扎在他们阵中的尖刀，让他们难受。汤兴这时也深感自己的战术布置有点渣了。对方顺势发挥了一下，结果就成了对方有利的形势。

汤兴的神枪手被内外夹攻得退无可退，好在有队员来助。爬起来的骑士冲过来就是一记盾击，寒烟柔不得不闪。气功师那边，挥拳就是一个念龙波推了过来。

结果就见一道人影从天而降，再睡一夏一个崩山击落下，身子挡了这记念龙波的工夫，这一剑已朝那骑士猛劈了下去。骑士举盾相迎，闷声大作，同时宣告着，兴欣战队又一狠角已经杀近。

孙哲平的经验远比唐柔要丰富，他比唐柔更清楚此时怎么做会让玄奇的人更为难受。先前一剑被盾挡了，他也不理会，接着就是一剑一剑地往骑士那盾上猛砸，砸得骑士步步后退。像击退这种效果，盾牌本是可以抵消掉相当一部分的，奈何眼下它却抵不住孙哲平狂攻起来的这股子疯劲。

狂剑士娴熟的技能变化和衔接所产生的冲击力，就这么硬生生地把这盾牌的抵御能力给冲破了，拿着盾的骑士也不住地倒退。

被再睡一夏护在身后的寒烟柔顿时又有了出手的线路，一个豪龙破军冲出，就把那气功师给撞得远远地飞了出去。接下来唐柔也不让寒烟柔去追，转身就和孙哲平一起折腾那骑士。

那骑士举盾挡着孙哲平的攻击，根本无法抽出手，对寒烟柔这边的攻击，他只能干瞪眼，只能期待其他队友的支援。可是他转头一看，他们的元素法师，在君莫笑连续的射击下，像只在跳舞的兔子。他们队长的神枪手，面对迎风布阵的远距离骚扰，一时间也抽不开身，术士这职业，打一下不只是伤害那么简单，好多术士技能都是控制系的。至于他们的气功师，刚刚被寒烟柔一个豪龙破军撞飞，还在那爬呢！他们的守护使者呢？哦，守护使者还在，而且再睡一夏和寒烟柔正推着他，往守护使者那搡呢！这是……想把他和守护使者一起干掉的节奏啊！

兴欣的打法，别说场上的玄奇选手了，就连他们场外的教练张益玮都觉得诧异。在没有治疗的情况下，兴欣居然会这样铺开了打？这是怎样的嚣张和自信啊？

可是在看到再睡一夏和寒烟柔两个角色将他们的骑士推向守护使者的时候，张益玮猛然反应过来——兴欣还是有战术目标的，他们第一个要拿下的，就是玄奇的治疗。这是很正统、很规范，一点也不出人意料的打法，只是他们先铺开，打散了玄奇的阵形后，再转火集火，战术构思上要精巧、隐蔽得多。

相比之下，玄奇战队一上来几个角色就甩着技能朝寒烟柔那方向切入的开门见山式打法，简直粗鄙不堪。

兴欣这种富于变化的打法，等到真实意图流露出来的时候，对手很可能已经阻止不及了，这一场团队赛便是这样。玄奇的骑士充当了兴欣战队的战术掩护，再睡一夏和寒烟柔推着他走了数步后，突然将他丢开，齐齐冲向在他身后不远的守护使者。

玄奇的守护使者本来在积极地为全队治疗，而受到对方二人夹攻的骑士就是他的工作重心，结果上一秒还在夹攻骑士的那两个角色，剑锋矛头一转，突然就朝向他了。

守护使者当然不会留在原地去硬抗攻击，连忙就要跑开，结果刚转过身来，就见乔一帆的一寸灰不知何时已经摸到了他的身后，一个冰阵铺下，守护使者正中其中。跟着大阵套小阵，限制了守护使者的同时，还辅助了冲过来的再睡一夏和寒烟柔。

兴欣两人的攻击席卷而至。

守护使者无法逃避，只好开技能硬抗，先是一个圣盾术护在身前，接着开生命激活加速自己的生命恢复，随后一个天使威光以自己为中心，一道光环三百六十度展开，给予所过之处的目标伤害不说，还会很强悍地无视霸体状态对角色造成击退效果。

孙哲平和唐柔两人的职业都对天使威光的击退效果无解，却都做出了最强硬的应对。天使威光虽然有击退效果，但是在打断技能方面，只对一些不能移动施法的吟唱类技能有效，其他方面的打断，比起抓取类的判定就要差远了。

无法抗拒后滑的再睡一夏，将重剑背到身后，角色周身一红，重剑仿佛沸腾的鲜血一般不断膨胀变大，一剑斩下，血气爆发开去，顿时一片血雾铺开，正是狂剑士的70级大招怒血狂涛。

寒烟柔这边，战矛一抖，化身为龙，身子虽在退，战矛所化的魔法斗气却是澎湃向前，最终还是轰到了守护使者的身上。

这一天使威光，是将再睡一夏和寒烟柔都逼退了，但是两人的大招，玄奇这守护使者也都没躲过，之前他使出的圣盾术根本抗不住这两个大招，直接被轰碎了，沸腾的血色和爆开的魔法斗气将可怜的守护使者瞬间裹了个彻底。

乔一帆的一寸灰开完鬼阵辅助后，并没有在一边干看着，而是挥舞太刀入阵，也在输出上添砖加瓦。

"太强硬了，兴欣的应对真的是很强硬！要知道他们根本就没有带治疗啊，面对守护使者的天使威光，他们居然硬抗伤害也要做出攻击！"转播解说不住地惊叹着，"玄奇的选手这下危险了，在兴欣的前后夹攻下，他只能祈祷队友快些来救援了！那么他的队友呢？"

转播画面一转，玄奇的骑士先前还在被再睡一夏和寒烟柔狂攻，现在却轮到他反过来朝这两人主动邀战了。

之前被轰飞的气功师，这时也已经飞奔过来，拥有中距离攻击手段的他，一个轰天炮就推向了寒烟柔和再睡一夏。结果这次又是再睡一夏身形一晃，绕到寒烟柔的身前，直接用身体将气功师的轰天炮给吃了下来。

完全没有受到攻击骚扰的寒烟柔继续朝着守护使者狂攻。守护使者刚才那个天使威光根本没能给自己带来什么转机，接连把两个瞬发的治疗大招丢给自己后，便开了坚定意志来提升自己的防御力。而后他视角乱转，就看有没有哪位队友能快些来接应自己。

结果队友的攻击还没盼到，兴欣这边，叶修的君莫笑和魏琛的迎风布阵倒是都抽出手来，也给了他点技能吃吃。

守护使者只能靠着职业的防守特性继续死撑，终于，己方的骑士冲到了他身边，开着十字军审判，剑盾乱舞，让唐柔的寒烟柔也不得不暂避风头。结果她这一退让，孙哲平的狂剑士又闪过来了，竟挥舞着重剑，直接朝十字军审判招架了去。

"用攻击招架硬抗十字军审判！！！"转播解说一脸的难以置信，好在观众只能听到他的声音，而看不到他的人。十字军审判的攻击节奏全凭操作者的操作来掌控，所以并没有固定的节奏，再加上该技能的攻击力可以叠加走高，所以看到孙哲平用攻击招架来抵抗这个技能，转播解说真的不知道该说这是有勇气，还是完全疯掉了。

铿锵的武器碰撞声自二者之间不断地发出。玄奇的骑士选手真有些不敢相信眼前的事实，居然有人硬拿操作来抗十字军审判，这是……对自己的蔑视吗？泥人尚有三分火气，这样非常规的状况发生在自己身上，让骑士选手的自尊很受伤，他这十字军审判，顿时也用得不顾一切起来。

而这样硬抗十字军审判，也确实勉强，孙哲平的再睡一夏招架几段后，对手进一步提升节奏，他果然就有些应对不了了。只是普通攻击的判定，是肯定抵不住十字军审判的，所以他一直是用技能来撞。但是用技能就要等冷却，十字军审判的连击却没有这样的问题，再睡一夏的技能终于耗了个干净，只能用普通攻击应对。

玄奇骑士见状，心下真是无比畅快，一击又是一击，接下来的数击，可就攻得再睡一夏有些招架不住了。

"蠢货！看清楚走位啊！！！"结果场边的张益玮对于自家骑士压倒孙哲平的攻击，却是气得破口大骂。

原来，这骑士追着再睡一夏一路狂攻，最终居然放弃了好不容易抢到的守护使者身边的掩护位置，把守护使者又一个人晾在那了。完全暴露的治疗，那除了挨揍，还能有什么后果？

电视转播画面追着骑士的十字军审判看热闹去了，但他原本守护的那个位置此时更热闹。寒烟柔的战矛一转，对着守护使者又是一通猛敲。

玄奇的气功师这时倒是腾出手了，但这不是一个擅长近距离格杀的职业，中距离的攻击和策应在此时救不了守护使者。玄奇这个阵容，最有能力保护治疗的就是骑士了，结果这家伙竟被孙哲平的强硬回应给引走了。

转播画面再切回守护使者这边时，解说也才醒悟过来。孙哲平的攻击，勇气之余，原来还藏着诡诈啊！

Chapter 002

新的阶段！新的赛制！

骑士选手直到这十字军审判打完，方才回过神来，连忙慌慌张张地想要回身来救治疗，但孙哲平哪会这么轻易放他离开？追在他身后又是一通狂砍。刚才用十字军审判占到的那点便宜，没几下就被再睡一夏全捞回去了。虽然说他们玄奇带着治疗，加血后肯定不吃亏，但问题是他们的治疗现在几乎就要保不住了。

那边君莫笑和迎风布阵一个走位的交错，在君莫笑的掩护下，迎风布阵居然朝这边放下了死亡之门。

再想踏上前的人这下可都得掂量掂量了，死亡之门的捕捉可不是随便的操作可以应付下来的，至少玄奇这些处在职业圈底层的选手全无这种自信。于是救治疗的目标，在当下又被迫改换成了打断死亡之门。而死亡之门的施术者迎风布阵此时又在君莫笑的掩护范围，玄奇众人只得纷纷掉转火力冲向这边。

场边的张益玮再次长叹，他已经连火都发不出来了，可见心中有多失望。如此被对手牵着鼻子走，双方战术水平上的差距已经让张益玮彻底绝望了。此时的他心中隐隐觉得，别说这一次兴欣的排兵布阵太出乎意料，导致他的战术部署落空了，就算他的战术部署周密，但对方有叶修临场指挥，而他这个教练在场外却什么也干不了，玄奇最终难免要落败。

他不住地在兴欣身上寻着漏洞，一会儿是治疗水平不够，一会儿是包子是个新丁，但是他们玄奇的最大弱点，早已经被对手牢牢抓住。

教练……玄奇战队，成也教练，败也教练。因为没有相关制度的配合，教练的作用太受限制，最突出的一点，就是在临场的环节上，教练先前所做的布置，有可能落空，更有可能因为形势的改变而出现意料外的情况。正常的队伍，在场上队长能做出及时的调整应对，可是玄奇呢，依靠场上选手的应对，战术水平立刻就要下滑几个幅度，最终落败简直在情理之中。

一直站在场外焦躁不安的张益玮，在这一刻终于镇定下来。已经注定的结果，无论好坏，总会让人踏实一点。玄奇战队的挑战赛之旅，到此为止了。

张益玮心中满是懊恼，如果不想得太多，如果在和操盘手的比赛中多拿1分，先确保一个出线名额的话……只可惜现在说什么都迟了，玄奇战队，出局……

荣耀！当团队赛的画面，最终闪出这两个大字时，张益玮彻底瘫坐在了座椅上。

虽然已经看出了团队赛中玄奇的被动，预料到了这种结局，但是，只要比赛还没结束，心头就会存留着一丝对奇迹的期待。直至此时此刻，张益玮才真正地心如死灰。

这赛季的挑战赛里有嘉世战队，对于其他战队冲击联盟席位而言，是一个不小的打击，玄奇战队上下，其实早已做好了要再参加一年挑战赛的准备。可是现在，他们连嘉世战队的面都没碰着就已经出局了，这就有些说不过去了。张益玮是玄奇真正的主心骨，成功，功劳最大，失败，责任也无法推脱，而且这一战，充分暴露了教练在当前赛制下对局面掌控力的弱小，张益玮感觉自己的未来比起玄奇战队来说，要黯淡多了。

双方选手陆续下场，玄奇的选手自觉地围了上来，结果却发现他们的教练一言不发，坐在那里沉默得可怕。众人也不敢吱声，只能一个个低垂着脑袋，默默地等着，候着。而在他们的身边，兴欣战队的选手席上，自然是一片欢声笑语。

与此同时，现场观众席上，为数不多的兴欣支持者以及叶秋的粉丝都在兴奋地呐喊着。在媒体席那边，常先更是激动得差点跳上桌子。

"赢了，兴欣赢了，曹哥!!"周围媒体记者不少，常先到底没敢太放肆，只是拉着身边的曹广诚使劲分享他的喜悦。

"呵呵，不错。"曹广诚勉强挤了点笑容。这一轮，兴欣居然真从玄奇身上拿到了大比分，确保了出线，说起来还真是让他有点意外。这个兴欣，难道真的可以给嘉世制造什么危机吗？

曹广诚心下不由得有点忐忑了。再看其他同行，他们对于兴欣的出线倒是蛮高兴的，只不过他们的心理和常先就大不一样了。常先和兴欣战队已经处出了感情，他是由衷地希望这支战队可以越走越好。至于其他记者，却都是因为期待着叶秋撞嘉世这样有话题性的比赛，所以不愿意兴欣过早地被淘汰。

"10：0，兴欣最终以这样的大比分击败了玄奇战队！这个结果，我想会让很多人感到意外吧？但是不得不说，这是完全符合这一场比赛走势的结果。兴欣这支战队，是本赛季挑战赛最大的惊喜，目前已经有两支职业战队栽在他们手上，未来的征程中，他们又将带给我们怎样的期待呢？让我们拭目以待吧！"电视转播这边，转播解说正在进行最终的总结。现场这边呢，其他七场比赛有的已经结束，没结束的也差不多到了尾声。

各小组的最终排名将在今天完全产生，转播用的电子屏上，朝四个方向挂出了各组的积分榜，还有机会的战队，此时已经到了最紧张的时刻。然而这一切却已经和玄奇战队无关了，围着他们的教练张益玮发了许久的呆后，他们终于听到了来自教练的指示。

"走吧！"张益玮起身，平静地招呼了队员们一声。

批评？这时已经于事无补。鼓励？那等先确定了自己的未来再说吧！小组赛都没有出线，张益玮心里清楚这肯定不是一份可以让老板满意的答卷，尤其这一场比赛还暴露了诸多问题。他还能不能和这些队员们站在一起，将是他们玄奇战队的一个大问号。

玄奇战队就这样默默地离开了，没有多少人留意到他们这些失败者的离开。现场观众都在一边观看其他的比赛，一边留意各组的积分榜。B组是第一个确定最终出线形势的小组，兴欣第一，操盘手第二。

第二个产生最终结果的是D组，这组嘉世第一是早已经锁定的，最终拿到40的满分，更是彰显了嘉世在挑战赛中的绝对优势。该组悬念只在第二名，随着最后两场比赛的结束，D

组第二的战队决出，是一支叫处暑的队伍。

第三个明确形势的是A组，诛仙战队以不太大的优势，最终拿到了小组第一。第二名则是一支叫燎原的战队，而这支队伍，根据赛制，就将是拿到B组第一的兴欣战队接下来的对手了。

C组迟迟没有结束，却也没多少人关心。这半区有嘉世战队，没人会觉得C组的最终结果可以影响到嘉世的出头。

八强战队，最终在今晚全部决出，下一阶段的对阵表也由此自动生成。

接下来的挑战赛将继续淘汰制，一局定输赢，不分主客场，比赛用图由联盟指定，都是荣耀游戏方为赛事专门制作的。如此一周一轮比赛，三周后决出最终冠军。至于比赛方式，却是一种全新的赛制，将在这次线下赛的淘汰环节被首次采用。

新赛制，将原本赛制的三个环节缩减为两个环节，个人赛取消，保留擂台赛和团队赛两个环节。但擂台赛将扩大规模，由原本的三对三，改为五对五。

计分方式，则是全新的人头计数法。举例来说，擂台赛中，若有人霸气威武，一人挑翻对手五人，那么己队最终就将拿到5分；两人出场扫翻对手五人，得4分；三人得3分；四人得2分；五人得1分；五人全出场也没能扫翻对手的，就是输了，不得分——己队所剩角色的多少，就为己队最终所获的分数，一个人头1分。

团队赛同样用人头计分法。最后，两部分比赛得分相加，分高者获胜。

因为计分方式的改变，这一赛制算是新到家了。联盟方面透露出来后，就有专家指出，这将引起荣耀技战术的一次变革。相比以前只是单纯地追求最终的胜利，这种赛制下，选手需要考虑的东西更多，比赛将变得更为复杂，内容也将更为丰富。总之，站着说话不腰疼的评论家是非常欣赏这种新赛制的。但是对于实际的参与者——职业选手们来说，改变已有的习惯总是一件麻烦事，所以无论赛制改好还是改坏，他们都不会太欢迎。只不过在改坏的时候，他们可以有理有据地抵制一下，而对于这一时间挑不出什么毛病的赛制，他们也只能默默去适应了。

联盟的新计划，先在挑战赛线下赛里尝试，看看效果，合适的话，再引入职业联盟的季后赛当中。至于常规赛的赛制要不要改变，进一步研究再定吧。

新赛制也不是要给大家惊喜的什么秘密，所以一早研究方案的时候，联盟就向各大俱乐部收集过意见，以免唐突地搞出一套规则后引发抵制。现在新方案可以拿出来，便知在各俱乐部这边是不会有什么抵制意见的了。至于挑战赛里的这些玩家队，人微言轻，当然只有遵守赛制的份。

新赛制因为人头分的计算方式，确实如专家们所言，会让比赛变得更复杂。但是，再复杂的比赛，也得以确保比赛胜利为前提。擂台赛、团队赛，这两部分赛事，如果都可以拿下的话，那什么人头分根本不用算也知道谁是胜者了。

人头分的作用，在擂台赛和团队赛各胜一方的情况下会有所突显。不过，以为人头分只是为了在这种情况下分出胜负，就未免把这赛制看得太简单了。分不出胜负，可以进行附加赛，联盟丝毫不介意多一点比赛来提供更多的观赏性。否则的话，还分什么两部分比赛，干脆就一场团队赛定输赢，那才叫干净利落又省事。不这样做，自然是因为单挑也是玩家喜闻乐见而不能舍弃的比赛形式。结果旧赛制那种多样比赛形式串联在一起的方式，导致了提前杀死比赛的状况，上赛季总决赛就发生了这种现象，这终于让联盟下决心做出改变。

新赛制，理论上来说，同样有可能发生这种现象。比如擂台赛里全取五个人头，而后在团队赛里，击杀对方两个人头，那么比赛就已经提前结束了。但是，这种理论的可能性极低。职业联赛中，擂台赛一挑三都是难得一见的盛景，以一挑五，虽不敢说绝无可能，但至少可能性已是极低极低。别说5分了，4分、3分在擂台赛中都是极难拿到的，毕竟擂台赛在同一时间段里，是一对一的，比赛环境是绝对公平的，一个选手最终拿到一到两个人头，应该是最普遍的状况。

而团队赛就不一样了，团队赛中获取人头分，事实上要比擂台赛容易一些。因为团队赛中，公平的局面只维持在最初。当劣势的一方人数开始被削减时，劣势将被不断扩大。优势方最后保有两个、三个，甚至更多的人头，是相当普遍的事情，反倒是只剩一人获胜的惨烈局面相当少见。此外，团队赛本身就是六人参加，比擂台赛要多一个人头。

综合这么多因素，擂台赛中只是拿到一个两个人头分的话，对团队赛局面的影响其实不算太大。也就是说，新赛制，团队赛起到的决定性作用相当大。可是想有这种决定性的作用，前提是擂台赛不能太放松，如此前后牵制，比赛的观赏性和竞争性都得到了最大的保障，而且将提前杀死比赛的可能性降到了最低。

对新赛制，联盟充满了信心，而最终留在挑战赛中的八强，将有幸成为这最新赛制的第一批尝试者。

小组赛战罢，有十天的休息时间，要到5月16日周五晚才开始淘汰赛，三周三轮，决出最终的挑战赛冠军。

小组赛中被淘汰的队伍，这随后几天里就相继打道回府了。对于很多玩家队来说，能走到这一步就已经很满足了，从联盟处领取到不薄的奖金后，也算不虚此行了。走得最不甘的，要数玄奇战队。在小组赛结束的第二天，就有媒体发布了玄奇教练张益玮下课的消息。记者也曾试着采访他本人，但遭到拒绝，而玄奇方面的官方说法是：经过近三个赛季的合作，觉得教练的形式并不适合当前的荣耀竞技。

随后5月9日版的《电子竞技周报》，也刊登了这一消息。不过报道得更多的，还是将玄奇彻底扫地出门的兴欣战队。

常先手头早就写好了一篇对兴欣战队的详细介绍，而且通过和兴欣战队的来往，多次修改。现在兴欣战队如此引人关注，常先藏了许久的这篇稿子也终于有机会正式发表了。兴欣战队的情况，终于得到了正面的完整介绍。除此以外，如此受关注的队伍，怎能不听一听他们的心声？于是同期的报道中，还有一篇常先对兴欣战队的访谈。这一期的周报，常先也算是大出风头了，傍着兴欣，一个人就独占了挑战赛二分之一的版面，让其他两位专跟挑战赛的记者好生羡慕嫉妒恨。

他们也抓住了兴欣这个话题，也去找兴欣进行了一些采访，也写了一些兴欣的介绍，但是，他们哪比得了常先这个以"兴欣随队记者"自居的家伙？最后被选用的稿件当然全都是常先的。

给一个网吧草根队当随队记者？常先一开始有这举动时，还引得二人耻笑呢，现在他们却是笑不出来了。看这家伙还能得意到什么时候！两个人纷纷恶毒地想着，开始诅咒兴欣快些出局。一个无法让他们有所收获的对象，那在他们眼中就变得毫无价值了。

曹广诚呢，却不愧是多年老记，压根没去和常先抢着写什么兴欣。他继续波澜不惊地开着他的专栏，这一期，是结合新赛制来分析了一下嘉世战队的状况。

挑战赛进入了一个新的阶段，而这赛季的职业联赛也进入了常规赛的收官阶段。

5月10日，荣耀职业联盟第九赛季第三十四轮比赛战罢。四大天王坐镇的霸图战队，从开局就以极其稳健的姿态一路领跑，到现在为止，在常规赛排名第一这个席位上，根本就没有制造出任何悬念。

而且，目前来看，以霸图的得分率，打破自扩军至二十支战队以来常规赛最高积分纪录，已经问题不大，不过想打破嘉世战队在第二赛季时创造的单场得分纪录则已无可能。那个赛季，嘉世战队最终获276分，这个总分看似不高，但那时的联盟一共只有十六支战队，整个赛季常规赛只有三十轮。在这两种不同的背景下比较得分高低的话，只能比场均得分，那么嘉世在那一赛季9.2分的场均得分可就变态到无以复加了。本赛季常规赛只剩四轮的情况下，霸图想超越这个场均得分已经无望。

不过能拿出来和荣耀联盟历史最好成绩对比，霸图本赛季的强势已经彰显无疑。

霸图之后，排名第二的是上赛季的冠军轮回战队。本赛季轮回志在卫冕，常规赛他们虽然被霸图压了一头，但是季后赛的胜负和常规赛无关。去年轮回战队在常规赛也是被蓝雨战队压着一头，可最后的总决赛呢？常规赛，比赛多，周期长，比的是战队的稳定性；而季后赛，淘汰制，一两场定输赢，比的那就是爆发力了。

轮回战队之后，第三、第四、第五，分别是蓝雨战队、呼啸战队和微草战队。三队的积分非常相近，所以这名次也体现不出三队的强弱。但是呼啸战队在上赛季的时候连季后赛都没有打进，本赛季却脱胎换骨成可以和蓝雨、微草一较高下的豪强——唐昊的转会，已被视作去年夏天最成功的转会运作之一。

接下来的第六、第七、第八——最后三个季后赛的席位，角逐也极其激烈。烟雨战队位居第六，最后四轮没有强敌，状况不错。第七的百花战队，前期丢分太多，等找回状态后才开始苦追，现在的局面难免有些严峻。排名第八的则是虚空战队，双鬼组合坚持了许多年，一直高不成低不就，一副存在瓶颈的样子，本赛季虚空的表现也是颇有起伏，虽然现在还占据着一个季后赛席位，但已经被很多人视为本赛季最令人失望的战队之一，一旦他们丢掉季后赛席位,那么这个"之一"也可以去掉了。

虚空战队会丢掉这个席位吗?悬念还是有的。紧随他们之后的是三零一度战队,一支典型的平民战队,选手不是最出挑的,角色也不是最强力的,但是这支战队经营得极好,战队的成绩也一向稳定,是季后赛的常客。本赛季,因为走了许斌,才对他们的成绩有了一定的影响,否则这会儿三零一度可能已把表现不稳定的虚空战队挤下去了。

而三零一度战队之后,紧咬着他们的就是本赛季的又一大神奇势力了——昭华、越云、义斩、贺武,仿佛抱了团般,共同进退。此时四队整齐地分列在第十位到第十三位,这绝对是让人大跌眼镜的一件事。

这四支队,从最初给人的印象来看,应该是在出局边缘徘徊的。结果现在居然都跑到中游区域了,而且随时有向季后赛发起冲击的可能。而拥有全明星选手的其他战队,像皇风、临海,都被他们挤在了身后。原本排名第十,被看作本赛季除呼啸之外,又一令人意外的战队的雷霆战队,现在也被挤得不再意外了。

昭华等四支战队的崛起,被认为是抓住了游戏更新这种变天的机会。不过,他们能抓住这机会的深层次原因,却是只有在网游中抢过野图BOSS的俱乐部公会精英们才知晓一些。

不过,随着联赛进入收官阶段,各战队的工作重心显然又转移了一次,很多选手从网游里收兵归来,彻底专注于比赛,尤其是百花、虚空、三零一度这些还有很大悬念的队伍,此时哪敢有半分懈怠?他们这一专注于比赛,昭华等四队当然就不好打了,所以虽然他们冲击季后赛在积分榜上看起来有可能性,但事实上四支队伍心知肚明,他们只是坐收渔翁之利,乘势而起,抢一次眼球罢了,想就此成事,他们还没有相匹配的实力。

职业联赛、挑战赛都进行到了如火如荼的阶段,不过相比职业联赛的胶着,挑战赛这边,因为各队确实存在实力上的差距,所以大家的关注点还是比较集中的。除个别队之外,大部分战队压力并不大,嘉世战队的对手,绝不至于因为想着如何对付嘉世而夜不能寐,这会被人嘲笑成是痴心妄想的。

十天的时间一晃而过,终于又到了比赛日。八强的四场比赛中,诛仙战队对操盘手战队的比赛被视为最有看点的一场对决。在B组中挤掉职业队的操盘手,显然是线下赛阶段最大的黑马。再加上他们在B组中与玄奇、兴欣对战时都有抢眼的表现,所以这一回合对上过气的诛仙战队,大家还真不敢拿诛仙战队是职业队来说事。

结果,黑马的征程却终究只能到此为止了。最有看点的比赛最终平平淡淡地就结束了,擂台赛,再到团队赛,诛仙战队好像就是按部就班地迈着步子,一步一步,走过去……操盘手就这样倒在了他们的身边。

兴欣战队、嘉世战队的两场比赛也同样没什么悬念,玩家队被他们轻松击败。

所以这一回合,要说真的有看点,还得数C组第一和D组第二的这场比赛。两队实力相近,比赛质量虽然不高,但至少打得热闹。只可惜,如果只是有这样的热闹,就能让观众看得满意的话,那职业战队还有什么存在的意义?

八强赛就这样平平淡淡地结束了，没有发生任何让人热血沸腾的场面。连之后各大媒体对这一天比赛的报道，也是那样的有气无力。不过想到接下来的对决，大家还是可以精神一振的。上半区这边，兴欣和诛仙终于要相遇了，这应该会是一场质量不错的比赛。至于下半区，喜欢嘉世的玩家就继续欣赏他们的大神虐菜的英姿吧，如果这一路走来他们还没有看腻的话。

"还有两场比赛！"

比赛后的第二天清晨，陈果从梦中笑醒，阳光已经洒满了房间，陈果继续梦中愉悦的心情，然后朝旁一看，却发现和她同屋的唐柔已经不见了身影。

起这么早？陈果嘀咕着，起床洗漱，收拾妥当，走出房间。楼道里极其宁静，陈果估摸着其他人都还在睡，所以也不去打扰，自己下楼去餐厅吃了个早餐后，就往网吧训练室那边去了。

嘉世依然自己独住另一酒店。联盟安排的这边酒店，早已经没了初时的热闹，下榻的十九支战队到了今天，只剩下三支。相处了这么一段时间，又有荣耀这一共同话题，尤其玩家队普遍是混网游的，所以虽然是来打比赛的，但比赛之余大家都成了好朋友。能打到挑战赛这一步的，那也绝对是玩家中的翘楚，所以陈果挺热情地将这些人往兴欣里招揽。

不过既然是翘楚，那么这些人在网游里大多都是有根基的，对于陈果的招揽，他们大多含糊其辞。陈果网游经验丰富，这些缘由还是很懂的，所以也不急于一时。她的逐烟霞，这段时间可是没少加好友，大家约好了到时候神之领域再见呢！

相比之下，这些人对于叶修的兴趣，其实更大一些。结果让陈果意外的是，以前各种扮神秘不露相的叶修，现在看起来好像并无太多那样的避讳。

"怎么回事？"陈果纳闷地问过。

"废话，我以前可是冒名参赛，不低调点行吗？"叶修半开玩笑地说着。

假身份，这才是叶修一直躲躲藏藏的原因吗？由于叶修说是这个原因的时候一点也不严肃，弄得陈果也不敢确信。要说她认识叶修之前，如果听说叶秋大神专注于比赛，所以不接采访不接广告什么的，陈果是会相信的。可是现在熟悉了，陈果总觉得叶修是很专注于荣耀不假，但也没专注到那近乎迂腐的地步。

从前前后后这么久的了解来看，陈果觉着叶修回避的态度是有多方面原因的。最初是因为离家出走，不想被家中发现、领回去；冒名参赛，需要低调，也是说得通的理由；再加上这家伙大概是懒得应付这些事的，所以才造就了这么一个神秘的大神。而现在，家庭问题不像当初那么尖锐了，身份问题这一次也得到了解决，三大原因有两个不存在了，叶修自然就不太在意这些事了，这也是合情合理的。

陈果一边胡思乱想着，一边走到了他们兴欣的训练区，结果就见他们这边可是一点都不冷清，兴欣的队员，甚至包括莫凡，起得都比她要早，全都已经在电脑前忙碌起来了。

"你怎么也不叫我一声啊！"看到大家如此积极，陈果很是惭愧，有些埋怨地对唐柔说着。

"我也没想到大家居然都起来了啊!"唐柔说。

"难道,这只是巧合?"陈果说。

"确实是。"唐柔点头,"我来的时候,叶修、老魏他们就已经在了。"

"都在做什么?"陈果看了一圈,大多数人都在自己做着练习。只有叶修、魏琛、孙哲平围坐在一台电脑前,三人都是双手抱着胸前,神情冷峻地观看着屏幕。

屏幕上是一场荣耀比赛的录像,陈果走近看了一会儿后也瞧出来了,是诛仙战队的比赛。线下赛都打了一个多月了,留在最后的队伍,大家已经混了个脸熟不说,战队的角色也相互认了个七七八八,屏幕上正在放的,是诛仙战队在小组赛里的一场比赛。

陈果跟着看了一会儿,没看出什么名堂。诛仙战队,虽挂着职业战队之名,但一直表现得比较平庸。在接下来的对决中,看好兴欣的人甚至要多一些。淘汰了无极,又以10:0完胜了玄奇,已经没有人怀疑兴欣的真材实料。只是击败嘉世……相信这一点的人依然少之又少。不过如果对手是诛仙战队的话,在大多人眼中,这支战队还不如无极或玄奇,对上兴欣,恐怕只会输得更惨吧?

不过看到三位大神如此严肃地观摩诛仙战队的比赛,陈果感觉可能会有什么文章,于是也不敢贸然发表高见。跟着又看了一会儿,这场比赛就结束了,最终诛仙战队拿下了团队赛的胜利。

"怎么样?"叶修接着就开口了。

"你的分析,有一定的道理。"孙哲平点头。

"怎么了?"陈果终于忍不住插话问了一句。

"哦,我们在研究诛仙战队。"叶修回头看到是陈果,解释了一句。

"诛仙有什么问题?"陈果问。

"诛仙的表现一直挺一般的,但能一直保持这种一般,也是一种可怕的稳定性。"叶修说。

"什么意思?"陈果不解。

"意思就是,他们游刃有余,有能力以更加高效率的方式拿下比赛,但他们却一直保持着这种状态。"叶修说。

"那是为什么?"

"不清楚。"叶修摇头,"或许是有意示弱,也可能是刻意进行了节奏控制。"

"就是说,这其实不是诛仙战队的真正实力?"陈果说。

"目前还只是推测,我们三个暂时都认同这种可能性。"叶修一边说着,一边拉出来QQ,点开好友名单里的一个头像,QQ抖动了一下,然后发了一排"喂喂喂"。

然后就见QQ窗口上一直在提示对方正在输入,但半天没见消息回来,叶修等得不耐烦,又敲上一句:"你不至于吧?打字都这么慢?"

陈果这时凑近看了一眼屏幕,顿时胆都颤了一下,那聊天窗上对方的名字,赫然写着"喻文州"。

叶修和这位蓝雨战队的队长在搞什么名堂呢？陈果正纳闷，就见那边终于回了消息："节奏应该刻意有压吧！不过我不觉得是为了伪装实力才打成这样，应该是为了更加稳妥，所以打得比较耐心、比较慢。操作方面，看起来有一种生疏感，像是拿着新角色在适应似的。"

　　"果然！"叶修回道。

　　"个人看法。"喻文州表示。

　　"行，我知道了。辛苦你了，你要是困就接着睡吧！"叶修说。

　　"……"

　　叶修随后就关掉了聊天窗，看向魏琛和孙哲平："看法和我们差不多，看来极有可能是这样了。"

　　陈果这时已经搞清楚状况，在一旁目瞪口呆半天了。这帮家伙，自己研究不说，还把蓝雨的喻文州也拉扯上，让这位同是联盟最顶尖的大师也帮着给分析了一下？

　　"这这这……这太犯规了吧！"陈果说。

　　"犯规？"叶修回头看了陈果一眼，"犯哪条规了？"

　　"这这这……"陈果语无伦次，挑战赛规则上当然没有这样的条款，但这样的做法，让陈果有一种恃强凌弱的感觉，诛仙的人要是知道了，估计会委屈得哭出来吧？

　　结果那三个人却还没完呢！

　　"要不要再找张新杰看看？"魏琛说。

　　"他？"叶修扫了一眼时间，"准时起床、洗漱、吃早餐、健身、做每天的训练，一秒误差都不带有的，等他抽出手来，都不知是什么时候了，还是别指望了吧！"

　　"不是号称四大战术大师吗，还有一个呢？"孙哲平说。

　　"肖时钦？"叶修问。

　　"好像是这名。"孙哲平点头。

　　"你多关心关心后辈行不行？名字都记不住啊！"叶修鄙视。

　　"嗯……"

　　"嗯是什么意思？"

　　"别废话了，找他看看！"孙哲平说。

　　"你到底搞没搞清楚状况啊！你知不知道他现在在哪个队？"叶修说。

　　"哪个队？！"

　　"嘉世啊！"叶修说。

　　"哦？"

　　"你哦什么哦，你不看转会新闻的吗？"叶修说。

　　"从来不看。"孙哲平说。

　　这点叶修其实是知道的，眼前这个人，确实从来不关心这种事情，对于他而言，管你战队有什么变化，反正都往死里砍就是了。

"问他恐怕不太方便。"叶修说。

"嗯。"魏琛点了点头,"没准那家伙会故意往歧路上分析,来误导我们。"魏琛从没下限的角度来揣摩肖时钦的可能性。

"对。"孙哲平点了点头,"有这种可能,他们这些玩战术的,心都脏。"

"是的是的,特别没下限。"魏琛连忙表示赞同,很显然,孙哲平所说的"他们"肯定包括叶修,他是四大战术大师之一嘛!

"呵呵。"叶修干笑了一声。

"还不以为耻。"魏琛摇头叹息。

"反以为荣。"孙哲平也叹息,看着叶修,像是看着什么无可救药的东西似的。

"呵呵。"叶修又笑了声,"两个手下败将。"

"诛仙战队看来不好对付啊!"魏琛果断地把话题换掉了,切换之生硬,尽显没下限的本色。

"嗯,照我们的分析来看,诛仙战队在打法上可能没什么隐藏,他们真正隐藏的,是他们的角色实力。"叶修当然也不会在废话上扯个没完,顺势就说起正事来了。

"目前诛仙战队的角色实力,其实已经不算弱了。"魏琛翻看着手中的资料,那上面是目前可搜集到的诛仙战队的详尽资料,是常先整理后交给他们的。

75级更新迄今已经五个月有余,75级橙装当然不至于还像最初时那么稀有。像诛仙战队这种有职业背景的,就算自己打不到,用钱砸也能砸出一身来。橙装,毕竟是游戏里有概率产出的东西,所以价格和银装完全没可比性,以职业联赛为目标的战队,如果连买橙装的钱都舍不得的话,那还是趁早解散的好。

诛仙战队多年不放弃,在投入上还是相当舍得的,角色用全副75级橙装武装,如果说这样的角色还隐藏了实力的话,那么还能带来显著提升的可就只有银装了。

"诛仙战队这么有家底吗?"魏琛疑惑。

"不知道啊……"叶修也茫然,要不是混到挑战赛里来,诛仙战队可能都快被他们这些职业圈的人遗忘了。

"是不是……拿到了什么赞助,所以一下子变得有钱起来了?"陈果这时冷不丁地插了一句,说得非常有见地。而这,来自她的亲身经历。兴欣战队因为在线下赛的出色表现,目前已经有一些厂商找兴欣洽谈合作了。当然,眼下还没有任何一笔合作正式敲定下来,因为所有的公司、厂家都还要进一步观望。仅是兴欣当前的表现,还不足以让他们长期赞助,可是如果兴欣真的击败嘉世的话,他们的合作意向就会变得更明确、更强烈了。

眼下诛仙战队看起来好像深藏不露,陈果顿时就想,这队,会不会就是得到了这样的支持呢?

赞助?叶修却摇了摇头。赞助属于商家的商业行为,他们通过赞助,也是要有收获的,所以他们看中的都是强队、有话题的队、受关注的队。挑战赛本身受关注的力度就小,挑战赛里的队伍在赞助方面是很少有收获的。

兴欣能收到这种商业合作意向，却是一个例外。虽然在很多人眼中兴欣不是强队，但兴欣不缺话题，而且越来越受关注。但即便是这样，也还没有哪家厂商开始赞助兴欣，显然是兴欣目前的程度，他们还觉得不够。商家需要的不是昙花一现，而是持续的关注度，在挑战赛里能保持这一点的，只有一种可能——赢取最终的胜利。

而这一次挑战赛里有嘉世战队，如果真能取得最终胜利，那么所受的关注和以往挑战赛冠军的情况相比，就绝对不是一个重量级的。而兴欣前期所受的关注，事实上也和嘉世有很大关系，是嘉世的存在，抬高了这一次挑战赛的含金值。从另一个角度来说，嘉世就像一块试金石。

诛仙目前在挑战赛中的表现平庸，但是他们的际遇应该和兴欣一样，至少也要把嘉世干掉，才有招来赞助的可能。所以，陈果的这种推断，不合理。

不过，从这个角度，叶修却又想到了另一种可能性——诛仙换了老板。

职业战队、俱乐部，就好像一家公司一样，当然也可能被买卖。诛仙战队如果是被收购了，而且收购他的又是一位有钱的金主的话，那么忽然一夜之间有了家底，那也是极有可能的。

"想那么多干什么？"孙哲平这时候说话了，"既然看出来了，就做好心理准备，到时候战胜他们就是了。"

"也没别的办法了。"叶修点头。

摸不清诛仙战队的真正实力，那么连有针对性的备战都无法进行，贸然安排反倒有可能弄巧成拙。所以这一周，兴欣的训练内容，就是做好自己，努力提高自己，以不变来应万变。

诛仙战队的选手，这些天也继续在酒店，还有网吧训练区出入，和兴欣的诸位遇到，也都带笑招呼一声，看上去一团和气。这时候网吧训练区也就他们两支战队在使用，另一支四强队伍下一场的对手是嘉世，他们早就放弃了，乘着还有一周的包吃住，这队撒开了在B市旅游，网吧训练区这边一星期也没见他们来一次。

转眼，比赛日又到了。《电子竞技周报》一周两期，其中一期是在比赛日之后，正好介绍比赛内容，对结果进行一些点评；而另一期是在比赛日之前，多是一些杂碎的消息以及一些热点赛事的备战情况和预测。挑战赛这包子虽小，却也有肉，该写到的内容倒是分毫不缺。

晚八点，线下赛比赛场馆，每周进行的比赛越来越少，但观众不减反增。

兴欣战队从选手通道入场后，正朝自己的选手席走去，就见哗的一下，他们选手席后方一段距离的观众席上，打开了一条宽阔的横幅——兴欣，必胜！！！而后就见坐在那里的一堆人纷纷呐喊起来。

"咦？"陈果意外了一下，之前的比赛虽然也出现了一些兴欣的支持者，却没见过这样有心的，倒是叶修的私人粉丝团，有凑成堆地一起加油过。想不到兴欣现在终于也有粉丝团了？

陈果心里小得意，结果下一刻，就在相邻的观众席上，也哗的一下，打开了一条横幅，上面写的却是——诛仙，必胜！！！无论是横幅的大小，还是字体的美观，诛仙这一下都把兴欣给比下去了。他们那边的一团观众得意洋洋地朝兴欣粉丝团扫了几眼，而后也开始大声呐喊，顿时把兴欣粉丝团的音量也给压下去了。

但兴欣粉丝团的玩家似乎并不畏惧这种挑战，跟着便更大声地呐喊起来，其中夹杂着一些诅咒和骂声，后来咒骂还不过瘾，观众们手里乱七八糟的杂物，比如空矿泉水瓶什么的，开始朝诛仙粉丝团那边砸去。

这一下诛仙的粉丝团好像就有些招架不住了，他们并没有进行这种"武器"上的还击，甚至之前兴欣玩家们恶语相向的时候，他们还嘴的人也是相当少的。结果，兴欣粉丝团正为他们的胜利洋洋得意时，现场维持秩序的保安就冲过来把他们给包围了。

陈果看得大为着急，连忙跑过去想要协调一下，却见保安将兴欣的粉丝们严肃警告了一番后，又将刚才带头进行投掷攻击的家伙从人堆里揪了出来，要往外请。兴欣粉丝们顿时又不干了，各种哗然。结果那保安又说了什么后，躁动渐渐止住，出头鸟还是离开了，不过不是被带走，而是被另行安排了个位置。四强赛的上座率虽然不错，但挑战赛的影响毕竟有限，场馆里还是有大把空位的，这位出头鸟被带到了一片空位置当中，孤零零的。

而诛仙战队的粉丝团呢？现在人人带着胜利的微笑，好像早就知道会是这样似的。陈果看得极为不爽。不过叶修一瞅就知道诛仙这粉丝团是有经验有组织的，他们有观看这种比赛的经验，知道如何掌握尺度。兴欣的呢，看来就是野路子了，搞出这种扰乱秩序的行为，当然会有维持秩序的保安人员出来警告了。

诛仙战队的选手这时候也到了赛场，看到了刚才的一幕，随后望向兴欣战队这边的时候，他们无奈地笑了笑。

比赛双方的选手席都是挨着的，这次双方各有粉丝团聚到他们背后，结果比赛还没打，粉丝团之间就发生了争执。这兴欣和诛仙只不过是普通相遇的一组对手，没什么过节，可想而知，如果是联盟中那些有宿怨的战队相遇，粉丝之间会如何激烈斗争了。

选手们进入选手席，落座，而后诛仙那边就有人站起来朝后边的粉丝说着什么，看起来是在安抚大家的情绪。陈果一看，自己也不能差啊，随即也站起身，面朝身后的观众席，可是看到这些饱含期待的面孔，她一激动就不知说什么好了。接着就见那粉丝堆里有一人张牙舞爪地朝她挥手吆喝着："大姐头，大姐头，是我啊，是我啊！！"

结果还没怎么样呢，立时就有保安十分戒备地冲了上来，那人见状，身子连忙朝后缩了缩，但仍冲着自己猛指："我啊！！田七啊！田七！"

"啊？"陈果呆住，一时间竟然没反应过来。结果旁边其他人早已经学着田七，使劲在那介绍自己。

"会长，我是冷影残。"

"我是天外飞鬼。"

"龙虾小子。"

"大旗浪子。"

"寒桅。"

"……"

"是你们!"陈果一下子脱口而出。这一个个游戏里的名字,她一点也不陌生,这些人全都是兴欣公会第十区的成员,是最早一批加入兴欣,跟着他们白手起家的成员。那一批公会成员,现在有一些也已经冲到了神之领域,有的继续加入神之领域的兴欣公会,有的却打拼新天地去了;但是也有一些,他们留在了普通区,在这里继续游戏,比如从月轮公会转来的田七、月中眠他们几个。他们原本就是神之领域的老玩家,第十区开放后就来了新区。

对于普通区而言,都是殊归同途的,最终都是要到唯一的那个神之领域去。所以说,在荣耀里,换一个新区重新玩的话,除非是立志只在普通区,不去神之领域的情况,否则没有什么意义。田七他们又不是俱乐部公会的,来普通区没有什么建设发展的使命,所以会来普通区,就是因为不想在神之领域混,而打算只玩普通区。

作为老玩家,他们的水平当然比普通区那些新人要强一些,于是就都成了兴欣公会的骨干。骨干嘛,当然是有一定影响力的,四个放弃了神之领域的家伙,当然不会对神之领域有好感,受他们的影响,第十区的兴欣公会里,留在普通区没去神之领域的人还是挺多的。

而此时,一起跑来现场助阵的,正是这帮人。陈果没有见过这些人,不知道他们都是哪里人,但是此时,他们全都聚在了兴欣战队的身后,成了他们坚实有力的依靠。

"你们……"陈果发现自己的声音有点哽咽了,她本是一个和生人都能飞快打成一片的自来熟,可是此时面对一群"熟人",却不知道说什么好了。

叶修此时默默站到了她身边,那些玩家看到他,顿时激动地说:"啊,叶神,看!"

叶修由于离开普通区太早,所以这些人他倒是不怎么熟悉,不过田七他还是认识的,而且认识得相当早,比认识包子还要早。

"小月月他们呢?"叶修笑着问田七。

"哈哈,暮云深、浅生他们太远了,不方便过来。小月月,不就在那吗?"田七说着往那边一指,那个因为带头扔矿泉水瓶砸人而被保安带走,扔在无人区幽禁的家伙,原来就是月中眠。

"哈哈哈哈,居然是你们!"这时陈果身边一道人影忽然一下就起来了,包子站到了座位上,朝后边的兴欣玩家们热情地打着招呼。

"哦哦,包子,你个傻×!"众人哄然叫道。叶修是大神啊,他们面对时,总是感觉有压力,不知道说什么好。但一看包子,顿时就亲切了,包子是彻头彻尾地从兴欣公会里混出来的,和这些人都熟得很。

"哈哈哈哈,一会儿看我干掉那帮家伙。"包子指着旁边诛仙战队的选手们得意道。

"一挑五,敢不敢!!"兴欣玩家们大叫着。

两队都来了粉丝团,那战队和粉丝难免要交流一下。诛仙那边,战队与粉丝的交流一团和气,战队感谢粉丝的支持,粉丝不住地给战队加油打气。兴欣这边,交流却是一团匪气。

包子和众人熟,那是没得说的,唐柔那和大家也不陌生啊!只是唐柔平时在游戏里各种威武彪悍，虽然说话是女声，但兴欣公会的诸位没少在私下里怀疑。现在真人看到了，非但是个姑娘，而且还是个这么漂亮的姑娘，大家顿时都有点不好意思说话了。

除了他俩，还有罗辑，那在兴欣公会里混得也挺久，而且给大家提供过不少攻略一类的东西。在新手菜鸟们眼中，罗辑那也是大师一般的高玩。现在看到他混进了战队，谁不得点头说一句：果然是高手。

乔一帆的一寸灰，因为代练比较多，所以和兴欣公会的玩家们交流不多。不过总归是公会中挂名的角色，就像一个身边人，总有一份亲切在那。

兴欣这边气氛热烈，引得保安频频关注，兴欣的粉丝们也就不敢再轻举妄动了。观众席和选手席之间是有一段隔离区域的，这也是为了保障场边选手的安全。按规定，观众是不允许走入隔离带的，不过有时候有的粉丝想求选手签名，在得到选手同意后，保安偶尔也会睁只眼闭只眼。不过，今天的兴欣粉丝团已经因为生事被架走了一人，现在已被现场保安视为重点监控对象，当然就别再指望保安会给他们网开一面了。大家聊得高兴，却也只能隔着那么一条隔离区喊来喊去。

诛仙这边客气地交流，三言两语就聊完了，结果就见兴欣那边欢声笑语，没完没了。诛仙选手一个个都是心情复杂，有点羡慕兴欣他们那种打成一片的氛围，但又有点鄙视兴欣众人的草莽气息。可是转念又一想，都不用往多里数，就叶秋大神一个人的身份，就高过他们诛仙全队，鄙视人家草莽？自己拿什么身份去鄙视啊？

诛仙战队的选手们一时间都有点失落，呆呆地坐在席位上等比赛开始。他们身后的粉丝团此时也没了声息，坐在座位上看着兴欣这边。要说羡慕，那作为粉丝才是真的羡慕，如今的职业战队高高在上，选手都是明星，距离玩家越来越远，像兴欣那样朋友般的接触，真的只能是奢求了。

看到兴欣那边那么热闹，自家这边这么冷清，诛仙战队的选手席中，一人微笑着转头和身边人说了几句，听的人点了点头后，两人就一起站起身，微笑着朝兴欣战队这边走了过来。

Chapter 003
对 战 诛 仙

这两个人,叶修其实一早就注意到了。诛仙战队阵中可从来没有出现过这么两个人,今天是他们首次亮相,但他们又不可能是选手,因为线下赛是不允许临时更换选手的。

再看这两人,右边一个,年纪看起来略大,估计在三十岁上下;左边的那位看起来就要年轻一些了,估计在二十五岁上下。

看到两人直朝这边走来,叶修当即迎了上去,其他人注意到后,也都停止了聊天,将目光全都放到这两人身上。

"叶神你好。"两人过来,主动打起了招呼。

"两位是?"

"张简。"右边那位年纪较大的先介绍了一下自己。

叶修听后稍一愣,又仔细打量了一下张简,很快就想起来了:"是你?好久没见了啊,没认出来。"

"我们这种小人物,能被叶神听到名字后记起来,就已经是荣幸之至了。"张简笑道。

"哪的话。"叶修也笑了笑。

张简也是一位拓荒时代的职业选手,当时的诛仙战队队长,连续两年率领诛仙战队在联赛中垫底,与连续两年夺冠的冠军队队长相对,绝对是联盟中最遥远的距离。从这方面来说,张简说自己是小人物,倒也不能说是自谦了。

不过论个人实力的话,张简其实远不是"小人物"那么渺小。但在竞技圈,实力有时候并不能和成绩画上等号,而成绩,才是最有说服力的证明。诛仙战队连续两年垫底,烂到不能再烂的成绩,让这位诛仙战队的队长兼王牌受尽了指责。

第二赛季,联赛开始实行出局制,垫底的诛仙战队出局,张简却受到了一些战队的邀请。就在人们都以为这下他肯定会乘机逃离火坑的时候,他却留下来了,顶着压力,终于将诛仙战队又带回了联盟。随后,宣布退役。

这之后,就再没有这位选手的消息了。那个时期,荣耀联盟还没多繁荣,职业选手也赚不到多少钱。退役之后的选手,都得过起平平淡淡的常人生活,而他这么一位烂队中的选手,显然不会得到什么后续关注。

没想到这么多年过去,居然又在荣耀圈中见到此人,而且他又和他曾经奋斗过的诛仙战队站在了一起。难道是这几年他发家了,然后把诛仙战队给收购了?

叶修心下正猜想呢,张简却是把一边的那个年轻人介绍给了叶修:"这位是我们诛仙战队的老板,萧杰。"

"哦?"叶修还在猜张简是不是老板呢,结果转眼正主就被介绍出来了。说起来,诛仙战队原来的老板是谁,叶修还真不知道,常先送来的诛仙资料里也没有。不过眼前这人二十五六岁的年纪,显然不可能是诛仙一直以来的老板,那时候他才多大?十六七岁而已!

张简这边介绍完,叶修问过好后,安文逸却是意外地凑上来问了一句:"萧杰?是那个萧杰吗?"

结果就见这位年轻的老板笑着点了点头:"就是那个萧杰。"

"什么人?"叶修等人都看向了安文逸。

"是位畅销书作家。"安文逸说。

"作家?"叶修挠头,这种身份让他觉得特别生疏和遥远。

魏琛则更夸张,闻讯大步赶来:"作家在哪呢?让我看看,我还没见过活的作家呢!"

陈果呢,这时其实也有点好奇,不过总算没像魏琛那么夸张。因为从魏琛那里,她感到了一股子浓浓的只知荣耀、不学无术的气息。

"作家你好,幸会幸会。"魏琛上前抓了人家的手,还来回地摇。

"魏老大,我小时候也看过你的比赛。"萧杰笑道。

"哦哦,是吧!要不要我的签名呢?哈哈哈哈。"魏琛毫无廉耻地说着。

萧杰笑而不语,很显然,他不是魏琛的粉丝。不过从他的话里,至少透露出了一些信息,他也是持之以恒关注荣耀的一个人。

"萧老板看来是诛仙战队的粉丝啊!"叶修这时说道。

"是的,这么多年来一直都是。"萧杰说。

"那挺不容易的。"叶修说。

旁边的张简立时翻了个白眼。这话说得,略有点嘲讽,却是事实。诛仙如此渣烂的战队,居然还能吸引到一个粉丝数年如一日的支持,这确实是件很不容易的事。

"呵呵,确实。"这不,连萧杰自己都承认,"诛仙的成绩一直都不好,真让人着急。不过,过去只能干着急,现在总算好了,自己也有能力了,可以帮到战队了,挺欣慰的。"

"诛仙也该欣慰的,可以有你这样的粉丝。"叶修说。

"呵呵。"萧杰笑了笑,本来想再说什么的,却看到裁判朝着他们走来。看到双方都望了过来,裁判随即招了招手:"双方准备,比赛马上就要开始了。"

"那有什么话,我们打完再说?"叶修说道。

"或者边打边聊也是可以的,我挺想听听大神对比赛的高见。"萧杰说。

"没问题,反正我们两家挨得近。"叶修说。

"那请。"

"请。"

两人说是请,可实际上没真扎堆往一块儿坐,而是先回了各自的选手席,做赛前准备去了。至于"祝你们取得好成绩"一类的话,那当然是不会说的,眼下双方可是对手啊,祝对方有好成绩，不就等于祝自己渣掉一样？这客套话放到这里说显然就是纯粹的虚伪，双方果断忽略掉了。兴欣众人回到选手席后，心里其实都挺不平静的。诛仙战队和萧杰是个什么情况，这么几句话大家已经完全可以听出来了。

萧杰以前就是诛仙战队的粉丝，一直支持这支战队，只可惜这支战队一直很不争气。结果这个当初的少年，一天天成长，现在成了一名畅销书作家，混成了成功人士，于是干脆就把自己支持的战队给买了下来。粉丝能支持到这份上，在荣耀史上真算是前无古人了，能和他的疯狂一较高下的，大概只有玩荣耀玩到直接自组战队、成立俱乐部、来职业圈玩的义斩那五位阔少、小姐了。

诛仙战队这神奇的际遇，这下兴欣诸位算是了解了，不过这对于影响眼下比赛的胜负并无什么帮助，别因为这事思想开小差才好。看到比赛即将开始，田七阻止了粉丝们再去骚扰兴欣诸位，然后指挥拉横幅的拉横幅、摇旗的摇旗、呐喊的呐喊，又开始为兴欣加油了。诛仙的粉丝团们当然也不甘示弱了，立刻展开了和兴欣这边针锋相对的声势。

诛仙战队那边呢，萧杰果然坐了一个离兴欣这边最近的位置，笑着朝这边看了一眼后，他们队的第一个选手就起身上场了。新赛制，比赛该如何排兵布阵？战队操心，玩家关心，各方面都在积极参与这方面的研究和讨论。像过去擂台赛那样，王牌选手摆在最后压阵的最常见的做法，当然就有些不可取了，那样太消极。

可是将王牌选手直接摆放到第一顺位出战，看起来也有些激进。职业赛场上，一挑三都是极少见的，擂台赛里发挥出色的话，一般也就是一人击败两人上下。

所谓两人上下，就是击败一人后，将第二个对手也打到半死，但自己先一步支撑不住倒下；或者，第二人也给击败了，但面对第三人时自己已经没什么能量了，很快落败。就这，已经算是擂台赛里的佳绩了。所以新赛制下，即便是王牌选手，丢到第一顺位出战，也未必就能给己方多掠到人头分。

好钢还是要用在刀刃上，以前的王牌选手，在最后关头守关，现在的王牌选手，要在争取获胜的前提下尽可能多地掠到人头，那么在最合适的时机出现，就再巧妙不过了。比如打到对方还有一个半人的时候，正好排到己方王牌选手出阵，那么获胜的把握自然更大。经过这诸多分析，目前普遍的认知，都觉得王牌选手放在擂台赛五个顺位中的第三、第四位最为恰当。

不过，在擂台赛里赚人头分，比起团队赛终归是要难很多。擂台赛未来发展的趋势，应当是以稳为主，守好擂台，不在擂台赛里多丢人头，随后在团队赛里决胜负——这是目前预测的今后赛事的走向。

但是今天，诛仙战队头个上场的，就是他们目前的队长，剑客选手、林易。

从已经进行过的比赛来看，林易正是诛仙战队中表现最出色的选手，此时赫然在第一位登场，是自信，还是另有什么安排？

诛仙战队的老板萧杰始终面含微笑，向兴欣这边做了一个请的手势。叶修笑了笑，随即也拍了拍身边的人："上吧！"

"哦哦哦哦哦！！！"顿时，兴欣粉丝团因为这人的出场又掀起了一个高潮。

"包子，一挑五！！！"粉丝当然不管这有没有可能，反正只是句口号，不浮夸的，那能叫作口号吗？

"哈哈哈。"包子大笑着，他这个脾性，哪管对方什么排兵布阵啊，转身就朝身后那帮游戏里的朋友挥了挥拳头。

"一挑五！"包子大声说着。在旁人看，这真是一个嚣张到不要脸的家伙，诛仙战队的粉丝团对此早已经嘘声一片。这个，兴欣粉丝团倒真不好意思去较真回应，因为他们喊是喊了，但也知道一挑五是不可能的，拿这个去和人家叫板，这不是自找打脸吗？

双方选手随即上台，开始刷卡载入角色。兴欣这边的几位对望了一眼后，目光全都转向了电子屏中角色载入的画面，在角色载入完毕后，角色的装备会全部呈现在观众眼前。

果然！林易的角色——剑客万剑归一，这一亮相，只从装束上众人就看出了和之前的不同。等到把装备查看面板一打开，一排银晃晃的名目立时跳了上来。万剑归一周身上下，银装有七件之多。

这看起来虽然比迎风布阵还要少一件，但是兴欣这边银装配备并不均衡，魏琛的迎风布阵有八件之多，其他角色却都较少，叶修的君莫笑更是只有一件银武千机伞，兴欣做出的银装，都是优先配给了其他人的角色。但职业战队一般不会厚此薄彼，核心角色会占据较多资源是肯定的，但也不至于存在核心角色都拥有八件银装了，其他角色却只有一件这么夸张的情况。

再加上诛仙战队流露出来的生涩感是在每个角色身上都有具体表现的，所以叶修他们推测，林易这万剑归一的银装水平，很可能就是他们主力角色的平均水准了。平均每个角色七件银装……这个武装度甚至高过联盟的平均水准，诛仙战队，果然深藏不露。

不过，万剑归一身上这七件银装，没有一件是75级的，毕竟75级的资源有限。联盟现在70级的银装如此普及，那也是因为荣耀在70级的阶段停留多年，各队逐渐积累下来的。真要一年提升一次等级上限的话，就神之领域这点稀有材料的产出量，非把职业战队都逼疯不可。

诛仙的情况，多少也算被预料到了，所以兴欣诸位的神情还算镇定。诛仙能这么快配备这么多银装，应该不只是有财力的缘故。萧杰毕竟只是个年纪轻轻的作家，书再畅销，论财力，也肯定和楼冠宁那帮家伙没法比，更何况义斩还是五人抱团，但最初也不过是搞到了二十件银装。

诛仙战队虽然落魄，但毕竟也是从联盟初期就开始混迹于职业圈，这么多年都没有放弃，怎么也得有一定的积累支撑。萧杰这一次的投入，大概正好引爆了诛仙战队多年的积累。而那个张简，或许也是这种爆发的关键人物，那个时代他就是职业水准，如果这么多年还没有放弃的话，那在荣耀上的造诣肯定已不容小觑。

叶修等人心下猜测着诛仙的情况，场上擂台赛第一回合的比赛却终于要打响了，倒数过后，双方角色载入地图，比赛正式开始。诛仙战队的老板萧杰，还真是说话算话，比赛一开始，就凑过来和叶修攀谈起来了。

"你们队的这位选手，我觉得特别有意思。"萧杰说着，口气有点倚老卖老的感觉。不过说实话，叶修也没什么立场鄙视对方年轻，二十五六岁的年纪，那和他基本上就是同龄人。

"你们的这位选手，真是相当稳健。"叶修说道。

"队长的位置，就需要这样的选手。"萧杰感慨着。

"看起来，他还不是你们诛仙战队的王牌。"叶修说。

萧杰笑了笑，随即问道："叶神看来，我们诛仙战队的王牌选手是哪一位？"

叶修也笑了笑，目光望向诛仙选手席上的一位选手："你们的王牌选手，较难起到引导战局的核心作用，但却是你们最有力的后防保障。"

"叶神果然好眼力！"萧杰挑起大拇指夸赞了一声，目光也转向了他们诛仙战队中的那位选手，牧师职业的路世林。

"不过叶神说牧师无法起到引导战局的核心作用，我觉得这就有点老脑筋了。"萧杰说。

"呃，其实我要说的是主导，不是引导，词用错了，不好意思啊，你知道的，我不是作家。"叶修说。

萧杰一怔，顿时哭笑不得。主导、引导，一字之差，意思确实不大一样。他正想给叶修挑挑刺呢，没想到对方竟痛痛快快地拿一个用词错误的借口把这给掩盖过去了，顺便还调侃了一下自己的作家身份。

"这么看来，叶神对于怎么应对，也是胸有成竹了？"萧杰定了定神，接着说道。

"起不到主导作用的核心，没必要专门去应对。"叶修说。

"是吗？"萧杰又笑了笑，不再说什么，坐回自己的位子继续看比赛去了。

这人很喜欢笑，微微的、淡淡的那种笑。初看这种笑容，挺容易让人产生好感，觉得这个人谦逊有礼。但是，这样的笑容一而再，再而三地出现时，所传达的可就不再是这种意味了，而是骄傲、自负。他用这种写满了优越感的神情，来表示对对方的不以为意。要依陈果的看法，这还不如直接来一句"你真是个傻子"来得痛快呢！

"这人笑得真讨厌。"陈果对叶修说着。

"不笑也很讨厌，搞起个战队给我们添乱，烦不烦啊！"叶修说。

"……"

场下交流就到此为止了。场上，包子的包子入侵和林易的万剑归一也已经接触了一会儿了，双方都没有搞战术走位那一套，而是直奔地图中央，碰头，然后就是战斗。

拼操作、拼意识、拼判断，并无太多心机的战斗里，经验更丰富、技术更扎实、装备也更好一些的林易，很快就占据了上风。虽然他没有压倒性的实力，但他这种古井不波的比赛状态，正好克制包子的跳脱。包子那时不时吓人一跳的神来一笔，对林易没有起到任何心理上的作用。虽然对手这种跳脱的发挥是不可能把握到规律的，但林易却能始终心情平衡，以不变应万变。

叶修看了诛仙战队那边一眼，正巧看到萧杰也朝他们这边扫来，又是那种笑容，用优越感在脸上写着：看，我就知道。

安排林易第一位出场，是有针对性的布阵，看来诛仙是猜到了兴欣这边的意图。这个萧杰，自身的荣耀技术不知道怎么样，但是从最初那个时期开始，就支持诛仙到现在，显然也是一个对荣耀很疯狂的家伙，看来他在荣耀战术方面也是相当有一套的。

田七等人开始时疯狂地给包子加油，到现在也已经有一些萎靡了，因为他们都看得出，眼下的情况对包子来说相当不利。

连观众都能看出，场面自然已相当明了，转播解说就差没直接宣布这一场的结果。

"呵呵，这一场的结果，看起来已经很明显了吧？"萧杰又凑了过来，说道。

"大家都看出来了，不过还是有个别人完全没有搞清楚状况啊！"叶修说。

"谁？"萧杰不解，这么明显的局面，还有人看不出？

"看。"叶修伸手指了指比赛画面，"我们的包子打得还是那么带劲。"

比赛画面中，包子入侵宛如刚上场时那样，依旧那么精神抖擞，和林易的万剑归一周旋着，时不时闪出一个怪招，被林易波澜不惊地接下。但是，场上的局面并没有因此得到改观，林易仍然牢牢地掌握着局面，要不怎么会连普通观众都这么早就认定这局比赛的输赢呢？

萧杰看着这场面，笑了笑，"是挺顽强的。"他说着。

"顽强？那你可就误会了，他会这样，因为他心里根本还没开始考虑放弃还是坚持之类的问题，他只是在遵循自己的节奏罢了。我不否认目前是林易掌握着局面，但是要说输赢，现在为时尚早。"

"呵呵。"萧杰笑了笑，一脸不屑争辩的表情，显然在他看来叶修只是自欺欺人罢了，这样的局面，还说输赢尚早？

萧杰的目光转回比赛面画，就在包子入侵又是用无理怪招——一个强力膝袭猛然朝着万剑归一撞去时，林易操纵着万剑归一朝旁从容地一闪，蓄势就待反击，谁想从他身边掠过的包子入侵在这时突然脑袋一转，冲着万剑归一就是一声厉喝。

流氓技能：恐吓。

恐吓并无直接伤害，属于精神系的状态类技能，效果是降低目标的攻击力。精神系技能无法闪避，只能通过一些相应的抵抗技能或是精神属性所决定的精神抗性，来抵消或是消减这类技能的效果。

从这技能的特点和作用来说，包子在此时突然来一个恐吓，多少就有些莫名了。就算是准备和对方肉搏换血，想降一下对方的攻击力，但配合着一个被闪开的强力膝袭，目标是中了恐吓了，但他自己也因为强力膝袭的惯性而飞了出去。万剑归一的攻击力是被降低了，但又不是不能动，此时依然进行着他准备好的反击，一记迎风一刀斩追着包子入侵的身后就斩了过去。包子的反应虽快，但这一记迎风一刀斩林易拿捏得恰到好处，准确命中。

包子入侵被劈得朝旁一个滑步，林易的万剑归一立时三段斩闪出，连追带砍。谁想滑开的包子入侵刚一停稳，身子就朝万剑归一这边一个急速的反弹。林易一愣，结果就见一道剑光已经朝他闪来，赫然也是一记迎风一刀斩！居然从包子入侵这个流氓手中施展出来？！三段斩的攻击判定完全无法和迎风一刀斩相抗衡，被截停了冲势不说，万剑归一顿时也被斩出了一个趔趄。

现场一片哗然，反应迟钝点的，还在纳闷包子入侵到底什么职业，怎么也能搞个迎风一刀斩出来？反应机敏点的，则立刻想到了这次更新中流氓新增的那个技能——以牙还牙。

以牙还牙，状态类技能，在受到攻击伤害时消失，但是会让角色记住该技能，并出现在角色的技能列表中。该技能效果、使用次数由以牙还牙技能等阶决定，使用该技能时消耗的法力将是原技能消耗的二倍。

很显然，方才的包子入侵身上开启了以牙还牙状态，所以当他被迎风一刀斩击中时，就记住了这一技能，反手就还给了对手。但是这样一看，问题就又出来了——用了以牙还牙，却又开了恐吓，然后又偷了恐吓状态下对方的攻击技能，如此一来包子入侵得到的这个迎风一刀斩，就是被恐吓后威力下降的迎风一刀斩，虽然反手一击的效果不错，但是之前那个恐吓，就让人更莫名其妙了。

不过，凭借这个偷来的让林易措手不及的迎风一刀斩，包子抢到一次反击的机会，正在发动猛攻。兴欣粉丝团顿时来了精神，高呼着"包子"，各种加油助威。但在兴欣的选手席上，孙哲平却是皱了皱眉头，他还在回味方才的那一幕。正巧这时电子转播屏上给出了包子方才那一反击的回放，又看过一遍后，孙哲平凑到了叶修身边："如果没有那个恐吓的话，那一记斩风一刀斩……"

"会更快，冲击力会更强，会在包子入侵用完强力膝袭落地前击中他，这样就是浮空攻击，包子会被击飞得较远，而且需要受身操作。那样的话，包子再用迎风一刀斩，可能就不会有现在这样的效果了。"叶修说。

"所以那个家伙……"

"不要问我他是不是有意的，我也不知道。"叶修说。而这，就是包子那脱线打法的可怕之处。一个出人意料的操作，有可能完全是废招，但也有可能是一个精妙的关键。当它成为废招时，你可以肆意地去嘲笑；可是当它成为一个关键时，就会成为决定性的闪光点。而这种闪光点，会让人防不胜防。强如孙哲平这样的高手都需要在事后琢磨比赛中那稍纵即逝的一瞬，又有几人可以瞬间把握到这种微妙？

包子的反击，让萧杰的脸色难看了几分。但是，林易到底还是一个相当稳健的选手，很快他就撑过了包子的反击，重新掌控住了局面。包子的这一波反击，看起来就好像垂死挣扎一般。萧杰松了口气，有些得意地又朝兴欣这边瞥了一眼，看到叶修也转头相迎，立刻笑道："确实能给人意外啊！"

"所以你才会觉得他特别有意思吧？"叶修笑。

"是的。"萧杰点了点头。这时，场馆里突然发出一阵惊呼，萧杰连忙扭头，结果就见包子入侵正把林易的万剑归一按翻在地，一通霸王连拳，打得万剑归一鼻青脸肿。

怎么回事？萧杰大惊，刚刚稳住的局面，怎么突然间又起变化了？

电子屏上正巧给出了方才那一瞬的回放。

强力膝袭，又是强力膝袭！而这一次，双方距离近在咫尺，林易的万剑归一正在连击，正使到一个逆风刺，近在身前的包子入侵却突然暴起，来了一个强力膝袭。逆风刺的剑圈从包子入侵身上削出连串的血花，但包子入侵就这样硬生生地撞破了剑圈，跟着又是一个霸王连拳，在半空中就把万剑归一掀翻到地上，随即就有了眼下的这一幕。

萧杰呆住了。如果真是垂死挣扎的话，挣扎一次就差不多了，哪有人临死了一而再，再而三地挣扎个没完没了的？这样挣扎的话，只能说明一个问题，这人死不了。

难道胜负真的言之过早？萧杰心中有这个念头闪过，却不敢接受。论装备，他们强；论选手，也是他们稳；论场上局面，他们一直占优；最后论两个角色当前的生命，刚刚垂死挣扎了两下的包子入侵，也并没有在这方面扳回多少。

迎风一刀斩，那也要先中招才能偷到。而刚刚的逆风刺，包子入侵则是吃了个全套，这技能的伤害可是相当可观的。再加上之前林易在局面占优的情况下的压制，万剑归一此时的血线依然超过包子入侵的，难道这样还能被那家伙给翻盘了不成？不可能，怎么可能！

此时的萧杰哪里还顾得上冲兴欣那边露出他优越感满满的微笑？他只是死盯着屏幕，眼瞅着己方还领先着一截，却不由自主地慌张起来。

萧杰的慌张还是有道理的，接下来的比赛，包子居然真的一点一点开始逆转，稳健的林易似乎已经有些控制不住场面，包子每每跳脱的时候，总会给他的万剑归一造成杀伤。虽然他也能时不时地给予反击，但是显然比不上包子的攻势来得有效率。

萧杰的神情越来越不镇定了，眼中甚至出现了一些愤怒，看起来是对林易的表现相当不满。只可惜他这种怒火无法传达到场上，两个角色的血线逼近，逼近，逼近，一点一点地逼近。终于，在双方各有百分之八生命的时候，完全追成平手。

兴欣粉丝团完全疯狂了，拿着手里一切可以用来敲打的东西敲打着一切可以制造出噪音的东西，更在田七有组织的指挥下，抑扬顿挫地叫着"包子"。

包子没有让他们失望；而林易的表现，相比起开局时，却渐渐让人感到失望。诛仙的粉丝团还在为他们的队长加油，可是当包子入侵的血线以百分之五反压百分之三的万剑归一时，他们真的有些坐不住了。那么好的局面，居然都可以打丢了？

不过，无论是百分之五，还是百分之三的生命值，都在一波攻击可带走的范围内。比赛到了这一步，就看谁能把握到最后的机会了。

双方的粉丝，双方的其他选手，都已经站了起来，死盯着屏幕上的比赛。

包子入侵！最后一刻闪光的又是包子入侵！又是一次违背常规的怪异操作帮他捕捉到战机！只有百分之三生命的万剑归一，终于无法撑到下一次机会的来临。

擂台赛第一局，包子入侵胜出！

"哦哦哦哦哦！！！"兴欣粉丝团一片欢腾，选手们也是击掌相庆。

诛仙那边，则多少有些黯然。不过，这是擂台赛，打到对方只剩百分之五的生命时才落败，从整体形势上来说已方也不算有多糟糕。可即便如此，诛仙的队长林易从场上下来时，还是遭到了老板萧杰的严厉训斥。

"怎么打的你？有那样的优势局面，居然还会被对手翻盘？你这个样子，怎么给其他队友做出榜样？"

"对不起……"林易的脸上带着一丝疲惫，却也只能默默承受着老板的怒火。

"这人怎么这样啊？"兴欣这边，萧杰的做派让陈果有些看不下去了。

比赛打得不好，赛后批评指出是正常的。至于是严厉地当面指出，还是先鼓励安慰，之后再平心静气地分析，那只是因人而异的沟通手法，从出发点上来说，谈不上什么对错。

眼下的林易，虽然输了比赛，但在擂台赛上将对手的生命打到百分之五，也算是合格的表现。但是他原本是完全掌控着局面的，最终却被对方翻盘，偷走胜利，如此落差，才是让萧杰不忿的真正原因。所以虽然细究起来并不算太糟糕，林易却也被萧杰骂得极为不堪。

陈果虽然看不下去，但这毕竟是别人战队的事，实在不好多说什么。

挨完训的队长林易默默地坐到了一边，诛仙其他选手纷纷过来拍拍他，以示安慰。

萧杰呢？在发了一通火之后似乎心情有所好转，对自己严厉治军的手段尤为满意，脸上又挂起了那种微笑，转过来朝叶修说："这么好的局面居然还被翻盘，真是让叶神见笑了。"

"如果是因为被翻盘的话，你不应该责怪他。"叶修回了这么一句。

"这话怎么说？"萧杰问。

"如果他的出场顺位是因为猜测到我们第一位选手是包子，而特意做出的有针对性的应对的话，那么做出这种顺位安排的人，应该为这局失利承担更多的责任。"叶修说。

"你说什么？"萧杰的脸色变了。

叶修笑了笑，他看出来了诛仙战队的一些端倪。通常来说，战队在比赛方面的事务是由队长全盘负责的，但从萧杰训人时的派头来看，他这老板，对战队的管理不只是大方向上的，连战术安排上的具体事务他都要插手。

外行领导内行向来是大忌，萧杰呢，在荣耀方面倒不能说是十足的外行，毕竟也喜欢了荣耀这么多年，没吃过猪肉也见过猪跑，没有职业选手的操作技术，但未必没有职业选手的技战术理论水平，就好像足球教练能指挥一支球队如何踢球，但他之前未必就是出色的职业球员。只是既然这样插手战队事务，那么当战队出状况时，自然应当搞清楚问题是出在哪里，是战术安排不得当，还是选手发挥得不好。

林易比赛输掉，下来就被萧杰狠骂了一通，陈果不喜欢他这样的态度，而叶修更看不过去的，是他这种不问青红皂白的做法。萧杰到底有没有驾驭一支战队的技战术水平，叶修暂时不清楚，但仅从刚刚赛过的第一场来看，如果是他针对包子而安排了林易这位选手上阵，那么叶修并不认为这是一个英明的安排。

果然，在叶修指出这一点后，萧杰的脸色变得很厉害，看来这果然是出自他的安排。所以当林易掌握场上局面时，他洋洋得意，觉得这全是自己神机妙算，正好安排了克制对手的选手。而当局面被打碎，胜负被翻盘后，他勃然大怒，认为是林易没把握好机会，自己已经把胜利放到他面前了，这家伙居然都拿不稳，简直是废物。

结果现在，叶修居然说他的排兵布阵有问题？

"你什么意思？"萧杰瞪着叶修，再没了先前那种哪怕是假装出来的谦虚客气。

"以为林易这种选手是包子的克星，这种判断是错误的。"叶修说。

"你凭什么这样说？"萧杰叫道。

"就凭刚刚这场比赛的结果。"叶修笑。

"笑话。"萧杰冷笑，"一场比赛的结果能说明什么？更何况林易开始时可是完全掌控局面的，要不是他大意的话……"

"一次大意是大意，两次大意是大意，但是连续'大意'的时候，你就没考虑过有什么别的原因导致他频繁'大意'？"叶修说道。

"所以是顺位安排导致他频繁大意喽？如此说来，不该给他安排一个可以让他轻易掌控局面、占据优势的对手，因为这样会让他轻敌大意？"萧杰的语气中满含讥讽。

"具体的原因你自己琢磨去吧！"叶修笑笑，却没有给他详细解释。

"怎么，你也说不上吗？"萧杰冷笑。

叶修无奈道："难道你指望我来帮你分析该如何打败我们队的选手吗？"

"那就等我们击败你们时，再听听你的高论吧，那时候，我想这个就已经无关大局了吧？"萧杰说。

"那你们可得多多加油才行。"叶修说。

"不劳你挂虑。"萧杰冷冷地道。

此时的萧杰，算是彻底卸下初时的谦逊了，一场比赛的失利，让他的骄傲、狂妄、自负统统暴露无遗。从这种角度来说，萧杰还真是一个没什么城府的家伙，稍受点刺激，就完全挂不住地把自己难看的一面给呈现出来了。

场上此时已经开始进行第二场比赛，诛仙方面出战的是他们阵中的鬼剑士选手。诛仙这支队伍，从职业构成上来说，也是相当有特点的。他们团队战的主力组合是四剑士，也就是狂剑士、剑客、鬼剑士以及魔剑士，此外再配一个治疗。

此时出战的鬼剑士选手就是他们阵中的主力，角色鬼见愁，是一个在玩家当中较为常见的走中庸路线的阵斩双剑的鬼剑士。包子的包子入侵这时只剩百分之五的生命，双方对阵，还没等他有什么神来之笔呢，就已经被鬼见愁给击杀了。

先前包子险胜林易，却被兴欣粉丝团给予了仿佛能一挑五的热情支持，结果这一轮他还没怎么施展呢，就被对方击杀了。粉丝团立刻毫不留情地开始嘲笑，而且是拿一挑五这种不切实际的东西来说事。很显然，这不是粉丝们刻薄，而是因为他们都视包子为朋友，是一个在网游里一起混过的哥们，这种嘲笑是损友之间的一种调侃。

包子摇头晃脑地从场上走了下来，对于第二场的迅速落败，居然有点愤愤不平："就那么点生命，也不给俩包子补补，唉唉唉！"

兴欣众人笑，然后看着包子垂头丧气地坐到一边，却根本没人上去安慰，因为大家都知道完全没有那个必要。

果然，五秒钟后，听到身后粉丝们的调侃，包子就眉开眼笑地转头和他们胡扯去了。这家伙甚至有翻出选手席，爬去粉丝团那边的企图，结果被茫然的保安给拦住了。

保安当然会茫然了，从观众席往选手区冲的人他们见多了，但从选手席往观众那边爬的，可真没见过——这样算不算不符合规定呢？保安都恍惚了，因为实在是没有注意过有没有"选手不许离席前往观众区"的规定，谁会想到会有选手有这种举动呢？

包子下场不久，兴欣这边第二顺位的选手上阵了，正巧也是一位鬼剑士选手——乔一帆。

不过乔一帆的鬼剑士一寸灰是纯粹的阵鬼，再加上银装只有两件，单挑能力相对来说要薄弱一些。而诛仙战队的鬼见愁和他们的队长角色刀剑归一一样，也是七件银装。角色对比，一寸灰是要落在下风的。

可是要说选手实力的话，乔一帆可比唐柔、包子要稳定得多。冠军队出身的他，有着扎实的技战术功底，即便他在微草战队没有得到过比赛机会，但是冠军队训练出来的水平，又岂是诛仙这种出局多年、一直沉沦的队伍可比的？

之后，乔一帆又接受了叶修这种级别大神的悉心提点，进行职业转型，最终大获成功。现在，乔一帆已经明确感到了这一转型的好处，阵鬼这个职业，让他如鱼得水，各环节的操作应对和他的意识仿佛天作之合，这种舒畅淋漓可是他在微草战队使用刺客时所没有的。而且水平越是提高，这种融洽的感觉就越是强烈，对阵鬼这个职业，乔一帆简直可以用爱不释手来形容。

对职业驾驭得得心应手，这对乔一帆一直以来所欠缺的自信，也有极大的弥补。他不会再怀疑自己、否定自己，现在他坚定不移地相信自己会成为一个出色的荣耀职业选手。

比赛开始，诛仙战队的鬼见愁提剑就往前冲去。先前的一场，残血的包子入侵被他三两下就给解决了，胜得轻松，却也让他有意犹未尽的感觉。此时的他，斗志高昂，求战欲望极其强烈，恨不得立即撞到对手的角色，来一场真刀真枪的较量。

结果乔一帆这边，开局却采用了战术走位，不走直线去找鬼见愁，而是从边线迂回，这一场战斗，显然他将从抓住时机的偷袭来拉开序幕。

不得不说，乔一帆在微草别扭地练了半年的刺客，确实帮他掌握了一些刺客职业的使用技巧，比如偷袭走位，这是一个刺客选手肯定要精通的。乔一帆那时并不优秀，但一直勤奋，所掌握的东西不说有多高水准，但至少练得扎实，不至于转手就废掉。此时的阵鬼一寸灰在乔一帆的操作下，偷袭走位就极为精准，斜路迂回后一露头，正好穿插到了鬼见愁的身后。

"白痴，身后啊！"看到这一幕，萧杰顿时焦急地骂了起来。

结果乔一帆倒没急着动手，而是藏在鬼见愁的身后，观察着他的举动。

看过兴欣比赛的人，一看到这一幕，顿时都有点眼熟。在和玄奇战队的小组赛里，兴欣的选手莫凡和他的角色毁人不倦，就是这样不紧不慢地耐心跟随着对手，等到最有利的时机才突然出手，占到便宜后并不贪恋，而是反身退走，然后重复这一过程，直至将对手击杀。

此时看到乔一帆的一寸灰也悄然绕到了对手身后，所有人情不自禁地就想到了那天比赛的场景。虽然这次是不同的选手，但毕竟出自同一支战队，会采用一样的打法也说不定？如果真是那样的话，那倒真是有些无趣啊！

现场嘘声四起，显然莫凡的那一套打法特别不得人心。如果选手是一次偷袭后就打爆对手，那观众也能看个爽快，但莫凡是屡屡就要高潮的时候就来一个鸣金收兵，反身退走，他打得娴熟流畅，但观众被这种节奏调戏得总差那么一口气喷不出来，憋屈得难受。

回忆历历在目，此时一看乔一帆貌似又要这么玩，观众纷纷发出嘘声，表示他们的不满。

嘘声中，萧杰扫了兴欣这边一眼，此时他反倒是不慌张了。那种磨磨叽叽的打法，确实挺烦人的，但是，眼下是擂台赛，不是个人赛，每个选手都要做好面对车轮战的准备。而这种磨磨叽叽的打法，虽然观赏性不佳，但事实上非常考校选手的水平，因为它非常耗费精神。在擂台赛里，选手不能只顾着击败眼前的对手，为了整体的胜利，每个人都需要在击败眼前对手的同时，保存尽可能多的战力，给下一个对手造成尽可能多的负担。因此这种对自身精神力消耗过大的打法，在擂台赛里就不太适用了。

诛仙战队的场上选手此时好像也听到了嘘声般，突然戒备起来了。

赶了一段路，却没有看到对方角色，按常识都知道对方是准备发动偷袭了。这本是很常见的打法，不过对手是兴欣时，却要更重视一些，因为兴欣会出现毁人不倦那种没休止的跟踪，迎风布阵那种没下限的躲藏，这些都是相当恶心人的。

不过，有过玄奇的前车之鉴，诛仙的选手当然已经很有心理准备了。一发现对方有这种打算，并不慌张，很果断地就朝兴欣战队角色刷新的地点赶去。这就是吸取玄奇之前的失败教训了，别是对方又随便找了个地方猫着，结果自己一番傻找，浪费精力。

萧杰一看自家选手挺快就反应过来了，应对也相当得法，满意地点了点头。他们针对兴欣进行过积极的布置，眼下这种局面更是特别研究过。此时他们这鬼剑选手的应对，完全符合萧杰的思路，让他心里倍感踏实。虽然此时一寸灰并没有猫在刷新点，但是已方选手就照这个思路打，一定没有问题的。

萧杰正这样想呢，突然比赛场上刀光一闪，乔一帆的一寸灰竟然在此时发动了攻击。

诛仙选手是准备先去刷新点检查一番的，但这并不意味着他此时就放松了对周围的警戒。乔一帆这一偷袭发动的时机掌握得着实不好，鬼见愁就地一个翻滚便避开了这一剑，起身时顺势撩起一记月光斩。一寸灰后跳闪避，刀光擦着他鼻尖飞过，鬼见愁跟着就使出满月斩。这月光斩、满月斩本是两个技能，但是由于两个技能的衔接潇洒好看又实用，所以几乎百分之八十的情况下都会被选手连着用，仿佛是一个技能的两段攻击似的。

一寸灰闪过了之前那记月光斩，结果却被这记满月斩砍中，吹飞出去后在地上连滚了两个圈才受身站稳，眼瞅着鬼见愁的刀光又至，一寸灰转身就逃。

"哈哈哈哈。"萧杰看到这一幕，顿时笑了出来。什么叫偷鸡不成蚀把米，在他看来，眼前这一幕就是最好的注解。兴欣这一次偷袭做得真是太差了，完全没有拿到主动权，反倒让自己落得被动，此时被他们诛仙的选手追着砍。萧杰心下真是快活无比，不由得就要朝兴欣这边看上两眼。

萧杰多希望兴欣战队的众人脸上能出现焦虑的神色啊！可是他这一转头过来，就见那边一个个都稳坐钓鱼台，尤其叶修，脸上还挂着笑呢！

萧杰很想说点什么，但看兴欣那边没人转过头来理他，终于还是忍住了。

比赛场上，乔一帆的一寸灰转身钻入了身侧的一条小巷里。双方擂台赛的用图是一处古镇，傍晚的余晖下，一寸灰虽然钻入小巷后就立即转弯了，但影子还是长长地拖在了身后，鬼见愁冲过来时看得清楚，不慌不忙地加速赶上。

"啧啧，细节决定成败啊！"萧杰感慨连连。

本场兴欣对诛仙的比赛依旧安排了电视转播，此时场馆内所放的各种角度的比赛场面中，就有转播的画面。方才那一瞬间，转播给了一寸灰拖在身后的斜长影子一个特写，转播解说也及时分析了乔一帆这一失误。

"应该背对夕阳，而不是面朝啊……"解说正感慨着，结果就见一寸灰的脚步停下，蹲在墙后，布下了一个刀魂给自己增加力量、智力，再次做好了偷袭的准备。

"这个……我相信诛仙选手是不会没有防备的。"解说说得还是挺有自信。利用转角偷袭，这种打法太小儿科了，职业选手怎会不提防着？

果不其然，诛仙的鬼见愁追过来时并不贴墙行走，而是多走两步，绕了个较大的弧线。如此拉开空间，防备偷袭的基本操作，哪会有职业选手搞不清楚？可是即便如此，一寸灰手中的太刀依然挥起，一记月光斩，连人带刀地朝着鬼见愁掠了过去。

"啧啧，这偷袭……"解说正要点评"这偷袭和之前乔一帆那次贸然出手一样，太儿戏"，结果就见诛仙的鬼见愁像是傻了一样，手中太刀挥起，却不知道要干什么，结果就任由一寸灰这一记月光斩劈到了身上。

月光斩后接满月斩，完全一样的套路，只是满月斩的吹飞攻击之后，乔一帆又迅速地补了一记鬼斩。鬼见愁飞出的势头顿时更猛，像颗炮弹似的，直朝那边的泥地里扎了去。诛仙选手连忙一个受身操作，鬼见愁原本的大头撞地变成了一个鱼跃前滚翻，翻滚的同时已经侧身，刀光从腋下亮出，顺势翻起的同时就已经使出一记拔刀斩，朝着身后甩了去。

结果，刀光挥出，一寸灰却压根没过来，而是在那边刀锋一展，鬼神之力涌出，接连两个鬼阵朝这边布了下来。

转播解说这时候忙啊！嘴上要忙着解说现在的场面，心里却又放不下刚才那一幕——

鬼见愁怎么就中了一寸灰的偷袭的？不应该啊！这么简单的偷袭，就算是自己上场，恐怕也能闪过吧？不过双方现在交手正激烈，转播实在没法切回去看刚才的画面回放，解说只能先关注眼下，结果他盯着场面边看边说，说着说着自己就愣住了……

"兴欣的一寸灰现在已经放下了第四个鬼阵，把这不大的一片地方弄得像个鬼阵百科全书。诛仙的鬼见愁看起来办法不多，他的身后和左右都是高墙，唯一的出路已被一寸灰给堵住。大家看，一寸灰并没有把所有鬼阵一股脑地堆起来，阵与阵之间是有层次的，这样当鬼见愁向外冲的时候，将会层层受阻，很难掌控好节奏。一寸灰呢，就从容得多了。拔刀斩！哦，鬼见愁的反应还是相当机敏的，他避开了。咦……他这是要干什么……鬼见愁一直朝左，这边是墙啊！哎哟……撞墙了！哦，是一寸灰布下了暗黑之种，也就是我们俗称的暗阵。不好意思，因为鬼阵叠得太多了，我也没有注意到，这是一寸灰什么时候放下的呢？总之鬼见愁现在是踩在了暗阵里，黑暗状态让他看不到方向，结果撞到墙上去了……这个……有点狼狈啊……"

"暗阵的效果好像取消了，鬼见愁转过来了……哎哟，又冻上了，冰阵……"

"一寸灰占据着绝对的优势，说实话我又想提前宣布胜利了，不过因为刚刚得到的教训，我们还是先把比赛看完吧。"解说一边分析着形势，一边拿自己开了个玩笑。上一场比赛，解说最后还是没忍住，提前宣布了林易会获胜，结果却被包子打了脸，所以这一场，即便眼下乔一帆占据绝对优势，他也不敢再轻下结论了。

"鬼见愁被一寸灰封锁在里面，完全出不来！兴欣的选手充分利用了地形，充分发挥了鬼阵的优势。好，现在转播画面给出的是一寸灰此时技能树的运转状况。感谢导播捕捉到了这一场景。大家看，一寸灰现在所有的鬼阵都在运作当中，所以在技能树中所有鬼阵都处于冷却转钟的状态，看这些冷却钟的转动，大家有没有觉得这是一种非常美妙的节奏？我觉得这时候要是能来点配乐就更精彩了。"

"哦，现在一寸灰加快了节奏，鬼阵被更快地释放了出去，现在场上一共有……一个、两个、三个、四个、五个……不好意思，观众朋友们，我也有点数不清楚了，但一寸灰突然聚齐这么多鬼阵，他是想……"

"鬼神盛宴！！！！"转播解说忘情地呐喊着，"漂亮，一寸灰发动了鬼神盛宴！所有鬼阵爆开，直接一波攻击将鬼见愁剩余的生命全部带走了！一寸灰赢了，赢得漂亮！"

Chapter 004
拿 下 擂 台 赛

现场,在众人惊愕的寂静中,不知从哪个角落先传出了掌声,跟着迅速蔓延,整个场馆内很快掌声就连成一片。

兴欣在现场可没有这么多支持者,甚至有不少对他们并无好感的玩家。但是,爱憎分明的荣耀玩家也不会罔顾这么精彩的发挥。电子屏悬在所有观众的眼前,所有人都看得到这一场乔一帆的表现,无可争议的强势发挥,完全配得上这样的掌声。

而一开始他那冒失的偷袭,此时也终于得到了正确的解读,那毫无疑问是引诱对手上钩的圈套,目的就是为了把鬼见愁引到对他有利的这个位置。

"相信观众朋友们还没忘记之前一寸灰在小巷转角处的那个偷袭,现在让我们一起来回顾一下。"在回顾本场比赛的时候,转播解说员迫不及待地就让导播切回了那一刻的画面。

这部分画面导播早准备好了,只是当时战斗连成一气,一直打到鬼见愁被击杀,所以根本抽不出时间来播放,此时终于回放,大家看到的是来自鬼见愁的第一视角。

鬼见愁追入这条小巷时,已经不见了一寸灰的身影,但是在那个转角,对方斜长的影子拖在地上。鬼见愁一眼看到,立即追了上去,快至转角时,他弧线走位,拉开空间冲出。埋伏在转角的一寸灰连人带刀杀至。

鬼见愁视角中,落日余晖迎面洒下,真实而又迷幻,面前的一寸灰只剩一道人影,而他的刀光完全被他身后强烈的夕阳光影效果所吞没了。鬼见愁措手不及,中招,然后,就是他被卡到角落中,一路走至落败的场面了。

"原来是这样……"解说员惊叹着,"兴欣的选手巧妙地利用了这一位置落日光线的照射,将自己的斩击藏在当中。大家注意看,一寸灰在出这一记月光斩的时候有一个跳跃,正是这一记跳跃将刀光藏到了夕阳光影的掩护中。我想这应该是做过练习的,还有,用来击杀鬼见愁的这个位置,显然也是计划中的,兴欣从一开始就有着明确的战略意图。大家想必都知道,这次比赛用图虽然是新设计的,但在开赛后,所有用图就开放供下载了,而每一场比赛的用图都在赛事流程中提前公布过,这就是为了方便各队做好准备。现在看来,兴欣的选手在这方面下过功夫。但是诛仙战队呢?同样是鬼剑士,甚至是阵斩双修,但是这个可以利用的地理位置,他似乎并没有注意到。"

"兴欣选手胜得漂亮,让我们一起来记住这位选手的名字——乔一帆!他实在应该站出来接受这现场的掌声,不过很遗憾,眼下这是一场擂台赛,他还有比赛要继续。不过不要紧,未来的路还有很长,我相信这位选手会前途无量的。说起来,这位叫乔一帆的选手,其实最初是效力于微草战队的,不知出于什么原因,我们以前一直没有在赛场上见过他,而且一个赛季后他就离开微草了。不知道看到乔一帆今天这样的表现，微草战队会不会有一些后悔呢？"

在解说的大力赞扬和现场的一片掌声中，却是诛仙战队落败的选手从比赛席里走了出来。这些为乔一帆而起的欢呼和掌声，对他来说，却是无比的难堪。他走得很慢，看起来像是在逃避回到选手席那边。而他们的老板萧杰，此时黑了张脸坐在场外，看到他慢吞吞的样子，冷冷地哼了一声，没有理他，却是把诛仙战队即将登场的第三位选手叫到了面前。

"多加留意，对手对地图吃得很透，小心不要重蹈覆辙。还有……"萧杰很不放心地交代着。

"我明白。"第三位上场的选手郑胜超，是一位狂剑士，所用角色斩相思。被萧杰耳提面命地交代了一番后，他迈步朝场上走去。

从第三场比赛起，形势对诛仙来说很不利，一寸灰在第二局里法力消耗挺大，但生命损失不到百分之二十，这样一来，兴欣几乎已经领先了诛仙战队一个人头。处于劣势中的萧杰倒是坐得端正，不再微笑着转过头来和叶修交流了。

比赛开始，由于上一场兴欣的出色表现，连转播解说都不由得露出了一些倾向性，一开始所关心的问题就是乔一帆在生命不满、法力不多的情况下，会如何应对这一局比赛，等关心完了，这才介绍了一下诛仙接着上场的选手郑胜超。

狂剑士打擂台赛，其实有一些尴尬。因为该职业招牌技能血气唤醒的存在，造就了狂剑士独特的卖血流打法。卖血导致的节奏变化，会让很多人觉得难缠。单挑的时候，可以这样一锤定音，但在擂台赛里，把血卖个干净，那下一个对手拿什么来应对？虽然说狂剑士血越少战斗力越强，但也没强到可以随意秒杀对手的地步。上来就直接扔掉百分之九十的生命？卖血也没有这样的卖法啊！事实上，狂剑士在卖血的同时，也会将对手的血线压制在差不多的水平。如果看到一个狂剑士血很少，而对手生命饱满的场面，不要以为那是狂剑士卖血准备大爆发了，这种情况，百分之九十九的结果是狂剑士快被人干死了……

如此职业特点，让狂剑士在擂台赛里多少有点艰难，尤其遇到这种对方领先的情况，那就更艰难了。萧杰对他们的狂剑士选手谆谆教导了一番，但神色依然冷峻，看来他倒也清楚眼下他们处在何种境地。

他们清楚，乔一帆就更清楚了。从上一场的表现就可以看出来，乔一帆的准备工作做得很足，备战很认真很仔细，连一个转角处的阳光都会注意到并加以利用，眼下这种状况，他又怎会没有心理准备？

郑胜超没有让他的狂剑士急着过来找一寸灰决斗，乔一帆也没有因为兴欣处于领先，就不注重保护自己，两个人都很仔细很有耐心地寻觅着机会。

这个场面，让萧杰不由得有些焦躁了。他断定领先的局面会让对方表现得更加积极大胆，一些正常情况下需要多做斟酌的打法，这个时候可能就会大胆地尝试一下，因为有领先的优势做后盾嘛！所以他刚才指示郑胜超，要积极利用对方的这种心理。

可是现在看来，对手有这种心理吗？萧杰不得不有所怀疑了。上一局，乔一帆还积极地偷袭引诱，掌握了场上的主动，结果这一局，他反倒小心谨慎起来，别说有三分机会就大着胆子尝试一下了，现在的乔一帆有五分、六分机会，却视而不见，而是在寻觅更加有把握的良机。

萧杰的判断全数落空，这让他十分不爽。而场上的郑胜超也察觉到了这一点，又和乔一帆谨慎戒备地相互试探了一番后，他终于决定摒弃萧杰给他安排的战术思路，因为对手根本就不吃这套。

无法引诱对方上钩的郑胜超，只好寻求正面突破对方的机会。但乔一帆根本不和他正面交手，穿街过巷，在地图里谨慎穿行，熟得好像在自己家乡一样。

郑胜超就纳闷了，同样是新地图，人家怎么就能这么熟，把图吃得这么透呢？

一路追击的郑胜超追得很烦躁，每到一处转角，都得抬头看看太阳是在哪边，都得想想那个地方是不是又有什么坑啊什么死角啊之类会被鬼阵完全封锁的地形。如此思虑良多，三追两不追的，还经常把对手给追丢了，让郑胜超就更烦了。

"你是想跑到状态完全恢复吗？"郑胜超忍不住在选手公共频道里和对方对话了。荣耀角色都有默认的生命和法力自动恢复的设定，但这对于实战的影响微乎其微，否则比赛岂不是要没完没了了？郑胜超当然也知道对方绝不是抱着这种目的在应对，他说这话，纯属嘲讽。

结果兴欣这边的选手席上，叶修居然还真的转头问了身边的陈果一句："一帆带恢复的装备了？"

"你以为人人都像你吗？"陈果深感无力。

这样的事，叶修做过，但事实上这也算是艺高人胆大了。带两套装备，提升了负重，战斗场面就有可能不一样了，多带的这身装备最后到底是救命的，还是害命的，还真说不准。所以换装打法在职业圈流行了那么一小段时间后，就被认定为不实用了。身上略带一件，加点变化还可以。带着两套，准备各起作用的话，恐怕最后起到的作用就是拖累死选手自己。就算是叶修，也只是在面对无极战队的选手时敢如此操作，真要和同级别的高手较量，他也得仔细掂量掂量。

"我觉着吧，以一帆的水平，带上这么一套恢复装也靠谱！"魏琛这边却是给予了积极的意见，这话的意思显然是指以乔一帆的水平，这样应对诛仙选手，玩得起。

"你们以为一帆会像你们两个那样无耻没下限吗？"陈果抓狂。

"我觉得主要还是因为一帆比较谨慎。"叶修说。

"嗯嗯，不得不说他有些高看诛仙的这些选手了。"魏琛说。

"一开始我们也分析过诛仙有可能隐藏实力。"叶修说。

"嗯，说得是，如果没那事影响的话，他现在应该就带上恢复装了。"魏琛说。

"嗯，肯定就带了。"叶修点头。

"滚滚滚，你们两个滚！！"陈果叫。

场下叶修等人说笑的时候，场上的乔一帆对于对手的嘲讽却无动于衷。诛仙的郑胜超掌握不到一寸灰的动向，但观众们从上帝视角可以清晰地看到一寸灰是如何娴熟地在斩相思四周迂回。

这种打法本是不受欢迎的，不过因为上一场乔一帆的出色表现，观众对他的容忍度明显也变得很高了，就连转播解说此时也大赞乔一帆的耐心，认为他在擂台赛兴欣几乎领先一个人头的情况下，还能保持这份冷静，十分难得。

"好，乔一帆的一寸灰现在又一次迂回到斩相思的背后了，这次他能不能把握到什么良机呢？"解说关注着比赛场面说道。

"靠近了，不过这个位置似乎并不利于阵鬼的偷袭，我们看看乔一帆会怎么做！"

"哦，召唤鬼阵了。"

"是炎阵。看来乔一帆也清楚这里的环境不利于用鬼阵来控制，所以他只是想追求一下伤害。"

"诛仙选手察觉到了，回头，崩山击！！！反应很快，看来郑胜超一直在等乔一帆出手。"

"乔一帆退开了，看来他觉得这一次机会不太好。不过郑胜超显然不想这么轻易地让乔一帆走脱，他紧追不舍。之前这样的接触发生了好几次，乔一帆都凭借对地图的熟悉摆脱了追击，不过这一次……看来郑胜超对地图的熟悉，通过比赛，也有所加深了，他追得很紧。"

"咦……这个地方！"解说疑惑了一声，突然开始激动。转播画面也适时地给了解说所关注到的地方一个特写。所有观众一看，顿时心领神会，这地方和上一局乔一帆击杀鬼见愁的地方极为相似。

好戏要来了！所有观众都激动了，有些人甚至已经拍起了掌，至于兴欣的支持者们，此时更是已经兴奋得大喊大叫起来。

诛仙战队的选手此时却极其紧张，有一半人都站起来了，这种旁观者清的感觉可一点都不好，他们眼睁睁地看着他们的伙伴坠入对手的圈套，却什么也做不了。诛仙老板萧杰虽然坐着未动，但焦灼的神情一目了然，眼中甚至还流露出了几分痛恨，显然是自家选手先后跌入一样的圈套让他极其不满。

万众期待下，郑胜超没有让人失望，他的斩相思终于踏出了最后一步。

一个鬼阵几乎是配合着斩相思这一步，兜头罩了下来。乔一帆掐算好了时间，提前开始了技能吟唱，此时刚好读条完毕。郑胜超略略吃了一惊，却没怎么着急，他巴不得乔一帆能停下来和他动手呢！此时斩相思一个冲撞刺击，就朝一寸灰冲去。一寸灰侧身闪过，连跑带跳，和斩相思进行了一次位置的交换。

冲撞刺击之后的斩相思一转视角，郑胜超这才看清角色身处的地形，心里咯噔一下，大叫不好，但此时他已经身陷鬼阵当中。一寸灰挥舞着手中太刀，一个接一个的鬼阵开始落下。现场观众看得那叫一个心旷神怡，诛仙选手则是个个欲哭无泪。

郑胜超挣扎着想冲出鬼阵的包围，却一次又一次地失败。

相比上一场的鬼剑士，狂剑士的冲击力要强一些，但是在抵御鬼阵的抗性方面，狂剑士却远不如鬼剑士。郑胜超此时落入这样的控制，比起上一场的鬼剑士选手，处境还要艰难。斩相思的生命不断下滑，现场观众一片掌声，诛仙战队的选手一片黯然，老板萧杰的表情更像是要吃人一般。

"乔一帆又一次得手了，干得漂亮！不过这种打法的消耗很大，这一次似乎无法彻底击杀对手呢。但是没有关系，能在擂台赛中打光角色的法力，这已经是发挥到极限了，乔一帆非常漂亮地完成了他所能做到的极限！如果兴欣能在擂台赛中取胜，乔一帆一定会是最大的功臣！！"解说继续赞扬着乔一帆的表现，同时也指出，这一局一寸灰的法力恐怕不够了，无法继续支撑这种鬼阵连环的奢侈打法了。

"啊！好险……"刚刚预测完形势的解说，突然因为场上的变化惊叫了一声。现场观众也几乎在同一时间发出了一阵哗然。

"斩相思刚才差点冲破一寸灰的封锁，诛仙选手虽然坠入了陷阱，但是看起来他并没有放弃，他也在积极主动地找寻着机会。"话题几乎都是在围绕乔一帆转的解说，总算是舍得给郑胜超几句话了。

"呃……乔一帆这一次的控制，好像不太严密啊！"看着场上二人的交锋，解说突然冒出了这么一句。

相比起上一局诛仙选手完全被压制的场面，这一次，郑胜超的斩相思屡屡能寻到机会，试图攻破对手的限制，虽然还没有成功，但是场面总算不像上一场那么狼狈了。

"我觉得……乔一帆会不会想太多了？看起来他在有意控制节奏，不想太快把法力用光，可是这样反倒会给对手留下太多挣扎的空间。其实已经取得领先局面后，乔一帆为什么不一鼓作气打光法力，做出最大的输出呢？我想不会有人因为他这一场的落败而对他有所责难吧？"解说有些不解，又有些遗憾地说着。

他话音方落，场上二人又是一次正面交锋，郑胜超这次虽然还是没能冲过去，却对一寸灰造成了很大的伤害。

"乔一帆不会法力还没用完，反倒被对手击杀吧？如果真是这样的话，就太遗憾了……乔一帆，太追求完美了……"看到这次交锋中郑胜超大占便宜，解说开始抱有这种担忧。

"又来了！看来郑胜超现在信心十足。"

"暗阵！这个暗阵倒是落得及时，不然被这样连续的攻势冲击，一寸灰恐怕真要挡不住了。希望乔一帆能抓住这次机会，控制好局面啊……"

结果却并不如解说所愿，乔一帆固执地继续控制着节奏，不像前一场那样肆意地耗费法力，使用鬼阵了。

"只是这样打的话……我觉得，似乎没必要做这个圈套，我想郑胜超应该很乐意和乔一帆进行正面较量吧？"解说对于乔一帆这一局的表现，越来越觉得遗憾了。

"郑胜超现在越战越勇，状态全开。"渐渐的，解说的注意力开始向诛仙选手这边转移了。

"血气之剑，破灭斩，漂亮！噬魂血手，没抓到一寸灰，有点可惜，抓到的话，局面就彻底改变了。郑胜超的斩相思虽然还没有冲出去，但是他化被动为主动，积极地展开攻势。乔一帆很辛苦地在支撑着，在原本占据主动的情况下，他没有像上一局那样充分施展鬼阵的威力，所以一寸灰现在也损耗了大量的生命，现在只剩下百分之十。接下来乔一帆需要应对的是对手更强力的冲击，因为狂剑士的血气唤醒已经被激活……"

"嗯，被激活……"解说说到这的时候，突然意识到好像有什么地方不对，愣了好一会儿，直至场上双方又开始交手，他注意到双方血线的下降情况后，才突然反应过来——斩相思的血气唤醒已经激活，因为他的生命损失已经超过了百分之五十！而这一切好像都是在不知不觉间发生的！解说只关注到了乔一帆被冲击时的窘态，却没有察觉到在这个过程中，乔一帆的一寸灰也在默默地攻击着对手。

是的，一寸灰这一波攻击并不如上一场时那样连贯而又华丽，但是，如果像上一场那样肆意地挥霍法力，一寸灰剩余的那点法力，能在这一局给斩相思造成多少伤害呢？

但是现在，利用正面冲突中的一些交换，一寸灰虽然损失了大量的生命，却也将斩相思的血线悄然压下了许多，而这一过程中，一寸灰的法力消耗了多少呢？

百分之十！居然只有百分之十！以百分之十的法力，消耗了对方百分之五十之多的生命。这个杀伤是相当惊人的，为此，乔一帆的一寸灰承受了大量的伤害，现在他虽然还有近百分之二十的法力，可是生命只有百分之十了，法力是省出来了，可是，还有命用吗？

解说刚刚生出这样的疑惑，跟着就完全反应过来了。

"要来了！！"于是所有收看转播的观众，在此时突然听到解说莫名其妙地蹦出了这么一句。

什么要来了？观众都在茫然的时候，就见一寸灰突然加快了输出节奏，鬼阵开始接连地释放，奢华的场面，让一寸灰剩下的那点法力飞快地消逝着，但是同时飞快带走的还有斩相思的生命。

"够了！乔一帆剩余的法力足够带走斩相思了。斩相思是狂剑士，没有上一局鬼剑士那样的抗性，鬼阵对他的伤害更大，乔一帆剩余的法力足够击杀他！"解说在此时连忙说出了自己的推测，但是他忘了之前自己所有的分析是在心里进行的，此时突然说出这一结论，肯定会让观众觉得茫然不解。

但是接下来的场面就成了对解说这一番话最好的注释——突然加速的一寸灰完全控制了场面。方才还肆意张扬的狂剑士斩相思瞬间就被湮没在鬼阵当中，找不到方向，找不到出路，生命飞快流逝，血气是唤醒了，却根本没有供他宣泄的出口，他被一寸灰牢牢锁在了鬼阵之中。

终于，一寸灰的法力用到了尽头，而伴随着用尽法力的最后一个大招，斩相思也彻底丢光了自己的生命。

乔一帆，成功拿下了第二个对手！

系统宣布了一寸灰获胜，现场却是一片安静。

最后的转折来得太快，所有人都还没有回过神来。绝大部分人的心态都和转播解说一样，觉得乔一帆这一场打得过于谨慎，将对手引入圈套，却又未能完美地限制住对手。他们和解说一样，完全忽略了乔一帆的一寸灰在损耗大量生命的同时，也成功压低了对方的血线。

转播解说此时正在从头解说乔一帆这一局的应对，这让电视机前的很多观众都醒悟过来。但现场是听不见转播解说的，于是，一片寂静中，众人看到的只是诛仙战队的选手郑胜超起身下场。

无论如何，兴欣又拿下了一局胜利，这点毋庸置疑。于是最先反应过来的还是兴欣的支持者们，不管比赛的内容他们懂没懂，就为这最终结果，他们就该给些掌声。掌声终于响起，逐渐蔓延，这个缓慢的过程，多少表现出了现场观众心下的茫然。众人一边茫然地鼓着掌，一边互相讨论着这一场比赛到底是怎么回事。诛仙的郑胜超不是打得很猛吗？怎么忽然之间就被对手的一波攻击给带走了呢？

走下场的郑胜超受到了和之前那位选手一样的冷遇，老板萧杰压根就没理他，他便忐忑不安地坐到一边去了。而第四个要出场的选手，走到萧杰那询问指示，结果就见萧杰一脸厌恶地挥了挥手，什么也没说就把他给打发走了。萧杰用沉默表达着他对选手们表现的不满。

第四位选手是诛仙四剑士中的第四位，他的对手依然是乔一帆，只是乔一帆的角色一寸灰此时生命只剩百分之十，法力更是一丁点都没有了。即便这样，这位魔剑士选手依然有些战战兢兢。

这一场乔一帆没有再做什么拖延，角色干干脆脆地朝着对手迎了上去。没有法力的一寸灰打不出任何技能，只是做出刺斩一类的普通攻击，和对手周旋了没几下就被击杀了。

乔一帆落败，离开比赛席准备下场。这一次，现场观众不再有茫然，不再有犹豫，齐齐爆发出了掌声。即便对上一场比赛的内容很多人还是没有回过味来，但是乔一帆在擂台赛中完成了一杀二是明明白白的。以阵鬼这个单挑并不强力的职业来说，能做到这一点，可算是相当华丽了，掌声送给乔一帆是理所当然的。

走出比赛席的乔一帆听到现场的掌声，竟有一些发懵，在确认了这些掌声是送给他的之后，一直以来的小透明也有些激动了。再看战队的选手席这边，队友们都站起了身，用掌声迎接他下场。乔一帆既激动，又有些不好意思，飞快地冲下场来，走到了队友们面前。

"一挑二的感觉怎么样？"叶修问着。

"挺好的。"乔一帆挠挠头，脸上洋溢着的笑容很是幸福。

"去休息吧，接下来看我们的。"叶修笑道。

"嗯。"乔一帆点了点头，和众人一起坐回到座位上。

兴欣战队第三个要出场的选手，却没有立刻起来去接乔一帆的班。

"老魏？"叶修四下看了看，发现魏琛钻到选手席的角落，非常猥琐地埋着头缩成一团，不知在搞什么。

"等会儿等会儿，抽完这口。"魏琛抬头说了一句，嘴里喷出两口烟。

陈果在一旁看得那叫一个气啊！比赛场馆是公共场所，是不允许吸烟的，结果这家伙就猫到角落里偷着抽,对此陈果真是不知该说什么好了。作为兴欣战队里年纪最年长的一位,魏琛真是丝毫不具备榜样的力量!

又狠狠地吸了两口后,魏琛拍拍手站了起来,也不知把烟头扔到哪去了。他大模大样地走过来后,对乔一帆用力地点了点头:"小乔打得不错。"

"呵呵……"乔一帆傻笑。

"下面看我的。"魏琛牛气冲天地说着。

对于这家伙,陈果真是连"加油"都说不出口了。

而魏琛也完全不需要这种精神上的鼓励,就这么趾高气扬地上场了。现场观众出于礼貌,对上场选手都要送点掌声,结果就见这家伙不停挥手致意,一副很享受的样子,直至掌声彻底消失,他这才钻入了比赛席。

很快,擂台赛的又一局对阵开始了。诛仙战队的魔剑士,对兴欣的术士迎风布阵。

"好了,现在给你三分钟找到我在哪,找不到你就自动弃权吧!"比赛刚一开始,啥操作都还没有呢,选手公共频道里,魏琛就已经把一句话敲出去了。

诛仙选手会理他吗?

之前那一场小组赛中,玄奇会直接放弃对魏琛的比赛,是因为有没有那一分对于玄奇来说已无所谓,倒是那种被戏耍的场面对他们的士气打击很大,于是干脆弃权,转换一下心情。而现在是擂台赛,再怎么士气不振,也不可能直接弃权。

魏琛这话,大家就全当是心理战了,哪有人会去当真。结果就在下一秒,众人就见魏琛的迎风布阵果断地猫进了一个角落,这家伙居然真的把自己藏起来了!

现场顿时一片哗然,各种起哄的口哨声都起来了,还有一些掌声,却是拍得怪声怪调,显然是在表示讥讽。陈果一时间羞愧得都想钻到座位底下去了。乔一帆的出色表现帮兴欣争取到的一些中立支持,陈果估计这下都被魏琛的猥琐给瞬间败光了。

诛仙的魔剑士选手未受魏琛那话的影响,不过他也没有直取中路,而是采取了战术走位,这还是诛仙战队第一次采用战术走位,结果他走来走去,也没走到目标身边,魏琛还在刷新点的角落里猫着呢,一动不动的。

此时最煎熬的人就得数转播解说了,这样的场面,经验再丰富的解说恐怕也不会有太多的词可说。一方选手动也不动,另一方选手在那团团转,这有什么可说的?计算双方的直线距离吗?

诛仙选手转了几圈,依然不见目标,却还是执着地四下转着。这位选手显然高估了魏琛的素质,他以为魏琛不至于又一次做出那么恶心人的举动,结果魏琛偏偏就做出来了,稳稳地猫在刷新点的那个角落,动也不动。

转眼,三分钟到了,魏琛准时发出消息:"三分钟了,还没找到我,退出吧你。"

现场顿时又是各种起哄,但荣耀比赛里,选手比赛席的隔音设计是做得非常好的,比赛选手并不知道现场观众的反应,毕竟荣耀不同于一般比赛,是很怕剧透的,所以选手比赛几乎都是在封闭状态下。

别说听不到现场反应了，就算听到了，以魏琛的素质，他也绝对可以处之泰然。他吆喝着让对手退出，结果没有得到答复，便接着在频道里叽歪："怎么还不退，你觉得这样有意思吗？"

观众顿时骂娘的心情都有了，这句话绝对是他们想送给魏琛的。

诛仙的选手还是不理，不过转了三分钟都没见到人，他不得不认真思考，对于魏琛的下限，他的揣摩是不是很不到位？之后，魔剑士掉转了方向，开始朝着迎风布阵的刷新点走去。

这一路上就见迎风布阵消息不断，不停地用各种没下限的言论来调侃诛仙战队，乔一帆一挑二的壮举当然会被重重地提到。现场观众这次总算有所收获了，那些对乔一帆赢下第二场比赛仍有些迷糊的观众，这下从魏琛的垃圾话里倒是得到答案了。多好的一位选手啊！弄明白的观众对乔一帆更加佩服了，与此同时也有一些同情——这么好的选手，怎么遇到了一个这么醒醒的队友呢？

终于，诛仙的魔剑士来到了迎风布阵的刷新点，他的移动开始放慢，开始仔细小心地留意周围。魏琛的垃圾话还在继续，似乎完全不知道对手已经临近。此时所有观众都是一个心思，希望诛仙的魔剑士快点把他揪出来，让这家伙赶紧闭嘴。

接近了，就要接近了！看着上帝视角的观众们心怀激动。结果就在魔剑士即将踏出可以发现对手的最后一步时，猫在角落里的迎风布阵突然钻出，转身就走。

靠！不少观众此时心中默念的都是这个字。但是，这家伙怎么就察觉到了呢？众人不解。大概是用了什么作弊的手段吧？不少观众都对魏琛的人品完全没有信心。

可不管怎么说，魔剑士这一下是扑了个空，在刷新点没有找到迎风布阵，而那家伙的垃圾话还在频道中源源不断，这一次，魔剑士终于有点茫然了，因为他完全失去了方向，甚至怀疑那个家伙到底是不是在场上。

他就在场上啊！而且马上就要来了！！观众们恨不得冲上去告诉魔剑士选手这些。从上帝视角中，他们发现，魏琛的迎风布阵走了一个圈后，已经绕到了魔剑士的身后。

而此时转播解说也是精神一振，因为之前连续两场是乔一帆的比赛，让解说形成了对地图地形更多关注的意识。此时在视角切换的过程中，他猛然发现，迎风布阵这么一绕以后，距离、角度、地形，都构成了对术士来说很有利的局面。

解说连忙将这一点发现并说了出来，末了难免也是感慨一番："看来兴欣战队的这位老选手，蓝雨战队的前队长，并不像大家想象的那么无聊。此时我想到的只有一句话，姜还是老的辣。"

电视机前的观众有解说听，此时倒是清楚了。但现场观众没点水平的，这时还真没看出什么名堂，继续嘘声四起，给魏琛喝着倒彩。

于是就在这一片倒彩声中，迎风布阵走到了绝佳的攻击位置，天时、地利、人和，无一不占，一出手便把诛仙的魔剑士逼入了进退两难的境地。

术士这职业本就强于控制，论攻击距离，在魔剑士之上，再加上迎风布阵的银武死亡之手有法术距离+4的属性，此时的魔剑士便仿佛一个吊线木偶一般被魏琛玩弄着。

　　现场观众本来还在狂嘘，希望诛仙的魔剑士狠狠地给魏琛点教训，结果看着看着，却发现全然不是这么一回事，诛仙的魔剑士居然被那个猥琐无耻的家伙打得找不着北了。

　　嘘声停止了，可情绪复杂的观众一时间还是无法把掌声送给这个家伙，虽然这术士在攻击距离和节奏上都掌握得相当漂亮。

　　与此同时，场馆里进行的另一场比赛已宣告结束了。

　　一挑五，这种大家认为不可能发生的事，是建立在双方差距不大的基础上。但嘉世和一支玩家队对战，显然不符合这一条件。继上一轮比赛之后，嘉世又一次在擂台赛上由孙翔完成了一挑五的壮举，而后的团队赛，嘉世轻松击杀对方两名角色后，就以七个人头分的优势提前结束了比赛。

　　现场嘉世粉丝众多，虽然他们因为厌恶兴欣，也将注意力更多地放到了兴欣和诛仙的比赛上，但是当嘉世彻底拿下比赛的时候，他们还是连忙报以掌声。

　　这种成绩对于嘉世而言没什么值得骄傲的，倒是粉丝的热情支持是他们不能罔顾的。于是嘉世选手齐齐站在比赛场上，向鼓掌的观众们挥手致意，现场的广播也正式宣布了嘉世战队率先杀入挑战赛的决赛，而他们的对手将从场上的另一场赛事中决出。

　　但是嘉世战队看起来并不关心他们接下来要面对的对手是谁，在满足了本场对手一些签名和合影的要求后，嘉世战队随即就离开了比赛现场，压根没去等另一场比赛的结果。

　　嘉世的骄傲萧杰看在眼里，分外不爽。可是眼下他也顾不上计较这些了，他们诛仙战队能不能闯过兴欣这关还是个问题。

　　诛仙暗藏的角色实力，本是萧杰准备给嘉世战队的惊喜，但是在遇到兴欣战队的时候，他动摇了。毕竟他也是从荣耀最初期就一路跟下来的粉丝，叶秋、魏琛、孙哲平这些名字，对于他而言并不陌生，所以在犹豫再三之后，萧杰终于有些遗憾地提前放出了他的惊喜。

　　他满以为这样的诛仙，对付兴欣肯定绰绰有余。谁想打到现在，更换装备带来的优势，居然一点都没体现出来，他们始终被兴欣压制着，这根本不像是一场实力均等的对抗，换了装备都打成这样，那如果把"惊喜"留到最后，他们现在会输成什么惨样？

　　萧杰完全不敢想下去了，眼看着场上的魔剑士被迎风布阵逼得各种窘迫，萧杰脸上写满了厌恶。他痛恨失败，痛恨这样的表现，他买下诛仙战队是为了享受乐趣，而不是来忍受这一切的。

　　魔剑士选手终于败下阵来了，魏琛赢得不费吹灰之力。如果摘掉之前他猥琐地猫在角落调戏对手的部分，观众很愿意对他报以掌声，但是有了那么一个开场后，观众们顿时觉得比赛的水准完全被拉低了。

　　居然就这样赢了……所有人都在如此想着。

　　萧杰坐在场边，继续一言不发，任由选手们自行交替上场，他们已经到了最后一人上阵的时候了。而兴欣这边呢？算上场上的魏琛，还有足足三个人。叶修、孙哲平这样的大神都还没有亮相。对于诛仙最后这位弹药专家选手，萧杰已经完全不指望了，只希望这家伙能输得干脆利落点，不要露出太多的丑态。

可怜的弹药专家选手自己也没什么信心。一挑三？对于他这种职业圈里的小人物来说，这种成绩只能出现在梦里。他根本就不敢去想兴欣接下来会出场的人是谁，他只怕自己连眼前这关都过不了。这个卑鄙的家伙，这次会用什么无耻的手段对付自己呢？

弹药专家选手胆战心惊地进入了比赛席，刷卡载入角色，片刻后，比赛开始，就见选手公共频道上跳出一串字："还有必要打吗？弃权吧你！"

现场的嘘声几乎要把整个场馆给掀过来了。见过无耻的，但没见过这么无耻的，你好赖换个手段行不行！观众们可看得清楚啊，迎风布阵在发出消息的同时，又一次猫到那角落里去了，和上一场根本就是一模一样！

再看诛仙战队这边呢？弹药专家一板一眼地在进行着战术走位，他完全没有想到魏琛会做出和上一场一模一样的举动，对手这种下限，不是随便什么人都可以揣摩到的。

但转来转去，始终没有发现目标后，诛仙选手也不得不拉低自己的下限去思考了。

不可能吧？他一边不敢相信地怀疑着自己的猜测，一边操纵着角色朝迎风布阵的刷新点走去。

观众一片哗然，这么走下去，不就成了上一场比赛的翻版了吗？起哄声此起彼伏，就连兴欣最坚定的支持者们，此时都不好意思说什么了。田七等人组成的兴欣粉丝团，此时一个个都坐得很低很低，好像随时准备着滑到座位底下去一样。

还好诛仙选手并没有大家想象的那么傻，看过队友是如何被魏琛的迎风布阵绕到身后，他怎会不做提防？临近刷新点的时候，他改变了路线，沿的是迎风布阵之前迂回的那条路线，朝刷新点绕了去。

"干得漂亮!!"观众里有人情不自禁地呐喊上了。此时他们关心的不是队与队之间的竞争，而是想看到那个猥琐的术士能被人狠狠地教训一下。他们希望看到弹药专家突然从另一个方向绕到术士身边时，术士惊慌失措的样子。

这一幕似乎很快就要来了，弹药专家一点一点地朝那边接近着，但魏琛的迎风布阵还无动于衷，换作刚才的话，这时候他好像已经闪人了吧？

万众期待下，弹药专家终于成功地迂回绕到了刷新点，而魏琛的迎风布阵，似乎没有做出任何防范。

"来了？"他只是在频道里如此说着。

什么来了？所有人一阵茫然，他们完全无法想象这只是普通的一声招呼，现在难道不是在比赛吗？

可怜诛仙的选手也是茫然者之一，对手这没由来蹦出的一句话让他一怔，紧跟着，迎风布阵的攻击就到了！

诛仙选手还没有茫然到忘了要干什么，一见对手攻击，下意识地就开始闪避、还击。两个角色瞬间战在了一起，你来我往。

观众们则开始议论，他们不认为场面会如他们看到的这么简单，兴欣的术士一定还有什么特别恶心人的后手。

会是什么呢？所有人都在想着，想着想着，就见诛仙战队的弹药专家倒下了。

完了？所有人望着跳上屏幕的"荣耀"两个大字发呆。

卑鄙的招式呢？没下限的手段呢？为什么都还没有看到这些，比赛就完了？

没有解说辅助理解的现场观众着实有些摸不着头脑，而在电视机前的荣耀玩家们，却已经听到解说哭笑不得地叙述：这最后一局只是一次平凡的对攻战。大致过程，就是兴欣的术士懒得走路，于是就等诛仙的弹药专家过来，然后双方碰面，开打，最后术士干掉了弹药专家，比赛结束。

电视机前的观众都开始骂娘了，现场的观众却还在茫然着，他们觉得他们一定是漏看了什么，大家死盯着电子屏，希望可以从一些回放中找到提示，可是他们依然什么也没有看到。

全场观众望着从比赛席里走出来的，同样是完成了一挑二壮举的兴欣选手魏琛，竟不知道该如何相迎。不过在看到这家伙一边下场一边向四处挥手致意后，观众们终于有了统一的想法——嘘他，接着嘘他！

场馆里嘘声再起，齐齐送给了眼下这位胜利者。然后，他们看到这家伙接着向四处挥手，向嘘声致意。

他不明白这嘘声是什么意思吗？顿时场内嘘声更大了，而魏琛却已经旁若无人地回到了座位上。

擂台赛至此全部结束，兴欣战队最终拿到了三个人头分，可以说是非常不错的结果，接下来的团队赛，只要击杀对方三个角色，就可以保证己方不输，再多击杀一个角色，那比赛就可以宣告胜利是他们的了。

压力全部堆到了诛仙战队一边，而萧杰这时候终于不再一言不发了。他起身，走到了选手当中。

"擂台赛的表现，你们觉得怎么样？"萧杰问。

诛仙选手们默然无语。

"看来你们还都清楚，还都知道羞耻，那么接下来的团队赛呢？你们准备怎么去应对？还是像擂台赛这样吗？随随便便就中了对手的圈套，随随便便就被对方压制住？"萧杰说道。

"当然不会。"选手中，有一人突然抬起头来，自信满满地微笑着。

率先做出回应的，是诛仙战队的牧师选手路世林。这是萧杰自己发掘到的一个在他看来十分优秀的牧师选手，在他收购了诛仙战队后，自然就被塞进了战队里，绝对算是他的嫡系。

要照萧杰的本意，队长一职都应该交给路世林。好在萧杰也不傻，知道自己带来的不是半队人马，只是这么一个人的话，到底还是势单力薄了点，就算有他这老板做靠山，也未必能让路世林服众，所以队长还是由林易先当着。此外萧杰还特意将诛仙战队曾经的队长张简请过来帮忙，于是诛仙战队的这一番交替，倒是没有发生什么不快。

只是此时此刻，老板萧杰的情绪可是相当的不痛快。他自认为高明的布置，在擂台赛中好像一点作用都没发挥，这让他非常怀疑这帮选手的执行能力，否则的话，怎么会输得这么难看？

眼下他们想进军决赛，必须在团队赛里赢三个人头分以上。这帮选手如果继续刚才擂台赛中的这种表现，萧杰就真的要绝望了。还好，团队赛，他心目中诛仙战队真正的核心选手终于可以出阵了。

这才是诛仙战队的真正实力，走着瞧吧，兴欣！萧杰瞥了兴欣那边一眼，骄傲自信的笑容重新回到了他的脸上。

擂台赛和团队赛之间的休息时间很快就过去了，诛仙选手开始上阵，选手名单没什么新鲜的，就是他们擂台赛的那五人，再加上路世林。

"好好打，把仇当场就报了！"萧杰对队员们喊道。

"呵呵，这就算仇了？那一会儿真被淘汰了要算什么呢？"结果接过他话的却是兴欣这边的叶修。

"不愧是大神，相当有自信啊！"萧杰语带讥讽，哪里还有丝毫刚来赛场时和兴欣交流的那种和气？

"应该的。"对于萧杰的嘲讽，叶修点了点头说道。

"你会为你的自负付出代价的。"萧杰冷笑。

叶修哭笑不得："我还以为自负的那个人是你呢！团队赛你没有给什么指示吧？"

萧杰阴沉了张脸，团队赛他没有说太多，但多少还是要交代几句的，他收购诛仙就是为了享受这运筹帷幄的乐趣。

"最好不要，不然的话，比赛太早结束，联盟又要为新赛制是否合理而加班开会讨论了。"叶修接着说道。

"哈哈哈哈。"陈果丝毫不顾形象地大笑。

她早就瞅这萧杰不顺眼了，这人总是一副自以为是的样子，战队打得出色，就是他调度有方，打得不好，就是场上选手发挥的问题，这人还真是把自己当回事了！叶修要是不还击，陈果也要冲上去回他几句，还好叶修抢在了她前面，比自己回得精彩多了。这种有理有据的垃圾话，正是叶修的强项啊！

联盟想在挑战赛里先试验一下新赛制，却忘了挑战赛里强弱悬殊，没见嘉世那边已经三下五除二收工回家吃饭了吗？这兴欣对诛仙，如果也这么利落地结束掉，那联盟在挑战赛搞的试验，最后得到的结果还有什么价值呢？这确实是个相当犀利的问题啊！

"撑住，一定要多撑一会儿啊！"陈果火上浇油地又嚷了两句。

"哼，希望你们一会儿还笑得出来。"萧杰回道。

"那是必须的。"陈果骄傲地说着,一向最容易各种担忧、害怕的她,在这重要关头,突然充满了无比的自信。她坚信他们兴欣无论如何也不会输给眼前这种人的队伍,那不专业!

兴欣战队这边,参加团队赛的选手也开始上场了。

由于擂台赛兴欣只是出战了三个人,所以团队赛这时会有哪些人出场,依然留有悬念。一路追看挑战赛的大多数玩家,对于兴欣这么抢眼的队伍都挺熟了,所以对这个问题相当关注,就连电视转播的解说此时也在和观众们一同猜测着兴欣这一场团队赛的出场名单。直至兴欣选手陆续上台,答案才揭晓。

走在最前面的,叶修,这不只是兴欣战队的大神,更是整个荣耀圈至今都无人可以超越的传奇。在他之后是孙哲平,以繁花血景之名,距离荣耀顶峰只差那么一步的人。接下来,从现场的一片嘘声中,就已经可以猜到出场的是谁了——魏琛,为求胜利,可以用出任何手段,心中从无下限这种概念的家伙。而在嘘声之后,观众突然改用掌声欢迎,因为跟着上场的正是今天为兴欣在擂台赛的胜利打下坚实基础的选手,乔一帆。出于同一队的选手,在擂台赛中也是差不多相同的战绩,但是受到的待遇却是完全的两极化,这不得不说是一件奇葩的事情。

在乔一帆之后,上场的选手显然也拥有相当的人气,引来了阵阵欢呼,正是兴欣战队本次参赛以来一直备受瞩目的选手——唐柔。

Chapter 005
挺进挑战赛决赛！

唐柔,不只有过硬的技术,还有出众的外形,在线下赛一亮相后,引发的关注是全方位的。这些天陈果就没少接到各方面探询的意向,都是有关唐柔的。更有神通广大的家伙直接找上唐柔,试图挖走这位选手。

这些人似乎对兴欣的状况都挺了解的,于是都觉得以唐柔这样的条件,会甘心在这支队伍中效力,肯定是因为她还没有充分意识到自己的价值。而为了得到这样一个各方面素质都相当优秀的选手,很多战队都愿意付出相当高的价格,各大俱乐部的人马对自己的招揽都拥有相当的自信。

只可惜他们没有完全了解唐柔的底细,他们自以为可以打动唐柔的丰厚待遇,对于唐柔来说一点诱惑力都没有。

她要的到底是什么?这是在接触过唐柔之后各大俱乐部都在深刻思考的一个问题,只可惜没人理得清头绪。而后他们只能眼睁睁地看着唐柔在兴欣的比赛中一次又一次的出色发挥。这让他们十分痛惜,这种明珠暗投的事,赤裸裸地发生在他们面前,他们却无力去拯救,这真是太让人遗憾了。

唐柔之后,上场的是兴欣的牧师选手安文逸。

治疗本就是一个不太抢眼、不怎么让人热血沸腾的职业,再加上安文逸身边的队友一个个都是这么光鲜,所以他上场时,现场的气氛明显有一些回落。不过对于这一点安文逸丝毫不以为意,因为他也从来没觉得自己有过什么可以赢得观众欢呼的表现,这时候真要有人尖叫着欢迎他,那才是很奇怪的一件事吧?

结果兴欣众人上了台来,却看到诛仙那边的牧师选手此时还没有进入他的比赛席,而是站在场边等着。

叶修、孙哲平、魏琛、乔一帆、唐柔,一个个从他身边走过,他都只是保持着微笑,未做太多的理会,直至安文逸走上来时,他才主动迎了过来。

"你好。"路世林朝安文逸伸出了右手。

"你好。"安文逸自然是要回应,握一握手的。

"这一场团队赛,将是我们两个之间的胜负。"路世林接着就来了这么一句,然后迅速抽回了手,微笑着转身离去。

安文逸怔了怔,手还晾在半空中。对方的手就只是和他的手随便搭了一下而已,至于路世林那话的意思,从他这握手的敷衍态度上还察觉不到吗?他是暗指双方牧师水平的差距,将决定这场比赛的胜负。

"真是个嚣张的家伙啊!"魏琛惊叹着。路世林对安文逸的挑衅,兴欣众人都听到了。

"呵呵,心理战吗?无聊。"安文逸摇了摇头表示。

"也不全是。"叶修过来说道,"治疗确实经常成为比赛中的赛点,这也是种不错的战术思路。"

"我会努力的。"安文逸说道。

"大家都会。"叶修笑笑。

"那你们就多出把力,最好不要再让老夫来拯救你们。"魏琛懒洋洋地说完,就往他的比赛席位钻去了,这一场团队赛,他是以第六人的身份出战。

兴欣众人随后相继入席,刷卡登录角色,裁判审核检验后,双方角色进入对战房间,随着倒计时的结束,双方角色载入比赛地图。兴欣对战诛仙,决定两队谁能进入挑战赛决赛的最终一役,正式打响。

双方选手各自刷新在地图的角落,而后就纷纷冲出。地图,双方都是研究过的,至于开场战术,那没有临场才开始商量的,都是事先有所准备,这之后再根据场上情况灵活调度。

诛仙战队的四剑士围绕在了路世林的周围,保持着完整的阵形向前挺进。而兴欣这边呢,一开场众人就已经散开,像是毫无战术安排似的,散漫地在地图上乱跑。

当然不会有人相信兴欣是真的没有战术,完全胡来。转播解说此时就通过上帝视角查看着地图,观察兴欣每个角色的动向,以此来判断他们的意图。

"一寸灰和小手冰凉两个角色之间的距离相对较近,向前移动的速度不如那三位迅速,显然攻坚的任务无论如何也不会交给他们二人。至于其他三位……叶修、孙哲平,一个斗神,一个第一狂剑,除了韩文清,联盟还有比他们更具攻击性的选手吗?至于唐柔,虽然只是一个新丁,但依我看来,她的攻击性丝毫不比两位前辈弱。单就风格而论,我觉得即便是在联盟中,也没有比这更具攻击性的选手阵容了……"

被转播解说称为"荣耀最具攻击性的选手组合"的三人并没有聚在一起行动,三人的角色分走三条路线。转播即切换了整幅地图的鸟瞰画面,双方选手的角色用不同颜色的亮点标注出来,所有角色的移动方向此时自然是一目了然的。

"呃,鸟瞰地图,我们可以清楚地看到两队角色的移动。诛仙战队的选手比较集中,五人保持阵形在统一行进。兴欣战队则是彻底分散,除了一寸灰和小手冰凉这两个角色还算是在一个可以相互呼应的范围,其他三人的角色现在都已经拉开了距离,不过从他们各自的路线来看,我觉得他们的意图还是表现得比较清晰的,虽然有些让人难以置信,他们三个……貌似准备包围诛仙战队。"转播解说的口气中带着深深的疑惑。

但是形势的发展给了他最好的解答。

笔直向前挺进的诛仙战队,率先遇到了孙哲平。再睡一夏手提着重剑,就这样从他们的正面冲了过来。他明明只是一个人,但看起来偏偏就有千军万马般的气势。

诛仙战队阵形不散,四剑士围绕在路世林的牧师身边,就这样迎了上去。不过每个人在操纵角色上前的同时都忍不住左右转了转视角，东张西望了一下。这孙哲平就这样一个人朝着他们冲过来了？真的没有别的人在一旁掩护策应？

"不要让他随便靠近。"路世林这时做出了指示。

于是四剑士中的魔剑士一步上前，地裂波动剑扫出。孙哲平的再睡一夏朝旁闪开一步，躲过攻击，继续前冲。

诛仙阵中的狂剑士这时猛然跳出，同样是手持重剑，气势汹汹地朝着再睡一夏迎了过去。但他这一前冲不过是个掩护，真正的杀招藏在他身边的鬼剑士身上。

此时这鬼剑士偷偷摸摸地召唤出了一个鬼阵，刀锋一抖，落下。结果就见再睡一夏手中的重剑也赫然朝着他挥了过来。

当！鬼剑士连忙举剑一个格挡，向后滑开数步，总算是挡下了这一击。跟着阵中的狂剑士和剑客已对再睡一夏形成夹击之势，魔剑士召唤出的波动阵也即将将再睡一夏彻底笼罩。他们真的有点意外，没想到这孙哲平居然就这样直接冲进了他们阵中，这根本就是对他们的轻视。

就算诛仙战队一直混得比较落魄，但他们向来是以职业队身份自居的，他们并不觉得自己的水准可以被这样貌视。

他们决心要给孙哲平点颜色看看，结果就在这时，唐柔的寒烟柔终于提升杀到，从侧翼一个豪龙破军直突过来。

路世林笑了笑。这算什么？添油吗？

两个人都是这么贸然地往他们的阵中闯，相互之间也没有配合和呼应，这就是兴欣战队的战术水平？这就是传说中的四大战术大师之一——叶秋的指挥？

路世林心下想着，视角一转，终于看到了从另一处露面的君莫笑。原来是绕到了他们身后，此时还在往这边赶呢！

路世林真的快笑出声来了，这是想用一波接着一波的强力冲击杀乱他们的阵脚吧？但问题是节奏掌握得也太差了，这么个打法，应该算是一个接一个地上来送死吧！

"先把狂剑士拿下。"路世林指示着，没有让四位剑士立即抽身应对新到场的两位。

结果就见寒烟柔也不去支援再睡一夏，而是直冲着路世林的牧师就过来了。

这也不过是意料中的事。路世林继续笑着想，退了几步，就进入了己方鬼剑士的鬼阵和魔剑士的波动阵当中，这些是对再睡一夏的攻击，也是一个极佳的对路世林的保护。

寒烟柔然不敢硬碰，无奈只好转身去救援再睡一夏。别说路世林了，连转播解说此时也觉得兴欣这一波战术安排着实有点糟糕。

"兴欣这一波攻击处理得很不好啊！首先孙哲平的正面相迎就有点冒失，他太小看诛仙战队的选手了，他被包围导致发动二次攻势的唐柔也陷入了被动，他们这一波攻击的目的已经完全落空，我相信把再睡一夏丢到对手的包围中，然后再把他救出来绝对不会是兴欣的战术意图。"

"现在叶修的君莫笑也过来了，他能扭转这样的局面吗？哦……他停下了，似乎并不准备再冲上去。形势不妙这是当然的，可是也不能就这样放弃吧？再睡一夏要被舍弃了吗？似乎是的，寒烟柔准备退开了。"

"哈哈哈哈……"诛仙战队的选手席上，老板萧杰可算是看到让他痛快的局面了。只可惜这次他没法和叶修交流，那家伙现在正在场上尴尬地收拾这次失败的战术呢！

"喂，我说，这就是你们的战术吗？"萧杰朝着兴欣这边正在看比赛的陈果叫了一声。

结果就在他转头嚷这一句的同时，现场观众突然齐齐发出一声惊讶的呐喊。

萧杰扭回头来，就见走到近前却没有继续向前的君莫笑，突然将手中的武器一拆，而后两手朝前一探，接着，路世林的牧师居然就这样被捉过来了，而寒烟柔此时退走的路线，已经不像是后撤了，而是对他的追杀。

"怎么回事？"萧杰一下子站了起来。

而同样一句话也传进了千家万户正在收看这场比赛的玩家耳中，他们听到的当然不是萧杰的叫嚷，而是转播的解说。刚刚还在点评兴欣这一次进攻有多糟糕的解说，忽然打住，跟着就发出了这么一声惊讶的叫声。

这一幕来得太意外，现场因为有多种视角，所以现场观众们看得真切，但是电视转播是由导播切换画面进行放送，绝大多数时候，电视机前的观众看到的只是一个画面。

而刚刚这一幕，并没有出现在电视转播中，因为导播也完全没有意料到会突然发生这样的事，当他看到并连忙切换成这一视角的画面时，路世林的牧师已经飞在空中，紧接着就落到了君莫笑手中。

"捉云手？刚刚这个是捉云手吗？君莫笑怎么会使得出捉云手？我们知道未转职的散人确实是可以学习所有职业的技能，但是这并不包括20级以上的技能啊！所有20级以上的技能，都必须要转职以后才会向角色开放供学习，除非……除非……"

"是装备技能！"解说恍然大悟，大叫着，"如果是装备技能的话，那当然就可以使用了！天呐！君莫笑手中的到底是件什么样的武器？我们之前就已经知道它可以改变形态，成为各种职业系的武器，君莫笑以此来施展各种技能，但是现在看来，这件武器本身也被打上了技能，它让君莫笑可以使用的技能远不止20级以下的那些低阶技能。虽然这样的技能阶数不是很高，但是，多一种技能，就多一种变化和打法，就比如现在我们看到的，这显然是一个捉云手的技能，它并不具备一个满阶捉云手的速度和距离，但是在这一刻它起到的作用，恐怕足以决定这场比赛的胜负。诛仙战队的牧师就这样被君莫笑从己方团队中揪走了……"

"好吧，揪走是刚才的事了，现在他已经快死了……"解说声嘶力竭地吼了半天，只顾分析刚才那一个捉云手，连即时的比赛场面都不去解说了。结果再一看，被君莫笑捉过去的诛仙战队牧师立刻遭到狠扁。寒烟柔之前的举动又哪里是撤退？分明是要赶过去击杀目标！

诛仙战队的四位剑士系选手慌了，顿时就顾不上再睡一夏还未解决了。这个以一换一一点也不划算，他们没有治疗的话，团队赛还怎么打？

四人慌忙就要去救牧师，结果兴欣又有两人从旁杀到，一边是一寸灰，人到，鬼阵也到，且瞬间接连成片，赫然是他在擂台赛时那种鬼阵连环的打法。不，更准确地说，眼下他打得比在擂台赛时还要猛、还要迅速，因为他此时要做的只是争取时间拦截，并不需要过于考虑鬼阵衔接的延续性，只要稍稍阻拦上那么一会儿，让那边的队友有足够的时间解决掉对方牧师就可以了。

而在一寸灰的另一边，小手冰凉也冲了出来，他不是过来治疗，而是作为攻击辅助，就见一道圣诫之光将路世林的牧师笼罩住，百分之三十的伤害提高，这是唯恐他死得不够快。

孙哲平这边，诛仙的四剑士正在流血，而再睡一夏却是刚刚流过了血。

"提问：一个卖了血的狂剑士，会怎样对待让他卖血的人？"选手公共频道里，再睡一夏突然跳出这么一句话。正被一寸灰的鬼阵阻拦得心乱如麻的四人，一看这话，再转视角，就见再睡一夏已经开着狂暴，直接一记旋风斩劈过来了。

四人手忙脚乱地招架。这再睡一夏果然是卖够了血的狂剑士，再一开狂暴，风卷残云般就把他们杀了个东倒西歪。可四人此时哪里还顾得上自己？牧师！他们的牧师能不能活下去，才是他们能不能继续打这场比赛的关键啊！

结果这时他们在选手公共频道里又看到一句话，来自君莫笑："你们的牧师说，这场比赛是他们两个牧师之间的胜负，现在他死了，你们呢？还要继续吗？"

全场万籁俱寂。

相比起场上的诛仙选手，现场的观众们可是亲眼见证了诛仙的牧师是怎么被对手从阵中揪出来活活打死的。

捉云手捉治疗，说实话，这在团队战中是一个一点都不新鲜的战术，就算是在网游的竞技场当中，玩家与玩家之间的团队对抗，也常常采用这个战术，但前提自然是队里有一个气功师。

是的，气功师，有这个职业是绝对的前提。兴欣本是没有的，所以诛仙战队对这种滥到家的手法丝毫没有提防，结果对方一个捉云手偏偏就出现在了这场比赛中。诛仙战队的牧师被捉过去之后毫无抵抗的能力，被君莫笑和寒烟柔两个加起来一顿胖揍，旁边还有兴欣的牧师在那火上浇油，一会儿一个圣诫之光，一会儿一个神圣之火。诛仙的牧师几乎没有任何抵抗，就像一个面团一样，被随意地拿捏着，就连最后变成尸体的时候，还被带吹飞效果的攻击打飞了一截距离。

随着叶修在频道里掷出的那句话，砰的一声，诛仙牧师的尸体，穿过了一寸灰覆盖的鬼阵，摔落在了诛仙四人的面前。

治疗已死，团队赛中没有什么比这更糟糕的了，除非是根本不带治疗，准备搏命全攻的战术。可诛仙战队非但不是这种情况，反而是把治疗当作他们团队的核心。

治疗已死，核心已死，正如叶修刚刚问的，还有必要继续吗？

比赛结果很快就出来了，兴欣轻松地拿到了胜利。此时再回顾擂台赛的话，玩家们会惊讶地发现，这场比赛，完全没有出现大家预测的那种激烈竞争，兴欣胜得可谓相当轻松啊！

但是诛仙战队的选手都不会这样想，比赛宣布结束的那一瞬，他们的牧师选手路世林已经疯了般冲出比赛席。这场比赛，他甚至没来得及让观众认清他角色的名字，没来得及施展一下他的牧师技能，这一切都是因为那个该死的捉云手。

是的，就是这么一个粗鄙不堪，连普通玩家都会使用的打法，却在这样一场重要的比赛中决定了最终的胜负。这当中甚至都没有什么高深复杂的战术，孙哲平和唐柔只是出来干扰了一下他们视线，让叶修有了一个适当的偷袭时机。

这一切能够实现，事实上只有一个前提：诛仙战队不知道君莫笑可以使出捉云手。如果早知道，那他们对治疗的保护就不是这个样子了，对于君莫笑也会有特别的"关照"，就像"关照"一个气功师那样。总之，无论如何也不会让君莫笑大剌剌地站到他们身后，然后一抬手，就把他们的牧师给揪过去，解决掉了。

路世林不服啊，一百个不服，一千个不服，一万个不服！这场胜负无关战术，无关技术，只是关乎一个他们诛仙战队不知道的细节……

兴欣实在是胜之不武，这样的胜利，他们应该觉得惭愧！

结果从兴欣比赛席第一个出来的魏琛，一钻出来便伸起了懒腰："怎么这么快啊，我才刚刚睡着呢！"

"你们……你们……"看着兴欣战队的选手一个个走出来，路世林手指着这帮人，气得只是哆嗦，却又说不出什么来。

他能说什么呢？难道兴欣应该事先告诉他，他们会使用捉云手，让他们诛仙注意提防吗？路世林当然知道这种事才是根本不可能的，所以此时他虽然满肚子的不服，但偏偏又找不到什么有理有据的说法。

"你们"了半天，眼瞅着兴欣队员们都要离开比赛台了，他这才突然蹦出一句："散人这算是什么职业！参加比赛也是可以的吗！"

他这显然已经是强词夺理了。职业联赛可从来没有对角色有过任何限制和要求，用散人比赛，只不过是没有先例罢了，完全没有"不能参加比赛"一说。

路世林这话在兴欣众人听来，完全是一点攻击力都没有。几人说说笑笑，完全无视了他的存在，走下比赛台后就和兴欣未上场的选手一起欢庆胜利去了。路世林还想冲上去理论，结果却被人从身后拉住，他回头一看，是他们诛仙战队的队长林易。

"你干什么！"路世林愤怒地拨开了林易拉他的手，显然这个队长在他眼中并不存在什么威信。

"输了就是输了，有点风度吧！"林易说着。

"风度？你还真是有风度啊！这样窝囊地输掉比赛，你能接受？"路世林叫道。

"比赛就是这样，至少下一次我们不会再犯同样的失误。"林易说。

"下一次？什么时候，明年吗？"路世林讥讽着，"你会在挑战赛里鬼混三年，就是因为你可以容忍这样窝囊的失败，但我绝不会！"

"我并不觉得我们输得窝囊，我们只是输给了一些始料未及的事。归根结底，还是我们的准备工作做得不够，团队赛如此，擂台赛同样如此。"林易说着。

路世林一听，反倒笑了："原来如此，你是想为你们在擂台赛里垃圾一样的表现找个借口吗？所以现在团队赛也输掉，其实你们很高兴吧？这样正好说明你们不是那么无能的，对不对？"

"你冷静点。"林易有些无奈，不过他多少也能理解路世林的心情。在挑战赛中失败，打击是相当大的，因为这意味着整整又一年的时光荒废了，这简直比丢掉联赛总冠军还要痛苦。丢了联赛冠军，并不意味着末日；但是在挑战赛里输掉，就很有可能是末日，这赛季里，无极战队不就是因为挑战赛的失利而最终解散了吗？

诛仙战队年复一年地不能冲出挑战赛，这让他们的选手终日生活在恐慌当中，他们唯恐某一天早上醒来，突然就接到通知，宣布战队解散，大家各自回家。

这就是职业圈最底层选手的生活，就好像生活中最底层的人一般，他们谈不起什么理想，不敢说什么目标，只是如何生存下去就已经让他们焦头烂额。

诛仙就这样艰难地走过了一年又一年，没有人比诛仙的选手更了解这种惶惶不可终日的底层生活。萧杰的突然出现，一度是得到他们由衷的欢迎的，这至少可以让他们在短时间内不用为战队的存续与否而提心吊胆。但是，很快他们就发现这个新老板可不像他们想象的那么单纯，他急切地想让诛仙战队重返联盟，回到那块职业选手生存的沃土。

说实话，这个，有谁会不想呢？诛仙战队一年又一年的坚持，为的不也是这样的目标吗？可是要实现这样的目标，总得从实际出发，诛仙战队连续在挑战赛里沉沦三年之久，实力已衰落到何种程度，可想而知。

诚然，萧杰带来了一个不错的选手，同时还找来了诛仙战队曾经的队长张简做帮手，将诛仙战队这么多年的积累充分利用起来，再加上他个人资金的补充，为诛仙战队添置改良了大批装备，让整个诛仙战队在瞬间焕然一新。

可即便是这样，在本赛季就期待着重返联盟，是不是太早了点？

没有人比林易他们这些选手更期待那个舞台了，可是焕然一新的战队里，角色、装备需要选手去适应。新加入的牧师选手成了核心人物，这核心选手的改变，整个团队的战术体系也需要去磨合。

除此以外，本赛季的挑战赛里还有一座前所未有的大山——嘉世战队。诛仙这一赛季的处境，拿"内忧外患"来形容，一点都不夸张。

可是新来的老板呢？新来的核心选手呢？他们却一致认为这是挑战，但更是机遇，能击败嘉世的话，正好让诛仙一炮打响，以高姿态重返职业联盟。然后……然后这两位居然就已经谈到总冠军的话题去了。

诛仙战队的选手一时间真的无法适应这样的转变，他们不知道他们怎么突然就从担忧战队能不能维持下去，转变成对联赛总冠军的期待了？不是诛仙战队的选手胸无大志，而是他们新老板和新队友的描述，只会让他们觉得这一切过于浮夸。

林易作为队长，专门找萧杰谈论过这个问题。然而他的这些担忧，老板统统不以为意。萧杰沉迷于施展他的手段，比如有了好装备先不用，等最终决战的时候再换上，给对手来个措手不及。嘉世的惊慌失措，是他想到都会哈哈大笑的场景。

那时林易的无奈，就和此时面对路世林时一样。新老板和新队友，这两人如此合拍，不是没有原因的，他们都是极度自负的人，很多明明很艰巨的问题，都会被他们用臆想"迎刃而解"。

诛仙战队就在这样的背景下起航了。之前的挑战赛，萧杰一再地提醒众人注意保留实力，到最终决赛的时候再给嘉世惊喜。

大作家萧杰，把经营战队当成了撰写小说，他把这一切当作是完全由他控制的东西，他想先抑后扬就先抑后扬，他想扮猪吃虎就扮猪吃虎。他把现实当成是他的小说，认为一切都会尽如他意。而现在，当这真实发生的一切和他杜撰的情节完全违背时，他最忠实的信徒，完全沉迷于他臆想的情节中的路世林，率先崩溃了。

林易的劝说最终也没能让路世林冷静下来。可是这又能怎样呢？就算他在场上撒泼打滚，也不可能更改比赛结果，唯一可能产生的后果大概就是被保安拎着丢出去。

林易觉得无法再和这家伙沟通了，只能带着其他选手回他们诛仙的选手席，结果他朝那边一看，老板萧杰也是一脸怒容。

"回去收拾东西，自己给我走人！"萧杰指着下场的一干选手，冷不丁地丢下了这么一句后，就头也不回地走了。

林易等人脸色惨然。他们在诛仙战队坚持了这么久，只想过因为战队支撑不下去而导致大家各奔东西，却从来没有想过会有今天这样的结果。他们都不算是很有能力的选手，没有了这样一支战队挂靠，或许就再也吃不了职业选手这口饭了。

林易叹了口气，他们的生死才是被这场比赛彻底决定了，相比之下，路世林这个没有付出过什么的人，竟然表现出一副遭遇世界末日的模样，这真是一种讽刺啊！

萧杰离席后转眼就消失了。诛仙的多位选手被彻底终结了职业生涯，心都是痛的，但这个时候他们没有人上去向老板哀求什么或是解释什么。一年的相处，他们这老板是什么性子，他们都清楚，自负的性子让他不可能更改做出的决定，哪怕之后他自己会意识到这是错的。

林易站在原地发了一会儿呆，没有去追他们的老板，也没有马上离开，反倒是转身，朝着兴欣这边走了过来。

兴欣这边自是一片欢乐，看得诛仙众人都是好生羡慕。不过看到林易朝他们走来，兴欣众人都有意收敛了一下言行。失败者的心情也是应该体谅的嘛！

"很好的一场比赛。"林易朝叶修伸出了手，即便输到连职业生涯都断送，林易也没有失去一个职业选手该有的风度。赛前赛后队长之间的相互问候，现在大多只是一种形式，林易此时落得这种结果，还能记得这种事，可见他确实是真心实意的。

"谢谢。"叶修伸手和他握了握，"不要放弃，继续加油。"

"我倒是想。"林易苦笑了一下，"只怕已经没有机会了。"

兴欣众人一怔，陈果指了指方才萧杰消失的那个通道："难道……刚才那个……不是一时气话？"

方才萧杰的发作，叶修他们当然都看到了。只不过比赛这才刚刚结束，众目睽睽之下，老板举手间就把全队都给开了，这种事谁会轻易相信？所以他们都当萧杰说的是一时愤怒的气话。但现在听林易的意思，那好像并不是一句气话。

"总之希望以后还有机会再相遇吧，祝你们取得好成绩。"林易说完了他要说的话，转身就准备走了。

"哎，等等！"陈果突然跳出来喊住林易。

林易停下脚步，回头。

"你们老板刚才说的真不是一时气话？"陈果还在纠结这个问题，她实在无法相信有人做事会这样蛮不讲理、任性。

"恐怕不是。"林易黯然道。

"那你们这些人以后有什么打算？"陈果问。

"还不知道，我们这种水准，多半不会有战队再收留吧！"林易自嘲地笑了笑，"今天这场比赛，大概就是我们的告别赛了。"

"呃……"陈果犹豫着，回头看了一眼叶修，似乎是在考虑如何措辞。

"我们老板的意思，如果你们没有什么合适的出路，可以先过来我们兴欣这边。"叶修总算过来帮她说话了。

"啊？"林易一脸的震惊。

"但是……恐怕暂时不会是战队的成员。不过，总会有一些合适的安置，都是荣耀方面的工作。"叶修说道。

林易一听，顿时明白了。都是圈内人士，他怎会不懂叶修话里的意思？

这种安置，其实是好多退役选手所期待的，毕竟荣耀就是他们干起来最得心应手的事了。但问题是，他们诛仙这几位，还没到想退役的时候，如果条件允许，他们更愿意做一名在赛场上征战的职业选手，虽然他们也知道自己水平有限，但是，现在就认定他们不会再有进步的空间？他们都觉得还是早了点。

换作是路世林那种性子，这会儿大概会立刻跳起来质问"你们什么意思，是说我没水平当职业选手，只能干干杂活吗"，但林易知道兴欣完全是好意，或许，只有拥有叶修、魏琛，还有孙哲平这些老兵的战队，才会对穷途末路的选手有真正的理解和包容。

"谢谢。"这是林易首先要表示的，"不过我想还是等我和兄弟们商量一下，再做决定吧！"

"没问题。"陈果点着头说，"留个联系方式吧！"

双方随即相互留了联系方式，林易再次道谢后，转身离开，回到他的队友身边。诛仙一行人离开时，有人不住地回头朝兴欣这边望着，面露惊诧，显然林易已经和他们说了兴欣这边的事了。

原本像个雕像一样石化在比赛台上的路世林，眼睁睁地看着这一幕，突然像是醒悟了什么，疯了般地跳下来，一会儿指着离开的诛仙众人，一会儿又指着兴欣众人，叫道："好啊！我明白了，你们事先有串通！你们已经被收买了，所以这场比赛故意放水对不对！太卑鄙了，我要投诉你们！裁判，裁判在哪里？"

这家伙居然将两边选手赛后的正常交流污蔑为在进行苟且的交易，这等强大的妄想，让所有人都怔住了，哪怕是身经百战，经验无比丰富的叶修，也从来没有见过这等极品人物。

"我去，这什么人呐！包子，发挥你才能的时候到了。"魏琛反应过来以后立即就骂上了。

"好的。"包子立刻勇猛地跳了出来，"怎么做，杀了他吗？"

"别别别！"叶修连忙拦住。

"怎么，敢做不敢认吗？"路世林像是真的找到了可以反转局面的法宝似的，猖狂得不得了。

"别拦着我，我要去废了这个不要脸的！"魏琛实在无法忍受，准备亲自动手。

林易等人本来都要离开了，结果却听到路世林在这发疯，他们虽然已经被老板萧杰给开了，但和路世林好说也是队友一场，看这家伙在这胡搅蛮缠，顿时觉得脸上无光，尤其这家伙居然污蔑他们打假赛，这就让人不得不有些火气了。

于是诛仙众人又围了过来，准备将路世林给拖走。

"放开我，你们这帮不要脸的家伙，你们还有没有点职业道德了？"路世林奋力挣脱拉扯，指着诛仙几人就骂。

诛仙几人脸色都是铁青的，他们真要没职业道德，这时早把路世林打死了。你看兴欣战队的那个魏琛，这不就嚷着要过来揍人呢！

现场观众一片哗然，不过由于距离较远，所以这边具体交谈了些什么他们都听不到，只能看到双方的一些举动，看起来像是诛仙战队和兴欣发生了什么争执。

关键时刻，还是叶修应对突发状况经验丰富，对于撒泼的路世林，他没有过去扭打，更没有试图讲道理，而是一边拦住了魏琛，一边左右张望着呼喊："保安，保安快来啊，这里有人输了要赖！"

这话喊出来，一圈人中立刻就有人笑出声来了，再看路世林，便觉得此人也不是那么讨厌了，不就是一个吃不着糖就在耍赖皮的孩子嘛！

这边的动静保安早留意到了，正火速赶来，叶修喊完没半分钟，他们就已经到了现场。结果叶修他们还没继续说话呢，路世林倒像是抓到救命稻草一般，抢先握着保安的手说："我要投诉，他们这两帮人串通起来打假赛。"

一堆人纷纷扶额，联盟当然有专门的竞赛监督委员会来监管这种事，投诉也有规范的渠道，无论如何都不至于是由场馆保安来负责处理，这根本是风马牛不相及的两个系统。

不过这些保安一看也是应付这种问题经验丰富的主,被路世林紧紧握住了手后,他们并没有立刻泼冷水,反倒是温言相劝:"好好好,先冷静下来,来来来,慢慢说。"

"是这样的……"路世林居然真就说了起来。随后兴欣和诛仙两队人,一起目送这个吵闹的孩子被保安给哄着离开了。

"他捡回了一条命。"魏琛这时很肯定地说着。叶修哪会理他这吹牛的劲。

本已经离开的林易等人,又和兴欣告辞了一遍,而这之后,兴欣战队的诸位也准备离开了。陈果性子豪迈,走上前,朝观众席上看着刚才的一幕看到傻眼的田七等人一挥手:"走,庆祝胜利去!!"

这一晚,兴欣战队有理由好好放松一下。一路艰辛,他们终于走到了最后一步,接下来要面对的,才是兴欣战队这一年以来部署针对的终极目标——嘉世战队。

嘉世方面当时骄傲地先一步离开,没有留下等待什么结果,结果他们离开比赛场馆后,全部人还没坐上回宾馆的大巴呢,就收到了消息——兴欣战队最终获得了胜利,将成为他们在决赛中的对手。

"这么快?"嘉世众人先从时间上惊讶了一下。在他们眼里,诛仙战队是弱队一支,而兴欣不也是同级别的弱队吗?兴欣居然又一次压倒性地胜利了?返回宾馆的这一路上,嘉世战队中没有一个人提及接下来要进行的决赛,这,可是一种很罕见的现象。

挑战赛终于走到了最后一步。

和诛仙比赛结束后的两天,兴欣战队开始遭到各种媒体的骚扰,记者们都是想采访一下叶修。挑战赛决赛中,嘉世前队长和嘉世战队对决,争夺那个回到职业联赛的唯一名额,如此劲爆的话题,在媒体眼中,就算是职业联赛,也得暂时朝一边站站了。

而在这个话题当中,尤其令人振奋的是兴欣战队的出色表现,这让人们对"战胜嘉世"这个本不可能完成的任务,渐渐有了期待。

兴欣的实力,似乎并不如人们想象的那么不堪,看看他们在挑战赛中一路获得的胜利,几乎都是压倒性的,手下败将中甚至包括无极、玄奇、诛仙这样的职业级战队。

这三支战队都是很弱的职业战队,他们在兴欣面前确实没有表现出可以和兴欣抗衡的实力。换句话来说,兴欣的实力在他们之上,那么,兴欣向嘉世挑战或许就不是什么不知天高地厚的事。风向渐变。从最初一边倒地认为兴欣是自寻死路、是炒作、是臭不要脸;到现在有越来越多的人开始对兴欣抱有兴趣和期待。

而且这种期待是真实的,可不再是最初那种好事者希望兴欣让他们讨厌的嘉世难堪,所以表现出对兴欣很支持的样子。

那个时候,那些人对兴欣的支持,不过是为了恶心嘉世,要真心说的话,他们同样不相信像兴欣这样的一支战队能对嘉世造成威胁。但是现在,这种支持渐渐变得真实,因为他们开始认可兴欣的实力。而这无疑会让这部分人更为兴奋,因为这样一来,他们看到嘉世丢人出丑的可能性就更大了。

有媒体进入游戏，随机采访荣耀玩家，让他们谈谈对这场对决的看法，在接连询问了数百名玩家后，媒体统计了数据，最后惊人地发现，对于挑战赛决赛，期待兴欣获胜的玩家人数竟然超过了支持嘉世的，比例高达百分之六十八！而将媒体采访时所了解到的支持原因概括起来，也就一句话：看热闹不嫌事大。

从这种角度上来说，一支新近成军，从网吧里走出的战队，如果击败了荣耀豪门嘉世战队，那显然要比嘉世获胜意外得多，有趣得多。出人意料的结局，这对很多人来说，都充满了吸引力。

不过，这也只是期望而已。

另有一家媒体，也是随机采访玩家，问及的却不是"期待"，而是有详细分析的"认为"。在这份调查问卷中，胜率遥遥领先的变成了嘉世，有百分之九十一的玩家认为嘉世将赢得最终的胜利，虽然他们当中有很多人在回答"期待哪队获胜"的时候，选择的是兴欣。

周一版的《电子竞技周报》上，就对这两种有趣的调查结果进行了对比讨论。在本期报道中，更有兴欣战队和嘉世战队对于这场决赛的看法，而这，可是别家媒体所没有的资源。周末两天，两队都受到了其他媒体不同程度的骚扰，不过两队都拒绝了这些采访要求，只是和各自相熟的记者聊了几句。

专访嘉世的是曹广诚，兴欣这边则是常先，因为嘉世出局默默无闻了几乎一整个赛季的两位记者，在这时候却拥有了令所有媒体艳羡的资源。

电竞之家这边已经果断表态，挑战赛最终的这场比赛，会深刻彻底地报道，哪怕要和现在正在收官时刻的职业联赛平分版面也在所不惜。而联盟方面呢，对于这场有史以来最受关注的挑战赛比赛也是高度重视，在周末两天，经过内部紧急协商和对外全力沟通后，硬是临时更改了决赛场地。

为了更好地呈现这场倍受关注的比赛，联盟决定将决赛移至城北区的六里松综合体育馆举行。

而相比之前挑战赛所用的场馆，六里松综合体育馆最大的不同，就是具备全息投影的条件。挑战赛最终战，联盟将给予和职业联赛同等的待遇，用全息投影技术来呈现给现场观众。这一点改动主要是针对观众而言，对于参赛的两队来说，影响不大。

全息投影只是改变了比赛的呈现形式，对于选手来说，他们依然是在比赛席内看着电脑显示屏进行操作，全息投影的效果他们是看不到的，那可是上帝视角。

但是从媒体到联盟，再到玩家，所表现出的热情，都说明了这场挑战赛决赛受到的关注是空前的。这并不仅仅是因为有嘉世这样的豪门明星战队，说实话，能引发这么大的关注，主要还是因为兴欣制造出的话题性很强。

比赛临近，嘉世、兴欣又是如何看待对方的呢？这不只是媒体希望深挖的信息，也确实是很多玩家好奇、关心的事。

于是在这份周一版的《电子竞技周报》上，他们找到了答案。有关嘉世的那篇访谈中，从头到尾，几乎就没提"兴欣"两个字，嘉世一直在念叨的，只有一个名字——叶秋。

"'叶秋是一位不错的队长。'嘉世老板陶轩说起这话时，流露出了很复杂的情绪，他向笔者讨要了一根香烟。而据笔者所知，之前陶老板戒烟已经有相当长的一段时间了。"

在对嘉世的报道中，采访记者曹广诚声情并茂地如此描述。

"叶秋是一位不错的队长，很了不起，他带给了嘉世至今无人超越的成绩，这一点是谁也不能去否认的。如果可以，我真的很希望叶秋和嘉世，可以定格在那最完美的一瞬间，然后一直保持下去。但是很遗憾，这个世上没有任何东西是一成不变的，联盟在发展，荣耀在进步，我们也要不停地往前，固步自封，不去适应进步的话，很难保持坚实的竞争力。嘉世其实就是一个很好的例子，在连续三次拿下总冠军后，我们没能继续突破自己，只是希望保持固有的节奏，结果就眼睁睁地看着其他战队一支支地追赶上来，从我们手中夺走冠军。"

"所以这些年来，嘉世一直在求变，我希望找到更适应当前联盟生存环境的一种模式，这样才能让战队长期稳定地发展下去。这样的转变，肯定是要付出代价的，我们做好了心理准备，但是上赛季嘉世居然沦落到出局，我得坦白，这是我没有想到的，是一个意外。不过，我要说，凡事都有利弊，出局后这一年的休养，反倒可以让我们在一个非常宽松的环境下完成这次转变。"

"嘉世虽然不在联盟中，但我要说，嘉世一直是积极的、进取的、从不放弃的，无论在哪里，我们的目标都只有一个——总冠军，我们永远不会放弃对冠军的追求。只不过这一次的追求之旅漫长了一些，我们需要从挑战赛里打起，而在这里，我们遇到了我们嘉世有史以来最出色的选手——叶秋。他现在居然成了我们的对手，说实话，比起嘉世出局，这更加让我觉得意外。"

"最近不仅有战队的人问，也有你们媒体的朋友问我，说外界都很关心，想知道叶秋是不是和嘉世闹了什么矛盾啊？要不然为什么他已经退役了，又突然复出，而且要在挑战赛里和嘉世针锋相对啊？"

"呵呵，叶秋为什么退役了又复出，这个问题，我觉得大家应该去问叶秋嘛！虽然我和他很熟，但毕竟不是他肚子里的蛔虫。当然，我也知道大家的难处，叶秋一向是不接受媒体采访的，所以想从他那得到答案，几乎不可能。"

"就这件事呢，具体他是怎么想的，我当然不好妄加猜测。但就我而言，我可以肯定地告诉大家，嘉世和叶秋，不存在什么矛盾。"

"现在的战队，一旦成绩有点起伏，或者有一点转会传言，就会伴随着这样那样的猜测。可是事实如何呢？绝大多数都是无稽之谈。嘉世和叶秋，不存在矛盾，但要说一些看法上的分歧，这我们当然是存在的。就好像我说牛肉好吃，但你说猪肉好吃，这样的分歧，你能说是矛盾吗？这样的分歧，只要是有人的地方，它就会存在，对此我就不多说了。"

"现在叶秋是我们的对手，说实话，到现在我还有点不习惯这种状况，叶秋怎么就成了我们的对手呢？不过，这不要紧，我尊重他的选择，这一次，我们就做对手，来分个高下。当然，如果他不介意的话，我倒是很欢迎比赛结束后大家一起去喝一杯。"

嘉世的这次访谈，由他们的老板亲自出面，这已算十分罕见。而在访谈中，嘉世老板好像一副彻底打开心扉的样子，侃侃而谈，很积极很正面地回答了外界对于嘉世和叶秋的许多问题。他唯一回避的问题，就是叶秋为什么要来挑战赛和嘉世做对手，这个问题被他踢给了叶秋。

不知内情的人，当然就想追着叶秋来问了；但知道内情的，比如陈果，看过这篇报道后，差点就又掀桌了。

"无耻！！"陈果狠狠地将报纸拍在桌上，好像这一巴掌能拍到陶轩的脸上一样。

陶轩这访谈，先把能说的漂亮话都说了个干净，再把一个光秃秃的问题留在那，交给叶修去回答，这样的做法实在是狡猾之极。

嘉世老板陶轩亲自接受采访，这可是给足了媒体面子。不过在整理完稿子后，曹广诚也算是见识到了BOSS级人物的狡猾和老辣。

访谈中陶轩充分表现出了他和嘉世对叶秋的理解和包容，但这些言行，恰恰就是他绵里藏针的发招。

不明真相的人看来，嘉世对叶秋是如此理解和宽容，但是叶秋竟率领一支战队，要在挑战赛里和嘉世拼个你死我活。如此一来，双方形象高下立判，外界用来形容叶秋的词汇，除了"恩将仇报"，就是"忘恩负义"了……

很精彩！曹广诚整理这篇稿子的时候，心中就不住地感叹着。

那么，兴欣那边又是如何应对的呢？

兴欣和嘉世虽然没有面对面地坐在一起，但是别忘了，对两队进行访谈的记者都是来自电竞之家的，他们完全可以在话题上进行引导，将两边的采访内容设计得针锋相对。曹广诚负责的是嘉世这边，而兴欣那边，他只恨自己不能亲自去，于是只能对常先千叮万嘱。

结果常先采访回来，将稿子整理出来后，曹广诚一看，气就不打一处来。

在常先的稿子中，只见他这么写：谈及过去，叶修队长一笑置之，随后点起了一根香烟，和笔者兴致勃勃地谈起了当下。

真是名师出高徒啊！

这一句，和自己写陶轩"问笔者要了一根烟"的意境是何等相似！但是相似的意境下，陶轩绵里藏针地出招了，叶修却是飞起一脚说：聊下一个话题。

曹广诚当时就拍桌子把常先狠狠骂了一顿，可算是把这些日子憋着的那股子对常先的气狠狠出了一通。其实曹广诚心里也清楚，这不是常先没去做，而是对方不配合，回避了这个话题。如果随便就能得到想知道的答案，那么记者这份工作也未免太简单了。这份兴欣的访谈稿子，可算是让曹广诚理直气壮地质疑了一番常先的能力。

可质疑完了，稿子还是得用不是？就算它没抓住焦点，但至少是独家的啊。现在能采访到兴欣的，只有常先一人。

看看《电子竞技周报》派来专跟挑战赛的那两位记者，一进到八强淘汰赛以后，就显得特别尴尬。因为这两支队伍都不随意接受访问，弄得他俩只能和很多地方媒体记者一起，像狗仔一样到处潜伏，发现两队选手就扑上去追问几个问题。比起他们那种零零碎碎拼凑起来的报道，常先的稿子不知要强出多少。

不过将两队的访谈稿交给主编的时候，曹广诚还是做好了挨批评的准备。

果不其然，稿子刚过去还没一个小时，主编的电话就直接打到曹广诚的手机上来了，劈头盖脸就是一通骂。稿子有不足的明明是常先，但主编上来所说的第一句话就是："小常是新人，弄不好，但你也是头一天当记者吗??"

就像曹广诚无视了让常先从叶修嘴里套出话的难度一样，主编大人也完全无视了曹广诚根本控制不了常先对兴欣访谈的这一事实，将大黑锅狠狠地扣到了他头上。可是，最后也还是和曹广诚训常先一样，骂归骂，骂完了，稿子还是得照样用。

原本指望着这一期报纸中，两家的访谈可以摆出一副针锋相对的局面，结果却是一人说天气，另一人关注饭菜这样的局面。最终，常先对兴欣的访谈，进一步加深了人们对兴欣这支队伍的了解；而陶轩亲自上阵的一番言辞，再度引发了嘉世粉丝敌视叶秋的一波热潮。

嘉世一次又一次这样暗示引导，让许多原本觉得手心手背都是肉，对这样的局面感到很纠结的嘉世粉丝，都坚定不移地倒向了战队这边。

一时间网络上再起热议，一堆一堆的叶黑上蹿下跳，觉着陶轩的这一番表态着实就是叶修狼心狗肺的最有力证明了。

Chapter 006
挫 败 唐 柔

接下来的两天陈果根本不敢上网看这方面的讨论,她怕把自己活活气死。好在队内气氛稳定,叶修一如既往的平静。而这一次,陈果总算没有因为叶修的这种平静而上火。

决赛将近,她庆幸叶修是这样一个人,否则,像自己这样有点事就着急上火,那恐怕这时已经乱了分寸了,还怎么能打好比赛?

是的,比赛,此时的叶修,注意力全在这最终的比赛上。这些天他不停地和魏琛,和孙哲平,和战队里的每一个人交流着很多东西。

这可不是临时抱佛脚。

去年夏天,嘉世出局的最终结果出来以后,击败嘉世的准备工作就开始了。

荣耀职业联赛以网游为基础,这个特别的设定就决定了能影响到比赛最终结果的,并不单单是场上的那数十分钟。台上一分钟,台下十年功,这样的说法,对于荣耀职业竞技来说也适用。历经一年,兴欣在尽全力练好台下的苦功之后,台上那数十分钟终于就要来临了。

不过,说到底,最终的胜负还是要通过这数十分钟来分出。一年的苦功做得再彻底,再完美,若没有最后这数十分钟的正确决策和充分执行,一切都将化为乌有。

最后一战兴欣将怎样应对?陈果也不清楚,她只知道叶修这些天就在和众人交流着这些,有的计划她听到了,有的没有,但她不会主动去过问,她希望叶修可以把时间和精力完全用在准备比赛上,和自己解释这种事,根本就是无关紧要的。

一时间,陈果成了兴欣众人中看起来最清闲的一个,而一向热情的她,此时也丝毫没有要参与讨论的意思。此刻她努力在做的,就是尽可能地不去打搅每一个人,只是这样就让她觉得很充实,她丝毫不觉得受到了冷落,更不觉寂寞,看到兴欣战队里每一个忙碌努力的身影,她只觉得非常踏实和温暖。

而这时候,陈果还想到了另一个人,正身处敌阵当中的一个人——苏沐橙。

她现在,又是怎样的心情呢?是不是也像兴欣的诸位一样,为了比赛而认真努力着呢?虽然陈果现在无比讨厌嘉世,但如果苏沐橙全力应战,她却不会觉得有丝毫不妥,这就是职业选手该有的职业精神,是比赛,就应该全力去应对。

虽然现在外界把很多东西加诸这一场比赛之上,但是天天就在叶修左右的陈果,看得清清楚楚——对于这场比赛,叶修根本没有掺杂任何比赛之外的东西。

因为被退役,所以以此作为复仇之战?他没有。因为和嘉世之间有无法抹去的关系,所以会带有复杂的情绪?他也没有。

是的,叶修就是这样,没有曲意逢迎,也没有恶意诋毁,看起来冷酷无情,但他就是以这样忠实的态度对待荣耀，对待比赛。这就是陈果眼中的荣耀第一大神，凭着这一点，陈果就觉得自己粉了他这么多年一点也不冤。

这是一个真正值得去敬佩的人，因为他能做到他人做不到的事。比如说陈果，虽然她也明白这些道理，很认可这种态度，但是她自己就做不到。她完全无法以平常心去面对嘉世，想到嘉世针对叶秋的种种行径，她就恨不得嘉世被兴欣虐个一百遍，然后一个个泪流满面地排着队跪在场边忏悔。

时间一天一天地过去，距离比赛日越来越近，陈果在做好发呆这一本职工作的同时，将其他可能干扰到队员们的事务统统接手过来。就连常先这段时间来串门，也只能接触到陈果。而看到陈果一本正经的严肃模样，常先也就不好意思去打扰兴欣诸位了。

周五，比赛日，《电子竞技周报》在这一天之前出版了一期。兴欣和嘉世的挑战赛对决，终于登上了《电子竞技周报》的头版，风头压过了职业联赛中的任何一场对决。

而在登上头版的大标题中，"叶秋"两个字，放得比"兴欣"还要大。这本是两队之间的对决，但是对于要抓话题的媒体来说，他们重视的只是叶秋对战嘉世这样的噱头。如果兴欣不是有了叶秋，那么无论他们战队有多出色，以挑战赛的分量而言，恐怕这时也不足以登上头版来报道。

而这一期中，前线记者都没有拿到什么第一手的资料，常先不好意思多打扰兴欣，嘉世那边也搞起了封闭训练，曹广诚无法再接近。不过这样一来，倒是更容易让记者们以自己的视角，将所见所想给描述出来。于是乎，那种山雨欲来风满楼的氛围，被两人烘托了个淋漓尽致。两位记者皆以描述见闻的游记形式，写了这几天来所了解到的两支战队，最后两篇文章并列在了本期的挑战赛版面中。头版那种寸土寸金的地方，当然是不会有这种详细内容的，一般都是标题党横行。

《电子竞技周报》的报道持续引起玩家们热议的时候，兴欣已在联盟的安排下，搭乘上了前往比赛场馆的客车。

比赛虽然是在晚上进行，不过因为更换了场地，赛前热身，适应一下环境就显得很必要了。联盟方面在征询了兴欣方面的意见后，一大早就派了专人过来，送兴欣战队前往决赛场馆，进行赛前训练。而嘉世那边，也接到了同样的征询，此时正跟着指引他们的人，奔赴进行决赛的场地——六里松综合体育馆。

结果就在专门的入场通道处，两队不期而遇了。

"嗨，老叶！"

主动向兴欣这边打招呼的不是别人，正是嘉世老板陶轩，他一边喊着，一边快步迎了过来，口气、举动，无不透着亲切热情。

一时间陈果都有些恍惚了，自己没认错人吧？

叶修笑了笑，朝对方抬了抬手，就算是招呼了。

"过来得挺早的嘛。"陶轩笑容满面。

"你们也是。"叶修说。

陶轩的目光落在兴欣战队的成员身上，一个一个地打量过去。他也是圈内老人了，魏琛、孙哲平这些人，他努把力还是可以认出来的。不过作为一支豪门战队的老板，他当然没必要费那劲和两个已经过气的选手攀什么交情，所以也就将两位当作寻常选手一视同仁了，只是点了下头，就当是和兴欣的所有队员打了个招呼。

"真的没想到，你这队还挺有意思。兴欣是吧？早没看出来啊，原来咱们的邻居那里也是卧虎藏龙啊！"陶轩说着，朝身后自家的队员们笑了笑。老板笑，大家能不帮着暖场吗？顿时，嘉世战队的选手们都咯咯咯地笑了起来。

陶轩说笑了一句，也不等兴欣这边有人回应，目光就定在了兴欣战队的一位选手身上——唐柔。

兴欣战队里，真正让陶轩产生些兴趣的，就是唐柔。不过现如今嘉世在战斗法师这个位置上有孙翔这张王牌，陶轩倒没有任何要更换他的心思。只是看到这样一位选手出现在兴欣这样的队伍中，他比其他那些对唐柔有兴趣的战队老板更加觉得惋惜。

"唐小姐，幸会。"陶轩此时抛开其他人，单单向唐柔打了个招呼。

唐柔这出身，那也是经历过很多事的人，任何场面都稳得住。对陶轩的问好，她恰到好处地回应了一下后，就听陶轩说道："唐小姐这样出色的人才，可千万不能被埋没了。这场比赛之后，如果你有兴趣，随时可以联系我。这是我的名片。"

"喂，你什么意思？"陈果在旁边一听就火了。陶轩这字里行间是满满的目中无人，当众拉拢他们的选手不说，还暗示兴欣铁定会出局？

"没什么意思。"陶轩笑笑，语气潇洒。因为这时候唐柔已经接过了他手中的名片，点了点头，道了一声"谢谢"。

"那就不多聊了，晚上比赛再见。"陶轩随即招呼嘉世战队的选手们，就这么扬长而去。嘉世大多数选手跟着老板，个个目不斜视，只有苏沐橙落在了最后，旁若无人地找叶修、陈果他们说起了话。走在前边的陶轩当然听到了，不过他回头扫了眼后，却也没说什么就带人离开了。

"这人真是太气人了。你们怎么一点反应都没有？"陈果看看左右，这什么叶修啊、魏琛啊，平时气起人来都挺拿手的，这会儿怎么都消停了？

"我就觉得吧！这么大个老板，亲自跑到我们跟前来，干倒垃圾话这种脏活，也挺不容易的，得给人这个空间表现。"魏琛一本正经地说道。

"哦？那人是谁啊？"这时安文逸、罗辑却好奇地问了起来。陶轩满以为自己是个人物，却忘了他这个人物有点大，一般人都接触不到。他能来干这脏活，确实挺上心的，但是很遗憾，兴欣这边却有人连他是谁都没搞明白。

"星探吗？"果然，就冲他朝唐柔发名片这举动，安文逸和罗辑只会猜到这个答案。

陈果这下气也生不起来了，拉着苏沐橙就问长问短，什么都聊，却一个字都不带荣耀的。

显然在这大赛将近之时，陈果想避开这个敏感话题，毕竟苏沐橙的立场无论多鲜明，这一场比赛她也是兴欣的对手。陈果相信苏沐橙会拿出职业的态度来面对，但她内心真实的想法又是怎样的呢？陈果觉得还是不聊比赛的好。

进了场馆，两支战队各有专人接待，苏沐橙到底还是得回嘉世那边。两队随即被带去了他们各自的休息室。比赛的赛场已经布置妥当，而后双方各有两个小时的时间，可以去适应场地设置。

"嘉世战队说，可以先让诸位进行场地适应。"接待人员随即传达了个消息。

"哦，替我谢谢他们。"叶修点点头。

"好的，我会传达。"接待人员随即礼貌地离开了。

兴欣一堆人在这宽敞的休息室里遛着弯，连魏琛都是感慨万千。他在联盟的那个年代，即便是职业队，也没有这么好的比赛条件。

体育馆？笑话，那时候哪需要可容纳这么多观众的场馆？随便找个能坐几百上千人的会议中心，就能举办一场比赛了。而现在，连十年都不到，就发展到了许多战队都有自己专用的比赛中心。荣耀职业化的发展速度，只能拿"日新月异"来形容。

"不错不错，真的不错啊！"魏琛摸摸这，看看那，各种参观。完了他精神抖擞，挥手一招呼："来，让我去见识一下现在的比赛设备都是什么样的。"

于是兴欣诸人走出了他们的休息室，沿着选手通道，很快进了场馆。

就从观众席来看，这里和之前比赛的场馆也没多大区别，毕竟都是差不多的容纳量。但是比赛台的设置就大不一样了——选手的准备区统一在南侧，而比赛台则分列于东西，场馆正中腾出的大片空间，全息投影就将呈现在这片区域上。

经过这几乎一个赛季的实践，全息投影的转播技巧已经运作得相当成熟，凡是到现场来看比赛的观众，都会有和在家看完全不一样的感受，这可不仅仅是对现场热烈气氛的体验。因为这一改革，本赛季所有联赛比赛的上座率都在疯涨，联盟、各战队都是大受其益，这一技术手段将被进一步地推进下去。

兴欣众人在他们的准备区这边转了一圈后，随即去往了比赛台。对于选手而言，中间空出的全息投影区域其实一点也不重要，因为比赛中的他们是无法看到的。比赛台，这才是他们真正的战场。

每边的比赛台，各有六个比赛席，显然是为人数最多的团队赛而设计的。所有比赛席的电脑硬件条件是完全一致的，这是联盟做出的统一规定。而选手各自使用的设备——鼠标和键盘，可以由选手自备，在比赛席上都有便捷的插口。不过自备设备在赛前都会接受检查，看是否符合联盟规定。如果发生忘带设备这种马虎事，不用急，联盟不会因此就取消选手的比赛资格，向其他选手借，或是领用赛场提供的统一制式的备用设备，都是可以的。

比赛场既然开放给选手热身适应，自然该做的检查调试都已经完成，这一次挑战赛决赛的规格算是弄得相当高了，完全就是职业联赛的制式。

兴欣众人随即进了比赛席，打开设备各自尝试了一番，连陈果都兴高采烈地感受了一下职业选手比赛时的感觉。等她从比赛席钻出来的时候，却看到魏琛一个人站在场中，怔怔地望着整个场馆。这个退役多年的老将，本来根本没有想到过会重归这熟悉的战场，结果有朝一日他竟真真切切地站在了这里，这时候他的心情会是怎样的呢？陈果没有上前打扰，也学魏琛的样子，环顾了一下场馆。

等陈果转回头，再次朝魏琛望去时，却见叶修已经和那家伙站在一起，一人一根香烟，抽得正美，烟灰在空中飞得能让人清楚地看见。陈果对这两位实在无语了，就不能给别人多留点感动的空间吗？

虽然没经历过这场面，但魏琛这老兵还是体现出了极强的适应性，不像几个小年轻那样，好奇地往每个比赛席都钻一钻。兴欣这么一番折腾，两个小时就过去了。这时，选手通道那里，嘉世选手的身影开始逐一出现了。

事实上，就这适应场地的热身，两支队伍之间根本是不冲突的。"两个小时"的说法，也算不上是什么规定，选手们真要多混上半个小时一个小时，也不算什么违规。

只不过在正式比赛之前，所有的设备都要在场馆封闭的情况下，最后检查一遍，那时候选手是必须要离开的。所以说，嘉世说什么让兴欣先适应场地，完全就是没必要的一种客气，只是他们豪门骄傲的又一次流露。

过来适应、热身的只是嘉世的选手，陶轩没有再跟着。看到兴欣诸人还在这边，嘉世选手们也没有什么表示，只是在准备区那转了一圈，随后便去了他们的比赛区。直至看到兴欣的人准备离开时，嘉世这边才突然有人"喂"了一声。兴欣众人留步，随后看清了那个发出声音的人，正是被他们嘲讽了无数回却依然执迷不悟的孙翔。

"线下赛开始以来，每场比赛，我都会拿到五个人头分！"孙翔朝兴欣这边伸出一只手掌，摇晃着喊道，"今晚，也不会例外！"

"这孩子已经没救了。"陈果无奈地说着。连她都对孙翔的挑衅无动于衷，可想而知孙翔这"狼来了……结果狼又没来"的笑话已经闹过多少次了。

再没有理会对方，兴欣一行人就这样离开了比赛场馆。

晚八点、挑战赛决赛、将正式打响。

这场决赛果然没有辜负各方面的期待，距离比赛正式开始还有一个小时时，六里松综合体育馆里已经座无虚席。

这里不是嘉世的主场，但豪门战队的影响力岂是之前的诛仙、玄奇之流可比的？在这场最终对决到来时，嘉世粉丝都聚集到了一起，亲临现场，有本地自发组织的，也有来自H市的最铁杆的嘉世亲卫军。全场望去，四处都打出了支持、祝福嘉世的标语横幅。但是相较之下，祝福他们今晚比赛胜利的还是少数，更多的标语是指向来年，希望嘉世在联盟中横扫千军。

就如赛前调查得出的数据，即便有很多人在情感上期待兴欣获胜，但是，更多人在理智分析双方实力差距之后，还是看好嘉世。作为嘉世最忠实的粉丝，这些来现场的观众，此时又怎会质疑他们的超级战队？相比之下，期待兴欣获胜的玩家都只是默默地期待着好戏，把口号喊出来？他们怕被别人当作傻瓜。

但是，在这样的大风向下，偏偏就有那么一伙傻瓜，他们在一片又一片支持嘉世的旗帜海洋中，高举着兴欣的招牌，大喊着"打倒嘉世"，就算成为周围很多人眼中的笑话，他们也不管不顾。他们可是兴欣最忠实的支持者，和兴欣战队的选手和角色，从网游里开始就有了羁绊。

"兴欣！兴欣！！"田七带领着众人，使劲呐喊，就是为了提醒其他人，不要忽视了兴欣的存在。

嘉世的粉丝们很快就发现了现场有这么一小伙不知死活的家伙，顿时各种嘲讽挖苦的冷言恶语都传过来了。田七等人不为所动，继续用他们的行动来表达对兴欣的坚定支持。

晚七点三十分，场馆内的照明系统开始一点一点关闭，观众们顿时兴奋起来，因为这预示着距离比赛开始又近了一步。

无论是早期的电子屏幕，还是现在的全息投影，无疑都对亮度对比有科学的要求，这样才能清晰呈现。所以，看荣耀的职业比赛，差不多就和看电影一样，正式开始后，除了比赛场面，其他地方就是一摸黑。要不是这得天独厚的条件，叶修这样数年比赛，想要不被人看到真面目，就很难成为现实了。

待到照明光线全暗下来后，现场解说开始大声宣布选手入场。首先是嘉世战队，率先出场的是肖时钦，这位大神因为看好嘉世的未来，毅然转入出局后的嘉世。一束光柱在此时打到了选手通道处，肖时钦快步走出，挥手朝观众们致意。这样的场面，他不会陌生，但是也有整整一年未经历了。看着比赛场上随着他的出现而打出的生灵灭的全息投影，肖时钦顿时觉得新鲜有趣。

鲜活的角色在场上展示了一番战斗的英姿，引起现场一片掌声。随后光柱转向了嘉世第二个出场的选手，场上的全息投影角色也跟着变换。这是使用全息投影之后，选手出场的全新方式。现场的气氛被彻底点燃，嘉世粉丝们高声叫好，这声势随着嘉世最后一个登场选手——孙翔和王牌角色一叶之秋的亮相，达到了高潮。

嘉世之后，是兴欣出场。现场解说刚一提到战队名字，现场就嘘声四起。而后解说介绍兴欣第一个出场选手是叶修时，嘘声彻底达到了高潮，其间更是夹杂了不少谩骂。随后叶修所用角色君莫笑被全息投影呈现出来的时候，现场更是一片哄笑。

因为只是个人秀，所以用不着缩放比例，角色的形象比起真人会被放得高大一些，于是角色身上的装备看起来也就更加清晰明了，君莫笑这一身混搭装备的滑稽感，也跟着一起被放大了。

君莫笑这一身，虽然都是75级橙装，却囊括了布皮锁重板五大类，这让玩家怎能不笑？这样混搭的穿戴风格，实在太新奇有趣了。

哄笑声中，现场变得更加混乱。忠实的嘉世粉此时嘲笑君莫笑这一身装备之余，继续大声谩骂他们眼中的忘恩负义之徒，甚至有激动的嘉世粉试图冲入比赛场内，但很快被保安制住，驱逐出场。如此恩怨重重的比赛，现场早就对这种可能发生的激进行为做了有针对性的安排和部署。

叶修之后，现场观众对兴欣的嘘声明显小了很多，最后像罗辑、安文逸出场的时候，几乎都快没了声息。田七那帮人倒是继续纵情呐喊，可是在这座无虚席的场馆之内，他们的能量毕竟还是太小了一点。

一番选手介绍后，这半小时也过去得差不多了，两边的比赛席此时已经准备就绪。选手准备席这边，嘉世老板陶轩亲自前来督战。开战之前他又是过来客客气气地和叶修问候、打着招呼，在这么多嘉世粉丝的注视下，他当然是要做足功夫了。

随后就是赛前的最后准备了，此时双方出场名单已定，再不能做更改。不过目前有消息透漏，随着新赛制的使用，联盟有可能会更改选手出场的安排方式，改为不事先确定名单，而是现场各队临时指派。但这些都是后话，这一场比赛，延续的还是旧有的思路。快八点时，裁判过来招呼双方战队第一个上场的选手准备，兴欣这边第一个出战的选手便站了起来。

唐柔！兴欣方面派出的第一个选手是唐柔。

这是叶修的安排，而她本人也对此非常满意。因为嘉世第一个出战的选手，不出意料的话，应该是孙翔，唐柔对于和这种强人交手当然非常感兴趣。而根据叶修对形势的分析，孙翔和一叶之秋，目前还不是兴欣任何一个人可以正面抗衡的。叶修设想过很多方案，最终还是决定让唐柔先一步上阵，以硬碰硬。

万一唐柔爆发得超乎想象，拿下了胜利，那固然是好；如若不能，以唐柔的战斗风格，也会激得孙翔火力全开。所以排在第二个出场的，将是莫凡。莫凡沉稳、超级耐心的打法，将让孙翔上一场积蓄的激情无处释放，转成烦躁。在这种心理下，孙翔更容易产生破绽，由莫凡去和他慢慢周旋，最合适不过。如果莫凡这场依然不胜，那么第三阵，兴欣将由魏琛出战，以他的老辣猥琐，去对付刚刚结束一场郁闷比赛的孙翔……

唐柔、莫凡、魏琛，这就是兴欣擂台赛出场名单中的前三位，而这样的布置，完全是针对孙翔一人。孙翔虽然从来不曾占过兴欣半分便宜，但这丝毫没有让叶修小瞧他的荣耀水平，叶修甚至做出以三搏一的部署。

唐柔朝右边的兴欣比赛席走去，而现场的广播也在此时宣布了擂台赛第一场的对阵名单。

兴欣战队，唐柔，角色，战斗法师寒烟柔。

嘉世战队，肖时钦，角色，机械师生灵灭。

肖时钦？！听到这名字的一瞬，唐柔惊讶地停下了脚步，回头望去。

还没走出多远的她，清楚地看到，嘉世的选手准备席中，站起准备离开的，正是那个戴着眼镜，看起来斯文之极的选手。

居然不是孙翔第一个出战？兴欣战队中此时惊讶的可不止唐柔一个，所有人都朝着嘉世的准备席那边望去。结果他们这般眼神可算是让孙翔爽到了，就见他在那边拍掌大笑，指着兴欣众人的模样，像是在看动物园的猴子。

"以为第一个出战的会是我吗？上当了吧你们，哈哈哈哈！"孙翔哪会轻易放过这样的机会，立刻大声地叫着。

肖时钦闻言朝兴欣选手这边看了一眼，微微笑了笑后，转头坚定地朝着嘉世的比赛席那边走去。

兴欣没有对孙翔抱有任何轻视的心态，可现在看来，嘉世同样没有低估兴欣的意思。在孙翔要拿五个人头分的张扬挑衅之后，嘉世却是这般部署，是有意为之，还是这家伙无脑以后，战队将计就计做出了调整？

现在揣摩这些已经没有意义。单是孙翔没有第一个出战，就让兴欣的战术安排落空，更别提对手很可能是反过来解读了兴欣的安排，从而做出了这样的部署。

肖时钦对唐柔吗？就从这一场的对战名单上，叶修便嗅出了几分针对性强烈的味道。由肖时钦这种战术素养极高的选手来对付唐柔这样的战斗狂人，确实是上上之选。不过转念一想，像肖时钦这种荣耀智商极高的选手，面对任何类型的选手都是不落下风的，由他率先出战，或许只是稳定局面的一种安排。嘉世意外的安排打乱了叶修的部署，让他也在迅速地分析形势。出场名单虽已确定，但是可以根据新形势，给予出场选手不同的指示。

叶修朝唐柔望去，就见这妹子看到嘉世出战的是肖时钦后，脸上露出了比较遗憾的神情。

叶修太了解唐柔这神情了，只是此时让她露出这种神情的选手竟然是肖时钦，这要是让旁人知道了，都不知会做何感想了。

肖时钦，那也是全明星级别的选手，即便他"战术大师"的声名更为响亮，但就单挑而论，哪怕是孙翔与他对战，也不敢放言必胜。面对这种级别的选手，别说是一个孙翔了，就算是张新杰拿着牧师过来助阵，会打成什么样的局面都还不好说呢！

看到这样的唐柔，叶修不得不出言提醒一下，于是他喊出了让所有听到的人都震惊的话。

"喂，你可不要轻敌啊！"叶修冲着已经走出去一段的唐柔喊道。

轻敌？正往比赛席那边走的肖时钦听到这词差点栽个跟头。这是什么词啊？听起来好像特别的陌生，自己多久没有听到过了？

站稳了身形的肖时钦，忍不住回头看了眼。他毕竟对唐柔的性格没有什么了解，只是从比赛的表现来看，肖时钦真的看不出这个唐柔有什么理由会对自己"轻视"。难道自己离开联盟一年，就已经被人忽视到这个程度了吗？兴欣这边一句"不要轻敌"，让肖时钦愣了好一会儿，直至他看到唐柔都快走到比赛席了，这才转身接着走自己的路。

等走进比赛席的时候，肖时钦已经调整好了心态。他毕竟是大风大浪都见过的全明星选手，随便听到一句话就六神无主那真不至于。但是，该有的提防还是得有。唐柔的水平，通过看比赛的录像，他已经有相当的了解了，但或许还有什么没看出来的隐藏实力呢？又或者，对付他，他们兴欣有什么针对性的奇招呢？肖时钦细心地思考着每一种可能性。就是这种性格，让他成了一位特别能抠细节的战术大师。

叶修提醒唐柔不要大意，结果却是让肖时钦满怀戒备。

比赛随即开始，地图是港口小镇，线下赛开赛前就宣布了的决赛用图。像嘉世这种队伍，毫无疑问肯定已经对此彻底研究过了，他们当然不会怀疑自己能不能进入决赛。至于兴欣，单就他们和诛仙那一场比赛中，乔一帆对地图运用的情况，就可知他们没有忽视对任何一场比赛的地图的研究，如此一来，精力自然不如嘉世这般集中。

这场决赛，在地图方面，虽然对双方而言，这都是新图，但嘉世的理解怕是要更深刻几分。这一点，最新一期《电子竞技周报》上就有分析，而此时的电视转播中，转播解说也匆忙地在地图载入的工夫如此分析了一番。

这场挑战赛决赛倍受重视，包括电视转播方面也是如此。之前的电视转播都是单人解说，而这场决赛却派出了解说荣耀职业联赛的黄金搭档——潘林和李艺博。潘林飞快地介绍了一下双方在地图方面的优劣后，李艺博不失时机地接过话，点评了一下这幅比赛用图。

"这幅港口小镇，延续了联盟比赛指定用图的一贯特点，风格比较全面、水战、街战、室内战等都有可能在这一张图中发生。话说回来，这幅图，我觉得叫'小镇港口'的话，更为恰当一些？"李艺博点评着。

"哈哈，李指导说得是，这幅图确实应该叫'小镇港口'。好，现在大家看到双方的角色都刷新出来了。处于地图左上角的，是兴欣战队的选手唐柔，角色寒烟柔。处于地图右下角的，是嘉世战队的选手肖时钦，角色生灵灭，一个我们非常熟悉的选手和角色，但是离开我们的视野也快一年了啊！现在看到他，相信很多观众朋友都会心生亲切之感吧？"解说潘林说道。

"和嘉世其他著名选手不同的是，肖时钦是在嘉世已经确定出局的情况下，转会进入嘉世的。从这点上我们多少可以看出这位选手的决心和远见。"李艺博说道。

"是啊，他当然不可能只为了打挑战赛而加入嘉世，他所看好的，是嘉世的明年。"解说潘林说。

"现在应该说是今年的下半年了。"李艺博说。

"不过在那之前，他首先要做的是帮助嘉世赢下这场比赛。现在双方角色都已经开始走位，唐柔操纵寒烟柔直奔正中，而肖时钦则采取了战术走位。"潘林说着。

"这是他一贯的风格了。"李艺博很了解地说着。

"嗯，有关肖时钦这位选手，我想实在不需要介绍太多。那么对兴欣的选手唐柔，不知道李指导有什么样的看法呢？"潘林说道。

"嗯，这位选手的比赛我最近也关注了，实力相当不错，而且据我所知，对她感兴趣的战队已有很多，前途无量啊！"李艺博说道。

"好，现在唐柔选手的寒烟柔已经赶到了地图中心一带，但并没有发现对手的踪迹。"

"嗯，看来她已经意识到对方在运用战术走位了，她现在也操纵着寒烟柔进行走位。"潘林看着比赛，不住地说着。

"肖时钦作为荣耀战术大师之一，打法是不会拘于一格的。对手多变的战斗方式，对于唐柔这种接触荣耀还不够久的新人来说，是挺致命的。"李艺博这时连忙点评了一句，因为他从上帝视角看到，肖时钦应该已经发现了寒烟柔的踪迹，此时正在迂回前进。

"看来我们之前分析得挺到位的，嘉世这边，对地图的理解相当深刻，看来他们一早就把这张决赛用图当作重点来研究了。"在看到肖时钦选择的路线后，李艺博更是大发感慨，"反观兴欣的选手，这时候好像有点失去方向的感觉啊！对于一个新人而言，陌生地形的掌控，肯定是不如老选手的。"

"好！现在肖时钦的生灵灭已经成功迂回到了寒烟柔的身侧，但唐柔还没有发现，依旧让角色朝前移动。哎哟，前方的地形非常开阔啊，这是将自己彻底暴露在对手的视野之中吗？"潘林叫道。

"这一片地形，被肖时钦利用好的话，恐怕战斗法师会被机械师猥琐到死啊！"李艺博预测着发展。

"那么肖时钦会怎么做呢？生灵灭轻轻地跟了上去，是要猥琐吗？生灵灭布下了一颗跳雷，是要猥琐了，机械追踪放出去了，然后呢……机械空投！生灵灭召唤了机械空投，攻势发动了！"潘林叫道。

两个被玩家称为"直升冬瓜"的玩意转眼就飞到了寒烟柔的头顶，肚皮一开，炸弹哗啦啦地排队落下。寒烟柔就地一滚，起身奔走，两个"直升冬瓜"直追其身后，倾泻而下的炸弹几乎就落在她脚后，在她身后炸起了长长一道火光，轰鸣不断，泥石乱飞。

机械空投就这样被寒烟柔硬生生地甩到了身后，直至技能消失。世界刚刚清静的一瞬，唐柔就听到咔咔作响的声音，视角朝下一扫，机械追踪的小机器人已经跑到寒烟柔的脚边了。慌忙一个跳跃起身操作，寒烟柔手中战矛一点，不偏不倚，正敲到那小机器人上，轰的一声响，小机器人炸成了碎片。

"唐柔的应对很快，但是并没有完……"

潘林这句话还没来得及说完，就见浮空中的寒烟柔身子突然朝旁一偏。

"啊，躲过了？？"潘林惊讶地叫着。

从上帝视角看，他当然看得很清楚，机械空投、机械追踪完了以后，肖时钦那边又让生灵灭丢出了一个空气压缩机。这玩意靠气压攻击目标，发动时没有直观的光影效果，唯一明显的征兆就是发动时会有砰的一声，好似开香槟时的响动。而刚刚空气压缩机发动的声音，正好被机械追踪的爆炸声掩盖了，但就是在这样的情况下，寒烟柔竟然避过了。

"她是怎么发现的？刚才在空中的移动又是怎么做到的？"潘林继续惊叫着。

一般这种时候，嘉宾李艺博就该跟上解释了，请他来当这嘉宾，就是为了解读高水平的一些场面嘛！结果这次潘林惊叫完了，边上却是一片静悄悄，他扭头一看，就见李艺博也是拧着眉头，一脸的惊讶，敢情他也不知道是怎么回事啊。

解说可以看不出门道，就这样嚷嚷出来，因为这种复杂的情况就是要交给专家解读的，但李艺博作为专家，连这也看不出来的话，未免就有些丢人了！

奈何潘林问题已经抛出，李艺博这边不接也得接了，于是他让导播给他单切了方才的回放，仔细研究着。

而场上的战斗却没停歇，寒烟柔一落地，就朝着空气压缩机的所在冲了过来。生灵灭踪迹暴露，转身就走，寒烟柔直追过来，一脚正中肖时钦预先埋下的那个跳雷。

轰的一声巨响，跳雷炸开，寒烟柔又是一个翻滚，卸了爆炸气浪的冲击力，跟着一挺身形，竟是不顾跳雷爆炸带起的那些碎片伤害，继续朝生灵灭追去。

转播也是抓紧时间，连忙切了个回放，正是方才寒烟柔跳起点爆机械追踪并躲过空气压缩机的画面。镜头一个特写，拉近到寒烟柔的战矛点向机械追踪那小机器人的一瞬，而后慢放，所有人都清楚地看到，寒烟柔在点爆小机器人后，本要抽回的战矛却突然朝向继续一刺，这一刺扎到了地上，而寒烟柔就是借着这一刺的力道，在空中又加快移出了一段距离，将那一个空气压缩机的攻击给避过了。

"这一瞬间，唐柔不可能转过视角看到了那边的空气压缩机，所以只有一个可能，在机械追踪的爆炸声中，她分辨出了那一声空气压缩机发动的声音。"李艺博解释着。

"这……这有可能做到吗？"潘林问道。

"呃，一些经验丰富的选手，还是有可能在此类情况中区分出不同声音的。"李艺博说。

"可唐柔只是一个新人啊！"潘林说道。

"看来这个新人有着非比寻常的才能啊！"李艺博只能如此解释。不过这一解释，还真是歪打正着，对于声音，唐柔确实有着非比寻常的辨析能力。

比赛还在进行，在抓紧时间给了个慢放后，画面就切回到战斗场面了。潘林和李艺博两个分析完刚才那一瞬间后，也继续关注比赛。

顶着跳雷碎片伤害的寒烟柔，紧盯着生灵灭在转角消失的背影，飞奔而去。对于唐柔来说，转角处的情形是未知的。广大观众却通过上帝视角看得清楚，肖时钦的生灵灭在转弯的时候，立即朝地上丢下了一个磁场线圈。

磁场线圈非得踩上去才能发挥作用，这技能的表现形式有点像鬼剑士的鬼阵，是有覆盖范围的。只不过相比起鬼阵施放出来时，那一圈鬼神之力的光影效果，磁场线圈的力量要更为隐蔽。

毫不知情的唐柔只顾操作着寒烟柔猛追，看得潘林和李艺博两个大发议论。

"唐柔好像有点草率啊，这么个追法不是正中肖时钦的下怀？"潘林说道。

"嗯，任何一个有经验的选手，面对机械师的时候，恐怕都不会在这种地形较为复杂的地方缠斗。机械师那些稀奇古怪的机械道具，在这种地形条件下有很强的隐蔽性。肖时钦很成功地将唐柔带入了利于他发挥的环境。"李艺博说道。

"现在唐柔的寒烟柔已经追到了转角处。"潘林看着比赛的发展，语速也跟着加快，"肖时钦的生灵灭其实就躲在转角之后，他肯定会在寒烟柔踩进磁场范围后发动攻击。但是现在以他的视角，也不可能掌握到寒烟柔的动向，肖时钦会怎样判断攻击时机呢？"

"进入了！"潘林一声大叫。而此时转播的角色即时数据显示中，立即跳出了一个成倍往上涨的数据，正是寒烟柔此时的负重。

"啊！肖时钦的生灵灭几乎是在同一时间就出手了，他是怎么做到的？"潘林叫道。

"从脚步声判断吧……"这次的问题倒是没有难住李艺博，这种听脚步声测算对手距离的功力，是很多职业选手都具备的。

"火箭拳！一个火箭拳飞了出去！唐柔的寒烟柔在增加了负重的情况下动作迟缓，很难躲过！"

"啊！她这是要……"

"豪龙破军！"

"唐柔在寒烟柔踩入磁场线圈的控制范围后，毅然打出了一个豪龙破军，她根本没有闪避生灵灭打来的这个火箭拳！"

端起战矛的寒烟柔一个豪龙破军朝生灵灭刺杀过去，由于磁场线圈的影响，豪龙破军不再有那势如破竹的速度。但是此时双方距离很近，只是一个转角能有几步路？豪龙破军虽慢，却也是一转眼就杀到了生灵灭的面前。火箭拳虽然打到了寒烟柔身上，可是豪龙破军这个技能的判定超过一些抓取类技能的判定，火箭拳的力道根本无法阻止它的冲势。

肖时钦无法继续攻击下去，连忙操作着生灵灭朝旁闪让，避过了这一记豪龙破军。

而寒烟柔也借这一冲之势，硬生生地从磁场线圈的磁力范围内碾了出来，跟着二话不说，战矛一抖，就是一记龙牙朝生灵灭疾刺过去。

生灵灭就地一滚让过，再起身时直接打开了机械旋翼，一个起落就从身旁的墙上飞了过去，落下去的时候，还拧身一抖手，朝着这边丢过来一个手雷。哪想到他就这么半转视角的一瞬，竟瞥到寒烟柔右肘后拉，将战矛拖后，魔法波动瞬间就在整根战矛上流转，跟着飞快地朝着战矛尖端涌去。

手雷落下，战矛刺出，魔法波动化身翻滚的巨龙，它的面前只有一堵墙，于是它便破墙冲出！

轰的一声巨响，张牙舞爪的伏龙翔天硬是冲破了这堵墙。技能到此结束，但寒烟柔跟着就从墙洞里冲了过来，手中战矛依然指向生灵灭。

浪费一个大招，只为打穿这堵墙？还有之前，宁愿用一个豪龙破军碾过磁场，也不愿意在那里稍稍退上一步？

肖时钦的生灵火这次可是开了一个推进器在加速撤离，因为情况有点超乎他的预期，唐柔这种超级强硬的应对方式，把他制造的节奏给彻底打乱了。

而潘林和李艺博对唐柔的应对方式，半天都没能说出一句话。直至比赛中双方再度进入你追我赶，没有太多场面可看的情形时，两人才意识到必须得说点什么了。

"这个唐柔……呃……"潘林在寻找着措辞。

"有点蛮干。"李艺博却果断地说出来了，"不过她成功了。"

"肖时钦现在需要重新调整一下节奏，相信刚才那一幕也会让他重新审视一下眼前这位对手。唐柔的应对，怎么说呢……这不是技术层面的事，肖时钦需要对对手加深一下其他方面的了解。"潘林说着。

"嗯。"李艺博在旁连连点头，"在这种情况下，做出这种应对，需要超乎寻常的勇气。肖时钦显然对此有些准备不足。不过现在比赛才刚刚开始，我们看接下来会发生些什么吧！"

"生灵灭的推进器技能时间已经结束，不过利用技能时间里的速度优势，生灵灭现在已拉开绝对安全的距离。寒烟柔因为一直没什么机会打出炫纹，所以现在身上没有任何炫纹状态，相信肖时钦也不会给对方这种机会。"潘林说道。

"嗯，在看到唐柔刚才表现出的那种冲动后，我想肖时钦更会注意避免和唐柔正面交战，继续战术型打法。"李艺博说。

"是的，他现在重新开始战术走位，我们看这一次肖时钦会做出怎样的布置呢？"潘林说。

比赛场外，兴欣的准备席这边，前一刻陈果差点以为比赛就要被唐柔拿下了。她那样穷追猛打，换作是先前比赛的对手，恐怕早已经无比震惊，被寒烟柔追上、捅穿了吧？可是这一场，唐柔的对手，不愧为联盟顶尖的职业选手。

肖时钦在被唐柔打乱了自己的战术节奏以后，丝毫没有慌乱，果断暂避风头，轻轻松松地就让比赛回到了最初的局面。他还是在跑，唐柔还是在追，就在这追与跑之间，场上主动权在双方之间已经发生了两次交替。从最初肖时钦诱导对手，占据主动；到唐柔强硬地打乱肖时钦节奏，抢到主动；再到现在，不知不觉间，主动权已经再次握在肖时钦的手中。

两个角色在这小镇码头上穿梭奔跑。肖时钦一路上使出各种机械道具的攻势，让唐柔防不胜防。相比之下唐柔的办法却显得不多，她再没有争取到哪怕一次，像先前那样和对手近距离对抗的机会。局势优劣此时一目了然，说唐柔被对方玩弄于股掌之间一点都不为过。

"这……这该怎么办啊？"场边的陈果看得着急上火，可是替唐柔设身处地地想，她也觉得毫无办法。肖时钦的打法，看起来像是无敌的，她完全想不出怎么逆转眼下的局势。

陈果身边的兴欣众人，面色也都极为沉重，显然都看出了局势不容乐观。可是唐柔一直以来都是一个喜欢创造奇迹的主，完成看起来不可能完成的事，这是她最大的兴趣，因此所有的人还是心怀着一丝期待，希望她能再次给大家带来惊喜。

然而，并没有……整场比赛的节奏居然再没有发生变化。

就这样，一点一点地，寒烟柔的生命耗尽，倒下。

陈果有些不敢相信自己的眼睛。

她不是没想到唐柔会输，而是完全没有想到唐柔打出的比赛会是这样一种场面。如果用一个词来概括的话，那恐怕没有比"沉闷"这个词更加适合用来形容这场比赛了。开场的阶段，那一丁点爆发式的惊喜，根本不足以改变整场比赛最终的基调。

陈果看着唐柔从比赛席里走出，走下比赛台，朝着兴欣的准备席这边走来。嘘声伴随了她一路，现场很多嘉世粉完全没有因为这是一个美丽的姑娘而心慈手软。

在兴欣冒头的那段日子里，寒烟柔可是为兴欣出战，打脸那些挑战玩家的主力，这些人对唐柔的仇恨值是仅次于叶修的。看到唐柔如此窝囊地落败，现场倒是充满了各种欢快的气氛，都是嘉世粉丝们在劲头十足地幸灾乐祸着。

"这才只是开始！"

"下一个是谁？"

"现在知道什么叫差距了吧？"

嘉世粉嚣张地喊叫着，尤其距离兴欣准备席较近的那部分观众，在尽最大的努力制造着噪音，狂嘘兴欣众人。嘉世在擂台赛第一局的胜利，彻底将这些压抑已久的粉丝给点燃了，一直以来，他们都期待着看到兴欣出丑，结果却是自己一再被打脸，而现在，他们支持的战队亲自出手，狠狠地教训起了兴欣，这让他们如何能不兴奋？

安文逸、罗辑都在诧异地望着左右，显然对于这样的场面准备不足。别说他俩了，就连魏琛此时都有点色变，当年他参加职业比赛的时候，可没有遇到过这样的阵势。挑战赛本来没有什么主客场之分，但嘉世凭借其豪门的影响力，硬是将六里松体育馆变得仿佛他们的主场一般。

"真是吵死了，怎么感觉像是到了嘉世体育馆嘉王朝会馆中心一样啊？"观众席上，有一人对身边这些嘉世粉丝的喧闹似乎相当不悦，他压低帽檐抱怨着。而他口中的嘉世体育馆，正是嘉世战队主场比赛时所用的场馆，这人对于这样的嘘声，似乎并不陌生。

"没办法，兴欣这一局确实输得够窝囊！"另一人说着，之后把头朝旁一转，问道，"小高，你说呢？"

"啊……大概是吧……"被称作小高的人，和同伴一样把帽子压得很低，此时他正远远地望着兴欣准备席上，那个熟悉的身影。

加油啊！一帆。

Chapter 007
机 械 与 忍 法

藏在观众席中小心翼翼地观看比赛的正是微草战队的三位选手——许斌、刘小别和高英杰。

六里松体育馆虽然不是他们微草的比赛用地,但不管怎么说,这个场馆所在的B市是他们微草战队的地盘。在自家地盘上,突然看到这么多人兴冲冲地给其他战队叫好,让刘小别这个土生土长的B市微草选手很不适应。

"兴欣这第一个人头输得,都没刷掉对方多少血啊,接下来的比赛可难打了。"始终在关注着比赛的是许斌,他毕竟是转会到微草还不满一年的选手,也不是本地人,所以刘小别的地盘情结,在他身上倒是弱很多。

"嗯,没想到啊……"刘小别这时也把注意力放回到比赛本身,跟着感慨了一下。要说寒烟柔,职业圈里还有人比他们微草的诸位更早地接触这个人吗?那还是在第十区刚开放的时候,大家就开着二十多级的马甲,认识了这姑娘。

那时候的寒烟柔,可还是个彻头彻尾的新人呢!而现在呢?不到一年半的时间,就杀入挑战赛决赛了……正因为有过这种接触,所以微草的选手对唐柔不会有丝毫轻视。事实上,要不是唐柔实在是荣耀玩家中的异类的话,恐怕她现在已是刘小别他们的队友了——有哪个荣耀玩家会拒绝微草这支冠军队的邀请呢?

"不知道兴欣接下来出场的会是谁?"许斌猜测着。对于兴欣的选手,他们这些职业选手真的一点也不陌生。前段时间,网游里新BOSS的争夺大战中,他们这些职业选手轮番上阵,去和兴欣的选手们交锋,对兴欣这些人都有了相当的了解。要知道职业联赛一年打下来,两支队伍不进季后赛的话,最多才有两次交手的机会。而他们与兴欣这些人,在当时的BOSS争夺战中,差不多有着一星期碰一次的密度,这还是在各队选手轮番上阵的情况下。

"一帆的话,应该不会在擂台赛出场吧?"刘小别看了一眼高英杰后,说道。他知道这两个少年的感情非同一般,也清楚高英杰今天会来,多半就是冲着乔一帆的。

"以兴欣目前的状况,会让他上场也不一定。"许斌说着。他来微草时,乔一帆已经转会离开,两人没有过接触,但在兴欣声名鹊起之后,"乔一帆"这个名字在微草战队里被提及的次数不算少,许斌也已经大致了解这是个什么人了。

"不是一帆……"这时,高英杰摇了摇头。他已经看到了,兴欣准备席那边接着站起来、准备上场的选手,并不是乔一帆。

莫凡,在上次对阵玄奇之后,这才是他来到兴欣以后的第二次正式出场比赛。

"怎么样,对这样的比赛氛围有什么感受?"叶修看着站起来准备上场的莫凡问道。

莫凡原本没理会任何人，自顾自地就要朝比赛席那边去，但听到叶修的问话，他还是迟疑了一下，站住了脚步。接下来，他头也没回，只是站在那想了好一会儿，这才答了一句："很吵。"说完就继续朝比赛席那边走去了。

这时唐柔已经从比赛席那边回来，和莫凡擦肩而过的时候，两人也没有什么过深的交流。唐柔说了一句"加油"，莫凡则只是略略点了点头。

回到准备席上的唐柔，脸上自然满是郁闷和不甘。陈果这思考了半天，愣是没想出来该怎么安慰她。因为她这一场的局面实在有些难堪，从肖时钦的生灵灭最终所剩的生命来说，唐柔完全是惨败，连"虽败犹荣"这种词的边都沾不上。这可真把陈果难为坏了。

"感觉如何？"

结果陈果这一犹豫，就听到叶修那边简单直接地问了唐柔。

"郁闷。"唐柔说。

"呵呵，这没什么。对战肖时钦这种级别的选手，就算是放眼整个联盟，也不会有任何一个人敢放言一定可以胜过他，比赛总是有胜负的。"叶修说。

"这我知道。"唐柔点头，她确实还没幼稚到认为真有所谓的"天下无敌""独孤求败"。胜负乃兵家常事，才是竞技的硬道理。

"但是对他，我一点办法都没有。"唐柔说，这才是令她郁闷的地方，整场比赛她几乎掌握不到主动权，被对手牵着鼻子走，那种有力没处使的感觉实在糟透了。

"这个问题如果三言两语就能解决，那在你上场之前我就会告诉你怎么办了。你所面对的是荣耀水平最高的职业选手之一，如果他有什么天大的漏洞可以被人轻易利用到，那他就不会有今天这样的地位了。努力提高吧，全面地充实自己，从此以后，不会再有任何捷径了。"叶修说。

唐柔望着比赛场上，此时全息投影放出的是方才比赛的回放，但是这场比赛其实并没有什么激烈精彩的亮点。开场不久唐柔制造的那一次反击或许可以算亮点，但是纵观比赛的全过程以及最终结果，那一精彩瞬间的分量自然就被削弱了许多。

"荣耀……真的好难……"望着场上寒烟柔那有力无处使的身影，唐柔感慨万千。

"所以才有趣，不是吗？"叶修说。

"嗯。"唐柔点了点头，注意力转向了接下来要进行的第二回合比赛。一场失利，是让她挺受打击的，但更会让她奋起直追。这不，她立即就准备从别人的比赛中，吸取有益于自己的东西，加以学习了。

随着投影画面的生成，第二场比赛的对决正式开始。擂台赛是不会换图的，不过角色的刷新点会随机变换，但总体来说，双方都会在对角线上出现。

"毁人不倦吗……"肖时钦看着兴欣第二位出场的选手。由于这才是莫凡第二次参赛，所以有关他的资料自然是少得可怜的。不过，那唯一的一场比赛，也已经把莫凡的特点透露得七七八八了。

肖时钦针对莫凡的那场比赛做过研究，即便如此，他也不敢有丝毫放松。

上一场比赛，对阵唐柔，这是一个频繁上阵，让人有足够资料去研究的选手。在肖时钦眼里，唐柔的打法基本上不存在太多战术性的东西，她就是用简单直接的暴力手段搅乱对方的节奏，再由她来主导，产生新的节奏。这一过程一旦被她得逞，那她的对手就会相当被动。这姑娘单从操作水平来说，已经不在职业选手之下。

肖时钦自认为已经弄清楚了唐柔的特点，谁想到，在和唐柔的比赛中，最初他依然被唐柔搅乱了节奏。她那蛮不讲理的强攻方式所表现出的态度之强硬，远在肖时钦意料之上。好在身经百战的他毕竟不是什么路人角色，在被唐柔搅乱了节奏后，新节奏的主导者，不是唐柔，还是他。

有了这前车之鉴，肖时钦不得不重新审视自己的判断——对于兴欣的选手，自己的评估是否过于保守？资料多、研究更透彻的唐柔尚且如此，那么只能通过一场比赛来观察研究的莫凡，是不是也隐藏着更大的潜能呢？

"好，现在比赛开始，肖时钦依然采用战术走位。而他的对手，兴欣战队的莫凡，在本次线下赛，或者说一整个挑战赛中，目前只有一次出场记录。李指导，不知道你有没有看那场比赛呢？"潘林随着比赛的开始，也打开了新的话匣。

"当然，那场比赛还是让人印象深刻的，看得出莫凡这位选手有着超乎寻常的耐心，而且对进退时机的把握相当精确。"李艺博说道。

"呵呵，其实毁人不倦这个角色，我想很多观众都知道，这是在神之领域鼎鼎有名的一个拾荒者。李指导，他这种打法和习惯，会不会就是在拾荒过程中逐渐形成的呢？"潘林说。

"我觉得可以这么认为。"李艺博侃侃而谈，"耐心、把握时机、全身而退，这些确实都是一个拾荒者最应具备的素质。"

"不过这个话题我们还是少谈论一些的好。"潘林说道。

"嗯嗯，看比赛，看比赛。"李艺博也没有接着"拾荒者"的话题再说下去，毕竟拾荒并不是一种值得称道的行为，他们若在这里大谈拾荒的技巧，实在不是什么太好的导向。

比赛中的双方都采用了战术走位，迂回走向地图正中央。

于是本该是两个角色相遇的地方，此时却一片空旷。莫凡的毁人不倦此时在附近的一处屋顶上匍匐着，静静地窥视着四方。肖时钦的生灵灭呢？距离这地方还有点距离的时候，他就已经停下，角色并没有露面，而是放出一个电子眼，贴着墙根飘飘荡荡地就晃了过来。

电子眼的视野不如角色的那么宽广，肖时钦通过电子眼小心观察着四下，结果不大会儿他的屏幕就闪出一片雪花，等到画面恢复正常时，电子眼的镜头视角已经消失了。

"不愧是一个观察力敏锐的拾荒者！！"潘林此时惊呼着。

"是啊，这么小的一个电子眼，莫凡居然都能看到，真的是相当惊人的眼力。"李艺博说道。

"而且这么远的距离，这么小的一个目标，他这手里剑打得也是相当精准啊！"潘林说着。

"这场比赛看起来像是猫捉老鼠的游戏，但谁是老鼠，谁是猫，看来还得过一会儿才会见分晓啊!"李艺博感慨着。

"咦,生灵灭开始行动了。"两人刚刚以为双方还要试探一会儿才能探知彼此的方位,结果肖时钦的生灵灭就先一步有了清晰的动作。他调转方向,转入了旁边一条僻静的小巷,然后坚决地向前移动。

潘林一看,这条小巷所通向的方位极为明显,顿时激动起来:"这个方向……生灵灭是要迂回到毁人不倦的身后啊!肖时钦已经察觉到毁人不倦的位置了,就在刚刚放出那个电子眼之后,他是在镜头里看到什么了吗?"

导播立时给出方才电子眼视角的回放,所有人立刻瞪大了眼看,可是直到电子眼被摧毁,根本没有在画面中发现任何线索。

"肖时钦到底是怎样做到的?李指导?"潘林问道。

李艺博在刚才回放的时候,看得比任何人都要认真,因为他清楚如果潘林没有看出原因的话,这个问题可就要抛给他了,专业嘉宾的任务就是这个。可是这一次,从回放中,李艺博也是毫无发现。潘林的问题果然抛过来了,李艺博"嗯"了一声,仿佛正要回答,却忽然来了一句:"等一下,让我们先看莫凡的毁人不倦。"

莫凡的毁人不倦,在此时突然也有了动作,趴伏在房顶一角的他,此时从檐角缩回,没有起身,只是这样一路匍匐,最后竟然换了一处房顶。

"莫凡也察觉到肖时钦的生灵灭过来了吗?"潘林惊呼着,毁人不倦这举动的针对性,真是相当明显。

电视机前,从上帝视角中看清两个角色举动的玩家们,此时大气都不敢出,好像说一句话就会惊动到双方的隐秘行动似的。而在比赛现场,嘉世的粉丝们却是暴跳如雷,不停呐喊着,因为形势照这样发展下去,会中埋伏的显然将是肖时钦的生灵灭。

这也就是选手为什么要在和外界隔绝的比赛席中进行比赛操作的原因了,否则有这些外界的提示,比赛将变得不真实、不公平。

"生灵灭已经接近,看起来他的目标很明确,肖时钦是真的察觉了对方潜伏在这房顶上啊!但问题是,那是之前的情况,现在毁人不倦已经不在那个位置了。"

"生灵灭还在向前,哦……"

肖时钦的生灵灭移动到了差不多的位置,看起来是准备朝那房顶发动攻击了,因为职业的特殊性,生灵灭完全不需要彻底接近目标。结果就在生灵灭手上摆弄着东西,不知道是要弄出什么机械道具时,毁人不倦已经使用遁身之术,悄无声息地从房顶上攀下,落在了生灵灭的背后。

割喉!毁人不倦用一个刺客的技能发动了攻击,一刀抹上了生灵灭的脖子。

一道血花被一抹而过的寒光带出,肖时钦直至此时才察觉对手在身后。接下来,生灵灭并不回头去看,而是立即朝前一个翻滚。但莫凡的操作可一点也不慢,毁人不倦一个断灭,将试图拉开距离的生灵灭踢向了半空。

疾风手里剑！毁人不倦双手连甩，数枚手里剑疾风般地朝浮空中的生灵灭射去。这些手里剑交错成网，别说生灵灭是在半空中了，就算是在平地上，这样的密集攻击他也难以全数避开。生灵灭连中数枚手里剑，而这之后毁人不倦已经冲上，忍刀甩出，一记火焰斩送上，生灵灭中刀！但是，同时，枪响了！

毁人不倦击中生灵灭的同时，肖时钦赫然也做出了反击。这一刀生灵灭虽未能避过，但身形调整之后，他的枪口终于对准了毁人不倦，毫不留情地就是一枪射出。

普通射击而已，伤害可以忍受。莫凡看起来浑然不在意，毁人不倦身中一枪后身形依然迅速拔起，一记雀落朝着半空中的生灵灭击去。

轰！雀落击中生灵灭的时候，居然爆出了一团火光！这当然不是雀落的攻击效果，而是生灵灭极其隐蔽地丢出了一枚手雷，正好在雀落命中自己之后爆炸。

毁人不倦双脚把生灵灭蹬向地面后，就无法追加攻击了，因为手雷爆炸的气浪已将他的人掀向了一旁。

"漂亮！"李艺博叫道，"这手雷甩出的时机太精准了。大家看，这手雷如果炸得早一点，那么毁人不倦的雀落还未命中生灵灭，单凭这爆炸后的冲击力，是无法抵消雀落的技能判定的，那样的话，毁人不倦会击中生灵灭，而且会跟着生灵灭一起落下。但是现在呢，手雷刚刚好在雀落命中后的一瞬炸开，结果毁人不倦就被弹开了，攻势无法继续下去。"

"影分身术！"这时潘林突然吼了一声。

毁人不倦突然用一个影分身术，将自己强行送到了生灵灭的身边，结果还没等他发动攻击，生灵灭手臂一伸，那拳头好像一下子变大了似的，直朝毁人不倦面门挥过来。

莫凡的操作也是极快，就见毁人不倦一个侧身，对手的火箭拳擦面而过。等他转回身形时，生灵灭却已经滚到了一边，原处只留下了一个小小的机器。

砰！空气压缩机特有的声效此时显得十分清脆，瞬间释放出的空气压力，让如此近距离的毁人不倦再无法闪避，一下子就被吹飞到了墙上。

生灵灭半蹲在地，手头片刻都没歇着。机械追踪、机械空投、捕猎者、巡游者……机械师那些攻击性的小玩意一股脑地朝着毁人不倦那边汇集而去，而且，在一个放大器的作用下，所有技能的伤害值在那一瞬间都翻了倍。

轰轰轰轰轰——各种攻击声效响成一片。刚刚贴上墙的毁人不倦在下一秒就被各种火光覆盖了。

众人除了惊叹肖时钦的技术，已经没有什么可说的了。明明是他被偷袭，结果片刻后却是他给了对手更大的伤害。没办法，这就是游戏。在游戏里，角色的生命有特殊的计算方式，所以偷袭只能抢占先机，却不能一击决胜。

现场，前一分钟还在为肖时钦担心不已的嘉世粉丝，这时又振奋起来了，那些距离兴欣最近的嘉世粉丝继续扯着嗓子大喊大叫。

"看到没有？这就是实力！实力！！！"

"狗屁拾荒者，拾垃圾去吧！"

然而，就在粉丝们群情激昂的时候，生灵灭却停止了攻击。各种光影褪去，被他这一波猛攻轰出一个坑来的地方，却哪里还见毁人不倦的人影？坑里躺着的，只是一个焦黑得已经没了形状的稻草人！

忍法·替身术！

替身术和影分身术有点类似，不过因为替身术用的是稻草人的道具，所以迷惑性比起影分身术要差远了，绝大多数时候替身术就是专门脱身的技能。可是在职业比赛里，没有绝对的脱逃一说，双方终归还是要分出胜负的，替身术在这种时候往往和影分身术一样，是忍者选手偷袭反击开始的号角。

因此，肖时钦一发现不对劲，就立即停止了攻击。

毁人不倦的真身去了哪里？生灵灭飞快地转了一圈，观察着四下，却没有发现毁人不倦的身影。替身术的传送也不会太远，毁人不倦应该是在生灵灭的视野范围内，可是此时偏偏看不到他，那么，就只有一种可能！

生灵灭脚下的泥土突然像沸腾般地翻滚而开，毁人不倦急速蹿起，一刀抹出。但事先已察觉的肖时钦早有防备，地心斩首术的刀斩来时，生灵灭早已经开了机械旋翼，突突突突地飞向了半空。

对手的地心斩首术一落空，生灵灭立刻扔了一个手雷做回礼。毁人不倦匆忙闪开，甩手又是数枚手里剑朝着空中的生灵灭射去。然而，作为联盟首席机械师，肖时钦控制机械旋翼的技术那还用说吗？只见悬于半空的生灵灭潇洒地荡来荡去，就把毁人不倦射出的手里剑悉数避过了。

莫凡一看讨不到什么便宜，就萌生了退意。但被对方这样居高临下地监视着，撤退也是非常难的，他只好用了个技能——忍具·烟玉。

浓郁的紫烟瞬间弥漫当场，使用这技能的忍者却有着目力不受影响的特效。

莫凡操纵着毁人不倦转身就走。结果肖时钦立即操作着生灵灭来了个超低空飞行，机械旋翼转动带起的气流，渐渐将浓烟吹散，不大会儿，藏在其中的毁人不倦的身影就暴露出来了。

莫凡一看，想悄然退走已无可能，便飞快地做了一个结印，乘着烟玉的掩护还没被吹干净，直接开了大招影舞。

肖时钦见状，让生灵灭先是丢下一个磁场线圈，完了再开启推进器，保持绝对的速度优势。在这种情况下，生灵灭竟不退避，而是将各种机械道具接连甩出，要和这影舞来个正面对抗。

莫凡却并无此意，他要暂时退避的意图依旧，影舞这样的大招也不过是个掩护，看到生灵灭的注意力被吸引，毁人不倦的真身立走，很快就出了影舞之心的范围，诸多影分身瞬间齐齐消失。

就在这时，几个直升冬瓜立刻飞临毁人不倦的头顶，炸弹纷纷落下。生灵灭刚刚那些被他大肆调集起来，似要和影舞大招直接对抗的技能，似乎并没有什么消耗，此时竟然一股脑地袭向了毁人不倦。

"肖时钦真不愧是荣耀的战术大师之一，攻击中注意力的调整转移非常迅速流畅。现在各种机械道具又一次齐奔毁人不倦去了，而生灵灭没有逼过去，他就像个运筹帷幄的大将军一样。这样的战术大师，李指导你说，他如果是将召唤师作为职业的话，会不会更加出色呢？"潘林说道。

"呵呵，我懂你的意思。我相信，肖时钦这种素质的选手，无论选择什么职业，肯定都会取得很好的成就。"

李艺博的回答相当圆滑。潘林听了连忙跟着打了个哈哈："哈哈，您说得是。"

"毁人不倦现在被生灵灭的攻势牢牢地包围住了，他还有什么脱身的手段吗？替身术的技能现在在冷却中……哦，影分身术！毁人不倦使出一个影分身术！哎呀，很可惜……影分身术也没能让他脱离生灵灭的攻势覆盖。"潘林叫道。

"看来肖时钦是对他这种逃脱方式有所防备了，所以扩大了攻击笼罩的空间，但接下来应该要收缩了。"李艺博说道。

"果然，生灵灭的攻势开始收缩了，集中攻向毁人不倦真身的这个点。咦，如果这个时候，毁人不倦的这个真身其实是分身，分身反倒是真身的话，那他是不是就有机会了？"

"哎哟！"潘林这话刚说完就惊叫了一声，因为他看到被火力包围的那个毁人不倦瞬间就被消灭了——没有任何角色会这么弱不禁风，很显然，他刚才的假设居然成为了现实，毁人不倦居然真的用分身做出想要逃走的假象来调虎离山，真身却在攻击范围内，且这时才开始行动。

"呵呵，莫凡还真的这样做了，不过看起来效果不是很好啊！"李艺博说道。

"确实……肖时钦这种攻势转换真的太流畅太漂亮了。"潘林不禁叹服。因为事实上肖时钦的反应比他们这些解说的反应快多了，刚才潘林还在说那种假设的时候，生灵灭的攻势显然就已经有了调整，等他"哎哟"的时候，生灵灭的攻击已经向毁人不倦的真身集中了，而那分身则是被他在一种顺路碾过的情形下击杀了。

毁人不倦，连续遭到生灵灭的攻击，各种机械道具接连而至，天上飞的、地上跑的，甚至是土里钻出来的，层出不穷。毁人不倦一边躲闪一边后退，此时他连脱身的空当都找不到，就更别提反击了。而转播此时放出了一个特写，正是毁人不倦替身术的冷却转钟，大势之下，似乎除了等这种救命技能的冷却结束，就没有别的办法了。

所有人都望着这个转钟，心中默数着：三、二、一……

转钟一闪，替身术冷却完毕，毁人不倦双手立即开始结印，动作快到让人眼花缭乱。跟着他身影一颤，一团迷雾后，留在当地的只剩一个稻草人。但几乎是同时，生灵灭集中的攻势忽然扩散开去，加大了空间范围。

毁人不倦留下的稻草人几乎没有吸引任何火力，倒是他的真身一现，就立即遭受到了攻击。虽然生灵灭的攻势比起之前稍弱，但对毁人不倦而言，这样的安逸不过一两秒，转眼对手的攻势就再次集中过来。那稻草人孤零零地睡在原地，没有任何攻击再去理会它。

"肖时钦已经提防到了，他计算了对手的技能冷却时间，这是职业选手和普通玩家之间一个很大的区别了。"李艺博连忙感慨。

苦等了半天的保命技能，最终却没能将自己救出。对手明明只有一个，但此时莫凡却觉得自己好像是被千军万马包围着一般，不，应该说，比被千军万马包围还要严峻。

拾荒的时候，他即便身陷重围，但周围玩家未见得都会对他出手。拾荒的地方都是战场，玩家之间互掐都来不及呢，对于拾荒者当然会有些"照顾不周"。但在眼下，对战的只有两个人，对方的攻击指向异常明确，莫凡操作着毁人不倦左冲右突，却依然找不到可以钻出对方攻击范围的空当。对方一个人，却布下了这样一张无懈可击的包围网。很久没有过的紧张感不断地涌上莫凡的心头。

没有人天生就是高手，莫凡当然也有过菜鸟的阶段。那时候的他，在拾荒时经常陷入这种四面楚歌的危险境地，失手不是一次两次。但随着技术的不断提高，玩家互斗的那种混乱战场，对他来说，渐渐就如无人之境了，哪怕偶有失手，也有特别的原因，总之，没让他再产生过紧张的感觉和危机意识。

但这一次，只是一个对手发动的攻势，就让莫凡感受到了菜鸟时期身陷重围时那种压迫感——想走，却找不到出路。

至此为止了吗？这么想的莫凡，看着各种爆炸的光影中，生灵灭的身影若隐若现，若即若离。

既然逃不了，那就打倒他？这个念头刚起，那道人影又在光影中乍现。莫凡想也没想，下意识地操作，毁人不倦伸手一甩，一枚手里剑丢出。

肖时钦小心翼翼地控制着他的技能。这个莫凡的脱身技巧他见识过了，相当高超，自己一个不小心就有可能让他找到空当。只不过……应付这种高水平的比赛，莫凡明显经验不足，刚刚那个替身术，如果莫凡不是马上用掉，而是留住冷却的话，其实会让他更难应付一些。用掉的技能，若没有发挥作用，那就什么都不是；留下暂且不用，却能保持威胁，对手就不得不多防备着这么一种攻击的可能。只可惜，莫凡匆匆用掉了那个替身术，接下来影分身术的技能冷却也快到了，他会怎么做呢？

肖时钦正这样想着，突然看到屏幕上有什么东西朝自己这边一闪，经验无比丰富的他这时候先不做分辨，而是连忙操作生灵灭朝旁一闪，再转视角一看，才见清是一枚手里剑被甩了出来。

不好！肖时钦心下一紧。只这么一个闪避，就让他的攻击控制出现了短暂的停顿，换作是一般的对手或许未必能把握住这一瞬，但眼前这人可是一个脱身高手，何况这种机会是他自己主动制造出来的，他会放过？肖时钦急忙想要调整，但就如他所料想的，因为刚才闪避那突如其来的手里剑，让他的攻势出现了一个小小的漏洞。莫凡抓住了这一瞬的机会，毁人不倦的身影转眼就从战火中冲了出来。

唉！又要费一番功夫了。肖时钦正这样想着，却看到冲出他攻势范围的毁人不倦并没有立即离开，而是把手一挥，数枚手里剑再次接连射来，而他的人紧追在手里剑后面杀了过来。

他要进攻！肖时钦这才意识到莫凡此番动作并不是要逃走。再看自己手头的技能，大部分都已经丢出去，而且此时都被毁人不倦甩在了身后。

用出去的技能，等于没有！肖时钦刚刚还在感慨对手的这个状态，却没想到转眼间自己就陷入了同样的境地。

火焰斩！追在手里剑后的毁人不倦一记火焰斩就直劈下来。生灵灭朝旁跳开，早已经开了火箭推进器准备移动，结果刚走两步，一个毁人不倦就闪到了他身前。

影分身术！此时竟被莫凡用来拦截对手。身影刚现，毁人不倦就飞快地结印，发动攻击，根本没想着让肖时钦去辨他分身的真假。

忍法·百流斩！数道水流如箭一般贴地汇向生灵灭。生灵灭匆忙闪向一旁，结果正中莫凡下怀，只见飞身而至的毁人不倦直接一个雀落蹬在了生灵灭的双肩上，紧跟着跳下的时候，忍刀的尾绳一甩，准确地套中了生灵灭的脖颈，一个背身缚首术，狠狠地将生灵灭拉翻在地。

"抓住了！毁人不倦抓住生灵灭了！肖时钦这次没能顺利脱身。"解说潘林大叫。比赛现场更是热闹起来，刚刚还被对手全面压制的毁人不倦，突然抓住一次机会，反攻得手，这样的转折起伏，观众是最喜欢的。当然，这当中不包括嘉世的粉丝，眼前这一幕只会让他们悄然闭嘴，然后一边紧张地关注肖时钦的表现，一边积蓄随时可以爆发的力量。

"莫凡这一波攻击非常漂亮，机会抓得相当精彩，有了这一波反击，局面应该……欸……怎么？"李艺博正在点评莫凡的表现，想说这样的表现给这场比赛带来了新的期待呢，却不料只这么一句话的工夫，肖时钦的生灵灭竟然已经脱身了。

"哎呀，莫凡失误了，好不容易争取到的反击机会，怎么这么轻易地就让肖时钦给脱身了呢！"潘林叹息着。

"空蝉双杀！"潘林声音突又拔高，叫声中显然包含着他的期待，只可惜在说完这一句的时候，他这份期待就彻底落空了，"空蝉双杀没中，迟了点啊……如果早一点发动的话，会好一些吧？"

"确实，莫凡的攻击衔接出现了一点小问题。在肖时钦这种对手面前，稍有一点马虎都会立刻被他抓住机会……"李艺博叹道。

"莫凡还在操纵着毁人不倦强攻，不过看起来机会不大啊……"

"嗯，肖时钦已经调整过来了，现在只是在等技能冷却吧！"

"开始了！生灵灭先放出了一个捕猎者，然后是机械空投……机械追踪拦在了毁人不倦正前方，他无法突破，再次面临对手的攻击包围。"

"唉，好可惜。"李艺博连连摇头。

如果唐柔的表现可以用"昙花一现"来形容的话，那么莫凡这一局的表现也不过是多"现"了几下而已。

一开始毁人不倦用手里剑打掉了机械师放出来的电子眼,是他带给大家的第一个小惊喜。接下来埋伏生灵灭得手,算是他带给大家的一个小高潮。而后在逆境中奋力突破,为自己创造出一个机会,打出了漂亮的反击,算是他带给大家的一个大高潮。

但是,无论是惊喜、小高潮,还是大高潮,都是转眼间就被对手扑灭。

虽然莫凡给肖时钦制造了一些麻烦,但最终还是没能影响到整场比赛。最后,在挣扎中,毁人不倦也倒下了。

肖时钦一打二得手,更要命的是,这前后两阵,他的损伤都不大。这一阵生灵灭掉的生命稍多一点,毕竟莫凡抢到了几次攻击的机会。可即便如此,生灵灭的生命也才失去了三分之一,在擂台赛中战败两人后还能有这样的血量,优势可以说是大得惊人。

"莫凡这位选手,让我们看到了他的能力,但我觉得,他在关键时刻好像还差着那么一点火候。李指导您觉得呢?"乘着兴欣战队更换选手的间隙,转播放出了上一场的回放,画面正是莫凡表现精彩的那几个瞬间,潘林便就此点评着。

"确实如此,他两次占据主动的情况下,都是很快就被对手扳回了局面。莫凡这位选手在很多环节的处理上,还是存在着问题的,看得出他比赛经验严重不足。希望这一场比赛可以给他带来一些成长吧!"

两人对这一场比赛的点评,言下之意都对莫凡比较看好。但是现场观众听不到这些,就算听到,那些嘉世粉丝又怎会理会?莫凡从比赛席走回准备席的这一路,受到的又是一路的狂嘘。他拾荒者的这种出身,玩家们本就非常讨厌,此时这些人喷起来更加理直气壮,顺便也可以喷一喷兴欣——这样的人都招揽,还有没有点节操了?

莫凡面无表情,对于那些冲他而来的嘲讽置若罔闻,就这样走回了兴欣的准备席。所有人都望向叶修,看他会如何和莫凡沟通一下。

结果叶修没凑过去,也没回头,只是说了一句:"有些时候,技能留着比用出去要好。"

莫凡未做理会,一言不发地回到了自己的座位上,半晌后,才突然"嗯"了一声。

其他人的面色此时都是各种凝重。陈果之前还幻想过兴欣势如破竹地把嘉世干掉,然而眼下的事实却是这般残酷。两战结束,兴欣已经输掉了两个人头,却只拿下对方第一位选手三分之一的生命。第三个出场的魏琛,神情也是出奇的严峻,居然没有像往常那样发出任何没下限的言论,只是朝众人点了点头后,就朝着比赛席那边走去了。

先前两战兴欣输得彻底,以至于连角色方面的差距都没来得及显露。眼下出场的魏琛,手中角色迎风布阵是兴欣战队目前装备水平最强的,但他的对手,肖时钦的生灵灭,那可是全明星级别的角色,不说他身上银装的质量,就只从数量上来说,迎风布阵八件的武装度,在生灵灭面前也有些不够看了——生灵灭,那可是十一件银装披挂在身!

陈果现在已经没有了半分乐观的情绪,看到魏琛一步一步走向比赛席,她的心也跟着紧张地揪起。这场可不能再输了,老魏加油啊!陈果心中默默地祝福着。

魏琛进了比赛席,对于嘉世粉丝给他的嘘声,他没有做出任何回击,今天的魏琛,因为形势的严峻而无暇他顾，都没有工夫去耍弄下限了。

第三局比赛很快开始，照旧先是角色刷新，而后转播解说和嘉宾就开始了对选手的介绍。肖时钦都已经是第三次站在擂台上了，当然不必再介绍他，潘林和李艺博此时的谈论，自然集中在魏琛身上。

"魏琛，这位选手，接触荣耀年头不够久的朋友恐怕会觉得有些陌生，不过倘若你身边有蓝雨战队粉丝的话，不妨去问上一问——魏琛，正是蓝雨战队的初代队长，在联盟初期也是风云一时的人物。恐怕谁也不会想到，时隔这么多年以后他会复出。之前的比赛中魏琛已经多次出场。李指导，你觉得魏琛现在的状态如何呢？"潘林说道。

"这么多年过去了，魏琛的比赛风格倒是一点没变啊！"李艺博也是感慨了一下，不动声色地炫耀了一把自己的资历，而后才开始就眼下的比赛进行点评，"从最近几场比赛来看，虽然魏琛多年没有出现在正规赛场上，但他的经验和意识都没有丢，而且有着老选手的优势——心理素质超强。但若论实战发挥的话，我觉得之前几场比赛都没有很好地检验到这方面，这一场，或许才会验证出他的真实水平。面对联盟正当打的顶尖选手，魏琛会做出怎样的应对呢？"

"好，让我们一起关注比赛的情况。开局肖时钦依然操作生灵灭进行战术走位。魏琛的迎风布阵呢……嗯，他……四下转了转，没有离开，就停留在了他的刷新点。呵呵，这个……倒是和他最近几场比赛所采用的方式一致啊！从现场传来的实况，我们可以听到很大的嘘声，看来观众对于这种打法是相当的不感冒啊。我相信魏琛在几次使用这种方式后，对观众的态度应该是清楚的，但看起来他丝毫没有动摇啊！"潘林解说着形势。

"呵呵，这就是魏琛一贯的风格，为求胜利，他可以使出任何手段。"李艺博以对魏琛特别了解的口气说着，再次显摆资历。

于是这一次潘林干脆配合了一下："其实我知道李指导当年还是职业选手的时候，是和魏琛交过手的，那从对手的角度，你能不能分析一下魏琛这种打法的意图？"

"这，应该算是一种心理战术吧！选手在没有遇到对手的时候，没有多少人会猜到对方根本没动。这样迟迟没有发现目标，难免会出现担忧和急躁的情绪。而魏琛却在一旁以逸待劳，在心理上先建立起优势。"李艺博说。

"可是……这样的方法，大家看过一次比赛录像，不就会提防到了吗？"潘林说。

"是啊，正因为常理是这样，所以谁会想到他一而再，再而三地使用呢？"李艺博说。

"反向心理！"

"没错。"李艺博点头。

"可是……对手在知道这种可能性后，在没有发现他时，恐怕就会直接朝这边找来了，这样一来，他的心理优势依然不能建立啊！"潘林说。

"那么如果对手找过来的时候，还是找不到他呢？"李艺博说道。

"哦……"潘林恍然大悟，"总之就是要迷惑对手，让对手猜不出他的意图，对吧？"

"而事实上，让对手猜不出他的意图，这正是他的意图。"李艺博绕出来这么一句。

"好……现在我们看到肖时钦的生灵灭已经接近地图中心，他当然不会在这里看到迎风布阵。生灵灭好像有点迟疑，看来肖时钦在犹豫接下来该怎么做啊！"潘林说道。

"因为肖时钦肯定看过魏琛的比赛录像，他知道对方有这种可能性，所以才要特别提防。他怕的当然不是迎风布阵在刷新点不动，他怕的是魏琛将计就计，让对手以为迎风布阵没有动，但事实上却在进行战术走位。"李艺博说。

"不过眼下来看，迎风布阵确实没有用战术走位。"潘林说。

"但肖时钦不知情，他可能要稍做检查，进行确认。"李艺博说道。

果不其然，肖时钦操作着生灵灭在周围转了一小圈，在没有发现对手后，才朝着迎风布阵的刷新点冲去。

"生灵灭要过来了，魏琛会怎么做呢？他会将迎风布阵移走，继续迷惑肖时钦吗？"潘林叫道。

事实上，此时现场已是嘘声一片，就连电视机前的观众也有些不耐烦了，对于这种肖时钦找来找去的独角戏，没有人有兴趣，大家都盼着双方赶紧碰头。难为解说和嘉宾了，这种大家都不耐烦的场面，他们还得说得吐沫横飞，好像很精彩似的。

"生灵灭越来越近了，但是魏琛好像并没有要让迎风布阵离开的意思啊！"潘林说着这话，看了一眼李艺博，形势和李艺博预测的可不太一样。

"这个，恐怕是一次反向心理之上的反向心理。魏琛料到了对手会以为他会移开角色进行迷惑，所以他干脆将角色留在这里，达到出其不意的目的。"李艺博说。

"嗯……这个……还是有可能的……"潘林干巴巴地附和了两声，看向李艺博的眼里充满了无奈。

反向心理之后再反向心理，这种胡搅蛮缠的分析，也就李艺博能说出口了。这位，当职业选手时的水平怎么样，潘林不知道，但他敢肯定李艺博一定也具备出色的心理素质，完全不会被垃圾话给打倒，因为他的脸皮实在是太厚了。

李艺博一本正经地分析了魏琛的举动后，魏琛果然没有令他失望，以"反向心理又反向心理"的姿态，傲然在此，没有离开。满场的嘘声中，肖时钦的生灵灭终于到了，两个角色直接照面，魏琛的迎风布阵在第一时间便发动了攻击，挥手便是一团混乱之雨。

"生灵灭进入了迎风布阵的视野，魏琛立即操作迎风布阵发动了攻击，混乱之雨已经被施放出来！肖时钦……肖时钦的生灵灭躲开了……"潘林在攻击开始的那一瞬，情绪亢奋，语调高昂，而接着说下去就有些虎头蛇尾了。

他当然也不想这样，他多么想说"肖时钦面对魏琛的突然袭击是多么意外和忙乱"，可是很遗憾，事实上，生灵灭一个斜冲，非常轻巧地就绕过了混乱之雨的笼罩范围，肖时钦的应对很从容，一点也不忙乱。显然魏琛的迎风布阵停留在此发动攻击，完全没有李艺博那所谓"反向心理之上的反向心理"带来的出其不意，肖时钦早早就提防着呢！

逃过了混乱之雨，肖时钦正待反击，迎风布阵的咒术又至，一个六星光牢骤然升起，试图将生灵灭封住。可惜肖时钦又一次及时反应，操作生灵灭避开了，与此同时一个机械追踪被他放了出来，小机器人迈着欢快的步伐就去寻找目标自爆了。

如此近的距离，肖时钦当然没指望这个技能能伤到迎风布阵，这主要还是为了形成一种牵制，分散一下对手的注意力，让对方不要这么轻松地对自己开展攻击。

结果魏琛却偏偏像是没看到这个小机器人一样，让迎风布阵挥舞着死亡之手，继续朝着生灵灭指指戳戳，一个又一个的咒术接连施放出来。直至小机器人差不多到他脚边时，死亡之手这才随意一点，一道暗影之箭射出，轰的一声，小机器人粉身碎骨，迎风布阵丝毫未受影响，继续着他的攻势。

"肖时钦试图用一个机械追踪来分散一下魏琛的注意力，不过很显然他失败了。魏琛不愧是很有经验的一位选手，这种手法完全干扰不了他。"潘林看到这一幕后飞快地点评着。

"连续击败了两个比赛经验明显不足的对手，这一场肖时钦需要一定的调整，可不能保持惯性思维啊！"李艺博感慨着。

这一点，肖时钦哪里还需要人来提醒？看到自己的小干扰丝毫没有奏效，肖时钦心下也在感慨对手的老辣。

作为第四赛季才进入联盟的选手，肖时钦没有和魏琛在场上交手的经验。为了准备这次的比赛，他找过一些历年的赛事录像来看。从技战术的角度来说，看那时的录像，帮助不大，因为荣耀是基于网游的，网游一次一次的等级上限提升，等于一次又一次的技战术革新，看数年前50级时代的比赛录像，那是掌握不到对手今时今日的打法的。肖时钦只是想从过去的比赛中了解一下这个对手的风格，仅从当下的挑战赛来看，他觉得自己了解到的东西远未够，因为挑战赛里绝大多数的对决强弱太悬殊了，根本没有任何参考价值。

而看了早期蓝雨战队的比赛录像后，肖时钦最深的感触就是：黄少天真是继承了蓝雨战队第一任队长爱说垃圾话的光荣传统啊！同时，肖时钦再一次为喻文州的手速不行感到欣慰，否则的话，这两大王牌选手恐怕会将蓝雨战队早期那讲究捧逗的垃圾话表现方式彻底继承下来，那将是整个联盟的灾难。

还好，还好……

庆幸完这些之后，对于魏琛的战斗风格，肖时钦当然也有所了解了，这是一个以攻心为上的选手。很多时候，他对对手的玩弄，会让人觉得他很不尊重对手，但这显然只是他用来扰乱对手心神的手段，因为每一次伴随着这种玩弄的，都是一波极其犀利的攻势。

而术士，这个精于控制的职业，简直就是为这种打法量身定做的一般。至于魏琛是因为选择了这个职业，才养成了这种战斗风格，还是因为擅长这种战斗风格，才选择了这一职业，肖时钦就不得而知了。

通过对这些比赛资料的研究，肖时钦深深地体会到，和这个对手交锋，需要更加平和稳定的心态。而这一点其实是很难做到的，人可以约束自己的行为，但怎么可能轻易地约束自己的内心呢？所以从比赛资料里可以看到，有很多明明很强的选手，在和魏琛的比赛中，最后都输得特别凄惨，场面之悬殊，完全不是他们该有的水平。不过，这当中也有例外的选手，最突出的，还得数现在就坐在场下，和魏琛成了队友的叶修。在当年的比赛中，两人的交手，几乎都是这种情节——一边拉开了架势，正准备调戏；另一边却已经杀到了跟前，一言不发就是啪啪的几耳光，跟着一顿痛扁，直接打得眼前人没有然后，因为此人已经死了。

就是这样了……如何对付魏琛，肖时钦找到了方法，而给予他启示的，恰恰是现在和魏琛并肩作战、努力争取胜利的叶修。

就在这时，一直躲避迎风布阵攻击的生灵灭，突然停住，被一团巫毒术准确命中！

只是一个持续掉血的状态罢了，这么想的肖时钦笑了笑。生灵灭不躲避这一击，却强行发动了他的攻击。捕猎者！这可不是机械追踪那种试探性的技能，捕猎者的速度远比机械追踪要快，机械狗刚一落地，就立即朝着迎风布阵狂奔而去。

吸血术！死灵纠缠！生灵灭跟着又连中两个状态类的咒术。

肖时钦根本没有要躲闪的意思，倒是之前那个控制系的束缚术，他操作着生灵灭避开了。硬吃两个咒术的工夫，生灵灭再次发动了两个技能。

机械空投！自走火炮！跟随在捕猎者身后，天上地下的攻势一起发动！

虽然生灵灭身上被连连缠绕上了负面状态，但这些都不致死，他正在用强硬的攻击冲破对方的这种控制。而作为吟唱类的职业，术士实在无法在对手这样密集的攻势下继续吟唱法术，因此迎风布阵抽身便走。

"迎风布阵后退了！肖时钦以硬吃三个负面状态的代价，争取到了攻击的机会，发动了一波密集的火力攻势。魏琛不得不选择后退，迎风布阵开始走位，咦……只走到了这里……这里……"

解说潘林迟疑的一瞬，机械空投的突袭已至，炸弹从"直升冬瓜"的肚皮中翻滚而下，轰轰轰轰的爆炸声接连不断，但是，炸弹只是落到了迎风布阵的头顶上方，最终落下的只是些碎砖片罢了。迎风布阵这几步一退，赫然给自己的头顶上方找到了掩护，机械空投的炸弹最终只能落在这多出的一溜平台上。

"魏琛找到了很好的掩护，迎风布阵在这里完全不会被机械空投炸到，但是还有自走火炮，哎呀……自走火炮也打不到，迎风布阵的身前也有掩护，自走火炮的炮口抬不到这么高的角度。"

机械师所召唤的机械道具可不是一些狰狞的钢铁巨兽，大多是一些精密的小机械。执行机械空投的"直升冬瓜"按现实中的比例来说，也就西瓜大小。自走火炮就更微型了，放在地上，拿个洗脸盆都足够把它扣住。体积限制了这些道具的攻击并不是无坚不摧的，否则机械空投真跟轰炸机轰炸似的，那岂不是转眼间就能把整幅图都给炸没了？

比如此时，魏琛找到了两处掩体，就轻易阻挡了肖时钦的这两路攻击。退到了这个位置后，站在齐胸高的墙后边，迎风布阵吟唱咒术倒是不再被耽误了，于是他又对生灵灭发动了攻势。至于最早冲出来的捕猎者，早被迎风布阵一个六星光牢锁到一边去了。那傻狗无所畏惧，硬是要从六星光牢里冲出来，如此挑战技能判定，最后终于将自己判定成了一团废铁。

肖时钦吃下三个状态技能后发动的攻击，就这样被阻断了。对于魏琛而言，立下大功的不是自己本身，而是一排平台和一堵半人多高的墙。

"魏琛很好地利用了地形，阻断了肖时钦发动的攻击。在比赛一开始时，我们曾说过，嘉世战队对这场决赛用图的研究，应该比兴欣有更充裕的时间，他们的理解应当更深刻。肖时钦的表现也印证了我们这一看法，他对这地图熟悉得简直就像是他惯用的主场用图一般。但是，此时魏琛用来拦截他攻击的两个地图细节，肖时钦好像事先没有研究到啊！"潘林说道。

"这个……肖时钦未必没留意到，他大概是没想到魏琛会这么快地做出如此应对吧！"李艺博说道。

"看来肖时钦小瞧了魏琛对地图的熟悉啊，别的不说，就这一块地方，魏琛可是从比赛开始后就一直没有离开过，就算他之前不熟，刚才也看熟了吧！呵呵……"潘林这话是半开玩笑说的，一边的李艺博听了却是一怔。

他想起比赛刚开始的时候，魏琛的迎风布阵没有走位，而是在刷新点这里瞎溜达。难道说，这家伙确实是在研究地图？他就是准备在这里和肖时钦正面开战，所以才利用比赛开始后的时间，更仔细地研究这个随机刷新的地点？

是的，一定是这样啊！李艺博已经可以确认这一点了，因为此时的比赛中，魏琛又一次利用地形，漂亮地化解了肖时钦的攻击！

但是，这个发现自己如何说出来啊！之前是他侃侃而谈，说魏琛留在刷新点不动是什么"反向心理之上的反向心理"，所以如果现在他又说出魏琛事实上是利用那段时间在研究地形，不就等于自抽耳光了？

Chapter 008
嘉 世 新 人

挖个坑把自己陷进去,这样的事在李艺博身上不是第一次发生了。这家伙多年修炼,自圆其说的熟练度已经达到了大师级。

"好家伙,原来魏琛刚刚将迎风布阵停留在原处不动,不只是心理战,还乘机研究了这一带的地形,现在他更有针对性地利用着这一带的地形,牢牢掌握着场上的主动。"李艺博脸不改色心不跳,既不否认心理战的说法,又将自己的新发现给说了出来。

"原来如此!"潘林顿悟,这一点他倒是没有看出来。至于李艺博这种厚脸皮、牵强附会的说法,他早已经习惯,都懒得去吐槽了。

"确实,从双方交战至今,肖时钦的生灵灭一直处于被压制的状态,他几次试图打破局面,却都很快就被魏琛压制回来了。我们看魏琛这几次压制,确实都是非常充分地利用了地形。"

"啊!生灵灭又中招了!这又是一次利用地形的胜利,诅咒之箭卡住了生灵灭左侧的角度,右侧是一个切割术,肖时钦权衡后选择让生灵灭硬吃诅咒之箭,结果这诅咒之箭的光影之中居然隐藏了一个束缚术,肖时钦没有注意到啊!"

"肖时钦打得非常被动,不过他已经意识到了问题所在,你看他现在的操作,已经不再试图反击,而是想抽身转移,暂离这个战场。"李艺博说道。

"但是中了这个束缚术,得再吃一套伤害是肯定的。"

"死亡之门!魏琛直接开了大招死亡之门,是想将生灵灭直接堵死在这个角落啊!看来他也意识到肖时钦意图的转变,不惜用死亡之门这个大招赌一把。束缚术的时间大概也就刚够死亡之门的一次读条,单靠这一个大招还是有点单薄啊!但是,只要这个死亡之门能抓住生灵灭,再配合一波攻击的话,将对生灵灭造成极大的伤害!"大多时候都是一副高人指点江山模样的李艺博,此时也显得有些亢奋。

比赛迎来了一个大高潮,所有人都死盯着迎风布阵的这个技能读条。死亡之门施放出来后,局面会是怎么样呢?

"啊!生灵灭先动了!!!"潘林忽然大叫,"他先一步摆脱了束缚术的控制,迎风布阵这死亡之门的读条好像迟了一些。"

"角色优势啊!这就是全明星级别的角色优势。正常来说,一个束缚术的时间是可以读出一个死亡之门的,但生灵灭的精神抗性让他早一步从束缚术中挣脱出来,迎风布阵这个死亡之门……咦,这个死亡之门……"李艺博话说到一半,突然卡住。

迎风布阵的死亡之门迟了些许才读条完毕,而这一点延迟本将成为致命的漏洞,让生灵灭得以脱身,但事实上并非如此,因为这个死亡之门的控制范围更大,生灵灭虽然早一步抓住了抽身退走的时机，却依然在这死亡之门的笼罩之下。

"生灵灭没能逃出去！他还在死亡之门的笼罩下，我怎么觉得这个死亡之门比我们熟悉的要大一些啊？李指导？"潘林说道。

"是的，这个死亡之门的笼罩范围更大，比我们常见的死亡之门的范围至少要高出两阶。"李艺博说道。

"多加两阶的死亡之门，那很奢侈啊！"潘林惊讶。死亡之门这种大招每升一阶所需要花费的技能点无疑是非常多的，而这个技能对于强于控制的术士来说，用得更多的还是它的范围控制，而不是大招伤害，所以对这一大招，一般的配置方案并不会加到满阶，只要够用就行。尤其是职业术士角色，肯定会根据自家战队的职业配备、战术打法，谋求一个性价比最高的加点方案，毕竟技能点是有限的，要是所有技能都能加满，那也不必有这种困扰了。技能加点方案，和装备搭配方案一样，一直是需要深入研究的问题。对于术士来说，死亡之门满阶？这在网游中倒是比比皆是，但在职业圈中，用"凤毛麟角"来形容都不恰当，因为根本就没有。

"这个……大概是魏琛退役后，多年来玩网游养成的习惯吧！这用惯了手，要改变可能也没那么容易了。"李艺博在这干巴巴地解释着，他哪里会知道，迎风布阵的死亡之门会这么华丽，是因为他的技能点比职业角色还要高端。将技能点投入死亡之门这样的大招，对很多角色来说，会是一种负担，但对迎风布阵来说，多加个两阶根本不算事，更何况他的银武死亡之手上还附加了一阶。对别的术士角色而言，这种控制范围的死亡之门是奢华型的，但对迎风布阵来说，这就是属于他的经济适用型。

"好，虽然生灵灭凭借更高的精神抗性早一步挣脱了束缚术，但是迎风布阵凭借更高阶的死亡之门，依旧将他控制在范围内……迎风布阵现在正在发动攻势。生灵灭……生灵灭不断地放出各种机械道具，但是在死亡之门的控制范围下，这纯属浪费啊！生灵灭可不是刚刚站到场上，这已是他的第三战了，肖时钦怎么会这样奢侈地浪费法力呢？"潘林看着比赛场面，有些目瞪口呆。

死亡之门的控制范围内原本只有一个目标，但是肖时钦不断地让生灵灭放出各种道具，导致死亡之门中缭绕而出的黑气越来越多，满场飞舞。可机械师放出的这些道具都是极脆弱的，而且它们不像角色那样，能让玩家操作着进行闪避，基本上都是很快就被黑气缠上，一被缠上就炸。尽管如此，肖时钦还是让生灵灭丢个不停，死亡之门的范围内到处都是缭绕的黑线，到处都是爆炸，全是生灵灭扔出来的各种道具引起的。而他这么做的意义，很快就表现出来了，生灵灭乘着这股混乱劲，竟然从死亡之门的控制范围内逃出来了。

"啊……生灵灭逃出来了！迎风布阵配合死亡之门的攻击并没有阻止到他，场面实在太乱，而这全是肖时钦消耗极大的法力制造出来的。"

"牺牲法力，换取生命，这是肖时钦眼下唯一的办法了。这种脱离术士控制的手法，事实上他不是第一次用了。"李艺博说。

"哦?"

"在和蓝雨对阵的比赛中,他就曾经用过。"李艺博说道。

"哦?是喻文州的索克萨尔吗?"

"当然。因为喻文州这个选手在手速方面居于劣势,所以这样复杂混乱的局面,他最终没能跟上节奏,让肖时钦的生灵灭脱身了。魏琛的话,现在他毕竟不在状态的巅峰期,反应和操作都有点跟不上,应对这样的局面,节奏便有些慢了。蓝雨前后两代的术士选手,都被肖时钦用一样的方法突破,这个巧合实在是……"李艺博感慨连连。

"不过接下来肖时钦也不好打啊!"潘林说道。

"那倒是,这一波他的法力损耗相当大,剩余法力已经不多,接下来如果不能高效率地使用的话,他的法力恐怕是无法支撑完这一局了。"李艺博说。

"但这毕竟是他出战的第三局了,打到这种程度,已经算是很大的胜利了吧!"

"那是当然了,这险些就能一挑三了,肖时钦已经做到最好了。"

两人这一唱一和地解说比赛,从他们的话里,不难听出这一局他们已经不怎么看好肖时钦了。虽然他成功破坏了魏琛的封堵计划,但法力损耗太大,接下来除非是……

"啊,肖时钦没有离开,生灵灭战术走位后,转身就朝迎风布阵发动了攻击!!"潘林惊叫出声,他和李艺博都以为肖时钦这一次脱身后,肯定会让生灵灭远离这一块魏琛有针对性地研究过的区域,但是没想到他脱身后就一个转身,立即就在这里发起了攻势。

"呃,看来肖时钦觉得这一局没有再拖延的必要了,想用一波爆发给迎风布阵尽可能多的损伤,算是给下一位选手铺路吧!"李艺博猜测着。

"机械空投!但这一次迎风布阵身边没有可以及时利用的掩护……刚刚从死亡之门中脱身,肖时钦用了大量的技能,现在绝大多数都在冷却中,但他使用有限的技能,依然积极地发动着攻击。他加入了大量的普通射击,填补着技能衔接过程中的空缺!魏琛这一次应对得好像不太从容啊!生灵灭起手的那个机械空投就逼得他连续走位,中断了攻击。自走火炮!生灵灭这技能冷却刚好,立即被投入了使用。"

"咦?那边有一个巡游者,这是什么时候召唤出来的?迎风布阵在退,还是想找掩护,他无视自走火炮……哎呀,被卡住了,迎风布阵的走位被那个巡游者卡住了,他无法借用那边的掩体了,他只能正面应对自走火炮。哎哟,这被轰得,很狼狈啊!"

"捕猎者也追上去了,生灵灭的攻势非常连贯,魏琛利用地形的打法已经被他看穿了。迎风布阵退走……啊!墙后边绕出来一个机械追踪,他没有看到,没有看到,炸了……迎风布阵被机械追踪偷袭炸中,捕猎者扑上去了……李指导……这个……"

刚刚还预测肖时钦会给下一个选手铺路的李艺博,也因眼下肖时钦接连不断的澎湃攻势而震惊了,他立即改口道:"肖时钦这是准备将迎风布阵一波带走吗?我们看他能不能做到!"

"呃,一波带走的话,生灵灭的法力够吗?"潘林这时提出了一个疑问,这是此时所有人都关心的问题。生灵灭的法力,所剩实在不多,好像随时会见底的状况。

李艺博没有立即回答，在细细观察了一会儿后，才终于开口："肖时钦现在使用大量的普通攻击来进行攻势衔接和压制，打得非常小心。"

"从目前的消耗比例来说呢……"潘林瞅着生灵灭的法力消耗和迎风布阵的生命损耗，一时间有点算不清。

李艺博又没有立即回答，只是这次就算他更仔细地观察，也算不清这个问题。在他看来，生灵灭的法力肯定是不够的，可是他此时的攻击节奏非常有序，他会因为法力用尽而突然哑火？总觉得这种事不应该发生在一个顶尖职业选手身上。

挖坑自己掉进去这种事李艺博是没少干，但能避免的时候，他总要避免的。此时他不敢轻下结论，因为他很清楚，肖时钦这种级别的选手，并不是今时今日的他能完全看懂的。

生灵灭的攻击在继续，但有很多人已经忘了去看战斗画面，只是盯着生灵灭的法力条，想看看那淡蓝色的代表角色战斗力量的法力什么时候会走到尽头。

没有，一直没有！

生灵灭奇迹般地延续着攻击，他的法力使用很节省，再没有像之前两战，尤其是和毁人不倦那一战时那样大范围使用攻击。如果说和毁人不倦的一战是狂轰滥炸式的，那么眼下生灵灭的攻击则像是在开火车，一节一节，清晰无比地从你面前驶过，每一节都完成它应尽的使命，没有一次落空。

"非常高效的攻击……"沉默了许久的解说潘林，终于蹦出了这么一句。

"是的。"李艺博点头。

迄今为止，生灵灭完成的每一击都没有落空，每一击都产生了该有的效果，这在职业比赛中简直不可想象，毕竟对手又不是死人。但是此时的迎风布阵，偏偏就像一个死人一样，被制得死死的。

"魏琛……落入陷阱了。"李艺博突然冒出这么一句。

"啊？"

"肖时钦现在正在利用地形反击，先前魏琛所仰仗的地形，现在全都变成了陷阱，你看……"李艺博解释刚刚结束的战斗画面，迎风布阵为躲避攻击，试图绕进一处墙角里，结果刚一转进去，一枚跳雷突然弹起炸开，受到前后夹攻的迎风布阵最终哪一边的攻击都没能躲过。

"这枚跳雷是什么时候放下去的？"潘林突然叫道，"这个位置，肖时钦发动反击之后，并没有让生灵灭来过啊！"

"之前呢？"李艺博说。

"之前……"潘林总算有点模糊的印象，"似乎是来过，但那个时候……"

"还是他被迎风布阵利用地形攻击压制的时候。"李艺博说。

潘林震惊了，彻底地震惊。他甚至忘了自己还在做直播节目，他完全无法用言语描述自己心中的惊诧之情。肖时钦，居然在那个时候就在这个位置放下了一枚跳雷，这意味着他在那个时候就已经预谋好了此时的攻击。

肖时钦,并不是没有觉察到魏琛充分利用地形的打法,他只是将计就计,以身试险,将魏琛的这些招式全部给试探了出来。而他,在那时就做好了之后的反击计划,此时的每一击,都是经过精确计算的,其攻击之高效就是因此而来的。

战术大师肖时钦,他的荣耀功底至此才真实地显露出来。他居然能反过来利用魏琛所仰仗的东西,将这位老奸巨猾的老将玩弄于股掌之间。他接下来的攻击,几乎都是按既定套路打的,每一击,都逼得魏琛做出别无选择的应对。而在对手的应对中,肖时钦偏偏又打出让他更加难受的衔接,以至于生灵灭的普通攻击在此时都成了消耗迎风布阵的主要输出手段。

这在系统给出的技术统计中可以非常明显地看出——在对迎风布阵的有效杀伤中,普通攻击的贡献占总输出的比例,此时赫然达到了41.12%,这可是极不寻常的数据,因此转播还特意切了一个统计列表的特写给玩家看。

再没有爆发,但也没有失误,肖时钦之后的操作,有如真的机械师一般,准确而又高效。

这一局,最终嘉世胜出!肖时钦完成了一挑三,为嘉世在擂台赛中赢得了一个完美得不能再完美的开局。现场的嘉世粉丝已经兴奋得无法自控了,他们制造的噪音淹没了一切,哪怕是嘴对耳的交流,也必须要用喊的才能清晰听见。

在这种局面中下场的魏琛,会受到何种待遇可想而知,但他已经顾不上这些了。回到兴欣准备席上的魏琛,脸色相当凝重,凝重得让陈果都有些认不出这家伙了。他的脸上全是失望和担忧——对这一结果的失望,对接下来比赛走势的担忧,这,哪里还像是平日大家熟悉的那个没下限的魏琛?

"肖时钦一挑三得手,我们差不多可以说嘉世在擂台赛的胜局已定,接下来就是拿几个人头分的问题了。"

"嗯,因为新赛制采用人头分的算法,即使有这样优势明显的领先局面,领先方也不会有任何放松,当然,落后的兴欣就更不会了。那么接下来,兴欣战队出场的会是谁呢?"

镜头转向了兴欣战队的准备席,站起的那个人,对于众人而言是超级陌生的,因为在这之前,他从来不会让自己出镜,拒绝任何采访。而这一次,复出后的他,对于这一切似乎并不是那么抗拒。

"是叶秋!!"潘林就算不认得人,但看一看联盟传来的出场名单,也就知道这是哪位了,"现在应该是叫叶修了,但只是换了个名字并不能抹去什么。兴欣战队第四个出场的,正是嘉世前队长,荣耀史上第一个王朝战队的缔造者——大神叶秋!他在宣布退役后,又组建了这支兴欣战队重返荣耀圈,从挑战赛开始征战,带给了我们无数的意外。而现在,他和他的队伍走到了挑战赛的最后,而拦在他面前的,恰恰就是他昔日的母队,那支让他赢得无数荣耀和欢呼的战队。现在叶秋就要代表兴欣战队上场了!兴欣战队在擂台赛的开局极其不利。上赛季嘉世战队在出局的情况下毅然引进的大神肖时钦,在今天决赛的擂台赛里充分展示了他的价值。现在他的角色法力已经差不多耗尽,但我想他不会就这么简单地退出比赛。在上一场比赛中，肖时钦就是用着为数不多的法力，用普通攻击做出了近百分之五十的输出，赢得了最终的胜利。这一场，对阵叶修，他又会有怎么样的表现呢？"

一看到叶修出场，潘林也是瞬间亢奋了，滔滔不绝地介绍着。这次挑战赛决赛为什么这么受关注？不就是因为叶修出战的这一刻吗？

潘林接着解说："叶修走向了比赛席，现在现场观众交流已经是非常困难，我摘掉耳机的话，耳边全充斥着嘘声，是的，只有嘘声，现场的观众对叶修报以了很大的嘘声。接下来的对决，事实上是很多人并不愿意看到的，尤其是嘉世粉丝，这嘘声，就代表了他们的抗议。昔日的英雄，现在却成了场上的敌人，这就是职业比赛的残酷性。而叶秋，他曾经承载了嘉世战队太多太多的东西，如今他的敌对，难免会让很多玩家无法接受，这种心情我们也是理解的。但是，比赛就是比赛，不管怎样，我们还是期待接下来的比赛能够精彩。"

"好，现在叶修已经进入了比赛席，双方角色正在载入中，比赛即将开始。从屏幕上的角色资料可以看出，生灵灭现在的法力真是没多少了，如果这样还能击杀对手，我想他的普通攻击输出必须得占总输出的百分之九十五以上吧？"潘林终于把问题抛给李艺博。

从叶修起身开始，潘林就一直高度亢奋，叶修一路走到比赛席，他就嘴皮子不停地嚷了一路，直至此时，才终于有点让李艺博出出声的意识。

"呵呵，现在算这个也没什么意义了。生灵灭现在剩余的法力，真的不足以展开任何攻势。像他上一场最后阶段的攻击，虽然普通输出占了很大比重，但真正做到压制和控制迎风布阵的，还是技能。以生灵灭现存的法力，这一局比赛的胜负已经没有什么悬念了，就让我们期待一下这两个人会在场上留下怎样的对话吧！"李艺博说道。

对话？然而并没有对话。

擂台赛第四局开始，肖时钦终于不再用战术走位开局，而是直接将角色生灵灭开往了地图正中，和同样直奔而来的君莫笑正面相逢。双方没有任何迟疑便直接交手。生灵灭这点法力确实已经不足以支撑他进行什么战斗了，几个来回的较量后，生灵灭法力耗尽，而后以最干脆的方式结束了这一局——他在公共频道里道了一声GG后，直接退出了比赛。

GG是电竞礼貌用语，Good Game的意思。认输，退出，这在电子竞技中从来都是许可的一种结束方式，荣耀当然也不例外。

肖时钦在生灵灭法力耗尽，但生命还有一点点的时候，果断以这样的方式退出，现场没有人对此表示出什么遗憾，而是报以了极其热烈的掌声。

对此，嘉世老板陶轩也露出了满意的微笑，他站起身来鼓着掌，肖时钦最后直接退出的举动他也极为支持。继续纠缠一下，消耗一点对方的生命固然是可以做到的，但是，在如此巨大的领先优势下，如果还要斤斤计较地算计，实在不是一支昔日王朝战队该有的风范。陶轩很欣慰肖时钦没有把他在雷霆战队的习惯带入嘉世，那种锱铢必争的算计，实在不适合嘉世，更不适合用在叶修这样一个对手身上。对于肖时钦的表现，陶轩真的太满意了，他融入了嘉世这支战队，已完全掌握这支队伍该有的王者风格。

而这时，嘉世战队第二位出场的选手也已经起身，是一个让很多人都觉得陌生的少年。在现场观众为肖时钦掀起的欢呼声中，他默默地走向了嘉世的比赛席。

"现在，嘉世战队第二位出场选手已经向比赛席走去。我想很多观众对这位选手都比较陌生。他的名字叫邱非，是嘉世战队本赛季从训练营提拔起来的选手。去年夏天嘉世战队出局以后，战队进行了较大幅度的调整，三位主力选手离开了战队，肖时钦加入，还有就是这位叫邱非的选手从训练营入选一线队伍。"潘林介绍着嘉世眼下的出场选手。

"嗯，如果再把前年冬天叶秋退役、孙翔加盟算上的话，嘉世在一年半里，差不多将主力队全换了一遍。"李艺博说道。

"是的，叶秋队长、刘皓副队长，这两个以前嘉世战队的主心骨人物都离开了。然后是贺铭，嘉世里以第六人身份出战最多的选手，他是和刘皓一起，作为肖时钦转会的交换选手去了雷霆战队。再有就是郭阳，在去年夏天加盟了呼啸战队。"潘林将嘉世战队的选手变动介绍了一番。

"嗯，说起来，离开嘉世的这几位选手这一年来都打得相当不错。"李艺博说。

"没错，他们现在都是战队的主力了。郭阳加盟的呼啸战队，其实是近一年多以来调整幅度较大的战队，有新的核心选手唐昊的加盟，还有上赛季最佳新人赵禹哲稳坐主力中的一席，再加上郭阳这种有实力的选手加盟，呼啸战队这赛季的成绩相当抢眼，可以说已经跻身联盟一线豪强了吧？"潘林说道。

"嗯，对于呼啸战队来说，怎样进入季后赛已经不是他们要考虑的问题了，他们要考虑的应该是如何在季后赛走得更远。"李艺博说。

"另外，刘皓和贺铭加盟雷霆后的表现也非常不错，雷霆战队在本赛季常规赛上半段，差点跻身季后赛区，不过在去年冬季荣耀更新后，雷霆战队的成绩就受到了一定的冲击，目前有一些滑落。"

"游戏更新对战队产生的这种冲击肯定是难免的。"李艺博说道。

"是的。而邱非呢，就是刚才提到的那些出色的选手离开嘉世以后，嘉世从内部挖掘的新人。"潘林把话题绕回到了比赛现场。

"这赛季真是出现了不少新人呐！"李艺博感慨着。

"是的，像蓝雨的卢瀚文、微草的高英杰，他们这赛季的表现都极其出色，统统入选了全明星阵容。"

"我发现很有意思的一点，卢瀚文、高英杰，再加上眼前这位叫邱非的选手，他们的职业，正巧都和各自战队中的王牌角色职业相同。"

"是的……他们都将是战队的未来，以及联盟的未来。"

"不过，卢瀚文和高英杰两位选手已经经历过联赛的检验，相比之下，邱非选手这赛季只能很遗憾地在挑战赛里征战啊！"

"嗯。虽然他有一些出战的记录，但是……呃，这么说可能对嘉世的那些对手有些不尊重，但是我还是要说，挑战赛的水准，确实难以检验出嘉世战队的真实水平。"

"说的是。"李艺博表示同意。

"所以这一场决赛对于邱非来说，才是他真正要面临的第一次大考啊！"潘林说。

"而且题目相当难，因为他面对的第一个对手就是叶秋。"

"是的，在这个星球上还有比叶秋更了解战斗法师这个职业的人吗？"潘林说道。

"低调低调，国外也是有很多出色的荣耀职业选手的。"李艺博笑道。

"好吧……"潘林刚才也就是亢奋起来说了一句感慨，倒也不坚持这个说法，接下来还是聊眼前的邱非，"如果嘉世真的是从培养接班人的角度来栽培这位选手的话，那么他本来要接替的选手，似乎就是叶秋啊！"

"显然是这样。"

"那么叶秋还在嘉世的时候，应该就少不了对邱非言传身教，他们之间应该会很熟悉。"潘林说。

"不过现在叶修改换了职业，散人这种玩法，可是从来没有在职业圈中出现过的，没有人敢说对这个职业熟悉。"李艺博说。

"但叶秋对战斗法师的熟悉，却不会因为更换了职业就轻易忘记。这么看来，这一场对决对邱非而言，就更艰难了。"潘林说。

"那倒未必。"李艺博笑了笑，"叶秋了解战斗法师，但他现在未必了解邱非这个选手，他所熟知的邱非，是一年半之前的那个邱非。邱非这样年轻，各方面都还没有成型，他的成长性是谁都无法预测的。叶秋如果还根据过去的那种了解来应对，我想这场比赛邱非一定会给他带来意外。嘉世战队安排这样一位年轻选手出阵，肯定是有原因的，我想或许就是出于这种考虑。"

潘林这次是真被李艺博的看法折服了，连忙说道："您说得是。"

"好，现在邱非已经进入了比赛席，比赛即将开始。"

从叶修出场开始，两位转播解说的话题就多了起来，等到邱非出场，两人继续一唱一和，滔滔不绝。现在比赛就要正式打响了，潘林也是精神为之一振，这样的对决，他本人也是相当期待的。

"现在屏幕上出现的是邱非的角色——战斗法师战斗格式的资料。嘉世战队不愧是拥有斗神一叶之秋的战队啊，邱非的战斗格式，武装度也是相当高啊，十件银装，堪比很多一线大神角色啊！而且从最终的角色属性上来看，战斗格式也是相当出色，1314的力量和1310的智力，秉承了一叶之秋的风格，力量、智力非常均衡。"

"呵呵，刚才看到这数据时，我还吓了一跳啊，以为战斗格式的属性值比一叶之秋还要高呢！"

"哈哈哈，看来李指导您也是一时间忘记了，现在是75级的时代，估计您心下拿来对比的是70级时代的一叶之秋的数据。"

"可不是？好几年的习惯了，一时间还真有点转不过弯来。"李艺博说。

"希望这一场决赛之后，无论是战斗格式，还是一叶之秋，都能给您留下全新的印象。好，现在比赛已经开始，依旧是港口小镇这幅地图，双方角色已经出现在了刷新点，他们会怎么做呢？"

"哦，没有人用战术走位！无论是叶秋的……不好意思，现在应该是叫叶修，无论是叶修的君莫笑，还是邱非的战斗格式，都没有采用战术走位，双方直接朝着地图正中冲了过去！"潘林叫道。

"嗯，邱非这样应对是对的，就算他可以带给叶秋，呃……叶修，很多未知，但在战术方面，我想他还是不要想着带给叶修'惊喜'比较好。"李艺博说。

"您说得对。"

"至于叶修这边，我想如果这是擂台赛的第一场比赛的话，他恐怕也会采取一些战术走位。但兴欣刚被肖时钦连挑了三人啊，现在士气急需提升，正需要有一个人站出来，这种时候，他必须打得坚决一些，能正面击溃嘉世选手的话，那会给己方队友注入一针强心剂。毕竟擂台赛还不能决定全局，稍后还有团队赛，如果现在兴欣就被嘉世的气势吓住的话，那兴欣就输定了，因此叶修现在最紧要的任务就是激起兴欣战队的士气。"

"没错。好，现在双方已经接近地图中心，本应是彼此熟悉的两个选手，或许还有着师徒之谊，但在开局后他们没有任何言语上的交流，就直接朝着地图正中心杀来，现在他们之间的距离还有大概四十个身位格，很快就要相遇了。"

"三十个身位格！哦！攻击了！叶修率先发动了攻击，君莫笑的跑动未停，但是已经射出了一枪。"潘林叫道。

"君莫笑手中这件银武是非常有趣的，它可以变化出多种形态，就目前我们了解到的情况，它囊括了六大职业系武器，所以叶修操作君莫笑可以轻而易举地使用出六大系中所有散人可以学习的技能。很多新玩家可能对散人这种玩法不甚了解，在荣耀早期这种玩法曾经风靡过一段时间，但是它最大的技术难题就是切换武器、施放技能的问题。大家都知道，荣耀的很多技能都必须有相应的武器才能施展，散人为了使出各职业的技能，就需要不停地切换武器，这样的操作烦琐不说，武器切换的冷却也会非常严重地限制攻击方式。而君莫笑现在手中这把千机伞，就完美地解决了这一问题，它可多形态变化，似乎不存在武器切换时需要冷却。这把武器，可以说完全就是为散人量身定做的。好……这个话题我们稍后再说，先看比赛的情况。"李艺博一看场上双方已经斗在一起了，连忙停下了他的资料介绍。

潘林紧接着说道："君莫笑之前的射击，邱非操作着战斗格式闪开了。之后君莫笑并没有因为拥有攻击距离的优势就采取风筝战斗的形式，依然是朝着战斗格式冲了上来。战斗格式出手，起手落花掌！君莫笑移动，闪过！"

"哦！这里有一个小细节……"

"霸碎！！！"潘林又一声大叫吼断了李艺博还没展开的讲解。而李艺博也很无奈，因为双方这一开场就打得很激烈，他连见缝插针来点高水平解说的机会都没有。

"君莫笑挡住了！这是剑客技能格挡！战斗格式在落花掌之后接的这一招霸碎，非常突然。君莫笑无法闪避，用格挡硬接了一下。"潘林继续亢奋地解说，"天击！战斗格式的霸碎被格挡后，马上接了天击！非常流畅啊！这是一种很常见的攻击衔接，我相信很多玩家在游戏里都能做出来，但是能做到这样流畅就真的不容易了。"潘林叫道。

"不过还是被君莫笑后跳闪开了。"李艺博说。

"嗯……这种非常常见的衔接，恐怕不会对叶修造成什么威胁。"潘林说。

"没错，邱非要做的是打出自己特有的节奏，让叶修不好去捕捉。也就是说，面对叶修，他打得这么流畅，反倒不是什么好事。"李艺博说。

"没错，邱非的操作仿佛教科书一般精准，但问题是，'教科书'就是他眼前这个对手所写的，他这样打，确实威胁不了对方。"潘林说。

"邱非连续的攻击都被叶修化解了。目前场面上虽然是邱非的战斗格式在主攻、抢攻，但是还没有给君莫笑造成实质上的伤害。这时候邱非要放稳心态，可不能焦躁。"李艺博说。

"蛟龙出海！"潘林猛然惊叫，邱非连续抢攻，还抽出一个空当，出了一个早年也算大招的攻击技能。

"还是不中。"李艺博接着说了下去，"这一记蛟龙出海的处理，虽然也是一点问题都没有，但就像我们刚才所说的，这得看是和谁打，跟叶修打，你处理得一点问题都没有，这恰恰就造成了最大的问题。"

"不过，叶修到现在也没有找到合适的反击机会啊！"潘林说。

"呃……毕竟邱非打得相当完美，没留给叶修什么可乘之机。"李艺博说。

"那这样说来，邱非的打法，先将自己置于不败之地，也算不过不失？"潘林问道。

"……"李艺博顿时语塞，这一次，自己掉坑掉得有点快啊！

还好这时场上风云突变！战斗格式一记天击挑来。君莫笑攻击招架，用普通攻击将天击架住的同时一个后跳。结果这次邱非并没有飞快变招，而是将这一记天击使了个彻底。君莫笑虽未受到伤害，但承受了这一上挑之力，后跳略有变形，动作幅度超出了预期。

这细微的变化，在比赛场上顿时成了一个契机。战斗格式战矛朝前一抖，一个直冲，竟然接着出了一个大招——豪龙破军。能看出这微妙细节的人实在不多，现场观众都是看到大招出手，就是一片欢呼，就连李艺博也在此时大叫一声"中了"。

结果豪龙破军却是冲了个空。君莫笑架起机械旋翼，利落地一飞冲天，将这一击给避过了。现场立刻出现一片惋惜声，高呼"中了"的李艺博此时脸上也有些难堪。

"哈哈，用机械旋翼躲过，这是散人才会有的变化啊！看来我们的李指导对散人也不是太熟悉呢？"潘林揶揄了一句后，一看李艺博的脸色，才知道自己这次调侃恐怕是让李艺博有点不爽了。

但潘林也顾不得这么多了，比赛还在激烈地进行着呢！他得继续解说："银光落刃！君莫笑在半空中出剑，用银光落刃直接杀下。战斗格式转身，战矛一挑……哦，是一个圆舞棍，抓到了吗？没有！君莫笑将剑刃搭到了战矛上，将本是进攻的银光落刃变成了攻击招架，格开了这一记圆舞棍。大家知道的，圆舞棍的抓取判定和其他抓取类技能有一些不同，它是先要这一刺的攻击命中，才会给予强制的抓取判定，否则的话是不会奏效的。"

"君莫笑朝斜后方落下，战斗格式直接追过去了。豪龙破军这个大招是没有收招僵直的，所以邱非能非常快速地做出反应。不过刚才那一瞬，虽然不存在技能上的死角，但君莫笑那记银光落刃是一个背身偷袭啊！很难想象，邱非这样一个年轻的选手可以做出这种经验丰富的判断，难道这是天才的赛场直觉吗？"乘着双方暂未交锋，潘林又把刚才那段清晰地点评了一下。

他说完这话的工夫，邱非的战斗格式已再度追到君莫笑身边，一记龙牙刺出，非常普通的攻击套路，却抓住了完美的时机和节奏。

刚刚落地的君莫笑半转身，立刻将手中的千机伞递过来，却是将它撑开，当起了盾牌。

"骑士盾盲打法"吗？邱非心下思量。他毫不怀疑叶修可以使用任何职业的打法，不只是战斗法师，荣耀中很多职业的很多打法都是眼前这人创造的，多到大家已经无法梳理清楚。

战斗格式略退了一步，果然君莫笑的千机伞立刻就收起了，伞尖一翻开，就轰的一声响，竟有炮弹飞出！利用战斗格式略退的这一步，邱非争取到了短暂的应对时间，连忙操纵战斗格式身子一拧，让炮弹擦身而过。

"唔，叶修撑开千机伞，看起来是要使用'骑士盾盲打法'，但最终发出的这一击，又不算藏于盾后，真是让人很意外的一次攻击啊。但邱非早有准备，大家看，之前战斗格式退后的那一步，帮他争取到了此时操作的时间和空间。如果没有那一步，反应再快，恐怕也不足以闪开了。"李艺博点评道。

"龙牙！战斗格式又是一记龙牙刺回，这小技能的冷却就是快啊！"潘林说道。

避过炮弹的攻击，邱非顺手就将刚刚冷却完毕的龙牙打了出去。这一简单的技能，成了这一刻速度最快的反击。千机伞化为枪口的伞尖，此时烟还没散尽呢！

结果伞面在此时再度撑开。

又来？邱非不敢大意，再次选择略退一步。但是，这一次千机伞的伞面不是撑开，而是直接倒翻了过来！千机伞，矛形态，以一样的角度，朝着战斗格式刺了过来！

也是龙牙？同样的技能相撞，那么攻击数值高者判定占优。真论属性，邱非相信自己的战斗格式是不会输给君莫笑的。虽然君莫笑那75级橙装在基本属性上和70级银装不会有太大差别，但是散人装备的自身缺陷是它没有护甲精通。

荣耀二十四个职业，都有自己的护甲精通，当使用护甲精通的护甲时，会给予角色额外的属性奖励。而这个奖励，散人是没有的。所以即使是身着同级装备，散人由于缺了护甲精通，最终的角色属性就会先天性地缺了那么一块。

当然，更重要的是……君莫笑身上除了武器，就没有其他银装了，所以装备属性一目了然，只缺一件武器的准确数据，对手也可以模糊评估出君莫笑的攻防能力。

同是龙牙，技能判定，我胜！邱非脑中电光石火般闪出这个念头，于是他没有退缩，龙牙依旧刺出。

两支战矛就这样针锋相对地抵在了一起，双方操作精准到如此程度，令人叹为观止。可是就在双方相撞的这一瞬，从判定造成的攻击效果变化，邱非才瞬间判断出：这不是龙牙！

是的！君莫笑刺出的不是龙牙，而是战斗法师技能——连突。第一击，就抵了战斗格式那记龙牙的冲击，但只是一段连突的话，判定是要弱于龙牙的，于是，这一判定之后，龙牙速度减缓，而连突的第二击已经闪电般地后发先至，朝着战斗格式刺来。

"连突中断再连战法"！邱非脑中瞬间浮起一个有些绕口的操作名词，正是眼下叶修所使用的打法，也是上次邱非替嘉王朝公会出战兴欣时，和叶修操作的寒烟柔打的那一场比赛中，邱非错过使用的那个战法，当时就被叶修指出过。

转眼已是一年。

上一次，他错过了使用这种技法的机会；而这一次，他正受到这种技法的攻击……

邱非的思绪飘转得很快，从去年的那一场比赛，一直飘到叶修还在嘉世，而他还是训练营学员的时候。作为联盟顶尖的豪门战队，嘉世训练营的规模也比一般战队大得多。而在这里的学员，十个有九个都幻想着能成为一叶之秋的主人，哪怕那小子自己练的职业根本就不是战斗法师，也不影响他存着这种幻想。

邱非练的是战斗法师，从一开始就是。他第一天接触荣耀的时候，就喜欢上了这个职业。

那一年，嘉世第三次夺冠，大神叶秋的声望如日中天。但是这位大神没有给任何人接触他的机会，所有人对他的认识，仅限于比赛场上的那个角色——斗神一叶之秋。

那个身影战斗时的英姿深深地印在了邱非的脑海中。后来他加入了嘉世训练营，但是和其他孩子不一样，他并没有幻想着成为一叶之秋的操作者。他所希望的，是带着自己的角色，像当年的一叶之秋那样，在战斗场上留下那样的身姿。

可少年人的梦想有多少人会去认真理会？

渐渐从训练营中脱颖而出后，邱非有了"一叶之秋接班人"的称号。这是多少学员羡慕不来的身份，不过邱非并不感兴趣，他更喜欢自己的角色，他喜欢他的战斗格式。

而在嘉世训练营，他终于亲眼看到了叶秋大神，和他想象中的并不一样。"扮神秘"，从不现身于媒体面前的叶秋大神，其实不像外界想象的那么孤高，他每天叼着烟晃荡在嘉世俱乐部里，和什么人都能聊上几句。他可是联盟最顶尖的职业大神，但是连嘉世俱乐部扫地的人都可以自豪地说，他和叶秋打过比赛。

这种话确实不是吹牛，俱乐部里很多人都和这位大神打过比赛。据说甚至有一次，这些人在游戏里和别人闹了什么纠纷，打不过别人，最后把叶秋拉去当枪手，他也兴致勃勃地去了。

大神叶秋，横扫职业联盟，却以最简单平凡的方式感受着荣耀。光是邱非，就看到他在网游里玩小号不是一次两次，每次的号还都不一样。

"不要说出去！"大神总是朝他挤着眼说，"回头送你件好装备。"说完总是拍拍他的肩。

哪有什么好装备？大神玩过的那些小号，装备个顶个的差。谁都不可能想得到，这些一身垃圾装备的小角色背后，站着的可是操控着联盟最强角色——斗神一叶之秋的顶尖大神。

邱非亲眼所见的大神，并不像他之前想象的那般，华丽得让人无法直视。

真实的大神很普通，很简单，但是他能轻而易举地让人感受到他对荣耀的爱，那是发自内心的真实的喜欢。

比赛不只是胜负，比赛本身就是一种享受。

邱非很喜欢大神说的这句话，他一直期待着能享受比赛的快乐。他坚持不懈地努力，希望这一天早一点到来。

身边有一些学员都笑他傻，在他们看来，现在就想接叶秋大神的班，未免太早了点吧？邱非却不是这么想的，做叶秋大神的接班人？这只是别人给他的定位，而他自己，更希望能和叶秋大神一同站在比赛场上，一起享受比赛，追求胜利啊！虽然说，他正巧也是个战斗法师，想同职业出现在同一战队，且一同担任主力，难度确实有点大，但是，谁也不能说这绝无可能，不是吗？

邱非为了这个目标一直在努力着，大神也会时不时地来训练营教导一下大家，打一打指导赛什么的。而他的习惯就是在对战的过程中会及时指出对方不妥的地方，然后会找机会亲自示范出来。叶秋，被誉为"全职业精通的荣耀教科书"，那真不是浪得虚名的。

嘉世训练营里战斗法师是多了点，但其他职业也应有尽有，而大神对每一个孩子都可以从其职业本身来指导示范，比传说中的外挂还凶猛。

邱非在那个时候当然没少受到大神的指点，每一次也都是先被指出问题，而后大神亲自示范如何处理问题。去年夏天，双方在网游中不期而遇，大神像是从未离开过一样，给他打了一场指导赛，只是那一次，大神没能找到机会为他示范出解决办法。

而现在，时隔一年，连突中断再连战法终于从大神手中施展出来，虽然这可能只是一次巧合，但邱非却不禁想起去年的那一局指导赛，大神未完成的示范，终于在这次实战中展现了吗？可这一击，他躲不过啊……

"战斗格式被击中了！"

伴随着解说的惊叫，邱非最终没能避开君莫笑的这一击，然后君莫笑的连招跟着就滚滚而来了。

"天击！手里剑！月光斩！十字斩！地裂波动剑！暗影斗篷！嗯！呃……呃……"解说潘林一开始还能跟着君莫笑的攻击技能，念得抑扬顿挫，但接下来很快就没声了。就算他几次想重新接上话，但还没等他报出看到的这个技能，君莫笑就已经打出下一个技能了，统统都是20级以下，发招收招很快的低阶技能。君莫笑的连击始终保持着极高的速度，再加上这当中完全没有潘林所熟知的套路，结果他跟着念了几个技能名以后，嘴皮子就实在跟不上这连击速度了，到最后只好灰溜溜地闭嘴。

就这样一直被连击下去吗？邱非自问。

君莫笑的连击攻势，邱非确实觉得很陌生。这些技能他全都熟识，可是这样串联在一起的攻击方式，却从来不在他学习研究的范围内。他的意识跟不上这样的攻击套路，这已经不是经验欠缺的问题了，这根本就像是踏足了一个陌生的领域，面对的是从另一个游戏跨过来的职业似的。

让邱非觉得更无力的是，叶修判断出了他几乎所有的应对手段，然后轻巧地避开了他的反击，让自己的攻势得以延续。邱非几次想到的打法，都只开了个头就草草结束了，因为叶修都抢先一步做好了调整，让邱非的应对方案悉数落空。

都不行吗？那么只能这样了……邱非心想。

浮空中的战斗格式看准一个机会，突然一个拧身。君莫笑追上照打。战斗格式挥出战矛，却没刺向君莫笑，而是刺向了土地。

一道光环从矛身上坠下，转眼浸入泥土，不见了，紧跟着一道魔法波动在泥土里扩散开来。空中的战斗格式再一扯战矛，大地突然像被撕裂了一般，伴有泥土高飞而起。攻势所指，正是君莫笑所处的位置。

战斗法师75级最新技能——斗破山河！这个技能可以传输魔法斗气，最终以这样隐蔽的方式爆发，间接袭击对手！

Chapter 009 拼 尽 全 力

75级技能,这是叶修离开嘉世以后才出现的东西。对这些新技能的掌握,邱非可再没接受过叶修的指导,完全是他自己的钻研。这些新技能的使用思路,终于不再是叶修可以轻意料算到的。这一记斗破山河,切断了君莫笑的连续攻势,为邱非抢回了平衡的局面。

"漂亮,这一招斗破山河的使用真的是恰到好处。75级技能,目前还没有普遍认定的使用方法,每位选手都有自己的思路。邱非对这些新技能的掌握如何,我们虽然还没有全面了解,但就刚刚这一瞬间,他这斗破山河的使用就妙不可言,一击斩断了君莫笑攻击的连续性,还为自己创造了反击的可能。"

"战斗格式上了!"

切断了君莫笑的连击后,邱非立即操作战斗格式予以反击。龙牙的起手,平淡无奇,依旧是战斗法师最平常的打法,而邱非却是以极其认真的态度操作着。

龙牙、天击、落花掌、圆舞棍……四个技能,全是战斗法师最低阶的技能,由这四个技能组成一套短小简单的连击,是任何一个战斗法师的玩家都能流畅打出来的。在邱非一丝不苟的操作下,这套连击显得愈发朴实无华。短短一瞬,四个技能便已经打完,但还是被君莫笑一一化解。这套连击既然很多人都熟,那么如何应对也是早有答案的。

君莫笑很从容地避过了四个技能的连续攻击,谁想这时邱非的操作再次爆发,另一个75级的新技能从他手中施展出来。

风卷流云!战矛旋转,带动魔法波动,引发气流,而魔法波动就夹杂在这些气流中,和战斗格式手中战矛一起攻向了目标。

结果君莫笑将千机伞一撑,轻而易举地就躲到了伞后,风吹雨打都不怕。

这一次,邱非没再退后一步,反倒在千机伞张开后向前踏了一步,攻击,径直朝着千机伞砸了过去。

对75级新技能,每一位选手、每一个玩家都会研究,无论境界高低,研究出来的都是新东西。只不过境界高的,运用起来会非常有效;境界差点的,打法就比较容易被化解。而到了职业选手这个境界,他们研究出来的东西就不能再用"对错高低"来简单评价了,讲究的是适合。不同的选手、不同的风格、不同的角色、不同的属性,面对不同的对手,同一个技能可能就有不一样的使用方法。套路之外的变化,就是这么来的,每个选手都会根据自己的风格和擅长之处来做调整。

邱非如今已不是当初那个训练营的少年,一直期待用自己的角色站在比赛场上的他,从一开始就没有一味模仿前辈,对战斗法师,他有自己的理解,也有自己的操作手法。如今的

75级新技能，叶修固然也会做研究，但是未必能完全推演出每一位选手的使用方法。叶修固然是很了解邱非的，但就像李艺博分析时所说的，年轻选手的成长性是谁也无法预测的。经过一年多的成长，再加上对新技能的理解和运用，邱非，终于打出了他自己的套路。

落花掌！战斗格式一个滑步，接着一掌就拍到了千机伞上。

盾牌除了化解伤害，对击退这一类攻击效果的抵御效果更为明显，只不过这种抵御效果是与盾牌的重量成正比的。千机伞能如此轻巧迅速地变化形态，武器重量应该不重，要判断出这一点并不难，所以邱非相信，此时千机伞的盾牌形态，是无法阻止落花掌的击退效果的。

果不其然，一掌拍到伞面上，君莫笑被强制后退。而邱非操作的这一记落花掌，攻击轨迹有一个由下向上的滑动，因此君莫笑在后退的同时，千机伞的掩护便有一个上扬，伴随着这一后退，君莫笑的下盘立时暴露出来。

邱非要的就是这个效果，一记霸碎紧接着扫出！虽战斗格式的视野中没有完全看到对手，但邱非清楚，这一击，配合着强制击退，是可以横扫到君莫笑的。

结果千机伞又在此时哗地收起，伞尖又变成枪口，砰的一声响，一枪射出。邱非的操作也快，战斗格式顺着甩出霸碎的姿势，一拧身躲过。而君莫笑借着这一枪的后坐力，加速了自己的后退。战斗格式抓住空当的这一记霸碎终究是差了分毫。

"哎呀……这个实在是，君莫笑这千机伞的变化真的是太出人意料了。"潘林也为邱非这一次攻击没能命中而感到惋惜。

"关键是它的形态变化还很快，瞬间就能完成。"李艺博说。

"但邱非的攻势并没有停！"潘林叫道。

豪龙破军！战斗格式提起战矛直冲过去！

不过这一击似乎被叶修猜中了，君莫笑在后退中强行变向。却不料战斗格式这一记豪龙破军的冲刺轨迹也不是一条直线的，居然出现了一个微小的弧度。身形偏转的君莫笑，终于还是落在了豪龙破军的冲杀轨迹上，这一次再无可能躲闪，仓促间叶修只能让君莫笑出了一个格挡。这个升到满阶后的完全防御技能，虽然可以抵消掉豪龙破军这一击的伤害，但是在豪龙破军的强大冲击力和判定下，君莫笑持刀的右臂还是被崩到了，角色在再次被击退的过程中还出现了大幅度的后仰，这已是被打出了僵直状态了。

"漂亮！"潘林惊叫，没想到邱非刚才一击没有得手后，后续的攻击很快就补中了。

"嗯，这一击用得相当有勇气。邱非他猜到了叶修会让君莫笑闪避，但具体是向左还是向右，我想他也没有把握，但他还是让豪龙破军走出了一个弧度，这就像扑点球一样，左还是右，他要选一个方向来赌。邱非打得相当坚决呀！"李艺博说。

"这一击如果不中的话，恐怕就会露出很大的破绽。"潘林说。

"那是当然，但现在他赌对了，也就抢到了机会。荣耀就是这么美妙。"李艺博很陶醉地说着。

"是的，叶修虽然立刻用格挡招架住了这一击，避免了伤害，但君莫笑还是被豪龙破军打出了僵直。邱非现在已经一套连击上去了！"潘林叫道，"天击挑空，用魔法炫纹的攻击来保持目标的浮空和僵直，这是战斗法师的一套传统打法，但这套打法难度很高啊！"

"没错，正是因为这种打法难度极高，之后才衍生出了'乱球流'这种较容易掌握的打法，威力也不俗，现在被更多的选手采用。这种传统的较刻板的打法反倒是用的人少了。"李艺博说道。

"但据说这种传统打法，理论上是可以达到无解的。"潘林说道。

"理论上而已。"李艺博笑笑，"即便是巅峰期的叶修，用这种打法将对手无限连死，好像也只出现过那么一次吧？"

"哈哈，那是荣耀史上第一经典，我看过那段视频，非常精彩。"潘林说道。

"是的，经典不可复制，就算是叶修自己，在那之后也没再有过那样的发挥。一般来说，这种打法能无懈可击地连击到十段以上，就算打得不错了。"李艺博说道。

"但我们知道乱球流打法在短时间内爆发出十五段以上的连击，并不是什么难事。"潘林说道。

"是的，乱球流的爆发力更强，也更容易操作，论实战效果，我个人认为它比这套传统打法更加实用。"李艺博说。

"但现在邱非选用了这种更难控制的传统打法。"

"这也是没有办法的选择吧，毕竟乱球流有个前提，就是魔法炫纹要有积累，至少也得有四个以上。但叶修有意控制了攻击中与对手的接触，让邱非没有办法制造出炫纹，邱非也是出于无奈，只能选用这种传统打法。"

"那要是他换别的攻击套路呢？"

"呃……毕竟这种传统操作如果能连出个十几段的话，输出还是相当可观的。邱非大概也不想错过好不容易争取到的机会。"

"是的，现在他打得还不错。"

"嗯，不紧不慢，这已经是第七段攻击了。"

"八段了。"

"一般来说打出十段是没有问题的，关键就看之后能维持多久了。"

两个解说讨论的工夫，邱非已经完成了十段连击。他紧盯着屏幕，不敢有丝毫松懈，他知道这个打法的难度，更知道对手对这种打法钻研得有多透彻——就是因为这样，叶修才将这种打法发展到了无懈可击的地步。

十段了！及格线已经达到，但邱非依旧未有松懈，难得的机会，他要争取尽可能多的输出。

十一段、十二段、十三段……连击在继续。

说实话，邱非此时已经感觉不到这有多困难，他的大脑好像已经凝固，停止了思考，操作就是那样下意识地一下接着一下做出来，让君莫笑一直摆脱不了他的矛尖，让炫纹始终飞舞在战斗格式的周围，随时待命。

十五段、十六段！邱非感觉到了兴奋，他觉得自己今天的状态好得出奇。原本他是准备在差不多的时候，就找个机会出大招收尾，但是现在，他觉得他完全有能力继续下去。

直接把对手连到死？潘林和李艺博是聊起这个话题了，观众们是有这种期待了，但是邱非并没有这种想法。

还可以一击！他的心中只有这么一个念头。

一击，他追求的只是一击，但是一击一击不停地追求下去，现在已是二十段连击！邱非的战斗格式，面对叶修这个战斗法师的顶级专家，硬生生地实现了二十段连击！

现场那足以掀翻场馆的欢呼声又响起了，嘉世粉丝们此时觉得无比自豪，他们支持的战队拥有这么多的优秀选手，必将所向无敌！

但就在这时，邱非做出第二十一段连击时，终于出现了微小的偏差！

没有人发现这种偏差，甚至连邱非自己都没有察觉，他已经在操作下一击，解说、观众也都在期待着他的下一击。但当下一击送出的时候，邱非看到了君莫笑的动作……

第二十二击？邱非心头先一步打上了问号。

战斗格式的攻击命中，但是，君莫笑跟着竟化成了一团烟影。

影分身术！邱非意识到了，他第一时间想到的就是防备身后，但是，对方的攻击却来自战斗格式的脚下。

地心斩首术！

君莫笑自泥土里钻出，一击命中，跟着用一记膝撞将战斗格式顶向了半空，攻势发动。转眼间，连击方与被连击方就反过来了，战斗格式飘向空中，君莫笑开始了连串技能的表演。

整齐划一地为邱非数着连击数的现场观众，"二十二"这一下，在君莫笑的影分身被打散的那一瞬，就卡在他们喉咙里，没能彻底喊出。

转瞬之间，技术统计上数据迅速飙升的，就不再是战斗格式的连击统计了。

"好可惜。"潘林这时并没有替邱非担心，只是因他那精彩的连击被中断而惋惜了一下。

"能在叶修面前将战斗法师的连击打到这个程度，他已经非常非常出色了。也就是叶修，才能抓住他那一瞬间的破绽。"李艺博这话说得言之凿凿的，但那一瞬间的破绽在哪呢？其实他根本不知道。他自己没看出来就敢肯定地说是邱非露出了破绽，归根结底是因为他相信这套由叶修反复钻研出来的打法，如果能做到完美，才是无解的，反之，一旦被破解，肯定就是因为选手出现了疏漏。

对于战斗法师的连击，解说和嘉宾还能给大家讲出一堆道道来。但现在君莫笑的攻势一开始，潘林快嘴皮子报了一会儿技能名后，渐渐地就又哑口了。

同样的情况，在同一场比赛里他发生了两次——跟不上实战的节奏，因此不得不闭嘴。上一次，邱非一个75级新技能的使用，出其不意，切断了君莫笑的连击，让他有机会再次开口解说；但这一次，他似乎找不到这样的机会了。

战斗格式浮在半空，像是被悬挂着一样。君莫笑游走在他的下方，各种技能不停地丢到他身上。

潘林觉得自己总得说点什么，于是切了邱非的视角看了一会儿。之后，他带着几分不确信的口气开口："嗯……这个……叶修应该是用上了遮影步吧？"

"嗯，是遮影步。"李艺博还是比潘林自信多了。

不过在确认完这个问题后，两人情不自禁地对望了一眼，他们都察觉到了气氛有几分不对头。

遮影步这种高端技巧，选手用出来的时候，无论如何都该算是一个高潮吧，应该来点激情解说吧？但两人呢？此时却都超乎寻常的平静，只因为场上这个人是叶修，一般选手用遮影步，那是个高潮，叶修用遮影步，那还不是和吃饭一样平常？

事实上，两人都知道这样想有些夸张。遮影步，无论谁来使，都不可能像吃饭一样简单，它相当于CPU利用率达到百分之九十以上才能流畅运行的一个程序。叶修的配置就算高点，但也有限，和联盟其他大神相比，"只在伯仲之间"就是最准确的描述。但是偏偏叶修使用这种高端技巧的时候，潘林、李艺博就会觉得很平常。换作别的大神，比如王杰希、黄少天、周泽楷，无论是谁，只要他们使出遮影步，潘林大概都会喊破喉咙也在所不惜。

这就是影响力。在这些接触荣耀已久的人心中，都有那么一个无法撼动的强大身影，而这个身影，毫无争议地属于叶修。以至于叶修做到的明明是很不寻常的事，但因为人们提高了标准来要求他，不寻常也就变得寻常了。

不过是遮影步而已——这种话真要随便说出口的话，怕是会被数以千万的荣耀玩家打脸打到肿。可是当这种话的前提加上"叶修"以后，大家一下子就变得能理解了。

就是基于这种心理，叶修使出了遮影步，潘林和李艺博却保持着淡定。而这时候导播已把画面切成了邱非的视角，却是在等着他们好好将这个精彩之处解说一下。

"嗯，遮影步，叶修现在使用的是荣耀中非常高端的技巧——遮影步。现在导播给出的是战斗格式的视角，大家可以发现，在战斗格式的视野中，君莫笑的身影一直没有出现过，咦？"潘林这正解说着呢，结果君莫笑的身影偏偏就出现在了战斗格式的视野当中。

"机会！"潘林这下有激情了，猛然一声大叫。

转播画面迅速切回上帝视角，却只见战斗格式依然悬在半空中，君莫笑依然四下游走，攻击不停——局面根本没有任何变化。

"哎呀，好可惜！"潘林叹息着，他以为是邱非没有把握住机会。一边的李艺博不方便上提醒他，现在还在直播中呢，只能咳嗽了两声。

刚刚潘林所谓的机会，事实上根本就不存在。遮影步的原理，是寻找对方的视线死角来攻击。在这里，命中目标才是终极目的，走入对方视线死角不过是为了实现这个目的而采取的手段。所以当选手完全可以轻松命中对手的时候，自然没必要多此一举，辛苦地去找视线死角发动进攻。君莫笑刚刚在邱非的视角中晃了那么一晃，正是因为那时他所做出的攻击没必要藏在什么视线死角里罢了。

竟然如此！如果不看邱非的视角，李艺博也发现不了这一点，而在发现了这一点后，李艺博大为震惊。他不知道叶修的遮影步已能做到何种程度了，因为持续使用遮影步是很疲劳的一件事，如果可以像刚才那样使用的话，无疑可以帮助选手简化很多操作，节省很多精力，但同时也需要选手拥有更加精准的意识和判断。李艺博敢肯定，目前职业圈中还没有哪位选手使用遮影步能达到这种收发自如的程度。所以他觉得自己刚才看到的，应该只是时机恰好的情况下，叶修偶然做出的操作。

但如果叶修是主动为之的话，那就太可怕了。毕竟以他现在的年纪，已算是职业生涯的末期了，而他的技术实力居然还在提高，想想就觉得恐怖。一瞬间，李艺博突然觉得这转播间有点阴冷阴冷的。

"机会啊！"

正在这时，李艺博听到潘林又是无比遗憾地大叫了一声。而他因为刚才彻底走神了，所以完全不知道发生了什么。他不好去问，只能附和："太可惜了，这个可不应该错过啊。"

"对啊，邱非已经两次错过好机会了。"潘林说道。

两次？李艺博心下一怔，随即反应过来，潘林还把刚才君莫笑在遮影步中露出身影的那一下当成是叶修的失误、邱非的机会呢！此时他已不好点破，可是又不想让电视机前的有识之士觉得他李艺博也不过如此，连这种东西都看不出来。心下纠结的李艺博，耳边听到潘林在给君莫笑数连击数。报技能名，潘林是跟不上节奏了，数数倒是特别流畅。

"一、二、三、四、五……"

等等，一二三四五？潘林怎么从头开始数连击了？李艺博走神错过的东西太多了，眼下他还没弄明白呢，潘林却又叫上了："啊！断了！机会机会机会机会……唉，邱非是怎么搞的啊！"

潘林口气懊恼。这时李艺博已经回过神来，认真看着比赛画面了。方才君莫笑的连续攻击确实是中断了，邱非居然没有乘机反击。

"这太不应该了。"李艺博点评着，"邱非虽然没有多少正规比赛的经验，但是面对这种机会，怎么也该有去把握的意识啊！但从战斗格式的举动来看，我看不出他有这种企图心。"

"是啊，从被叶修反击到现在，邱非已经三次错过抢回局面的时机，看来这位选手还是太年轻了，叶修一波反击就打乱了他的阵脚啊！"

"这种时候想把状态调整过来，可不是一件容易的事。"

"是啊是啊！"潘林连连点头。

远在观众席上观看比赛的三位微草选手中，刘小别看着全息投影的战斗场面，耳中却是塞着耳机，此时他一脸鄙夷地将耳机扯了下来，说道："这解说在胡说什么玩意！"

"怎么了？"许斌转过头来，问道。

刘小别嫌嘉世粉丝太吵，所以戴上了耳机，眼睛看着现场的比赛，耳朵里却是听着手机里播放的这一场比赛的转播解说。结果听到潘林、李艺博这两个家伙对眼前局势的分析，实在是哭笑不得。

"就是那两个家伙啊，说邱非前后错过了三次机会。"刘小别说。

"三次机会？哪三次？"许斌很茫然。

"第一次，就是之前切邱非视角时，看到君莫笑身影一闪而过的那一瞬，他们认为这是叶修的遮影步没有操作到位，是邱非反击的机会。"刘小别说。

"那个……难道不是因为叶修没必要走遮影步来发动攻击才那样的吗？"许斌说。

"可不是吗，还有两次就是刚刚的两次伪连，他们认为那是连击中断了，本该是反击的机会。"刘小别说。

这下连高英杰都瞪大了眼，显然他也对转播解说的这种看法感到匪夷所思。

许斌听了刘小别的话，却只是笑了笑："水平不够，看不出来很正常。"

"但他们并不这样认为。"刘小别说。

"所以说，你听什么解说啊！自己看，不比什么都清楚吗？"许斌说。

"关键是这些家伙太吵了。"刘小别说。

"目前来说，不是很吵了，不是吗？"许斌笑。

目前那些嘉世粉当然不会太吵，叶修反击得手，一波攻击打到现在还没完，眼瞅着战斗格式的生命不断下降，他们都是焦急万分。

"我真不知道他们是在期待着什么，难道真指望这个新人把叶秋……呃，叶修干掉？"刘小别说。

"只要是比赛，就没有什么不可能嘛！"许斌说。

"但至少不要抱这么高的期待嘛！"刘小别说。

"我说，你对于兴欣击败嘉世，好像也是抱着很高的期待的吧？照你的理论你也不应该抱这么高的期待哦！"许斌说。

"我哪有……"刘小别的辩解很苍白，"小高你说呢？"

"你让他说什么啊？"许斌哭笑不得，刘小别把话题转得也太没逻辑了吧！

"他其实很强。"结果高英杰还真是说了一句。

"你是说那个叫邱非的？"刘小别说。

"难道叶秋大神很强这点还需要特别指出吗？"许斌吐槽。

"是叶修。"刘小别挑刺。

许斌笑笑，"叶修"还是"叶秋"，只是称呼而已，根本不重要，他并不在意，所以还是习惯性地叫着"叶秋"。

"这个少年的话……"刘小别在听了高英杰的评价后，也开始认真思考这个问题，而后点着头说，"是很强。我想，他会是你未来的劲敌。"

"现在就已经是了。"高英杰说。

"先看他怎么应对眼下的局面吧！"刘小别说。

"换作是你，你会怎么应对？"许斌问道。

刘小别没有回答，许斌也没有继续追问，事实上，他们三人心中早就在琢磨了——如果场上的选手是自己，这种局面，该怎么做？

伪连，这个技巧并不像遮影步那样难。遮影步那是很纯粹的高端，经验、意识、操作都要达到相当高的水准，才有可能运用自如。但伪连就不一样了，连网游中的玩家也能掌握几个伪连的衔接技巧。这门技巧和之前邱非用过的战斗法师的那种连招一样，入门简单，人人会使，连普通玩家都可以照路数连上几段。

但要像邱非这样操作得无懈可击，打得连叶修这样的大神都没有办法，连吃了二十一段攻击，那就不是轻易可以做到的事了。甚至是邱非本人，再来一次的话，也未必可以复制，就好像叶修昔日无限连击打到对手死的经典也只出现过那一次一样。就是因为这无穷的可变性，荣耀才具备了极高的观赏性。

伪连就是完全具备变化丰富这一特点的技巧，虽然人人都会使它，但高手打出来的时候，可能连专业的解说评论都没看明白，正当打的职业选手也要进行深度思考。

场外当观众的三位微草职业选手都知道这是伪连，场上的邱非心中自然更加清楚。

伪连虽然不在系统判定的范围内，但对于选手而言，它比系统判定的连击还要难应对，因为伪连本就是为了让对手无法应对的一个技巧。再加上遮影步的配合，邱非的局面变得无比艰难。

可惜的是观众都还不知晓这一点。电视机前的玩家是被转播解说误导了。看现场的，只见到叶修的连击明明中断了，邱非却没能反击，很快就又被叶修连击起来，纷纷为邱非感到遗憾和惋惜。他们哪里知道，连击中断的时候，才是整个攻击过程中最难以应付的地方。

于是，当第四次出现这样的情景，现场观众甚至发出了一些不满的声音的时候，李艺博终于意识到有些不对劲了。

退役以后疏于对荣耀的钻研，李艺博已经有点跟不上时代了，点评比赛时常有力不从心的地方，但这家伙没有及时充实自己，倒是领悟出了自圆其说的大招。此时又一次看到叶修的连击中断，但邱非依旧束手无策，李艺博的直觉告诉他：又是要出"大招"的时候了。

李艺博毕竟是职业选手出身，伪连这种技巧又是由来已久，他慎之又慎地仔细观察了这个连击中断，又回想了前两个，这么一仔细琢磨，终于发现了真相。

果然得出大招了！李艺博有些懊恼地想。

潘林还在很遗憾地猜测邱非的注意力是不是出现了什么问题，李艺博却在一旁轻轻咳嗽了一声。潘林顿时心下一紧——娘哟，这是李艺博的"大招"在吟唱啊！他要出"大招"，那就意味着，之前有说错的地方！

"这个……连续的不在状态，邱非选手是不是遇到了什么状况？慎重起见，我想还是仔细回顾一下的好。"李艺博说着。

潘林一听，顿时确定李艺博真是要用"大招"了。果然，这之后李艺博细谈了一下之前的几个环节，最后得出结论——原来叶修打的是伪连。

"原来是这样……"潘林只能在旁附和，之前的错误点评让他有些羞愧，他还不具备李艺博那样的厚脸皮，可以镇定自若地说"原来是什么什么"，好像之前说错的不是他们两个人似的。

"伪连是不在系统的技术统计内的，但实际上也算是连招，如果这样算的话……目前，战斗格式已经被整整连击了三十二段。当然，这个三十二段是非正式的算法，不会被系统列出技术统计，大家知道一下就行了。"李艺博说。

"遭受三十二段连续攻击，邱非要怎么解决呢？"潘林把观众的注意力引导回眼前的比赛。

要怎么解决？潘林这话刚说完，君莫笑的连击统计又断了，战斗格式依然未脱困境，这是第五次伪连。

真是艰难啊……邱非此时并不像观众以为的那样，什么也没做，只是一味地挨打。他一直在努力，在想办法挣脱这种困境，他只是没有贸然使用任何技能罢了。觉得情况不对就乱拍键盘，乱丢技能，那是菜鸟的做法。职业选手永远不会那样做，因为……技能在没有使用的时候，威胁最大。

邱非记得这句话，而这话正是眼前的对手说的，当初是他帮助自己改掉了很多陋习。

对方一直以来的教导，他无以为报，只有用赛场上的胜利来表明一切。这是邱非的心声，他没有说出来，因为他知道对方会懂，这场比赛双方都在尽全力，这就是最好的证明。昔日的教导，一直以来的努力，最终化成的，不就是比赛场上的这一切吗？

战斗格式的生命在遭到对手压制性的连番打击后，所剩已经不多。这种时候，换作其他选手，可能会放手一搏，不说乱拍键盘吧，但也差不多被逼到这种境地了。但邱非不想这样，他希望自己可以一直以职业的态度对待比赛，任何时刻，都清楚地知道自己在做什么。这话……好像也是面前这人说的。

只是，现在他可以做出的应对已经全被对方封死了。这是真正的比赛，不再是队内的指导赛，对方不会再有意留下空当引导他，而是连半分机会都不会给他！

但是，机会，有时候是靠捕捉而得，有时候，则是需要自己创造的！

蛟龙出海！终于，一直被动挨打的战斗格式，此时突然出手，半空中迎风抖出一枪，魔法波动仿佛浪花一般荡开，战矛直刺而出。

只是……这一击的方向偏得有点离谱。此时叶修依旧是用遮影步的打法，邱非的视角里是看不到君莫笑的，这一记蛟龙出海的去向看起来是全凭邱非的猜测，只是很遗憾，他判断错了。

君莫笑跟着的一击，马上就落到了战斗格式身上。但是战斗格式此时竟然又一次悍然出手，风卷流云！

这记大招突然放出，但是方位依然不准，不少人都在摇头，觉得邱非这已经是到了没有办法的地步，开始胡乱地挣扎，碰碰运气了。却不料这一击之后，风卷流云的魔法波动加上之前蛟龙出海的，水气相交，刹那间好像起了一层云雾，战斗格式的身影一下子就模糊起来了。

"这是？"所有人都愣住了，这是他们从来没有见过的景象。新打法？所有人的脑中都蹦出了这个猜想。

而转播解说潘林早已经高声呼喊起来："蛟龙出海配合风卷流云打出了云雾效果！这是目前从来没有出现过的组合打法，是处于逆境中的邱非做出的创造性的组合，两个技能交替的效果，隐藏了角色的身影，这将是一次转机！啊呀……"

潘林嚷到一半就卡住了。比赛场上，君莫笑手中的千机伞一抖，直穿云雾，用一记圆舞棍将战斗格式从半空中给拽了下来，甩翻在地，跟着就是两个扫地攻击。战斗格式被攻击的局面还是没被打破，邱非这创造性的打法好像也没起到什么作用。

潘林一时语塞，没想到李艺博却把话接了过去："很可惜，他还是被叶修抓到了。邱非这种技能组合的用法可以说是很成功的，换作是一般对手，没准他已经创造了转机。只可惜他的对手是叶修，丰富的经验帮助叶修在这种情况下依然准确地捕捉到了对手。不过我们可以看出，局面已经有一些改变了，至少叶修被迫中止了他遮影步配合伪连无限攻击的打法。显然，在邱非制造出那种效果后，叶修也没有把握可以维持之前的连续攻击，这才用了一个圆舞棍将战斗格式拉回到地面上。"

"邱非这位年轻的选手，让我们看到了他创造性的才华！"潘林连忙跟上高呼。

"嗯，他将拥有无限可能的未来。不过很遗憾，眼下这场比赛他恐怕是要输掉。但是能在和叶修的比赛中打出这样的局面，甚至有一套漂亮的二十一段连击，还在最后阶段将新旧技能结合，做出了毫无先例的攻击效果，这场比赛，他留下的精彩着实不少。"李艺博说。

"嗯，现在邱非还在做最后的努力，他并没有就此放弃。"

"不过看起来机会不大……"

"嗯……"

"好，战斗格式倒下了，这一局最终还是兴欣战队的叶修获得了胜利。不过，邱非除了让人印象深刻的表现，还在和叶修的对攻消耗中，磨掉了对方角色近一半的生命。"李艺博说道。

"这个战果主要来自开局的对攻中双方的相互损耗、中段那套精彩的二十一段连击，还有最后一刻的放手一搏。"

"嗯，能在最后一刻抢到对攻的机会，则是得益于那两个新旧技能的漂亮配合。"

"反观他的对手，获胜的叶修，他这一场的表现，李指导你怎么看？"潘林问。

"经验丰富，判断精准。"李艺博给出了八字评语，但这根本就是个万用式的评论，但凡非新人的职业选手，几乎都担得起这八个字。但李艺博也没办法，散人这种打法，他完全不了解啊，想来点精细的评论却实在不知从哪里开口。更郁闷的是接下来叶修还在场上，还要展现他那散人的技术，他只好硬着头皮继续点评，不过这次他得更加小心，再不能发生伪连没看出来这样的失误了。有叶修的比赛，解说连同嘉宾都是如临大敌啊！

嘉世战队这边，在邱非下场之后，起身的选手，则是他们新一代的队长兼王牌人物——孙翔。

"打得不错。"孙翔此时居然也拿出了队长的模样，对下场回到准备席的邱非勉励了一番。

邱非笑了笑，没有说什么便回到了自己的座位上，但他的目光却投向了兴欣的比赛席。在场上，他和叶修没有任何言语上的交流，所有的一切，都化为对角色的操作，攻击、防御、移动、闪避。

这一场比赛，他已经竭尽全力，虽然最终还是输了，但是比赛总会有输赢，这一次他是输了，但下次，他一定会赢，无论对手是谁！

孙翔勉励完自家选手，又扫了一眼兴欣这边，忽然提高了音量说："就是有点遗憾，你居然留了个半血的叶修给我，这样的话，我赢了也会被人说胜之不武啊！没办法，看来只能快速解决啦！"

陈果闻言真是鼻子都气歪了，她这要是手里有点顺手的东西，非得丢过去不可。孙翔叫嚣完这句话，就趾高气扬地朝着比赛席走去了。

负责电视转播的潘林和李艺博，这时也开始了对双方出场阵容的点评。

"孙翔是第三个出战，那从这点看的话，嘉世擂台赛的战略意图就很明显了，他们是要在三局内解决战斗，至少拿下三个人头分。"潘林说道。

"嗯，按新赛制，在擂台赛里取得三个人头分的话，接下来在团队赛里就会有一定的优势。如果只拿到两个人头分的话，万一己方在团队赛里全军覆没，连第六人都没了，而对方也战得惨烈，只剩一个角色，那二比一，还是险胜的。至于只有一个人头分进入团队赛，那和零分也没多大区别了，因为这种情况，在团队赛里就必须全力争胜，一旦输了，那对手至少有一个人头分，双方算是打平，得进加时赛。"李艺博说道。

"能保证不输进加时赛，这至少也算是一定的心理优势吧！"潘林说。

"这种心理优势，也得到了相当惨烈的残局才会产生。"李艺博说。

"所以目前普遍认为，在新赛制下，王牌选手应该在擂台赛第四或第三顺位出战。嘉世现在是将孙翔摆在了第三顺位，是比较标准的攻击性排位。不过以目前的战况来看，我觉得嘉世完全可以再大胆一点，让孙翔以第二顺位出战。"潘林说。

"我想嘉世还是对叶修的实力有一定顾忌的，如果对手换作其他大神，也许他们的排兵布阵会更有攻击性，但叶修这个对手，对他们知根知底，是更难对付的麻烦人物。"李艺博说。

"可反过来说的话，他们对叶修也同样了解呀！"潘林说。

"但不巧的是叶修现在更换职业了。"李艺博笑道。

"好，现在孙翔已经进入了比赛席，双方的角色载入游戏，比赛很快就要开始了。这一局嘉世方面出战的选手，是嘉世战队的队长孙翔，使用角色一叶之秋！而兴欣战队这边出战的选手，则是嘉世前队长叶秋，现更名为叶修，一叶之秋的前操作者。"随着孙翔进入比赛席，比赛进入准备阶段，潘林又开始亢奋地介绍起来。

从潘林的用词，就可以看出大众对这一对决的期待是从什么角度出发的。孙翔的身份、使用角色被清晰地强调。而叶修呢？强调的是他过去的身份，过去使用的角色。兴欣战队队长、君莫笑，这种介绍选手时本该出现的关键词，解说居然只字未提。

"比赛进入倒计时，马上就要开始了。"潘林念叨着。

"这是嘉世新旧两代队长的对决！曾经相伴叶修多年的角色一叶之秋，目前正在孙翔的手中，成为叶修今天要打倒的目标，不知道他现在是何种心情，面对这个他最熟悉的角色，也可以说是他最亲密的战友，他会有怎样的发挥呢？"仿佛唯恐别人不知这场比赛的看点在哪里似的，潘林又详细地强调了一遍，而这时比赛终于正式开始。

双方角色同时在地图中出现。孙翔操纵着一叶之秋，没有任何停留，不可一世地冲了出去，他当然不屑于什么战术走位了。

操纵着一叶之秋，和叶修在正式比赛中过招——孙翔原以为不会再有这样的机会了，对此他还真有点遗憾。他挺想用一场华丽的胜利来庆贺自己成为一叶之秋的新主人，而旧主人叶修正是他心目中最好的祭品。

想不到时隔一年半之后，他居然真的在赛场上和叶修相见了。虽然这个舞台小了点，不过这次比赛受到的关注度还挺高，尤其有了媒体的舆论宣传，让他觉得这确实是一个再合适不过的祭旗机会。

不过，由于赛制的原因，这次比赛不可能给他和叶修单开一局，他也只能遵照比赛规则，期待相遇。现在，他终于等来了与之对阵的机会，不过，有点遗憾的是叶修居然已经被邱非那小子打掉了半管生命。这让孙翔懊恼不已，如果能让他第二个出场，那一切就太完美了。但是战队为求稳妥，非要将他摆在第三位出战，而这一次老板陶轩亲自督战，也认同了这样的顺位安排，让孙翔无从反对。

现在倒好，战队会在擂台赛里取得绝对优势，是毋庸置疑的了，可自己完美祭杀叶修的计划就全被打乱了。打败半条命的叶修，他胜之不武呀！

"叶修，在哪呢，别躲躲藏藏的了，快出来过招。"孙翔操纵着一叶之秋接近地图中心，一看，不见叶修君莫笑的踪迹，当即在选手公共频道里和叶修对话了。

"别急，补个血先。"叶修回道。

补血？孙翔稍稍怔了一下。他哪会知道，这时候现场观众已经爆发出了一片嘘声。比赛这一开始，叶修的君莫笑根本没有往前走位，而是以堪比同队选手魏琛的猥琐，藏进了一个角落里，然后，居然就给自己刷起血来了。

是的，刷血。

即便散人掌握的都是20级以下的低阶技能，但是，为了让玩家从一开始就感受到二十四个职业的差异，这些低阶技能的设定也是充分体现了各职业的特色的。牧师职业，20级以下就有两个恢复技能——小回复术，小治愈术，前者吟唱回血，后者瞬间回血。

虽然它们的治疗效果不如中高阶恢复技能，但即便是75级的牧师，也绝不会将这两个低阶技能弃之不用。低阶技能也有着高阶技能所没有的优点——小回复术，吟唱速度更快；小治愈术，冷却时间更短。

在职业赛场上，利用好这些优点十分关键，尤其在战斗激烈的时候，就需要快速施放的技能。等一个圣言回复慢悠悠地吟唱出来，被治疗的角色没准都已经被打死了。

此时的叶修，小治愈术倒是没用，这类瞬发治疗技能都有冷却时间，而且不短，一般都是关键时刻救急才用。吟唱类的回复术就好些，毕竟没有冷却时间。于是，此时君莫笑的吟唱是一个接着一个，身上小回复术的白光就没断过。

除此之外呢，君莫笑身上还挂着守护使者的恢复术呢！因为他可是二十四个职业全能的角色！二十四个职业里，治疗职业除了牧师，还有守护使者。而恢复术就是守护使者的低阶技能，它作为状态回血技能，是连牧师们都要羡慕的一大神技，挂在角色身上三秒一次生命恢复，满阶后保持十八秒。

此时君莫笑的生命就保持着三秒一跳的节奏，这导致他的恢复术到底是几阶，大家根本没看出来。总之这家伙身上恢复术的技能就没断过，一直在跳。

这一幕，除了狂嘘的嘉世粉丝，其他人都默默地无语了。

单挑时自带治疗？这种情况大家也不能说完全没见过。牧师和守护使者两大职业虽然不会打单人赛，但在圣职系里还有另两个职业——骑士和驱魔师。20级以下的低阶技能是同系职业通用的，也就是说，骑士和驱魔师两大职业也可以学习这几个治疗类技能。

只是，带着治疗能力，再和人单挑，就能战无不胜了？有点经验的人当然知道没这么简单。圣骑士和驱魔师固然是可以学习到几个低阶治疗技能的，但是治疗效果相比牧师和守护使者来说，就是天差地别了，一是因为后面两个职业有转职后的专职加成，再来，治疗效果也是仰仗于专门的治疗装备的。而且，治疗效果，那是单列在物理攻击、法术攻击之外的又一属性。

圣骑士和驱魔师想要配备治疗能力的话，就得有一定的取舍。经过这种取舍之后，也就没人觉得他们自带治疗能力有什么逆天之处了。所以在单挑赛场上出现自带治疗技能的情况，这并不稀奇。

但是，像叶修这样，直接把角色缩在角落里，一点都不含蓄地不间断地治疗自己，那可就惊世骇俗了。观众纷纷被震住了，就连潘林和李艺博，一开场就见叶修做出这样的举动后，也久久没能说出话来。

这本该是激动人心的一场比赛啊！看人家孙翔冲得多积极啊！但是叶修这边一上来的举动，就把这场比赛的风格往猥琐的方向带去了。

"叶修的君莫笑……此时在给自己治疗，嗯……"潘林解说着。之前充满激情的他已经无法找回来了，难不成让他激动地大喊"哇！真是好厉害！大神一开场就躲到一边给自己治疗！吟唱一个接着一个，回复术更是从不间断"吗？潘林实在做不到。

"嗯，在治疗……"李艺博此时的点评也是相当苍白。

"治疗效果并不如牧师或守护使者那么强力。"潘林说。

"那是自然,没有转职加成。"李艺博说。

"身上也没有治疗装备。"潘林说。

"全靠属性带来的治疗效果。"

"就是不知道他那件武器是不是带有治疗属性……"

两人很没营养地聊着。

"可这样治疗下去,法力损耗太大了吧?接下来还怎么战斗?"潘林终于找到一个值得探讨的问题。

话音未落,君莫笑身上突然泛起了蓝光。

"这个是?"李艺博一怔,跟着就看到君莫笑的法力正在飞快地恢复。

"希望……祷言?"潘林目瞪口呆。

"是希望祷言……"李艺博有种想哭的冲动,解说大神的比赛真的太难了,我永远猜不到他啊!

Chapter 010
君莫笑VS一叶之秋

希望祷言,牧师技能,吟唱十秒钟,可恢复目标法力百分之三十,随着技能等阶的提升,最高可恢复百分之六十法力,但冷却时间有十分钟。

眼下君莫笑在吟唱的,正是希望祷言,角色法力飞快恢复,让所有人看得目瞪口呆。

别说在个人赛里了,就算是在团队赛里,希望祷言这技能也很少被使用到。虽然它效果惊人,但是十秒钟的超长吟唱,实在太容易被对手打断了。所以即便在团队赛里用到它,那也就是抓住时机吟唱个两三秒,能恢复多少算多少。但事实上,团队赛一般很少打到法力耗尽这惨烈,个人赛里就更少见了。会打出角色缺蓝状态的,一般也就是在擂台赛上。

牧师和守护使者是不会上擂台的。而圣骑士和驱魔师,虽然可以通过在武器上打技能来获取希望祷言,但这两个职业的选手也从来没有在比赛中做出打擂台的选择。

战斗中没蓝了就恢复一下蓝?还是如此大幅度地恢复?这一切想起来很美,但联系实际的话,就会发现作用有限。先不说打到角色没蓝这样的情况本身就很少见,就算发生了,在擂台赛的一对一单挑中,十秒钟站定不动、吟唱,这真是把对手当空气了。况且,对手知道你有这种手段,就更不会给你这样的机会了。

那么,像叶修这样利用开局时间进行恢复呢?这样的话,时间上是足够的。但是,如果一个技能可使用的时机被限定到如此严苛的地步,要在这么多前置条件下才能起作用的话,那么这技能的实用价值就微乎其微了。对于职业选手来说,同时拥有这么多必备条件,简直就是奢侈至极的犯罪。于是此时,所有人就像看着罪犯一样看着君莫笑,这简直就是案发现场的监控!

解说潘林和嘉宾李艺博都已经无语了。孙翔呢?此时的他可不知道叶修这边连希望祷言都用上了,之前叶修说回个血,他愣了愣后,随即也反应过来——散人确实有这个能力。结果这家伙听到叶修这么说后,反倒一点也不焦急,因为他正觉得自己打败半血的叶修胜之不武呢!现在这样倒也不错,正好给叶修那家伙一个喘气的机会,这样自己的胜利就显得更有价值了!

于是,在明知对手在恢复的情况下,孙翔却只是操作着一叶之秋,不紧不慢地往前溜达着,那样子,让人可以清晰地感觉到他对此一点也不担心。

"呵呵……孙翔对于叶修的举动,好像一点也不介意啊……"解说潘林看出来后,立即说道。

"是的,他是相当有自信。"李艺博说。

"但这样,是不是有点过了?"潘林说。

"嗯，你是说叶修，还是孙翔？"李艺博问。

潘林看看一边在吟唱回蓝的君莫笑，又看看另一边不紧不慢逛大街的一叶之秋："嗯，都有……"

这实在没法往下解说了，这还像是一场决定两支队伍生死的重要比赛吗？这两人都太不严肃了！这是挑战赛的决赛，不是两个玩家在网游里切磋呀！

"等会儿啊，我先回一下血蓝。"

"行，你先恢复。"

现在潘林满脑子都是这种玩家在切磋时经常出现的对话。但眼下这可是正规比赛，也出现和网游里几乎一样的情境，难道不诡异吗？

"呵呵呵呵……"潘林除了傻笑，都不知道该说什么了。

嘉世的选手席这边，老板陶轩亲自督战，此时他双手环抱在胸前，神情自若。但是仔细观察就会发现，陶老板环抱在胸前的双手，紧紧地掐着自己的胳膊，十分用力。不这样发泄一下情绪，陶轩真怕自己会气得抽过去。

孙翔这位选手，大体来说，陶轩还是很欣赏的，但就是这过于自负的性子，实在让他头疼。

好吧……其实在面对其他对手的时候，孙翔一脸的骄傲不屑，然后出手将对方狠狠打翻，陶轩还是看得蛮爽的。那种时候，他几乎不会对孙翔的自负有什么不满，就算孙翔做出和此时一样的举动，没准他还会哈哈一笑，觉得这非常大气，实在是长自家战队的威风。

但是现在，孙翔的对手是叶修，陶轩的心态立即就不一样了。

这是一种很矛盾的心态。之前肖时钦打出"GG"退出比赛的时候，陶轩虽然由衷地满意，但同时也有一些遗憾，觉得如果肖时钦能消耗一下叶修，也是相当不错的。只是那样做的话，又显得嘉世忒小家子气，没有豪门气度啊！鱼和熊掌不可兼得，那一刻，矛盾是陶轩的真实心态。

而此时此刻，孙翔的做派，也可以理解为豪门气度，根本没有理会那边叶修的君莫笑在不停地刷血，对方最后连希望祷言都用出来了，十秒的吟唱，一点没受打搅地吟唱了个够。陶轩看到这一幕，实在无法再淡定下去了。偏偏孙翔表现得是那么淡定，在意识上与老板如此不同步，这让陶轩终于有些恼怒了。好在叶修没有继续挑战陶轩的心脏承受极限，十秒的希望祷言完毕，君莫笑终于从那角落里钻出来了。

"过来了没有？"叶修在频道里发问。

"怎么，恢复好了吗？"孙翔回道。

"差不多了。"叶修说。

"差不多？我劝你再多恢复一些为妙，我不着急。"孙翔说。

这时，嘉世的准备席里，有选手突然听到奇怪的一声，不禁问："咦，什么声音？"。

旁边的队员连忙踹了他一脚，使了个眼色。那选手朝着队友暗示的方向望去，看到自家老板在咬牙，立刻意会……

而这个时候，转播解说中，潘林说道："如果我没记得，这应该是今天的比赛中第一次发生选手交谈吧？"

"嗯，好像是的。"李艺博说。

"呵呵呵呵。"潘林又在傻笑了，叶修和孙翔的交谈，完全朝他之前脑补的玩家切磋画面靠拢了！好不容易有选手交谈了，但二位交谈的内容有点职业水准行吗！

频道里的聊天继续。只见叶修打出了这么一句话："差不多就行了，我也不想你输得太难看。"

"这句话应该我送给你才对。"孙翔说。

"还是你自己留着吧！"

"送你吧！"

"留着吧！"

"送你。"

"留着。"

现场一片哗然，倒不是因为两人这番没营养的废话，而是双方对话的过程中，叶修的君莫笑已经悄然绕道，走向了一叶之秋的身后。

"凭你那身奇怪的混搭，你真以为你有机会胜过我吗？你是不是已经不记得一叶之秋的属性了？需不需要我告诉你啊？"孙翔却好像全身心进入了聊天模式，角色一动也不动的。

"叶修在和孙翔对话的同时，操纵角色君莫笑进行战术走位，迂回到了一叶之秋的身后。孙翔看起来毫不知情，他只是在聊天打字……难道孙翔不会盲打，所以聊天的时候只能看着键盘吗？"潘林怀疑道。

"呵呵呵……"李艺博笑着看了潘林一眼，却见这位的神情非常严肃，难道他不是在说笑，而是当真这么以为？职业选手不会盲打？亏他想得出来，难道选手操作的时候还要低头看键盘啊？

"逼近！逼近！君莫笑在逼近！"潘林喊了起来。现场观众更是大声喧哗，似乎是想以此来提醒孙翔。

嘉世的选手席这边，陶轩这时已经完全端不住了。这个孙翔，也太儿戏了！

"叶修的战术走位非常成功，不过他先用对话转移了对手的注意力，这是成功的关键。现在对手差不多要进入他的攻击范围了，他会选择什么样的攻势呢？他的对手孙翔，看起来还毫无察觉！"潘林叫道。

而这时，孙翔在公共频道里突然发布了一条聊天信息："扯了这么久，怎么样，你是不是已经到我身后了？"

"哇！"潘林一声惊叫，然后就看到一叶之秋潇洒地转身，直面身后的君莫笑，手中战矛却邪直指前方。

"原来孙翔并不如我们想象中的……那么……那么大意。"潘林憋了半天，差点就把"白痴"两个字给说出来了。

"呵呵，那种太过于低级的失误，我想还是很难发生在这种级别的选手身上的。"李艺博此时又是一副"我早就知道"的口气。

场上的孙翔在转身后立即就发动了攻势——豪龙破军！

一叶之秋的起手赫然是唐柔最喜欢用的招数，但是仅从这一击的视觉冲击力上，就可以看出一叶之秋和寒烟柔绝不是处在同一水平的角色。

一叶之秋的装备有变化吗？对于叶修来说，这几乎是一眼就可以分辨出来的事情。变了，一叶之秋的装备改变了很多，有的是直接更换了，有的则是模样发生了改变。俱乐部的技术开发部可不会为了改变装备的造型而浪费材料，模样变化，通常也就说明对装备的属性进行了调整。在观众眼中，一叶之秋还是一叶之秋，但在无比熟悉这个角色的叶修面前，一叶之秋已经面目全非。

闪身避过豪龙破军后，君莫笑施展飞枪后退，和一叶之秋拉开了一定的距离。

"呵呵，这就是你恢复的状态吗？会不会弱了点啊？"孙翔看着君莫笑的状态，又在频道里敲下一串字。

君莫笑毕竟没有转职加成，更不可能穿一身治疗装备来战斗，所以治疗效果还是有限的，刚才那点时间只刷回了七成。治疗效果不显著，法力损耗相对就会较大，所以叶修也不可能真的刷到满血。刷满血的话，法力再加一个希望祷言的恢复也未必够。对于一个75级的角色来说，治疗技能低阶，又没有转职加成和治疗装备，恢复效果确实挺逊色的。

孙翔敲下这句话的同时，对角色的操作并没有停，豪龙破军之后，一叶之秋横扫战矛，一记霸碎出手。

君莫笑躲开豪龙破军时，就在拉开距离了；此时看起来已在霸碎的攻击范围之外，似乎可以出手反击了。但是君莫笑后退的脚步依然不停，几乎是刚刚一步退开，就见地上的泥石立刻立起，本不在霸碎攻击范围内的地方，竟因为一叶之秋这一击的气劲发生了扫地攻击的效果。

"哦哦，这是却邪攻击时的特别效果山崩，扩大了攻击的范围！不过对手是叶修啊，他当然比任何人都清楚这一点，所以大家看，他躲闪的时候是连山崩的距离也计算在内的。"

"这种武器攻击的特别效果，事实上实现的概率都不算太高，但实战中只能宁可信其有，不可信其无。"李艺博感慨着。

轰！两人这还在聊那记霸碎呢，战斗中却发生了爆炸。

退后闪躲之间，君莫笑悄然甩出了一枚手雷。对此潘林和李艺博全然没有发觉，直至此时手雷炸开，所有人才发出一声惊叹。

君莫笑隐蔽的动作骗过了所有人，却偏偏没有骗过场上的对手孙翔。一叶之秋在追击的过程中，有一个明显的急停，时间点卡得刚刚好，看起来角色虽是从爆炸中穿过，却完美地躲过了这枚手雷的伤害，手中却邪依然不离君莫笑的身影左右。

"孙翔积极地进行抢攻，但看起来叶修并不想这样正面决胜负！"潘林叫道。

"那是自然，老将的优势是经验，和年轻对手对战，尤其是孙翔这种顶尖选手，老将更需要发挥自己的优势，正面相抗那是……那是……"李艺博没能说下去，因为潘林说的也只是"看起来"，这是他根据一开始君莫笑拉开距离的举动做的猜测，但是现在，君莫笑已经抖开手中的千机伞，对一叶之秋的攻击回应了一个攻击招式，这是货真价实的正面相抗啊！

"不赖嘛！"正面相抗中，孙翔居然还抽出时间去打字。一叶之秋斜跨一步，一记天击从斜刺里挑出。

君莫笑视角都没转一下，斜后跳的过程中，把剑从千机伞的伞柄内抽出，躲过天击挑空的同时，直接还了一记崩山击。

"啊，原地崩山击，这是用后跳抵消崩山击前跳的一种操作。叶修举手之间就能使出，可见他无比扎实的荣耀功底，被誉为'荣耀教科书'绝非浪得虚名！"潘林叫道。

一叶之秋身形一转，使出了一半的天击继续挑起，正架到君莫笑这记崩山击上。但崩山击的攻击判定远比天击要强，靠天击是不可能完成这一记攻击招架的，于是一叶之秋紧跟着一个后跳，将崩山击躲了个干净。

"一叶之秋闪开了……不过孙翔这一下天击招架是什么意思呢，李指导？"潘林问道。

"呵呵，这个并无什么实际意义，只是职业选手一种操作习惯，让自己快些进入状态。"李艺博说道。

"实在是听不下去了！"观众席上，微草选手刘小别还是拿着手机，一边看现场比赛，一边收听转播解说，结果听到李艺博的这一句，他又把耳机给扯出来了。

"又怎么了？"许斌问。

"说一叶之秋刚才那一下的天击并无意义。"刘小别说。

"哦？不是吧，刚才不是天击招架一下的话，那个崩山击是躲不掉的。"许斌说道。

"天击的招架稍稍延缓了崩山击落下的速度，同时借力加速了自己的后跳。"高英杰说。

"现在的嘉宾评论越来越业余了！"刘小别一边连连摇头，一边却把耳机塞回到耳朵里，看得许斌和高英杰一阵无语。

场上的战斗还在继续，谁也没能彻底占据上风，生命虽然互有损伤，但都是在掌控之内的交换，没有谁受到致命的打击。

天击招架原地崩山击这样的精妙操作，在这一场对决中层出不穷。如微草三位职业选手这样的高水平观众，看得是大呼过瘾，但电视机前被误导的观众就可怜了。潘林和李艺博大概只能领会到这当中的七成精妙，其中还有两成是错的解读。这大概也是荣耀职业联盟起步晚，但发展迅速所造成的问题之一——高水平专业人士的欠缺。

虽然错过了体会这其中的许多精妙，但也不影响普通观众欣赏这场比赛，这种眼花缭乱的对攻正是最受观众青睐的比赛形式。

不过，嘉世选手席里的陶轩，此时可就有点坐立不安了。说实话，他也喜欢这种对攻精彩的比赛，打出这种漂亮的比赛场面，正是他对嘉世最大的期望。但是……绝不是在这个时候出现。孙翔的对手是谁？叶修啊！此人因状态下滑，成绩不佳，而被孙翔取而代之——为了在公众面前顺利完成这种过渡，陶轩不知下了多少苦功。但是现在，孙翔却和叶修打了个势均力敌？只这一点，就是在生生地抽嘉世的脸了。

而且照这样打下去，难说谁胜谁负。虽然君莫笑是以百分之七十的生命出战，上来就落后一步，但是这种势均力敌的局面不会一直延续到比赛终了，中间总会有曲折，有爆发。本就落后的叶修，怎么可能就这样慢慢换血，换到自己的角色死掉？

陶轩心下忐忑不安，即便他一再告诉自己：一叶之秋的角色实力更强，孙翔也更年轻，更有爆发力，但是，面对叶修，他始终无法找到自信。

"比赛双方现在势均力敌。"潘林点评着。

"呃，我觉得应该说君莫笑是稍占优的。"李艺博说道。

"怎么讲？"潘林不解。

"因为双方的角色有着战斗力上的差别，虽然75级橙装帮助兴欣将角色水平提高了不少，和嘉世拉近了距离，但是这只是就基本属性而言。而论细节上的补充，橙装是无法做到像银装那样尽善尽美的。"李艺博说。

"可是我们看到，兴欣战队其实也是有一些银装的，尤其魏琛的术士迎风布阵，银装多达八件，这已经是职业水准了。"潘林说道。

"呵呵，银装的实力不能简单地用数量来衡量。银装最大的优势是什么？是量身定做。当一件银装满足了这位选手的技术特点和需求，那么它发挥的作用将被放大。反过来说，如果一件银装不是量身定做的，只为追求属性的话，它虽然会比同级别的橙装要强，但最终还是会失去它本身该有的最大优势。有的选手希望攻击速度快一些，有的选手希望一击命中的时候攻击力强一些，若给追求速度的选手一件力量型装备，装备本身是很强大，但是，不适合他的风格，这强大的力量属性又能发挥出多少作用呢？"李艺博侃侃而谈。

"我明白了，您的意思是，兴欣战队的银装，未必能达到这种绝对适合选手需求的程度。"潘林说。

"呵呵，首先，兴欣战队的银装从数量上来说，就不如嘉世。其次，兴欣战队的银装是如何来的，我们也不得而知，但想来兴欣应该还没有嘉世俱乐部那种级别的技术开发团队吧？所以他们的装备选择空间应该不大，银装有就用，没有挑选的空间，很难达到尽善尽美的程度啊！"李艺博感慨着。

"李指导说得是。这样看来，叶修的君莫笑能和孙翔的一叶之秋打得难解难分，已经算是相当难得了。想不到今时今日的叶修居然还有这种功力。"潘林说。

"比赛这种事，终究是要讲发挥的。我们有时候说一名选手状态下滑，这不是从一场两场比赛的表现就得出的结论，而是要观察他某个阶段的表现。在这一阶段中，他或许也会有非常出彩的表现，这种起伏是每个人都会有的，所以一场比赛的表现不太能说明什么。周泽楷也会在个人赛的时候输给别人，但我们能说赢过他一场的那个选手就是联盟第一的职业选手吗？"李艺博笑道。

"我明白您的意思了。"潘林连连点头。

"好，让我们继续关注比赛，双方的对决还是难分高下，双方生命的损耗都有大概百分之二十了，不过由于君莫笑开局就只有百分之七十的生命，所以目前他是比较落后的。哎，李指导，你说叶修他会不会打着打着，又抽身离开战斗，然后找个地方再刷一下血和蓝啊？"潘林忽然又有了疑问。

"这个，我想孙翔不会给他这个机会的，这要是还轻易放对手去恢复的话，那恐怕我都可以胜过他了。"

"哈哈哈哈。"两人在转播中笑成一团。

正在这时，孙翔忽然在频道里又敲下了一句话："我说，是不是应该提一提速了？"

"提速？"潘林惊叫出来，"难道这之前孙翔还未尽全力吗？"

"这个……应该是刻意压制节奏，然后用突如其来的提升打乱对手的战术吧！"李艺博说。

"说起来，今天这场比赛里，双方的交流好像也比较多啊！"潘林说道。

"是啊，孙翔一直以来并不是一个在比赛中有太多话的选手啊！这一场他有些让人意外。看来，对于嘉世来说，叶修果然是一个不一样的对手。新旧两代队长的对话之余，孙翔应该是希望用这样一场胜利证明给大家看：他可以做得比叶修更好吧！"李艺博说。

"所以，他现在要提速了吗？"潘林以满怀期待的口吻问道。

斗破山河！战斗法师75级大招此时自一叶之秋手中悍然使出。这一击，是顶着君莫笑的攻击做出的。一叶之秋强悍的装备在此时发挥了巨大的作用，君莫笑本该让对手有点小僵击的一击，效果完全没有触发出来，虽然伤到了一叶之秋，却没能阻止斗破山河这一大招的发出。

君莫笑的角色属性已经被这家伙摸透了！叶修心下了然。君莫笑全身橙装，那属性是直接展示出来的，毫无秘密可言。唯一的变数，就是手中的千机伞。这要是普通银武，恐怕孙翔也早一步探清这武器的效果了，但千机伞形态变化多端，不同形态有不同属性，这才让这家伙多费了一番工夫。但是现在，孙翔敢于顶着这一击使出斗破山河，说明他已经有相当的把握，确信君莫笑这一击无法对一叶之秋打出判定的效果。

果然，君莫笑的攻击虽然对对手造成了伤害，但一叶之秋仍岿然不动，斗破山河出手，战矛却邪直冲入地，再一倒拔，一圈气浪以一叶之秋为中心翻滚着扩散开去。相比起之前邱非用战斗格式使出的那一记斗破山河，这一次气势更胜一筹。斗神一叶之秋的威力，这才刚刚开始突显。

孙翔时机抓得准，人品也大爆发，却邪这一击触发了山崩效果，斗破山河的攻击范围再扩一圈，对于这种本就拥有范围杀伤力的大招，山崩效果的补益更为明显。

如此大范围的覆盖，君莫笑也难以逃脱，和满地泥石一起被掀向了半空。而这不过是孙翔攻击的开篇，紧接着一叶之秋一步迈到了君莫笑的下方，一记怒龙穿心破，却邪挥向半空，直朝君莫笑的后心刺去。

孙翔这一步走位，跨到了君莫笑的下方，这是职业选手对浮空目标进行连续攻击时，有条件的话就一定会采取的走位，这样做，一来是背击有伤害加成，二来从身后发动的攻击，对手总是更难防范一些。这种走位，可勉强说是遮影步的初级阶段。不过遮影步的主要目的是隐藏自身以达到连续攻击对手的目的，倒不像这个走位这样单纯。

这一记怒龙穿心破犀利之极，如此背身偷袭，换作是任何人恐怕都无法防备，但是对于叶修而言，他实在太熟悉战斗法师了，不用看，只用听的，都知道背后来的是一记怒龙穿心破，哪怕是在斗破山河这地动山摇的声效当中，他也听得清清楚楚。

没有回身，君莫笑直接将千机伞扛到了肩上，跟着哗的一下，伞面张开，以盾形态硬吃了这一记怒龙穿心破。除此之外，叶修也没有更好的办法了，因为孙翔的操作太快，一叶之秋的攻速也猛，他没有时间进行更复杂的操作。

千机伞这轻量级的盾牌，化解伤害的效果虽不错，但在抵御各种判定效果上，就实在太弱了，硬接了这一记怒龙穿心破后，君莫笑顿时飞得更高了。

孙翔看准君莫笑的落点，操纵着一叶之秋就准备冲过去，结果却见君莫笑扛在肩上的千机伞直接收了伞面，伞骨合并了一番后开始旋转，竟变成机械旋翼准备飞走了。

孙翔哪肯罢休？一叶之秋虽没这飞天的能力，但君莫笑也不可能一直在天上下不来。机械旋翼也是有技能时限的，而且这技能的飞行速度并不快，一叶之秋在地面上追击，也稳稳地追得上。谁想君莫笑这一飞只是佯装个样子，骗孙翔的一叶之秋冲出几个身位格后，一枚手雷就悄无声息地从空中坠了下来。

"呵呵。"孙翔这会儿还打了两个字，配了个冷笑的表情。一叶之秋转过身来，却邪顺势一划，在空中划过一道漂亮的弧度，直接将那手雷击爆在了半空。

爆炸的光影中，君莫笑瞬间失去了踪迹。

不好！孙翔心中顿时一紧，不敢怠慢，连忙走位就想拉开视角。就在此时，三发炮弹从空中落下，借爆炸火光的掩护，君莫笑一个反坦克炮的三角点射，准确地将一叶之秋笼罩在攻击范围内。

孙翔强悍的操作也在此时完全显露出来了，三发炮弹夹死的角度里，这家伙居然能操作一叶之秋一个侧身，硬是毫发无伤地从两枚炮弹的夹缝中滑了出来。漂亮的操作！

但是此时现场却无人送上一丁点掌声，因为拥有上帝视角的观众们早已经看得清楚——君莫笑用一个影分身术，已经落回了地面上。而一叶之秋呢？却在孙翔的操作下，仰天准备对那落下的影分身进行攻击。血花飞扬！在毫无意识的情况下，来自刺客、忍者的偷袭，任何大神都不可能避得开，因为那根本就是无声无息的。

孙翔这才知道上当了。一叶之秋立即前冲，紧接着转身就是一记大范围的横扫，先将对手逼退再说。哪知他转过身来，却完全不见君莫笑的身影。能让角色凭空消失的技能，数遍二十四个职业也就是那么多。但是……数遍二十四个职业，这搜索范围略微大了一点，孙翔的反应已算很快了，但这么过一遍脑子后还是迟了，等一叶之秋跳起身，一矛朝下扎去的时候，君莫笑已从地下钻出。

地心斩首术！上一局叶修对战邱非时也用过，凭这一眼的印象，孙翔已经努力做出了应对，只可惜还是略慢了一点。先一步动手的叶修抢到了先手，从地下钻出的君莫笑擦着扎下来的却邪飞起，又一次从一叶之秋的颈间带走一串血花。

跟着，落花掌。叶修并没有采用和邱非对战时一样的打法，而是用一记落花掌简单地将一叶之秋崩开。孙翔观察、探清君莫笑根底的时候，叶修又何尝没在研究这个对他来说已经面目全非的一叶之秋？

这些改动真的是为了适应孙翔的风格？在叶修看来并不尽然。孙翔的战斗法师打法并没有别出心裁、独树一帜，他驾驭这个角色时，甚至让叶修从中看到了很多自己的影子。而这种打法，在叶修看来，一叶之秋原本的银装配备就已经是最契合的了。

新的等级上限更新，并没有颠覆各职业的打法，所以装备的基本配置也没有必要改变，要做的只是在等级和属性上提升便可。但现在，叶修从一叶之秋身上察觉到的是逃避这种路数的改变。如果只是为了配合孙翔，完全没必要做出这么大的改动。

那么，为什么还要做出这种改变？原因叶修已经大致猜到了——嘉世就是想给叶修一个陌生的一叶之秋让他对付，他们不希望叶修因为对一叶之秋过于熟悉而占到先机。

他们成功了，对于这个一叶之秋，叶修很陌生。而孙翔呢？他虽然有足够的时间来适应、磨合，但是，磨合并不代表最终就适合。面目全非的一叶之秋，让叶修丧失了知己知彼的主动性，同时也压缩了孙翔的战力。

这是一把双刃剑，只是就目前而言，对叶修伤得更深一些，他丧失了很大的优势。而嘉世这边的伤口呢？如果只是局限了一下孙翔的战力，那就目前来说，这个伤口并不大。

孙翔只是没有达到他本来能达到的最佳战力而已，并不代表他现在就不够强悍。如果换个角色就让选手水准全失的话，那这职业选手未免太水了点。

嘉世这边的伤口还得撕大一点！但这并不好实现。

只是知道孙翔在这样的情况下未能达到最佳战力，对于胜负并没有直接的帮助。叶修要找到的，是孙翔为什么无法发挥出全力，真正限制到他的是哪些点，而这，才是击败这个强悍对手的关键所在。想找出这个命门，要付出的代价必然是极大的。这需要叶修亲身体验孙翔的各种攻击手段。可是现在君莫笑生命所剩不多，而且还居于劣势，当叶修找到这个命门的时候，还有没有能力对一叶之秋发动致命的反击？

这一切都充满了不确定性，但是叶修已经决定这样做了。因为他可以确定一件事，这里不是个人赛，而是擂台赛，即便他不能取胜，也可以给后来的选手铺路。擂台赛虽然是一对一的形式，但从全局来看，它确实是团队之间的较量。即便自己无法取胜，也要将胜机稳稳地交到下一位选手手上，这，才是擂台赛该采取的打法。

落花掌后，叶修操作着君莫笑义无反顾地冲上了。此时他还占据着主动，如果能有机会直接将一叶之秋打死，他当然不会犹豫。不过……孙翔对他显然不会这么客气。

一叶之秋强大的角色属性，让君莫笑的所有攻击效果都下降了一个幅度，此时落花掌的击退，并不如叶修期待的那么理想。从这一点上来说，嘉世将一叶之秋搞得面目全非是成功的，他们打乱了叶修本来熟悉的战斗节奏。

却邪和千机伞，再一次因为攻击招架碰撞在一起。一叶之秋在攻击判定上的优势非常明显，每当这样的碰撞发生，叶修都必须多做一些操作才能化解。

"双方再一次正面交锋，叶修试图打得更聪明一些，但孙翔将他黏得很死。看得出叶修的体力可能已经有点下降了，在这段对决中，他给孙翔的魔法炫纹好像稍稍多了点，在开局的时候他可是能够尽力控制这一点的，但现在……他好像已经有点压制不住孙翔了……"李艺博这时观察着场上形势，觉得胜负的天平已经出现了倾斜。

"但叶修也保持着随时反击的可能性。"潘林说。

"是的，他丝毫没有慌乱，打得依然很沉稳。不过我比较担心的是，如果一直这样损耗下去，接下来的团队赛叶修还有精力去应付吗？这局比赛，因为角色上的差距，能打到这样旗鼓相当的局面，明显是叶修的损耗更大啊！"李艺博说。整场解说时不时掉坑的李艺博，这一次总算说到点子上了。

兴欣选手席，看到战局走向这一步，魏琛率先坐立不安起来。

"这家伙到底想怎么样！"魏琛叫道。

"怎么了？"陈果连忙问。她紧张得要死，简直想闭起眼睛等这一战的结果出来再睁开。这时听到魏琛突然说话，陈果立刻就想听他分析一下这一战会是什么走势。在她看来，双方的生命都在下降，分不出优劣，可是君莫笑的生命一开局就少一截，这样耗下去肯定是要输的。

"他已经失去理智了，这样意气用事，团队赛还打不打了？"魏琛有些恼怒。陈果看得出来，魏琛是真的生气了，可是……她还是不明白魏琛在说什么。

"先别急，他这样打，肯定有理由。"以狂傲著称的孙哲平，此时居然表现得异常冷静，虽然在对身边的这两人说着话，但是他的目光一秒也没有离开过场上。

"这样打，就算赢了孙翔又有什么意义？满足他个人胜负的虚荣？告诉所有人这个一叶之秋的接班人就是不如他吗？"

魏琛这番话却让陈果有些不能接受了。在她眼中，叶修虽然确实有这样那样的毛病，但他绝不可能是这种人。他如果在乎这些的话，又怎会任由嘉世有事没事就拿他出来做一做文章，而他始终懒得理会？

"你在说什么啊！"于是陈果也生气了。

"他这样打，损耗太大，还怎么应付稍后的团队赛？"魏琛说道。

"那有什么问题？哪个职业选手不是打完个人赛、擂台赛，再接着参加团队赛的？"陈果说道。

"你懂个屁。"魏琛确实是着急了，言语上也激烈了许多。此时的他根本没有心情跟陈果详细解释，他是带着很多犹豫和怀疑走到这一步的，他心里很清楚，如今的联盟早已经没了他的位置，随便一个职业选手站出来，他都需要挖空心思去对付。即便这样，他还是坚持走到了今天，因为他心中燃烧的那团梦想之火一直没有熄过，更因为他觉得将他劝回来的这个人是值得信赖的。虽然他们昔日是对手，但正因为如此，才让他更了解眼前这人对胜负的渴望。

魏琛出场时，输给了肖时钦，他和唐柔、莫凡一起，总算把肖时钦送下了场。三打一，这样的表现当然不值得称道，魏琛自己也觉得失望，也会因为这样的局面感到担忧。但是，他不会气馁，因为这只是整个决赛当中的一小部分，比赛还远未结束。

可是看到叶修现在表现出的状态，魏琛怕了，他的担忧终于发展到了恐慌的地步。叶修可是他们这支队伍的主心骨，如果连他都失去理智，开始不顾一切地只求个人表现的话，实力本就不如嘉世的兴欣，还能有什么胜算？

陈果望着魏琛，对于他的不礼貌没有去计较，因为她知道，魏琛是太怕失去了。他这样一个年过三十，退役已经七年之久的职业选手，还能拥有一次这样的机会，这本身就是一大奇迹了。魏琛比任何人都期待能跟兴欣一起重返联盟，这是他仅有的机会，因为他只是一个没有发展、没有前途的过气选手。他才是将所有希望都寄托在兴欣的那一位，因此希望越大，失望自然也就越大。

陈果一时说不上话，她的水平不够，真的看不出眼下的局面有什么离奇的状况。虽然她相信魏琛不会无的放矢，但是，她更愿意相信叶修，即便她看不太明白，可她相信叶修绝不会是魏琛所担心的那样——失去理智，只图个人发挥。这，可是曾被他戏称为只能去打超级玛丽的状况。

"你一定是什么地方搞错了，我相信他。"陈果口气异常坚定地说着。

魏琛闻言，愣了愣后，叹了口气："我也希望如此。"

"没错，就是如此。"一直紧盯着比赛的孙哲平，这时突然开口了，"老魏，你仔细看。"

"哦？"魏琛再次愣了愣。

"这个家伙，是在给我找麻烦啊！"孙哲平居然笑了出来。

"你们……到底在说什么，到底看出来什么了？"陈果纳闷。

"机会。"孙哲平说。

"什么？"

"赢下来的机会。"孙哲平说。

"这场能赢？"陈果欣喜若狂。

"这场能不能赢，不一定。但是，孙翔一定会输。"孙哲平说。

"到底是什么意思？"陈果还是没搞明白。

"你就瞧好戏吧！"孙哲平说着话，目光继续分秒不漏地停留在比赛上。

陈果有点抓狂，她真的什么也没看出来。左右看看，魏琛和孙哲平此时都十分专注地盯着比赛，另一边的唐柔，看到她疑惑的目光投过来后，只是表示不解地摊了摊手，她也不太明白孙哲平到底在说什么。

陈果心急如焚，忽然灵机一动，掏出了手机。这场比赛是被转播的，她看不太明白，但是转播比赛是有解说和嘉宾点评的，听听他们是怎么分析的啊！

于是，陈果也用手机收听起了这一场比赛的转播。结果不听还好，一听她这心真要从嗓子眼里蹦出来了。从解说的口中，陈果听到的是认为叶修的处境非常不乐观的分析。

是的！确实不乐观，陈果从眼前的比赛也看出来了。君莫笑的血线下降速度比一叶之秋的更快，在本身生命就不满的情况下，更快的损失，让他和一叶之秋之间的差距更大了。

到底是怎么回事？陈果真的不明白，解说和嘉宾也丝毫没有给出能对上号的答案。再看孙哲平和魏琛两个人，从他们脸上，陈果看到的只有关注。

"怎么了前辈，看起来好像已经没有力气的样子啊！"孙翔此时又突然在频道里发言了。

"这样下去，怎么才能让我输得难看啊？我真的猜不到啊！"孙翔继续说着。

"我倒是担心再这样下去，你会不明不白地挂了啊！"叶修回应。

"难道你其实是一个NPC，生命要到百分之十的时候，才会来一个暴走？"孙翔喋喋不休。

"今天的孙翔，真的很多……嗯，交流啊……"潘林感慨着。不过这一波交手中，叶修几乎没怎么回复孙翔，哪有什么"交流"？

结果这孙翔倒挺会抓住时机吐垃圾话："怎么不说话啊？难道是节奏太快，你已经没有时间来打字了？"孙翔这句嘲讽之后，又敲上了连串的表情，以表现自己行有余力。

"差不多了。"叶修突然回了一句，并配了一个酷酷的戴墨镜的表情。

"什么？"孙翔这还问呢！

"你说的啊！到了生命百分之十的时候，需要暴走。难得比赛一场，不能让你失望啊！"叶修说道。

"是吗？那我很期待啊！但我看……你的生命好像已经到百分之十了吧？暴走呢？"孙翔说着，还让一叶之秋左右转了转头，视角转动，好像真的在寻找暴走状态在哪里一样。

"来了。"

叶修这条消息刚刚发出，孙翔就听到角色身后锐风急响，慌忙操作一叶之秋朝旁一闪，一枚五方手里剑擦着角色身侧抹过。

君莫笑可是站在他的正前方，但这枚手里剑居然是从他的身后袭来……回旋手里剑？

回旋手里剑不是技能名，而是一种操作技巧，是在使用忍者技能手里剑的时候，拉弧度将手里剑甩出，如此一来手里剑就会像回旋镖一样，做出弧线攻击。

叶修会使用这种技巧，孙翔并不意外。只是，这枚手里剑是什么时候出手的？自己为什么没有注意到？

这一场对决，孙翔异常重视，虽然他的话多了点，但是注意力也是相当集中的。可就是这样，两个角色面对面的情况下，对手什么时候甩出了一枚手里剑，他居然丝毫没有察觉?!

孙翔脑中迅速将方才两人交手的过程回放了一遍，似乎……他真有视线不在君莫笑身上的一瞬间，那只是微乎其微的一个瞬间，这样都能被捕捉到？

孙翔对此表示惊叹，但是，只凭这么一个细节，还不足以击败自己。如果这就算是爆发的话，孙翔真怕自己的牙会笑得飞出去。这当然不是君莫笑的爆发。爆发，是在孙翔操作一叶之秋躲过这记回旋手里剑后，才正式开始。

君莫笑一步跨向前来，千机伞抖成战矛，一记天击挑上。

孙翔不避不闪，一叶之秋手中却邪朝着君莫笑迎头砸下，直接就是正面的攻击招架。

君莫笑却已经横移开去，天击上行的轨迹不再是一条直线，而是一条斜线。

这种变化孙翔当然不惧，他继续转动一叶之秋，攻击招架追着天击，似乎不碰撞一下就不罢休似的。

谁想君莫笑此时却已反向横移，天击再度被拉回了原来的角度，天击仍在继续。

孙翔再想招架已来不及，连忙一个后跳，就见天击从一叶之秋的眼前晃过。

跟着是龙牙！千机伞急速一抖，毒蛇般刺了过来。

战矛招架在外，一叶之秋只得后跳至半空中。

一瞬间，孙翔大脑中一片空白——对手如此简单的一击，他居然找不到任何应对的手段！摸着键盘、抓着鼠标的左右手，愣是无法做出任何操作！怎么会？自己怎么会落到这么一个状态的？

龙牙命中一叶之秋，这看起来只是一次很普通的攻击命中。龙牙这种小技能，如果只论伤害的话，以一叶之秋的强力，都不好意思在这种伤害不大的小技能上太计较，进行什么交换。但是，龙牙攻击最重要的作用，从来都不是伤害，而是命中后的那个僵直效果。龙牙可以说是战斗法师使用率最高、覆盖面最广的一个技能，它可以是任何攻击的起手，它之后跟任何技能，在理论上都能成立。

理论上……面对一叶之秋时，理论转实际，依然能成立的就不多了。因为一叶之秋太强，包括各方面的属性抗性，龙牙打出的僵直效果，在他身上被大幅度地削弱，这就导致很多龙牙之后的连招，在一叶之秋面前变得毫无效果。这就是神级角色真正的可怕之处，强悍的并不只是攻防这种基本数据，强大的抗性也极大地限制了对手的发挥。

而怎样达到这种限制，并不是一味地堆砌角色的属性，各战队的技术团队会根据角色使用者的特点，将角色的属性调整到一个最合适的状态。选手不擅长的方面，由角色属性来尽可能地补弱；选手喜欢的方式，角色在这方面要给予最有效的支持。

叶修所看到的孙翔和一叶之秋之间的问题也在于此。一叶之秋更换装备后依然很强力，但是，和选手的契合度已不是那么完美了。这点不完美，严格来讲，不能算是什么漏洞。可是在对战斗法师无比熟悉，对一叶之秋原本的特点无比熟悉的叶修面前，这个问题被一点一点地挖掘出来，最终放大成了漏洞。

后跳过程中吃了一记龙牙，这在旁人看来，根本没什么。以一叶之秋的强大属性，僵直效果一闪即逝，一叶之秋又正好在后跳，完全不会给对方乘着这一僵直进行连击的机会，这个后跳，看起来还是一次很漂亮很成功的闪躲。

所有人都是这样想的，却没有人知道，这一击的僵直效果并不重要，这一击本身才是最重要的。因为在这之前，孙翔本身被打入了僵直状态，这才导致了这一记龙牙的命中。

一个天击里两次变向的处理，抓住的就是孙翔和一叶之秋之间那差一点的契合。如果是原来的一叶之秋，这一击，孙翔是可以招架下来的。而现在，他无法闪避，招架也来不及，这才是这一击最可怕的地方。

孙翔心下一片茫然，一叶之秋已经后跳落地。君莫笑人没有到，手中战矛却已经追至。魔法波动缠绕其上，千机伞仿佛幻化成了一条巨龙。

伏龙翔天！千机伞的矛形态上，赫然打上了一个攻击型的大招！

虽然只是最低等阶的技能，但在君莫笑的技能列表中，这已经是了不得的输出伤害了。

一叶之秋连忙朝旁一个翻滚，在孙翔的操作下，身形显得有一丝仓皇。

叶修本没期望这一击可以打中，伏龙翔天之后，他本是藏了后招的。但是此时，后招竟然用不上了。

这家伙……躲闪的幅度也太大了吧？

孙翔操作之夸张，有点出乎叶修的意料，而且他并没有第一时间做出清晰的反击，似乎还在思考着之前那一记龙牙命中的问题。

注意力被打乱了吗？这实在是个意外之喜。

叶修事先可没想到一击之后，孙翔的心理状态会出现问题。注意力不集中，那带来的就是反应变慢，操作变形，在高水平的对决中，这些足以致命。

这时，君莫笑手中的千机伞收成枪形态，轰轰轰，三声炮弹发射的响声，三枚反坦克炮朝着一叶之秋追去！

Chapter 011
杀 死 经 典 的 0.03%

要照孙翔一贯的性子和风格，这种攻击，他会直接操作硬吃，跟着走位穿越，进行抢攻。但是此时，孙翔的反应明显慢了半拍，等他想开始操作时，炮弹已经到了面前，不得已，他只能一个翻滚，非常粗糙地把这一次炮轰给避过了。

而君莫笑早已杀到身前，天击！

孙翔心中顿时又是一紧。之前那一下他还没琢磨明白呢，但他可以肯定的是，那不是巧合，绝对是叶修有意做出的。那个天击的两次变向，就是为了实现之后那一记龙牙的命中。虽然那龙牙之后，叶修好像也没有什么攻击手段，但是，这只是上一次的情况。再来一次的话，还会是这样吗？

孙翔不敢怠慢，对方天击袭来，他选择闪避。

叶修笑了。在面对选手时，放弃攻击招架，而选择闪避，这对于孙翔而言，等于放弃了他所擅长的方式。

攻击招架，这种应对是最符合他性格、他操作起来也最顺手的方式。闪避，他当然也很强，但这不是他喜欢的方式，在可以选择的情况下，孙翔很少会闪避。而现在，他已经被迫以自己不喜欢的方式应战。

比想象的要容易一些嘛！叶修心下想着，手上操作着君莫笑继续追打。只是一个天击的小细节，并不足以让他彻底占据上风，叶修接下来还有更多东西要呈现给孙翔看，这，可是君莫笑的生命被压到百分之十才换来的一切。

孙翔被彻底打懵了。

叶修的攻势并不如何犀利，但是非常精准，招招命中要害，所谓打蛇打七寸也不过如此。

孙翔觉得很难受，他职业生涯三年以来，从来没有过的一种难受。

他并不是没有和叶修交过手，最初他还在越云战队的时候，他们和嘉世有过三次交锋，而他和叶修两次在个人赛中对战。虽然两次他都输了，但那时候叶修用的角色可是斗神一叶之秋，而孙翔所用的，只不过是越云这种中小战队中一个并不强悍的职业角色。况且比赛场面相当精彩，孙翔也是有很大机会可以拿下比赛的。

如果孙翔有一个像一叶之秋这样的角色，或许比赛结果就不一样了！当时，赛后很多媒体都是如此评论的。那个赛季，孙翔本就是最亮眼的一个新人，用一个很普通的职业角色，挑战大神叶秋和斗神一叶之秋，能两次只是被对手险胜，孙翔虽败犹荣。

如果我有一叶之秋，我肯定就赢了。孙翔自己心里也是这样想的。

后来他真的拥有了一叶之秋。叶修因为他的存在，离开了嘉世战队，宣布退役，这让孙翔觉得自己是十足的胜利者,他期待着自己的时代快些来临。

然而,之后在他的率领下,嘉世像一匹脱缰的野马,出局了……这是怎样的一种尴尬啊,孙翔觉得自己能挺过来真心不容易。

他真的太需要重新证明自己了。可是率领嘉世从挑战赛里重返联盟,这算是什么证明?这对于嘉世而言,根本就像是吃饭一样简单的事。更何况嘉世在出局以后,还迎来了另一位全明星选手肖时钦。

看来只能忍过这一年了,孙翔原本是这样以为的。而后却有了叶修自组战队,将参加挑战赛的传言,这消息对孙翔而言,真算得上是一针强心剂。

回想第八赛季,嘉世中途更换了王牌选手,然而战绩只是略有一番起色后,就直接玩出了出局这样的大场面,为此,针对孙翔的争论相当多,外界拿他来和离开的前队长叶修对比,是再正常不过的一件事。

俱乐部方面一直是坚定地站在他这边的。可是孙翔自己呢?他终归需要强有力的事实证明这一点。而挑战赛的水准,无法达成这种证明。孙翔只能隐忍着,待来年回到职业联盟再大展神威,让那些说自己不如叶修的人闭嘴。

但是没想到,就在挑战赛里,他和叶修居然有机会碰上,这让挑战赛的意义一下子升华了。对于孙翔来说,这就是两人对决的舞台。在这个赛场上,叶修的战队会如何表现?而他率领的嘉世又会如何?最后这一场比赛,双方的碰撞,才是这一次挑战赛最大的高潮。他和媒体一样,期待这个高潮。

当年他输,是因为他的角色不如一叶之秋。而现在,他拥有了一叶之秋,是时候让叶修见识一下他的斗神会是多么强力了!

今天,双方就在场上,孙翔并没有急着击败对手,他像猫戏耗子一般,表现着自己的行有余力。只是赢下比赛,他还不满足,他要让所有人看到,击败叶修,对他来说根本就是轻而易举的事情。

可是现在……怎么会这样?

"又一击命中,这是一记拔刀斩,君莫笑追着一叶之秋闪避的走位,做出了十分精准的预判攻击。怎么回事?我们当然知道,'以百分之十的生命爆发'只是玩笑话,可为什么从君莫笑的生命下降到百分之十开始,孙翔就真的全面落于下风了?虽然君莫笑没有完成什么连续攻击,但是他现在在场面上的主导地位相当明显,孙翔的一叶之秋看起来则像是在挣扎,这到底是怎么一回事?"潘林高声解说着眼下的局面,抛出了疑问,结果却没有得到他期待的回应。

潘林立刻扭头看了看,身旁的解说搭档——嘉世李艺博一脸的茫然,显然他对于这样的场面也毫无心理准备。之前他可是一直在给孙翔高唱赞歌,称孙翔打得如何如何好,对叶修形成了如何如何有效的控制和压制……怎么一转眼间,叶修就已经扭转乾坤了?而且压倒性的优势是如此清晰可怕!

这是怎么回事？你问我，我还想找人问问呢！李艺博觉得今天这场比赛，自己解说得都快抑郁了。

生命只剩百分之十的君莫笑，在场上占据着清晰的主动权，这已经不需要什么职业眼光、专业解说来评述了。君莫笑百分之十的生命条像是上了一把锁一样，岿然不动。一叶之秋的生命却像是拧开了水龙头，哗啦啦地往外喷着，就算是个狂剑士，也不带这样往外卖血的，这实在是再有力不过的处于下风的证明。

就在之前的对攻中，一叶之秋本来还有一半的生命，仗着这点，孙翔不断地给予君莫笑有力的杀伤，体会着猫捉老鼠的快感，觉得局面尽在自己掌控中。叶修看起来则像是在挣扎，面对孙翔的攻击，疲于奔命。

这有用吗？你，已经过时了……这句话，孙翔是准备在最终分出胜负的那一刻说的。

结果此时此刻，场面完全翻转。不，准确地说，叶修的反击更彻底一些。之前压制叶修，他还能感到对方在挣扎。而此时的他呢？竟然连挣扎的可能性都没有，君莫笑做出杀伤的每一击，都会让他的大脑进入无从应对的空白。

到底是哪里出了问题？孙翔焦躁不安，眼看着一叶之秋的生命一点一点地流逝，先前的百分之五十，转眼就被刷到了百分之三十，失去这百分之二十的时间里，他做出了什么应对吗？没有，他连挣扎都做不出来。自己长久以来期待的机会，最后就是这样的结果吗？

这场比赛，双方的对比本就悬殊。他年纪轻轻，才华横溢，注定将在荣耀联盟接下来的数年历史中留下浓重一笔。而他的对手，退役已有一年多，最辉煌的成绩，距离现在已有六年之久。

他用的角色，是有"斗神"之称的一叶之秋，这个角色若在荣耀称第二的话，那就没有哪个角色敢信心十足地自居第一。而他的对手，用的不过是一个第十区开放时才练起来的，连名字听起来都像是恳求别人不要笑话他的小角色。

这一局，他状态全满，投入比赛。而他的对手，在完成了前一局激烈的比赛后，是以一半的生命进入本局比赛，就算开场时恢复了一些，也只有百分之七十的生命。双方完全不在一条起跑线上。

这样的一场比赛，别说输了，就算是打成平手，对孙翔而言都是绝对不能接受的。但是现在，他似乎正一步一步走向失败的深渊。而叶修的君莫笑，就在他的身后，一点一点地将他往悬崖下推去。

就这样输掉？绝不啊！孙翔猛然打起精神，就见君莫笑正一刀劈头砍来，连忙一个操作下去，让一叶之秋缩成一团，朝旁就是一个翻滚。

然而，这一下并没有完全逃开君莫笑这一刀所笼罩的范围，可以说，这个躲避是不成功的。任何一个有水平的职业高手，此时都不该做出这样一个翻滚，但是孙翔偏偏就这样做了。还没等解说将这当成是一个失误来解读呢，翻滚在地的一叶之秋在挨了这一刀后，根本没有起身的意思，而是骨碌碌地继续朝旁滚着。

这模样真是难看极了。面对君莫笑这一刀的斩击，缩成一团翻滚的一叶之秋，让人不由得想到一个词——滚刀肉。这可不是什么好词，能让人心生这种感觉，可见此时孙翔操作下的一叶之秋姿势有多丑陋。作为堂堂斗神，一直以来都是俯视着这个荣耀世界的顶尖角色，眼下竟然被操作得如此狼狈不堪？

现场一下子就寂静了，嘉世粉丝都有些反应不过来。嘉世的选手席上呢？陶轩的表情只能用难堪来形容，他甚至像做贼一样，小心翼翼地窥视了一下身后和左右，那模样，好像是在期待着刚刚一叶之秋那丑陋的表现不要被人看到似的。

只可惜他的这个愿望完全不可能实现。看到这一幕的，不只有现场这些观众，还有电视机前千千万万的荣耀玩家，整个荣耀世界在这一刻恐怕都冻结了。一叶之秋居然凭借几个连续的翻滚，就这样骨碌碌地从君莫笑的连续攻势中滚了出来？！

连叶修也被对手这难看的姿态给惊到了吗？当然不是。没有人能比他更清楚刚刚所发生的一切，一叶之秋这几个连续的翻滚虽然难看，却很有效，孙翔真的凭借这些操作，将一叶之秋从君莫笑的连续攻势中救走了。

节奏被中断了！这种时候，对方恐怕会顺势反击，以孙翔的性格，这一切只会做得更加迫不及待。思及此，叶修不敢怠慢，连忙调整君莫笑先后撤两步拉开空间，结果却发现，一叶之秋也在做着同样的举动——孙翔非但没有乘势反击，反而也将角色拉后，拉开空间。

这个家伙……重新集中注意力了吗？叶修一怔。

双方角色继续对峙，谁也没有贸然强攻。角色生命对比，一叶之秋百分之三十，君莫笑百分之十。

一叶之秋优势明显，但在此时竟摆出了一副低姿态，没有上前抢攻，这可不是孙翔一贯的风格。这个家伙以往就算是只有百分之一的生命，也会觉得自己天下无敌，也会骄傲地冲上去和对手一拼高下。而现在，他居然选择了退缩？

这个中意味，普通玩家一时间可能体会不到，但是熟知孙翔风格，对这位选手有过专门研究的人，都立即感到了不寻常。潘林和李艺博迅速把这不寻常解读给了大家。这是天才要爆发了吗？这是两人一番注释后留下的悬念。

双方的角色开始移动，不是迅速向前，而是横向的，一点一点地拉近距离。

君莫笑是有远程攻击手段的，但在这个时候并没有用，而是和孙翔的一叶之秋保持了近乎一致的节奏。

"双方都变得很慎重，谁也没有贸然进攻。"李艺博说道。

"这让我想到了武侠小说里绝世高手的对决，他们即便往那一站，姿势也是无懈可击的，这个时候，谁先动，谁就有可能露出破绽。"潘林说。

"你别说，还真有几分这种韵味。"李艺博说。

"那么积极调整后的孙翔，是不是马上就要爆发了呢？"潘林又强调了一次，显然他本人对此也是迫切地期待着。

然而，并没有。

双方在谨慎地走位之后，终于还是缠斗在了一起，随后，孙翔的一叶之秋很快又陷入了被压制的境地。

天才要爆发了？这话对照现实，真像是个笑话啊！潘林和李艺博再次深刻地感到：自己又掉坑了。

"君莫笑连续命中对手，孙翔看起来办法不多啊！"潘林的解说随即回到了老路，几分钟前双方战斗时，他能说的基本上就是这些话。

比赛好像一下子回到了老路上，但只有叶修清楚地知道，并没有。方才是叶修在仔细刺探了一番孙翔和一叶之秋之间的契合度后，找到了可以放大为漏洞的细节空间。而现在，反过来了，孙翔开始在对攻中，拿叶修和君莫笑来验证之前他和一叶之秋出现的那些问题。

之前的孙翔，脑子屡屡被打成空白，分散的注意力让他根本察觉不到是在哪个地方出现了问题。而这一次，他不一样了，充分集中的注意力，让孙翔非常敏锐地检视着自身的问题。叶修扯出了漏洞，而现在，他要修补这种漏洞。

一叶之秋的生命在损耗着，嘉世粉丝此时看得是无比焦躁和烦恼，但是孙翔已没有这种不利的情绪，他变得越发从容和冷静，终于，问题一点一点地被他找到了。

而这一个个被叶修撕扯出来的漏洞，让孙翔不由得有些心惊。连他自己都没有察觉到他与角色之间存在的问题，可叶修居然比他看得还要明白、还要清楚？而这一切，恐怕都是在这场比赛里做到的吧？

这个对手，真的太可怕了……孙翔第一次感受到了恐怖。

过去，他和叶修的两次交手虽然都输了，但在他心中，一直认为自己只是差了点，如果他有一叶之秋那么强力的角色，一定会取得碾压性的胜利。直至此时，他才彻底清醒，一叶之秋的斗神之名，并不是角色穿上那一身装备，摆几个造型就能得到的，而是叶修操作着这个角色，一步一步打出来的。

很多封号给了角色，但事实上，这些封号都应该给角色身后的选手才对，因为所有的荣耀，都是他们赋予角色的。

而斗神有多可怕，孙翔现在终于亲身领教到了。

可是这也不足以阻挡孙翔对胜利的追求，他的骄傲告诉他：无论对手有多强，自己都会更强！

漏洞被迅速修补着。这些问题只要被发现，那么他在操作时多注意一下，是完全可以避过的。他和角色的契合度问题，依然存在，但是，这本身也不算是什么致命原因，双方的契合度不是没有，只是不完美罢了。说实话，这个发现让孙翔还挺高兴的，不完美的他就能打败叶修的话，那就更加有力地证明了自己的实力啊！

反击的时机，就快到了！孙翔盯准了一叶之秋的生命线——百分之十，他也锁定了这一刻度。而对手君莫笑的生命在这一段对攻里基本没什么损耗，差不多还是这么多生命。正好，大家的生命一样多，真正公平的胜负之争，就从这里开始吧！

一叶之秋生命降到百分之十，孙翔终于吹响了反击的号角。

龙牙！孙翔没有玩什么华丽的花招，而是以战斗法师最朴素的套路起手。

君莫笑向后小跳避过，反手天击甩过来。

孙翔连忙沉着应对，他第一次被打出空白，就是因为对手一记富于变化的天击。而这一次，孙翔根本不让一叶之秋去攻击招架，而是直接横身斜走了三个身位格，绕向君莫笑侧翼。

君莫笑拧身，天击追打过来。这时候，一叶之秋却又猛然使出攻击招架。

天击还能变化吗？不能了，天击挑杀那也不是无休止无极限的，一直往上挑挑挑，那不得把武器都给扔出手去了？

一叶之秋横身三个身位格的走位，已经将君莫笑这一记天击拉到了极限，叶修已经做不出什么变化了。既然如此，孙翔当然不会再有所顾忌，立刻用自己一贯的方式——攻击招架解决战斗！

这事实上并不只是孙翔个人的习惯和风格，战斗法师需要攻击命中来堆积魔法炫纹。攻击招架从系统判定上来说，也是一种命中，是可以产生魔法炫纹的，所以，使用攻击招架是每一个战斗法师选手都会尽可能做出的应对。如今的孙翔是这样，当年的叶修也是这样。

所以，叶修很清楚，孙翔之前虽然用了很多闪避，但到了真正决胜负的时候，他必然还是会采用攻击招架的。孙翔修补漏洞，不可能只是用闪避代替攻击招架这么简单，因为战斗法师这个职业，如果真这样做，只会是对自身战斗力的削弱。

攻击招架，对其他职业来说，多是防守的手段。而对于战斗法师来说，攻击招架守中带攻，甚至当对手过分在意，不想让战斗法师产生魔法炫纹，而对攻击招架刻意回避的时候，战斗法师攻击招架的攻击性就更明显了——它打乱了对手该有的节奏。

所以任何一位战斗法师选手，都不会轻易地舍弃攻击招架。孙翔之前暂时放下姿态，做出那么多回避，对于他而言，已经是难能可贵的事了。他的骄傲可不允许他做出彻底的改变。他感受到了叶修的可怕，但是，他不会惧怕，他要让叶修也了解一下他的可怕。

攻击招架，悍然而至。

君莫笑这记天击注定会失去该有的效果和威力，叶修当然就不会再把它递上门去，送给一叶之秋一个魔法炫纹。于是，天击收手，一叶之秋攻击招架落空。

这正是乘虚而入的好时候，战斗法师的攻击招架会带给对手的，就是这样的牵制。是让战斗法师招架呢？还是不让他招架呢？叶修选择了后者。

这让孙翔有了抢攻的机会，一记落花掌立即推到了君莫笑面前。

抢攻，多用低阶技能，低阶技能发动快。至于大招，在没有有效的铺垫的情况下，等选手起手放出，黄花菜都凉了。对于一叶之秋抢攻的这一记落花掌，叶修似乎没有太多办法，君莫笑最终也是一记落花掌拍上。

两个角色的手掌拍到一起，魔法波动掀起周围一圈尘土。君莫笑的身形跟跄退去。同技能判定，君莫笑怎能和一叶之秋相比？而且这一次对撞后，君莫笑还送了一叶之秋一个魔法炫纹。

战斗法师一共五种炫纹，分别是由天击、龙牙、连突、落花掌、圆舞棍这五个低阶技能攻击命中后产生。因为魔法炫纹的存在，战斗法师对低阶技能向来有着很强的依赖性。

落花掌对攻，君莫笑被击退。而一叶之秋呢？却因此获得了一个火属性的魔法炫纹。这个炫纹立即被孙翔操作放出，就见一叶之秋的双臂飞快地缠绕上了火燃一般的魔法波动，这是火属性炫纹使用后带来的力量增加的效果。

那大火球一般的魔法炫纹，迅速袭向了君莫笑的面门。孙翔正准备操作下一步的攻击，就觉得眼前一闪。

什么东西？孙翔来不及思考，只能下意识地操作闪避。

还是迟了！那东西来得太快，孙翔发现时，就看到自己射出的火属性炫纹中好像出现了一道裂缝，有什么东西正在钻出。

君莫笑的这一击，拿对手的火属性炫纹作为掩护，这是何等精准的操作！孙翔事先毫无察觉，等看到火属性炫纹的异常后再做出反应，已经迟了。

一叶之秋中弹！

君莫笑打来的赫然是一枚子弹，被击中的一叶之秋瞬间僵直了。这可不是普通射击的那种微弱僵直，那点攻击效果，对于强悍如一叶之秋的角色来说，根本可以忽略不计。这是僵直弹，弹药专家20级以下的低阶技能，僵直就是它最重要的效果。

跟着刀光一闪，君莫笑将火属性炫纹劈成了两半，僵直状态下的一叶之秋接着就被这记拔刀斩给劈中了。

如此一番交换，明显是一叶之秋吃了亏，他所得到的好处，大概就只是身上有了火属性炫纹的力量加强。

于是，此时占据主动的依然是君莫笑。拔刀斩后，千机伞形态不改，一个崩山击立刻就劈了过来。

一叶之秋连忙朝后避让，同时将却邪刺出，想用一记圆舞棍将君莫笑抓过来。

君莫笑刀势一改，这记崩山击劈不到一叶之秋，却劈到了却邪战矛上。一叶之秋再得一个炫纹。

但是，这种炫纹的得失，谁会比叶修更加精于计算呢？他清楚哪些炫纹能给对手，哪些不能。他可不是会被战斗法师的攻击招架打法牵制住的人，因为很遗憾，这种打法也是由他首创的。

送给一叶之秋一个炫纹的这一下，君莫笑就已经抢到了他的身边。

孙翔觉得很难受。他本以为自己已经掌控住了局面，但是没想到，局势的发展又一次在他的意料之外。叶修居然不再利用他那些漏洞了，这几次攻击，都是强硬地以攻对攻。他精心准备的应对，这时全落空了。

只是这样单纯的死拼，孙翔当然不怕，年纪轻轻、精力充沛的他甚至会更占优势。可是现在，他不得不提防另外一种可能性——某些地方他下意识的操作，很有可能就被对方利用，最后引他上了钩，所以他必须全身心地戒备。

此时孙翔的注意力完全集中，倒是不会被轻易打散，但是，如此集中精神地注意着这么多方面，这无疑是很耗神的。好在孙翔年轻，完全坚持得住。

看看谁会站到最后吧！孙翔咬牙，硬上，操作一叶之秋和君莫笑激烈对攻，同时留意着君莫笑每一击可能会产生的变化，坚决不会让自己再陷入之前那种"真人僵直"。

场面僵持不下。双方生命百分之九、百分之七、百分之六……持续往下。

谁的生命会先一步到零？没有人能看出来。这一局，无论谁胜谁负，都不能说是意外。不过从整体上来讲，先赛一场，开局时角色生命便落后的叶修，能和孙翔打到这个地步，他已经赢了！

可惜比赛不是这么评判的，真正的胜者，是最终留在场上的那一位。会是谁呢？

现场已经有无数人站起了身，好像不这样就看不清似的。不过前排的人这样做以后，后排的人倒是真的看不见了，观众席上因此发生了一些争执，很多人无奈，也跟着站起，于是最后整个现场站起来观战的观众占了大部分。

嘉世的粉丝甚至已经忘了为战队加油呐喊，紧张的时刻，他们的心和场上选手的一样，绷得很紧。

诅咒之箭！君莫笑在退身闪避一叶之秋攻击的同时，召唤出了诅咒之箭，希望利用这支小黑箭延缓一叶之秋的冲击。

孙翔想的却是：诅咒之箭？这还杀不死自己！胜负在此一举，这个机会不容错过！

于是一叶之秋硬挺着伤害侵入。角色强力，就是有这样那样的好处，在很多时候，可以比其他人更富有侵略性，因为别人抗不住的场面，他抗得住。

滑铲！看到一叶之秋死命冲来，君莫笑也不退让，猛然就冲了上去。

一叶之秋飞身跳起，一记圆舞棍，战矛朝下边滑铲而过的君莫笑抓去。

君莫笑翻滚避开，半蹲着甩开千机伞，直接用格林机枪狂射。

孙翔更加强硬，由半空中落下的一叶之秋，战矛一抖，澎湃的魔法波动自却邪上猛然窜出，乘着君莫笑翻身避让的时机，他竟然将伏龙翔天这个大招出手！

格林机枪的子弹倾泻而出，但是相比起伏龙翔天，谁会死？

孙翔冷笑。散人，大家是都没有什么应对的经验，但是，既然君莫笑在挑战赛里冒了泡，嘉世方面又知道可能会与之相遇，他们怎会毫无研究？嘉世没有掌握到准确情报的，只有千机伞这把自制武器而已。至于不转职的散人账号，在知道可能会在挑战赛中遭遇叶修和他的君莫笑后，嘉世俱乐部就已经练起来好几个了。

为了对付叶修，嘉世可算是下足了功夫。甚至连千机伞这样的武器，他们也有研究，只是至今都没摸到头绪罢了。但是拥有这种武器的散人，将在战斗中有什么打法，这种模拟备战，如果嘉世战队都不会去做的话，那真是枉为职业战队了。

格林机枪和伏龙翔天进行技能交换，这简直是亏得没边了。叶修显然不可能如此对拼，于是就见君莫笑匆忙闪避。

想跑？迟了！！伏龙翔天的龙头摆动，急速朝君莫笑扭去。

伏龙翔天，龙抬头！现场终于爆发出一阵欢呼，在观众们看来，这是决胜的一击。

但是，还没有到最后一步。君莫笑的移动极为精准，似乎算准了伏龙翔天的来路，他一步踏出后的位置，竟然已是龙头的背后。

就在这时，所有人看到，那已经攻过去的龙头，居然以更大的幅度扭转过来！

"啊！！"潘林在转播中激动地鬼吼，"龙抬头吗？不，不是，这已经不仅仅是龙抬头了，这是龙回头了！！"孙翔操作出的伏龙翔天的新变化，马上被潘林起了个名字。

"太精彩了！这大概是荣耀等级上限提升至75级以后，才能做出的新的极致变化操作。"一向表现得沉稳过人、无所不知的李艺博，这时也端不住了。

"伏龙翔天命中！这是新的技法、龙回头！嘉世战队不愧是拥有斗神的战队，他们代表了荣耀战斗法师的最高水平，在一次比赛里，让我们两次看到了战斗法师的新打法。"潘林呐喊着，他正准备宣布孙翔的胜利，却赫然看到君莫笑被这记伏龙翔天击中时，居然做出了一个背身格挡，将这一击挡住了……君莫笑没死！

可是格挡所能抵消的伤害是有限的，尤其是面对伏龙翔天这种大招，根本不是使用格挡就能完全免伤的。背身格挡的君莫笑被这一击推着滑了出去，竟直接滑到了一叶之秋的面前，但是他的生命还是没有走到尽头。导播迅速切出一个特写，0.03%，君莫笑目前所剩的生命，已经要用到小数点后两位才能显示出来了。

面对这样的君莫笑，一叶之秋哪怕扔掉却邪，一拳头挥过去，大概都可以将其秒杀了。

但是，此时的一叶之秋竟在伏龙翔天这一大招的收招僵直中！孙翔的操作技术就算再高超一千倍，也不可能在这个时候做出任何应对。

而君莫笑被伏龙翔天这一大招送到了一叶之秋面前，虽然他只有0.03%的生命，却发出了真正决定胜负的攻击！

现场一片寂静。解说潘林也是张大了嘴巴，这一瞬间，他竟然找不到任何词汇能够形容他所看到的场面。

如此精彩漂亮的一记伏龙翔天龙回头，居然没带走对手？反倒是将对手带到了自己面前，将自己送上了绞刑架？

潘林本来已经想好了接下来该怎么说——孙翔以一记比叶修开创的伏龙翔天龙抬头更加精彩漂亮的龙回头，将叶修的君莫笑击杀，多深刻的寓意，多精彩的一次新旧交替！

这一场对决，本来可以随着孙翔的这一击而画下一个完美的句号，从此成为让所有荣耀人津津乐道的经典瞬间，但现在全都没有了！

君莫笑只是用了一个格挡，就毁灭了这一切！虽然背身使用格挡这个技能有一定难度，但是，这终归只是一个20级以下的低阶技能，哪里比得上那记龙回头精彩绝伦？

0.03%！就是这0.03%的生命，明明在任何一次交锋中都有可能损失掉，却偏偏坚持到了最后。如果不是这样，即便有那一记格挡，但只要君莫笑被击杀，孙翔龙回头的经典就不会被改写。但现在，一切都不一样了。

挑战赛决赛，擂台赛第六场，获胜方——兴欣，叶修，君莫笑！

是的，君莫笑，在比赛场上，最终站立着的是君莫笑，一叶之秋就倒在他的脚边，这个曾经给叶修带来无数荣耀的角色，这一次却是作为对手，被他亲手击败。

场馆内依旧寂静，兴欣战队为数不多的那点支持者在这一刻也都忘记了呐喊。

是赢了吗？他们有点不敢相信，一叶之秋那记伏龙翔天实在是生猛至极，龙抬头，再到回头，这夸张的变化，让他们都以为君莫笑要倒下了。结果现在，站在场上的角色的的确确就是君莫笑！那一刻，到底发生了什么？

电视转播正在不厌其烦地回放着那一瞬间。相比之下，叶修最后对一叶之秋的击杀倒没什么可看的，他只是抓住一叶之秋的收招僵直，使出了一套简单的连击而已。双方的生命都所剩不多，一套简单的连击就足够带走一叶之秋了。所以电视中反复播放的，当然是君莫笑走位，而后背身招架伏龙翔天龙回头的那一瞬间。

0.03%的生命，镜头有意无意地总是要给君莫笑这个生命值一个特写镜头。

"精彩的一记格挡，不过也冒着很大的风险，君莫笑最终只剩0.03%的生命就说明了这一点。若这一记格挡使得稍有差池，我们看到的就将是不一样的结果了。"潘林从失望中走出来，配合着转播继续解说。就他个人而言，叶修还是孙翔，他并没有任何偏袒，他只是就事论事，更注重话题性。显然，孙翔的龙回头如果最终击杀了叶修，这是更吸引人的噱头，潘林从媒体人的角度，盼望着选手有更精彩更具话题性的表现。因此，眼下的结局才会让他有点遗憾，但是无可否认的是，这确实是一场精彩无比的对决。

"李指导，君莫笑只剩0.03%的生命，您觉得这是叶修通过计算，精准把握的，还是运气呢？"潘林问道。

"……"李艺博烦躁啊，叶修的心思，你就不要让我猜了行不行！

潘林一看李艺博这皱着眉半响不语，立即假装自己刚才那句话只是一句感慨而已，迅速揭过，转说别的话题去了。

观众席上，微草战队的三位选手也就这一问题展开了深入的探讨。

"不可能的吧？0.03%的生命，这得是多精准的计算啊？我觉得是运气。"刘小别表示。他作为一个剑客选手，对于格挡这一技能自然研究得很深，深知这一操作的难度。

"一般情况下，很难。不过叶修对于一叶之秋应该是非常熟悉的吧？所以他能精准计算到如此程度也说不定。"许斌说道。

"但现在的一叶之秋和以前我们见过的，好像不太一样了吧？"高英杰说。

"呃，确实。"许斌点头。

"所以，还是运气吧？"刘小别说。

"不清楚啊……总之，作为对手的话，我们实在不能大意。"许斌说道。

"会成为我们的对手吗？"刘小别却是小声嘟囔了一句。

叶修这一胜，确实改变了全场的气氛，但问题是目前暂时落后的依然是兴欣。嘉世还有两名选手未上阵。兴欣这边呢？君莫笑0.03%的生命已经可以算作不存在了吧……就算他下一局再次猫在刷新点刷生命，对手恐怕也不会给他太多的时间。而且君莫笑的希望祷言目前还在冷却中，擂台赛新开一局时，是不会恢复守擂角色的任何状态的，一局比赛结束时，角色所有状况立即保存，而后直接带到下一局去。

所以，兴欣的劣势，目前并没有彻底改变。而嘉世作为一支身经百战的职业队，恐怕也不会因为一局比赛的失利而产生太大的动摇，哪怕输掉的是他们的王牌选手。

因此，刘小别这样想倒也没错。只不过，他忽略了叶修与嘉世之间特殊的关系。换作其他任何一个选手在这时候拿下了孙翔，嘉世都可以调整心态，把握优势，以平常心继续比赛。但是胜了孙翔的是叶修，这个被孙翔取而代之的选手，结果却在今天的比赛中击败了孙翔，这其中的意味和影响就复杂多了。

一叶之秋倒下的那一瞬，嘉世老板陶轩几乎都要疯掉了。这一对决在他心目中的重要程度，和拿下整场决赛一样，结果一叶之秋却以这样的方式落败……君莫笑的生命也只有0.03%，这样的细节，恐怕不会有人总是强调。叶修胜，孙翔负，这就是结局，鉴于这个结果，君莫笑开局时状态不满的情况反倒更有可能被人们拿出来津津乐道。陶轩可以想象，有关这一局的对决，少不了要面对媒体很多犀利的问题，到时他该如何解释呢？

陶轩此时的脸色无比难看，嘉世其他选手都下意识地跟老板保持了距离。

这时，嘉世的选手席那边，孙翔终于走了出来，他面上流露出来的尽是难以置信的神情。他居然输掉了，面对一个战力不如一叶之秋，生命法力都不满的角色，他居然还是输给了叶修。

为什么会这样？难道自己真的不如他？这是孙翔头一次对自己产生这样的怀疑，因为这一次，他找不出任何理由宽慰自己。他的目光转向了对面，兴欣的比赛席，却赫然看到叶修也从比赛席里钻出来了。

孙翔一怔。叶修怎么也出来了？比赛中离开选手席是被禁止的啊！他这样做，等于是放弃接下来继续守擂的机会了啊！

结果这时裁判也一路小跑冲到了兴欣的比赛席这边。

"怎么回事？比赛中是禁止离开选手席的，你不知道吗？"裁判冲过来便问叶修。规则上，这么做是不允许的，但有些突发情况也要区别对待，比如选手身体有什么异常之类的，所以裁判照规定还是先问了一句。

"知道啊，不过我的角色就那么点生命了，继续下去也没什么意义了吧？"叶修说。

"你不是可以……那啥吗？"裁判真是矜持，君莫笑自己回血回蓝这种事，他都不好意思说出口。

"哈哈，行了，都一挑三了，留点机会给别人吧！"叶修说着，就朝台下走去。他这种举动，只能判定他出局，此外就没有什么其他的处罚了。

结果裁判闻言，却是愣在了原地。一挑三？什么时候叶修一挑三了啊？自己难道穿越时光，少看了一场？正纳闷着呢！现场的电子板上就出现了擂台赛打到目前为止的数据统计，裁判看了一眼，差点没喷出一口血来。

根据一丝不苟的系统统计，大家可以很清晰地看到，君莫笑VS生灵灭，是君莫笑胜。所以从理论上来讲，叶修是一挑三了，这确实是成立的，因为肖时钦和生灵灭是在和他的对决中出局的嘛！

但问题是，那一局是个什么情况，谁不知道啊！肖时钦开局后，象征性地把法力用光，双方根本没有任何有效的杀伤，肖时钦就打"GG"退出比赛了。这样的胜利，系统算了，但选手自己怎么好意思算出来呢？一挑三，这样也算一挑三？

号称是一挑三的叶修下场了。他这话还好也就是和裁判说了说，这要是放到观众公共频道里，让全场都知道了，观众们的嘘声估计能把叶修直接从选手通道给吹出去。

叶修和孙翔两人差不多同时离开了比赛席，自然也就差不多同一时间回到了各自战队的选手席。兴欣这边自然是给了叶修英雄一般的礼遇。嘉世这边呢？陶轩郁闷得都快不行了，却还是得拍拍孙翔的肩膀，安慰道："打得不错，就差一点。"

是呀！对手以0.03%的生命险胜，孙翔可不就是差么一点吗？但就是这么一点，却是天堂和地狱的区别。孙翔呆呆地望着兴欣那边，心中五味杂陈。对于老板的安慰，他什么也没有说，点了点头后，就独自坐到一边去了。

"下一场一定要赢。"陶轩这时下达了死命令。虽然作为一支经验丰富的老牌战队，他们有应付各种局面的经验。但是孙翔败给叶修，这并不仅仅是王牌选手被击败这么简单，因为叶修对于嘉世而言，一直有着不同寻常的意义。

之前嘉世明明还是领先的，但是叶修这一局险胜之后，全场的气氛都被改变了。

嘉世的粉丝们都沉默了，一直以来嚣张骄傲的孙翔也沉默了。嘉世需要一场荡气回肠的胜利来挽回士气。

在叮嘱了一番下一场要出阵的选手后，再一看兴欣那边，陶轩的心突地就是一沉。

孙哲平！兴欣战队擂台赛第五个出战的居然是孙哲平！

陶轩看了肖时钦一眼。这位他很信赖的副队长，在赛前的排兵分析中，认为孙哲平应该不会在擂台赛出场。孙哲平作为曾经的一线大神，突然出现在兴欣战队，当然会受到媒体的关注，也有记者寻机采访过他。孙哲平那性格，当然不会对自己的手伤遮遮掩掩，便坦然告诉了记者自己的状况。

于是肖时钦以此作为根据，认为孙哲平在和嘉世的比赛中，或擂台赛，或团队赛，大概只能选其一出战。毕竟，和嘉世比赛的强度那和与其他玩家战队比赛是不可同日而语的。除非孙哲平做好了看情况不对就果断弃权的准备，否则他连续出战擂台赛和团队赛，肯定会有极大的损耗。

但是他又是一个极其强力的选手，这从他之前为数不多的出阵中，就足以看出。所以肖时钦猜想，孙哲平应该会在擂台赛里留力，而在更为重要的团队赛里出战。

结果，孙哲平居然是兴欣擂台赛的最后一人，这让肖时钦大感意外。排他到这个位置，如果前期兴欣落后的话，孙哲平将有很大的负担。比如现在，他就需要连续面对两个对手，无论胜负，这样的损耗之后，他还能打团队赛？

"难道他接受采访时放出的消息是假的？"陶轩说道。

"应该不会吧……"肖时钦说着。他进入联盟时，正是张佳乐、孙哲平这对百花战队的组合处在巅峰状态的时期，所以他对这位大神也多有了解。在赛场外搞这种钩心斗角，尤其是拿手伤这种事来做文章，并不符合他的性格啊！在肖时钦的印象里，这位一直是有一说一，有二说二，就算有错也敢直接面对，不会遮遮掩掩的纯爷们。

就算这么几年的退役生涯让孙哲平的性格发生了改变，可是看他出阵时的表现，依旧如当年那般狂野奔放，声势如火啊……如此一来，就只有唯一一种解释了——孙哲平将不会在团队赛里出战。

那么团队赛里兴欣出战的会是谁？

这么一来，嘉世战队在团队赛方面的部署可能就会被打乱了。肖时钦可一点也没想到，孙哲平，这个在当下的兴欣中，绝对是第二号选手，甚至可以说是和叶修旗鼓相当的大神，居然不在团队赛里出战？这简直和不带牧师一样，让人意想不到啊！

但不管怎样，团队赛的名单早已经确定，现在也无法更改。好在团队赛是有场上指挥的，到时看情况再做具体调整吧！思及此，肖时钦深吸了口气，不再乱做猜测，静下心来继续观看比赛。

擂台赛第七局，兴欣战队、孙哲平出战。嘉世这边则是申建，职业拳法家。这大概是今天的擂台赛中，唯一一组从纸面上看，兴欣显得较为强大的对阵了。

孙哲平，前大神级选手。虽然他退役多年，但那是因伤，而不是因为状态下滑。看看和他同期的张佳乐现在还能在赛场上活跃，就知道如果他没有这伤势的话，也不会比张佳乐差到哪去，那么，至少也是全明星的水准了。

而嘉世的申建呢？在嘉世战队他大概只能算是一个半主力选手。

孙翔来嘉世之前，嘉世团队赛比较稳定的阵容，是由叶修的战斗法师、苏沐橙的枪炮师、刘皓的魔剑士、郭阳的气功师和张家兴的牧师组成，贺铭的元素法师通常是首发第六人。而申建在那个时期属于轮换选手，有时根据对手的不同，团队赛的阵容会做出一些调整，他就会拥有出场的机会。

叶修离开后，嘉世出局，跟着刘皓和贺铭一起作为肖时钦转会的交换对象，郭阳也随后转会离开。嘉世战队原本的阵容，赫然只剩苏沐橙和张家兴两个。申建作为拥有一定实力和比赛经验的选手，这时候也就按顺序上位，成了主力之一。

嘉世怎么说也是豪门，能在这里成为一名轮换选手，申建本身的水平还是不俗的，换去一个中小战队的话，那他可能都是铁打的主力。

但是，这样的选手，摆到孙哲平面前，显然还是有些不够看的。现在唯一让嘉世的人觉得尚存一丝希望的，就是孙哲平这位伤退多年却又突然复出，据说伤势并没有完全治愈的选手，到底还有几分功力呢？虽然他之前出场的表现是相当强劲的，但是嘉世战队毕竟非同一般。申建这样的选手，在嘉世曾经只是轮换选手，现在终于是普通主力一名，可要扔到玄奇、诛仙那些战队，估计他都可以成为核心选手。在这样的对手面前，孙哲平是不是还能有他不减当年的强劲表现呢？

本场比赛，呈现给大家的就是这样一个悬念。这一局里，主角赫然不再是嘉世选手，而是昔日的第一狂剑士——孙哲平。

是的，话题又只是集中在了孙哲平个人身上。兴欣战队什么的，总是不经意间就被人忽略了。

Chapter 012 到此为止了

现场观众明显还没有从上一场叶修和孙翔的精彩对决中回过神来。新的一局比赛已经开始,现场竟然还是一片寂静。

不过这一切影响不到场上的选手。一进入比赛席,选手就和地图中的角色融为一体了,地图里才是他们所处的世界。

申建的角色是拳法家,和孙哲平的职业狂剑士一样是个纯粹的攻击型角色。拳法家的武器就是他们身体的每一部分,所以从攻击距离上来说,拳法家算得上是二十四个职业中最短的。但是这职业深谙"一寸短,一寸险"的道理,贴身近战时,拳法家攻击频率之快,当数二十四个职业中的第一,和刺客、柔道两个职业并称为"三大贴身噩梦职业"。

比赛开始,双方都展现出了他们本职业的真特色,没有采用战术走位,而是简单直接地在地图正中发生了碰撞。

论角色实力,嘉世的拳法家明显要领先。孙哲平的再睡一夏身上一件银装都没有,一身橙装,单是属性被对手轻而易举看光光这一点,就比较不利,对手可以根据他的角色属性和特点来进行有针对性的战斗。而申建的拳法家,以前虽然只是嘉世的一个轮换角色,但嘉世可是豪门,这个节骨眼上要出战的角色总不可能和主力差太多,所以他的拳法家全身十件银装,就数量而言,已经够让人流口水。事实上,在豪门战队里,即使是替补角色,要说银装数量的话,那也不见得就会少。这些角色和神级角色的真正差距,是在装备的质量上。这当然和战队资源分配的比重有关,核心角色和主力角色当然会占据更多的优质资源,拿上手的装备会更适合也就是情理之中的事了。

申建这一年转为嘉世主力选手,所用角色当然也更受重视。角色实力更胜上赛季之后,他也迫不及待地想用自己更强大的角色在联赛里来个华丽亮相,不过这些都得在过了挑战赛这关后再说。

角色实力虽有悬殊,但是孙哲平丝毫没有因为这一点而露怯。双方相遇,他立即抢先出手,就见再睡一夏挥舞手中重剑,以崩山击起手,发动了攻击。

拳法家因为攻击距离方面的劣势,在抢攻上往往落得后手,但这并不意味着他们就将陷入被动。申建的应对极其强硬,直接给角色开了一个钢筋铁骨,迎着再睡一夏的崩山击,挥舞着拳头就冲了上去。

孙哲平吗?名声在外,但并不代表申建就会怕他。大家都是职业选手,就算对手是大神,双方差距也不至于有天壤之别。这要是见到个大神就害怕手软,还怎么打比赛?新成为嘉世主力的申建,这一年来还真没什么机会表现自己,能在和兴欣的对决中遇上孙哲平这样一号人物，在申建看来，正是一个表现的好机会。

第一狂剑吗？很好，那我就用比你更凶更狂的方式击败你。申建如此想着，早已操纵角色冲上。钢筋铁骨，提升角色物理防御，但更重要的作用是让角色进入霸体状态。

霸体状态下的角色，对抓取类以外的所有技能攻击效果免疫。如此一来，虽然是迎着对手的斩击而上，但丝毫不影响拳法家的举动，无非就是挨了这一击，损失点生命罢了，而攻击却能照常进行。申建面对孙哲平的攻击不避不让，直接开钢筋铁骨冲上，正体现了他准备强硬对攻的想法。

谁想孙哲平的应对极快，已经跳起身的崩山击在空中取消，跟着再睡一夏简单地扬起了一剑，看起来像是一记上挑，只是这记上挑中竟夹带着魔法波动，似乎连空气都要被扯出一道裂缝来。

这是魔剑士的低阶技能裂波斩，利用法术结界封锁目标而后进行旋转斩杀。这个技能，剑士系四大职业通常都会学个至少一阶，要的就是它对于霸体状态同样有效的结界斩杀。

申建看得清楚，心生无奈，只能选择暂退。结果孙哲平步步紧逼，再睡一夏挑空落地后，张臂就朝申建的拳法家抓去，却是属于狂剑士的一个抓取技能——噬魂血手。

拳法家后跳，申建再次选择了退让。

这次再睡一夏没有紧赶着上来了，而是一记拔刀斩出手。

申建的拳法家还在钢筋铁骨的状态下，倒是不会被这一击斩退，于是就见他身体上前，直接撞碎对手的剑光，拳头再度挥起。

结果就见再睡一夏将剑端于胸前，接着来了一个剑客的连突刺。突突两剑，全扎到拳法家身上了。开了钢筋铁骨的拳法家确实不受攻击效果影响，但这剑都顶到胸前了，还往前走的话，角色不就得串到剑上了？虽然这是游戏，但也不能太不科学，所以这个连突刺就好像拿根棍顶住了对手似的，让申建的拳法家的来势缓了那么一缓。

申建当然不肯罢休。开了钢筋铁骨后，生命受点损伤没什么，但要是没乘机抢到攻击的机会，那就是失误了。于是，被捅了两下的拳法家依旧顽强地朝前冲着。这次终于轮到孙哲平的再睡一夏后退了，身子不转，只是接连两个后跳。

往哪跑！申建心下叫着，操作更快，拳法家一记冲拳，连冲刺带出拳地冲上去了。

谁想两个后跳的再睡一夏，双手拖剑置于身后，看拳法家冲过来，重剑甩出，当头斩下。

破魔斩！

破魔斩除了有相当出众的伤害，更可削弱目标的防御力。满阶的该技能，一剑下去能将目标的防御力削弱百分之三十长达八秒。这些都是开了钢筋铁骨也不能免疫的．而且就这技能的伤害而言，就算是开了钢筋铁骨，也让人挺心疼的。

眼见抢不到十分有利的攻击机会，申建不由得一阵迟疑，最终，他的拳法家闪身避开了这记破魔斩。

打到这份上，不说叶修这种眼光专业的高人了，就是解说潘林和嘉宾李艺博，也清晰地分析出了申建的犹豫。这家伙一心想打得坚决强硬，但显然这根本不是他的风格，于是和孙哲平这种真强硬的选手一碰撞，他便各种退让，开了钢筋铁骨到底是想干啥也没让人瞧出来，最终就这么把技能效果给浪费了。

浪费了钢筋铁骨，那可是极大的失误。因为拳法家一开这技能，就会忽视防御，直接承受大量攻击。这种情况下，拳法家要是不抢出个彪悍的机会，打得对手也吐上三升血，那开这技能还有什么意义？申建这样做，何止没有意义，简直就是卖血去了。不，他连卖血都不是，卖血是卖，是要有得赚的，申建这样的，纯属送血。

开场糟糕的申建被潘林和李艺博分析了个透彻，这也从侧面显示出申建距离一线大神还是有点差距的，因为他的表现能被潘林和李艺博两个游刃有余地解读。之前叶修在场上的时候，两位可是一路掉坑的，一看就是打魂斗罗没有三十条命就连一关都过不了的水准。

开钢筋铁骨却没抢到任何机会，反倒是送出了一大截血，申建也知自己这开局打得很烂，顿时心神不宁起来。孙哲平那是会给对手喘息之机的人吗？只见再睡一夏的攻势一波猛烈过一波，一把重剑挥舞得好似风车一般，疯狂地杀起来。

两位解说这时除了"不愧是曾经的第一狂剑士"，"果然是第一狂剑士"，"看，这就是第一狂剑士的实力"，几乎就没啥词儿了。没办法，孙哲平表现出的水平，让两人也不敢胡乱点评了，他们今天坑掉得已经太多了，再掉下去，三十条命都要用尽了。

嘉世选手席上的陶轩，神情那叫一个阴郁。申建临上场时那坚决的表态，让他心里一度踏实了不少。他虽然下了必杀令，但是，比赛总有胜负，这种道理陶轩不至于不懂。必杀令就是一种决心、一种姿态，给选手压力，也是给选手动力。最终无论胜负，陶轩都不会拿下过必杀令来说事。更何况孙哲平的水平他也是很清楚的，这一场，就算申建拿不下来，他也不会多说什么。

但是，此时的场面竟然如此难看，申建一副色厉内荏的模样，看得陶轩着实来气，这样打，还不如上场就打一个"GG"来得体面些呢！

可惜擂台赛中不能对场上选手下什么指示，申建就这么战战兢兢地继续战斗着。用更凶更狂的方式击败孙哲平？这个目标申建早忘了。此时心惊胆战的他甚至忘了争胜，只在思考着"如何活下去"这种末日级别的深刻问题。

没有任何转折，没给人任何期待，申建就这么输了。他的表现可以说连唐柔、莫凡都不如，兴欣这二人虽然也没能带走肖时钦的生灵灭多少生命，但至少他们在场上都留下了属于他们的精彩瞬间，他们用自己的努力，清晰地展现出了他们的战斗水平和战术意图。而申建呢？刚上场时，他倒是挺有企图心的，但是很快就被孙哲平的再睡一夏两剑给劈碎了，就这点魄力，未免也太脆弱了。

"申建明显还没有准备好。"潘林说。

"是的，可能他一直以为孙翔会打完剩下的擂台赛，没想到自己会有出场的机会。"李指导表示认同。

"更没想到会对上孙哲平这样的强手。"

"和孙哲平硬碰硬,他这个选择也有点不明智。"

"是的,放眼荣耀圈,能以这样的方式和孙哲平战斗的拳法家,大概只有韩文清。"

"孙哲平即使退役多年,也不应该这样被人小瞧啊!"

"是啊!"

"太大意了。"

在两位解说的一阵唏嘘中,本场比赛结束。

胜者,兴欣战队,孙哲平,再睡一夏。

申建呆呆地走下了比赛台,现场的嘉世粉丝第一次因为对己队的不满发出了嘘声。在这之前,肖时钦的一挑三自不必说,他们的嘘声全是送给兴欣的。这之后,邱非和孙翔连输了两阵,现场观众却也没有这么大的反应,毕竟那两场比赛里,邱非和孙翔的表现并不糟糕,粉丝可不是只看结果的人,他们通常也会非常计较过程。

而申建这一场的表现,从过程到结果,显然都令众人非常不满意。只是相比起送给兴欣的嘘声,对自家人,嘉世粉丝总算还是客气了许多,在嘘声中,也有一些掌声算是给自家选手的鼓励。

申建耷拉着脑袋回到了选手席上,陶轩拍了拍他,鼓励安慰了几句后就让他到一旁休息去了。陶轩毕竟也是老资格的职业战队老板了,自然不会像诛仙老板萧杰那样幼稚地发泄。

嘉世最后一位选手即将出战,所有人都伸长了脖子等待着这人起身。陶轩似有意似无意地朝兴欣这边看了一眼。而后,嘉世的选手席上,苏沐橙站起了身子。

果然吗……陈果心中暗道。

这是一个大家有意无意都没有去提的悬念。苏沐橙,会不会在今天的比赛中代表嘉世出战呢?而现在,真相终于揭晓。

苏沐橙看了兴欣这边一眼,目光中没有流露出太多的东西,然后转身就朝着比赛席的方向走去了。倒是陶轩,这个时候又转头朝兴欣那边瞟了一眼,不,准确地说,是瞟了叶修一眼,脸上流露出一种似乎是得意,又好像是戏弄一样的神情。

这是什么意思?陈果不解,转头望向叶修,却看到叶修脸上浮现出她从来没有见过的神情,这大概是……愤怒?

是的,愤怒!即便是被逼退役,被嘉世那样抹黑,也异常平静的叶修,居然出现了愤怒的神色!为什么,只是因为苏沐橙被派上场了?陈果觉得不会是这种原因,陶轩在苏沐橙出场后那个值得玩味的表情,大概才是叶修愤怒的关键。

陈果还在琢磨,却见叶修已经起身,转眼就走到了嘉世的选手席那边,站在了陶轩的面前。

陶轩依然端坐,只是略略仰了仰头,看着这位嘉世战队昔日的队长。

曾经,这人是他在网游中结识的好友,那个时候,大家兄弟相称,在游戏里也算是生死与共过。然后,他出资搭起了这支战队,兄弟被他拉来,当起了队长。渐渐的,兄弟的称呼已不再有，时至今日，双方却已经成了对手。

"什么意思？"叶修已经收起了他的愤怒，他望着陶轩，一如既往的平静。

"希望她能有好的表现。"陶轩面带微笑，答非所问地说了一句。

"原来如此。"叶修却好像已经得到了他想要的答案，之后转身回到了自己的位置上。

陈果很想问，但是……又不敢。叶修没有再像之前那样流露出愤怒，但是，脸色却有些阴沉，这同样是陈果从来没有在他脸上看到过的神情。

"冷静。"这时，魏琛冷不丁地说了一句。

"嗯。"叶修点了点头，没有吐槽，没有质疑，只是点头。这说明，此时的他，确实非常不冷静。

叶修不冷静？陈果觉得一定是有大事发生了，可是，是什么呢？陈果看向魏琛，她知道魏琛应该是察觉到什么了。她用眼神告诉魏琛：要么死，要么过来解释一下。

"咳……"魏琛被陈果的眼神攻击到了，咳嗽了一声，凑了过来。

"知道为什么苏沐橙会最后一个出场吗？"魏琛说。

果然和苏沐橙有关……陈果心下暗道，但是，她这时出场，有什么特别的理由吗？

"嘉世对苏沐橙，是心存猜忌的，但是这个又不好公然表露，毕竟苏沐橙是很受欢迎的，你看现场的反应。"魏琛说着。

是的，现场此时是欢呼一片。申建刚刚那么糟糕的表现，也没有打消嘉世粉为苏沐橙欢呼的热情。她只是出场，现场就掀起了一个小高潮。

"所以，她就被派到了第五个出场。"魏琛说。

"为什么？"陈果还是完全没明白。

"一来，这是对粉丝有个交代。从嘉世对擂台赛的出场顺位安排来看，他们的既定计划是三个人解决战斗，所以说，排在最后的苏沐橙，出场的机会在他们看来是很小的。但是至少她还是出现在出场阵容里了，这显得他们并没有猜忌她，至于放到最后，可以解释成是确保万一，这是完全说得通的。"魏琛说。

"嗯。"陈果点点头，表示明白。

"可是一旦到了眼下这个局面，苏沐橙不得不出场，那会怎样呢？她将肩负着嘉世在擂台赛里最终的胜负，一举一动都会在这样的高度关注下被放大。如果她真存了放水的心思，我是说如果！！！"魏琛说到"放水"时，看到陈果色变，连忙强调了一下，"那在这种情势下，一旦被人看出，结果大概就是……身败名裂。"

"我靠！"陈果顿时就怒了，用能杀死人的目光猛烈地朝嘉世那边投射，只是很遗憾，这时并没有人朝兴欣这边张望。

"这只是如果。当然，我和你一样是相信苏沐橙的职业道德的。但是，在这样一场敏感比赛里，即便她没有放水，而只是正常的输掉比赛，恐怕也会引人猜忌。比赛这种事，真要先入为主地去钻牛角尖的话，一些操作没有到位的地方，都可以被说成是放水……所以说，这场比赛,对于苏沐橙而言,只能赢,不能输,一旦输了,对她就会有很多不利的影响。"魏琛总算是彻头彻尾地解释清楚了,说完以后他就全神戒备,以防他们这位豪迈的老板娘直接掀桌暴走杀人。

让他没想到的是,等他全讲清楚后,陈果并没有如他想象的那样,有什么过激的反应。她望着苏沐橙走上场的背影,流露出的神情只有难过。

一场苏沐橙想必完全不想胜出的比赛,但是,又是她不得不胜出的比赛……此时的她会是怎样一种矛盾的心情去面对呢?

陈果不知道苏沐橙有没有察觉到嘉世方面的险恶用心,她在听魏琛说完以后,只觉得这道理似乎并不复杂,挺简单。不过即便如此,叶修、魏琛他们能意识到,也多亏了陶轩那露骨的神情,不然这两位再怎么没下限,恐怕也未必会想到这么多。如此看来,身处嘉世阵中的苏沐橙,或许会更清晰地体会到对方这种卑鄙的心思。

她会怎么做,会用什么行动来反抗吗?一上场就直接打"GG",退出比赛闪人,以这种最不顾一切的方式来对抗嘉世的胁迫?虽然陈果觉得这样做会很爽,但从结果上来说,她最担心苏沐橙会这样做。因为这样做的后果,正如魏琛所说,苏沐橙将身败名裂。无论出于何种原因,一名职业选手,都不会被允许像这样没有职业操守。嘉世就是算准了这一点,才敢这样挟持苏沐橙去比赛。

此时的陈果,已经顾不上去对陶轩表达愤怒了。而她也明白了为什么叶修能这么快地收起愤怒,因为大家所关心的人正在面对非常艰难的局面,大家为她担心还来不及呢,谁还有心情将自己的注意力分给陶轩哪怕万分之一?

她会怎么做?看到苏沐橙走进了比赛席,跟着,角色开始载入,陈果的心都提到嗓子眼了。

随后,比赛正式开始,双方角色载入地图,陈果死盯着苏沐橙的角色沐雨橙风,终于松了一口气。至少,苏沐橙没有一上来就打"GG"。

双方角色移动,孙哲平的再睡一夏依旧直奔地图中心,苏沐橙的沐雨橙风却采用了战术走位,很快就到了一个李艺博指导口中的"绝佳狙击位置"。

二十四个职业中,拥有最远攻击距离的枪炮师,利用地形,隐藏身影,不断地用远距离攻击和对方消耗周旋,这是很常见的一种打法。尤其面对孙哲平这种全攻型的选手时,枪炮师这样的周旋可以极大地消磨对方的耐心和精力。苏沐橙,应该会在尽可能隐蔽的情况下发动攻击。

李指导正如此分析着,结果所有观众就见苏沐橙的沐雨橙风昂首高高站在墙头上,肩扛重炮,丝毫不隐蔽。在将自己完全暴露在制高点的状况下,沐雨橙风对着刚刚进入其射程范围的再睡一夏就是一炮。

李艺博的嘴张得极大,身经百战的他,这一次也实在没办法把自己的话给圆回来了。因为苏沐橙这举动,打他的脸实在打得太快了,自己刚说完她会隐蔽,她就英姿飒爽地直接站出来开炮了。这架势,比起抢攻对手,就像是在高声呐喊"向我开炮"。

一直没有放弃收听解说的陈果，看到苏沐橙的表现和解说的分析如此大相径庭，心下顿时就是咯噔一下。苏沐橙没有直接"GG"弃赛那样极端，而是准备来一场豪迈的放水，去打嘉世的脸吗？

炮火的轰鸣瞬间转移了陈果的注意力……

面对重火力的强力压制，狂傲如孙哲平，也无法在这样的情况下正面冲上。在炮火的追逐中，再睡一夏闪到一面墙后，正在计划着下一步的路线，结果一股庞大的冲击力从他身后袭来。再睡一夏和那面墙一起，被沐雨橙风澎湃的火力给掀翻了。

"嘉世……这次又要和孙哲平来一场强硬的对攻吗？"观众席上的微草三人倒是以职业的眼光看出关键了。

苏沐橙的表现，让现场许多喜爱她的嘉世粉丝都忘记了欢呼，因为这样的表现，确实和她一贯的风格截然不同。

叶修在嘉世时，苏沐橙的枪炮师一直是一个辅佐策应的角色，一叶之秋和她之间的主辅关系非常明显。叶修离队后，接手一叶之秋的孙翔和苏沐橙再无这种默契，沐雨橙风在战队中的定位一度显得有些尴尬。还好苏沐橙及时调整了自己，从以往辅佐策应的角色，转变成一个主力攻击手，但是即便如此，她的风格也不是像今天这般强硬的。

事实上，不够强硬，这是普遍存在于女选手身上的问题，烟雨战队的当家选手楚云秀就一直被人诟病这一点，甚至成了她标志性的缺点。

可是现在，苏沐橙所表现出的强硬，却实在让人大跌眼镜。连孙哲平这样的选手都被她压制得无法正面冲击，可想而知此时她的重火力攻击得有多么密集。

孙哲平的再睡一夏连墙带人一并被掀翻，但沐雨橙风的攻势可没有就此停歇。直至此时，解说才终于看出，苏沐橙让沐雨橙风战术走位抢占了这个位置，并不是要隐蔽偷袭，而是为了争取到更开阔的视野，进一步扩大枪炮师的火力覆盖范围，将远距离攻击优势发挥到极致。

再睡一夏倒在碎石堆里，还没来得及爬出来，刺弹炮就已经在空中炸裂，内里的刺射弹如冰雹般坠下。这技能如果是平行弧射，射程并没有这么远，但是此时沐雨橙风居高临下，便将这类技能的射程拉长了许多。

刺射弹在这一片废墟之上爆炸，转眼间就炸出一片火海。再睡一夏猛然一个起身，荡开身上的废墟碎屑，乍一看真有点山崩地裂的感觉。

但苏沐橙丝毫没有手软，沐雨橙风一记激光炮早已经蓄力完毕，再睡一夏爆起的一瞬，激光炮轰至，再睡一夏威风的造型只保持了一秒都不到，就被这一记激光炮给推得向后滑了一路，地面都被他的双脚犁出了两道沟。

现场在此时终于爆发出了轰鸣般的掌声。面对绝对强硬的选手孙哲平，苏沐橙竟然真能以强硬的方式应对，打得对方无还手之力。如此精彩的表现，此时不给掌声，更待何时？

相比之下，之前申建那色厉内茬的表现倒是被衬得更为不堪了，只是此时哪里还有人会想起他上一场的拙劣表现？也就是解说员找各种话题的时候，将他拿出来略做了一下对比，然后便齐口称赞起苏沐橙今天的强硬表现了。

真不简单……就连场上的孙哲平心下也发出了这样的感慨。比赛，他也输过很多，但是能逼得他这样无法攻上前的情况，真是很少很少。这位苏大美女，今天是下定了决心要发一发威啊！

说实话，一开始看到是苏沐橙出阵，孙哲平心下对这场比赛的质量也略略怀疑了一下。他现在既然是在帮助兴欣比赛，那么有关嘉世的各种问题当然也不会对他避讳。他知道苏沐橙心存纠结，所以这样一场比赛，一个姑娘家，是不是还能如常地发挥，他心里原本是打着问号的。但是现在，这个问号已被击碎。苏沐橙都打得他无法上前了，这简直就是超水准的发挥啊！

不过孙哲平虽然知道苏沐橙心里的纠结，却也不会因为这点就在比赛中心慈手软，在他看来，这根本就是两回事，无论如何，自己要做的，只是赢得比赛而已，不管对手是谁，有什么处境，有什么心情，只要站到场上来，除了胜负，就没有其他。

强攻不过，那么战术走位？不，这从来不是孙哲平的风格，许多年前不是，现在也不会是。或许有很多人都在暗暗看着，看这伤退多年又复出的孙哲平，是不是已经失去了昔日的雄风。孙哲平就是要让这些人知道，哪怕自己有伤，哪怕自己每次只能完成几分钟的高水平战斗，但是就在这区区几分钟里，他也不会退缩，不会回避！他将秉承他一贯的方式，因为这就是他的风格，这才是孙哲平！第一狂剑士的风采，不会因为任何事而褪色！只能表现几分钟，那么就让人们看到这几分钟的精彩！

再睡一夏猛然向前冲去。苏沐橙看得清楚，立即一个反坦克炮，三发炮弹接踵而至。再睡一夏举起重剑，旋风斩！

剑刃朝飞来的炮弹劈砍去，爆炸的火光甚至被剑刃劈作两半，碎片纷纷扬扬地在他身旁飞落。一枚炮弹，又一枚，接连三枚，都被孙哲平以这样绝对强硬的方式给劈斩了。再睡一夏，继续大步朝前挺进着。

所有人都惊呆了。如此密集的火力压制下，居然还要突进，如此强硬蛮横的做法，简直就是胡来。

换作是其他人，这种行径，恐怕会被旁人视作找死。但是，孙哲平和他的再睡一夏，一步一步向前，敲打着每个人的内心，没人想到他是在找死，他们所看到的，是一位职业选手，和他的角色，以不屈的意志，顽强地向前，一步一步，决不停歇，或许他会死在路上，但是，永远别想看到他会做出丝毫妥协。

"这家伙！！"兴欣的诸位，此时也纷纷动容了。

放水？对这场比赛存有这种念头的人，真该拉出赛场，枪毙一百遍。

这是一场双方倾尽全力的对决，没有放水，没有退让。场上所展现的，是属于两个选手各自的荣耀。场外的一切，此时都和他们毫无关系。胜利！只有这个，才是他们追求的东西。

所有人都被感染了，他们忘记了一切，所关心的只是眼前这一场对决的胜负。而这一场胜负会产生什么后果，这时根本没有人去多想。

谁会胜？谁会败？所有人眼睛一眨不眨地盯着两个角色。

再睡一夏，一个听起来十分慵懒的角色名，谁也不知道孙哲平是出于什么心理给角色起了这么一个名字，和他的风格实在是半点都不搭。而现在，顶着这慵懒的角色名，再睡一夏，赫然像是走完了万里长征一般。他，终于冲到了沐雨橙风的近前，终于可以将他攻击的獠牙狠狠地扎向这个给他一路设置了千险万阻的对手了。

结果就在这个时候，沐雨橙风退了……

孙哲平一击落空，一怔，随即却不自然地笑了出来。

他只顾向前冲，却忘了，忘了苏沐橙并不是孙哲平。这种情况下，孙哲平会留下来和对手继续展开凶狠的碰撞。但是苏沐橙呢，她暂时后退了，这种孙哲平永远不会做出的选择，却是极聪明的选择。要输了……孙哲平心下清楚，因为对手比他打得更聪明，而他或许一直以来真的只是在胡来吧！只是很可惜，现在自己连这样胡来的机会都不会有太多了，真的很怀念以前可以在场上尽情胡来的日子啊！

沐雨橙风退开，转瞬落下的卫星射线中，再睡一夏终于耗尽了最后一丝生命，倒下去了。孙哲平感到深深的遗憾，不只是对这一场比赛，更是对自己整个荣耀生涯的遗憾。只能坚持几分钟的比赛，他还是那个孙哲平，但是，这么短的时间，真的一点也不满足啊……

擂台赛最后一局终于结束，苏沐橙胜出，嘉世最终赢得了一个人头分。

孙哲平先一步走出了比赛席，现场一片寂静，但是渐渐的，不知从哪个角落，忽然响起了掌声，跟着，蔓延至全场。一直以来，只会受到嘘声和谩骂的兴欣战队，竟然得到了掌声？当然不是。这一刻，掌声是送给孙哲平的，虽然他输了，可是从这一场比赛中，所有人都感受到了他不屈的抗争。这样的选手，为什么偏偏要患上对电子竞技而言致命的手伤？这种遗憾，没有人能轻易释怀，观众们唯有送上掌声，给予这位选手尊敬和祝福。

之后，掌声就该献给为嘉世赢取到擂台赛最终胜利的苏沐橙了。

观众们等待着苏沐橙从比赛席中走出，结果，却发现沐雨橙风在胜利之后，并没有立即退出战斗，此时她还站在比赛场上。

"和嘉世的缘分，到此为止了。"尚未关闭的选手公共频道，突然跳出了这么一句话。

所有人还没反应过来，沐雨橙风就退出了比赛，从场上消失了，苏沐橙跟着便走出了比赛席。那句莫名出现的话语，一时间让观众们的掌声都拍得有些模糊不清了。随后，在全场观众的注视下，苏沐橙走下比赛台，走向选手席，却从嘉世选手席面前径直穿过，一步未停，最后，竟然是坐进了兴欣战队的选手席里。

全场一片哗然，掀起的嘈杂声让人们已经无法从中分辨出任何声音。然而苏沐橙完全不在乎，此时，是她这一年半以来心里最平静的时刻，她再没有任何纠结，也没有任何包袱，一切都仿佛回到了最初，跟着哥哥，还有叶修，在网游里四处讨生活，辛苦，却很满足。

苏沐橙有点想哭，连忙把头朝身边那人肩上藏了去。

"接下来就交给我吧！"那人说着。

"好……"苏沐橙答应着。其实，她始终只想像这样依附在一旁就好啊……

现场的骚动久久不能平息。叶修和苏沐橙的私交有多深？由于叶修一贯低调，粉丝们了解得并不多。所以此时，对于苏沐橙在比赛尚未结束的时候就公然和嘉世决裂，投身兴欣阵营的举动，大家感到震惊不已。

这到底是为什么？现场一片喧闹，可是没有人能给出答案。转播中的潘林和李艺博，也被苏沐橙这大胆的举动惊得目瞪口呆，半响都说不出话来。

"苏沐橙的举动……苏沐橙的举动……"率先回过神来的潘林，想就她这疯狂的举动解说两句，话却来回在嘴里转，就是找不到合适的描述。这种情况，他从来没有见过啊，资历再怎么深的解说面对此情此景，也没有任何过来人的经验啊！

"联盟是否有相关规定呢？"潘林想说的话在嘴里搅和了半天后，突然冒出这么一句。

"你是指什么？"李艺博问。

"就是……就是……"潘林本想说"不允许选手坐到其他战队的选手席的规定"，可是转念一想，像苏沐橙这样公然翻脸，投奔对手的事，的确从来没有发生过，但是，要说比赛中坐到别队选手席上去的事，却不能说没有发生过。双方选手关系融洽，比赛的间隙凑过去寒暄几句，确实是偶有发生的事，只不过这个举动多少有些敏感，所以通常都是发生在一些特定的前提下。但今天苏沐橙的举动绝非此种情况，她做的真就是大家所担心的那种会惹来麻烦的"敏感事"，她是把"敏感"直接地、真实地展示了出来。

她这行径，到底该怎么说啊？潘林解说时的那张快嘴此时却怎么也描述不出来了。倒是一旁的李艺博绞尽脑汁后，总算挤出了几句话："不管怎么说，苏沐橙的行为都有些不妥当，不管是出于何种原因，这种举动恐怕都会深深地伤害到自己的队友以及粉丝。无论她和嘉世战队方面有任何不愉快，都不应该用这样的方式来解决。"

李艺博说的显然是空话套话。队员做出这样的举动，还说和战队关系非常融洽？谁会信！所以，苏沐橙和嘉世绝对有矛盾，而且非同小可，这一点，都不用他们两位分析，所有观众都能想到。

此时令大家疑惑的是，这到底是什么矛盾，竟然闹得苏沐橙在比赛中公然跳入对手阵营。是和叶修有关吗？许多人都这样猜想着。毕竟兴欣战队中，和苏沐橙大有关联的就是叶修了。

众说纷纭。玩家、观众们在议论。媒体记者也在梳理自己脑中的各种信息，拼命分析这一事件的缘由。

现场的比赛却不会因此停顿。擂台赛后将要进行的是团队赛，这中间的休息时间略长，工作人员正在紧张有序地调整比赛席。团队赛出战的六人，可能和擂台赛的五人不一样，所以比赛席内选手个人使用的设备要在擂台赛结束后做一些更换。参赛双方的选手在这休息时间里可以稍微自由活动一下，上个厕所什么的。不过此时两队选手都没有离开座位。

嘉世这边，陶轩的脸色已经青得发紫了，他完全没有意料到苏沐橙居然会这么做。她这

种决裂的方式实在太激烈了，简直是前无古人。媒体一定会大感兴趣地进行深度挖掘，这一挖，可能就会挖出很多问题，而这些问题可是陶轩一直在粉饰的。接下来，因为苏沐橙这一根已经点燃的导火索，这些问题很有可能在公众面前炸开，这让陶轩如何还能平静？

至于苏沐橙投奔了兴欣，这反倒不是陶轩关心的问题，因为这是他早就知道会发生的事，当苏沐橙坚定地拒绝了所有续约游说时，他就已经知道了。对于苏沐橙和叶修的关系，他还是比较清楚的。事实上，他在准备放弃叶修的时候，就已经做好了也得放弃苏沐橙的心理准备，现在她的离开，对他而言，并不意外，他意外的只是这种方式。

可眼下陶轩暂时没法细想怎么处理这问题了。苏沐橙的举动，对嘉世战队的选手们多多少少造成了一些影响，而他们接下来可还有团队赛要打，军心在此时可千万不能动摇。

陶轩忙着安定军心，兴欣这边却是其乐融融。就看这两队的氛围的话，恐怕不会有人相信刚刚结束的擂台赛是嘉世赢得了一个人头分。看这模样，好像嘉世战队才是大比分落后的一方似的。休息时间有多久，现场就喧闹了多久，大家关心的始终是苏沐橙的问题，接下来的团队赛仿佛都要被观众们遗忘了。就在所有人依旧百思不得其解的时候，现场的广播开始宣布：团队赛即将开始。

嘉世方面，由陶轩亲自出面，整顿了一番军心后，目前状况稳定。事实上，作为同队队友，他们也都知道苏沐橙这赛季结束后就要走人了。所以对于苏沐橙的举动，他们也和陶轩一样，主要是惊讶于她的这种做法。

"团队赛，不要给他们任何机会！加油，小伙子们！"陶轩拍拍手，鼓励着大家。心里的其他担忧，此时都被他很好地掩饰了。不管怎么说，眼下比赛胜出为大。

"好了，我们走！"孙翔一声招呼。在擂台赛中输给了叶修的孙翔，此时看起来已经调整好了状态。作为队长，他走在最前面，率领着嘉世战队出战团队赛的选手们走向了比赛席。

嘉世战队，团队赛阵容——孙翔、肖时钦、邱非、申建、张家兴、王泽。

出场阵容都是赛前就定好的，上交后不可以随意更改。由此就可以很清楚地看出，苏沐橙，作为嘉世阵中的第三号全明星选手，却没有被列入团队赛出场名单——陶轩对苏沐橙确实有着很深的怀疑，团队赛里他没有挟持苏沐橙的手段，索性就把她踢到一边去了。

"准备好了吗？"兴欣这边，叶修询问着。只是他这话不是面向全队说的，而是面向队中的某一个人。

"好了。"选手席中的一人点了点头，跟着，站起了身。这时，现场对双方出场选手的介绍，正好说到了兴欣。

伍晨，枪炮师，晓枪——当现场主持抑扬顿挫地介绍这位选手的时候，嘉世战队朝前行进的步伐整个都停顿了一下。

不只是他们，现场的观众听到这个名字的时候，也是一怔。

无论是嘉世，还是兴欣，一路追看比赛的观众都已是耳熟能详了。而伍晨这个选手……他确实是兴欣战队参赛报名名单中的一员，但是在线下赛阶段，他之前根本就没有出场的记录,而到了决赛,这最关键的时候,他竟然要登场了?

现场听不到掌声。一个在线下赛从未登场的选手、也不是能给大家无限期待的选手,他的出场,带给人们的只有莫名,而不是万众瞩目的期待。

就连转播解说里,潘林和李艺博也在疯狂吐槽兴欣的这一安排。此刻,他们可算是从苏沐橙的意外状况中解脱出来了,伍晨的出战,被他们各种分析,最后结论就是:不看好。

"面对嘉世,兴欣太困难了,所以想出奇兵,但是这么一个没有经历过比赛磨合的选手,就这样出现在决赛场上,还是太冒失了,过犹不及呀!"李艺博如是分析着。

与此同时,双方选手已经各自走向了比赛席。

兴欣战队,出战队的选手是:叶修、唐柔、包子、乔一帆、安文逸以及伍晨。

魏琛和孙哲平这两位老将都没有在团队赛中再上阵。孙哲平是因为手有伤,不可能打太多比赛。而魏琛,年纪过大这一无法绕过的事实,让他的体力、精力确实有限。平时他在网游中,这一点并不明显,通宵刷怪什么的,他也和年轻人一样精神抖擞,但是参与高水平的激烈赛事,他的体力、精力就明显比其他人下滑得快了。

线下赛一路杀来,兴欣也打过好几场硬仗,劳苦功高的魏琛,越到后期越觉得体力不支。兴欣对擂台赛的排兵布阵,原本是预计魏琛有可能会面对孙翔,如此硬仗,会给魏琛造成多大的损耗?这一点,无法预料。所以决赛的出场安排中,擂台赛中上场的魏琛,就没有再被列入团队赛。虽然实际比赛中,魏琛并没有对上孙翔,但全明星级别的肖时钦也是一个极难缠的对手,这种考虑魏琛损耗的安排,到底还是派上了用场。

除此之外,决赛中没有露面的就是罗辑了,他水平确实略逊,在这最关键的一战中,当然不可能让他上场锻炼。虽然最大的意外是伍晨,但经过这么一番分析后,伍晨的出阵,好像又不是什么奇兵之计了,反而是兴欣的无奈之举。

伍晨默默地走在兴欣的队伍中,对于此时由他引发的各种热议,他丝毫不知。作为在挑战赛中拼搏过数个年头的无极战队的选手,伍晨已经很久没有受到这种关注,甚至在职业圈中,他也从来没有受到过这样的重视。

他,在众多职业选手中,水平并不拔尖,但是他也一样有理想,一样在为此不懈地追求着。这一战,说实话,伍晨准备了很久,他一直期待着能率领无极战队迈过这一关口,重返联盟……现在无极战队已经不存在了,而他心中的理想之火还没有熄灭——通过挑战赛,回到联盟!

很快,两队选手齐齐登上了比赛台。

团队赛是重头戏,这一场对决的胜负,将彻底决定两队的生死。生是天堂,死是一年的地狱。而对于嘉世战队来说,如果输了,这将是更深的地狱。连续两年在挑战赛里沉沦?恐怕连嘉世自己都不好意思再以豪门自居。

孙翔、肖时钦,这些全明星级别的顶尖选手,牺牲了一年时光,看好的就是嘉世的未来。可当未来是又一年的挑战赛时,他们还会不会再有一年的耐心,那可就难说了。

一定要赢！这样的信念，不用陶轩去提醒，他们一定也会有。嘉世的未来是他们所看好的，但这也需要他们亲手去创造。

而兴欣战队呢？完全成军不过一年，对于外界而言，无论他们走到哪一步，都算是极限。而现在，他们走到了挑战赛的最后一步，这就已经很让人意外了。战胜嘉世？这在很多人心中都是不可思议的事，哪怕是希望发生这种事的人，理智上也不会这样认为。

两队的强弱对比，相当悬殊。清楚这一点的人很多，甚至包括兴欣自己。

但是比赛之所以有趣，就是因为不到比赛结束，谁也不敢百分百地确定谁输谁赢。如果纸面的强弱就可以决定胜负的话，那还用打什么比赛？

胜利，永远是真刀真枪打出来的，而不是比较出来的。

两队选手共计十二人，此时已经分别进入了各自的比赛席。团队赛用图正在场地中渐渐投影成形。电子屏上，显示着十二个角色的载入进度，并反复播放着每一个角色的介绍资料。

伍晨在线下赛阶段没有出场过，角色的曝光度自然极低。此时突然出现在出场名单中，观众对于他的角色顿时充满了好奇。好不容易看到伍晨的角色晓枪后，所有人却是大失所望。

晓枪，原本是无极战队中相当重要的一个角色，但在无极战队解散大甩卖后，身上比较有价值的装备都已经兜售出去了。而兴欣在强化角色装备的过程中，对于枪炮师职业并没有银装方面的补强，也就是有一些75级的橙装可供其挑选。

最终伍晨总算是为晓枪凑齐了一身75级橙装，虽然这在网游中已经彪悍无比，可是在职业赛场上，尤其是在嘉世这种豪门战队面前，一身橙装，属性一目了然的角色实在有些不够看。只看这个角色，伍晨就不像是兴欣要拿来对付嘉世战队的秘密武器了。

随着两队角色全部载入完毕，现场打出了两方最终的出赛阵容。

嘉世战队，由王泽担任第六人，其他五人首发。

兴欣战队，则是包子为第六人，其他五人首发。

伍晨居然是首发吗？观众们再次议论纷纷。看过伍晨的角色后，大家都更愿意相信他的出场只是兴欣的无奈之举，所以当看到他居然还在首发阵容时，大家又是一次不大不小的意外。这时，随着系统的倒计时结束，团队赛，正式开打。

Chapter 013
肖 时 钦 ， 嘉 世 的 弱 点 ？

地图枫林古道。

作为挑战赛线下赛最重要的一场比赛的指定用图，枫林古道依旧是综合性很强的一幅地图，只是这一次终于将战场从城镇搬到了野外。幽长的古道、横亘于地图的两角之间，古道两旁满是枫树，鲜红的枫叶随风沙沙响动，这自然就是这幅地图名字的由来。但一张图总不可能只是由一条古道构成，所以古道两旁，枫林的背后，有山坡、有河流、有泥坑、有乱石岗……把各种不同的地形全部囊括在一个区域中是不是合适，这在电竞用图中是不讲究的。电竞用图讲究的只是让战场更加多元化，尤其是这种指定用图，绝不能偏袒了某一种战斗风格，否则的话，会让正好适应这一风格的战队好似拿到了主场地图一般。

比赛开始。双方角色各自刷新在了古道的两端尽头。这刷新点是默认的第六人更换区，除此之外，这张图中还有四个换人区，均匀地分布在古道两侧。

嘉世战队，五个角色一进图便开始前进，娴熟地结阵走位，看得出他们对于这张图早已训练有素。

邱非的战斗格式在前面开路。肖时钦的生灵灭游走在他周围，距离并不固定。张家兴的牧师织影，在这两个角色的掩护下跟进。织影也是联盟中赫赫有名的一个牧师角色，豪门嘉世中本就不会有任何一个弱者。

擂台赛里表现糟糕的申建，此时不敢再出什么纰漏。他的拳法家角色连进寸步不离地跟在织影左边，似在贴身保护。

这些角色之后，才是嘉世战队的王牌角色，一叶之秋。他好似压阵的大将军一般，居于队伍之末。

这看似杂乱的布阵，其实每个人的位置都很明确。嘉世就一直保持着这样的阵形，沿着古道一路前进。阵中相对灵活自由一些的，看起来就是肖时钦的角色生灵灭了。

反观兴欣这边，比赛开始后他们倒没有表现出像嘉世那样相互呼应的默契，不过行动总算还是整齐划一的，所有角色齐齐转左便走，显然并不准备和嘉世进行直接碰撞。

"双方到底会有怎样的表现呢？"解说潘林这时已经迫不及待了，从赛前到比赛正式开打，他第四次说出了这句话。

"兴欣采用了战术走位，这一点应该说并不意外。双方存在明显的实力差距，他们必须灵活使用战术，才有可能在这一场比赛中争取到胜机。"李艺博说。

"不过嘉世阵中同样有一位战术大师，而且看起来今天状态极佳，兴欣的战术是否能够奏效呢？"潘林说。

"让我们先看兴欣的布置吧!"李艺博说道。

兴欣战队五个角色绕入古道左侧,方向感十分明确,显然也是研究过地图后做出的战术举动。

而嘉世战队的脚步已在此时停下。研究过地图的人,对于双方如果不采用战术走位,直接碰撞的话,会在哪里相遇相当清楚。嘉世此时的位置,视野内未见任何目标,自然就清楚兴欣是不会和他们打硬攻的。这一点对于嘉世而言,当然并不意外。于是队伍立即调转方向,朝古道一旁钻去。

解说潘林看到这里,顿时大为兴奋,因为嘉世选择的方向和兴欣是相向的,那么双方将有机会在地图的西北区域相遇。导播迅速切换了那一带的地形画面,还给出各种特写,现在战斗还没触发,可以先让大家熟悉一下地形。

现场观众此时都非常紧张。按比例缩放的全息投影中,目前双方的角色都是丁点大的小人,两队人马正各自奔向目标。嘉世战队五个角色依然保持着阵形,兴欣的五人看起来却还是那么散乱。随着双方距离的缩短,全息投影的局部也越放越大,场景、角色都变得越来越真实清晰。

快了!所有人在心中念叨这一句的时候,就听轰的一声响,兴欣这边,最令人意外的出场选手伍晨,打响了本场比赛的第一击。

晓枪一炮轰出,但是看起来毫无目的性,随意飞出的炮弹在地上炸开了,这一炮,看起来真像是操作失误走火了一般。

嘉世战队则做出了明显的调整,很显然,他们与对方的距离已经近到可以听到那一炮响动的地步。

"方向分辨得非常清晰!"潘林看着嘉世战队的调整,叫道。

只是听到声音,嘉世战队调整后就有了明确的去向,正是朝着兴欣战队所在的位置冲去。

"兴欣是准备打一波埋伏吗?"李艺博看着兴欣的举动,却不敢轻下结论。五对五的比赛中,伏击的威力并不如想象中那么大,主要作用也就是出其不意地抢得先机。但是在实力悬殊的对决中,只是掌握一波攻击中的主动权,并不足以让兴欣赢得比赛。嘉世完全有能力后发制人,抢回主动权。

"好像……并不是……"潘林说着。

兴欣的角色并没有散开去找位置隐蔽,而是立即选择了撤退。

而嘉世五人快到这片区域时,就开始提防兴欣的埋伏,那小心翼翼的举动,看在观众眼里多少有点可笑,嘉世的粉丝们只恨无法提醒自家选手:对方已经转移了。

最终嘉世扑了个空,但是对声音的分辨让他们确信:兴欣之前确实是在这里出现过。很快他们就做出了"对手已经转移"的判断,队伍的阵形也在此时做出了一些调整,呈张开伸展状,这无疑是为了扩大搜索面积。结果这时候,忽然又是一声炮响,伍晨的晓枪再次莫名其妙来了一炮。

嘉世再次循声赶来，结果兴欣又一次转移，让他们扑空。嘉世过来时阵形回缩，依旧小心提防的模样，已让现场的观众们面面相觑。

如果兴欣就是希望通过这样做来反复消耗嘉世的精力，那兴欣的战术也未免太幼稚了吧？这种骚扰，只要不加理会，又能产生什么杀伤？

结果这时伍晨的晓枪又执着地开了第三炮。嘉世战队看起来很有耐心，又一次追来。而这一炮后，兴欣战队在这一次终于有了一点变化，队伍一分为二，伍晨的晓枪，赫然脱队开始单飞了！

现场略起了一点骚动，兴欣的战术总算是发生点变化了，可是只是这样，还是让人看不出眉目。可怜的潘林和李艺博，看到兴欣这一变化时，依旧谨言慎行，因为此时场上能挖坑让他们掉下去的选手实在太多了。尤其兴欣这边，战术肯定是叶修在部署，两人实在不敢随便猜测其意图。所以对之前兴欣那种"幼稚的骚扰"，两人可是咬紧牙关，一句点评都没有。

伍晨的晓枪和其他四名队友的角色分头行事。嘉世赶到地方的时候，自然又是第三次扑了个空。一再的折腾，看起来并没有让嘉世的选手失去耐心，他们依旧小心地搜索了这一区域，遗憾的是依然没有什么发现。

兴欣这样做的意图到底是什么？观众可以等着答案揭晓，可嘉世不能，他们必须要猜，要想，要有所准备，真等答案出来的那一瞬间，万一是一个他们无法招架的答案，那该怎么办？

第四声炮声响起，嘉世没有再像之前那样立即追上。

"稍等。"肖时钦给出了本场比赛的第一条指挥消息。十分微妙的是，指挥，本该是在自己的团队频道里进行，以免被对手看了去，但肖时钦的这一条消息，却好像是忘了切换频道一般，就这么公然跳上了选手公共频道。

"呵呵呵呵。"李艺博笑着，正准备就此点评两句。

"走！"结果在嘉世战队的团队频道里，肖时钦赫然给出了一个截然相反的指示。

李艺博顿时一句话又憋回去了。肖时钦真是太狡猾了，自己差一点又掉坑！

现场观众这时倒是眉开眼笑的，作为嘉世粉丝的观众，看肖时钦的指挥，他们觉得机智过人。不过作为嘉世的对手，兴欣这边，看到肖时钦的指挥，却都是在连连摇头。

"玩战术的心真脏啊！"魏琛感慨着。

"是啊！"孙哲平点头。

结果就在嘉世战队虚张声势完，准备瞒天过海地朝着声音来源的方向追去的时候，轰，又是一声炮响传来，却是和刚才那一声截然相反的方向。

嘉世战队愣住了，所有人愣住了。不过观众总算能看到，这一炮，是和晓枪分道扬镳的那伙人放出的，而能打出一声炮响的，只有君莫笑这个散人。

千机伞的枪形态事实上并不是手炮，所以攻击时没有那种炮弹爆炸的声音。君莫笑是用了一个反坦克炮的技能，但炮弹在单发后就中断了技能，以此制造出了和晓枪的手炮惟妙惟肖的声音，可谓是用尽心思。

但是，这样做的意义是什么呢？如果仅从表象来看，这简直就和刚才伍晨一味放空炮引人注意的举动一样幼稚。

可是，场上可是荣耀圈的两位战术大师在较量，这样的高端战场上，会出现那种极端幼稚的想法和意图吗？

两边各打一炮，那能产生什么结果？无非就是让对手知道你们的队伍分成两路了。然后呢？对对手有什么期望？期望他们分兵来追？还是集中力量追击一处？接下来呢，对手做出判断后，你们如何应对？

战术的作用，是给己方带来优势，可是眼下兴欣的行为，让人无法看出在这种情况下他们怎么能争取到优势。队伍分散后，难道不该是隐秘行事吗？如此公然提示对方，这是在送给对方优势吧？看不懂，实在是看不懂。

潘林和李艺博两个，都是紧皱眉头，苦苦思索，半响后转头，从对方脸上看到茫然的神色后，再一起呆呆地转回头看比赛。两人看不懂，自然说不出什么。

这是故弄玄虚吗？这是李艺博想到的，除"幼稚"这种答案以外，另一种可能性极高的解释了。但问题是，故弄玄虚，那也得为了达到某种目的啊！兴欣此时就算是弄出了玄虚，又能把嘉世怎么样呢？

嘉世战队，只是在听到这两声炮响后，迟疑了一下。之后，肖时钦的生灵灭就坚决地朝着他们原本既定的方向赶去，其他四个角色随后跟上，继续保持着他们的阵形，完美地移动着。

嘉世的五个人，咬上了伍晨一个。别说他只是一支出局队的选手，哪怕是联盟最顶尖的大神，在这种形势下也是绝对的劣势。

叶修到底想干什么呢？所有人都在茫然着。

这一次，水平不够的，可就不只是潘林和李艺博了，微草职业队的三位选手，这时在观众席上也是莫名其妙，猜不出叶修的意图。

猜不出，只能看，看比赛的发展给大家展示的答案。

嘉世战队的移动飞快，这是角色实力出众带来的好处。角色强的是方方面面，攻防数据只是其中一部分。而作为一支战队中的一员，有时一个角色的装备并不只是一味地补强自己，还会和其他角色的装备在一起产生"化学作用"。

就拿眼下的移动速度来说，每个角色都会有自己的移动速度，而整个团队的移动速度，就要取决于五个角色中最慢的一个。或许这个角色本身并不需要太快的移动速度，但是为了不施后腿，让整个团队提速，他也有必要穿上对于他本身而言意义不大，但对团队来说意义非凡的提速装备。而这，就是银装研究方面更上一个层次的问题了，不单单是追求属性上的提高，还要解决在整个团队中，银装之间相互呼应的问题。

兴欣目前显然没条件讲究这个，就算是职业联盟中，能讲究到这一步的也只有几支豪门而已。

而嘉世战队这一赛季新增加了角色生灵灭，选手要融入团队，角色同样需要融入。现在看来，嘉世做得很不错，无论是肖时钦，还是生灵灭，和嘉世都已像是一个有机的整体了。此时他们和其他选手、角色相互配合，毫无唐突的感觉。

这种团队上的速度优势，让嘉世战队得以不断地逼近兴欣。兴欣由于装备简陋，橙装居多，暴露的属性让嘉世可以大致掌握他们的很多数据，整体移动速度，就是其一。

之前三次扑空，嘉世却没有丝毫动摇，因为他们清楚，只是这样一条道追下去，他们很快就会发现对方的踪迹。

第四次！与兴欣比整体移动速度的话，我们嘉世决不会扑空第四次了，肖时钦算清楚了这一点。

可是当他们再一次积极主动地追过来后，赫然还是扑了个空。肖时钦当然没指望兴欣会站在原地等他们。他料想的"不会扑空"，就是指追到这一步的时候，兴欣的角色应该已经出现在他们的视野之内了。

但是，没有，第四次追到炮声来源的地方时，他们依旧没有发现目标。

轰！这时，又一声炮响，倒是很清晰地在前方传了出来……

"快追！"孙翔这种水平的大神，当然也是很有判断力的，嘉世这种整体上的速度优势，他心中也有数。屡屡扑空，他觉得大概是因为每次他们追到那个地点时，总会放慢节奏，过于小心，所以难免有一些耽搁，这次如果加紧几步，肯定可以捕捉到对方。

"追不到的。"肖时钦却在此时突然敲出了一句。

"这边只是一个人，他的移动速度，在我们团队之上。"肖时钦说道。

伍晨的枪炮师晓枪全身橙装，移动速度能到什么程度，自然清楚无比。

兴欣为什么要分兵？渐渐的，总算有一些高水平的人看出一些端倪了。这是一次精确的战术节奏变化。只考虑团队速度的话，肖时钦料算他们第四次循声追踪，肯定可以发现兴欣战队。对此，叶修也是心中有数，于是兴欣早一步分散行事，团队移动，兴欣比不过嘉世，但是没有团队移动的因素制约，论单兵速度，伍晨的晓枪却在嘉世的团队速度之上。

只是，通过这样一次完美的节奏变化，兴欣得到了什么呢？难道，就是为了将他们那种"幼稚的骚扰"继续下去？总算看出一点章法的观众又产生了新的疑问。

这场比赛到现在为止，双方都还没有交火，只是这样跑来跑去，跑得所有人都是一头雾水。好多人都已经不耐烦了，现场嘘声自然变得更大声。嘉世粉丝对于兴欣战队这种不知意欲何为的战术十分不爽。

就在这时，又是一声炮响。

伍晨的晓枪，又在提醒嘉世的人他在哪里了。

继续追，还是不追？肖时钦终于有些迟疑了。追，伍晨的晓枪，他们未必追得到；不追，他们也不见得有什么损失，可是不追的话，接下来比赛应该如何进行呢？

肖时钦有点头痛。他忽然发现，这样的场面，他实在是有点陌生。因为一直以来，他率领雷霆那样一支弱队的经验才是最丰富的，通过战术，通过整体配合，和比他们更具战斗力的队伍纠缠。压倒性的实力？雷霆战队从来不曾有过。

可眼下呢？眼下肖时钦赫然发现，如果他是处于叶修的位置的话，或许他会更加如鱼得水。因为以弱打强，那才是他的强项。恃强凌弱？本赛季他才开始接触，而这一路接触到的对手，都太弱，弱爆了，弱得他一点经验值都积累不到。于是转眼间，打到了决赛，遇到了一个弱，但又不是弱到家的对手。

而这对手阵中的战术大师，是叶修，对肖时钦他们这一代选手有着极大影响的大神。他们这些人的荣耀本领，多多少少都有一些是从这位大神身上习得，谁让他是"荣耀教科书"呢？肖时钦的战术思路，就有不少是从叶修的比赛中学来的。他有的能耐，眼前这位大神大概都不会比他差到哪去。

于是肖时钦赫然察觉，这一场比赛，他要打败的，好像是……一支会和他昔日所率领的雷霆很像的队伍。

局面让肖时钦感到了一丝尴尬。而这种细微之处，除了肖时钦本人，即便是他的队友，恐怕也无法察觉。

嘉世战队里孙翔是队长，但场上指挥权在肖时钦加入以后就移交给了这位副队长。此时肖时钦突然沉默，在这种需要指挥抉择的时候，队伍一下子就像熄了火一样进入了停滞。

所幸肖时钦很快回过神来。如此停滞，在场上可是一个致命的疏忽。自己需要快点调整过来，不要分心想其他，尽快把这场比赛的状况理清楚。在明白现在叶修所做的，其实就是他这么些年在雷霆战队做的事后，肖时钦换位思考倒是转换得顺畅无比。

只是，叶修是叶修，肖时钦是肖时钦，即使在做同样的事，他们却是不同样的两个人。叶修是肖时钦学习过的对象，但这并不意味着肖时钦完全摸清了叶修的套路。反倒是在换位思考后，肖时钦很快又茫然了。

他从叶修身上学习以弱打强的战术，大多都是通过举一反三来研究的。因为叶修所在的嘉世战队从来不是雷霆这样的弱旅，他们顶多偶尔在局部比赛中处于劣势，却从来不会以弱队的姿态面对强敌。哪怕是嘉世惨烈出局的上个赛季，也根本没有人认为嘉世是一支弱队。嘉世出局，可是被当作奇迹来看待的。

所以，代入兴欣的立场来思考，肖时钦依然判断不出兴欣的意图。至少如果是他来打兴欣这副牌的话，不会打出现在这种局面。

继续追，还是不追？应该追哪边？又回到这些个问题。

坦白说，以目前的局面，嘉世完全不用这么积极主动。因为擂台赛之后，目前处于领先位置的是他们，他们完全可以坐等兴欣战队主动找上门来。但问题是，他们是嘉世，是在本场对决中占据绝对优势的一方。豪门的尊严，让他们无法做出这种被动的举动。所以嘉世开局以来的行动都很积极，他们积极寻找兴欣战队的位置，想快些决出胜负，好像处于落后的是他们一般。

而现在，有一个目标就在眼前，可是追不到。

分兵追击？肖时钦摇了摇头，如果他们分出速度快的人去追晓枪，或许就会中了兴欣的圈套。

"这边。"肖时钦又一次在选手公共频道里发出了消息，然后操纵角色，率领着嘉世战队，朝反方向移动了。

他放弃了继续向前追击伍晨晓枪的方向，而是改朝叶修的君莫笑发出那一声炮响的方向冲了去。不过，他敲在选手公共频道的那条消息，多少具有一点迷惑性，他可不想让兴欣轻易地猜到他们的意图。这边，到底是哪边？

就在这时，晓枪的方向上，又有一声炮响传来，伍晨又在提醒嘉世的人他在哪里了。而肖时钦可不想让兴欣随意就掌控他们。这一次，晓枪在射出一枚炮弹后，并没有立即离开。肖时钦敲在公共频道里的那句"这边"也没有让伍晨有丝毫动摇。在稍等了片刻，没有发现嘉世战队追来的身影后，伍晨就在兴欣战队的团队频道里汇报了这一情况，然后，叶修答复了他一个坐标。

有心的观众可以看出，这个坐标，正是之前叶修的君莫笑放出那一炮的位置，也是嘉世战队此时要前往的地方。

伍晨的晓枪果断调整方向，朝着这一坐标区切去。

拥有上帝视角的观众将一切看得无比清楚——伍晨的晓枪以更快的移动速度，逐渐逼近了嘉世战队的身后。而兴欣战队的其他四个角色，却走了一道大弧线，看似是要朝晓枪的身后绕去。

所有人焦急地注视着局势的发展。终于，伍晨的晓枪先一步追到了嘉世战队。嘉世五个角色，此时都已经出现在了他的视野当中。

但是，与此同时，他也被嘉世发现了。像嘉世这样训练有素的职业战队，即便是朝着明确的目的地赶路，也不会在团队移动的时候丝毫不注意身后的状况。

"身后！"负责查看身后，刚刚发现晓枪的张家兴立即在团队频道里提醒。

没有人急着回头，其他四人飞快地走位，瞬间就将张家兴的牧师围绕起来，然后整支队伍掉转了个方向。

晓枪的炮火袭来。嘉世五人虽轻松闪避，却苦于无法还击。双方现在这种距离，只有枪炮师可以实现有效攻击。嘉世战队目前的职业构成：双战斗法师、一拳法家、一机械师、一牧师。机械师生灵灭毫无疑问是他们当中的第一远程攻击手，可是相比伍晨的晓枪，生灵灭还是不够看。

一击不中后，晓枪又果断发起了第二击、第三击……

所有人目瞪口呆，晓枪这举动，颇有一人单挑嘉世全队的架势，难道这真是兴欣战队隐藏的什么大杀器？

嘉世战队是不会放任晓枪仗着距离优势就乱轰乱炸的，就见五人队伍飞快地朝着晓枪欺身逼近。

而伍晨一点也不贪功，一看嘉世战队冲了过来，立即后退，速度比起之前的移动还快，飞炮技巧他都用起来了。

嘉世战队只得干瞪眼，晓枪的速度在他们团队之上，这是之前就确认过的事。

结果他们这一停，伍晨的晓枪又兴高采烈地朝着他们轰了起来。

这难道是……风筝打法？所有人又一次震惊。伍晨，这个名不见经传的选手，居然单枪匹马地放嘉世的风筝？

以嘉世选手的实力，晓枪如此极限远距离的攻击，其实根本不可能对他们造成有效杀伤。只是这样没完没了地骚扰，让他们无法坐视不理罢了。

嘉世战队的速度不如晓枪快，那是因为这里面存在木桶理论。只比单人移动速度的话，嘉世阵中除张家兴的牧师以外的任何一个角色，都能赶上晓枪。

抛开牧师，其他人先去围杀晓枪？肖时钦刚刚心生这样的念头，一身冷汗就冒出来了。

真要这样去了，他们的牧师将被孤零零地丢下。兴欣战队，等的恐怕就是这样的机会吧？就算晓枪被他们四人追上击杀，但是能换走嘉世的牧师，这个战术绝对超值。

好奸诈，好卑鄙！开始时一系列的故弄玄虚，事实上都是为了让嘉世在这一瞬间放松警惕吧？

想突袭我们的牧师？肖时钦的生灵灭视角一转，扫了一圈周围地形，凭他战术大师的眼光，迅速发现了一处极其适合对手发动突袭的地形。

"走！"肖时钦这一次的消息，却是切换到团队频道里了。

肖时钦一发出攻击信号，嘉世战队立时行动，朝着肖时钦判断的方位猛地冲了去。

原本居于队伍后方的一叶之秋，这时一跃冲到队伍最前面，和邱非的战斗格式一起冲了出去。已知身后只是一个吊在远处的晓枪，嘉世自然不会再用心提防身后。两个战斗法师齐头并进，转瞬就杀到了肖时钦示意的位置。

可是，扑空！又是一次扑空！肖时钦判断的所谓兴欣的最佳突袭位置，根本空无一人！

难道叶修猜到我会看出这一点，所以故意不选择这个位置？肖时钦在所难免地做起了心理选择题。

于是嘉世战队又迟疑了。伍晨的晓枪大胆走近了几步，继续狂轰滥炸。虽然他这些攻击不会产生什么强大的威胁，但嘉世选手也得进行操作才能闪避，总归很烦不是？

肖时钦虽在思考战略问题，却也第一时间做出了反应。此时的嘉世战队，能最快打击到晓枪的，只有肖时钦的生灵灭。

谁想他刚一启动，伍晨的晓枪就果断后撤，丝毫不拖泥带水。

肖时钦无奈。对于伍晨这个选手，他只是防患于未然地了解了一下。虽然在线下赛中，伍晨没有上场表现过，但好在他之前打过职业比赛，肖时钦还是找到了一些有关他的资料。伍晨是一个基础很扎实，但除此以外并无太多亮点的选手。于是，对他，肖时钦并没有做出什么针对性的防范。而现在，正是这位选手在给他们制造麻烦。

不求有功，但求无过，伍晨非常小心地操作着他的晓枪。他清楚自己的水平，面对嘉世，他没有能力成为那种能制造强大杀伤的人，但是，眼下这种程度的骚扰，他能做到！

这本就不是太难的任务，换作是其他职业选手，可能会不屑于承担如此简单的任务，但是伍晨不会这样。他是一个再平凡不过的选手，他知道以自己的能力，不足以承担很多重任，而接过这种并不困难的任务，在他看来，就是最大程度贡献自己力量的机会。伍晨做得很认真，像这样认真地去执行一个简单的任务，最终效果可想而知。

嘉世真被伍晨的骚扰弄得没脾气了。全队追击，肯定追不上他的速度，要反击这家伙，只能分兵。

肖时钦已经完全猜透了叶修的意图，但是……他也不得不做出这种被动的选择。因为他现在所指挥的，已经不是霆霆战队，他不能再习惯性地放低自己的身段。

他现在指挥的是嘉世，荣耀联盟史上最伟大的，唯一一支建立过王朝的战队。即使出局，也抹杀不掉这支队伍心中的骄傲。他们始终认为自己还是王朝战队，他们的粉丝也一直认为他们是联盟首屈一指的豪门。出局，只是意外罢了。这样一支战队绝不允许自己在比赛中表现出低姿态，尤其出局这样的处境中，他们变得更加敏感，更加不允许这种状况发生。

让晓枪就这样像苍蝇一样围绕在他们身边而不去驱赶，照肖时钦的本意，这并不影响大局，大家多多避让着一点就可以了。但是，就因为他们是嘉世战队，所以如果他们连这么低级的一个骚扰者都无法驱逐的话，实在无法让观众，让粉丝们信服。嘉世，需要的不仅仅是胜利，还需要胜得强势，胜得有说服力。

必须得上！于是嘉世战队调整了方向，朝着晓枪追击而来。

只是这一次，他们不再是整体移动，肖时钦的生灵灭和邱非的战斗格式拿出了他们最快的移动速度，飞快地拉近和晓枪的距离。他们身后，孙翔的一叶之秋和申建的拳法家连进，更加紧密地守护在张家兴的牧师织影身边。

肖时钦心下其实很不踏实。他知道，叶修所期待的局面出现了，兴欣针对这样的局面肯定有相应的部署。但他没有办法，豪门战队这种明知不可为而偏要为之的强悍，他终于第一次清晰地感受到了。在之前的挑战赛里，这样做，他们也能轻松无比地碾压对手，但是这一次，他们终于遇到了一个令他们忐忑不安的对手。

看到生灵灭和战斗格式猛然追来，晓枪顾不上骚扰，全力逃跑。

"慢一点。"肖时钦在团队频道里指示着，主要是针对邱非。

速度全开，可以更快地追赶上晓枪，但是，和队友之间的距离也会拉得更大。肖时钦明知兴欣会利用此大做文章，当然会尽自己所能削弱这种不利的影响。所以他并没有用全力去追，只是用了一个能赶上晓枪的速度，这样一来，他和嘉世其他角色的距离也就不会被迅速拉大了。

肖时钦期待着兴欣快些做出反应，但是兴欣偏偏没有。

观众们看得清楚。兴欣的君莫笑等四个角色，就在晓枪身后不远的距离。他们本是准备做出呼应的,所以晓枪抽身而退的时候,四个角色飞快地分散站位,做出了伏击的部署。但是很快,四个角色就撤离了原来的位置,又开始走位。

这下,在观众眼中,双方的部署总算是清晰无比了。潘林和李艺博,终于敢大着胆子解说了。

"兴欣是想利用伍晨晓枪的骚扰,逼迫嘉世分兵。"潘林说道。

"嗯……事实上,晓枪的骚扰力度不大,无法起到强逼的效果。不过嘉世看起来很有信心解决他。"李艺博说道。

"呃……生灵灭和战斗格式的追击,好像未尽全力啊?"潘林说。

"嗯……他们在尽可能地保持团队阵形的完整性,避免过于分散,看来肖时钦很清楚兴欣的战术意图。"李艺博说。

"所以兴欣在这种情况下并没有发动攻击,他们部署好的攻击阵形又一次转移了。"潘林说道。

"嘉世为什么不更坚决一些呢?让一叶之秋和战斗格式冲锋突前,肖时钦的生灵灭拥有远距离攻击优势,可以居中策应,这样将团队拉成三个层次,不是可以更好地呼应起来吗?"李艺博此时提出了一个疑惑,听起来还真是比肖时钦此时的应对更加妥当一些的部署。

这个问题潘林当然是答不上的。观众们听了,更多的也只是疑惑,觉得李艺博说的很有道理,肖时钦这样的战术大师,为什么没有采用更好的应对之策呢?

反倒是兴欣的选手席上,一直以来时常因为看不明白比赛而各种干着急的陈果,在听到这解说内容后,露出了相当得意的笑容。

"和嘉世的团队赛,突破口,在这里!"

当时,在兴欣的战术会议上,叶修说到这里时,用手指了指战术板上肖时钦的名字。对此,陈果是无比诧异的。虽然她水平不够,但也在不停地琢磨着他们怎样才能击败嘉世。以弱打强,重要的是找准对方的弱点,这个道理陈果终归是清楚的。她想到了各种可能性,但就是从来没有想过肖时钦居然会是嘉世的弱点。

"为什么?"虽然打比赛陈果是不参与的,但她还是很好奇的第一个问了出来。

因为肖时钦和嘉世的磨合还远远不够。这是陈果最终得到的答案。

肖时钦的出身,造就了他独特的战术风格和打法。而对于嘉世这样一支豪门战队来说,肖时钦的战术风格就显得有些局促了。他那种精打细算、死抠细节的作风,对于嘉世战队来说,太小家子气了。这一点,投身嘉世后的肖时钦,也感受到了。

为此,他做出过调整,双方磨合得很愉快。但是很遗憾,事实上他们并没有遇到真正的检验,因为挑战赛对于嘉世而言,水准太低了,任何调整,用挑战赛这种水准来看的话,都会显得无比成功和愉快。

只有够强的对手才是真正的试金石。兴欣或许说不上是够强的对手,但是,确实是到目前为止,嘉世遇到的第一块真正有点分量的试金石。

肖时钦和嘉世的磨合，在这一场决赛中才会得到真正的检验。如果有问题，那就需要在场上解决，解决不好，就有可以暴露出更多问题。

兴欣的战术，简单到让人觉得幼稚，但是，却精准命中了肖时钦和嘉世战队之间的问题所在。

这种幼稚的骚扰，以肖时钦原有的风格，他会置之不理。可是在背负起了嘉世的骄傲之后，他却得想办法去解决。

明知山有虎，偏向虎山行，这完全不是肖时钦的风格，但他却不得不用这样的方式去处理问题。他只能更加谨慎地去面对，以至于最终做出的部署还不如李艺博的设想积极大胆。

因为在这种纠结的状况面前，肖时钦还是不自觉地表现出了他最熟悉的风格。他不想让嘉世战队的表现像一支中小战队那样战战兢兢、小心翼翼。结果他却以另外一种小心的方式，回避起了之前的小心……

分成两个小队的嘉世战队追击着晓枪。晓枪则玩命跑路，兴欣其他角色也是玩命后撤。肖时钦降低了速度，结果兴欣方面便有机会拖延了时间，渐渐的，嘉世的两个小队之间，还是拉出了一个让肖时钦十分担忧的距离。

这时连潘林都在为嘉世发出叹息："早知如此，生灵灭和战斗格式还不如冲得快一些，那样至少可以早一些打击到晓枪。"

"嘉世是不是太过于谨慎了？他们明明比兴欣强大很多啊，完全可以更加强势一些。"李艺博说道。这次，他可真没有说错。

肖时钦，在前后为难的时候做出的部署，不自觉地还原了他的本色。嘉世战队，在他这种风格的指挥下，显得束手束脚。

肖时钦和邱非两人的角色提速追击晓枪，可提又提得不够彻底，如此拖延了时间，终于，他们两人的角色和孙翔那三人的角色还是拉开了一定的距离。但前方的晓枪到底是越追越近了，非但如此，两人这时甚至还发现了兴欣其他角色的身影。

坏了！肖时钦在看到兴欣其他角色出现在这个方位时，心里顿时咯噔一下。他原本的推断是兴欣想分离他们的人手，偷袭他们的治疗，可现在对方出现的位置，明显表露出他们并无此意图。他们真正的意图，是攻击嘉世跑得最快、追得最紧的人！

"停！"一发觉中计，肖时钦就下意识地做出了挽救，他示意邱非停止追击，而后转视角去看身后另三个角色和他们的距离。

"退！"这个距离让肖时钦觉得挺没有安全感的，于是他立即操作着生灵灭朝后退去。

邱非的战斗格式在此时明显犹豫了一下，但是最终还是服从了指挥的命令。

然而，兴欣的人此时都冒泡了，哪里会这么轻易地放过他们？就见晓枪不再后退，其他几个角色的身影也迅速清晰起来，兴欣五人竟然是呈一个扇面，朝着生灵灭和战斗格式包抄过来。

果然有埋伏啊！肖时钦此时庆幸自己反应得快，退得及时，损失，应该不会很大吧？

嘉世的损失确实不是很大。兴欣虽然打压得很猛，但嘉世另三个角色也没被甩得不见踪迹，转眼他们就能过来支援。所以叶修等人齐齐压上，欺负了一下生灵灭和战斗格式后，一看嘉世五人就要完成会合，便立刻果断地撤退了。

肖时钦长出了一口气，他觉得这一次自己的应对还不错，却不知道此时解说、观众、其他职业选手……差不多是除他以外的所有人，都对他们的应对感到十分惋惜。

"怎么就退了呢？"潘林很纳闷。

"嘉世打得很犹豫啊！既然都追了，这种时候怎么又选择了退却呢？虽然短时间里嘉世是以少打多的局面，但是以他们选手和角色的强力，大可不必逃避这种局面吧？稍稍坚持一下，支援就到了，到时兴欣肯定就不敢攻得太放肆了。反倒是现在这样一味后撤，只会让兴欣毫无后顾之忧地抢攻一番啊！现在嘉世飞快撤退，他们根本没有一点攻击的延续性啊！"李艺博说着。

"今天的嘉世，表现有点失常。"潘林说。

"是因为擂台赛没有达到预期的效果？还是说一直以来他们在挑战赛中都没有遇到过像兴欣这样难缠的对手？可不管是什么原因，嘉世都不应该打得这么没自信啊……"李艺博只是说出了问题，具体原因，他还在思考。他觉得自己已经隐约捕捉到了，但具体说来，是什么呢？

"肖时钦……把嘉世当成雷霆了。"还是微草的职业选手刘小别一针见血地发现了嘉世的问题所在。

"这一赛季没有高水平的比赛锻炼，他的调整不够彻底啊，一遇到压力较大的情况，他下意识的应对完全就是在雷霆战队时的风格。"许斌说道。

要说肖时钦这个选手，许斌还是有一定发言权的。因为他之前效力的三零一度战队和肖时钦所在的雷霆战队都是同一档次的中流战队。他们是非常直接的竞争对手，每次都为了季后赛最后那点席位死磕，双方互相交手的成绩，会对此有相当大的影响，所以他们都会玩命地研究对手。

"是的，他现在率领的可是嘉世战队啊，有孙翔这些猛人，根本没必要像他所想的那样打。要我说的话，他刚才如果是让孙翔的一叶之秋冲在最前面，没准一个人就冲散兴欣的伏击了。"刘小别说道。

大家说归说，比赛却完全没有依照他们所想的发展。不过此时的肖时钦，也多少意识到不对劲了，这得归功于赶上来的后三人中，牧师选手张家兴和他的交流。

"我们打得是不是太被动了？我觉得可以更积极一些。"张家兴表达着他的看法。比赛的指挥只有一个人，但其他选手当然也是可以出谋划策的。此时的嘉世首发阵容中，只有张家兴一人是嘉世战队一直以来的一线主力，治疗又恰巧是一个需要观察大局的职业，所以他敏锐地发现了嘉世今天的战斗节奏非常不对头。

肖时钦被他这一句话说得如梦初醒，顿时意识到之前自己的指挥是把嘉世当雷霆了。其实这一整个赛季他都在不住地提醒自己要转变立场，想不到到了关键比赛的时候，他还是无法娴熟地担任好新角色。在雷霆磨炼出来的战术惯性，对肖时钦而言太根深蒂固了。他需要用时间、用比赛去剔除。而这一整年，时间有了，比赛却没有。挑战赛水准，那根本不够看。

"说得对，我们要多积极一些！"肖时钦可不是一个发现有问题却还要为了面子死撑的人。说实话，要面子，是普遍存在于豪门战队中的风气，但是中小战队的选手大多没有这种毛病，哪怕是全明星级别的大神。

意识到了问题所在，肖时钦便飞快地做出调整。一叶之秋，嘉世战队的王牌终于被推向了阵形的尖端，他和战斗格式一起，开始了高速的追击。而肖时钦的生灵灭居中策应，申建的拳法家连进一个人负责保护团队中的治疗。

"嗯，看来嘉世已经发现了问题，很快就做出了调整。"李艺博很开心地说着。他倒不是为嘉世感到高兴，他心情好是因为嘉世此时的调整，就是照他之前觉得最为恰当的方式进行的。在今天的解说中，难得展现了一下他李指导的水平，这让李艺博相当得意。

孙翔的一叶之秋和邱非的战斗格式这一次可就丝毫不留余力了，他们全力冲杀，飞快移动。很快，刚刚撤离的兴欣战队的角色，就出现在了他们两个的视野内。

君莫笑！率先被嘉世追到的竟然是叶修，在擂台赛中先后将邱非和孙翔击败的人。而现在，三人又在团队赛里相遇了。

豪龙破军！

豪龙破军！

一叶之秋、战斗格式，嘉世战队的两个战斗法师此时竟使出了相同的一个大招！两个角色的身影疾驰出去，看似一起，但在冲出后，还是瞬间拉出了一段距离。这不是一时兴起，而是训练有素的双战斗法师配合打法。现在孙翔、邱非联手挑战的，正是战斗法师这一职业的巅峰缔造者。

轰轰轰！君莫笑甩开千机伞，伞尖喷出的火舌中三发炮弹射出，赠给了向他挑战的二人。

这种攻击，完全无法阻止豪龙破军的冲势。君莫笑却借着这一反坦克炮的后坐力，倒飞了出去，跟着将千机伞撑向他头顶，机械旋翼打开，直飞半空。君莫笑刚刚离开原来位置的一瞬，孙翔的一叶之秋就狂冲而至，看到君莫笑飞起，他连忙操作调整了一下却邪的指向，但到底还是来不及了，一叶之秋急速抹过，他冲了个空。稍慢一步的战斗格式自然也是差不多的情况。不过连续两个豪龙破军从脚底下闪过，半空中的君莫笑还是被这强势冲刺带起的气流吹得摇摇摆摆。一叶之秋和战斗格式的冲击力由此可见一斑。

结果君莫笑就在空中如此摇曳时，竟收起了机械旋翼，噌的一声，太刀出鞘，他在空中斜着身子就是一记拔刀斩，直朝地上刚刚收了大招的两个角色劈去。

豪龙破军收招极快，是没有任何僵直的。孙翔和邱非两人反应都是极快的，就见一叶之秋和战斗格式一左一右跳开，君莫笑拔刀斩的剑气瞬间在二人当中一闪而过。

银光落刃！君莫笑跟着出了这一技能，直朝这二人当中的位置落去。银光落刃小小的范围攻击，恰好可以波及二人。

只是这个波及还是相当勉强的，嘉世两个角色略略一退就已经落在了攻击范围之外，跟着两柄战矛端起，交叉出一个角度，一起朝着君莫笑刺了过来。

滑铲！君莫笑在银光落刃后根本没有任何停留，直接就是一记滑铲溜了出去。这是跨职业系的技能搭配使用，正是散人最大的特点。嘉世在意识到要在挑战赛中面对叶修的散人后，也对这一职业有过专项的研究，对于散人模式的技能表，嘉世战队的选手都已经不陌生，他们完全是把散人当作第二十五个职业来理解的。

不过，他们虽然熟悉了散人的技能体系，但是这些技能叶修会如何运用？即便是最熟悉叶修的嘉世战队，也完全无法预料。叶修在嘉世时，主要贡献都是来源于他战斗法师的功力，而这放在散人身上，仅仅是君莫笑战力的二十四分之一。叶修更换散人这一职业，让嘉世对他的熟悉变得再无意义。

银光落刃之后接滑铲？孙翔和邱非的反应都算是极快的了，但终究还是迟了半拍，两个角色压下的战矛最终还是没能把君莫笑给压住。

用滑铲溜开的君莫笑，背身就甩了一枚手雷过来。一叶之秋和战斗格式再次一左一右跳开，爆炸的火光闪现在两个角色当中。一叶之秋和战斗格式转身就要再追，结果才两步上前就见一片紫雾升腾起来，居然是踩中了一个毒云陷阱！这陷阱君莫笑是何时丢下的，两人根本毫无察觉。

现场此时已经完全沸腾了，原本大家都以为叶修的君莫笑会飞快地找机会摆脱离开，可是此时看来，这家伙，赫然是在进行一挑二啊！

但是从上帝视角来看，观众们更加清楚，此时兴欣战队的其他角色，是真的抄向了嘉世的后方，准备要偷袭他们的牧师了！

Chapter 014 全 面 开 打

兴欣和嘉世的团队赛，至此终于全面开打。初看是嘉世咬着兴欣不放，终于追上开始攻击了。可是总览全局的观众都知道，此时兴欣战队叶修一挑二，而其他四人战术走位，正准备抄袭嘉世身后，嘉世战队对此明显一无所知。

肖时钦刚刚检讨完自己不够积极大胆，所以采取了较为积极的应对，兴欣这边却已经改变了战斗节奏。

解说潘林和嘉宾李艺博将这些变化看在眼中，却努力忍住没有早下结论，直至看到兴欣战队的寒烟柔、晓枪、一寸灰、小手冰凉这四个角色的走位越来越明确，才终于敢点评。

"出人意料……实在是出人意料。"李艺博感慨连连，"我们刚刚还在说嘉世战队打得太保守，不符合强队作风，结果这一转眼，却是兴欣拿出了强势的打法，王牌选手牵制对手主力，其他人战术走位偷袭，这是标准的拥有顶尖王牌选手的豪门打法啊!!"

李艺博这么一感慨，让很多人如梦初醒。

确实，兴欣目前所用的打法，可是标准的豪门级打法。利用顶尖的选手和角色，尽可能牵制对手更多的力量，以此制造出更多的攻击空当。这种打法的原理，在许多竞技中都适用。比如篮球场上，强悍的球员可以一个人牵制对手两到三位防守队员，从而给其他队友创造出大量空间和得分的机会。

但问题是，眼下的豪门是嘉世战队啊！面对嘉世，反倒是兴欣率先用出了这种打法，这是不是太夸张了？

"这种打法，王牌选手的发挥至关重要！而叶修对于担任这样的角色，恐怕不会陌生，但问题是现在的他已经不是昔日那个巅峰状态的斗神叶秋。现在他要面对孙翔和邱非两人的夹击，这两人的角色，一叶之秋就不必说了，就是邱非的战斗格式也是相当强力的战斗法师角色。叶修能顶得住吗？"潘林飞快地解说着现场。

顶不顶得住？这个答案根本来不及揭晓，嘉世战队就已经后方失火。兴欣战队的节奏，把握得非常完美，根本没有让这边的叶修承担过多的压力。他的存在，只是牵扯了一下嘉世的注意力，让他们几人尽快拉开距离。

而现在，唐柔他们四人的角色都已经到位，没有任何迟疑地冲了上去。

豪龙破军！

申建察觉到对手偷袭时，寒烟柔已经端着战矛直冲过来。晓枪、一寸灰，这些嘉世选手以为都跑在他们前方的角色，却悄然绕到了他们的侧翼，此时一现身，直接就进入了攻击范围。

申建的职责就是保护治疗，此时自然是要义无反顾地站出来当肉盾，操作着他的拳法家连进一步上前，就将张家兴的牧师织影掩在了身后。

寒烟柔的豪龙破军正中连进胸口，却没能将连进击飞。申建在冲上来当肉盾的一瞬就已经开了技能钢筋铁骨，这状态下的拳法家是不会被这样的冲击给击退的。连进跟着就要对寒烟柔做出反击，结果一道卫星射线从天而降，将他完全包裹其中，是伍晨的晓枪开出大招，配合着唐柔的攻击。

唐柔也不去和申建纠缠，操作寒烟柔欲绕过连进去攻击张家兴的牧师织影。

张家兴不愧是嘉世一线主力队的治疗选手，这种局面也丝毫没有让他慌乱。团队赛中，治疗经常是对手的主攻目标，在这种情况下保持冷静，已经成了每一位治疗选手的基本素质。张家兴这种可以胜任豪门一线治疗位置的选手，当然不会连这点素质都没有。

申建的连进上前当了肉盾，张家兴乘机就操作着自己的牧师向后撤。这种局面下，治疗要做的就是争取时间，因为没有哪支团队会忽略对治疗的保护，治疗遭受攻击，团队会立即组织起救援，治疗要做的就是在这段时间里尽可能地降低损失，和前来救援的队友形成呼应。

张家兴操作织影后撤的工夫，就已经认清了局面，他们嘉世的阵形还是挺完整的。兴欣这边刚一发动偷袭，居中的生灵灭就已经调转方向赶回来救援，就这，已经足够让张家兴感到踏实了。三打四，凭嘉世的实力，张家兴觉得足够应付了。

心中有了底，张家兴也就愈发冷静。看到寒烟柔直朝自己冲来，他加速朝后退去。真要凭操作和唐柔周旋一会儿，张家兴也能做到，不过那样死撑未免有些不够明智。

张家兴此时已经看清了兴欣的角色分布，唐柔的寒烟柔冲得最前，而从他们所了解的情况来看，这位选手虽然是个漂亮妹子，但在场上表现出的攻击性不比任何男选手差。张家兴此时操作角色不住地退后，就是想将寒烟柔引得更深一些，让她和团队脱节。这样等嘉世开始反扑的时候，她就将成为兴欣这边的负累。

短短的一瞬间，张家兴就能做出这样的计划，也不愧为一个经验丰富的选手了。但在看到绕过连进的寒烟柔那提着战矛的姿势后，张家兴忽然意识到有点不对。

"身后！"这消息张家兴还没来得及发出去，就见从连进身侧绕过的寒烟柔已经一个一百八十度大转身，提起的战矛一刺，魔法波动澎湃而出，竟然是一个伏龙翔天，在这样近距离的情况下蛮横地朝着连进背身打去。

全中！申建的连进被晓枪的卫星射线袭中，正挣扎着，同时还要留意兴欣其他人的举动。寒烟柔不攻击他而是绕过，他自然以为她是要抢攻牧师去了，压根就没想到寒烟柔居然是绕到他的身后打背击去了，而且还是这么生猛的一记背击。

连进一下子就被推得飞了出去。他开了钢筋铁骨，是能抵御许多攻击效果，但伏龙翔天这个大招是带点抓取判定的，这正是钢筋铁骨这一技能的克星。

连进被推飞出去。如此一来，和团队脱节的就不是寒烟柔，而是连进了。再看连进被推飞后的落脚处，早已经被乔一帆操作着一寸灰摆上了数个鬼阵，就知这根本是兴欣有谋划的一波攻势。

可怜张家兴的职业是一个牧师，眼下这种局面，他可以辅佐申建，给他更多支撑，却无法破局，稍有不慎，还极有可能将自己搭进去。

犹豫不决的张家兴不敢让他的牧师织影贸然上前，此时他更寄希望于肖时钦的生灵灭能快些赶回来。但兴欣方面如此精准的战术布置，又怎会不考虑到这种情况？这边虽然没有叶修坐镇，但唐柔四人依旧打得有板有眼。申建的拳法家连进被送入一寸灰的鬼阵后，没有任何停歇，乔一帆立刻就是一波大爆发。只一瞬间，本场团队赛的输出统计中，乔一帆的一寸灰就已经跃居榜首。兴欣这一波攻势，最终承担起主攻责任的，竟然是一个阵鬼，这点恐怕是让相当多的人始料未及的。

无论是张家兴，还是申建，两人遭受偷袭时更多的注意力都是放到了突前的寒烟柔身上，对于一般来说都是起辅助作用的阵鬼多少有些忽视，而现在，他们为此付出了代价。落入一寸灰鬼阵当中的连进生命瞬间就被刷掉了一截。当一寸灰引爆鬼神盛宴的时候，兴欣的牧师小手冰凉还给连进套上了一个圣诫之光，唐柔的寒烟柔、伍晨的晓枪，更是在这一时刻同时引爆了自己的最强攻击。

轰！枪炮师的爆炸声效最为惊人。火光中鬼神肆虐，寒烟柔彪悍的身影也被遮掩得模糊不清，申建瞬间就找不到北了，只看到自己角色的生命飞一般地下降。

织影呢？这一瞬间，申建甚至忘了织影是他本该保护的对象，他甚至寄望于织影能快些救自己一救。

牧师想破解对方这样的攻势多少有些无力，但要撑一撑场面，确实还是足够的。张家兴一看，兴欣这帮人是一边打，一边把申建的连进往一旁扯，那模样就好像是街头打架一般，先把人往小胡同里拉。

往小胡同里拉人，为的是提防耳目过多。此时兴欣的举动，那自然是尽可能延缓生灵灭赶来救援的时间。

张家兴一看，真这样让申建死撑，他八成是要被打死的，当下顾不得许多，连忙操作着织影上前几步，对申建的连进开始了治疗。

结果治疗法术还未丢出呢，炮弹就已经先砸到他面前了。伍晨注意到织影的举动后，立刻调转了炮口，阻挠张家兴实施治疗。

打断治疗，这又是团队战中相当基础的战法。伍晨这位选手确实没有什么太突出的地方，但好就好在基本功扎实。因为他清楚自己天赋有限，在高精尖的地方没能力做出什么突破，所以转而将这些基础的东西练得扎扎实实。此时他的打断，让嘉世这位主力治疗选手都觉得十分难受，毕竟张家兴现在没有任何掩护，就是这样暴露在对方的炮口下吟唱治疗。

一次又一次，织影的治疗吟唱被伍晨准确拿捏住了节奏，转眼间就已经有四次吟唱读条失败。张家兴深感无奈，最后只能是将瞬发的治愈术给用了出去。

治愈术无须吟唱读条，治疗量也不低，但蓝耗大、冷却时间也长。通常治疗都会将其视为保命大招，尽可能节省下来，留到赛点这种关键时刻才用。但是眼下，张家兴已经没有别的办法了。这要不帮申建的连进撑着，这一刻就有可能发展成影响结局的赛点。虽然照一开始张家兴"三打四没问题"的思路，眼下若先损一人，对嘉世而言也应该是没大碍的，但是在目睹兴欣这一波攻势制造的伤害后，张家兴已经不敢再这么乐观了。

治愈术放出来，伍晨也确实没办法打断了。

团队赛里虽然可以进行集火，但是一波带走一个目标也没那么容易，这就是因为有治疗职业的存在。唐柔几人已经尽了全力，最终还是没能顺利将申建的连进带走。

随着一波机械空投轰至，肖时钦的生灵灭终于赶到救援。即使这样，兴欣战队四打三，人数上还是占有优势的。但是他们并没有多作停留，在肖时钦的生灵灭彻底杀过来之前，兴欣四个角色便飞速撤离了。

兴欣战队，以豪门的派头开始了这一波攻势，王牌选手牵制敌方主力，其余人以多打少。但是最后又是以很不豪门的方式收尾，以多打少的局面下，他们居然选择了退却。

"哎呀……"解说潘林觉得有些惋惜，"连进的血不多了啊……"

"但肖时钦已经赶回来了，在他的掩护下，张家兴可以更好地进行有效治疗，场面会被拉回到双方正面抗衡。以四打三，兴欣确实拥有人数上的优势，但是技术和角色实力上呢？尤其是对团战影响至关重要的治疗……兴欣战队的这位治疗，水平相当一般呀！"李艺博点评着。

"确实。"潘林点头道，"如果这是一支和嘉世实力相近的强队，这一次战术偷袭或许已经成为比赛的赛点了！"

"那也未必。"李艺博笑道，"如果这真是一支和嘉世实力相近的强队，嘉世或许就不会用这样的应对方式了。你看，后方遭到偷袭以后，只是肖时钦的生灵灭回援，但孙翔和邱非两人依然在死死咬住叶修啊！"

"看来嘉世也认为三个人就足以应付兴欣四人吧！"

"这是其一。再来，我想嘉世也不想错过叶修落单的这个机会！对于嘉世而言，兴欣最大的威胁是什么？当然就是叶修。如果能将他先一步踢出比赛，那么这场比赛可以说大局就定了。我觉得在这一点上，兴欣疏忽了，他们只顾让叶修去吸引对手注意，却忘了这也等同于给了对手机会呀！"李艺博说道。

"好，让我们看看这边的场面……"潘林说着。

对于他们电视转播来说，眼下的局面是让他们最难解说的，因为战斗被分成了两块。之前镜头给了兴欣四人这边的一波偷袭，但是叶修和孙翔、邱非二人的纠缠可也一直没有停止过啊！

"目前叶修的局面好像有些被动啊！"镜头刚一转到叶修这边的战斗，潘林立即说道。

这是很有话题性的一挑二，孙翔、邱非，这不都是叶修的接班人吗？难得在团队赛里有这样让他们直接对决、无旁人打搅的环境。镜头给到这边的一瞬，他们就见叶修的君莫笑缩成一团，以一个飞枪的技巧，从一叶之秋和战斗格式两柄战矛夹攻的缝隙中倒飞出来。精准至极的操作，看得潘林头皮发麻，根本顾不上用语言进行渲染了。人家这都打半天了，说不定高潮都已经错过了。

怒龙穿心破！君莫笑刚刚从夹击中钻出，战斗格式就补了个大招追来，战矛直刺君莫笑的前心。

千机伞瞬变，半空中君莫笑就用了个格挡，精准地架住了这一击。而后千机伞飞快地变回枪形态，在怒龙穿心破的冲击力上，再辅以一记射击的后坐力，让君莫笑这一倒飞快如闪电。一叶之秋跟在战斗格式之后的一记刺杀也无奈捅了个空。

君莫笑落地后，再不上来和二人缠斗，转身就要走。众人一看，兴欣战队的团队频道里，四人那边已经送来消息，表示他们的攻击结束。如此一来，叶修自然也不会再和这二人纠缠，他可没想着一挑二就能把这二人解决掉。

"君莫笑撤退了。现在两边都是兴欣撤退，嘉世在追击。刚刚是兴欣发动的攻势，可是从现在的场面来说，怎么好像是嘉世占据着主动啊？"潘林说。

"这也没办法。如果刚才兴欣那一波攻击，能成功解决掉嘉世一人的话，那么就不会是眼下这样的局面了。但是很遗憾，他们没有得手，结果被嘉世转身就反扑了。"李艺博说。

"这么说来……刚才那一波攻势，应该说兴欣是失败了？"

"没有达到预期的后果，应该算是失败了。我想兴欣不会只想着给连进造成一点伤害，然后消耗织影的一些法力就行了吧？那这大张旗鼓，还让叶修身历险地，实在有些不值得。"

"好，现在兴欣两边都在尽力摆脱嘉世追击。"潘林说着，转播也在不住地切换两边的镜头。

"目前四人这边明显是要差一些啊！人数较多，让他们的行动不够灵活，整体的移动速度也落在下风。"

"这种情况下，兴欣想摆脱嘉世，恐怕不太现实，我想他们恐怕还是得放手一搏了。"李艺博说。

"再看叶修这边……啊，他摆脱了！事实上，君莫笑的移动速度比起一叶之秋和战斗格式来说，并不占优啊……他是怎么做到的？"镜头这么一切换，居然又错过了君莫笑是如何摆脱两个战斗法师的追击的，这让潘林惊讶不已。好在现在双方没有什么实质性的接触，倒是有时间来回放一下，于是叶修摆脱二人追击的过程就被重放了一遍。

"姜还是老的辣啊……"看过之后，李艺博深深地感慨了。

叶修没有和这二人赛跑，而是充分利用了地形。从一开始要撤离，他显然就已经知道要往哪里脱身了。果然，在冲进了一处掩体众多的区域后，几个转折，君莫笑就从嘉世二人的视野里消失了。而现在，君莫笑已经扬长而去，一叶之秋和战斗格式却还在那里团团转呢！

叶修大神，连捉迷藏的技艺都是如此精湛，让人叹为观止。孙翔也是顶尖大神的水准，但在这方面，明显被完爆了。

"叶修跑了。"团队频道里，孙翔、邱非不得不招呼一声。

看到这个消息，肖时钦忽然心下就是一紧。难道说……肖时钦希望他想到的不是真的。

"停止追击！报坐标，会合。"肖时钦在团队频道里连忙下达指示。

团队战的打法说是千变万化，但是万变不离其宗。各种变化，最终要制造出的局面无非就是多打少，强打弱。

肖时钦此时在团队频道中看到孙翔和邱非报上的坐标，心中已经不是紧张，干脆就是一凉。他们两边人马的距离相当远！而这么远的距离是怎么造成的呢？肖时钦他们三人追杀兴欣四人，孙翔、邱非二人追杀叶修一人……没错，是在追杀兴欣的过程中造成的。

这里可是挑战赛决赛的战场，不是网游竞技场里随便十个玩家玩起的五对五。眼下，被追杀跑路，那也是要讲究战术的，不是看哪边方便就往哪边瞎跑。兴欣的跑路是有计划的话，那就意味嘉世目前两边分离的格局是他们有意造成的。此时，叶修轻易地就摆脱了孙翔、邱非两个人的纠缠，肖时钦如果还意识不到什么的话，那他的战术敏感度就太差了，也枉为四大战术大师之一了。

"会合！"肖时钦指出了一个坐标后，他这边三个角色就不再去理会兴欣的四人，转向就走。结果刚才被追得挺狼狈的兴欣四人组，这时却又开始精神抖擞地反扑了，追在嘉世三人后边不住地占着便宜，追杀攻击无比娴熟，一看就是专门练过的。肖时钦的心顿时更凉了。

结果他们三人这还没冲出多远呢，前方一道人影就已经闪了出来。

比赛场上一共就这么些个角色，这种时候突然出现的，还能是谁？君莫笑！

果然！肖时钦这下彻底知道自己所料不假了，他们又一次落入了兴欣的战术陷阱。方才那一波攻势未能取得满意的结果，但兴欣的战术可不是就那样到此为止了，他们早有接下来的部署。拉开嘉世两边角色的呼应，而后叶修摆脱对手，赶来与四人会合，再次形成以多打少的局面。

在收到明确的坐标后，孙翔和邱非也会快速赶到，但是在这之前，肖时钦他们三个还是不得不面对对方五人的合攻。听起来五人只是比四人多出一人而已，但问题是这一人是叶修，在嘉世心目中，兴欣其他人抱团出战的威胁都不及他一个人大的叶修。

兴欣两面夹攻嘉世。

"冲过去！"肖时钦的生灵灭率先发动攻击。申建的拳法家连进挥拳冲上。张家兴的牧师织影也没闲着，调集牧师可以使用的各种手段，对前方拦路的君莫笑进行各种骚扰。

叶修是可怕，但是只有他一个人拦路，总不见得能把我们都拦下吧？嘉世后有追兵，但面对叶修的阻拦，信心还是十足的，于是三人齐冲上去。

果然，即便是叶修，也没能力一人拦截三人，这三人可都是职业选手，不是网游里的玩家。叶修非但没有拦住，面对这三人的合力冲击，君莫笑在这一波里甚至还受了不小的伤害。

冲过去，和孙翔、邱非会合，再杀兴欣一个回马枪。肖时钦心下如此盘算着，结果一看左右，申建的连进是冲过来了，但张家兴的牧师织影呢？

肖时钦连忙让生灵灭转回身一看，顿时泪流满面了。

叶修是没能力一次拦截他们三人，所以他压根就没想这么做，他，只是想拦下一个人而已。生灵灭和连进是过来了，但张家兴的织影最终还是被君莫笑给拦下了，也不枉他刚才承受了那么高的伤害。

龙牙、天击、落花掌。转过视角的肖时钦就见君莫笑打出一套娴熟无比的战斗法师低阶三连击。织影中了落花掌后，立刻被吹飞送远。那边兴欣四人此时已经追至，寒烟柔跳起，直接在半空中一记圆舞棍将织影接住，甩了个大圈后将其砸向地面。

地上，乔一帆的一寸灰已经摆出了数个鬼阵，就像是一口口大锅，散发着鬼神之力的气息，正等着食材下锅呢！

张家兴的织影毫无疑问就是这"食材"，被寒烟柔一记圆舞棍甩进锅后，"烹饪"立即开始。小手冰凉的圣诫之光作为"调料洒"下。晓枪重火力轰炸，这是要升起火来了！

织影瞬间就被"烹饪"了。牧师在这种局面下，实在很难自救，因为作为法系职业，牧师绝大部分技能都是需要吟唱读条的，此时遭受接连不断的攻击，又哪里吟唱得出来？一切，只能仰仗队友的救援了。

肖时钦为自己的大意懊恼不已，虽然此时以少打多有些困难，但治疗是绝对不能不救的。生灵灭和连进一起反身杀回，却被君莫笑拦下。

肖时钦顾不上和叶修纠缠，生灵灭的远程攻击手段纷纷朝着织影那边招呼，结果兴欣的几人视若不见，顶着生灵灭的攻击就要强杀牧师。

至于申建的连进，必须要近距离才有攻击能力，此时被君莫笑拦下，一时间倒真冲不过去。不过，在他的纠缠下，肖时钦的生灵灭倒是更逼近织影那边一些了。可是生灵灭这近身了，和没近身又有什么区别呢？他的大多数攻击手段本就不用近身，况且，用了人家也不理会，哪怕承受伤害，对手也要强杀织影。

肖时钦心下清楚，这个交换对对方来说，是绝对划算的。不说他一个人的火力没能力在对方有牧师治疗的情况下击杀目标，就算能击杀，对方能赚到他们的一个治疗，也绝对够本了。

火力覆盖，对方不管。那么上去打乱对方的攻击？对方再不济，也是四个人，而机械师又不是什么横冲直撞的职业，以肖时钦的战术智慧，显然不会采用如此无厘头的手段。

视角一转，生灵灭启动了，火力却是集中打向了小手冰凉，兴欣战队的治疗。

不愧是战术大师，百般无奈之下，来了一手围魏救赵。面对己方治疗被攻击的局面，兴欣战队还能不理会吗？

兴欣战队还真就没理会，只是继续加紧攻击织影。肖时钦欲哭无泪，这织影真的就没法救出来了吗？击杀对方治疗作为交换？问题是，人家那边是三个人围攻，织影完全挨打，毫无办法。而他这边呢？只有他的生灵灭一人攻击小手冰凉，就算他技术十分高超，可以打得小手冰凉完全无法挣扎，但是他一个角色的火力又哪里比得上对方三个？而且他下手还晚了些，这要是对方抢先杀掉织影，跟着就过来支援小手冰凉，他还不是白忙？

关键时刻，肖时钦的决断还是很快的。生灵灭火力一转，突然又朝着君莫笑攻了去。

这一举动让大家疑惑不解，解说潘林和嘉宾李艺博将其解读为：抢杀君莫笑，以击杀兴欣战队的王牌来完成交换。

不过，他二人这话说得都是满口的疑问语气。叶修那是随随便便就能被击杀的主吗？在孙翔和邱非的联手夹击下，他都潇洒地捉了个迷藏就遁了，可见他就算以少战多，自保能力还是很强的。抢杀君莫笑，貌似还不如抢杀小手冰凉现实吧？

很快，肖时钦的真实意图就显露出来了。他调集火力朝君莫笑一通猛攻，却是将申建给解放出来了。连进不顾一切地硬是从君莫笑身边绕过，直接冲向了织影那边。

这时，肖时钦不失时机地再次转火，攻击覆盖向了那边的寒烟柔等人，而这一次，辅以申建拳法家的冲击，终于将唐柔几人的围攻撕开了一道口。

张家兴那也是经验丰富的职业选手，不是网游里那些就等着别人照顾的治疗宝宝。队友破阵成功，他也连忙抓住机会，一个箭步就从对手的空当中溜了出来。

肖时钦大喜，连忙火力支援。织影像是找到家的迷途羔羊一般，连滚带爬飞奔过来。两人一会合，立刻调头就走。走没两步，肖时钦忽然发现好像缺了点什么，视角转回去一看，哭了！张家兴的牧师织影是救出来了，但申建的拳法家连进又陷进去了。

观众都呆住了。这可是肖时钦啊！因为他一人的存在，将雷霆这样一支实力并不出众的战队带成了季后赛的常客。他率领的战队屡屡给强队制造麻烦。他可是让联盟任何一支战队一提起来都会觉得头疼的人物之一。结果眼下他居然打得如此丢三落四，刚刚丢了牧师，这下牧师虽然救回来了，却又把拳法家丢了。

团战中，其他职业是不如治疗珍贵，但也不能置之不理不是？团队赛一方出战一共就六个人头，己方被折掉一个攻击职业，战斗力就会弱一分，很多团队赛里失败的一方就是在被击杀了第一人以后，控制不住，最终一溃千里的。

肖时钦无奈，只得又一次操作生灵灭返回。张家兴那也不能坐视不理啊，他上场也是发挥作用来的，不是为了当那个被营救的公主。

救援申建的拳法家，相对来说，比救出一个治疗要略容易一些。关键拳法家本身就是坚强的战斗力，有了外围呼应，很容易找到缺口。在牧师织影的神圣之火之类的技能限制辅助下，连进终于从对手的围攻中冲出来了。和方才的织影一样，他一脱身就连忙冲向组织的怀抱。

"当心！！"肖时钦匆忙敲出的消息，还是没能提醒到申建。

君莫笑突地从斜刺里杀出，千机伞一抖，一记圆舞棍便扎中了连进。君莫笑连跑带甩的，就这样将连进给捉回去了。

转了这么一大圈，团队赛里第一个将要阵亡的角色，依然还是连进吗？

"加住了！！"肖时钦这时就像网游中下副本时的玩家指挥一样，狂吼着治疗把血加住。

所有人都傻眼了。擂台赛嘉世最终只赢了一个人头分，就已经和很多人的预期不符了。而现在的团队赛呢？居然是兴欣战队一直占据主动，一路占优，而嘉世被动地疲于奔命。只看场面，到底谁是豪门？谁是草根？

虽然有很多观众期望兴欣获胜，给大家惊喜，但是他们真能打出这样的局面时，观众们心下又觉得不可思议。不过这毕竟符合他们的期待，因此便点燃了他们的兴奋点。比赛现场并不是嘉世粉丝的天下，这里可不是嘉世战队的主场。

只不过这些希望兴欣获胜的人，也说不上是兴欣的粉丝。他们真正热爱的只是这出人意料的冷门，所以他们之前都不会像田七那些真正支持兴欣的人一样，不顾一切地给兴欣加油呐喊。因为兴欣确实不被看好，这样用力地加油，实在太容易遭到打脸了，伪迷们当然不愿意。

但是此时，兴欣居然在团队赛中占据了如此优势，这些期待冷门的玩家观众，心里也终于开始躁动了。有一些个热血的人已经开始发出呐喊了，其他人在这些人的带动下，也渐渐地不再掩藏内心的期待，开始大声为兴欣加油。

反倒是嘉世粉丝，因为嘉世战队的被动，一时间都有些蒙了。他们的加油，本都是准备锦上添花的，这样被动的局面下雪中送炭……他们没有这个心理准备啊！

于是刹那间，场馆内忽然响起的为兴欣加油的声音，竟然压过了嘉世粉丝的声音。嘉世粉丝们愣着神，好半天才反应过来，连忙也没命地为嘉世加油。

粉丝的加油，在运动竞技中时常会成为比赛选手的催化剂，但荣耀是个例外，因为参赛选手坐在全封闭的比赛席中，他们是听不到现场这些欢呼的。这个事实显而易见，不过观众们还是一厢情愿地相信自己的加油可以给选手传递力量。而职业选手们呢，也向来不会否认这一点，他们就算听不到这些支持者的声音，也不会去辜负对方的心意。

此时此刻，场馆内响起旗鼓相当的两队支持者的加油声，但是场上局面并没有发生太大转变。

"加住！加住！！"

肖时钦的指示其实有些多余，这种时候，张家兴难道还会坐视不理？他操作着牧师织影早就想给连进刷血了，迟迟没有加上，那是因为兴欣那边也没有坐视不理。除了伍晨的晓枪，叶修的君莫笑也在不间断地对他进行骚扰。几个能瞬发的技能张家兴早丢出去了，现在正冷却着。吟唱的治疗技能倒是没有冷却，但问题是他根本找不到读条吟唱的机会，他的牧师不停地走位，倒像是看热闹看得手舞足蹈。

"掩护！掩护！！"张家兴也在团队频道里吼起来了。

但是这个提醒就像肖时钦提醒他"加住"一样多余，肖时钦会不知道掩护牧师治疗吗？他当然知道，做得不到位，也实在是因为眼下有他们无法抗拒的因素存在，那就是……兴欣人多。

是的，兴欣人多。在嘉世眼中，兴欣的这个优势在叶修亲自到阵并开始指挥己方团队后，被发挥到了丧尽天良的地步。张家兴血刷不到位，肖时钦掩护也不到位。这两位可都不是一般人呐！张家兴是豪门嘉世的主力治疗。肖时钦更是全明星级别的选手，刚刚在擂台赛中耀武扬威完还风度翩翩下场的那位。但是此时面对兴欣，他们两个都显得狼狈不堪。

不过，尽管如此，两人的努力也不是全都打水漂了。织影的治疗，到底还是能找到空隙，偶尔刷上一点点的。再加上申建也在拼命地挣扎，虽然局面让人提心吊胆，但是总算没让人绝望。

　　而肖时钦和张家兴两人在团队频道里极其业余的相互提醒，真正的用意也表现出来了。他们都喊出这样的话了，嘉世在这边形势有多吃紧可想而知，孙翔和邱非两个看到后立刻不计后果地提速，豪龙破军这种技能也不惜拿出来当作移动技。此时转播专门给了一个大地图的特写，让观众看到这两人的角色朝这边战局飞速逼近的情形，他们抵达战场附近的时间，已经可以用秒来计算了。

　　功亏一篑？此时所有人脑中浮现的都是这个词。嘉世这两个战斗法师到阵的话，肯定可以捣毁兴欣占优的局面。兴欣战队的角色到底还是有些不给力，在这种关键时候的输出有些跟不上。如果是可以和嘉世比肩的强悍角色，这时候申建的拳法家恐怕已经被打爆了吧？兴欣啊……完美的战术，完美的发挥，但是最终，会在不济的角色上功亏一篑？

　　一叶之秋和战斗格式的身影此时已经出现在这边的视野内了。看看连进的生命，肖时钦略作衡量后，稍稍松了口气，同时心里也升起了一些惭愧。曾几何时，他还在雷霆战队的时候，就时常败在角色实力差距这种细节上。那时候，他经常幻想着，如果自己手中有一支强力的豪门之师……而现在，他终于有了，凭借角色的强悍，兴欣完美的发挥看起来就要被他们挫败了。此时肖时钦心里却有点不是滋味，这种角色的强悍，曾经是他所羡慕的，可当他真正靠这种方式赢得比赛转机的时候，心里又高兴不起来了。

　　兴欣的这些角色……肖时钦想到这，望向兴欣这一干角色，忽然一怔。

　　怎么回事？兴欣的角色，为什么只有四个？牧师呢？兴欣的那个牧师小手冰凉呢？刚才手忙脚乱地掩护织影，援救申建的连进，肖时钦一时间居然忽略了这至关重要的问题！此时猛然发现，心头顿时一闪，脑中飞快闪出这一区域的地形图。

　　不好！！肖时钦的生灵灭猛然像近战职业一样冲了上去。

　　他这一举动吓了张家兴一大跳。这是要发动反攻了吗？可孙翔和邱非还没有完全到阵啊！而且就算到了，作为一个机械师，生灵灭也不用身先士卒吧？

　　结果下一秒，张家兴就瞠目结舌了。

　　一道人影飞速加入了战团，而这个角色，本来不该出现在这里的。

　　包子入侵！居然是包子入侵！

　　"他什么时候冒出来的?"别说忙得没注意到的肖时钦和张家兴了，作为上帝视角的转播方，居然都专注得没有留意到兴欣战队此时竟然换了个人，此时也没时间放回放了。

　　包子入侵突然加入，起手就是一记锁喉。被围攻得晕头转向的申建对于这个本不应该出现在场上的家伙，根本一点防御的准备都没有，角色立时被对方掐住喉咙拎了起来。

　　待拳法家转视角看清包子入侵的时候，申建直接就是一声惊叫，他比任何人都清楚，他完了！凭借角色的强力，他的连进原本是可以撑住的，但是在这关键的时候，兴欣居然完成了一次角色替换？

　　牧师小手冰凉撤下了，流氓包子入侵到阵！兴欣不再是四个输出，而是五个！

肖时钦正是意识到了这一点，才不顾一切地冲了过来。因为他知道面对五个角色的齐力输出，连进不可能再撑到一叶之秋和战斗格式到阵，他必须在这个时候杀进来，搅乱局面。

此时此刻，兴欣没有治疗，他要趁这机会全力给某个角色伤害，再加上马上就会到阵的孙翔和邱非，嘉世来一波集火强攻，或许还能完成一次交换。肖时钦心中正这样打算着，结果就见君莫笑手里的千机伞一抖……

肖时钦又泪流满面了……情急之下，他又把这散人忘了。虽然这散人的治疗一点也不强力，但是……蚊子再小那也是肉，职业赛场上，一分一毫都足可决定胜负，有君莫笑在这兼顾治疗，兴欣怕是足以支撑到牧师再次被换上阵，毕竟，这个位置距离换人区是相当近的。方才肖时钦就是在意识到这一区域的地形特点后，才洞悉了兴欣的意图，但是，他察觉得实在有些迟了。

包子入侵入阵，兴欣战队的输出瞬间提高一个层次。肖时钦的生灵灭抢杀过来，却被君莫笑拦下，他想要奋力一搏，搅乱局面的计划也落空了。叶修瞬间击杀他，没可能，但是就这样阻挠一下他的捣乱，还是没有问题的。

轰！一片爆炸的火光中，申建的拳法家连进终于倒下了。

继成为擂台赛中表现最不堪的攻擂者之后，申建在团队赛中又成为率先出局的选手。但要公正地说，这不能算是他的失误。这样受困的局面，任何一位选手都会很难应付的。但是很遗憾，比赛就是这样残酷，这样困难的局面发生在了他的身上，让他在本场比赛的表现到此为止。申建没有任何吸引眼球的发挥，第一个被击杀，对于不问过程的人来说，这似乎就是和"本场比赛表现最糟糕"画上等号的。

可是真要客观分析起来，到目前为止，这场团队赛中有人发挥糟糕吗？并没有，每个人都努力发挥出了自己的水平。但是碰撞之下，总有胜负，申建很遗憾地成了最终的出局者，他绝对可以说是今天晚上最不幸的一个人。作为本赛季嘉世最重要的一场比赛，他的表现实在有些酱油。瘫坐在座椅上的申建，仿佛看到自己又回到了那个作为替补的酱油时代。

"包子入侵！锁喉！兴欣集火！一波带走连进！漂亮！！！"战斗激烈时，根本没时间长篇大论、娓娓道来的解说潘林，使用这种短暂而又激烈的表述，倒也把场面解说得清晰明了。

"兴欣率先……率先击杀了一名对手！！"只是喊出这话的时候，潘林略有一些磕绊。他本来是想吼出"兴欣率先取得了一个人头分"，可是转念一想，新赛制的人头分不是这么算的啊！击杀对手不算分，是自己人活下来才算分。事实上，两种算法对比赛的最终结果并没有影响，但是对荣耀也相当有经验的潘林在这一瞬间突然觉得如果是击杀算分的话，比赛或许会更加激烈，更加带感。

这个意见可以提一下，潘林心下默默想着。目前，新赛制也就是在挑战赛中试行，联盟对此还在收集各方面的意见。作为转播机构，他们在这方面还是有相当话语权的。联盟很多赛制的建立，都是为了配合转播的效果，就比如这次改革，转播方这边也起了相当的推动作用。

这些念头在潘林脑海中一闪而过，比赛还在进行，他暂时没工夫去想太多。

申建的连进被击杀。第六人王泽虽然会立即自动替补入场,不过只会出现在换人区,和之前的孙翔、邱非情况类似,他赶过来需要些许时间。

暂时的,嘉世在场上落后一人。可是大家冷静下来观察局面后,却没有多少人会把这当作是兴欣的胜机。

嘉世是少了一人,但是一叶之秋和战斗格式两位战斗法师终于强力到阵。而兴欣方面,为了弥补之前的输出不足,进行了一次角色替换,却也在击杀连进后留下隐患——兴欣此时,没有治疗。

君莫笑固然拥有一定的治疗能力,但以他的治疗量来说,应付团战就有些杯水车薪了,只能算是勉力支撑。嘉世虽少一人,此时却是他们加强攻势的好时机。

肖时钦当然不会错过这样的机会,他之前就为应对这种状况做了准备。君莫笑拥有治疗能力虽然让他稍稍有些遗憾,但不管怎么说,这是他们给予兴欣重大杀伤的机会。叶修一旦没有控制好局面,兴欣被嘉世冲垮也不是没有可能的。

此时,嘉世的王牌选手孙翔,已经操纵着他们战队的王牌角色一叶之秋到阵了。

斗破山河!孙翔这时也展现了王牌选手的气魄。

嘉世刚刚有一名角色被击杀,不管他们怎样强大、怎样自信,这不争的事实都是对他们士气的一次打击。王牌选手就要在这种时候站出来,用自己的表现力挽狂澜,改变局面,重振士气。所以孙翔刚一到阵就出了大招,一叶之秋高高跃起,挥舞却邪,直接跳向了兴欣战队的阵中。

"散!"叶修在团队频道中叫道。

斗神一叶之秋的威力,实在不是兴欣任何一个角色可以扛得住的,一寸灰在下边架起鬼阵也没有用。斗破山河是范围攻击,再加上战矛却邪可能产生的山崩效果,一叶之秋即便身陷鬼阵,也足以将这一区域掀个天翻地覆。

只一招,就把兴欣战队的阵形冲散了,这就是联盟第一角色斗神一叶之秋的强悍。

配合着一叶之秋的冲击,嘉世其他几位也开始调集各自的攻击手段配合。邱非的战斗格式如影随形地跟随在一叶之秋的左右。嘉世战队双战斗法师的打法是以前没有过的,之前的挑战赛也显露不出这个打法有什么特异之处,直到这一场决赛,这两个同职业角色配合的威力才显现了出来。邱非的战斗格式,是作为一叶之秋的僚机而存在的,他的应对皆以一叶之秋的攻击为核心,拾漏补遗。

这是荣耀史上很著名的影子战法,不过在这个明星的时代,已经很少有战队使用了,二十四位全明星选手中,就没有任何一人是影子战士。因为这种定位的角色可以说就是专干脏活的,很多时候都是由他来掩盖王牌角色的失误,有他在,王牌角色的发挥将显得更加光彩夺目,但是影子战士的存在却很容易被人忽视。这样的角色,有哪个成名选手会愿意去做?偏偏这种不引人注目的影子角色,要求的技术含量又很高,还真不是随便来个人就能胜任的,所以渐渐地就很少有战队使用了,因为没有合适的人选。

而邱非呢？技术扎实，在叶修离开嘉世一年半后的今天，他已经成长为可以在擂台赛中和叶修对阵的选手了。偏偏他又是一个刚刚起步的新人，寂寂无名，于是被推上这样一个位置，也就不太让人意外了。

不过话说回来，这种打法也要看各战队的风格和需要来决定的。微草、蓝雨，同样有优秀的新人资源，这些新人同样和本队的王牌大神同职业，但是高英杰和卢瀚文却从来没有被定位为大神身边的影子选手。他们在场上拥有自己的位置，将自己的实力努力呈现出来，不断地发光发热。

不同的选择，不能说谁对谁错。从选手个人来说，嘉世现在的王牌选手孙翔更年轻，不必像微草的王杰希、蓝雨的黄少天那样，将培养接班人的事提上日程。孙翔还在上升期，所以有一个影子选手从旁辅佐，对他将是很好的推动。王牌选手提升了，那对整支战队的好处也是显而易见的。嘉世比起微草和蓝雨，确实非常适合采用影子战法。只是这种战法之中，邱非作为提升王牌选手的垫脚石，这点不免让人唏嘘。

不过话又说回来，是金子总会闪光。虽然影子选手容易被观众忽视，但不会被专业的眼光错过，这也是影子战法难以延续的关键所在。优秀的影子选手太容易被招揽，一个"不再充当影子"的承诺就足以让他们动心。能有自己的一片舞台，谁会愿意去给别人当垫脚石呢？

邱非是一个勤勉踏实的选手，所以对于战队给他的定位并没有表现出什么抗拒，他兢兢业业地承担着自己的职责。只不过挑战赛一路走来，孙翔不需要他这个影子也足以碾压所有对手。这场决赛，才是他们这对新组合第一次面对强手。

结果，在所有观众的注视下，他们两个刚才竟丢了不大不小的一次脸。二人死咬的君莫笑，竟然轻而易举地就把他们摆脱了，然后潇洒地转道奔赴这边的战局，和队友会合，击杀了他们嘉世的拳法家。

从君莫笑与他们二人的角色先后到阵的时间差来看，就可以知道叶修之前将他们两个甩得有多干净。要不是肖时钦早一步意识到这是兴欣的战术变化，这二位可能还在另一区域找寻君莫笑的下落呢！

这样被戏弄，以孙翔的性格，此时会是什么心情可想而知。他本就憋足了劲，准备在团队赛里和叶修一决高下的。

可擂台赛输给叶修后，让孙翔有了很大的转变。为了追求胜利，他开始做出一些妥协。他抛弃了之前喜好的一些面子工程，团队赛中他没有喊邱非退到一边，就已经是很大的进步了。结果团队赛一开局，嘉世非常被动，换作是以前的孙翔，早就暴躁了，而现在，他还能耐着性子，遵从肖时钦的战术安排。胜利——此时孙翔的心中，谋求的只是一胜。

一叶之秋的斗破山河击散了兴欣的站位。邱非的战斗格式不失时机地冲击，斗破山河没有冲击到的地方，由他来补漏。这一对新组合的加入，确实让嘉世战队爆发出了不一样的战斗力。

兴欣的角色四下散开来，并无反扑的架势，显然并不想在这里和嘉世正面冲突，哪怕他们人数占优。

"集火晓枪！"肖时钦在此时给出了明确的攻击指示。

伍晨的晓枪，在这场比赛之前从未在线下赛代表兴欣登场过的一个角色，此时被肖时钦率先点名，绝不是因为轻视或是杀他比较顺手，而是肖时钦已经认定此人将成为本场团队赛中嘉世的一大隐患。

枪炮师！自己早该多注意他的！还有比这个职业让叶修搭档起来更顺手的职业吗？当年叶修的战斗法师和苏沐橙的枪炮师，在他退役之前可一直是联盟的最佳搭档来着。

伍晨无论个人实力，还是角色水平，都无法和苏沐橙、沐雨橙风相比，但是辅佐在叶修身边，他的战斗力就会有很大的提升。整个荣耀圈中，大概不会有谁比叶修更懂得如何和枪炮师配合了。

虽然从目前来看，伍晨的晓枪起到的只是一些战术引导的作用，但是肖时钦已经认定他的价值绝不止于此。从他开局时缜密地诱导嘉世，再到他刚才打断牧师治疗时表现出扎实的基本功，肖时钦相信，在和叶修搭档的情况下，他会发挥出更大的能量，而这，是他之前参加比赛从来没有表现过的。这种未知，让肖时钦觉得不安，他决定乘着这一组合还没有爆发，赶紧将他们拆散！

孙翔本来是想找君莫笑麻烦的，但是此时看到肖时钦的指示……

胜利！为了胜利！

孙翔咬牙违背了自己的意愿，斗破山河收招结束，他立即操作着一叶之秋朝晓枪冲了去。

肖时钦呢，也不是光指挥别人自己不干活的主，各种机械道具已经自他的生灵灭身上涌出，像一支军队，朝着晓枪轰了过去。

Chapter 015
BOX 战术

好快!看到一叶之秋猛然转身,下一秒那鼎鼎有名的战矛却邪就已经闪到自己眼前时,伍晨心中只来得及存了这么一个念头。

他只是一个再平凡不过的选手,没有超快的反应,也没有疯狂的手速。这等高节奏的攻击,他真的有些招架不来。他原本一直是小心翼翼保持着距离的,但是此时一叶之秋距离他太近,他仓皇地选择后跳,准备同时使用一个飞炮时,却感觉已经来不及了。

当!一声闷响,武器交叉碰撞的声效是那么的真实。又是一杆火红的战矛从侧面刺出,竟是将乌黑的却邪给招架住了。

来了吗!被攻击招架的一瞬,孙翔下意识地就以为是叶修出手了。兴欣战队里除了叶修,其他人根本不会被他放在眼里。在他的认知中,叶修是唯一够格出来攻击招架他的人。

但是很遗憾,下一秒孙翔就看清了眼前的对手——寒烟柔!

孙翔顿时有些厌弃这个对手的感觉。如果是叶修的君莫笑,他或许还会短暂地和其纠缠一番,但是一看是这位,孙翔立刻决定——坚决执行肖时钦的指示,消灭晓枪!

结果就在这时,一串好似焰火一般的东西突然从寒烟柔手中那如火焰一般赤红的战矛尖端窜出,流星般地就朝一叶之秋打来。

流炎!孙翔自然认得这种攻击效果,知道这是武器上所带的特效,概率触发,概率一般不会很高。不过对方很走运,一次攻击招架就能触发。只是,这又怎样呢?

孙翔直接无视了这一流炎攻击,区区武器上的特殊效果,用得着斗神一叶之秋那么用心地去闪避吗?

一叶之秋不退反进,在孙翔的操作下就要强行冲破寒烟柔的拦截。谁想就在流炎当中,寒烟柔手中那赤红的战矛突然抖了过来。

龙牙?不是。

连突?也不是。

圆舞棍?更不是。

怒龙穿心破!

这一矛直攻向一叶之秋的心口,赫然是战斗法师60级时的第一大招怒龙穿心破。其形似直刺,但威力比起龙牙这些刺击不知道强出多少。

这样的大招刺击,岂是随便的攻击可以招架得住?平白无故的更不可能拿身体去撞。无奈之下孙翔只能选择疾退,接连两个后跳的操作,一叶之秋才算勉强闪过了这一记怒龙穿心破。但是寒烟柔的攻击可没有到此为止,眼看她紧接着就要施展下一击,邱非的战斗格式已从侧翼杀到，阻止了寒烟柔的进一步攻击。

在外人看来，这只是一次很正常的团队协作。可在孙翔看来，这是耻辱！区区寒烟柔，居然还逼得他需要邱非来补漏吗？

孙翔怒了，一叶之秋一步踏前，以牙还牙，也是一记怒龙穿心破，只是比起寒烟柔的，更刁钻，更迅疾。

邱非的战斗格式本在前掩护，一看孙翔的一叶之秋重新杀回，立即识趣地让出空间。

伍晨有了唐柔的解围，此时早已抓住机会用飞炮撤离，肖时钦生灵灭的机械军团冲过来时，却陷入了乔一帆布下的鬼阵。机械师的机械道具远比召唤师的召唤兽要脆弱，有很多根本就是一次性攻击的道具。而鬼阵对这些机械道具或是召唤师的召唤兽有着同样的杀伤，脆弱的机械道具只要陷进阵来，基本就没机会完整出去。肖时钦匆忙调整，总不能眼看着这么多的技能全都浪费，这样一来，他这边也是贻误了追击晓枪的时机。

肖时钦懊恼之极。他知道这一次叶修又算计在了他的前头，寒烟柔的解围，一寸灰的鬼阵埋伏，无一不是在给晓枪掩护铺路，兴欣早猜到了嘉世这一步的攻击重点。

这个人，还是那么难缠啊……肖时钦心下感慨。他没有孙翔那么目中无人，但是毫无疑问，兴欣这边最让他重视的人也是叶修。

他不乏和叶修交手的经验，总体来说，输多胜少。不过那时候叶修所率领的嘉世实力可比雷霆强多了，肖时钦明显处于极其不利的局面，所以输得虽多，却也没有让他看轻自己，他还是比较相信自己的能力的。但是现在，两个人角色互换，他拥有了嘉世这一手好牌，而叶修所率领的，却是一支比起雷霆更加不如的草根队。可是目前比赛的局面呢？却远远超乎人们的预期。

荣耀之神吗……想到这人身上最华丽的称号，肖时钦觉得自己是不是需要重新审视一下这人的实力。因为叶修一直居于嘉世这样的豪门中，队伍的强大多少会掩盖掉许多个人的光芒。比如肖时钦以前在败给叶修之后，总不会觉得自己有什么地方不如叶修，只觉得差的，只是两队之间的实力……可是现在，实力调换了，为什么嘉世依然打得如此艰难，这一次，好像不存在队伍实力差这样的因素了啊！

晓枪已被掩护撤退，那么接下来呢？肖时钦观察场上局势。如此没头没脑地对杀下去可不是个好事，需要找到一个突破口，对兴欣制造出有效的杀伤。

轰！一声落花掌轰中目标的声音将肖时钦的视角吸引了过去。孙翔对付唐柔，毕竟技高一筹，角色又强，几个回合后，一叶之秋一记落花掌拍中了寒烟柔，将其吹飞出去，跟着他和战斗格式一起冲上，继续追打寒烟柔。

晓枪逃出了攻击范围，所以孙翔和邱非也就转移了攻击目标，对寒烟柔开始了攻击。比赛场上听指挥固然重要，但选手也不是提线木偶，并非事无巨细都要听指挥，很多时候也需要选手自己观察形势，做出判断。

肖时钦一看这二位已经改变了攻击重点，而且形势不错，立即也调转方向朝寒烟柔这边发动攻击。此时嘉世除了那二位，也就他一个攻击手了，没有别人需要指挥了。那两位主动转火了，他跟上倒也方便，至于张家兴，那一直跟着节奏进行治疗即可。

"去死吧！"孙翔此时还在选手公共频道里敲了句话出来，显然对于寒烟柔方才阻挠打乱他们计划的行径怀恨在心，更恼怒出来阻挠他的居然不是叶修，而是这么一个小角色。

孙翔、邱非的影子战法，再加上战术大师肖时钦的火力支援，这样的组合，根本不是荣耀中任何一个人可以单枪匹马应对的。但是此时，面对如此强力的组合，唐柔依然不退，寒烟柔挥舞着战矛，做出的竟然还是攻击的姿态。

"真是个菜鸟……"孙翔很是轻蔑地鄙视了一下，如此不自量力，自己就要她瞬间倒下！

结果他这句嘲讽看在肖时钦的眼中，却让肖时钦突然就是一惊。兴欣战队中会有菜鸟吗？以前或许真有，但是现在，怎么可能会有一个菜鸟上场来打比赛？兴欣的人，不可能衡量不出这实力差距，然而，寒烟柔居然没有人过来支援，她是留下来牺牲自己，给其他人争取时间？还是说……

肖时钦视角狂转，兴欣其他角色并没有在寒烟柔吸引了嘉世攻击火力的情况下撤离，他们依旧摆出战斗的姿态。

但是，君莫笑呢？肖时钦扫了一圈，发现君莫笑竟然不在了！

这可是他一直密切关注的角色，只是他刚才转火，注意力朝寒烟柔这边多放了几秒，这人就不知跑哪去了？

视角大转了七百二十度，君莫笑的身影终于被肖时钦找到。这家伙非常鬼祟地躲到了倒地的一根断木后，此时一露头，就被肖时钦看到了。再见君莫笑两手一张，肖时钦心下顿时大惊，视角跟着君莫笑双手张开的方向一望——织影！张家兴的织影。

"！！！"肖时钦连字都顾不得打了，只能用这样的方式让所有人警戒。可惜已经迟了，张家兴正在专心地看护一叶之秋和战斗格式的生命，完全没有意识到那个方向竟然有人来偷袭。肖时钦敲下叹号的一瞬间，织影飞出去了。

捉云手！这是打在银武千机伞上的，属于气功师的非低阶技能。在和诛仙战队的比赛中叶修就曾借此技能偷袭得手，捉走的正是诛仙战队阵中的牧师。而这一次，嘉世战队居然也着了这一手的道。

同一手法，不同用法。和诛仙比赛时，没有人料到这个散人还有这么一手，所以君莫笑表现得明目张胆，靠自家队友随意吸引了一下对手的注意力后，就施展了出来。而面对嘉世，叶修考虑到了对手可能有提防，隐忍到此时方才找到机会。唐柔的寒烟柔一抗三？这当然不是菜鸟无知，也不是蛮干，这是诱饵，转移嘉世注意力的诱饵。如此便宜，谁会不想占？结果就在嘉世抓住机会击杀寒烟柔的过程中，他们的治疗被捉走了。

这是一次交换？不！寒烟柔表现之顽强，超乎所有人的想象。三个战斗法师加上机械师战成一团，她以一敌三，虽落下风，但那battle矛依旧舞得密不透风。

这是怎么样的手速？看到寒烟柔这奇快无比的战斗节奏，所有人都被惊呆了。

"比起你……怎么样？"观众席上，微草选手许斌突然问了身边的刘小别一句。手速，一直以来都是刘小别最大的武器。

刘小别没有回答，不知是他比较不出，还是因为不如唐柔而不好意思开口。

相比起君莫笑的战术偷袭，寒烟柔此时的表现也吸引了很多人的注意。孙翔、肖时钦，再加一个邱非，三人的联手，先不说她能不能应付下来，单是敢于一个人去招架，那就已经是了不起的勇气了。招架之余，再能有点像样的表现，让人知道她绝不是去送死，这样的发挥，怎会不引人注目？

连微草战队的三位职业选手，这一时间首先关注到的都是寒烟柔的表现。全因兴欣的这一战术配合，寒烟柔的表现是因，君莫笑的偷袭是果。没有寒烟柔如此强力地牵扯住对手的主力攻击，君莫笑又哪有能逃过肖时钦的眼睛进而偷袭成功的机会？所以说，在兴欣的这一轮战术配合当中，真正重要的环节，其实是寒烟柔。孤身涉险，让对手以为她是一个突破口，可当对手猛攻上来时，却又发现她并不是那么好打发，这一来二去的，自家牧师终于被捉走了。

所有关注兴欣的人，都太把注意力放到叶修身上了，他们的对手嘉世战队尤其如此。然而在这一战术环节，真正起到王牌选手作用的却是寒烟柔，那个在擂台赛上被肖时钦完全克制住，有力却无处使的寒烟柔。于是，在牧师织影被捉走后，寒烟柔以一抗三的危机也瞬时化解，这才是真正的围魏救赵。

嘉世在已经一人落后的情况下，绝不能再容忍这样的交换发生，牧师，他们必须救下来。

生灵灭的火力是第一个覆盖过来的。毕竟他也算远程职业，不用走位，一个转身就可以展开攻击。结果就见被捉云手捉过去的织影，跟着就被君莫笑打出了一个抛投。生灵灭攻出的火力，看起来像是为织影的飞翔而炸开的烟花一般。而在落地处，一寸灰的鬼阵又已经铺好了……

这种配合衔接，兴欣进行得流畅无比，看起来就像是经过千锤百炼一般。这种配合，正是网游中和人抢杀野图BOSS练出来的。

职业比赛水平是高端，但要论场面的混乱，那和野图BOSS的抢杀可就完全不在一个级别了。兴欣战队的选手们，一直是在那样的场面下实现配合的，或给同阵营的其他玩家创造机会，或是自己抢攻输出。而抢杀BOSS，最重要的就是掌控BOSS的仇恨，而这仇恨怎么来？来自攻击的延续性。只有保证了攻击的延续，BOSS的仇恨才能稳固。

所以这种衔接，真的就是兴欣战队很擅长的东西了。今天把目标从BOSS换成职业选手，也丝毫不见生疏，送走了申建的连进，接下来就要到张家兴的织影了。

不过这一次嘉世救援反攻的力量也没有那么单薄了。肖时钦的生灵灭飞快转火，孙翔和邱非的反应也一点不慢，两人的角色想从另一方向抄过去。但唐柔也不是假的啊，立即操作着寒烟柔上前拦截。

孙翔这级别的选手，自然也知道刚才他们朝寒烟柔集火是上了套了，此时一看这位还没完没了，心中那个无名火在熊熊燃烧！

"闪开！"火气上来的孙翔爆发力也是相当惊人，一叶之秋积攒的数个炫纹集中爆发，瞬间就见技术统计中显示出一叶之秋打出了一个十一段的连击。

邱非的战斗格式跟上一记伏龙翔天，接在孙翔的爆发后。

寒烟柔这一下受伤绝对不轻，可是伏龙翔天却也将她推到了一旁。

孙翔原本还想狠敲寒烟柔两下的，对手却忽然间被战斗格式给推远，心中一恼，操作着一叶之秋迈步就要去追。结果刚刚迈出一步，猛然想起这时还是救治疗更为要紧，连忙转身又朝织影那边杀去。邱非的战斗格式呢？却只是默默地跟随在了一边。只有职业眼光才能看出他这记伏龙翔天除输出以外的意义。

这记伏龙翔天，事实上打断了一叶之秋的连击。这要是在抢杀寒烟柔的时候，这一操作绝对会被当作失误，赛后当好好检讨一番的。可这时，他这一打断，却是变相地提醒了一下孙翔：此时的重心是什么。孙翔显然是在操作着一叶之秋追出一步后才反应过来。否则的话，他这边杀得顺手，就耽误抢救治疗了。

这当中的意味，水平不够的人还真体会不到，只会当成是孙翔、邱非联手清开了路障。倒是李艺博，在这时看到一叶之秋迈出的那一步后，有些感慨："孙翔的表现有点犹豫啊！尤其在这种很关键的时候，他真的应该更坚决一些，哪怕是要抢杀寒烟柔。这样犹豫摇摆，恐怕不是什么好事。"

姑且不论李艺博有没有看出那一瞬间邱非起到的作用，单就"犹豫"这一说，李艺博这次说得倒也相当在理。犹豫，会耽误些许时间，也会影响到选手的情绪。在转过来救援治疗的时候，心中如果还惦念着"如果刚才可以击杀寒烟柔"之类，那无疑是对注意力的分散。注意力分散，选手原本的十成功夫就有可能只使出七八分，就有可能忽略很多微小的机会和细节，更有可能因为疏忽而失误。李艺博的分析，绝非危言耸听。

不过好在嘉世采用的是影子战法，孙翔的身边形影不离地跟着一个邱非。真要论年纪，孙翔其实也没比邱非大多少。但要论稳重，年纪小点的邱非反倒要超出孙翔许多。而这一点，也是嘉世会选用影子战法的原因之一。这对组合，从战术上来说，互补性确实相当强。

君莫笑捉云手偷袭，再抛投，虽然将织影带出了一定的距离，但也有限。当时和诛仙战队的比赛，这一手最终击杀了对方的治疗。可是今天的对手是嘉世，治疗一被抓走，嘉世立即转火。兴欣当时拦得住诛仙的救援，今天却恐怕无法抵住嘉世的冲击。

孙翔和邱非二人轻易打飞寒烟柔后，很快就冲至兴欣"烹饪"织影的"灶台"处。乔一帆的一寸灰和包子的包子入侵正在痛扁织影，欺负没有保护的治疗，这活儿荣耀里每个人都特别拿手。一叶之秋和战斗格式杀至，这两人居然也全然不理会。

想抢杀？哪有那么容易！孙翔一瞥织影的生命，还没到底呢！张家兴又不是一般治疗，没了保护就随便被人欺负。这如果不是对手实力也强，真要是游戏里来的两个玩家，那谁欺负谁还难说呢！

张家兴也在努力闪避攻击，挽救自己的生命以待支援，此时一看一叶之秋和战斗格式抢先杀至，就玩命地要去和这二位会合。结果身后冷不丁被人给抱住，一个背摔，又把他给逮回去了。

张家兴再转视角，看到的是君莫笑的背影。他这一身混搭的装备，无论何时看起来都是那么可笑。可下一个瞬间，看到这个背影义无反顾地冲向一叶之秋和战斗格式，抵挡下这二人的进攻，张家兴却有点恍惚了……直到再一次被包子入侵一记狠拳击中，他才蓦然反应过来：不是了……这个义无反顾的背影，不再是帮他抵挡攻击的那个了。

张家兴可是嘉世的主力治疗，叶修在队里的时候，帮他救他的次数那自然少不了。虽然使用的角色不一样了，身穿的装备也不一样了，但是君莫笑义无反顾冲出的那个背影，让张家兴愣是回忆起了那时叶修还在嘉世，率领他们在联盟征战的日子。他这个治疗，就是被这个人这样守护在身后的。

而现在，这个他曾经期待永远不要倒下的坚实壁垒，却在用同样的方式向他吹响死亡的号角。

倒下？不倒下？刹那间张家兴真是恍惚了一下，而后就见一片火光，将冲出去的君莫笑整个覆盖。

是生灵灭的攻击？显然不是，嘉世此时的重点是抢救牧师，生灵灭要攻击，火力也该先掩护织影这边才对。

君莫笑的方向猛然出现的火光，是晓枪从远端给予的火力支援。而后乔一帆的一寸灰也丢出了一个鬼阵，这次不是"烹饪"织影，而是给叶修那边的战局以辅助。

有脱身机会？发现一寸灰分心照顾那边，张家兴立刻努力寻觅走位空间。结果包子入侵也不知从哪个方向诡异地闪出，将他按翻在地就是一通霸王连拳。

一叶之秋和战斗格式一时间好像过不来了，生灵灭呢？张家兴挣扎着转视角望去。生灵灭是在飞速赶来，可是中途却被人截下，是寒烟柔！刚刚被一叶之秋和战斗格式轰飞的寒烟柔，这么快就已经重振精神，她没有去找那两位报仇，反倒是切换位置，来这边堵截生灵灭。

肖时钦一看过来拦的是寒烟柔，顿时就头大了。在擂台赛的时候他是轻易战胜了唐柔，但是他那时所采用的方法哪里是现在的团队赛可以用的？再带着寒烟柔出去溜一圈，回来就等着收尸吧！

生灵灭被寒烟柔盯住，一时冲不过来。而晓枪的火力此时也不只给君莫笑支援，还时常"照顾"到生灵灭，甚至连张家兴的织影也照顾到。

这种打法……张家兴猛然呆住，这真是太熟悉了……

"屏风炮"！

屏风战法，这正是嘉世战队近几年在联赛里最常用的战术，以枪炮师为轴，大范围地进行攻击策应。要破这种战法，限制住枪炮师是关键。可枪炮师拥有极远的射程，要近战职业去压制显然要难攻许多。而现在嘉世的处境呢？织影已经坚持不了多久了，根本没时间让他们用这么正统的方法去破屏风战法。

强行突破啊！你们快点……张家兴急疯了。

"居然是屏风战法……"李艺博看出兴欣的打法后感慨了一句，末了就不知道该说什么好了。他心中总有一种异样的感觉，今天两队的表现，从整体上来讲，兴欣更像是嘉世、嘉世呢……不知道像什么东西。

是的，嘉世战队已经不再是当初的那支嘉世了。现在这支队伍中，除了王牌角色一叶之秋和主力治疗织影，其他三个角色都已经发生变化。

原本很多人把嘉世评价为"拥有三个全明星选手的战队"，但是此时看嘉世的阵容、战斗体系，苏沐橙的枪炮师显然已经失去了位置。这只是出于战术方面的选择吗？看起来未必。

影子战法固然是对孙翔很好的补充和促进，但是，嘉世以往所使用的屏风战法中，枪炮师的策应能力也是极强的，而这，正是苏沐橙这位选手最大的特点。换了一个王牌选手，她就不会策应了？职业选手可没有这么弱。所以，说到底还是要看战队是不是用这套技战术打法，是不是还需要她的策应。

而从上赛季的后半程就已经可以看出，苏沐橙和沐雨橙风在队伍中已经变换了位置，她和孙翔、一叶之秋再没有之前被称为"最佳搭档"时的那种呼应，她也成了一个独当一面的攻击手。而这个赛季，因为没有联赛可打，挑战赛里的那点内容实在不足以让人看出嘉世的新门道。所以直至这场决赛，大家这才看出，影子战法成了嘉世的新主打战术，他们是要更大程度地发挥王牌的威力。

此外再加上肖时钦机械师和申建拳法家的首发，如今的嘉世，已经再没有了当初嘉世战队的影子。

反倒是兴欣，虽然角色职业和当初的嘉世完全不相同，却能使出这套技战术打法，让熟悉嘉世的人很有亲切感。

李艺博无语了，嘉世粉丝们也茫然了。

一支战队推倒旧有的风格重铸新风格，这不至于吓跑粉丝，可当他们发现现在的对手极似他们所熟悉、喜爱的那支原来的战队时，粉丝的心情难免有些飘忽。而现在，双方正在作为对手死掐。看到自己所熟悉的套路，压制着自己所支持的那支战队，嘉世粉的心情可谓相当复杂。

他们眼睁睁地看着他们的嘉世战队被彻底分割，而兴欣则清晰地展示着他们多种战术体系结合的风格。

"屏风战法……还有叶修单抗孙翔和邱非，这是豪门才会使用的王牌打法吧……"潘林正在细数兴欣此时所展示出的打法。

"你还少算了一样——唐柔对肖时钦的贴身纠缠。"李艺博说。

"啊……这个是……"潘林怔了怔后，"BOX-1？"

"没错，就是BOX-1。"李艺博非常有力地肯定了一下。

所谓"BOX-1"，就是指专派某位选手对对方阵中起到关键作用的选手进行贴身骚扰。

派出的选手在场上很少会再承担团队方面的配合任务，他的任务只有一个——让目标选手同样脱离出对方的战术体系。只要能实现这一点，"BOX-1"就算执行得非常成功了，至于是不是能击杀对手，倒不是很重要。因为"BOX-1"锁定的往往都是对方体系中的重要选手，将他脱离出体系后，对对方战术整体的破坏性非常强，如此一来，"BOX-1"最主要的战术目的也就达到了。

对肖时钦这样的战术大师使用"BOX-1"，无疑是相当困难的，不过好在此时兴欣的意图也并不是借此把生灵灭除掉，而只是要争取一些时间。就好像叶修那边一抗二，其实也是被孙翔、邱非二人杀得步步后退的，但是，时间，同样是时间，两边都争取到了，这就让翘首以盼支援的张家兴坐蜡了，按照这样的节奏下去，他的牧师必死无疑啊！

肖时钦心下焦急，可眼下的状况让他找不到突破口，他心中的最后一线希望，已经转移到了嘉世战队的第六人——王泽身上。

第六人因队友阵亡自动替入，从哪个换人区进入是可以自选的。兴欣能用包子入侵换下小手冰凉，完成输出强化，正是得益于战斗的那个区域距离换人区很近。

所以王泽的神枪手，差不多该到阵了吧？

枪响！

王泽的神枪手果然如肖时钦所料及时到阵，他出现的位置正是伍晨的晓枪所处的方位，所以他一上来发动的攻击就是奔晓枪去的，这对于兴欣正在采用的屏风战法无疑干扰很大。而且王泽的职业正好是神枪手，攻击距离虽逊于枪炮师，但总不至于像近战职业那么辛苦。急促的枪声中，晓枪的节奏果然有些混乱，他的水平有限，在对手这样集中火力的干扰之下，还要做好屏风策应，这对他来说就太难了。

"救牧师！"肖时钦此时却焦急地发出指示。

即便打乱了屏风战法，但孙翔、邱非想突破叶修，肖时钦想甩开唐柔，依然没那么容易。已经对峙了这么久，张家兴的织影能用的治疗技能都已是一片冷却，此时除了努力闪避攻击，他根本没有什么自救的手段了，只能期待外援。而嘉世救援可能赶来的三个方向，只要有一方突破成功，都可以挽救局面。以此时的情况来看，新投入的第六人王泽无疑机会最佳。

第六人在未进场时也不能从上帝视角观看比赛，所以事实上他是对场面状况最茫然的一个，他只能通过阅读团队频道出现的消息来判断此时场上的形势。而场上选手当然没有太多的时间还专门在频道中给不知什么时候会出场的第六人讲述情况。通常，给予第六人的第一个指示，也就是在队友阵亡替入的时候，告诉他选择在哪个换人区进入比赛。

王泽进入比赛，再从换人区赶来，看到的第一个兴欣角色就是晓枪，自然顺势就一面发动攻击、投入战斗，一面再阅读比赛形势信息。

这不看不知道，一看吓一跳，自家战队居然被对方冲得七零八落，牧师织影在毫无保护的情况下正被对方痛扁，已经危在旦夕了。

王泽正琢磨着自己似乎应该先去抢救织影，而肖时钦这边也正好给出了相同的指示，他自然就义无反顾地丢下晓枪，连忙朝这边攻来了。

结果这下反倒是伍晨不干了，操纵晓枪开始朝王泽的神枪手发动猛攻，甚至不惜贴身上来阻挡。

枪炮师没有神枪手那么多的体术技能，和神枪手贴身那是摆明了送上门的便宜。但此时是神枪手占便宜的时候吗？当然不是，王泽急不可待地就要甩开晓枪。但伍晨不管不顾，玩命地就是要缠住他。

是的，伍晨他只是一个非常平庸，甚至说比较差劲的职业选手。在自己的战队解散以后，他就已经失去了饭碗。他年龄也不算小，水平又不算高，哪里还会有真正的职业战队会接纳他？会接纳他的，大概也就是一些根本吸引不到职业选手的草根队吧！

结果他还真就加入了一支草根队。

兴欣，这支在挑战赛中淘汰了他们、导致他们战队解散的罪魁祸首，本该是让他无比痛恨的一支战队，却偏偏向他发出了召唤。

伍晨接受了，他实在也不想过早地离开荣耀。只不过到了兴欣以后，他不再是需要上场比赛的选手，这未免让他有些遗憾。虽然他的水平并不高端，但是职业选手期待比赛的心情，从来不是以水平高低来衡量的。

好在兴欣在挑战赛中也给他报了名，这让他也一直期待着上场的机会。他希望能更多地出现在比赛中，但是他确实没有想到，兴欣会将挑战赛最大的舞台留给他。当叶修告诉他挑战赛的决赛需要他上场时，他几乎不敢相信自己的耳朵，在确认了这是事实后，他难免有所疑虑。因为兴欣虽是草根队，但伍晨总还算清楚，他的水平即便在这支草根队中，也算不上出众，就算是那些个新人，他们所拥有的潜力也更值得战队去依赖。

为什么会是我？伍晨疑惑过。

叶修却坦然相告：因为你是枪炮师。

原来是因为自己的职业。这种理由或许会让很多人失落，因为大家都更希望别人看到的是自己本身的才能，但是伍晨并没有失望。才能？荣耀圈他也混了这么多年，自己有多少才能，他早已经审视清楚，凭才能，自己完全没理由在这样重要的比赛登台。

是因为职业，这个理由也足够给他力量了。伍晨感谢自己一直所喜爱的职业，还能在最终给他带来如此的幸运。伍晨清楚，这场比赛，或许将是他职业生涯最后一场正式比赛，而这个舞台，已经是他所能争取到的最大的了。

挑战赛的决赛，对手嘉世！伍晨兴奋过，也紧张过，为了这一场比赛，他付出全力去训练，去适应战队的需求。战队需要他做什么，叶修已经清晰无比地告诉他了，而他一直就是朝着这种需求去练的。

终于，决赛来了。

自己发挥得……应该还算不错吧？到目前为止，伍晨对于自己的表现还算满意。现在只要击杀了嘉世的牧师，这场比赛胜负的天平就将彻底倾斜了。

而就在这最关键的时候，嘉世第六人到阵，要从他所在的这一区域突破，去营救他们的牧师。

不！这绝不允许！整场比赛都极度小心翼翼的伍晨，在这一刻仿佛失去了理智一般。他用着根本就不应该出现在枪炮师这一职业上的打法，牛皮糖一样地上前贴住嘉世这个神枪手。他的脑中已想不了太多，他只知道一件事，阻止这个人，这场比赛他们就有可能赢得胜利。

"伍晨……这个……这个……"伍晨，这个对于李艺博来说，本该是一眼就可以看穿的选手，此时的表现却让他无从评价。因为伍晨此时的表现，实在有些不上台面，是如此的难看，如此的没有技术含量。

"这是……BOX-2吗？"潘林突然接口道。

BOX-2？李艺博愣了。好吧……从某方面来说，这可以算是BOX-2，不过这伍晨打得也真够二的。

可王泽的神枪手，却真的被他缠住了。

"没救了。"李艺博叹息着摇了摇头。

嘉世战队，张家兴选手的牧师织影，被杀出局。

观众席上，田七等人在这一刻手都拍肿了。

"看到了没有？这就是我们兴欣！！！"田七扯着嗓子，冲着包围他们的嘉世粉丝嘶吼着。田七本也算是个比较稳重的人，但在这一刻他完全抑制不住自己的心情了。嘉世强吗？是强，但是这场比赛，是我们兴欣在压着嘉世，从头到尾，嘉世都在被我们牵着鼻子走。

田七的声音已经有一些沙哑，不只是他，今天到场为兴欣加油的五十三名在B市的兴欣公会成员嗓子也都已经沙哑。因为要和场馆里这数以千计的嘉世粉丝较劲，他们几十个人显得太渺小了。

但是此时此刻，他们完全占据了上风，因为他们有战队在身后撑腰。连嘉世的治疗都被击杀了，这样的局面，懂点荣耀的人都不会再对嘉世的前景乐观下去。面对田七张扬的挑衅，嘉世粉丝哑火了。而田七此时心中只有一个遗憾，那就是……兴欣这个名字，实在有点烂大街啊，喊起来真的太没个性太没气势了。

"治疗被击杀！嘉世战队的牧师织影被击杀，选手张家兴退出了比赛。挑战赛决赛，嘉世面临很艰难的局面！"潘林这时也在转播中扯着嗓子吼叫。作为转播方，他在情感上对两队没有任何偏袒，他希望看到的是精彩，是经典。这场比赛，毫无疑问，最大的看点除了叶修对阵嘉世，还有就是能否爆出冷门。

而现在，比赛的走势对兴欣极为有利，这让期待精彩的转播方也兴奋起来。据收视监测部门即时反馈的消息，本场比赛的转播收视率突然有所上扬，这显然是因为兴欣击杀了牧师织影造成的。失去了治疗，胜负的天平倾斜严重，得知这一消息的荣耀玩家，恐怕都会打开电视或是换台关注一下这场他们本以为毫无悬念的比赛。

嘉世比赛席。退出比赛的张家兴像失去了所有力量一般，瘫坐在了座位上。此时的他倒是可以从上帝视角观看比赛了,但是这场比赛接着会如何发展呢,他发现自己竟然有些不敢看。他已经无法避免地在思考:如果嘉世止步于这里,未能重返联盟,又一年沉沦挑战赛的话,那将会是何种局面?

心怀这种担忧的、绝不止他一人。就在织影的生命为零,角色倒下的那一瞬,几乎所有嘉世选手,脑中雷击一般地闪过了这一疑问。场下选手席上的选手,不少人都偷眼朝老板陶轩看去,发现老板的眉角一直在跳动着,他,也早已经没有最初的那种平静了。

场上局面,嘉世彻底只剩四人,没有治疗。

"集火枪炮师!"肖时钦在织影倒下的前一瞬,就已经做出新的部署。他知道织影已经救不回来了。唯一有希望冲上去的王泽,因为伍晨不顾一切的打法,到底还是被拦下了。

但是伍晨不顾一切地缠斗,基本就是拿晓枪的命在填,他让晓枪的身体一次又一次地成为王泽神枪手突破的障碍。再强劲的角色,也经不起这样当肉盾。伍晨在那一瞬间,显然已经是起了牺牲自己的心思。不要命的总是最可怕的,王泽被这样的伍晨纠缠住了,而从他枪口宣泄出的子弹也毫不留情地都射到了晓枪身上。伍晨不做任何闪避操作,唯恐被王泽抓住空当,就这样,他硬生生拖住了王泽的神枪手,但也将自己的晓枪置于了死地。

肖时钦看得清楚。此时他们已经没有了治疗,不过眼下兴欣同样没有治疗在场,他们需要乘此机会强劲爆发,带走对方几个角色才行。延长战局,对于已经失去治疗的嘉世来说是完全没有好处的。这种情况下,还去纠缠对方的王牌选手显然是不明智的。所以肖时钦飞快给出指示,让孙翔和邱非快些转火去抢攻已经被王泽打得只剩百分之三十生命的晓枪。因为他看到一寸灰和包子入侵在击杀了织影后,立即就去支援晓枪了,可不能再让他们得逞了!

双方都在抢时机!孙翔、邱非对叶修的冲击,肖时钦努力摆脱唐柔的努力,都已经进行了好一会儿。他们不是没有实力,只是没能及时救下织影罢了。此时嘉世两边齐齐突破成功,立时集火伍晨的晓枪,这一节奏转换之快,总算打出了豪门战队的豪迈。

包子入侵和一寸灰的速度虽也不慢,但他们毕竟不是治疗,只能用攻击的方式来限制对手的火力。而此时没有治疗的嘉世讲求的是速战速决,不可能再和兴欣战队一板一眼地去拆招,该强攻的时候,没有治疗,卖血也一样卖!

一波流!嘉世四个角色不顾一切地集火攻击,终于强行击杀了伍晨的晓枪,转瞬之间就已经追回一人。

兴欣的牧师小手冰凉即将自动替入,但是从换人区过来也需要时间,这期间双方是一个四对四的局面。

数据上一对比,观众们赫然发现,嘉世,似乎并未处于下风啊!

兴欣方面,也就包子入侵和一寸灰的状态比较完好。

叶修的君莫笑已经两次独对孙翔、邱非的纠缠,他能以一敌二,也是付出了相当代价的,他对一叶之秋和战斗格式的杀伤,远比不了两人对他杀伤。此时的君莫笑,生命已经下降到百分之七十。

唐柔的寒烟柔就更惨了，她之前霸气地单抗孙翔、邱非、肖时钦三人的冲击，损耗就已经极大，之后又拦截孙翔、邱非二人，拖延时间，被打飞后又去纠缠肖时钦的生灵祭。这来来去去的，都是对手对她的输出远比她制造的伤害要大，此时的寒烟柔，生命只剩百分之二十，比起之前的晓枪还要不如。只是肖时钦当时十分重视晓枪对兴欣的战术意义，所以优先将晓枪作为了第一击杀目标。顺利得手后，嘉世四人二话不说，立朝寒烟柔这边冲来。

好快！所有人脑中闪过的都是这样的印象。

在治疗被击杀后，嘉世战队没有颓废，反倒瞬间提速，以超高速的节奏一波集火带走了晓枪，此时又是一波流冲向了寒烟柔。

"真没想到，治疗被击杀后，嘉世战队反倒打开局面了……"潘林目瞪口呆地感慨着。

"兴欣的战术衔接没有做好啊！嘉世强攻晓枪，包子入侵和一寸灰前去救援，这种本能的反应让他们丢掉了一直以来牢牢掌握的主动权。到底还是年轻啊，对局面的掌控能力差了些。你看肖时钦，在织影将死未死的时候，就已经做出了转火晓枪的指示，这种节奏感真的太值得兴欣的年轻选手学习了。"李艺博说。

"那依您看，兴欣应该如何应对呢？"潘林问道。

"支援君莫笑，或者支援寒烟柔，继续形成以多打少的局面，和嘉世战队进行交换。人数领先的情况下，这种交换对于嘉世而言压力会很大，兴欣可以继续占据主导。但是现在，比赛主动权已经被嘉世给接管了……我想叶修现在心里也一定有些遗憾，他也应该像肖时钦一样，提前给予队员指示的。兴欣的选手更年轻，更没经验，更需要他来引导啊！"李艺博说道。

"要一人独对孙翔、邱非两人，他可能也难以抽出空来。"潘林说。

"确实，那阶段孙翔和邱非都攻得相当猛。"李艺博点头。

总之，这确实是一个谁都没能预料到的结果。

本已有些颓废的嘉世粉丝瞬间来了精神，刚刚被田七嚣张挑衅过的人，立即张扬地反击回去。嘉世粉丝人多势众啊，这一反击，可怜的兴欣小众差点被淹没在惊涛骇浪当中。

"看到没有，这就是嘉世！就算没有治疗，又能怎样？你们挡得住我们的一波流吗？"因为距离最近，之前被田七比画的手指几乎戳到脑门的嘉世粉丝，此时跳起身来，报复性地呐喊着，那脑袋恨不得直接塞到田七的耳朵里。

田七他们呢？此时却紧张得根本顾不上和嘉世粉去较劲。

要挺住啊！五十三名兴欣公会成员一起攥紧拳头，每个人似乎都听到了同伴心里的声音——要挺住！

兴欣该如何应对？抱着这种疑问的人，都把目光对准了君莫笑。叶修，在这个时候总该给出点指示了吧？任凭年轻人自由发挥，那只会被老辣的肖时钦牵着鼻子走。战术方面，兴欣只有他有能力和肖时钦一较高下。

但是他什么也没有说。在这个重要的时刻，他没有给出任何指示，兴欣选手都在自行判断，而后采取行动。

嘉世四人压上，只有百分之二十生命的寒烟柔却毫无退意。

"攻击！！"肖时钦一声令下，两个战斗法师冲上，两个枪系开始远程火力覆盖。

打空了！肖时钦目瞪口呆。

他们需要用一波流带走目标，所以几人的攻击在杀伤之余，还需要注意限制，要切断寒烟柔的所有退路，不给她任何逃生机会。但是现在，他们的限制距离寒烟柔看起来有十万八千里那么遥远，因为无论是肖时钦，还是王泽，或是孙翔、邱非，都没有想到，这样的局面下，唐柔的选择不是躲避，不是退却，而是……前冲！！！

豪龙破军！剩百分之十生命的寒烟柔义无反顾地冲了上来。

肖时钦泪流满面地想：我知道你很猛，但你也得有个限度啊，这种情况，居然也往前冲，你是真把我们当草芥了吗？

寒烟柔的豪龙破军让现场掀起一阵高潮，转播中的解说潘林，也在长长的一声"哦"后，就没有别的声音了。

单枪匹马，面对嘉世四人，寒烟柔居然以更积极更主动的姿态冲上去了？这个妹子，到底有没有搞清楚形势啊？

很多人嘲笑唐柔这自杀一般的举动，但是下一秒，所有人就目瞪口呆地看到，寒烟柔的豪龙破军直接冲破了一叶之秋和战斗格式两个战斗法师的钳制，冲杀到了两个手枪系职业的面前。

这看似自投罗网的状况，嘉世几位如果真有一点准备，瞬间就可以把寒烟柔带走。问题是他们没有做到，无论是战术大师肖时钦，还是新一代的大神孙翔、潜力新人邱非，都完全没有料到唐柔可以奔放至此。

这到底该说是勇气可嘉，还是超级无脑？一时间没人可以定义了。

Chapter 016
捉 摸 不 透 的 战 术 之 网

寒烟柔将战矛抡圆了一扫,两个远程枪系职业被逼得不得不退。躲闪的同时,纷纷抬枪开始射击,一叶之秋和战斗格式也转过身来继续夹击寒烟柔。

嘉世四人的调整已算极为迅速,但不管怎样,唐柔意外的举动到底还是打乱了他们的节奏,此时再度包抄,无论是阵形,还是节奏,都不如之前那一波完美。

这种程度,围困一般选手或许已经够了,但是很遗憾,兴欣阵中有叶修,这样乱了节奏的包围,在叶修眼中完全不能用"不完美"这样客气的说法,根本就是漏洞百出。

"火柴!"兴欣的团队频道中,忽然跳出来自君莫笑的信息。

这不是什么暗号,"火柴"是王泽神枪手的名字。刚刚上场不久的他,虽没能拯救嘉世的治疗,但是对晓枪的强力输出,也算是为嘉世此时的反扑奠定了一个相当不错的基础。而此时,他被叶修确定为兴欣集火的突破口。

这大概是这场比赛迄今以来第一次完全正面的碰撞,双方各自四个角色,汇集于同一区域,朝各自的战术目标发起了冲击。

"面对嘉世的反扑,兴欣也表现得很强硬啊!!"潘林惊讶地叫着。

兴欣一直以来都在有意回避这种正面冲突,但是这一刻,他们的态度发生了转变。嘉世四人围向寒烟柔,兴欣外围的三个角色,勇猛地冲上来救援。

与此同时,被围的唐柔也清晰地执行着叶修做出的指示。四面临敌,没有什么局面比这更能激发唐柔的斗志了。她的手速疯狂爆发,寒烟柔迎面冲向火柴,一路高速晃动着身形,躲避着迎面而来的神枪手攻击。

一叶之秋和战斗格式紧追在后,他们两个在未受任何干扰的情况下,移动更快,距离不断拉近。

豪龙破军!这种时候,抢的就是时间,比的就是速度,没有谁还会节省大招,一叶之秋一记豪龙破军,直朝寒烟柔的后心扎了去。

但是寒烟柔也在这一瞬间高高地跳了起来。斗破山河!这75级大招,并不是只有嘉世的人会运用。

一叶之秋的豪龙破军从寒烟柔的身下掠过,相距只在毫厘。战斗格式原本也是要追加攻击的,但一看寒烟柔居然出了大招斗破山河,连忙也是改了操作。

肖时钦和王泽两位枪系的攻击倒是不必停,而且此时寒烟柔身处半空,躲避攻击更加不易,一时间身上火花连闪,中弹不停,血线不住下滑。

但她这记斗破山河毕竟还是使出来了!带着一身的烟花和血花,寒烟柔骤然从半空坠地,火舞流炎直穿地面，魔法波动自地下翻起，泥石纷飞，当中还流窜着一束束火焰，正是火舞流炎的流炎效果。

这样的大招无法硬吃，邱非的战斗格式没有上前，孙翔的一叶之秋也连忙朝旁闪让避其锋芒。倒是肖时钦和王泽二人的枪手系职业，一边闪出范围，一边继续加紧攻击。

"拿下!!"肖时钦也禁不住发出一声咆哮。寒烟柔猛烈的打法，让每个和她交手的人都会情不自禁地被撩拨得热血起来。

然而就在寒烟柔的生命快要减到零的一瞬，一道白光闪到了她的身上。

小回复术！

"我……我……"解说潘林在这一刻差点就爆粗了。他已经准备宣布寒烟柔被击杀了，但没想到来自君莫笑的一个治疗技能，居然在这最后的一瞬间拉了寒烟柔一把。

"神乎其技！"这是李艺博给出的评价。小回复术可是吟唱技能，能卡得如此准确，那非得有极为精准的预判能力不可，这根本不是只凭手速就可以做到的事。

只不过君莫笑的技能低阶，没有职业加成，也没有治疗装备增益，这一小回复术，只是没有让寒烟柔在那一瞬间被杀，要说起死回生，却还差得远了。

但是，只是缓了这么一瞬，就已经足够唐柔又做出一次攻击。

落花掌，带动着寒烟柔的身形朝着火柴滑了过去。

王泽没有闪避。寒烟柔的生命已经低到小数点前看不到数字了，闪避她，还不如直接打死她来得方便。

嘉世的几位显然都是这么想的，纷纷亮出他们的攻击。

结果这一瞬，寒烟柔身上白光又是一闪。

小治愈术！

寒烟柔的生命又被拉住了，又是在千钧一发的一瞬间。从寒烟柔所剩的生命，就可以看出小治愈术这一技能有多及时。但它补上的生命，在瞬间就几乎全部被打掉了，此刻的寒烟柔根本就是剩最后一滴血在支撑。

但是这一点也不影响寒烟柔的攻击力。落花掌拍到火柴身上，他顿时被震飞出去。落地处，一寸灰的鬼阵五连环向他锁去。包子入侵纵身扑上，不等火柴落地就已经将他抓住，王泽顿时连一个受身操作都省了。

火柴被击飞，嘉世的包围空当大露，寒烟柔急速就想冲出。肖时钦哪肯给她这样的机会？火力疯狂地覆盖过去，结果这时一道人影闪出，君莫笑千机伞一撑，将寒烟柔完完整整地护在了身后。

寒烟柔，居然没死？所有人都不敢相信这个事实。李艺博正在准备的解说词，是想分析一下叶修接连两个神乎其技的治疗技能将寒烟柔的死亡推迟对局势带来的影响，他可完全没有想到，寒烟柔居然能被救下来。

就差那么一击，嘉世战队居然硬是没能得手？这实在是……太不走运了。是的，这种匪夷所思的事，大家都无法从技术角度去分析思考了，只能归结为运气。不过，这似乎只是暂时的吧？

一叶之秋和战斗格式两个早已经冲杀过来，两柄战矛，呈一百二十度度的夹角，从左右两侧朝君莫笑夹了过去。至于君莫笑护在身后的寒烟柔，也完全在他们的攻击范围内。肖时钦的生灵灭更是直接用机械旋翼飞起，居高临下，要跃过君莫笑的千机伞盾，攻击他身后的寒烟柔。

只要一击就可以了结，这种事怎么可能做不到？嘉世三位都有这个自信，即便已经有了叶修的掩护，但他们也不相信叶修可以将寒烟柔护得如此周全。

叶修确实不能，但是，他也根本没有去掩护。

生灵灭用了机械旋翼飞向了半空，居高临下一看君莫笑身后的寒烟柔，顿时就是一惊。

"当心！"

他这消息发出时已经迟了。一叶之秋和战斗格式两人夹击冲到，君莫笑千机伞盾一收，一股强劲无比的魔法波动已经澎湃涌出，伏龙翔天！

只剩最后一滴血的寒烟柔，居然还在发动攻击。而在君莫笑伞盾的掩护下，这赫然是一次双人组合的盾盲战法。孙翔和邱非完全没有料到这一点，肖时钦从高处察觉时，却已经迟了。

化身怒龙的火舞流炎自君莫笑收起的千机伞后钻出，直奔战斗格式扑去。已经冲到近前的战斗格式技能已经挥出，但是却无法抗住伏龙翔天的攻击判定，技能出了一半，已被魔龙叼走，魔法波动在他周身缠绕，瞬间，波动爆发，这记大招，战斗格式吃了个结结实实。

孙翔的一叶之秋倒是没受这偷袭，但君莫笑的千机伞收起来后却是招呼他了。一记攻击杀伤不强，看起来更像是驱赶。但孙翔还真就只能硬吃，而不能朝叶修驱赶的方向上去闪避。开玩笑，那边可是寒烟柔伏龙翔天扑出去的路线，朝那躲，不是被人家一石二鸟了？

一记伏龙翔天，不只偷袭得手，更被叶修拿来当作限制对手空间的手段，干净利落的一个二连击，把一叶之秋击退到了一边。空中生灵灭的火力覆盖下来了，结果君莫笑又是千机伞一撑，遮在了头顶。他这伞盾，这样使用起来那更是趁手无比，伞最正经的功能，可不就是遮在头顶吗？

这两人就这样共撑一把伞，在生灵灭居高临下的攻击下，和包子入侵、一寸灰会合去了，看起来像是在雨中漫步一般。同时，寒烟柔的身上又被叶修施加了一个回复术，生命正在一点一点地跳动恢复。幅度虽然不大，但被嘉世几人看在眼中，真是死了的心都有了。

就这么几滴血，什么时候才能杀掉她？！

回复术是单位时间内跳血的恢复方式，每一跳的恢复量本就不大，君莫笑这种惨淡的治疗配置下，每一跳的效果更是惨淡。事实上，跳了几下后，寒烟柔还在嘉世这些强力角色一击必杀的杀伤范围内。只是这一跳一跳的，对于嘉世选手的心理实在是一种折磨。更要命的是，兴欣的牧师想必马上就要到阵了，虽然那牧师的技术水平并不高端，但在这种场面下还是足够成为胜负手了。

肖时钦突然有点懊恼，早知道刚刚击杀完晓枪以后，顺势朝那个方向的换人区拦截，没准正好就可以截杀到对方的牧师了。纠缠于寒烟柔，结果竟是这么个结果，这实在是有些难堪啊！

但是比赛已经打到这份上，再后悔也无用。寒烟柔依旧将是他们接下来必须要击杀的目标，必须抢在对方治疗到阵之前。

肖时钦在团队频道里言简意赅的几字部署，孙翔和邱非的双战法组合直接朝兴欣四人阵突破。方才他们围困唐柔的寒烟柔，结果被兴欣打了一个里应外合，而这一次，兴欣围了王泽的火柴，该轮到他们里应外合了。

王泽毕竟是新加入战斗，火柴状态饱满，暂时被兴欣抓来围住也没有太慌乱，这一次嘉世的救援来得也很快，一叶之秋、战斗格式猛扑过来，也不急救火柴，目标依然是寒烟柔。

只有一层血皮的寒烟柔，能活到现在已经可以说是神迹了。在没有治疗的情况下，如果过分注重保护这样一个角色，将让全队变得十分被动。但问题是兴欣一直以来并没有这样做。百分之二十生命的寒烟柔在冲杀，只剩最后一滴血时的寒烟柔还和君莫笑配合着给战斗格式全吃了一记伏龙翔天。寒烟柔的存在，赫然成了对嘉世战队战术上的牵制，她就好像是一个诱饵，牵动着嘉世的意图。她非但没有成为负担，反倒是极其有效率地运用着她在场上的每一分每一秒。

这个问题，肖时钦显然已经意识到了。嘉世再度调整，并没有把全部精力放到寒烟柔身上。孙翔、邱非二人组朝兴欣阵容发起冲击，肖时钦的生灵灭，却从另一方向迂回走位。

这是想干吗？潘林和李艺博互望了一眼，一时搞不明白，不敢出言。肖时钦在频道里对其他队员做出部署的时候，并没有交代他要做什么。

生灵灭赶路赶得那叫一个风风火火，争分夺秒，一边赶着，一边还时时注意着兴欣的动向，在发现完全没有人理会他后，生灵灭的举动似乎有了一丝犹豫。

而到了此刻，所有人终于看出肖时钦的意图了。看明他的意图后，所有人都禁不住想起多年以前流行过的一句歌词：最后知道真相的我眼泪掉下来……

是的，肖时钦的生灵灭此时是去拦截兴欣即将替换入场的牧师去了，但问题是，他走错方向了……

观众因为有上帝视角，所以从一开始就知道小手冰凉是从哪个换人区重返比赛的，他走的并不是距离战局最近的这个换人区。当时大家还觉得不可思议，这一刻，所有人明白过来了，从这个换人区进入实在太容易让人猜到了，兴欣早就防着这一手，对于好不容易建立起来的治疗优势，他们相当小心。

肖时钦操作着生灵灭往这方向冲了一会儿，未见小手冰凉的身影，顿时也知道不对劲了。从距离、速度上计算，此时他应该已经可以看见对方。现在未见人影，至少说明对方对于他这种拦截是有准备的，不管是绕路了，还是选择了其他换人区。

又一次的判断失误，让肖时钦真的有点心生疲惫了。他发现他真的完全捕捉不到兴欣的战术思路。他是了解叶修，但是他所熟悉的叶修，是那个身处豪门强队的叶修。现如今这个率领着草根队的叶修，表现出的是更为复杂的战术风格，他有着中小战队常见的刁钻狡猾，却又时不时表现出豪门强队才有的压迫性。

在换人区的选择这个细节上，从肖时钦率领弱队作战的经验上来说，就近入场简直是必然的选择，因为弱队太需要治疗快点到阵来帮助他们。可是偏偏兴欣战队极为大胆，竟然真敢让牧师在路途上多花时间。这种强大的自信，可是肖时钦率领雷霆时不曾有过的。

说到底，自己还是信心不足吗？自己身处雷霆的时候，可曾想过率领那支队伍以冠军为目标？没有，从来没有过。外界都认为雷霆是一支弱旅，每年能进季后赛就是非常成功的表现。于是，雷霆，还有他自己，也一向是这么认为的，他们每一年的目标就是杀进季后赛，而进了季后赛后，日子就是得过且过。他们明明对冠军也是很渴望的，可偏偏又不相信自己的队伍有实力问鼎冠军的实力。

最终，为了冠军，肖时钦离开了雷霆，虽然外界对此并没有什么非议，甚至一致认为他早该做出如此选择。但是此时，肖时钦终于知道，自己到底还是软弱，没有彻底相信队员，也没有完全相信自己。相比眼前的这个对手，自己真的还有很大的差距。这个人，率领着从网吧拼凑起来的一支草根队，就敢参加挑战赛，并且和嘉世这样的豪门战队叫板。多少人将其视为笑话？可是现在，这个笑话正在一步一步走向现实。

而他呢？虽然在雷霆战队屡屡制造出以弱胜强的战绩，可是他却从未真的拥有过自信。现在看来，为什么一直就没有呢？雷霆可以在常规赛里有打败强队的胜绩，为什么就不能在季后赛里复制这种胜绩？只要复制个三次，他们雷霆，不一样可以赢得总冠军吗？

说到底，他终归还是只有赢得那些应该赢得的比赛的自信。而眼前的这个男人，拥有的是创造奇迹的勇气和信心啊！

肖时钦的生灵灭飞奔回战场时，局面又发生了一些改变。

寒烟柔终于还是被击杀了。

唐柔可不会让自己成为需要所有人全力去保护的累赘，即使只剩最后一滴血，她也是在场上积极地拼搏，贡献着自己的输出。再度顽强地支撑了片刻，她终于倒下。

那一瞬间，现场爆发出了掌声，即便是嘉世粉丝，在这一刻也选择了沉默。这个生死存亡的时刻，他们无法送给对手掌声，但至少还是可以用沉默来表示一下他们的尊重。擂台赛，唐柔败得憋屈，但是这场团队赛，她终于给人留下了极深刻的印象。虽然有些时候她的表现到底是勇猛，还是鲁莽，实在不好让人界定，但在这一场团队赛中，她这种勇猛或是鲁莽的表现，是兴欣能打到眼下这一局面的关键。

在肖时钦赶去拦截兴欣治疗却扑了个空的时间，嘉世三人虽然成功送走了寒烟柔，但是自身也受了不少损伤，尤其王泽的火柴，从一开始就受到包子和乔一帆的双人夹攻，而后君莫笑护着寒烟柔过来凑热闹，兴欣战队接下来的重心，并不是保护寒烟柔，而是继续加强对火柴的攻击。

225

一寸灰的鬼阵在这时候起到了极强的保护作用，一叶之秋和战斗格式两个近战职业，想攻击到兴欣的角色就必须进入鬼阵的范围，不进入，就只能干看着对方在那里围殴火柴。击破鬼阵的限制也是有一些手法的，但是总体来说，鬼剑士的存在让一叶之秋和战斗格式特别难受。

王泽的火柴在这种局面下得到的支援也就十分有限了，而他自己也没能突出包围。肖时钦的生灵灭赶回来时，寒烟柔是已经不在了，但火柴的形势也岌岌可危。

肖时钦一看两个战斗法师身上那一堆的负面状态，心里也是颇为无奈。本来作为一个远程攻击手，鬼阵对于他的控制影响是比较有限的，但偏偏他是远程中的机械师，他的好些个机械道具，都是没办法突破鬼阵的，所以要击穿鬼阵的限制体系，对于一个机械师来说也是相当勉强。否则的话，肖时钦肯定会自己留下来，换别人去拦截兴欣牧师。双战斗法师的组合，也不是时时刻刻都不能拆散那么绝对。

而现在，因为阵鬼的存在，他们居然都无法发挥出全部功力。原本可以不太受阵鬼影响的神枪手，却是早早地就被对方给抓走了。

肖时钦完全不会认为这是一次巧合。这场比赛让他重新认识到了叶修在战术方面的可怕，环环相扣，步步杀机。兴欣战队的每一位选手和角色都被运用到了极致，从开始的伍晨和他的晓枪，再到唐柔和寒烟柔，而现在，又轮到乔一帆和他的一寸灰了吗？

必须想办法解决这个阵鬼啊！不……等等……肖时钦正在思考对策，突然脑子灵光一闪。接下来的攻击重点就应该是这个阵鬼了，可是这样一来，他们恐怕会再一次陷入兴欣的牵制了吧？

这场比赛，从一开始就是这样，兴欣的人一个接一个地显山露水，而后嘉世一次一次地锁定目标，却被这些目标带得极为被动……

是的，就是这样。兴欣各战术环节的关键，原来是在这里！

每一次战术环节中的关键角色，在引导兴欣既定战术的同时，却又埋伏着变化。嘉世一次又一次朝这些角色发起冲击，却将自己陷入相当被动的局面，最终付出相当的代价。所以从整体上来说，他们非但没有击破兴欣的战术体系，反倒是一次又一次受制于对方的战术。

已经在消息框中敲入"集火鬼剑"的肖时钦，又飞快地将这四个字给抹掉了。嘉世现在已经不能再陷入这样的被动了。眼下的形势，他们四打三，虽然兴欣抓着他们的一个角色，但事实上兴欣是完全的防守姿态，三个角色紧缩在鬼阵控制的空间中，并不敢跨出这个范围。

因为鬼阵的守护，嘉世在如此优势下，一时间竟然也无法击溃兴欣。没有治疗，他们嘉世可打不起这样的消耗，必须快些找到突破口。

集火叶修！新的指示跳入了嘉世的团队频道，这一下回车肖时钦敲得可是相当用力。他心下有点懊恼，他发现他们早该这样打的。他根本不该想那么多，就应该在发现君莫笑后，就集中嘉世的全部力量，不顾一切地将叶修送离比赛。

是的，不顾一切。在上一句指示发出后，肖时钦又狠狠地敲下了"不顾一切"这四个字，送了出去。

哪怕是牺牲一个、两个、三个，甚至当中包括治疗，只要将叶修送出了比赛，嘉世就算以少打多，就算没有治疗，以他们强劲的实力，难道还收拾不了兴欣这一群草根出身的新兵蛋子吗？

这个道理实在太简单了，简单得让肖时钦一开始竟然完全忽略掉了。他高度重视叶修，分析各种可能，思考着叶修可能制造出的牵制，所以完全没有想过以这样强硬的姿态送叶修出场。

说到底，肖时钦还是没有脱离他中小战队出身的思维习惯。他的战术没能将嘉世所拥有的战斗力彻底释放出来，挑战赛里过分羸弱的对手掩盖了这一点，于是到了最终决战，当对手的战术将己方选手和角色的战斗力不断放大的时候，嘉世骤然被压倒了。

这和人们开始预计的比赛走势完全不符。在人们的心目中，嘉世就算输，也肯定会在绝大部分时间里占据上风，最终只是因为一个什么重大的失误或是漏洞，被兴欣抓住而一发不可收拾。但谁也没有想过，这场决赛嘉世会是在如此被动的局面下，从一开始到现在，被兴欣不断地削弱蚕食。

直至此刻，肖时钦才意识到了问题所在。他虽然还不能彻底意识到他和嘉世的融合问题，但是至少这一次他终于找准了关键点。

集火叶修，不顾一切。

没有治疗？没有治疗就没有治疗，只要能收拾掉叶修，再大的交换也是值得的。眼下的场面，嘉世还有人数上的优势，或许这将是他们最后的机会，无论如何都要彻底带走君莫笑，顶着鬼阵的限制和伤害，顶着对方的任何攻击，绝对不能再有丝毫退让。

新的指示，给出的不只是战术思路，不顾一切，这更是一种决心。

所有人看到嘉世做出这样的指示时，心下都是一跳，他们都预感到，本场比赛最大的风暴恐怕就要来了。

肖时钦率先做出表率，生灵灭拿出宛如晓枪以身堵枪眼的气势冲了上去，那些会被鬼阵限制住的机械道具他统统弃之不用，不会随便就被鬼阵击爆的各种重型机械纷纷登场，在机械空投的空中火力掩护下，生灵灭居然直接冲进了鬼阵的范围。

这一举动，对于"不顾一切"的诠释已经是相当透彻了。嘉世其他三位选手全都精神一振，王泽的火柴拧着身子，不顾自己遭受到的攻击，也要从空中将子弹朝着君莫笑射去。孙翔和邱非，更是不再考虑如何在鬼阵中减免压制和伤害，而是以君莫笑为目标，以最简单最高效的方式杀了过去。

嘉世骤然掀起的攻势，别说叶修，连乔一帆都察觉到了。他丢下去的鬼阵，此时被对方视若无物。他们承受着鬼阵给予的伤害，还有负面状态，却是集中力量朝君莫笑发起了冲击。

君莫笑此时的生命可并不饱满，他也是经历过多番恶斗，单抗过很多攻势，还有，撑着千机伞掩护寒烟柔时，那枪林弹雨中的漫步看着真是何等的潇洒，但撑伞的君莫笑事实上还是要承担伤害的。

盾牌免除的伤害是按百分比来算的，除此就是防御力的一个提升。从某种程度上来说，它不能像攻击招架那样完全阻挡伤害，但盾牌的方便之处在于使用它时不用像使用攻击招架那样，还要考虑到技能判定的问题。面对任何攻击，只要盾牌迎上，防御力和伤害豁免的百分比就能发挥出来。

君莫笑撑伞，寒烟柔躲在伞后是不承担任何伤害的，但是君莫笑本人却逃不掉那些对方攻击命中之后的掉血。前前后后林林总总加起来，君莫笑此时其实是兴欣在场角色中血线最低的，只有百分之五十的生命了。

这种情况，怎么能不抢攻他？肖时钦此时脑筋转过弯来，越看越觉得攻击君莫笑实在是超级对路的决定。

他的生灵灭在进入鬼阵后，也是无视任何鬼阵的存在，只是考虑着如何去杀伤君莫笑。

乔一帆连忙加强封堵，鬼阵疯狂落下，但却依然被嘉世几人无视了。几人围着叶修的君莫笑狂攻，包子入侵和一寸灰此时像是不存在一样，他们根本不去理会这两人在一旁的各种攻击。

"用控制的！"乔一帆匆忙在团队频道里提醒包子。

从善如流是包子最大的特点，无论谁出的主意，他基本上是不太考虑有没有道理的，反正先照做了再说。于是包子入侵凶猛地扑出，一个霸王连拳就想按翻一个目标在地。

但事实证明，嘉世就算是不顾一切地无视他二人吧，但对于这样的技能，他们还是会在意的。被包子锁定为目标的一叶之秋轻巧地一变向，轻松闪过这一冲击。包子也不执着，角色身形一转，又是一个锁喉朝着战斗格式掐了去。战斗格式当然也要躲一下，虽然锁喉不限制目标的攻击动作，但是会控制移动，那自然就会令他无法走到攻击君莫笑的位置。

包子入侵的又一击被避过，但是紧跟着，抛沙、砖袭……悉数使出。流氓这个职业控制系的技能还是比较多的，包子此时一股脑地拼命丢出来，没有统一的目标，没有明确的意向，哪个顺手，他就砸哪个。顷刻间，一堆技能就纷纷冷却了。包子的手速也是相当出色的，这时候他还有早已经冷却完毕的小技能，于是毫不犹豫地衔接上了。

"太胡来了……"这是来自李艺博的感慨。

然而这样的胡来，居然真对场面产生了很重要的影响。嘉世不顾一切抢杀君莫笑，他们不会理会任何攻击伤害，但就怕这种控制技的效果会耽误他们的时间，所以他们必须留意来自包子入侵的技能。然而包子的攻击根本没有明确的思路，天马行空，十分随意，经验丰富的肖时钦预判了两次，结果居然挨了一板砖。

是的，板砖，正中生灵灭的后脑，他当时就被砸晕了。不过比较遗憾的是由于身处鬼阵当中，不间断的鬼阵伤害立即就将他的眩晕状态给解除了。这让乔一帆好生遗憾：这包子，也不知道寻求一下配合，早知道你这一砖能中，我这个地方就不放这个带伤害的鬼阵了啊！但包子哪会理这个，他这时已经找下一个目标去了。

一时间嘉世的几位居然被包子入侵一人杀得手忙脚乱。他们不想在包子入侵身上浪费时间，但偏偏提防包子入侵的攻击还是分散了他们相当大的注意力。天上地下，没有人知道这货的攻击从哪里来，要到哪里去，板砖如是，其他技能也如是。包子入侵每次一抬手，嘉世每一位都要心下一惊，然后来个闪避，到最后呢？包子入侵的攻击也只能打向一个人不是？另两位纯属浪费时间不是？

"这这……这可真够乱的啊……"潘林目瞪口呆地感慨着。

包子的这一波爆发，把比赛带入了不可思议的混乱局面，这已经不是用荣耀知识可以解读的范畴了。李艺博指导沉默良久，终于感慨了一句："他打乱了嘉世的节奏……"

是的，这点谁都看得出来，嘉世的节奏此时已经完全乱了套了。但问题是，兴欣现在有节奏吗？没有，也完全没有。包子入侵的攻击，嘉世的人捕捉不到，就连他们兴欣自己人也配合不起来。

"滚开!!"孙翔终于被包子搞得有些不耐烦了。这家伙小丑一般的表现，居然拖缓了他们强攻君莫笑的进度！于是，一叶之秋暂时放过了君莫笑，却邪一抖，就朝包子入侵捅来，他是决心要把这个乱来的家伙也赶远一点再说。

"当心!"

结果，一叶之秋刚刚转了目标，他的身后冷不丁地就是一矛刺来。叶修可还在场上没死呢，这样乱成一团的局面，在他眼中却无处不是机会，多得都有点眼花缭乱了。此时一叶之秋忽然改变攻击目标，和其他人一点呼应都没有，叶修这一击简直就是下意识的，不来这一下简直对不起自己这么多年的修炼。

圆舞棍！一叶之秋被君莫笑挑飞起来，朝火柴头上狠狠砸了去。

"干得漂亮包子。"

"那还用说!"包子无比自信地说着，但是他到底知道他做了些什么了吗？兴欣战队的队友们表示怀疑。他们觉得，告诉包子用控制技能的乔一帆会不会才是功劳最大的？

包子入侵方才这一波发挥，如果发生在场上其他任何一个时刻，恐怕都无法得到专业人士的赞誉。但它偏偏发生在这一刻，在这个嘉世战队不顾一切要拿下君莫笑的时刻，他这一波发挥对嘉世攻击节奏的破坏真的是相当强劲。

这样乱来的打法，嘉世选手并不是没有办法克制，只是他们不想在包子入侵身上花费时间，他们刚刚开始坚定不移地以君莫笑作为绝对目标，这忽然间就转火，之前的坚定不都成了笑话？

嘉世的几位只是没有想到，包子的打法居然会让他们这么难受，这种完全无法预料的攻击，居然对他们几人齐齐产生了限制。

不能坐视不理，但是，这可能又是兴欣的一个牵制陷阱？

肖时钦的决定将下未下的时候，孙翔却已经抢先出手了。

对付包子，并不难，但难的是，这时候君莫笑还未死！如此乱套的节奏下，孙翔猛然转火,空当立时被叶修抓住,君莫笑抢先一步,倒是把一叶之秋给抓了。

斗神一叶之秋成了叶修手中的武器……虽然这十年以来事实一直是这样,但这次,和那十年完全不一样。

一叶之秋被君莫笑狠狠地砸下,砸向火柴。

王泽毫无防备,火柴和一叶之秋在地上摔成一团。君莫笑转身又是一记天击,挑向朝他身后逼来的战斗格式。战斗格式战矛一抖,连突刺击第一下,中断,招架攻击,二断,刺击。

连突中断再连战法!一年前邱非错过使用的战法,一年后的擂台赛上,叶修对他造成杀伤的战法!

事实上,这种战法邱非也已经掌握,此时突然使出,招架掉了君莫笑的天击后,第二刺便毫不犹豫地刺来。

这一击之后跟上一套连击,君莫笑就足以被击杀了,邱非这样想着。君莫笑的生命所剩不多,这一套连击不用太复杂,他有绝对的把握。只是,所用的是一个让他印象无比深刻的技巧,他的心里难免又有一些触动。

"谢谢!"在选手公共频道中敲出这两个字后,邱非就着手下一步攻击的操作了。

结果,君莫笑的身形在此时突然一沉。战斗格式的连突二段刺空,紧接着君莫笑伸出的双手已经触到了战斗格式的腰间。

"你还差得远呢!"

背摔!君莫笑挺身后猛地弯折腰,战斗格式立刻头下脚上地被摔翻在地。

只一瞬间,一叶之秋、战斗格式,嘉世战队的双战斗法师组合,就已经被君莫笑接连摔翻在地。打乱嘉世节奏的,是包子,但真正破开局面的,还是叶修!

真的应该早早地就把他除掉啊!肖时钦懊恼不已,带着无奈,坚决地冲了上来。

"鬼宴。"兴欣频道里,叶修说道。

"收到。"乔一帆回应,一寸灰刀锋一展,地上满布的鬼阵像海浪般骤然掀起。

鬼神盛宴!所有的鬼神之力齐齐施放、爆发,现场一片苍茫的光影。肖时钦冲上了,但瞬间爆发出的光影效果,让他根本无法找到目标,他只能依照自己印象中的位置去做判断。结果这时,生灵灭的腰间,也突然被人拿住了。

肖时钦低下视角一看,包子入侵,就蹲在自己面前。

背摔……生灵灭头下脚上地也被一个背摔拧翻在地上。

鬼神盛宴爆发的硝烟在此时基本散尽,嘉世战队的队员头像,又灰下去了一个——王泽和他的神枪手火柴,出局。

生灵灭飞快起身,就见消散的鬼神之力当中,君莫笑、一寸灰、包子入侵,三个角色齐朝自己围攻过来。

肖时钦不退,手指连番弹动,生灵灭瞬间招出三个机械道具,分朝三人袭去。此时鬼阵全部结束,他的机械道具总算有了驰骋的舞台。

砰砰砰！君莫笑以不可思议的速度瞄准、扣动扳机，接连三声枪响之后，就是三声爆炸。生灵灭刚招出的机械道具，在瞬间就被叶修用精准的点射打爆。

一寸灰月光斩瞬间扫到，肖时钦连忙操作着生灵灭转身闪让，跟着，他脑后又中砖了，包子入侵的板砖！

肖时钦真的快疯掉了。这个包子，有时乱七八糟的，完全不知道和队友寻求配合，但偏偏有时候又会钻入死角，对对手完成致命的一击。

兴欣的每一位选手，肖时钦都研究过。有关这个包子，他真的不知该如何去描述，因为他从未见过这样的选手。你根本不知道他到底会些什么，看上一场比赛，这样的战术配合，他似乎是很娴熟的，但是到了下一场比赛，这样的战术配合中，他却华丽地不知道跑到哪去了。

肖时钦的战术手册上，有关包子的内容，是写了又抹，抹了又写，写完了又改……实在是，每一场都有新发现，每一场看到的状况都不重复。最终，有关包子的内容，肖时钦只有一句话没有更改过：极不稳定的一名选手。

是的，这就是肖时钦对包子的最终定位。而这一场包子的表现，也很对得起肖时钦的定位。但问题定位是定位，定位之后，如何对付，肖时钦对他还是没有战术方面的手段，因为这个家伙无法预测，所以就只能见招拆招了。

结果最最关键的时候，他们嘉世却被包子给打乱了，而后攻势就被叶修给拆了。

现在，肖时钦自己因为包子的一记板砖又被控制了。

君莫笑和一寸灰的攻击不失时机地到了，杀得生灵灭东倒西歪，要不是孙翔和邱非及时过来支援，肖时钦真怀疑自己就要被一波带走了。

一叶之秋和战斗格式一到，兴欣三人立即退走。

"咬住！"肖时钦叫道。

鬼神盛宴之后，场上特别干净，嘉世发动冲击无疑是个好时机。肖时钦的生灵灭一边压上，一边很注意对一寸灰攻击的打乱。召唤鬼阵都是吟唱技能，抢先一步注意控制，会让阵鬼十分难受。

除此，那个包子入侵，肖时钦现在几乎有一半的精力是放在这个家伙身上，绝不能再让这个家伙乱七八糟地把局面给搞乱了。

肖时钦一人盯住两人，目的自然是为了给孙翔和邱非创造机会。在肖时钦的掩护下，一叶之秋和战斗格式这对组合再度朝着君莫笑冲了过去。君莫笑乘着刚才鬼神盛宴爆发的时机明显给自己刷了些许生命，血线被拉到了百分之八。但是面对嘉世这两人，这点生命依然在一波攻击可以带走的范围内。

如此局面，叶修还会上去和这二人硬拼？当然不能，于是君莫笑开始带着二人各种走位。

肖时钦一看，顿时头大了。

猥琐流……

在嘉世最需要争分夺秒的时候，叶修开始了猥琐流的打法。一叶之秋和战斗格式毕竟是近战职业，而君莫笑拥有远程火力，打起猥琐，这两人想追上君莫笑那绝对不是分分钟能做到的事。

肖时钦看了眼时间，略一盘算……应该差不多了吧？

嘉世的团队频道里，立时跳出一条消息。之后一叶之秋和战斗格式在紧追君莫笑的途中，突然变向。

上帝视角的观众恍然大悟。这两人，是截兴欣的牧师小手冰凉去了。

地图上的换人区分布在哪里，肖时钦自然是很清楚的，之前判断错误的那一点，自然已被他剔除，那么这次推测的这一点，大概就八九不离十了，否则从其他的点来，那未免太远了。

这一次肖时钦没有猜错。一叶之秋和战斗格式这一变向，真是准确地朝着兴欣战队的小手冰凉迎了过去，两人冲出没几步，就已经发现了小手冰凉的身影。

但在他们的身后，兴欣战队的三个角色，却是饿虎扑食般地冲向了肖时钦的生灵灭。

居然不去救牧师？肖时钦诧异。

其实他没有想着会有多简单就把对方的牧师击杀掉，这可是兴欣走向胜利的最大保证，他们一定会不顾一切地守护小手冰凉。不过那样的话，嘉世就成功地对兴欣造成了牵制。有了需要守护的目标，那兴欣行动起来受到的限制就会变多。而在这救援的过程中，拦截叶修，击杀君莫笑，这才是肖时钦希望达成的主要目标。

但是他没想到，兴欣居然没人去理会牧师，居然在这时候向他的生灵灭集火。

交换？肖时钦觉得不可思议。这个交换完成后，虽然是三打二的局面，可是君莫笑却只剩这点生命，这不是靠他这个散人的治疗就可以翻转局面。三打二，对他们来说风险依然很大吧？他们倚仗的是什么？阵鬼的控制吗？阵鬼的控制是强力，但问题是鬼阵也有相当的局限性。在击杀兴欣的治疗后，在时间上嘉世会宽松许多。这种局面下，嘉世有两个强力的战斗法师角色，还是有方法强冲鬼阵的。

肖时钦想不透，但他也不能停下来白白送死。生灵灭匆忙跑路，结果立时发现，叶修之前的猥琐流打法，已经将角色猥琐到了一个恰到好处的位置，他此时可以逃走的路线，恰好被君莫笑封堵住了。

是有准备的！发现这一点后，肖时钦心里更不踏实了。对方有准备，这意味着眼下的情形在其料算当中，他们是有把握的。

就在这时，肖时钦突然看到团队频道里孙翔嚷了一句："我去，这牧师跑得好快!!"

肖时钦本就因为看到叶修早有准备的卡位，对眼下的局面生出了一些忐忑。此时突然看到孙翔这一嗓子，心跳得更厉害了。

牧师跑得快？这是什么意思？兴欣的那个小手冰凉，他能跑多快？

兴欣的装备因为以橙装居多，所以角色属性一目了然。小手冰凉这个角色，完全没道理在速度方面让一叶之秋和战斗格式这两个强力角色表示出惊讶啊！除非……他此时身穿了与原本不一样的装备！小手冰凉，带了两套装备？

肖时钦猜得还真是不错。此时的电视转播，还有现场的技术统计，都纷纷给出了小手冰凉的装备面板。这个角色浑身上下，果然是一套增加移动速度的装备——完全无视牧师本该需要的各种属性，不顾一切追求移动速度的装备。

多带一身装备，无疑是会增加负重的。但问题是牧师是布甲职业，布甲的重量本就是所有装备中最轻的，多带一身，影响最小。

如此不顾一切地提升移动速度后，小手冰凉最终所表现出的速度，确实应该让一叶之秋这种神级角色也震惊一下。

这样畸形的牧师，职业圈里什么时候出现过？这样的牧师，已经失去了他本该具备的所有价值，眼下他唯一能做的只是奔跑而已。但是现在，这正是嘉世战队最不希望他拥有的能力。

小手冰凉的移动速度和一叶之秋、战斗格式的对比，会怎么样？孙翔和邱非都已经评估出来了——伯仲之间。

这样的情况下想追上他，只有两种可能，一是拥有能让对方减速或让自己加速的状态类技能。这种技能事实上战斗法师也是有的，魔法炫纹中，冰属性炫纹可以让目标减速，无属性炫纹可以让自己加速。但问题是，炫纹不是你想有就会有，它需要通过攻击命中目标来触发，两个战斗法师现在连目标都追不到了，哪来的炫纹？

再来，就是看双方的操作节奏了。移动最快需要疾跑，疾跑需要消耗耐力，而耐力在某些情况下又可以自动恢复，这个节奏，是会影响到角色最终的移动效果的。孙翔和邱非自然不必多说，这种职业选手的基本功，他们两人都扎实得很。那么他们的对手呢？追了几步后，孙翔和邱非就绝望了。行家一出手，就知有没有。小手冰凉各种移动方式的转换，让他二人立即就判断出来：这人在这方面是下了苦功的，他们想靠操作硬追，也不是简单的事。

截杀兴欣牧师所遭遇的无奈，两人很快就通过团队频道言简意赅地告知了肖时钦。肖时钦的心在这一刻几乎要沉底了。

针对牧师的思考，让他意识到了一个问题：这场比赛，兴欣战队的牧师有发挥一个治疗最该发挥的作用吗？没有！完全没有。

他首发出场，而后只在双方交战中给己方队员提供了一些不痛不痒的治疗，因为当时的局面兴欣根本不需要过多的治疗来支撑，小手冰凉利用圣诚之光给予队友输出上的强化，都比他的治疗要来得有价值。接下来，他就悄然退离了赛场，让包子入侵替入，强化兴欣战队的输出。

多么没有存在感的一个角色！但是，这又是一个绝对无法让人忽视的角色，因为他是治疗，可以决定团队赛优劣势的治疗。尤其在嘉世战队的治疗被击杀后，小手冰凉即便还没到场，也已经是让嘉世所有人如坐针毡的存在。

针对治疗，肖时钦当然也有他的一套战术。尤其兴欣的牧师小手冰凉，在他看来就是兴欣的一大漏洞。作为团队赛中不能不出场的角色，他的操作者水平实在有些不够看。

对此，肖时钦也是有一些战术构想的，但是，他根本没有机会付诸行动。兴欣根本没让治疗发挥太大作用，就让他悄然退场了，然后他就成了决定这场比赛的胜负手。这时候，即便知道这人的水平不够高，肖时钦觉得自己也必须高度重视他了。所以意识到应该不顾一切抢杀君莫笑之后，击杀小手冰凉，还是被肖时钦评判为具备同等级的战术价值。所以在面对猥琐流的叶修时，孙翔、邱非二人得到他的授意，果断转火，前来击杀小手冰凉。

结果他们看到的是一个只会奔跑的牧师……

"回来吧……"肖时钦在团队频道里无奈地说着。兴欣敢做这样的安排，他相信，这位选手在这方面肯定做过相应的强化练习，即便是孙翔和邱非，恐怕也难在短时间里解决他。长时间地追逐下去，最终等到的无疑将是兴欣解决掉生灵灭后，其他三人前去接应小手冰凉。

又是一次牵制！小手冰凉几乎没有承担过治疗的职责，但就凭借治疗这一身份，他就完成了一次重要牵制。

此时此刻，肖时钦莫名其妙地想到了一句荣耀中的名言：未出手的技能，才是最可怕的技能。是的，这个道理被叶修当作战术，通过小手冰凉来实现了。

肖时钦深深地感觉到，兴欣本场的战术，就是一张周密的网，每一个角色，每一个环节，每一个细节，有序交错。即便你想办法切断了其中一个点，但也会有另一处立刻衔接上来，环环相扣，接连不断。剪不断，理还乱……

以一敌三的肖时钦，勉力支撑着，他似乎还想抗到孙翔和邱非二人的角色赶回。但是很遗憾，做出如此战术安排的叶修，比他更明白抢时间的重要性。此时这一边，只有君莫笑生命不多，攻击略为保守，其他二人则完全是强杀的举动。

肖时钦心里叹息：我……看来只能到此为止了……

不顾一切地击杀君莫笑？数分钟前，肖时钦做出这样的指示。但是转眼间，却是兴欣不顾一切地将他的生灵灭给击杀了。

"看你们的了。"

这是本场团队赛肖时钦留给队友们的最后一句话，而后，生灵灭倒下。

Chapter 017
荣 耀 不 是 一 个 人 的 游 戏

肖时钦无疑是这支嘉世战队中很重要的人物,也是在这场决赛中留下最多东西的人。但是这场比赛对他而言却不是什么快乐的回忆。战术上的交锋,他完败给了叶修。而在他倒下后,留给队友的,看来只是一个极烂无比的摊子——嘉世二打四,对手拥有一个治疗……

而面对这样的烂摊子,他居然还说"看你们的了"?这种话,应该是在给队友留下胜机的时候说的吧?而现在的嘉世,有胜机吗?

现场一些嘉世粉丝已经不满起来,嘘声,第一次送给了他们自家战队、自家选手。他们不满,同时也在害怕,嘉世,真的要输了吗?

一叶之秋、战斗格式到阵,看到生灵灭遭最后一击后倒下了,看到肖时钦留给他们的最后一句话,以及留给他们的局面。二打四,不带治疗——这种局面,换作其他战队可能已经直接打"GG"了,但嘉世会这样吗?

"当然不会。"观众席上,微草战队三人组看着如此局面,其中的许斌信誓旦旦地说。因为他身边的刘小别刚刚在猜测:孙翔和邱非是不是可以道"GG"了。

"肖时钦留给他们的局面,其实还有胜机。"许斌继续说。

"哦?"

"你不觉得,刚才为了强杀生灵灭,兴欣的包子入侵和一寸灰的损失也相当大吗?"许斌说。

"你的意思是说……"刘小别已经意识到了什么。

"肖时钦如果硬要撑,我觉得他还是可以撑到一叶之秋和战斗格式赶来的。"许斌说。

"你的意思是,兴欣在强杀他的时候,事实上,他也在强杀兴欣的角色。这加速了生灵灭的死亡,但是,他也抢下了更多的输出。"刘小别说。

"没错,所以他才会留下那样一句话,因为他已经尽了他最大的努力,给孙翔和邱非铺设了一个还有胜机的局面。"许斌说。

"这局面比他让生灵灭活下来还要好?"刘小别说。

"至少他是这样认为的。"许斌说。

"他大概觉得……自己在战术上无法胜过叶修前辈,所以就留下了一个以实力决胜负的局面吧?"高英杰在这时突然开口插了一句。

"以实力决胜负?"刘小别自言自语地重复了一遍。场上局面,嘉世以二打四,兴欣有治疗,对手有如此绝对的优势,嘉世确实已经不用讲究太多的战术了。

"想不到这种局面,终于让肖时钦使出了他最擅长的战术。"许斌说。

"肖时钦……最擅长的战术?"刘小别有些茫然,他是一个操作达人,战术方面的事,他关注得并不多。

"轻敌。"许斌说。

"轻敌?"

"是的,让对手轻敌。"许斌说。

刘小别恍然大悟。肖时钦原先的雷霆战队,实力弱,有意让对手轻视,可以让他们创造很多胜机。但是到了如今的嘉世,又是在打挑战赛,他所擅长的这一手根本无法施展,光是面对嘉世这个名字,有多少战队就已经直接跪了。

而现在,肖时钦利用自己生灵灭的阵亡,将嘉世送入了绝对劣势。二打四,对手还有治疗,这种局面,连刘小别这样的职业选手都觉得可以打出"GG"了,可想而知兴欣的胜算大到了什么地步。

拥有了绝对的胜算,那就拥有了轻敌的资格,自然也就有了轻敌的可能。

肖时钦在最终时刻,终于用自己最擅长的路数,给队友铺设出了潜藏胜机的局面。

看你们的了! 这句话,可不是随便说说的。

让对手轻敌,是肖时钦率领雷霆时所使用的最得心应手的战术。不过既然连许斌都能清楚这是肖时钦所擅长的,可见这已经不是什么秘密,这已成为肖时钦战术体系的一种风格。

说穿了,就是八个字:示敌以弱,诱敌松懈。

道理就是这么简单,但操作起来自然没那么简单。尤其大家知道他擅长搞这套,遇到肖时钦率领的战队,难免会提醒自己要专注,要重视,不能大意。但是,人的情绪很多时候并不随人的意志而定。场面不停变化,局面不断波动,百般辛苦后,一个优势局面产生,高兴一下是难免的。

而肖时钦的战术陷阱,往往就部署在这种时候,以充分的准备,应对对手因一时兴奋而可能出现的种种疏忽,甚至顺应对手的情绪,去引诱对手疏忽。本场比赛,事实上嘉世方面没有这种准备。但是嘉世有不一样的东西,就是更强的选手和角色。二对四,绝对劣势,这点不假,但以孙翔和邱非的能力,在这种局面下,是不是就一定没有能力扳回呢?肖时钦在赌的,就是这两人的能力,他以自己最大的能力给二人铺好了路。

场面人数上的对比,嘉世确实全面落后。但是肖时钦最后时刻将计就计地卖血强攻,让自己提前离开了比赛,也最大程度地压低了包子入侵和一寸灰的血线。而君莫笑的血量更单薄。所以,抓好小手冰凉还没赶回来的这个时间差,凭孙邱二人,嘉世这一波能打成什么样的局面,还真说不定呢! 微草三人组这分析形势的时候,孙翔、邱非二人早已经到阵,操作着各自的角色,连一秒钟都没有耽搁,立即发动了攻击。

斗破山河! 邱非的战斗格式起手是大招,这有冲击力的范围技袭下去,破的就是鬼剑士的鬼阵。兴欣诸位舍不得离开鬼阵范围?那就吃下他这记大招,大家做个交换。

兴欣这边三角色中,君莫笑血线最低,包子入侵和一寸灰在和生灵灭的一波大交换以后也被带走了不少生命,三人果然不敢为了鬼阵的守护而硬吃战斗格式的大招。

兴欣三个角色纷纷闪避斗破山河的冲击，一叶之秋跟着就已经直冲上前，死咬君莫笑。

叶修没有和他硬拼，虚晃一击，飞枪退走。包子入侵从侧路诡异上前，手抄板砖，就要往一叶之秋的后脑勺上砸。邱非却从另一边看得清楚，战斗格式立刻冲过来，包子入侵砖没出手，对手的战矛就已经捅到了他面前，只得连忙跳开闪避。

邱非操作也快，战矛咬得很急，一个龙牙，再接落花掌推上。包子闪避不及，中掌！

包子入侵没等飞出就已经被拦下，拦下他的人赫然是一叶之秋。用飞枪拉远距离的君莫笑、孙翔居然没去理会，而是转火攻击包子入侵。

乔一帆的一寸灰连忙来救，但阵鬼玩的是控场、是辅助，真到了需要硬桥硬马的江湖救急，这职业就显得有些力不从心了。召唤鬼阵，绝大部分只能限制对手，却无法完全阻止对手的攻势。但现在兴欣方面的角色生命都不多，只是限制对手，实在有些不够。

包子和乔一帆明显招架不住这双战法的冲击，叶修的君莫笑不得不回转，从远到近，一路开火。孙翔、邱非则是闪避为主，继续抢攻包子入侵和一寸灰。君莫笑就快加入战团时，战斗格式突然转向，连冲带刺，一个怒龙穿心破就送了过去。

孙翔却是目不斜视，咬着包子入侵就往死里攻击。一寸灰的攻击？硬吃！一叶之秋是场上最强的角色，同时也是目前状态最好的角色，一个阵鬼的攻击，只要不是冰阵之类的限制，都被他完全无视了。

嘉世二人组杀回，明显占据了很强的主动。但这是许斌所说的肖时钦的轻敌战术起了作用吗？这个很难让人看出。因为轻敌实在是很细微的心理变化，指望对手完全轻敌到都不认真比赛的程度，那显然有些不现实。

但是肖时钦最后加速死亡的交换输出，价值却彰显出来了。面对一叶之秋、战斗格式两个强力角色的冲击，兴欣方面，尤其是叶修，压力极大。他的君莫笑本就是生命最单薄的一个，此时却还在冒着风险帮助包子和乔一帆……

牧师呢？兴欣此时真的太需要牧师了。观众们从上帝视角看到，小手冰凉已经飞快赶来了，几乎没几步就可以进行治疗了。结果就在这时，战斗格式飞一般地离开了战团，朝着小手冰凉就截了过去。而叶修、包子、乔一帆三人，竟然统统留给了孙翔一个人。

同样是战斗法师，以一敌三，就在这场比赛里，唐柔做过。但是区别在于，唐柔那次，是对手主动找上门来，她是以身为饵，引诱对手攻击，然后顽强抵抗。此时的孙翔却不同，他单独面对三名兴欣角色，不是在抵抗，不是在支撑，他是在攻击。

强杀！以一敌三，一叶之秋却赫然拿出了要强杀对手的姿态！

所有人震惊了，却没有人怀疑孙翔的决定。

他有理由这样做。他是联盟顶尖的大神之一，他所操纵的是这场比赛中最强的角色，而他的对手虽有三个，但是生命都不多，真要是站着不动的沙包，一叶之秋灭这三个角色不过是顷刻间的事，大概会比战斗格式击杀小手冰凉还要快很多。

兴欣三人当然不是沙包，可是面对孙翔的强攻，他们确实有些无奈。他们无法用同样强硬的姿态去应对，因为此时的他们交换不起。和一叶之秋再做输出交换的话，恐怕他们三个全倒下了，一叶之秋还会站着。

生命低，牧师是救星，可是他们的救星此时却被邱非拦截了。安文逸一看有人朝小手冰凉冲来，变向就跑，他可没有信心靠闪避操作和职业选手过招，顺便在这过程中完成治疗。

叶修三人又要应付孙翔的纠缠，又要想办法去接应小手冰凉，他们人虽多，但此时的局面却让他们十分难受。

"兴欣他们应该早一步去接应牧师啊，有点大意了。"李艺博指导如是说着。

"大概是因为孙翔和邱非的翻转十分及时。生灵灭一死，他们二人就迅速到阵，然后就直接朝兴欣三人发动了攻势。兴欣根本来不及去接应治疗。"潘林说。

"关键是他们也没有表现出这种意图。叶修的君莫笑曾经飞枪走位脱开过战局，但是最后还是选择杀了回去。"李艺博说。

"可那时他如果不回去，留一寸灰和包子入侵应对嘉世双战斗法师的话，等他接应到牧师回来，恐怕这两人都已经被击杀了，他们的生命当时可都不多。"潘林说。

"肖时钦最后一波鱼死网破的强攻，真的造成了很大的杀伤。"李艺博说道。

潘李二人在双方你来我往激战的过程中，也是你一言我一句地讨论起来，说到最后两人都无语了。这样一聊，兴欣当时面对的是怎样为难的处境一下子就清楚了。肖时钦人虽不在，但最终下场前进行的交换，真的对兴欣造成了很强的压制。假若他坚持自保，那肯定打不出这么高的输出。即便嘉世留有三人，此时的兴欣也不会如此被动。

而现在，孙翔一人就能控制住兴欣三人，为什么？就是因为这三人血少。血少导致他们无法采用强硬的手段。不管不顾，分开就跑？那恐怕有一人很快就会被击杀。然后呢？一叶之秋身上背着四个无属性炫纹，全是孙翔有意打出来的，却一直没有使用，就是为了应对这样的局面。还有他的豪龙破军，技能已经冷却完毕，随时可以用这技能来次高速追击。

有了如此充足的准备，孙翔甚至期待兴欣如此应对，这样是给了他逐个击破的机会，他有信心在对方接应到治疗之前击杀两人。之后，二对二？那治疗的存在可就没有那么可怕了，尤其还是一个水平并不高的治疗。

已经提前为兴欣高呼胜利的人们这一瞬间都呆住了。倒是已经有些颓势的嘉世粉丝，在这一刻眼睛突然一亮。看到现在的局面，有人再听两位解说这么一说，他们终于明白肖时钦到底铺设下了一个什么样的局面。

"嘉世，加油!!"现场，嘉世粉丝突然齐齐爆发。已经到了比赛的最后一刻，选手在拼，他们也不能放松，即便荣耀比赛中选手是听不到现场观众声音的，但是他们也要和选手一起为了胜利努力。

安文逸操作着小手冰凉避开战斗格式的拦截，一看对方居然咬上，不得不手忙脚乱地边跑边换装备。本以为过来就要开始治疗了，他便替换上了治疗用的装备，却没想到过来后是他们四人被对方两人钳制的局面。一边跑路的安文逸，一边也在寻觅机会，他想靠近这边战局，能抓住机会丢个瞬发治疗上去也是好的，兴欣的三个角色现在实在是太需要加血了。

但是邱非又岂能让他得逞？战斗格式紧紧咬在小手冰凉身后，卡着他这边走位的空间。小手冰凉只要一转向，得到的将不是治疗的机会，而是战斗格式的迎头痛击。在这样的卡位下，安文逸觉得自己只会越跑越远。

好不容易拥有的治疗优势，竟然因为这种情况无法辅助己方战队？所有支持兴欣的人心下都感到不甘，都盼着兴欣快些拿出个办法来。

就在这时，战成一团的四人那边，忽然扯出一个空当，上一回合还在和一叶之秋你来我往过招的君莫笑，毫无征兆地突然转身，双手朝前一展。

"捉云手！！"不知有多少人在这一刻发出了呐喊，君莫笑施展出的赫然是这次挑战赛中两建奇功的技能捉云手。

要第三次建奇功了吗？不！

一叶之秋的却邪骤然刺到，一寸灰和包子入侵上前拦截，但是一叶之秋猛然变招，战矛突然斜挑，竟然转成了一记天击。不可思议的一记天击，让两人闪避不及，却邪斜着挑向半空，带飞了两人，跟着落下，依旧是快到不可思议的变招，仿佛中间从来没有人阻止一样，一记直刺转而朝着君莫笑刺了过去。

不过就这么一会儿的耽搁，君莫笑的捉云手已经施展出来，扯到了战斗格式的身上。但是，他无法继续，因为一叶之秋的攻击到了。他如果继续，即便是扯到战斗格式，也会很快被打断，更严重的是接下来，孙翔以这一击起手，一套连击就可以把他带走。

叶修无奈，只能收招闪避。对这一记捉云手饱含期待的人都失望了。但是被天击挑在半空的那两位却发起了攻击。不等落地，包子入侵左手一扬，右手一甩，抛沙中藏着一记板砖扔出。这点小伎俩没能逃过孙翔的眼睛，他的注意力此时可是很集中的。他飞快看清了这一砖的轨迹，这才转视角不让抛沙打着正面。但就在他这一转的工夫，乔一帆的一寸灰立即开始了一段吟唱，冰霜开始从刀锋落下，是冰阵！

冰阵无疑是此时最能控制住一叶之秋的限制技能，乔一帆一直没有使用，因为他无法得到机会。孙翔显然也深知阵鬼可能产生的威胁，对他的限制相当严密。

但是此时，因捉云手而起的一系列变化中，乔一帆终于窥得一丝空当。或许这个空当还不够百分百有把握，却值得他倾尽全力。

然而不等他吟唱完毕，一叶之秋已经回头。孙翔的操作实在太精准了，躲避这个抛沙，他卡准了那一瞬。此时回头，打断一寸灰的吟唱也绰绰有余。但是就在同一刻，君莫笑却一步跨了过来，用他的身体拦下了孙翔的视线。

只这么一瞬，就已经争取到了足够的时间。一叶之秋战斗走位再拉开视角时，这才看到君莫笑身后，一寸灰的太刀已经落下，冰霜自刀锋上流转而下……

豪龙破军！孙翔在此时悍然开出大招，豪龙破军冲出，直朝一寸灰冲了去。

冰阵落下了，但是凭借大招，一叶之秋已经冲出其范围。一寸灰没有被这一下击飞，因为一叶之秋压低了手中却邪,将他死死按住了。孙翔清楚,一寸灰的限制至此结束了,那么这一刻,他至少也得击杀掉一个对手再说。

但是他没想到,下一秒,君莫笑突然就出现在了他的身边。

这一出现实在太意外了,豪龙破军的收招是快,但是,孙翔却也来不及做出任何操作。这时君莫笑已经伸手将一叶之秋拽住,转手就扔回了一寸灰的冰阵里。

抛投,小技能而已。

一叶之秋抗性优异,但也不至于能够完全无视冰阵的冰冻效果。他不会被完全冻结,但在冰阵中移动速度缓慢却是已发生的事实。

没有人再来理会他,君莫笑、一寸灰、包子入侵,从各自的位置齐齐朝着战斗格式冲了去。此时场上的关键是什么,不必非得玩过荣耀,只要有点同类型网游常识的人都会清楚。

安文逸一看这边形势大变,立即也知道接下来该做些什么了。他不再一味地奔跑,而是准备换掉全身装备,需要他治疗的时候,终于到了。

场上局面瞬息万变,实在不是任何人可以揣度的。

但是到了这一刻,局面已经彻底明朗。兴欣能不能取得和治疗的联系,将是决定胜负的关键。他们几位战斗角色的血量都已经到了岌岌可危的地步。君莫笑百分之五,一寸灰百分之八,包子入侵百分之十。这些生命量,都在嘉世这种强力角色一波攻击可以带走的范围内。

倒是嘉世的两个角色,一叶之秋生命还有百分之六十七,战斗格式尚有百分之五十五。他们两个角色根本都没在战斗中遭受过什么惨烈的伤害,只是一直以来各种攻击交换后伤害的积累。面对对手这种血量的优势,兴欣的角色若是再不能得到强力治疗的话,三对二也难有好结果。

兴欣三人冲上!进入小手冰凉的治疗范围,那就可以肆意展开强攻了!接下来嘉世两位所要面临的,就将是之前叶修三人面对孙翔和一叶之秋时的艰难和尴尬。安文逸已经开始控制走位,寻求呼应。但是邱非居然还在死死地盯着他,将他往远端不住地驱赶。

众人看了不大会儿,多少有些明白了战斗格式的意图。以速度来说,君莫笑三人对比战斗格式,没有什么优势,战斗格式如果真可以一直这样完美地将小手冰凉卡向另一个方向,那么三方面的距离,将保持不变。然后,那就是孙翔的一叶之秋再度杀回战团。

这种不可思议的事,正在邱非严谨有效的走位卡位下成为现实。从君莫笑三人朝他冲来开始,他就开始提速,小手冰凉硬生生地被他锁在攻击范围内,只能不住地朝远端跑。这样的局面,或许不能一直持续,但是一叶之秋走出冰阵赶过来也不是需要太多时间的事。

好不容易争取到的局面,又要错失了吗?兴欣的支持者们都捏了一把汗,所有人的目光,完全聚集到了一个人身上。小手冰凉。是的,此时能破开局面的,只有他自己了,他的水平确实还无法和职业级的选手相较量,但是现在再这样一味地回避,只会将战队拖入死局,无论如何,他也需要闯一闯了。

拼了!冷静理智的安文逸,发现确实不拼不行后,也终于狠下了决心。

小手冰凉，突然间换了数件装备，整个角色的移动速度一下子就降了下来，跟着，反向就冲。不搏不行了！明白这一点的，并不只是安文逸，邱非也很清醒地意识到了这一点，他早等着安文逸放手一搏，小手冰凉此时的举动，完全没有出乎他的意料。

蛟龙出海！

风卷流云！

到了这种关键的时刻，任何人都不会有什么保留，能做到的一切，都要做到极致。邱非操作着战斗格式悍然接连打出两记大招，而这，正是他在擂台赛中用过的，利用风卷流云的魔法波动，搅乱蛟龙出海的水气，形成一片水雾。

隐藏角色，遮挡视线！

这种效果的运用倒也不能算是什么独门绝技，张佳乐的百花式打法就是运用这种效果的经典代表。不过出现在此时，小手冰凉和兴欣三人之间一下子就变成雾里看花了。战斗格式隐入当中，毫无疑问是要向小手冰凉发动攻击的。在无法看到攻击来路的情况下，安文逸就算想抢出一个治疗，也无法找到目标。

天使之翼！安文逸立即做出了应对，用了一个天使之翼。圣光凝聚而成的洁白双翼自身后生成，小手冰凉浮向了半空，高度并不出众，却帮助他在此时开拓了视野。

安文逸太理智了，他完全不认为自己有水平通过走位闪避来躲过一位职业级水准的拦截。所以他根本不准备做这种无意义的尝试，他想做的，只是找好时机争取抢出一个治疗，他的目的就是如此纯粹。

飘浮在半空的小手冰凉接着朝前闯去，居高的视角，让他重新看到君莫笑三人的位置，更远处，孙翔的一叶之秋也早已经脱离了冰阵，正在火速朝这边追赶。他本是准备了四个无属性炫纹的，但可怜的是魔法炫纹并不是吃的，必须攻击使用才能产生状态。此时他身边没有攻击目标，空有四个炫纹也无法给自己提速。

不过孙翔并不是此时的重点。

龙牙！水雾中的战斗格式已经发动了攻击，战矛斜指上空，朝着小手冰凉攻来。

安文逸也不是一无是处，对于战斗格式可能的攻击自然有防备，连忙朝旁就是一让，同时一记神圣之火朝着战斗格式点了过去。

战斗格式轻松闪过，攻击节奏一点没乱，龙牙之后又是一个连突。这一次安文逸应对得就有些艰难了。技术不够的人，面对操作强人，就是因为跟不上对方连续攻击的节奏而吃亏。非常拼命地又躲过了这两击后，安文逸知道自己的极限已到，对手再来一击的话，自己是绝对跟不上了。

结果就在这时，三声炮响传遍四周。

反坦克炮！这一技能标志性的三声连响实在太明显了，而此时场上能用出这一技能的，只有君莫笑。

战斗格式连忙朝旁一让，但是手上的攻击也没停，一记圆舞棍，终于是将小手冰凉从半空中抓了下来。但是同时，他看到小手冰凉手中的十字架圣光一闪，一个圣治愈术已经明显放了出去。

怎么会这样！邱非一怔，随即又意识到，他听到三声炮响，但是炮弹似乎并没有飞过来……紧接着，连串的机枪响声传来，子弹如雨点般地倾泻而来。

君莫笑进入攻击范围了！邱非彻底意识到自己上当了。

攻击效果的水雾，阻碍了他们双方的视线，但是也阻碍了他观察另一边的情况。他以为叶修是根据他对小手冰凉的攻击，判断出了他的位置，做出了攻击。因为闪避，让他的那记圆舞棍在节奏上稍稍慢了一点。虽然这也足够抓住小手冰凉，但是小手冰凉却在此时抢出了一个治疗。

如果依照邱非的推算，此时君莫笑他们距离他这边应该还差点的。但是根本没有飞来的反坦克炮，让他明白了问题出在哪里。

君莫笑的反坦克炮，并不是攻击，而是飞炮操作。但是利用邱非也看不清状况这一点，叶修用声音欺骗了他的判断。他闪避，拖慢了攻击节奏，君莫笑用飞炮加快了移动，此消彼长，一个瞬间就为安文逸抢到了治疗出手的机会。

而安文逸也没有错过这一机会。对时机的把握，这正是他所擅长的。圣治愈术，瞬间就将君莫笑的生命拉回了百分之八，达到了百分之十三，正统牧师的治疗量，实在是君莫笑这个兼职无法相比的。

接着，拉近了距离的君莫笑就开始朝这边进行攻击压制，他既进入了攻击范围，同时也进入了小手冰凉的治疗范围。这让邱非明白，再想扳回方才的那种局面，已经不可能了。但是邱非也没有就这样放过小手冰凉，无论如何，让治疗和兴欣三人彻底完成会合的话，这场比赛就结束了。他还得努力制造空当！

天击、龙牙、落花掌！战斗法师经典三技能的攻击组合，制造浮空后，龙牙，再追一个落花掌，小手冰凉被这一下送飞出去老远。

跟着邱非再没有去卡位，君莫笑已经冲到了他身边，哪里还会给他这种机会？

掉转身形，战斗格式就是不顾一切地猛攻，将君莫笑死死朝后逼迫，坚决不让他再踏前半步。一寸灰和包子入侵紧接着也加入了战团，他们的身后，孙翔的一叶之秋也终于赶到。邱非之前努力将小手冰凉卡远的价值在这一瞬也彰显了出来。

孙翔总算没有脱战太久。憋了许久的他，这一入阵，攻势那叫一个猛烈。

"抢杀！"孙翔在团队频道里吼道。

抢杀，自然是抢在小手冰凉赶回之前。被战斗格式击飞的小手冰凉，此时已经在朝这边狂奔。孙翔和邱非没有再想着去拦截小手冰凉，因为他们知道就在身边的叶修不会再给他们同样的机会。

抢杀！不顾一切地抢杀，抢在小手冰凉赶到之前完成杀戮。

这一瞬，没有战术，没有闪避，没有招架，攻击、攻击、再攻击！仿佛自己的角色有着流不尽的生命一般，不停地失血，不停地让对方失血。所有人的手速都已经爆到了巅峰，战斗节奏快到不可思议，各种技能飞舞，各种血花四溅。

失去理智了？并没有！

嘉世已经到了不拼不行的时候，兴欣的治疗近在咫尺，他们只能不顾一切地抢杀。兴欣呢？生命过低依旧是他们致命的问题。生命过低，面对过分暴力的输出，即使有了治疗的加入，也有可能挽救不回局势。所以兴欣只能强硬应对，和嘉世飙一回输出。

这一拼，结局会如何？没有人能预测，也没有人有时间预测，这一场输出的比拼，事实上只不过发生在十几秒之内。每个人拿出的都是自己最有效率的输出手段，那些出招收招不快的大招，在这种时候都是浪费时间的存在。

双方的血线都在飞速下滑，不过还是可以看出即便是这样的狂攻，双方也没失了章法。兴欣方面明显是在集火战斗格式。战斗格式原本百分之五十五的生命，瞬间就被人遗忘了。从战斗爆发开始，这个数字就在不停地跳动，玩命地往下坠。论角色实力，兴欣是比不了嘉世。但兴欣多一人，三人集火，在这种放弃防御，一味进攻的局面下，要打爆一个角色不过是以秒来计。

兴欣这边呢？说实话，情况要更惨一点，他们三个角色的生命加起来也比不上嘉世这边的任何一人。多一人带给他们的，是多一份输出。但没有坚实的生命做基础，输出如何能持续保证？三个角色中生命最高的不过是君莫笑的百分之十三，但在这种大开大阖的局面中，被一叶之秋和战斗格式集火，挂掉根本就是转瞬间的事。

形势对兴欣极其不利，唯一的转机就是他们的牧师。但就牧师赶到之前的这段时间呢？兴欣能不能撑过去？

这段时间，只是一瞬，结果就在这一瞬里，所有观众亲眼见证了恐怕只有散人这种玩法才会具备的高端能力——低阶技能无缝衔接攻击。

没有任何一个职业像散人这样拥有这么多短CD的低阶技能。战斗打到这种程度，没有人会等你的角色技能全部结束冷却了再出手，所以说，任何一个职业，在战斗开始打响后，他的技能树就不会再有完整的时候，因为总会有使用过的技能进入冷却。战斗越激烈，冷却就越多。

嘉世对兴欣，打到这份上已经激烈得不能再激烈了，然而在这种情况下，君莫笑的技能树，却基本上还是完整的。

也只能说基本完整，毕竟君莫笑也在不停地使用技能，低阶技能也有冷却。但就是这个基本完整，对比其他任何一个角色，也是一项无可比拟的优势了。

战斗打至最激烈处，哪怕是再出色的选手，也会有一种技能不够用的感觉。

一套技能组成无缝衔接的循环输出？那是PVE，只有PVE的时候才会有这样的定式。而这里，是PVP，而且是高端PVP的战场，怎么可能有空间有时间让人像PVE那样，安逸地来一套循环输出？

快节奏的战斗，很快就会让人觉得技能用无可用，选择空间越来越小。职业选手，善于控制节奏，不让自己陷入过分尴尬的被动。但不论怎么样，技能总是要用，冷却也总是会有，战斗节奏一快起来，技能树空间总会被压缩。

但是这种问题，散人没有！

于是在这兴欣岌岌可危的时刻，双方都打得技能树有些黔驴技穷的时刻，叶修的君莫笑却依然保持着完整迅猛的战斗节奏。在其他几位攻势都已经显得单薄的情况下，君莫笑却依然是花样百出。

不用考虑冷却因素，随时都有技能可用，这，恐怕是很多玩家乃至选手梦中才会发生的好事。但现在，散人这个职业，赫然将这些变成了现实。尤其在这种残局中，随着对手技能树空间的压缩，散人的战斗力反而会被不断放大，越放越大。

未出手的技能，永远是最可怕的。而散人的技能，永远处于未出手状态，因为他的技能够多，因为他的技能冷却够短。

兴欣硬生生地撑过了小手冰凉赶来的这数秒钟，但是没有人能完全看懂这数秒钟里发生了什么事情。散人在残局时的强力，不是旁观者清，而是当局者清。只有孙翔和邱非这两个场上的对手，才深深体会到他们受到了君莫笑怎样的钳制。

电视转播的解说？还在因小手冰凉的赶到，替嘉世感觉到遗憾呢！

"不，还没有完！"李艺博却在此时猛然说道。

君莫笑最大程度的钳制，毕竟只是帮助己方撑过了这一阶段，这已经是极其变态的成果了。可是孙翔和邱非的攻势也并没有因此被阻断，兴欣三位，依旧吃了他们不少攻击，只是还没有彻底致命罢了。

小手冰凉赶到，看到兴欣三人这惨淡的血线，根本不敢使用那些需要吟唱的技能，这吟唱的时间里，恐怕自家人随时都有可能倒下。

瞬间，小手冰凉把两个瞬加的治愈术都丢了过去。

然后呢？没有然后了。接下来再想治疗，只能是吟唱读条。瞬发的技能就是三种治愈术，都已经用光了。治疗也不是神，他要完成治疗，也得有个过程。

然而兴欣三个角色的生命实在是太低太低了，这个过程，他们都有些撑不住了。治疗，也是有他们救不回来的局面的。

用光了瞬发技，安文逸也只能开始吟唱回复术，结果正要操作，却看到团队频道中突然跳出叶修的指示："圣诫。"

圣诫之光？这种时候不要治疗，反倒要输出辅助？看到叶修这指示的所有人都发愣了，都在怀疑自己是不是看错了，都在思考着是不是这"圣诫"两个字有别的意思，怎会是让治疗现在不要治疗而放辅助呢？

观众们有时间琢磨，场上选手却没有。看到指示，安文逸根本没有去想，立即一个圣诫之光施展出来。目标战斗格式，此时他生命更低，显然是兴欣集火的目标，安文逸如果连这都判断不出，那就实在有些对不起叶修那么麻烦那么辛苦地混进霸气雄图，从那么多的玩家中找出他了。

圣诫之光笼罩了战斗格式。不只是观众吃惊，此时小手冰凉居然使出圣诫之光，这让孙翔和邱非也觉得疑惑。但是他们已经没有时间停下来思考，对方牧师都已经到阵了，抢时间对他们来说已经尤为重要，如果此时强杀不能成功，被小手冰凉将兴欣三人血线稳住，那么，大局将定。

猛攻！依旧是猛攻。

孙翔和邱非早已经做好了顶着牧师治疗狂攻的准备。

这是肖时钦给他们铺设好的局面，在他压低了兴欣两人的血线之后，孙翔和邱非在这基础上，利用牧师未到的时间进一步加强攻势，能争取到一个即便对方牧师到了，他们也依然保持着胜机的局面，真的很不容易。

我们能做到！孙翔、邱非都已经杀红了眼，他们眼中已经没有其他，就是死盯着兴欣角色最后的那丝血线，攻击他、扣下他。成了！包子入侵生命归零，这是治疗也无法挽救的局面。包子入侵倒下，嘉世终于抢杀得手。

再然后呢？一寸灰，生命也已经是小数点了，能拿下吗？

又倒了！一寸灰倒下，第二人被击杀。

成了！二对二，兴欣有治疗又怎样，胜利是属于我们的！孙翔心头狂喜，眼前的对手终于只剩一个了，他操作着一叶之秋狂扑上去，他终于可以战胜这个人了。

谁想君莫笑却在这时候突然跳起，朝着战斗格式那边就是一记反坦克炮轰出，角色顺势也倒飞出去。

孙翔顺着这一击略略转了一下视角，这一看可不得了，孙翔连忙疯了般地朝那边冲去，试图用自己的身体拦截这三枚反坦克炮。

可是晚了，一切都晚了。君莫笑射出的何止三枚反坦克炮，一枚手雷也已经从地上骨碌碌地滚了过来。

战斗格式……邱非的战斗格式没血了。

一直以来维护在自己身边的影子选手，说实话孙翔并没有觉得他有多重要，但是这一刻，他真心希望战斗格式不要死，他不惜用自己的角色，用一叶之秋的身体去帮他的影子挡炮弹。

可是一切都晚了，一片爆炸的火光中，战斗格式再也无法逃脱，他用尽了最后一丝生命。战斗格式，倒下。

"啊啊啊啊啊啊！"选手席中，孙翔发出怎样的咆哮并不为外人所知，一叶之秋在此时猛然转身，冷却好的一个技能立时用出。

豪龙破军！追着倒飞出去的君莫笑，转眼就已刺到他身前。

"去死吧！！"孙翔咬牙咆哮着，完全不管对方是不是能听到他的咆哮。

半空中的君莫笑实在也无法躲避这一击，只是能拔刀一记格挡，抵消一下伤害，但整个人还是被这强力的一击给撞飞出去。

结果还未等君莫笑落地，一道圣光就已经沐浴到了他身上。

圣回复术。需要最长时间的吟唱，同时也是牧师治疗量最大的技能，此时精准地笼罩到了君莫笑的身上。百分之十五！这个需要极长时间吟唱的顶级治疗技能，瞬间就给了君莫笑这么多的生命回复。让孙翔感到绝望的回复。

一对二，对方带治疗，这种局面……

"早告诉过你，荣耀不是一个人的游戏，现在，孙翔……你怎么看？"君莫笑在圣回复术中落地，选手公共频道中则发出了一条消息。

荣耀不是一个人的游戏？

在带治疗二对一的情况下来阐述这个道理？这个例证还真是让人无语，让人无法辩驳。这实在是一个鲜活到血淋淋的例子。

孙翔本来还不想放弃，他还在想着快些去咬住小手冰凉，先行解决他。可是当他看到叶修这话句话后，刹那间，他所有的斗志都消失了，他知道，他不会再有机会。

"是的……荣耀，不是一个人的游戏……"在频道中同样敲回了这句话后，孙翔没有打GG，就已经默然退出了战斗。

完……完了？

系统已经宣布了兴欣战队的胜利，而后就是胜利后系统自动给予存活角色的各种特写，一身混搭的君莫笑和半混搭的小手冰凉，在电子显示屏上各种特写亮相。

但是所有人都还没有彻底反应过来，他们的心还提在嗓子眼，还以为嘉世会有最后一波爆发。因为一叶之秋的生命还有百分之四十多，虽然需要以一敌二，但是，嘉世在擂台赛可是有一个人头分的领先的，此时放手一搏，就算不能打倒两个角色，强攻带走一人，至少也能赢得一个平局的局面。结果孙翔这家伙，居然就这样退出了比赛？

掉线了吧？无数人几乎不敢相信这个事实，甚至比赛裁判都要进入游戏系统检查一番，确认一叶之秋的退出确实是孙翔的操作而不是什么别的意外。

这之后，裁判终于最终宣布，团队赛，兴欣战队胜，得两个人头分，挑战赛决赛，兴欣战队2:1胜出嘉世。

"我去！！！"嘉世选手席上爆发出一声怒吼，他们的老板陶轩瞬间像是斗神附体，敏捷地跳了起来，甩手一挥，手中那瓶水狠狠地砸到了比赛台的台沿上。

输了？居然输了？陶轩实在不敢相信他的眼睛，他的嘉世战队，豪门嘉世战队，拥有孙翔、肖时钦这样的顶尖选手，拥有一叶之秋、生灵灭这样的华丽角色，居然输给了叶修不知从哪里凑起来的一支草根队？这怎么可能！

"哈哈哈，打得好，打得好。"这时兴欣选手席上也有人站了起来，魏琛朝嘉世选手席那边伸出双手，故意把掌声拍给他们看着、听着。他的脸却是各种无所谓的神情，好像这种胜利在他看来根本不算什么似的。

"你别装了行不行。"宣布胜利的那一瞬间，险些直接哭出来的陈果，被魏琛的举动给惹得哭笑不得。这家伙明明也是激动得不得了，却还在装出这样的模样去气嘉世。你的嘴皮子还在哆嗦，说话声音都是颤的啊老兄。

"我们赢了！"陈果回头，朝身边的苏沐橙说着。明明这场比赛里苏沐橙还是对手，甚至嘉世那一分都是由她保住的，但是陈果却完全把她当作自己人来看。

"是的，赢了……"苏沐橙点了点头。

"总算没有白来这一趟。"孙哲平长出了口气，在座位上彻底舒展开了身子。

"赢了赢了赢了！"罗辑这一场虽然没有出场，但高兴的心情和所有人都是一样的，他想就近找个人分享一下，结果一转头，看到离他最近的是莫凡。莫凡就坐在那，望着场上，依旧是那一副面无神情的冷峻模样。

"赢了啊！"罗辑朝他喊了一声。莫凡转头，面无表情地望着他。

"呃……"罗辑觉得自己还是多走几步，和其他人一起热闹去吧，于是他冲向前，找陈果、魏琛他们扎堆去了。他却没注意到，莫凡虽然没有说话，虽然依旧没有表情，但是他也在那一瞬间紧紧地攥了一下拳头。

兴欣选手席上一片振奋。嘉世选手席上却是一片死气沉沉，老板发飙让他们大气都不敢出一声，都缩在各自的位置上低着头，好像这样就不会有人看到他们似的。

现场的观众，也在这时方才反应过来。

赢了，兴欣居然就这样赢了！

Chapter 018 挂牌出售

田七张大嘴,足足愣了有半分钟,直至身边有人推了他一下。

"我去,我去我去我去,我去!!!"田七转身扭头,看这看那,到处我去喷着口水。

周围人却都已经顾不上介意这些了,死死抓住这家伙说:"我们赢了。"

"是的,我们赢了!"

"我去,我们赢了!!!"田七发出最为洪亮的一声呐喊。兴欣这一批坚实的死忠,在众多嘉世粉丝的包围中,齐齐爆发了,他们手中可以扔的东西都已经飞上了半空,而且又是吼又是叫,又是唱又是跳。场馆保安各就各位严阵以待,但是没有上前阻止。兴欣的胜利多么来之不易!这种时候还不让人欢庆,那就太不通情理了。

嘉世粉丝呢?此时却都是一片木然。纠结孙翔最后直接退出比赛的意外举动?他们现在已经没有这个心情了。无论如何,结局已定,兴欣是最终的胜利者,而他们嘉世战队,竟然又要在挑战赛里沉沦一年吗?他们可是豪门啊,拥有大神选手,拥有神级角色,却要在挑战赛里一年又一年地沉沦?此时的嘉世粉丝,心里只有满满的伤心、失落、难过。

"兴欣……兴欣赢了?"电视转播中,当系统宣布最终胜利的时候,解说潘林却是语带疑惑地宣布着这一结果,难以置信的情绪,连他都有。

"是的,兴欣赢了!奇迹,他们真的创造了奇迹。"李艺博却已经进入角色在不住地感慨了。

"太不可思议了!兴欣战胜了嘉世,赢得了本次挑战赛的胜利,他们将成为下赛季进军荣耀职业联盟的新军。嘉世呢?这支荣耀史上曾经的王朝战队,却又要在挑战赛中征战一年,而将他们送入这一境地的,恰恰是曾经率领嘉世战队建立王朝基业的队长叶修。对于嘉世而言,他到底是天使,还是魔鬼?现在每一位嘉世人的心情一定都非常复杂。但是我想,一份后悔的心情是少不了的——他们一定会很后悔,他们不该这样轻易地放任叶修退役离去的。"

解说潘林在回过神来以后也是飞快地进入角色了。兴欣胜利,确实不可思议,但可圈可点之处也实在太多了,潘林飞快整理思路,开始卖弄着嘴皮子。

比赛之后立即进行的就是颁奖仪式,兴欣所有选手此时都将上台参与颁奖。陈果虽是老板,但是同时却也是兴欣战队的注册选手,虽然她一次比赛都没打过,但拥有这个资格也是毫无疑问的。陈果很自豪,很骄傲地跟其他人一起朝比赛场上走去。比赛场上,双方的选手也已经从选手席中走出。

叶修、唐柔、包子、伍晨、乔一帆、安文逸……现场所有人的目光都齐聚在了这些人的身上。除了叶修,其他几位是那么地名不见经传,但是就在刚刚,他们共同创造了奇迹,他们真的在挑战赛击败了嘉世战队,取得了进军职业联盟的唯一名额。

现场可还不是嘉世的天下，这一刻，掌声响起。结果已经出来，那些期待冷门、期待兴欣获胜的人们终于不用藏着掖着了，他们可以无所顾忌地表达他们的支持和尊敬了。

另一边呢，嘉世的比赛席那边呢？孙翔、肖时钦、张家兴、申建、王泽、邱非……除了邱非，其他可都是在职业圈中有一席之地的人物，甚至包括最顶尖的大神，但是此时此刻，他们是失败者。这个舞台不再属于他们，而他们也无心见证他们的对手加冕冠军，他们从赛场的另一边默默地走下台来。

嘉世选手席依旧沉默，面对回来的队友，没有人主动上前安慰。倒是他们的老板陶轩，像是豪龙破军般地杀到了孙翔的面前。

"比赛还没有结束，为什么要退出！！"陶轩冲着孙翔咆哮着。

"赢不了的。"孙翔摇摇头。

"还没打你怎么知道？就算赢不了，只要击杀一人，至少可以打平，可以拖入加时。"陶轩吼道。

"做不到的，因为，荣耀不是一个人的游戏。"孙翔说。

"你……"陶轩呆住，这分明是场上叶修对孙翔所说的话，结果这个时候，却又被孙翔拿过来反驳他。

叶修……陶轩望着比赛场上的那个家伙，距离有些远，他有些看不清叶修的面容。但是，作为昔日最亲密的伙伴，他本该不用看就可以脑补出朋友的音容笑貌，但是为什么，此时自己的脑中就是一片模糊呢？这么多年经营战队，自己到底得到了什么？失去了什么？

荣耀……不是一个人的游戏吗？这句话，好像也并不是只是适合比赛场上啊！

陶轩呆了半响，而后颓然地坐回到了他的座位，他抬眼望了四周，看到的多是为兴欣送上掌声的观众。陶轩知道现场也有不少嘉世的粉丝，可是现在，他们在哪里？对于这样结果，他们现在是什么样的心情？

嘉世战队……陶轩望着比赛场上，嘉世选手席这边竖立着的嘉世战队的队徽，在没有灯光的舞台上，显得是那样的黯淡。

颁奖仪式是早有准备的，无非只是冠军颁给谁的区别。此时仪式已经开始，现场的司仪，在奖杯之类的拿上来之前，自然要找到兴欣的选手访问上几句。

"兴欣夺冠，这对于很多人来说都是很大的意外和惊喜，对此，你们自己怎么看呢？"司仪把问题抛给了兴欣的队长，也是昔日嘉世的队长——叶修。

"嘉世很强，但是，兴欣赢得了比赛。我们是冠军，这是属于我们的荣耀。"叶修说。

对手很强，但我们赢得了比赛。这更像是职业场上的一句客套话，但是在这里，没有人会把这当作套话。因为嘉世确实很强，远比兴欣更强，但是，兴欣赢得了比赛。

是的，就是这么简单。这就是比赛，这就是荣耀。

你比我们要强，但是，我们赢得了比赛，所以，我们是冠军。

现场一片雷鸣般的掌声，这样的结局，让那些期待见证一场奇迹的观众都觉得不虚此行。

掌声、尖叫，让才问了一个问题的司仪完全没有办法继续下去。足足等了快一分钟，现场的喧闹才平息下来了许多，司仪连忙抓住机会，抛出了第二个问题。

"下面是个有关您个人的问题，作为昔日嘉世的队长，赢得了重要的一场胜利，我想很多人大概都很好奇您本人现在有没有什么特殊的心情。"

这个问题一出，像是一个号令一般，现场顷刻间万籁俱寂。看起来司仪的话真是一点也没有夸张，所有人都对这个问题无比好奇。

"没什么，对于我个人而言，赢得比赛就是最重要的。"叶修淡淡地说着。

"那您有什么话要对嘉世说吗？"司仪显然对于叶修的答案很不满意，特别想听到双方有点针锋相对的对话。

"继续加油。"叶修的答案却依然平淡。

司仪也无奈了，只好接着进行下一个问题："还有一件事大家同样也很好奇，以前的您，是比较不喜欢暴露在公众下的，但是这次复出，为什么突然改变了这一习惯呢？"

"呵呵，这也没什么特别的理由，顺其自然罢了。"叶修满不在乎地答着。

倒是一旁的陈果都替他捏了把汗，这问题比较犀利，叶修总不能把真相告诉人家：嗯，因为以前我就是一个拿着别人的身份证犯规比赛的，当然要低调了。

接连三个问题，都没问出什么爆点，司仪不甘啊！超级不甘。他可不是什么临时拉来的龙套，他也是一个在荣耀方面很专业的媒体工作者，访问过相当多的职业选手。荣耀圈中有哪些职业选手是采访时比较难对付的，也算相当知晓。但是这三个问题过后，这位司仪就已经清楚，广大的媒体朋友，不要以为叶修开始接受采访是件多美妙的事，难对付的职业选手名单，恐怕又要多列上一位了。

"好。下面我们就有请荣耀联盟主席冯宪君先生，为兴欣战队颁发挑战赛冠军奖杯，以及荣耀职业联盟的注册资格证书！"司仪一看颁奖仪式都已经准备就绪，就也没有再继续问下去。四个问题，其中有三个都是针对叶修个人的，都只是赛前关注的延续。

冯宪君在健步走上台来，带着轻松愉悦的笑容，过来和兴欣的每一位选手握手，送上几句祝福鼓励的话。

而兴欣这阵中，有两位对于冯宪君而言都不算是生面孔。

"还能打？"握着孙哲平右手的时候，主席刻意地加了点力道，笑着。

"不是很能，不过也足够了。"即便是面对联盟主席，孙哲平张扬依旧。

冯宪君笑着点点头，也没多说什么，接着握手下去。魏琛是最初一代的选手，那时冯宪君还不是联盟主席，谈不上交情，所以也就是一些普通的交流。最后，冯宪君终于到了叶修面前。

"真有你的。"冯宪君握着叶修的手说着。

"呵呵。"叶修笑笑，"证书上的名字没写错吧？"

"你也记得不要写错自己的名字。"冯宪君也在笑着回应。

两句私密的交谈，没有人听到，外人看到的只是两张各种融洽的笑脸。而后冯宪君转过身去，拿过冠军奖杯，递向了叶修。

叶修接过，将奖杯举起，现场再度掀起雷鸣般的掌声。现场司仪大声宣布着挑战赛冠军的归属。不过说起来，挑战赛，真正的价值事实上并不在这个奖杯，而在冯宪君紧接着递过来的这份精美的证书。

荣耀职业联盟注册资格证书。拥有了这东西，就意味着兴欣拥有了下赛季参加职业联赛的资格，而这，才是大家殊死搏杀，拼命要争取的东西。

挑战赛冠军？这从来都不是什么终点，而只是一个起点，就从这份证书开始。

叶修接过了证书，看到上边已经印下了"兴欣战队"的字样。证书是早有准备的，但是战队名字的字样却是在最终结果出来后才会印上去的。兴欣的其他选手早已经围了上来，冯宪君也很知趣地退到了一旁，把最终欢庆的时刻留给了兴欣的这些队员，这一晚，他们才是真正的主角。

至于那些失败的配角，也不至于完全被冷落忽视，冯宪君随后也去嘉世战队那边安慰勉励了一番。而现场各大媒体的记者，望着嘉世这边更是虎视眈眈。他们已经整理了不知多少问题，就等着向嘉世发炮了。他们已经接到了通知，这场挑战赛，赛后是有记者招待会的。这是历年的挑战赛赛事都没有的安排，可见以往的挑战赛虽然联盟给予了态度上的重视，但事实上还是相当简陋，关注度不够。而这一次，因为叶修对阵嘉世这样的话题性，决赛之后居然破例安排了八卦时间。

率先出席招待会的是嘉世战队，战队经理崔立，以及孙翔、肖时钦等数位嘉世选手出席了记者招待会，神情木讷地坐在台上，没有人主动发言，个个都保持着沉默。

现场一片安静，记者们也是面面相觑。

挑战赛失利，这个结果恐怕比起丢掉总冠军都要糟糕得多，尤其是对于嘉世这样一支豪门战队而言。记者们也很体谅嘉世人的心情，不过职业本色让他们不会因为同情就轻易放过嘉世，在陪着嘉世一起默哀了大概有半分钟，一些记者估计觉得自己也算是尽人事了，终于有人举手表示要提问了。

坐上台上的嘉世诸人却依旧保持着木讷，最终还是联盟方面的新闻官在一旁点起了一名记者进行提问。

"比赛期间，苏沐橙公然宣布和嘉世的合作到此为止，并直接坐入了兴欣的选手区域，请问能不能解释一下这是怎么回事？苏沐橙和嘉世之间是有什么不可调和的矛盾吗？"记者不问则已，一问就是让嘉世十分难受的问题。

不过毕竟都是经历过大场面的人，崔立看了这记者一眼，面无表情地说道："苏沐橙现在还是嘉世战队的一员，有关选手的未来嘉世会在和选手沟通后再做决定，在这之前没有什么可说的。"

"那么请问在叶修宣布退役的时候，嘉世是如何和选手沟通的呢？从今天这场比赛的表

现来看，恐怕没有人会相信叶修是一名需要退役的选手，他的状态非常出色，不亚于嘉世战队的任何一人。"紧接着顺势就来的一个问题，问得就更犀利了，这是嘉世一直以来努力公关想要淡化掉的一个问题。因为叶修本人之前从来不接受采访，这给了嘉世极大的便利，根本就是他们单方面怎么说就怎么算。

　　结果现在挑战赛的最终结局将这些过去的旧事引爆。叶修当初突然宣布退役，人们当然很想知道原因。但是因为这选手低调神秘，没有人能拿到来自当事人的第一手材料，嘉世战队是他们唯一可以拿来报道的消息来源。这样的背景下，嘉世战队想引导一下舆论简直轻而易举，他们必须掩盖叶修非正常退役的真相，结合嘉世战绩一年不如一年的现实，状态下滑自然是个非常合理的理由。而以叶修一贯的作风，悄然退役发生在他身上也不算蹊跷，粉丝们难过着，却也接受了这一"事实"。

　　本以为这一切都已经过去，谁想叶修在离开嘉世后，居然自己又拉起了一支战队，然后，他们竟然和嘉世在挑战赛里相遇。这可不是嘉世意料之中的事情。一个谎言开了头，也只能继续编织谎言来圆谎，好在叶修是拒绝媒体的，嘉世可以尽情地引导舆论。

　　叶修从来没有出声说过什么，哪怕是最终杀入了挑战赛线下赛，接受了部分采访时，有关之前这些问题，他也根本没有在意过。即便是这样，当第一次看到叶修接受采访时，嘉世还是慌了手脚，他们已经做好了各种公关应对的准备，结果却是白忙一场，他们所担心的，所介意的，叶修似乎根本不当回事。直至现在，叶修还是什么也没有说。

　　但是，他赢得了比赛。没有比这样的事实更具说服力了。你说叶修状态下降了？你倒是战胜他啊！拉着一支草根战队就灭了嘉世，别说叶修的状态真看不出下降，就算是真下降了，有了这样的战果之后，恐怕都不会有人相信。

　　叶修的状态真的已经糟糕到需要退役了？没有人比嘉世更清楚这一点。他们希望叶修退役，正是因为他们清楚叶修还有着足够，甚至是可怕的能力。他们自己想要放弃叶修，但却又怕叶修成为对手后伤害到他们，如此得寸进尺，一发不可收拾。

　　现在，有了强大的事实依据，这个问题变得十分尖锐。

　　但是更糟糕的状况是，叶修现在不拒绝媒体了，很快他也会坐在同样的位置，接受同样的记者采访，回答有可能同样的问题。嘉世一言堂引导舆论的日子，已经一去不复返了。

　　曾几何时，嘉世是多么希望叶修能走上前台，多多亲善媒体，做做宣传，可叶修不。而现在，嘉世倒是希望叶修能继续低调，继续拒绝所有媒体，结果他站出来了。

　　他从头到尾，什么也没有说，只是接受媒体这样的一个姿态，就已经让嘉世如坐针毡，而后一场胜利，更是一记响亮而又有力的耳光。

　　"崔经理？崔领队？"

　　恍惚中，崔立听到有人好像在叫他，他想回应，但是却控制不了自己……

　　"医生，有没有医生？叫救护车，有人晕倒了！！"招待会现场乱成一团。

　　崔立最终是被担架抬着出去的，伴随他的是一路此起彼伏的闪光灯。招待会被中断了片刻后，冲进来的是嘉世的新闻官，他一进来便拦住了那些恨不得追着拍上一路的记者们。

"不好意思各位，出了这样的意外，今天嘉世的采访大概只能到此为止了。"新闻官说着，根本没去理会记者们的意见，就开始招呼嘉世的几位出席选手往外走。

记者们虽然大声抗议，但嘉世方面态度强硬，最后丢下一句"我们会在近期召开新闻发布会，有什么问题欢迎到时来问"，转眼间，嘉世的人就已经走了个干净。

记者们无奈，嘉世如此强硬，看来也不在乎他们可能的口诛笔伐。不过说起来虽然只问了两个问题，但也算很有料了。一个问题能把对方的人给问得晕过去，这个问题之下得含着多少让嘉世无法启齿的内容？

今天没有得到答案，但记者们也不会气馁。正所谓跑得了和尚跑不了庙，嘉世这么大个俱乐部，难道还能瞬间从地球上蒸发不成？各大媒体的记者，此时都已经在心底谋划着接下来的采访计划。嘉世就这样跑了，但记者招待会还要继续，不管嘉世的名气再大，有多少话题，在今天，冠军才是主角。

众记者耐心等候着，从嘉世那里得不到问题的答案，从兴欣这里一样可以问。毕竟问题的主角，可是在兴欣战队的。可是左等、右等，始终不见人来。最后，就只见联盟方面的新闻官一脸尴尬地走进来，笔挺的西装，可是起了不少的褶皱。

"不好意思各位，今天的记者招待会已经结束了。"新闻官上了台来了，看一眼台下那无数焦急的目光，随后一脸窘迫地宣布着。

"什么？"所有记者哗一下站起来了。

"开什么玩笑？"有人立即嚷出来了。

"兴欣的人呢？"

"对啊，兴欣的选手还没有来啊！"

"兴欣的人，已经走了……"新闻官说起这个也是一脸郁闷。颁奖仪式结束后，各种工作人员出来收拾局面，现场是有一些乱的。职业选手这种时候都知道该去做什么，比如嘉世战队的，就自觉回到后台等候参加记者招待会去了。但兴欣的人呢，竟然就这么走了。

是的，他们走了，没和谁打招呼，也没人注意到这一点。因为在有常识的人意识里，这是绝对不可能发生的事，没有人会去防着打完比赛的队伍离开。于是兴欣战队还真就离开了。

联盟方面是直至记者招待会已经准备就绪，才发现准备参加的人员这边，只有嘉世，不见兴欣。工作人员疯找，到处找，没有。而后又是四处询问，终于从某处听到消息，说是有一大堆人，高呼着我们是冠军，就这样扬长而去了。

是兴欣的人？还是兴欣的粉丝？没有答案，唯一的答案是，兴欣的人已经不在了，他们放了记者招待会的鸽子。

好在兴欣作为胜者是稍后出场的，所以联盟方面还抱有一线希望，他们赶紧寻找兴欣的联系方式，想在嘉世结束招待会之前将兴欣赶紧找回来。

谁知道嘉世战队也实在不是省油的灯，才第二个问题，居然就有人被问晕过去了。

以这样的理由提前结束记者招待会，联盟方面也不好做出太多阻止。可是另一边，兴欣的联系电话他们都还没有找到呢！情况已经知会了主席冯宪君，冯宪君听到后也是一怔。不会吧？曾几何时，是叶修拒绝参加这种活动，难道现在，将是兴欣这一整支队伍拒绝参加活动吗？这可太犯规了，绝对不能允许！

　　"务必要找到他们，弄清楚到底是怎么回事！"这是主席下达的指示。

　　这边联系电话确实已经翻到，连忙拨过去，结果却一直是无人接听状态。联盟真无奈了，那边记者也总不能一直等着，于是新闻官出面，宣布记者招待会至此为止。

　　新闻官显然知道这局面有多尴尬，紧接着被记者们围住要说法他也早有预料，但是人反正也是找不回来了，还能怎样？新闻官也只能是苦笑应对。

　　挑战赛决赛，记者们等着挖出无数爆点的记者招待会，居然就以问晕一个人后就结束了？没人会甘心。各家媒体都已经飞快开始了下一步的部署，H市这边有记者站的，都已经开始往兴欣网吧和嘉世俱乐部两边派遣兵力。躲，你们真的躲得掉吗？

　　结果第二天，嘉世俱乐部突然宣布，对外进入新闻缄默。而他们对此做出的解释，是俱乐部折戟挑战赛，这彻底改变了俱乐部前进的步伐，现在有很多事要处理，暂时没有精力去应对媒体。

　　这理由说得倒真像是那么一回事。嘉世战队，肯定没想到自己会输在挑战赛上。他们来年的计划，本是冲着职业联赛，甚至是联盟总冠军去的。结果现在又要来一年挑战赛，这二次降临的灾难，确实够他们收拾的。

　　别的不说，孙翔、肖时钦，这等大神，已经跟着嘉世在挑战赛里沉沦一年了，再来一年，他们能甘心？甚至不说这等大神，就是张家兴、申建，这些选手在联盟也是足以找到一席之地的，接着玩挑战赛？他们也未必愿意。还有嘉世战队新人邱非，据B市某家媒体爆料，说微草战队对这位年轻选手产生了浓厚的兴趣，已经在找机会和嘉世进行接洽。

　　虽然这消息来自于狗仔小报，可信度有限，但至少也可以说明，即便是邱非，在挑战赛里混迹，那也是一种浪费。这些人，嘉世还能不能留住？

　　让嘉世焦头烂额的事确实挺多，但是此时，媒体才不会相信他们是真的因为太忙所以没时间应对媒体访问。他们是忙，但是他们不敢面对媒体，就是因为他们心虚。

　　越心虚，媒体越要挖。嘉世新闻缄默，但无孔不入的媒体，总是能找到旁敲侧击的机会。

　　首先就是从兴欣网吧的收银小妹处，媒体了解到了叶修当时是怎么跑到他们这个小网吧来的。虽然他们就和嘉世隔条街，但离开战队就投奔一家网吧这好像太不符合一个联盟大神的身份了吧？结果没想到答案还真是这样。兴欣网吧的收银小妹信誓旦旦地说，当时叶修来网吧要了台机器，而后看到了他们网吧的招人页面，然后就主动申请要在网吧打工来着。

　　荣耀大神……宣布退役以后，就跑到网吧里来当网管？

　　然后，众记者参观了在兴欣网吧这段时间叶修大神战斗过的地方。那只摆着一张小床，而后就是堆满杂物的储物间，让无数记者差点没哭出来。这就是为嘉世创下嘉世王朝基业，让斗神之名响彻整个荣耀圈的一代大神,从战队退役以后的下场吗?

次日的各大媒体,这间引人泪下的储物间的照片被刊登出来,各大门户网站也是纷纷转载,更有电视媒体蠢蠢欲动想要来实地拍摄。

荣耀圈震惊!粉丝们震惊!

叶修因何原因退役离开嘉世,这已经不重要,为战队立下汗马功劳的一代功臣,退役以后就落得这般田地吗?当网管,住狗窝?

"太过分了!"有记者随机采访到的荣耀玩家声称,"我无法想象,像叶秋这样的大神,在退役以后居然会是这样的处境,我很怀疑嘉世战队是如何对待选手的,长此以往,还会有选手为他们效力吗?哦不对,已经不会有了,打挑战赛的队伍,什么职业选手才会愿意去啊!"这位玩家,吐得一口好槽,往嘉世伤口上尽情洒了一把盐。

"叶修退役后居然这么惨?这不是真的吧?不会是什么炒作吧?"也有比较怀疑的。

"难以置信!嘉世这到底是家什么样的俱乐部?无论他们曾经取得过什么样的成绩,让自己的功臣落得这样的下场,我只能说,丧尽天良。这样的战队,出局那就对了。叶修干得漂亮,挑战赛决赛我看了,精彩,经典,了不起,妈的!"

"我觉得吧,这事有点不靠谱,叶修大神那是什么身价啊,退役而已,怎么搞得跟净身出户一样?有问题,我觉得太有问题了。"

以上访问到的,都不是嘉世的支持者,除去那些还保持疑惑的,其他骂起来都是相当地痛快,相当地无所顾忌。

而嘉世的粉丝呢?面对这样的事实、痛心、难过,他们想为战队辩解,却找不到任何理由。

"我想……事情肯定不像我们想象的那么简单,一定还有什么别的隐情。"嘉世的粉丝,心中还存有美好的希望,他们始终希望他们的大神和战队是和谐的,友爱的。

"靠,这肯定是叶修在故意装可怜在抹黑嘉世,这么大个大神,那么惨,谁信啊?我反正不信。"也有坚持维护嘉世战队,无视事实,只从逻辑上进行推理的。

"我不知道……"还有的嘉世粉丝,面对这个问题,最终却是像嘉世战队一样,沉默了,回答不上来了。对于他们而言,无论真相怎样,终究都是痛。

但是更多的嘉世粉丝无法承受这样的折磨,他们发起了大规模的聚会,天天在嘉世俱乐部门外表示抗议,要求俱乐部停止新闻缄默,对这一系列问题给出明确的解释。

挑战赛的决赛是在周五晚结束的,次日周六晚,是荣耀职业联盟第九赛季常规赛第三十七轮,也就是倒数第二轮的比赛。一部分战队的成绩在这时已经成了定数,不可能再有什么变化。但也有个别战队还在为季后赛的席位,或是留在联盟中的席位而拼得你死我活的时候。

结果,就是这样关键的比赛日,却铺天盖地都是有关挑战赛最终结果的讨论和报道。

兴欣真的创造了奇迹。整个荣耀圈都在津津乐道这件事。

而后周日,叶修退役后的可怜遭遇被媒体曝光,引发一轮的关注和讨论热潮,荣耀圈的街头巷尾,都在对这个八卦议论纷纷。媒体这次是一边倒地倾向于叶修,特别仗义地围攻嘉世,讨要说法。在广大玩家群体当中,嘉世更是受尽唾弃。

职业圈本身也高度关注此事,多家媒体通过电话、QQ等方式对多名职业选手进行了采访,让他们谈谈对此事的看法。

"这是耻辱!"已经提前一轮确定拿下常规赛第一的霸图战队队长韩文清愤怒地表示。

"以叶修在荣耀圈的地位,竟然会落到这般田地,我想所有职业选手都会对嘉世战队感到寒心。"蓝雨战队队长喻文州表示。

"毫无疑问,叶修受到了不公正的待遇。"微草战队队长王杰希说。

"不应该。"轮回战队周泽楷说。

各大战队接受了采访的职业选手,像是事先商量过的似的,众口一词地对嘉世进行着严厉谴责。

嘉世战队面临前所未有的信任危机!

作为圈内最权威的电竞之家,在周一版的《电子竞技周报》上毫不怜惜版面将此作为了重大新闻报道。倒是刚刚结束的第三十七轮职业联赛中的重要比赛,只是在头版的旮旯里随便通告了一下结果而已。比赛的详细内容,那更是要翻好几页以后才会看到。占据显眼版面的,通通是有关挑战赛以及叶修、嘉世的相关报道。

电竞之家的报道绝不是空穴来风。急匆匆宣布新闻缄默后躲起来的嘉世此时在人们眼中就是做贼心虚的缩头乌龟。从媒体到玩家,各方面都在向他们不断地施加压力。但是这一次的嘉世却是异常顽强,未做任何危机公关。嘉世俱乐部的大门终日紧闭,聚集在俱乐部外的玩家根本捉不到任何一个和嘉世有关的人员,谁也不知道嘉世现在在打什么主意。

嘉世的消极,让很多人从中嗅到了不同寻常的味道。

喧闹又持续了两天,周三晚,一条消息在网络上流传开来,有人声称在S市看到嘉世、轮回两队高层的会晤。

嘉世是要干什么?这条未经任何证明的消息,很快就引发了人们的联想。在这种时刻,嘉世战队和其他战队的接触显得十分微妙,嘉世,是准备自暴自弃,开仓大甩卖了吗?

消息传得很快,立时有记者向轮回俱乐部求证此事的真假。结果轮回战队倒是爽快,痛快承认他们确实有和嘉世进行接洽,但是实质性的内容,轮回却也没有透露分毫。

直至下一期的《电子竞技周报》发刊,嘉世依旧没有解除新闻缄默,对于粉丝的各种呼声和要求也完全不予理会。

6月7日,是本赛季常规赛的最后一天,结果就在这一天,嘉世解除了新闻缄默,而后发布的第一条消息,就是一颗重磅炸弹:嘉世俱乐部,挂牌出售。

嘉世老板陶轩委托他的发言人声称,在风风雨雨经营了嘉世这么多年以后,他感到身心疲惫,觉得是时候换一种生活方式了,所以他决定,出售嘉世俱乐部,希望接手人可以率领嘉世再创辉煌，而他本人，将永远是嘉世战队的头号粉丝。

话说得冠冕堂皇，但是明眼人一看就知道怎么回事。这一次的危机，嘉世撑不过去，也不打算去撑了。老板陶轩已经准备舍弃嘉世自行跑路了。

可是现在的嘉世，是那么容易就出得了手的吗？根本没有进行任何危机公关的嘉世，料是越挖越多。现如今的嘉世已是声名扫地，昔日王朝的光环也救不了他们。他们身贴着遭人唾弃的标签，而且还没有职业联赛的资格。可是除开这些的话，单论各项硬件设施，嘉世却依然是荣耀圈中的一流，而这，则更加加重了出售嘉世的复杂程度。

说简单点，嘉世的硬件华丽依旧，但是软件却已经一塌糊涂。

而软件，才是真正代表"嘉世"这两个字的价值所在，现在软件已经被毁坏，没有人会对这再有需求。而硬件设置，各方有需求的完全可以各取所需。嘉世和轮回已被证实的接洽，恰巧就在说明这一点。轮回战队，那无论如何也不可能再买个嘉世回去。他们接洽嘉世，是对嘉世的什么有兴趣？选手？角色？

意识到这种可能性后，嘉世的粉丝有些惶恐了。这哪里是挂牌出售。这分明是解散战队后的开仓大甩卖啊！经过这样的处理，嘉世这一名号，最终还能留存下来？

这对嘉世粉丝来说才是无论如何都不能接受的事。嘉世无论是好、是坏，都承载着他们无数的寄托，这一点是始终不会改变的。发生了这样的事，让他们觉得惶恐，毕竟没有人希望自己支持的战队是这般模样。有的人因此而离去，但也还是有人留下，他们希望看到战队重新再站起来，他们可以永远陪在一边。

但是现在，嘉世竟然面临解散，嘉世的名号竟然可能要消失。他们倾注了多年心血所支持的，为之呐喊的那支队伍，就要这样不复存在了？不！！

消息发布出来刚刚没多久，嘉世俱乐部外就聚集起了大量的人群，他们远比那些向俱乐部讨要说法的粉丝要疯狂。时间仓促，他们来不及做太多准备，只能用一声又一声的呐喊，来表达他们此时的心情。

他们不希望俱乐部被出售，无论怎样，他们都希望可以和战队一起走下去。

嘉世的事已闹得沸沸扬扬，可是这事件中的另一个主角呢？从挑战赛结束以后，到现在居然还没有冒过泡。现在可是职业联赛常规赛决定生死的收官时刻，结果聚集了最多跑荣耀的记者的地方，却是H市这个今年并没有战队参加职业联赛的城市。

蜂拥而来的采访者们参观了兴欣网吧，看到了嘉世俱乐部外每天抗议的玩家，但是，叶修呢？他本也是他们这趟来的一个主要目标，却始终没有人找到过。叶修没有出现，兴欣战队的任何一人也都没有出现，问兴欣网吧的人，他们也并不知道。直至拜托网吧的工作人员和他们的老板陈果联系，大家这才知道，兴欣战队，居然还在B市，比赛打完，他们一直都还没有回来。

挑战赛最终取得胜利，兴欣沉浸在极其彻底的喜悦当中，他们完全忘记了其他任何事，什么赛后的记者招待会，那是什么东西？在他们的大脑中根本连一秒钟都没有出现过。

他们直接离开了赛场，而后就被田七率领的一帮第十区兴欣公会的成员给簇拥了，一大堆人找去一个地方欢庆胜利，一大堆人扑上去要向叶修大神敬酒。尤其月中眠，一想起当初在第十区刚和君莫笑相遇时的情景，月中眠心里就直哆嗦。田七、浅生离这些老朋友，到现在都时时嘲笑他：你小子牛啊，居然敢向叶秋大神叫板？

月中眠欲哭无泪啊！大神那可是他的偶像，早知道的话他冲上去提鞋还差不多。

这事从他知道君莫笑的真实身份后，就成了他心底里的一根刺，今天，借着这个机会，月中眠准备好好表一下态的。端着酒，排在敬酒的队伍中，月中眠准备着自己要说的话，结果，第一个敬酒的人刚下来，那边就已经有人嚷："什么情况，什么情况？"

月中眠慌乱冲了上去，结果一看，什么情况，大神这是醉了？

"你在酒里放了什么？"很多人不敢相信这个事实，恶狠狠地把第一个敬酒的小子给包围了，他们觉得这肯定是嘉世混进来的奸细，王八蛋是想毒死我们的大神吗？

"我没有啊，我真的没有啊！"那小子快哭了都，拿着刚刚敬完酒的空杯语无伦次。

"他……是不怎么能喝酒。"陈果想起叶修的弟弟，那个真正的叶秋，解释着。

不怎么能喝酒？众人觉得陈大老板讲话真是含蓄，如果这真是醉倒了话，这叫不怎么能喝酒吗？这简直就是被秒杀啊！

在荣耀赛场上无所不能的大神，居然被一杯酒就给秒杀了。

失去了主角，场面顿时冷了不少，那些冲上来想要敬酒的兴欣玩家们，都有些不知所措。

结果孙哲平过来，把醉倒的叶修扔到了一边后，挽起袖子大叫："来，我和你们喝！"

众玩家顿时又欢快起来了，倒是陈果，看着一副要酒不要命模样的孙哲平，大为疑惑："职业选手，不是都不怎么喝酒的吗？"

这是叶修告诉过她的，长期被酒精麻醉，会导致注意力下降，身体反应迟钝，双手操作失去稳定，这对于一位职业选手来说都是大忌。

"是啊！职业选手，都不应该喝酒的。"孙哲平听到了陈果说的话，回头笑了笑，但笑容里满是苦涩，而后一仰头，一杯酒就已经下肚了。

"好！！！"众玩家大声叫好，纷纷围上来找孙哲平切磋。

陈果心下却有些难过，职业选手是不应该喝酒的，但是孙哲平，显然已经不觉得自己还算是一个真正的职业选手了。这个众人欢庆胜利的场面，对他而言，反倒是多增了几分失落。他本可以做得更多的，现有这点微薄的贡献，根本无法让他觉得满足。

莫凡上场表现也不多，罗辑在决赛中更是没有登场，但是，他们还有未来，他们还有的是时间，有的是机会去争取。但是孙哲平呢，他没有，他已只能是这样，心怀不甘，让胜利来增加失落。这，或许就是他可以勉强比赛，但是，却一直也没有复出意图的原因，对于他来说，这样，根本不足够啊！

"什么情况，什么情况？"

陈果这还在为孙哲平感到惆怅呢，结果那边就又嚷起来了，凑上去了一看，孙哲平也倒了。

"几杯?"一边一个端着酒杯,大概是正准备出手的玩家问着。

"三杯?"一人拿着空杯,有些不确信地说着。

有叶修的被秒杀在前,三杯倒算不上是什么惊艳之兴,但问题是,孙哲平上来时那君临天下的气势,让人太以为他是一个千杯不醉的酒中豪杰了,结果,就三杯?三杯倒比起一杯秒,实在也强不到哪儿去。

陈果却更难过了。孙哲平,根本也是不会喝酒的吧?他们这些大神,为了心中的理想,一直严格地要求着自己。孙哲平已经退役多少年了?显然还在坚持着滴酒不沾的职业习惯,否则也不至于三杯就倒。酒量和技术一样,也是可以磨炼出来的。

但是孙哲平没有,他坚持着职业选手的习惯,他保护着自己的身体,是不是一直都在期待有朝一日还有重返赛场的机会?

陈果无法再想下去了,她默默上前将孙哲平扶向了一边。

"这么快又一个啊?"

沙发的一角,苏沐橙正在那嗑瓜子呢,醉倒了的叶修歪睡在一边,很快孙哲平就和他凑堆去了。

"唉……"陈果叹了口气,当粉丝的时候,只看到大神们在比赛场上的威风八面,哪里会想到他们在场下都是经过怎样的努力。

"怎么了?"苏沐橙看出陈果情绪好像不太高,这可是夺冠之夜,有什么事这么快就能把夺冠的喜悦冲刷掉?

陈果看了一眼那边醉倒的两位,却不知该如何说起了。

"没什么。"苏沐橙看到陈果的目光,好像已经明白了,"至少大家都还在。"

至少大家都还在……

陈果愣了愣,又望了那两人一眼。

是的,被俱乐部驱逐的叶修也好,因为手伤无法再现巅峰的孙哲平也罢,还是那边那位退役时间比好多人的职业生涯要长,而后还要爬出来继续努力的魏琛。每个人身上都有他们各自的不如意,但不管怎样,他们都没有放弃,他们怀揣着希望,一有机会就会冲上。无论如何,他们都还在。

"两个没用的东西,我来!"那边,魏琛十分鄙夷地看了这边两个已经醉翻的大神,挽起袖子上阵了。

兴欣公会的玩家窃窃私语,对于魏琛的上阵表现得并不是十分热情。

"我赌四杯倒。"

"我赌五杯。"

"我看好还是三杯。"

"没人押一杯吗?"

"没人押我押!"

"好了好了，买定离手……"一边有人拿魏琛都开好盘口了。

这一夜注定很难有人清醒着回去。陈果本是严格要求自己的，基本也就是这意思一下，那意思一下，但意思了很多下后，最后也是半醉半醒了。

包子、伍晨、罗辑、安文逸，个个都是东倒西歪的。就连莫凡，基本没和人有过交流，就自己一个人最后把自己喝得走路直晃。

"一百杯！我押一百杯！"魏琛和其他人相互扶持着往外走的时候，不住地嚷嚷着。魏琛终于没再给职业选手丢脸，他的酒量确实有两下子，是不是真喝了一百杯，不知道，但至少现在他还能自己扶着墙走路。只不过出了门，上了辆出租车后就要人送他回兴欣网吧，在司机的一片茫然中，被人死命地拖了出来。

亏得几位姑娘都没有醉到那种程度。在送走了一波又一波兴欣公会的玩家后，这才把一堆醉汉捎回了酒店。

大家再醒来时，已是第二天的中午，陈果刚一睁眼，就被热辣辣的阳光给晃了一下。

她看了一眼房间里，没有人。本来她是和唐柔一个房间的，不过昨天回来后是怎么歇的，她也记不太清了。

我们……真的赢下挑战赛了？顾不上刺眼的阳光，陈果望着天花板，忽然有点恍惚起来。喝醉了的夜晚，总是显得特别模糊，连带之前的夺冠，似乎都有些虚幻了。

陈果一个骨碌翻起身来，就去找自己的提包。包就在枕边，陈果打开，很快，她找到了她要找的东西。

荣耀职业联盟注册资格证书，兴欣战队的。

是的！他们确实做到了，这一切都是真实的。刹那间，陈果被幸福感包围。昨夜是热血，是激动，是亢奋。一夜沉淀之后，这种夺冠以后的充实、满足、幸福，才彻底充溢起来。

"其他人呢？"陈果爬起来，很快就冲出了房间。

其他人也差不多都起来了，不过这帮醉得比较凶的家伙，宿醉之后的精神状态明显不如半醉半醒的陈果。

"都挺好吧！"陈果问候着大家，而后就看到房间里，叶修还在床上睡个不醒。

"这家伙，也太差劲了吧！"陈果回忆起昨晚的情景，"我知道他喝不了多少，不过，一杯就倒，好像不至于这么夸张啊！"

"他不只是醉的。"魏琛说道，"他也是累的，让他好好休息几天吧！"

Chapter 019
新队发布会

叶修这一睡就是一整天,其他人则是缓了一天的酒劲。陈果在网上看着各种有关兴欣挑战赛获胜的报道,看得心花怒放。不过这天里她也接到一个电话,是联盟方面打来的,对于兴欣赛后没参加记者招待会的行径非常严肃地批评了一下。

"忘了忘了,真是忘了,太高兴了。"陈果如此解释着。

联盟随即表示不会追究,不过作为下赛季新入联盟的队伍之一,还有个新闻发布会是需要他们参加的。这个陈果当然无法拒绝,一问时间,还要等一周。这个新加入战队的新闻发布会,都是在当赛季常规赛结束以后才会进行的。毕竟,至少得让人们看清楚新加入的战队取代的是哪两支吧!

而后当天是职业联赛倒数第二轮,义斩战队因为要准备比赛,所以昨天在兴欣夺冠后只是打来电话表示了一下祝贺,并没有和他们一起活动。周六这天,楼冠宁派人送来一堆门票,邀请兴欣众人去看比赛。当晚比赛结束后,两队人凑在一起,又是一番热烈的庆祝。

义斩补上了昨晚没能亲自到场送上的祝福,同时,这一轮战罢,他们义斩自己也有值得庆祝的事,他们保住联盟席位成功了!

保住联盟席位,这是义斩在认清自己的实力以后最终明确下来的目标,这比起一些媒体对他们的期待可是要低很多。义斩在宣布加入联盟后的一系列宣传还有财力的展示,让很多人对他们抱有黑马的期待。在赛季前的预测中甚至大胆推断他们可以排到第十位。

这一切到底没有让义斩的诸位迷失方向,他们一步一个脚印地稳扎稳打,可就是这样,在开局的时候也是异常艰难。职业联赛,果然远远不像他们最初想象的那么简单。

好在本赛季中段的荣耀大更新给他们赢来了契机。这一番变动,对于中小战队来说更可谓是福音。75级橙装的涌现,让他们在一段时间内,一定程度上缩短了和强队的角色差距。而义斩战队除了收获这一福音外,更因为在网游中身为兴欣的盟友,让他们可以集中精力地进行比赛。可以毫不夸张地说,很多战队职业选手冲进网游里干的事,到他们这儿,全被兴欣的诸位给代劳了。

这一切,虽然双方嘴上没有过交流,但在心底里各自都是清楚的。

现在,联赛倒数第二轮战罢,义斩战队最终锁定了第十四席,接下来最后一轮的比赛已经不会影响他们的排位了。虽然这和赛季前的媒体预期有所差距,但却是完全实现了义斩给自己制定的目标。他们尤其清楚,如果不是遇到大更新,如果不是那段时间他们可以继续集中精力比赛,最终是不是能拿到这个名次都还说不准。在那之前,义斩的排名可就在出局区之上徘徊,形势岌岌可危。

"为了兴欣的胜利！为了义斩的成功保席！干杯！！"楼冠宁率先呐喊着。不过兴欣昨天已经大醉一场，今天自然要节制一些。义斩方面的，都已经当了近一年的职业选手了，庆祝也会有所节制。

"到下赛季，我们可就是对手了。"楼冠宁感慨万千地说着。和兴欣的接触，尤其是和大神叶修的接触真的让他们义斩受益良多。如果有得选，楼冠宁当然不希望和一个有着情谊在的队伍成为对手。

"希望到时候，我们不要遇到不是你死就是我亡的局面。"楼冠宁端着酒杯向兴欣诸位举了一下，"不过就算那样，无论什么结果，我们在场外的交情也绝不会改变，我发誓。"

"呵呵呵，小楼你多虑了。"叶修笑道，"我们两队的目标恐怕不太一样，应该不会出现这种你死我活的场面。"

"哦？兴欣下赛季什么目标呀？"楼冠宁凑过来问。

"冠军。"

"噗……"受到过良好教育，任何时刻都能保持风度的楼冠宁，刚刚呷进嘴里的一口酒直接喷了，而后慌忙朝被他喷到的人道着对不起。

曾几何时，他们五人凑在一起准备成立这个战队的时候，目标也是直指总冠军，准备给联盟一个惊喜的。后来他们认识了大神，大神帮助他们认识到，他们的目标是多么的不切实际：一支在网游里拉杆子组成的队伍，开口就要直指总冠军，太不把职业联赛当回事了吧！

但是……大神你，你不能这么双重标准啊！你说我们不切实际，但你们这支队伍，进了联盟就喊要夺冠，这好像也不是那么太让人信服的事吧？

虽然你有大神实力，但是战队其他人呢，还有角色呢？荣耀不是一个人的游戏，这不是昨天你在比赛里最后说的话吗？

楼冠宁心里挺不以为然的，只是这个话又不太好讲出来。不过话没讲又怎样，楼冠宁那一口酒喷得，显然已经暴露他的心理活动了嘛！

"哈哈哈。"叶修却只是嘲笑了一下他的模样，随即也没有过多的解释，只是举杯和所有人招呼着，"大家来！"

这一晚的庆祝低调而有节制，不过这毕竟也算不上是什么彻底的休息。所以这天之后，陈果索性也就没有招呼众人回H市，在咨询了下楼冠宁、联系了一个在B市的度假村后，直接就把战队众人拉过去真正地放松疗养去了。

楼冠宁给介绍的，那真是世外桃源一般的高档所在，兴欣的人也是全凭他的名义才享受得到。待在这里真的不会再受到任何外界打扰了。不过每天上上网络，看看夺冠后的各方反应依然是陈果的最大乐趣。

兴欣得到的赞扬，嘉世得到的质疑，都让陈果深深地出了一口气。尤其是看到记者走访到他们兴欣，参观了叶修当时居住过的储物间后发表的强烈谴责的报道，更是让她又心酸又好笑。

总算是赢了！看着各方的报道，回忆着这一年的种种，陈果也是感触良多。她虽然是这支战队的老板，但事实上根本没有做过太多的事。那些劳心劳力的工作，基本都是叶修在亲力自为。一年半的时间，从新区的一个新号开始，升级，找人，打材料，弄装备，训练选手……

叶修做的事真的很多很多，可是天天就在他身边的陈果，居然到了此时才彻底地意识到。

在度假村安安稳稳地待了一个星期，职业联赛进入到了收官之战，嘉世也甩出了要出售的重磅炸弹。

这一星期里，陈果也收到了不少联系，都是想采访叶修的，但都被她一一推掉了。虽然很早之前，她就特别希望叶修能站出来认真地说几句，谈谈他的退役到底是怎么回事。但是现在这时候，她更希望叶修能好好休息，因为她发现这对于叶修来说才是最最重要的。他需要休养好身体，调整好状态，这样，他才能一直在荣耀的赛场上拼搏下去。

这一年半，对叶修来说并不只是错失了职业赛那么简单，这一年半的劳心劳力，不知又缩短了这位本就已经很高龄的职业选手多少职业寿命。

一周的疗养，或许已经挽救不回来什么，但是陈果也不希望叶修在这个时候还去费心费力地关注别的事。他太累了，需要好好休息。

魏琛说得很对，陈果也只能尽全力给他创造一个可以好好休息的环境。这至少是她可以努力做到的。

周六晚，在各种关于嘉世战队的争执和喧闹中，第九届荣耀职业联赛常规赛划下了句号。

霸图战队不负众望，最终排名常规赛第一。不过到底也没能打破嘉世当年的得分纪录。毕竟现在已是一个众星璀璨的时代，这让嘉世当年的那种强盛越来越难以复制。

霸图和嘉世，昔日的一对死敌。然而就在霸图登顶，人们感慨其未能超越纪录的时候，创造这一纪录的死敌嘉世战队却正在他们的身边崩塌着。拿到常规赛第一的霸图队长韩文清在赛后接受的采访中，被问及对如今嘉世的看法时，没有幸灾乐祸，却也极其不留情面地丢下了一句：自作自受。

霸图之后，上届冠军轮回战队位居第二。王牌选手周泽楷一如既往地华丽和强劲，说是位居第二，但是从获取的比分上来看，轮回比起上赛季赫然还要强劲一些。只能说这赛季的霸图战队更稳定、更高效。

排名第三的是呼啸战队。在新王牌唐昊的率领下，呼啸战队从开局时就表现出了他们的强势，他们的目标已经不再是杀进季后赛，而是直指总冠军了。虽然最终还是没有超越前面两位，不过却是压了微草和蓝雨两支战队一头。

微草和蓝雨分列第四第五。这两支老牌强队带给人们最大的惊喜就是队中的两位年轻人。有着天才之称的高英杰，这赛季终于在微草正式担纲主力，表现抢眼。而蓝雨战队的卢瀚文更是了不起，直接顶替队中全明星选手于锋转会后的空缺，在比赛场上各种激情四射，初生牛犊不怕虎的锐气尽显无余。虽然也有很多不完美的地方，但本赛季的最佳新人除他之外已没有第二人选。高英杰很遗憾已经是一个二年级生，不能再评选最佳新人了。

这五队之后，烟雨、虚空、百花三队，分列六到八位。

整体来说，联盟格局依然没有太大改变。虽有呼啸战队的强势崛起，但其他豪强也没有掉队。倒是雷霆和三零一度两支战队，在相继失去了肖时钦和许斌后，这一次都未能闯进季后赛。百花战队开局相当不顺利，赛季前半段一直摇摇欲坠，但在大更新之后，突然开始强势追赶，从战队到粉丝，都焕发出了无比高昂的斗志，越打越顺，最后终于赶上了季后赛的末班车。

最终排名确定，季后赛的对阵表也就相应而出。第一回合最强烈的碰撞自然是分列第四第五的，蓝雨和微草的交锋了。对于这两支都称得上是冠军级豪门的战队，这样的碰撞毫无意外又会被媒体打上"提前进行的决赛"之类的标签，加上两队素来不对付，本赛季又各有年轻后辈特别闪耀，这场对阵颇具分量，又不缺话题。

但单论话题性的话，毫无疑问，排名第一的霸图和排名第八的百花战队的首回合交锋将会更加吸引关注。

张佳乐复出加盟霸图，这个决定从被曝光开始就颇受争议，至今都还有人在争论。而现在，加盟霸图的张佳乐将在场上和他曾经率领的百花战队直接对话，双方之后会发生怎样的碰撞，那些好热闹的人都不会错过。

其他的两场对阵，分别是轮回对阵虚空、呼啸对阵烟雨。相较之前的，这两场的热闹程度稍减，但这也只是相对的，能进季后赛的队伍，没有一支是弱旅。

欢笑的另一面，总有人流泪。

八支队伍昂首挺进了季后赛，却也有两支队伍要黯然离开职业联盟。而这种出局的弱旅，除了他们的粉丝外，实在难以吸引到别的什么关注。反倒是下赛季即将接替他们进入联盟的队伍，引发了很大的关注。

神话战队！通过联盟审批，又一支全新的职业战队诞生。在新一周周一，联盟组织的新闻发布会上，他们率先亮相，踌躇满志地表达了一下他们的决心和意志。要照往年，这种新诞生的战队还是会引发很多好奇和关注的。但是在今次，台下记者都盼着这帮号称神话的货赶紧啰唆完了下去，大家等的可都是下一支，那拥有叶修大神，奇迹般地击败嘉世战队闯入联盟的兴欣。

于是在这样的大背景下，神话战队发完言后的记者提问时间，就特别有默契地冷场了。最后还是一些老成持重的记者，象征性地问了几个套路化的问题。而后在联盟新闻官"没有问题了吗"、"下面还有没有提问"这样数次再没得到反馈的询问声中，神话战队的诸位委屈地退场了。

结果神话一退，刚才还死气沉沉的众记者立即就生龙活虎起来，几个方才睡得口水冒泡的，更是好像完全充好电一样容光焕发。

"该兴欣了吧？在哪儿呢？在哪儿呢？"

神话战队的这会儿还没走干净呢，看到下边这些记者们的反应，欲哭无泪。

"咳……下边有请兴欣战队……"联盟新闻官无奈地接着主持。

"来了来了!!"记者们的那兴奋劲儿就别提了，兴欣的人刚一亮相，现场立刻一片闪光灯亮起。到兴欣众人逐一落座，他们仍犹自照个不停，尤其是对第一席的叶修，这么多年都没拍到过，今天可得拍个够本。

叶修被闪光灯晃得眼都快睁不开了，一边联盟的新闻官都有些看不下去，连忙咳嗽了两声，宣布发布会开始。

这发布会，就是新队的亮相，所有成员都会参加，不过也要符合规定。比如苏沐橙，这个时候坐上台去就不大现实了。孙哲平呢，这时候也已经和兴欣的诸位告别，去义斩和他们备战下赛季去了，也没有再出席。还有伍晨，叶修、陈果都征询了他的意见，不过伍晨明确表示能在这么精彩的一场决战中出战出力，他就已经觉得非常满足了，对于职业生涯他已经不再有什么期待，接下来希望彻底专注公会事业。

真的不再有期待了？

这个问题叶修、陈果都没有问，因为他们其实是知道答案的。

伍晨他当然还有期待的，但是他更加认清了现实。他年纪不算小，水平又不算高，偶有一场有亮点的发挥并不能说明太多问题。更重要的是，他很清楚下赛季苏沐橙将要加入兴欣。联盟首席的枪炮师，让伍晨和她去争首发位置？想到这，伍晨也就释然了，他是一个资质有限的选手，能在这样一场重要而又高水平的比赛中有所表现，帮助队伍进入职业联盟，就已经是他的巅峰了。再去追求更高的目标、对他而言，有些不切实际。

伍晨退出了战队，不过却还是以兴欣公会主管的身份出现在了发布会上。公会部门向来是俱乐部最重要的部门之一，和技术开发部可称得上是一支战队后勤保障的左膀右臂。公会会长？随便一家玩家公会的公会会长那是不算太大事，但如果是一家俱乐部公会的公会会长，那可是非常位高权重的了。

兴欣战队亮相，发布会开始，首先是主要成员的介绍。再然后，陈果作为老板，不得不说才是真正的第一人，当然是要第一个讲几句的。因为联盟早就通知过，所以发言稿什么的自然也是早有准备。不过别看陈果平时大大咧咧的，真到这种场合还真有点怵。可一想到自己可是击败了嘉世的兴欣老板，陈果还是鼓足了勇气。

再然后，那当然就是队长要讲几句了。

叶修啊，多少年了，终于能在这种场合见到。闪光灯顿时又亮了起来。

老板陈果，代表的是整个俱乐部，虽然他们这个俱乐部现在其实还没有太多细化部门，但名义上就是如此了。而队长呢，那代表的就是战队了。

叶修的发言真是万众期待啊！但是听着听着，有些记忆力上佳的记者，已经开始挠头了。

"这不对吧？这发言怎么听起来有点耳熟？"

"是吗？"

"是啊，我绝对在哪听过，有印象的。"

"挑几个关键词搜一搜？"

"嗯，就刚这句，我太熟了，我搜下。"

很快，答案出来了。记者同志泪流满面，这不是去年义斩战队新入联盟时候的队长发言稿吗？大神你好不容易参加一次发布会，不这样敷衍能死吗?！能死吗?！

义斩和兴欣的情况可谓完全不同。

但就这样，叶修却依旧能镇定自若地几乎一字不改地用了人家的队长发言稿，记者们在知道真相以后立即就风中凌乱了。

好在……这种宣言基本也就是些空话套话，也不指望出现什么爆点。记者们在捂着胸口听完这去年听过一次的队长发言后，终于挺到了他们最最期待的记者提问环节。

"嗯，下面进入记者提问时间。"联盟新闻官刚刚宣布完，下边的手就举起了一片。神话战队的人亏得是这会儿已经离开了，不然看到这种差别待遇，非得哭死不可。

这手举得太多，也是麻烦事。这手指一点过去，一片人都站起来了，还得再从这一片人里点一下自己要回答的是哪位。

第一个被点到的记者在众人羡慕与嫉妒的目光中站了起来。

"您好，我是B市时报的记者，首先恭喜兴欣战队赢得了挑战赛决赛，取得了进入联盟的资格。"该记者的祝福是面向全队的，但这目光基本就是在集火叶修。叶修无奈，也只好代表全队回应了一下："谢谢。"

"我没有不尊重兴欣的意思，但是兴欣确实赢得了一场奇迹般的胜利。不过更让我感到震惊的并非结果，而是过程。在团队赛中，兴欣始终占据着主动，这点我想比起获胜的这个结果更为困难，我很好奇兴欣到底是怎样做到的？"该记者问道。

"这并不值得惊讶。"叶修笑道，"机会总是留给更有准备的一方。"

"有准备？"该记者一怔，"据我所知，嘉世可没有疏于对这场比赛的准备，从线下赛初，他们就开始针对这最终局进行研究，最后一周赛前还搞过封闭特训，我想嘉世应该也是很有准备。"

"但是很遗憾我们更有准备。"叶修说。

记者们抓狂，这种囫囵话来回说很有意思吗?！这纯粹是在浪费时间吧！

"为什么您能如此肯定呢？"这记者连忙追问着。

"因为这一场比赛，我们准备了足足一年。"叶修说。

所有人呆住。一个是从线下赛开始，满打满算不过一个月，而另一个，直接就是一年。

这是真的！所有记者瞬间就分辨出来了。因为一年前，正是嘉世从联盟出局的时间，就是用膝盖想都知道，这绝对将是挑战赛中前所未有的一个BOSS，最终BOSS。无论谁想征服挑战赛，这都是必然要迈过的一关，从那个时候就开始针对嘉世进行研究，这完全值得相信。

一年的研究，而且这还是对嘉世本就无比熟悉的叶修……

反观嘉世这边呢？就算让他们早早就知道兴欣阵中有叶修，他们会像兴欣这样全心全力地研究这么一个对手吗？他们一直以来所针对的，事实上只是叶修一个人吧？可在那场团队赛中，兴欣的每一位选手都体现出了他们的价值。他们或许还算不上是最出色的，但在那一场比赛中，他们每一个人的特点都发挥得淋漓尽致。

这只是因为兴欣的选手状态更出色吗？现在大家知道了，并不是，这是因为长期周到细致的准备！为了这一场对决，兴欣大概早就已经不知道进行过多少有针对性的训练了。

一年准备，让现场众记者哑口无言了好一会儿，直至新闻官再次提醒，众记者才回归状态。

第二名提问记者此时站了起来，问题却已不再涉及那场比赛。都已经过去一星期了，再报道有关那场比赛的事，那已经失去了新闻的时效性，何况眼下，也有着劲爆的话题。

"我这个问题想问一下叶修队长，作为过去嘉世战队的队长，最近嘉世挂牌出售的消息您想必也听说了，不知道对这事您有何看法呢？"

"我相信嘉世不会因此倒下，嘉世会拥有光辉的未来。"叶修说道。

"可是从现在的状况上来看，嘉世很有可能被拆分出售，嘉世这个名字，有可能将不复存在。"记者说道。

叶修笑了笑说："有这么多热爱、关心嘉世的人存在，你觉得嘉世这个名字真的会消失吗？我有信心，继承嘉世的人，一定会出现，嘉世绝不会因为某一个人的决定而被废弃。因为嘉世并不是一件商品，它是一种精神，甚至是一种文化，它存在于每一个关心和热爱嘉世的人心中，他们才是真正的嘉世人，这是谁也出售不了的，只要有他们在，嘉世就永远不会倒。"

"说得好！"现场赫然有人大叫了一声。众记者回头，看到这位慷慨豪迈不能自已的同行。相识的都知道，这位可是一个彻头彻尾的嘉世狂热粉，这一番在其他人听来有些漂亮的套话，却把这个真正的嘉世粉给打动了。

因为只有真正的嘉世粉，才能感受到这段时间有关嘉世的各种消息，带给他们的是怎样的彷徨和不安。但是现在，叶修的一席话，让他瞬间醒觉。

"嘉世决不会倒！"这位像是下定了什么决心似的，又是用力说了一句。

"是的。"台上的叶修，也用力点了一下头。

曾经的嘉世队长，虽然如今已经担负起了新的责任，在面对嘉世的时候，丝毫没有手软，嘉世此时面临的境况，说是他亲手助攻造成的也毫不为过，但是，这是一个真正的嘉世人，他比任何人都能清楚地认识到什么是嘉世。

嘉世不是商品，它不是老板一句出售就可以捣毁的，只要嘉世的精神不死，它就永远都会存在。大不了，像兴欣这样，成立于网吧，从草根中选拔。他们或许不会拥有嘉世的那些王牌角色、王牌选手，但是，他们继承有嘉世的精神，有这，那他们就是嘉世。

"谢谢！"这位记者已经完全忘记了他的本职工作，站起身来，朝台上的叶修深深地鞠了一躬。那些相熟的同行都知道，这位嘉世死忠粉，在叶修被爆出将成为嘉世挑战赛中的对手的时候，可也是发过不少文章质疑和谴责叶修的。而此刻，他从这位老队长身上理解到了什么是真正的嘉世，他觉得必须道这么一声感谢。

"不客气，加油。"而此时，叶修所看到的似乎也不是一个记者，而是一个曾经和他共同战斗过的兄弟。

发布会被搅入了一种道不明的氛围，一时间，所有人都问不出问题了。

"咳，现场没有哪位记者朋友还有问题了吗？"联盟的新闻官问着。

问题？当然有，记者们本是憋了一肚子的问题就等这一刻了。可是现在，在了解到叶修的这种用心之后，他们忽然发现，好多问题在这一瞬间就已经有了答案了。叶修和嘉世过往的种种，也已经没有再八卦的价值了，叶修的心思，他们已经清晰地感受到了。

有关嘉世战队的问答，竟然让现场变得有点冷。直至联盟的新闻官第三次催问还有没有提问时，终于有记者站了起来。

"叶修队长您好，您刚才这番话，让我们对嘉世的未来都充满了信心。不过我还是想听一下您对于当前嘉世被挂牌出售这一事件本身的看法，谢谢。"

这位一说完，众记者这才恍然。

刚才的问题，其实问的不就是这个吗？但是叶修的回答，严格来说根本就是答非所问。他只是给出了一个并非关于这个问题本身，但却又会是这一问题延续的答案，轻轻松松偷换了概念，众人却还沉浸其中。好在，还有能清醒地从中绕出来的人。现在这位记者重复强调的提问，让众记者真实感受到了：叶修这个从未和记者打过交道的大神，事实上也很难对付。

"呃……"叶修的神色，变得不是那么好看了，"坦白说，我很痛心，同时感到非常失望。"

众记者一听这回答，顿时眼睛都亮了。

"您所说的痛心、失望，是指挂牌出售嘉世这一决定吗？"

"是的。"叶修点了点头，"嘉世正处在最困难的时刻，在这种时候做出出售嘉世的决定，我想，这已经彻底抛弃和背离了曾经所追求过的东西。在这样的决定中，嘉世已经彻底沦为一件商品，纯粹的商品，仅此而已。"

叶修的话里，没有任何的指名道姓。但是能做出出售这种决定的人还能是谁？当然就是嘉世老板陶轩。

但是当记者的，不怕掌握得更加清晰详实一点，于是当即就有人问道："令您感到痛心和失望的，事实上就是嘉世老板陶轩是吗？"

"是的。"叶修点了点头，"如果是为了让战队更好地生存发展，无论使用何种方式，正确与否，我都会试着去理解。因为每一个人看问题的角度都不相同，自然会产生不同的处理方式。但是出售战队这种决定，恕我不能理解。"

"可是您刚刚说过，无论如何，嘉世都不会倒。"

"是的，嘉世不会倒，但是有的人，他已经倒了。"叶修说。

这一次，再也没有记者站出来明确确认这个人是谁。而这一番问答之后，众人也更加明白了叶修的意思。嘉世确实是陶轩的产业，但这只是从商品角度来说的。而站在竞技角度，嘉世这支队伍，已经寄存在每个人的心中。即便是那个名义上的拥有者陶轩，他所能左右的也不过是那个商品化的嘉世。而在他做出挂牌出售这种决定的时候，他就已经彻底背离了人们心中的，那个真正的嘉世。

懂了，这一次，记者们真正地懂了。有的人在沉思着，有的人已经翻开了手提电脑敲起了键盘，还有些习惯用纸笔来整理的，也开始下笔如飞。

记者们掌握到了可写的东西，好多人都好像生怕遗漏了什么想法似的，在这一瞬间就已经开始忘我地赶稿。

联盟的新闻官可谓是参加过无数次新闻发布、记者招待一类的场合，然而这种所有记者瞬间忘记场合，直接开始现场赶稿的情景还真是头一回见。连他都愣了好一会儿后，才反应过来："咳，还有没有人要提问的？"

他这一声，把忘我的记者们都惊醒了。所有人回过神来，自己都为自己突然间就着了魔一样的举动感到诧异，大家连忙整理着自己已经燃烧起来的思路。直到新闻官又一次发问，好些人才端坐起来，一本正经地望着台上，望着叶修。

这一场发布会，大家对于收获已经非常满意了。但是，眼下坐在台上的人可是叶修，多少年了，他还是头一回参加新闻发布会，可不能轻易地让他回去。有关叶修，这么多年，事无巨细，大家都憋了不知多少问题了，今天也得问个够本才行。一时间想不到大问题，拿点乱七八糟、毫无意义的小问题拖延着局面也可以。

这样想着，顿时就又有记者举手了。被随机点到的那位，大概压根还没想好用什么问题来拖延一下，站起来后先是"嗯嗯"了两声，终于急中生智："在挑战赛决赛后的记者招待会，兴欣战队没有出席，请问是什么原因？"

众记者齐齐望着他。

这个问题吧，这些被放了鸽子的记者当然是迫不及待地想知道原因的。但问题是这些记者大人哪有那么乖巧老实，默默地等到今天才问。早在上周招待会没等到兴欣被强行散场后，他们就已经强烈要求联盟给个说法做个解释了。

兴欣为什么没有参加那天的记者招待会，之前就由联盟给出解释遮过去了，所以早已经不算是问题。现在这位又跳出来问一遍，这很没有技术含量啊！对这个问题做出过解释的联盟新闻官可就在那站着呢，这一听，你们已经没问题了啊？行，散了吧散了吧！这怎么可以？

好在这个问题对媒体和联盟来说是已经处理过的，但对于兴欣来说，被问到这个倒不意外。这次不是由叶修，而是由陈果回答。

"首先要对那天到场的媒体朋友说一声抱歉。"陈果也学着一本正经拿腔拿调的，"众所周知我们兴欣是一支很平凡很普通的草根战队，我们没有参加过职业大赛，完全没有面对这些事情的经验。那天虽然有得到出席记者招待会的通知，但后来拿了冠军，一高兴，完全忘记了，实在抱歉。"

这解释和联盟给出的说法基本一致，但这记者一瞅台上吧，忽然就觉得有点不对，望向最右的叶修："可是，叶修大神……"这记者刚说了几个字，突然就卡住了，倒是叶修笑着接过话问:"我怎么了?"

"没……没怎么……"这位本是想说叶修大神很有职业经验的,可是转念又一想,叶修是有比赛经验,但这什么记者招待会,他参加过?完全没有啊!再看对方那意味深长的笑,他顿时觉得,自己还是别提这个了。

这个问题随即作罢,又一名记者被点了起来:"请问能不能谈谈兴欣针对下赛季有没有什么具体计划?比如这个夏季转会窗,兴欣是否会有什么动作?"

"目前我们已经敲定了一笔转会。"陈果一本正经地说着。

"能详细说说吗?"

"苏沐橙已经确定了将在下赛季自由转会到兴欣战队。"陈果说。

这个吧,以这些记者那灵敏的嗅觉,都已经预料到了。不过此时由陈果正式宣布,意义自然还是非同小可。如果一来,兴欣战队可就不再是叶修一人独撑大局,联盟的最佳搭档,将在兴欣重塑吗?

"苏沐橙会和兴欣签订怎样的合同,不知能不能透露一下?"职业选手的收入也是热门话题,所以有关合同的具体内容记者们也是很感兴趣的。照理说苏沐橙这样全明星级别的选手,无论如何也不是兴欣这么一个网吧支撑的草台战队能养得起,但是,这里已经蹲着一尊更大的神了,这让人们已经无法用常理来揣度兴欣。

"呃,这个,还有一些细节正在商讨中,暂时还不能透露。"陈果语言组织得还是比较得体的,但问题是那一瞬间的尴尬表情还是被敏锐的记者们给捕捉到了。工资待遇,这一直是让陈果尴尬发愁的一个问题,挑战赛一年就这么对付过来了,接下来就是职业联赛了,大家都是职业选手了,总不能再这样包吃住就让人去打比赛吧?接下来该给这些人提供怎样的合同呢?陈果一想就头大,这太没经验了,因为史上从来没有过草根直接杀进职业联赛的先例。

像开网管工资似的一人千来块钱?这肯定不合适啊!可按职业选手的标准?陈果已经了解到一些了:目前职业圈薪水最高的,是霸图战队队长韩文清,三年三千万,平均下来就是一年一千万,周薪二十万。在陈果心目中,叶修是比韩文清还要高等的存在,但别说更高等了,就照韩文清这标准,陈果也得哭死不可。

不过韩文清的合同今年到期,再续问题不大,但薪酬可能会降低不少,毕竟已是过了巅峰期的老将。可他这个目前的最高薪,却很有可能在今年夏天就被打破。

联盟各队比较普遍用到的签约模式就是三年一签。而第四赛季涌入联盟的黄金一代,在经历完这第九赛季的夏天,合约到期的可不在少数,而他们这一批选手可都正处于职业生涯的巅峰,再加上现在的荣耀更加繁荣,各队的经营状况都相当不错,这年夏天,恐怕将会出现一个又一个的薪酬记录。

而在这样的大背景下,兴欣战队,竟然是以包吃住来解决选手的待遇问题,这显然极不科学。

陈果的尴尬被记者们敏锐捕捉到了,他们立即敏锐地提出了新的问题,而这一次,他们问题的主角终于不再是叶修，他们集火了台上的唐柔，这位已经吸引到无数战队注意，在很多人眼中价值非凡的选手。

"请问唐柔小姐，您，了解目前荣耀职业圈的选手收入状况吗？"记者们问着。

"收入状况？这个我知道得不是很清楚。"唐柔没有显露出丝毫茫然，只是很平静地说着。

众记者顿时一怔，这个回答实在有些出乎他们的意料。他们问题虽是这样问的，但也就是为打开话匣子来个铺垫。职业选手的收入，网吧里随便抓个玩家也能流着口水和你聊半天。结果，唐柔居然回答说"不太清楚"，这回答，铺垫的方向好像就有些不太对了呀！

也有一些老谋深算的，听到唐柔的这回答，都有些意味深长地去盯陈果了。他们显然认为这是兴欣老板的阴谋，让选手生活在很傻很天真的状况中，这样势必更加容易控制。但是很遗憾，当他们仔细去观察陈果时，却没发现她对唐柔的回答有什么紧张和不安，反倒是开心地笑了一下，随后就没什么异常了。

怎么回事？

这下记者们更加茫然了。不说职业选手，无论哪个行业，哪有完全不去了解收入的呢？这个漂亮妹子，难道是在故意调戏他们？

记者们狐疑地看看这、看看那，直至新闻官又一次催问："还有新的问题吗？"

今天这记者招待会频频出现卡壳，新闻官都有些不耐烦了。

"能不能稍稍透露一下目前兴欣战队的选手们都是什么待遇？"有记者锲而不舍，不过总算不再集火唐柔，而是又把问题抛回给了陈果。

记者们的判断其实还是很准确的，这个问题确实有点插兴欣的心脏。陈果又是不太自然地回答道："到挑战赛为止，我们都是全凭爱好聚集在一起的，接下来成为职业战队，那就需要正式商讨合同细节了，这个还没有开始，所以暂时没有什么可透露的。"

记者们一听顿时有点懵了。

你要说这是一个三五玩家约起来的凑热闹的观光队，那这种情况根本就是必然的。但兴欣可是击败了嘉世的挑战赛冠军，队伍有叶修大神坐镇，他们这样的配置，听陈果这话里的意思，貌似还没什么待遇，全都是凭着爱？

"您的意思是说，目前为止，兴欣战队的选手，并没有收入吗？"有人终于还是小心翼翼地问出来了。

陈果很尴尬，但她也不是遮遮掩掩的人，更不会在这样的场合张口说瞎话，只能一点头道："是的。"

现场顿时一片哗然，有人立即追着问了一句："叶修大神也是的吗？"

"呃……是的。"陈果犹豫了一下，网吧网管这种身份的工资收入，还是不要提了吧……

接下来的闹哄劲就别提了，实在是兴欣的这个状况太让人震惊了。没收入的事暂且不提，但就刚刚陈果话里的意思，到现在为止，他们还是没有拿出正式的合同，这就要好好提一提了。

要知道，现在他们已经拥有下赛季的职业赛资格了，所有人都要成为真正的职业选手，还不赶紧开出合同留人，这是等着战队刚一加入联盟就成超市市场任人采买吗？以兴欣战队这些选手在挑战赛的表现，记者们相信是会吸引很多职业队注意的。早在挑战赛还在进行的时候，不就已经有很多八卦爆出了吗？

不过说起来，那时候就已经有战队对兴欣的选手有意，可是现在看来，兴欣却阵容齐整，完全没有人被那时的战队给说动过。但现在听这兴欣老板所说，兴欣根本一点留人措施都还没有采用过，这些兴欣选手，就全凭自觉凝结成队？

这真是太不科学了……

其他战队一定是没猜到兴欣战队竟然如此不科学，所以才没有大手笔的挖人举动吧？这消息放出去，兴欣这队……不会瞬间就散了吧？

记者们这一时间，居然还替兴欣忧虑起这种事了。但是他们却也清楚这事肯定会曝光，这么多的记者，不可能保证每个人都有恻隐之心，会同情兴欣居然有如此幼稚不科学的状态，而帮它遮掩。这则消息，没准这时候就已经有人在整理了吧？

说到底，兴欣面对媒体的经验真是相当不足啊！这样重要的事情，居然在发布会上给透露出来了。记者们的感慨，渐渐有了得了便宜还卖乖的嫌疑。

现场又有点小乱，联盟的新闻官这次一看时间，也差不多了，和兴欣的人略一商量，干脆宣布接下来是最后一个问题。

今天的发布会已经得到了很多信息，最后一个问题，无法穷追猛打，有经验的记者在这时也不会提太复杂刁钻的东西，最后时刻，没必要搞得不欢而散。

"阔别联盟这么久，此时此刻，您有什么想说的吗？"最后一个问题，终于还是抛给了叶修。

"呵呵。"叶修笑了笑，随即开口道，"我回来了。"

我回来了！简简单单的一句话，却显露出了无比坚强的信念。虽然今天的发布会挖到了无数猛料，虽然大家在发布会上甚至就已经迫不及待地开始构思整理这些猛料，但是到最后，各家媒体，最终选用的头版消息，几乎都是这最终的一句——

"叶修：我回来了。"

除此之外，各家媒体也充分发挥自己汇编整理找内涵的功力，报道着其他内容。

"一年准备，成就兴欣冠军，机会只给更有准备的人！"

"嘉世前队长发布会开炮，怒斥嘉世老板陶轩背弃嘉世！"

"为爱而凝聚的兴欣！"

……

这些个消息，都有充实的内容，基本都是怎么吓人怎么写。而这，也不过是将发布会得到的信息透露出来。舆论真正的价值，便是利用信息，产生导向。

那些喜欢嘉世的记者，借着叶修这一番话，大展笔头功力，他们漂亮地将嘉世和陶轩给分离出来，把嘉世目前所受的那些负面消息，全部朝陶轩个人身上牵引。其他无感的记者，在这么清晰的事实面前，笔头也不至于指错了方向。

肮脏的不是战队，而是某些人！

内容如此一讲述，众人一看，这在理啊！正所谓事在人为，嘉世那些恶心事，还不都是老板指示下做成的。是他的控制，让战队沦陷到了如此地步。

于是一瞬间，风向变了。

许多嘉世粉丝，原本都已经散了。他们为嘉世被曝出的各种情况感到难堪，对嘉世感到心灰意冷。但是最新的这一轮报道后，他们的伤心，他们的失望统统转化成了愤怒，他们重新聚集在了一起，他们要守卫他们的嘉世战队，他们要驱除嘉世真正的毒瘤。

陶轩滚蛋！

一天之内，嘉世俱乐部外的墙上、地上，玩家的手中，到处可见这样的标语。乞求不要出售嘉世？再没有这样的玩家出现。他们已经意识到出售并不会灭亡嘉世，但是再被陶轩这样折腾下去，嘉世才会彻底沦为耻辱。

嘉世是属于他们每一个人的，而陶轩手中的，只不过是一些固定资产而已，那只是嘉世的形，而不是嘉世的魂。

魂在哪里？魂在每一位粉丝的心里。

忠诚的嘉世粉丝们，一边对陶轩口诛笔伐，另一方面却也开始大声呼吁，请求真心热爱荣耀、热爱嘉世的有能力人士可以接手嘉世战队。

在这一瞬间，嘉世活了。

粉丝本就是一支战队最大的财富。

没有人愿意完整地接手嘉世，就是因为曝出一堆烂事的嘉世失去了粉丝的支持，这样的烂摊子，自然不会有人愿意来收拾。可是现在，粉丝们完成了自救，他们意识到了问题出在哪里，也找到了解决之道，他们重新站出来支持嘉世，这，是所有人都看在眼里的。

这样的嘉世，完全可以重新再站起来。但是有一个前提，陶轩必须离开。他可以带着他所拥有的一切离开，但是，他将无法带走任何一个粉丝，哪怕最终这里空无一物，粉丝们也会守候在这里。而有了他们的守护，嘉世就可以从无到有，重新构建起来。

这样的转变，是怎样发生的？是叶修面对记者提问时的那一番话，点醒了无数粉丝。

叶修是他们的队长，永远的！

再也没有嘉世粉丝会质疑这一点，即便嘉世正是被他又一次送出了职业联赛的大门，但是，那只是比赛，不关乎其他。这，不正是他们的队长在场上的一贯态度吗？

阔别了一年多，他们曾经的队长现在正式宣布：他回来了。

只是很遗憾，他没有回到嘉世，虽然已经有人又开始呼吁叶修回来重新领导嘉世，但是，更多的粉丝实在已经无法提出这样的请求。这太自私了！叶修为嘉世奉献的已经够多，他们没理由这样无休无止地要求他为嘉世做贡献。

叶修没有亏欠嘉世什么，而是嘉世亏欠了他很多很多。

别的不说，单就选手的合约。和叶修一样从联盟初时一路打杀至今的韩文清，拿的是全联盟最顶尖的合同。但他们的队长呢？这么多年来，拿着的却是从联盟初时签下的长约，放在今时今日，收入微薄到可笑的合同。

谈金钱有些直白，但是嘉世就是这样直白地亏欠着他们的队长，而他，却从未对此表示过怨言，因为他所在乎的从来就不是这些。

他所追求的，永远只有一样——胜利。这一点是他无论身处何方都不会改变的，此时的嘉世粉丝，唯有送上祝福。

Chapter 020
再见，嘉世！

　　有关嘉世的喧闹还在继续，但是嘉世这么大个盘子，可不像无极战队那样容易接手。都不说别的，就一叶之秋这个拥有斗神称号的神级角色，恐怕就已经超越无极战队全队的价值。更何况嘉世在联盟有多年的根基，在联盟高速发展的这几年中，自己的训练基地，自己的比赛场馆，也都悉数建立了起来。嘉世已是一个庞然大物，不是随随便便就能一口气吃下的。舆论的呼吁和粉丝的态度重新唤醒了它的潜在价值，这固然可以点燃一些可能的兴趣，但是也恰恰加大了收购的难度。将这些潜在价值连带着一起评估的话，嘉世的价格只会更高。

　　不过现在对于收购者来说很有利的，就是嘉世老板陶轩已经被逼到了一个必须出售嘉世的境地。嘉世战队，无论在谁的手上都有可能继续经营发展成为盈利的项目，唯独在他的手上，将因为失去大量粉丝成为赔钱货。

　　方向已经明确，接下来有关嘉世的交易走势会如何，那就需要买卖双方自己去拿捏分寸进行讨论了。目前舆论的看法，普遍认为嘉世不可能完整地易主，毕竟盘子太大，这种庞大的前期投入，想收回成本就需要好些年头，而这还是在嘉世可以迅速杀回联盟，并重新成为冠军争夺者身份的前提下。

　　但事实上竞技终归是有风险的，一旦嘉世真的流年不利，连年无法杀回联盟，那就真的让人欲哭无泪了。所以目前舆论普遍觉得，嘉世很可能将先期拆分出售部分基础硬件。降低整个盘子的成本，也就降低了风险系数，如此才有可能有人顺利接盘。

　　交易进展到何种程度，暂时无人得知。而职业联赛第九赛季的季后赛，终于一步步地临近了。在经过挑战赛的实际检验后，联盟最终决定，职业联赛季后赛，将采用挑战赛线下淘汰赛部分所使用的人头分赛制。而且采照多方意见，将最终的计分方式改为击杀一名对手，就收获一个人头分，然后对比双方最终得分的多少来决定胜负。

　　除此之外，在赛制上还有一大变动。新的季后赛，将不以两回合比赛结果相加算小分的方式决定胜负。而是以单场比赛的胜负结果为依据，三局两胜，决定最终的胜利者。也就是说，从过去只需进行两场比赛，变成了有可能进行三场。

　　毫无疑问，这是一个从竞技角度和商业角度来说双赢的变化，而能采用这种方式，就是得益于对新赛制的采用。

　　旧有的赛制分个人、擂台、团队三部分。在团队占据大分的情况下，整场比赛的胜负，由两部分就可决定，第二部分进行的擂台赛将失去存在的意义。而降低团队赛的分值，却又有可能发生个人、擂台两部分结束后，一方已经获胜，无须团队赛的情形。

　　这些状况显然都不是联盟想见到的。而新赛制则很好地避免了以上情形。至于两部分后人头分占平，那是可以通过加时赛决出胜负的，不是问题。如此一来，三局两胜制的赛制，也就得以实施。

随后，在联盟轰轰烈烈的宣传中，季后赛步步临近，赛事终于再度成为荣耀圈的主旋律。季后赛的八支队伍纷纷登台亮相，为自己的战队宣传造势。都走到这一步了，任何一支战队都有足够的理由期待一下那至高无上的冠军奖杯。

只不过在面对采访的时候，所有八支战队，都会被问及到很多有关兴欣的问题，哪怕有一些是早就问过的，媒体却依然乐此不疲。这要来个不太清楚状况的，看完这些对每支战队的采访报道后，一定都会以为兴欣战队是埋伏在季后赛的隐藏BOSS。否则的话，为什么对每支战队的采访中都会提及这支队伍的名字呢？

"对于叶修的回归，您怎么看呢？"霸图战队的采访中，记者都愿意问韩文清这个问题。

"我期待和他在赛场上的对决。"作为多年的老对手，韩文清对叶修的欢迎也依然只会是拳头。

"作为同是退役又复出的选手，您有什么话对叶修说吗？"张佳乐在采访中也受到记者的重点照顾。

"他做到了我本以为不可能的事，对此我感到由衷地佩服。"张佳乐说。

"您怎么看待叶修的回归？"蓝雨战队的采访中，同样的问题又一次闪亮着。

"整个联盟的技战术水平都会因此上升一个档次。"蓝雨队长喻文州表示。

"但您不认为缺少了嘉世，这更是一种损伤吗？"有记者问。

"哎呀那你们就多虑了，嘉世的水平不也要取决于他们的选手吗？可是以现在嘉世战队的状况，他们的选手难道还会留下？我看他们的选手肯定会寻求转会，我们一定可以在联盟中重新见到他们。不如我们来预测一下他们的去向吧，比如说孙翔，我觉得……"

"下一个问题。"蓝雨出席采访的新闻官面无表情地打断了黄少天，这种事他已经做过太多次了，完全麻木了，照顾黄少天的感受？这种事是什么？没听说过。

"嗯……"轮回战队的采访现场，面对问及叶修回归的问题，周泽楷"嗯"了一声后，就陷入了长时间的沉默。

直到现场气氛已经有些诡异，他这才突然开口补充了两个字："很难。"

"您的意思是说，对付叶修很难是吗？"

"是的。"周泽楷点着头。

好吧，这是周泽楷，能收获这样的回答就算没白问了。想了解更多的看法，还是找他们的副队长江波涛吧……

八支战队的回答各不相一，媒体拿到了他们想要的。不过坦白讲这时候这八支战队肯定不会有人把精力放到下赛季才会再见的叶修身上。第九赛季总冠军的角逐，马上就要开始了，而第一场对决，就是充满看点的霸图对百花的比赛。首回合的比赛在百花战队的主场进行，从现场的气氛就可以明显看出，时至今日，仍然有很多百花玩家完全无法接受张佳乐复出后

选择了霸图这一事实。

张佳乐出场时，雷鸣般的嘘声立时在场馆内响起。

张佳乐面无表情，他已经不是第一次遭受这样的待遇了。常规赛的时候，他就在这个主场，这个他奋斗了数年、无比熟悉的比赛场地，遭受过这个待遇。此番是季后赛，张佳乐也赫然面临了和叶修一样的状况，和自己昔日的母队拼出个你死我活。

什么心情？赛前采访中张佳乐被问及了这样一个问题，他没有回答，因为他也不知道这是一种什么样的心情。曾经他以为自己可以从容地面对，但是事到临头的时候，他却发现，这并不如他想象的那么简单。

嘘声中，张佳乐沉默地朝选手准备席方向走着。

"去死吧！"忽然看台上传来一片吼声，就见一片激进的百花粉丝，骤然间将一堆满满的饮料瓶丢了下来。你死我活的淘汰赛，让粉丝们的理智进一步被融化了。

好在距离较远，好些人也没什么准头，张佳乐连忙闪开了这波攻击。现场保安早已经兵分两路，一路去制止这些粉丝，另一路却冲过来保护张佳乐避免其再受其他伤害。

闹事的粉丝被悉数请离了现场，无论如何，这种举动都是要受到严厉的谴责的。

张佳乐默默地注视着这些粉丝被带离，有人依然不住地回身朝他所在的这边咒骂着。张佳乐叹了口气，随即却又感觉到身边有人正在盯着自己。

张佳乐扭头一看，怔了怔，随即挤出了个不太自然的笑容："小乐啊……"

小乐是百花的保安人员，早在张佳乐在的时候就是。与此同时，他也是一个百花战队的忠实粉丝，全队都和他相当熟悉。

"欢迎回来。"小乐说着走近了些，只是脸上却未带着丝毫笑容。

张佳乐一怔，正准备说点什么的时候，小乐竟然飞快地给了他一拳。

现场顿时大乱，谁也没想到连保安也会做出这种不理智的举动，小乐迅速被他的同伴给制伏，而在这过程中他没有任何抵抗，他只是那样一直望着张佳乐，没有丝毫笑容。

"放开他吧……"

张佳乐胃里还在往上泛酸水，却还是强自忍住说了一句。

众保安显然很清楚小乐如此做的严重性，但如果张佳乐不准备追究的话，回旋的余地就很大了。他们显然都是很向着小乐的，一听张佳乐如此说，连忙放开了小乐，不过却又严密控制着，以防他再次做出冲动的举动。

"为了冠军，我要赢！"张佳乐最终只留下了这七个字，就转身离开了。这里出的乱子霸图选手都没看清，只是看保安突然又抓了个人，也猜到是出了什么状况。不过张佳乐只是摇了摇头，并没有多说。大家都知道这场比赛对于张佳乐来说异常艰难，于是也不去多问。

"放心，我没事。"在位置上坐了好一会儿后，张佳乐忽然开口说道。虽然队友不问，但他也可以感受到大家对他的关心。战队是一个整体，他需要用态度来打消别人的顾虑，让大家可以集中精神比赛。

"我们一定要赢。"张佳乐深吸了口气后，在现场又是一片满满的嘘声中站了起来。

刚刚的现场广播，通告了擂台赛即将出战的双方选手，霸图第一个登场的，正是张佳乐。

数分钟后，当他从场上走下时，霸图战队已经取得了两个人头分，张佳乐在擂台赛中完成了一挑二的壮举，面对第三人时方才落败。

为了冠军，我要一直坚强地赢下去！

带着这样的心情，张佳乐昂首挺胸，在巨大的嘘声中，回到了霸图的选手席。

季后赛第一天，霸图战队11：7客场战胜百花战队，当天比赛的MVP，霸图战队选手：张佳乐；角色：弹药专家，百花缭乱。

赛后的记者招待会上，张佳乐作为本场MVP，再加上他和百花的关系，自然又了很多敏感的问题。张佳乐情绪稳定，只是坚定地表达了自己对胜利以及冠军的渴望。

"为一冠，张佳乐无情摧毁百花……"

总有些不着调的媒体，要把话题写得这么骇人听闻。无数争论当中，第二天的比赛打响，轮回战队客场挑战常规赛排名第七的虚空战队。

这场比赛没有霸图对百花那么多场外看点。轮回战队依然是以周泽楷为绝对的核心，虚空战队也是一直没变的李轩和吴羽策的双鬼拍阵组合。结果，周泽楷的快枪击穿了虚空的双鬼，轮回战队客场11：8拿下了虚空战队。

第三天，呼啸对烟雨。呼啸战队的赵禹哲是憋着劲想要成为联盟第一元素法师的。新秀挑战赛上模仿本队现在的队长唐昊，向烟雨的当家王牌楚云秀发起挑战，遗憾落败。季后赛两队抽在一起，对于赵禹哲来说又是一次展示自己的机会。不过很遗憾，想当主角，他的分量还远未够。唐昊毫无疑问是他们呼啸的主角，还有二号选手方锐，作为猥琐流的领军人物，每场比赛能猥琐成什么样子也是挺让人期待的一件事。

而烟雨这边，楚云秀本来就不是一个好勇斗狠的选手，所以赵禹哲向她叫板，这本身看点就弱了几分。赵禹哲的那点小想法，根本没有引起太大关注。倒是烟雨战队在冬季挖来的姐妹花组合舒可怡、舒可欣广受关注。烟雨战队没有给两人另派角色，就是使用了她们二人在网游中名字十分霸气的谁不低头、莫敢回手两个男性神枪手。

结果就是，烟雨战队明明有着三位女选手，但是在比赛场上却是一个女角色都不见。风城烟雨、谁不低头、莫敢回手三个女选手操作着的角色，统统都是男角色。

当然，经过职业战队的武装，新加入的两个角色实力已经焕然一新。在联赛的后半段，姐妹花也渐渐开始有一些出场机会，两人都在努力地适应着职业圈，并渐入佳境。外界都在猜想，这对选手，没准会成为烟雨在季后赛的奇兵也说不定？

最终在季后赛的首场对决中，舒可怡、舒可欣不负众望，在团队赛中首发出场。不过很遗憾，她们并没有成为让烟雨出奇制胜的奇兵。因为烟雨战队似乎忘了，呼啸战队中拥有一个方锐，一个不猥琐流就会死的男人。而猥琐流毫无疑问是最克制新人的打法。姐妹花的首次季后赛之旅并不愉快，烟雨战队主场9：11输给了呼啸。

季后赛首回合三场比赛都已经结束，结果是清一色的客队击败了主队。到了第四天，这种状况终于被打破。倍受关注的微草对蓝雨的比赛中，坐镇主场的蓝雨终于为主队赢回了一些面子，以11∶9的比分战胜了客场前来挑战的微草战队。这两队本就有宿仇，现在又各有最抢眼的新人，这一场对决打得跌宕起伏，让观众大呼过瘾，本场对决最终成为首回合最精彩的一场比赛。

首轮战罢，接着就是第二轮的循环。结果第二轮第一场就爆出冷门，百花战队，竟然在客场以11∶9的比分，艰难拿下了霸图战队。

整场比赛百花战队并未占据明显上风，但却表现出了十分顽强的拼命气质。上一场比赛输掉，百花战队上上下下都是倍感压力。他们本赛季开局不利，饱受非议，好在大更新后奋起直追，最终赶上了季后赛的末班车。如此后来居上，让队伍和粉丝都充满了希望，期待着队伍能在季后赛更进一步，而第一场恰恰就要对阵张佳乐复出加盟，本赛季夺冠呼声最高的霸图战队，粉丝都盼着能给他们一个下马威。

希望是美好的，现实是残酷的，首回合的主场落败，让百花粉丝一下子就回到了他们那个冰冷的赛季开局。尤其张佳乐还拿到了当场的MVP，更让他们觉得痛苦不堪。但是百花战队没有放弃，他们恰恰就在这样的压力下爆发，在霸图的主场还以重重一击。季后赛的队伍，从来没有弱者，百花粉丝为他们的战队感到骄傲。次日新闻头条，拿下这一胜和霸图打成平手，就已经让很多媒体写出"重现百花盛景"的大标题了。

随后接连两天的比赛，却未出现这样的反转。轮回战队主场击败虚空，呼啸主场拿下烟雨，两队率先挺进了四强。虚空战队连年闯进八强，连年止步八强。他们的双鬼拍门虽然已是荣耀圈的一对经典组合，但是这对组合却一直没能取到过更有说服力的成绩。虚空，是否也应该做出一些突破性的改变？这是这场比赛后很多人开始讨论的话题。

至于烟雨，虽然输掉了比赛，但却让人看到了希望。希望来源于新人姐妹花。这两位虽然和楚云秀一样同为姑娘，但是在赛场上的气质却绝不妹子。两人张扬有个性，配合却很默契。烟雨战队因为王牌是个姑娘所缺乏的那种铁血气质，很有可能又因为两个姑娘得到补充。烟雨的战术明显在做着调整，这对姐妹花，很可能将是烟雨未来的轴心，这就要看她们是否能得到更进一步的成长了。而楚云秀，则正在从一个强攻法师转型策应支援，也许这种位置本就更适合她的性格。至于烟雨另一位全明星级别的选手李华，则是一个偷袭暗杀的专家，烟雨的未来会怎样，人们已经开始期待了。

而后第四天，又是微草对阵蓝雨，只不过这一次回到了微草的主场，结果，这次是微草凭借主场优势拿下了蓝雨。由此也可看出这两队的实力都是相当平衡和稳定，最终只好是靠主客场的优势来影响胜负天平。

霸图对百花，微草对蓝雨，都需要第三轮比赛来决出最终胜者。第三轮比赛将沿用第二场比赛进行的场地。也就是说，还是霸图和微草，这两个在常规赛中排名更高队伍的主场。只不过第三轮的主场，被削弱了一部分主场权利。主场战队，拥有的只是更加熟悉的环境，现场粉丝的声援，但是这一回合的比赛他们不再拥有选图权。

选图权，原本才是荣耀竞技中最大的主场优势。但联盟在这方面也是考虑到两个战队的平衡性，他们需要给予在常规赛中表现更好的队伍部分在季后赛的优势，但是这个优势又不能太影响胜负。以前只是先客后主这种更容易占据主动的形势，而现在，第三回合的主场交给了他们。至于选图权，这个优势太大了，所以联盟只好免除了这一权利。

第三回合的用图，将随机从专门的季后赛备选图库中选图。这些地图都是游戏方专门设计的，事先不会透露分毫。也就是说，第三轮的决胜局，两队将在对地图的了解完全为零的情况下开打。

如此比赛，显然非常考验两队的应变能力。

第三回合，首先进行的又是霸图对百花的比赛。而这种陌生地图的战斗，老将们的经验将发挥很大价值。家有一老，如有一宝，更何况霸图战队有三宝？擂台赛中，这个优势尚不明显，但到了团队赛，老将们解读地图、寻找战机的水平确实要高百花一筹。百花战队固然顽强，但终究还是被霸图战队很好地限制住了，最终霸图以11∶8赢取了决胜局的胜利。

百花输了。

但是这一次，他们再没有遭到什么责难。

霸图本赛季的强大本就有目共睹。粉丝们虽然对百花怀着期待，但是比赛能打到这份上，他们也已经满足。百花战队已经找到了节奏，只要往这个方向继续成长下去，胜利一定会降临的。战队、粉丝，都怀着这样的信心，告别了这次的季后赛。

而后进行的另一场对决，微草对阵蓝雨战队。两个实力强大的豪门，注定将有一队在首回合被淘汰，这让很多人觉得惋惜。最终，这场比赛以微草战队的胜出作为结束。影响到比赛最终胜负的，并不是微草战队所占据的那点主场优势。本场比赛，蓝雨战队新人卢瀚文发生了重大失误，最终成了影响结果的重大转折。

这个积极快乐的少年，在赛后的记者招待会上终于也流下了眼泪，这让记者根本无法对他过多地责难。没有人会忘记，这只不过是个满身稚气少年。倒是蓝雨战队，让这么一个年轻的选手承担如此重任，这会不会有些揠苗助长？

"下一次，我会更强！"

谁也没想到，最后竟然是卢瀚文自己抹掉了眼泪，望着诸多记者毅然决然地说着。

这实在是个了不起的新人！记者们惊讶着。遭受挫折之后就一蹶不振的选手他们见得多了，尤其是在这种重要比赛中成为战队罪人的。但是这个少年却不会。他会为自己的失误伤心落泪，但是这没有让他意志消沉，他将这一切都转变成了让自己更加努力向上的动力。

这样一个浑身充满正能量的选手，他不止会变得更强，有朝一日，他也一定会成为所有职业选手的楷模！所有人，在此时都毫无疑问地相信着这一点。

季后赛首回合比赛，也在这一场之后彻底落下帷幕。霸图、轮回、呼啸、微草。常规赛排名前四的队伍，悉数战胜了自己的对手，挺进四强。

季后赛如火如荼地进行着,兴欣一行人却受楼冠宁的邀请,在义斩俱乐部又逗留了几天,双方每天切磋荣耀技艺,观看正在进行的比赛,此外,楼冠宁也就双方可能继续的合作和兴欣这边进行了一下讨论。

接下来,双方可就是联赛中的直接对手,再不像以前那样没有直接冲突了。楼冠宁此举,也算是先小人后君子,以后怎么合适怎么不合适,大家现在聊个君子协定,免得以后有纠纷坏了两家的良好关系。

待了几天后,兴欣也终于要返回了。临离开的时候,楼冠宁却又小心翼翼地告诉了叶修一个消息:"嘉世那边,好像有意出售一叶之秋,正在探听我们这边的意向。"

"哦?"叶修却是神色如常,"那你有意吗?"

"二千万……我想,还是算了吧……"楼冠宁似有意似无意地给叶修透了个价,而后苦笑了一下,"我们现在的水平,驾驭这样的角色实在太浪费了。"

"现在真是够理智的啊!"叶修感慨。

"一步一步来嘛!"楼冠宁笑道。

"行,回头见吧!"叶修招呼着,已经准备离开了。

"那个……"楼冠宁略一犹豫,却还是开口了,"一叶之秋……你如果手头不太方便的话,尽管开口。"

"不用了。"叶修笑了笑,"和嘉世一样,那都是过去了。"

"可以武装小唐嘛!"楼冠宁指指唐柔说。

"她如果想要,让她自己买去。"叶修半开玩笑地说着。

楼冠宁一怔,随即想起唐柔的身份,顿时哈哈一笑,最后和叶修握手告别,再没说什么。

H市,嘉世俱乐部。

喧闹过去有些天了,此时的嘉世俱乐部,在炎炎夏日之下竟然显得有几分萧瑟。再没有玩家粉丝在俱乐部外聚众逗留,曾经贴满的各种标语,此时都已经被环卫工人清理干净,只有个别地方依稀可见痕迹。

嘉世大门依旧紧闭,周围附近的人都说这门几乎就再没开过。

此时的大门前,叶修正抬头看着最顶上悬着的嘉世队徽,曾经,这队徽每星期就要请专人清洁两次的。而现在,好些天没有清洁的队徽,看上去黯淡了许多。

吱吱吱……

大门被小心翼翼地拉开了一条缝,半个脑袋探了出来,看到叶修,稍稍怔了怔,却又把门缝拉大了几分。

叶修和苏沐橙走了进去,大门随即又在他们身后紧闭。门内的嘉世,和门外一样的萧瑟,整个大院里都看不到半个人。两人一起朝着嘉世的训练中心走去。这里,几乎就是嘉世选手生活的全部重心,吃、住、训练……除了去打比赛以外,选手完全可以寸步不离地待在这里。

这样的生活，叶修过了很多年。

进门、上楼，朝选手居住的地方走去，途经训练室的时候，叶修赫然听到里面传来键盘鼠标的声音。

是荣耀。

叶修听得出来，这是他无比熟悉的游戏，有时候听着键盘鼠标跳动的节奏，他甚至都能脑补是在进行什么样的操作。这个时候，嘉世的训练室里，居然还有人在打荣耀？

"你先去收拾吧，我去瞅瞅。"叶修说。

"嗯。"苏沐橙点了点头，继续朝着选手居住区那边，她的房间走去。叶修则是转身去了训练室。

训练室的门没关，叶修轻声走了进去，随即就看到了那个趴在电脑前的身影。是在打荣耀，是网游里的竞技场，这人操作的角色是一个战斗法师，此时正和对手战到激烈处。不过以叶修的水准，看不到两眼就大致衡量出了状况。一切也正如他所料，不到一分钟后，战斗法师被对方击杀，倒下了……

"太差了。"叶修说。

座椅上的人猛然回头，就看到身后的叶修，呆呆的，却是半天没有开口。

陶轩……

在这种时候，趴在嘉世的训练室里玩着荣耀的，赫然是嘉世的老板陶轩，那个平日里高高在上，来训练室，都只是像检查工作一样的老板陶轩。

叶修掏出烟盒，娴熟地抖出一根烟叼上，而后朝陶轩这边抖落了一下："戒了吗？"

陶轩愣了愣，随即伸手过来："给我一根吧！"

香烟点起，陶轩立即深吸了一口，那模样，好像一下子找到了什么寄托似的。

"卖得怎么样了？"烟去了约莫半根，叶修这才冷不丁地开口说了一句话。

"不太好。"陶轩说，"盘子太大，本身能接手的人就不多。现在又没有联赛资格，风险太大，谈了几家，价都压得太狠，没法谈。"

"所以呢？"叶修问。

"分拆。"陶轩说。

"然后呢？"叶修问。

"然后……"陶轩怔了怔，"没有然后了。"

是的，他没有然后了……

嘉世出售，无论整体还是散售，他终归还是可以收回大量现金。不过这个出售的时机实在够差。卖方不得不卖，没有比这更被动的局面了。认清到这一点后，任何一个买家都可以不慌不忙地拖着他，拖到他拿出让人满意的报价。陶轩一直都追求利益的最大化，但是到最后，却只能眼睁睁地看着本该有的价值被一分一地被压下，实在是很大的讽刺。

但是不管怎么说，陶轩最终终归是可以拿到一大笔不菲的现金。可是这之后呢？没有之后了，荣耀圈已无他的任何立足之地，能陪伴着他的，只有这些卖嘉世而来的钞票。

然后……

陶轩想过然后，可是他想不出然后。手头有这么一大笔钱，对于任何人而言都本该是一件很幸福的事，可是他茫然了，他发现自己好像正陷在那种穷得只剩下钱的蛋疼境界中。他不知道该如何摆脱。拿这些钱去投资吗？去做些什么生意吗？陶轩有想过，但是却总是想得无精打采。似乎还不如趴在电脑上打几局荣耀来得有趣。

荣耀，他原本当然也是个玩家，否则又怎么会认识叶修，认识苏沐秋。可是他水平有限，年纪又大，他无法成为站在场上的选手，最终只能成为一个战队的经营者。

一个冲锋在赛场，一个运筹于商场。

陶轩本以为他们会是最佳组合，结果却发现他们在渐行渐远。

在商言商，他开始一步一步追求商业利益的最大化，而那个家伙，却依旧只知道在赛场上打打杀杀，一点都跟不上自己的步伐。

渐渐地，陶轩就总在想，如果不是这个家伙拖着我的后腿，嘉世现在会是何等光景呢？

随着嘉世一年又一年地没有收获，这种念头在陶轩脑中也开始生根发芽，茁壮成长。曾经视为最佳组合的搭档，已经是他眼中限制嘉世进一步发展的最大障碍。

终于，他还是动手将叶修驱逐了。可是现在想来，这一切，真的只是自己在商言商追求利益的结果？还是怀着别样的嫉妒？陶轩也说不清了。他只是记得，每每在想到"如果不是这个家伙拖我后腿"的时候，都时常会伴着"如果我是斗神，如果我是一叶之秋，那么我率领的嘉世，肯定会比现在更加繁荣出众。"这样的念头。

对那种赛场上的荣耀，他也是无比眷恋的吧？毕竟，他也曾是一名荣耀玩家……

不过，现在还想这些又有什么用？

陶轩苦笑着摇了摇头，突然训练室的门"吱吱"响了一声，又有人推门走了进来。

叶修本以为是苏沐橙过来了，可是回头一看，见到的却是邱非走进了训练室。

"前辈……"看到是叶修，邱非也愣了愣。

"好久不见。"叶修笑着打了下招呼。

但是接着就见邱非皱着眉看着两人说："训练室里不许吸烟。"

训练室里不许吸烟？两人都愣住了。这确实是俱乐部的规定，但是这个时候，还有谁会想着遵守这些规定吗？

一个俱乐部的老板，一个战队昔日的王牌队长，就这样愣愣地把烟掐掉了，然后一起看着邱非，径直走向了属于他的位置，坐下，打开电脑，而后，运行起了桌面的训练程序。

训练？

叶修抬头看了眼训练室的挂钟，早上九点，是的，这正是嘉世战队每天早上训练的时间。一般早上是一些用专门的训练程序进行的针对各种操作的训练，下午才是一些在荣耀平台上进行的真实训练。而邱非，现在正一板一眼地进行着早课的训练。在这个嘉世战队都不知道还会不会存在的时候。

叶修愣了好久，终于还是笑了笑，起身离开了训练室。而陶轩呢，就在那里，看着邱非专心致志地训练，看了很久很久。

出了训练室转去走道没多久，叶修就见一人鬼魂一样地从眼前闪过。但跟着却又倒退三步，重新回到那个转口，扭过头来，仔细看了看正朝前走的叶修。

"老叶？你回来了？"那人突然问道。

"我是路过的。"叶修笑笑说，"你在干吗？"

"各部门的工作都停了，我也得走了，唉，可惜了我刚刚发现的新方案啊……"这人有些神神道道地说着。各部门停止工作，遣散人员，显然都将面临失业。结果这家伙，在这种时候先关心的居然是他刚发现的新方案无法执行了。

"行了榕飞，到我那去接着研究吧！"叶修说。

"你那？"

"嗯，兴欣战队。"叶修说。

"哦，研究什么呢？"

"很多东西，比如，千机伞，听过没有？"叶修说。

"千机伞！"这人的眼睛瞬间就变得贼亮，跟着问道，"什么时候走？"

关榕飞，只论职务的话，他只不过是嘉世技术部一名普通的技术人员。但若论重要性，他才是技术部真正的核心人物。他对研究各种银装的狂热，丝毫不输给职业选手们对胜利的追求。此时听到千机伞，这家伙已经是迫不及待了，弄得叶修只好哭笑不得地解释一下："你先等会儿啊！"

说着就见苏沐橙已经从房间里转了出来，拎着大大的行李箱，这趟回来，主要就是她来收拾一些自己的东西。

"榕飞也和我们一起过去。"叶修对她说着。

"是吗？"苏沐橙乐呵呵地看着关榕飞，"那你可走运了，那边值得你忙的太多了。"

"可以走了吗？"关榕飞那迫不及待的样儿，真要让嘉世的人看到八成都心寒死了。好说也在嘉世干了这么多年了，这家伙真是一点感情都不带有的。现在是赶上嘉世正好要散，但看这位的模样，恐怕没散的时候有人跑来和他说句："喂，研究千机伞，走不走？"这家伙也会马上掉头就走吧！

君莫笑的千机伞，这很早就在网游中被嘉世网游部门的人接触到后上报俱乐部了。嘉世技术部也做过一些研究，关榕飞就是在那个时候接触到了这件天才之作。但是由于这件武器的用途只限散人，对于嘉世而言没有太多的价值，所以研究并不如何深入，但这也不能阻止关榕飞在闲余时间研究研究这玩意到底是怎么弄出来的。

"你就这样走？没什么东西要带吗？"叶修看着关榕飞真有点无语了。

"哦对！"关榕飞一拍脑门，跑了。

结果不大一会儿，这家伙就已经飞快地跑了回来，两手空空，也没见收拾什么东西，但却一脸放心地说着："这下好了。"

"你……收拾了什么？"苏沐橙问道。

"我对千机伞进行过研究的资料，差点忘记了。"关榕飞从口袋里掏了个移动硬盘出来，在两人眼前晃了一下，而后就装回口袋，一脸期待地望着二人，那表情分明是在问：还不走？

"走走走。"叶修招呼着，从苏沐橙那边接过行李箱，三人一路离开，半道上却又碰到了从训练室里退出来的陶轩。

看到关榕飞和两人同行，陶轩多少也明白了些什么，却也没说什么，只是朝这边点了点头算是打了个招呼。倒是关榕飞，连瞥都没瞥这个给他发了几年工资的老板一眼，就已经走过去了。

"沐雨橙风，你开个价吧！"叶修对陶轩说着。

陶轩怔了怔，不由得想到当初去兴欣找叶修时做过的承诺。当时他本以为叶修会提一叶之秋的，却没想到会是沐雨橙风。

"四十五万吧！"陶轩说道。

叶修和苏沐橙互望了一眼。

这个价钱，当然不该是沐雨橙风的真实价值，作为荣耀中的首席枪炮师角色，沐雨橙风还是相当真材实料的，价格开个一千万出来也丝毫不稀奇。

四十五万！这要旁人的话肯定会以为自己听错，但是叶修和苏沐橙却很清楚这个数字的由来。四十五万，正是当初陶轩为嘉世买断这个角色的价格。

在战队成立的最初期，所有的角色都是每位选手在加入的时候自行带入的，统统都是这些高手在游戏中自行打磨出的角色。而俱乐部的经营者们，在这时候就已经意识到强力角色将是俱乐部的重要财富之一了，所以在那个时候他们才会积极地把角色的所有权从选手拿到战队手中。所以才有了现如今的模式：角色的归属权，都是属于俱乐部的，罕有归属于选手个人。而在经历了最初那一阶段后，俱乐部的资源优势发展了起来，再有选手加入，俱乐部大都会直接提供角色，而这些角色也通常都会比选手自用的网游角色要强。

苏沐橙加入联盟时是第四赛季，这时候就已经罕有选手自带的强力角色了。不过有时也会因为一些特别的原因，让选手继续使用他们自备的角色。因为选手自备的角色反正也不会太强，俱乐部要收购一下价格也不会太高，就全当是多给了选手一笔签约费就行。

沐雨橙风，就是在这样的背景下被嘉世接纳的。四十五万的价格，这绝对不是一个随随便便的网游角色就能卖出来的，也是因为当时叶修也在这个角色上花费了一些功夫。只不过，对于一个籍籍无名的角色来说，价格也只能是这样了。

那时的沐雨橙风，当然不能和今日相比。

今日的沐雨橙风，除了豪华的装备，还有多年提升的成本，更有首席枪炮师这种名气光环。这种角色，加入战队不只是实力的提升，还是影响力的提升。

像上赛季夏天的时候，轮回战队收购微草的柔道角色沾衣乱飞后居然拆成了装备，这种状况其实是极为罕见的。说到底，还是沾衣乱飞这角色的影响力并不够大。他不像百花缭乱，单凭粉丝对角色的怀念，就可以将他的操作者送入全明星。

沾衣乱飞没这份量，自然拆也就拆了。换是个神级角色，别说粉丝的抗议了，就是轮回自己也绝不会舍得。

昔日的沐雨橙风，只是四十五万。数年过去了，就算沐雨橙风的角色实力没有任何提升，打到如今这个名气，这个角色的价格也绝不会停留在这点儿。

如今还开出四十五万，毫无疑问，这是陶轩给予的一个友情价了。

"好，就这样吧！"叶修点了点头，没有再多说什么。

他可以感觉到，一切到此为止了。这笔四十五万的交易，大概就是双方掺有感情的最后一次往来。从此以后，各走各路，还会不会有交集，不知道，但过去的一切终将不会再来。

"加油。"陶轩向叶修伸出了右手。

叶修看了看，终于还是伸手过去握住。

"那还用说。"说罢，转身离去。

关榕飞一路都是各种催促的眼神，弄得叶修和苏沐橙不得不加快步伐。下到楼底，训练中心的门口，却看到两人正从正门走进。

"苏沐橙小姐……叶秋……哦不，应该是叶修大神。"进来的左手边的那人，看到这边三人，停下了脚步，居然招呼了一声，而后看了眼一边的关榕飞，不认识，随即也就没有吱声。

叶修有点茫然地看了苏沐橙一眼。他虽然也是个大神，但是低调了这么多年，并不熟悉这种别人认识他而他却不认识别人的明星状况。倒是苏沐橙，朝来人笑着点了点头后，道了一声"你好"。

那人也没介绍自己，只是接着和苏沐橙寒暄了起来："听说是要加盟兴欣战队了？"

"是的。"

"那可真是遗憾啊，真希望我们能有合作的机会。"那人说道。

苏沐橙只是笑了笑。

"那……三位请便，我们先走一步了。"那人也没有要多聊的意思，随即招呼了一声后，就离开了。

"微草的人，现在过来，应该是有什么收购意向吧……"苏沐橙没等叶修问，就已经开口解释了一下。叶修因为以前低调，所以圈里相熟的，基本就只是选手，除此以外的各方面人员能不接触就很少接触了，所以这位他是没见过的。

"哦……"听苏沐橙这么一说，叶修点了点头。

"应该……是有关邱非的转会吧？"苏沐橙猜测着。

微草战队对于邱非的意向一直以来就挺坦白的。还在挑战赛阶段的时候就已经表露过这样的兴趣，显然无论嘉世是否出局，邱非都会被他们视为重点招揽的转会目标。不过现在嘉世如此处境，这笔交易大概会让微草觉得更有把握吧！

叶修想起那个此时还在训练的身影，真有一点即便世界毁灭我也不放弃的劲头，微草……他会去吗？

正这样想着，突然中心的门又被推开，又进来一人，这人不只叶修、苏沐橙，连关榕飞都认识。过去的这一年里，正是这人担任着嘉世的副队长。他放眼于未来，给出局的嘉世来了一出雪中送炭。结果炭没燎太旺，自己也快和嘉世一起冻死了。肖时钦的身形，看起来就有着这样的悲凉。挑战赛决赛结束还未足一个月，这家伙看上去却好像瘦了有一整圈。

双方撞在门口，无语良久，直至关榕飞再次毫不留情地露出不耐烦的表情。

"你还没走？"叶修开口说道。

"嗯。"肖时钦点了点头。

"什么打算？"叶修问。

"不知道。"肖时钦摇了摇头。牺牲了一年，做出一个相当决绝的决定，结果却是彻底的失败，挑战赛的失利，对于肖时钦而言也是一次不小的打击。

"干脆来我们兴欣吧？"叶修开口了。肖时钦的合同只是一年，也就是说，他事实上和苏沐橙一样，六月底就合约到期，是可以自由转会的选手。不用承担转会费，这样的选手，兴欣还是勇于打一打主意的。

"兴欣？"肖时钦怔了怔后，却苦笑着摇了摇头，"我去兴欣能干什么呢？兴欣不需要我。"

叶修一愣。肖时钦擅长于战术，但兴欣已有他叶修坐镇，挑战赛的失利，事实上也是肖时钦面对叶修，战术较量上的失利。这场失利，让他在叶修面前丧失了心气，显然他不觉得自己去到兴欣还能发挥出什么价值。

"我还有事，先走了。"肖时钦看起来也不想和叶修多谈，招呼了一声后，就匆匆离开了。

"好可惜。"叶修遗憾地望着肖时钦的背影。

"还走不走啊！"一边的关榕飞又焦虑上了。

"走走走走。"叶修哭笑不得，领着这家伙，离开了嘉世。走出嘉世大门，叶修忍不住还是又回头看了一眼。

这里……恐怕真的再也不会回来了。

未完待续

图书在版编目（CIP）数据

全职高手.11 / 蝴蝶蓝著；猫树绘. — 广州：羊城晚报出版社，2017.6（2022.8重印）
ISBN 978-7-5543-0414-3

Ⅰ.①全… Ⅱ.①蝴…②猫… Ⅲ.①长篇小说-中国-当代 Ⅳ.①I247.5

中国版本图书馆CIP数据核字(2017)第062024号

全职高手 11
Quanzhi Gaoshou 11

责任编辑	黄捷生　张灵舒
特约编辑	曹　杰　李伊琳
责任技编	张广生
责任校对	杨　群
出版发行	羊城晚报出版社
	（广州市天河区黄埔大道中309号羊城创意产业园3-13B　邮编：510665）
	发行部电话：（020）87133824
出版人	吴　江
经　销	广东新华发行集团股份有限公司
印　刷	恒美印务（广州）有限公司
规　格	787毫米×1092毫米　1/16　印张 18.5　字数 280千
版　次	2017年6月第1版 2022年8月第9次印刷
书　号	ISBN 978-7-5543-0414-3
定　价	48.00元

版权所有 侵权必究

本书如有印装质量问题，请与广州天闻角川动漫有限公司联系调换。
联系地址：中国广州市黄埔大道中309号 羊城创意产业园3-07C
电话：（020）38031253　传真：（020）38031252
官方网址：http://www.gztwkadokawa.com/
广州天闻角川动漫有限公司常年法律顾问：北京市盈科（广州）律师事务所